文學研究叢書・古典詩學叢刊

李白詩歌海意象

陳 宣 諭　著

目　次

邱 序

　　海洋是生命的泉源，人類面對海洋，往往帶來無限的遐想，引發無窮無盡的生命力和創造力。海洋對文學的啟示，也是具有極大的魅力，甚至創造出比山水文學、志怪文學、遊仙文學等更大的波瀾，震撼人們心靈世界更遼闊的想像力。例如中國古代的《山海經》，秦皇漢武的追求蓬萊仙境，求取長生不老之藥，創造了靈異的遊仙文學。

　　中國古代文人大都是內陸作家，面對海洋的機會不多，但凡觸及海洋的文人，便有驚人的創造力，如先秦時代的莊子，他的〈秋水〉篇中的河伯和北海若的對話，留下「見笑大方」的寓言，與「坐井觀天」的成語，恰成對比。同樣地，在唐代詩人中，對海洋的接觸很少，但李白卻是例外，他對海洋引發無限的創造力，寫下不少海洋的詩篇。

　　目前學界對於海洋文學的研究，除了學位論文之外，似乎少有與海洋文學相關深入且多元關照之探討。因此，本人指導陳宣諭的博士學位論文便以《李白詩歌海意象研究》為題，是為國內首部跨時間與空間之海意象古典詩學研究成果。此論文全面考察李白詩歌中所有各大類意象群的詞彙，發現「海」字詞彙共出現 292 次，並考察從先秦~唐代所有「海」字入詩作品，發現李白是唐代之前使用「海」字入「詩」最多的作家。在其 1054 首詩歌中比率高於「酒」字！「海意象」詩歌更高達 254 首，細玩其詩，發掘李白生命中有

一股強大的力量，即是大海的磅礡精神。

　　在李白報國無門、屢遭挫難，望海洋而產生遊仙的遐想，「海」最能引發了人產生崇高的精神力量與澎湃激昂的鬥志，因此在其海意象詩歌中，時時展現出驚人的崇高感，已經超越現世不完美的人生，不僅可瞭解其一生性格、思想、經歷、關懷君民之情感起伏變化，從中審視意志與命運衝突的必然性，帶著創傷，到海洋療傷。藉由「海」這個物象延伸出許多相關幻覺想像、「第四度空間」超現實的創作方式，且統攝「有形的現實形象」與「無形的虛構形象」，包孕「月」、「酒」、「神仙」、「風」、「水」等眾多意象的主題內涵，所特有的超越性、理想性、批判性和神秘性等美學特徵，已融合於詩歌中，成為李白詩歌的主要特色。

　　此書選出數首深具代表李白海意象詩歌，藉由分析其寫作技巧、意境、風格、聲律(聲情)等關係，透視海洋詩歌之表現特色，除了有神秘奇幻的海洋異象、海上風光；樣態奇特的海洋生物，如海魚(海鯨)；豐富的海洋神話、歷史傳說，如六鼇載日、扶桑栖日、秦皇漢武出海求仙、徐福載秦女等，最重要是將大海與心象相連結，展現冒險性、壯闊性、批判性、哲理性、寫實性、涉海性、神秘性、幻想性等。綜觀各種意象的主題思維，可以發現李白「海」意象詩歌最能展現出雄渾的「盛唐氣象」，有容、剛健、壯大、積極、樂觀的盛唐文化精神。

　　最後，此書將李白對歷代「海」字詞彙的承繼、開拓與延伸，除了沿襲前代「海」字詞彙外，又能將舊詞彙賦予新意涵，並新創出具「活潑性」的海意象詞彙，善用動詞活化景態，讓景物不再停留於靜態的寫真，而是充滿動感的生命活力，表現出李白內在情感的躍動。李白一生如同海中大浪從不畏縮和頹喪，它讚揚苦難中的奮鬥努力和英勇的與現實命運相反抗，在在描繪人的渺小，宛如滄

海一粟的同時，並展現出大海崇高之精神。此書包括多彩的人生、情感的海洋、神話的海洋、內在的視聽，思維的海洋、靈智的覺醒，禪理的海洋，不但有其單獨的存在意義，且在整個文學史上具有重要的啟示，有助於開拓中國歷代海洋文學的發展，並帶來絢麗海洋文學的心靈世界。

邱燮友

2011 年 6 月於

臺灣師範大學

第一章　緒　論

第一節　研究動機

　　唐代是詩歌的黃金時代，作者作品眾多且精妙，內容風格豐富多元，詩壇上呈現萬花爭妍、全盛之境，李杜更是詩壇雙璧。千餘年來，二家研究狀況，李白遠不及杜甫，前人和近人對李白詩文注釋的成就，遠遠不能和「千家注杜」的盛況相比，因而李白集中還有大量的問題沒有解決。然近年來李白研究風氣頗盛，不論在生平考證、作品繫年、思想闡述、詩歌技巧、語言藝術、版本校注等各方面都有新說迭出，解決前人遺留下的問題與懸案。然在這些學術論文中，多是探討李白浪漫主義精神、神話、遊仙、仙道追尋，而探討李白詩歌意象者，多以酒、月等意象為範疇，反覆論述，為何眾多意象僅取此為論？為何歷來學者大多關注這些意象，其他意象是否沒有探討空間？是否沒有研究價值呢？

　　李白藉酒消愁，寫出狂肆，藉月思君，展現靈妙，以酒與月寫出人生定位的困惑，對安史之亂的痛恨，對國家命運和人民禍福的關心，不下社會寫實愛國詩人杜甫，其飄逸詩風隱含著追求理想不遂的痛苦，卻表現了生命強度的過程。然而筆者全面考察李白詩歌中所有各大類意象群的詞彙，發現「海」字詞彙共出現 292 次，在其 1054 首詩歌中比率甚高，甚至高於「酒」字，「海意象」詩歌更高達 254 首，細玩其詩，發覺在李白生命中有一股強大的力量支持

著他，就是大海的精神。

　　詩仙李白藝術成就享譽詩壇，卻也招致入世關懷不足的詬病，然李白對國家社稷的關懷未曾稍減，一生最大心願是從政建功立業。本論文期待藉由「海意象」的研究，發掘李白內在意志與外在命運的抗衡、衝突、激盪，透視出浪漫的性格與詩歌中，更有著中國傳統士人對國家社稷一貫的使命感，看李白的憂國憂民、內心矛盾、痛苦與超越。為了使討論焦點更加集中，海字相關詞彙分析、涉海詩作探討是本文的核心。筆者期望能於相關研究領域作一融合耕耘的工作，結合既有的成績，在當前研究李白詩歌、思想的多元觀點中，除去先前考證脈流之外，措意於探討李白詩歌背景思維的相關文獻猶有相當的空間可供補苴，因此，能否做到對李白詩歌海意象的明確勾勒與深入闡發，將是本論文理當承擔的重大挑戰。

第二節　研究範圍

　　歷來研究李白詩歌文本的版本不一，首先必須界定李白詩歌有多少首？有些學者就《全唐詩》大約有 974 首為文本進行統計，有些學者以概括一千多首的方式直接論述，有些學者根據安旗主編《李白全集編集注釋》一書約收 1,050 首詩進行統計，有些學者根據瞿蛻園等校注《李白集校注》(其中輯錄李白詩、賦共一千零五十首，但扣除古賦 8 首外，詩有 1,042 首)為文本。筆者根據迄今收錄最多、較為完善的新版本，由詹鍈主編《李白全集校注彙釋集評》共八冊(百花文藝出版社 1996 年出版)為文本，筆者扣除其中 14 首詞[1]混入詩作

---

[1] 李白詞共有十四首：〈桂殿秋〉二首、〈清平調〉三首、〈連理枝〉二首、〈菩薩蠻〉一首、〈憶秦娥〉一首、〈清平樂〉四首、〈三五七言〉一首(這首長短

中外，共有 1,054 首詩歌，本論文以 1,054 首文本為據，進行搜尋統計、探討。

　　筆者綜合歷年來海峽兩岸學術博碩士論文、期刊論文，以「詩歌意象」為研究範圍作一觀察，將意象研究概分為四大類型：一、名物(景物、事物)意象、二、動物意象、三、植物意象、四、人物意象。欲以此四大類型的意象群詞彙去搜尋、統計，歸納出何種意象在李白詩中是比率極高？深具研究價值，但歷來卻無人探討者，得出本論文主題與研究範圍。

　　筆者統計出李白詩歌中第一大類「名物(景物、事物)意象」[2]：筆者統計自然天候界、生活事物[3]中的詞彙，出現比率甚高，依出現次數高低排列前八名：一、雲(518 次 409 首)、二、風(487 次 412 首)、三、月(463 次 384 首)、四、水(436 次 365 首)、五、日(404 次 341 首)、六、海(293 次 254 首)、七、酒(213 次 173 首)、八、劍(109 次 99 首)。第二大類「動物意象」：筆者統計動物界詞彙，依出現次數多寡排列，發現「鳥類」意象[4]是諸動物中出現最多次的，其次為「龍」

句，應是一闋詞，詞牌為〈秋風詞〉，因此現存李白的詞，共有十五首。見邱師燮友：《童山詩論卷》(臺北：萬卷樓圖書股份有限公司，2003 年 4 月初版)，頁 204-205。

2　本文統計意象方式，已扣除人名、地名、方位名諸如此類非呈現該意象者。

3　筆者統計生活中事物詞彙，發現此類型是李白詩中出現頻率甚少，其他意象出現次數甚少，均不超過 50 次，本文採以電腦搜尋統計生活事物各詞彙出現次數如下(尚未扣除非意象)：琴 57 次、鼓 41 次、燭 24 次、藥 19 次、鐘 11 次、枕 18 次、刀 23 次、笛 17 次、弦 15 次、寺 9 次、廟 7 次。

4　李白詩歌全部的鳥類意象共 646 次如下：

鳥 94 次	鳳 78 次	燕 73 次	鶴 62 次	雞 52 次	鴻 42 次
鷺 35 次	雁 21 次	鷹 18 次	鵲 14 次	鴛鴦 13 次	雕 13 次
鷗 11 次	鸚鵡 11 次	鶯 10 次	鵝 9 次	鵬 7 次	子規(杜鵑) 7 次

意象 192 次，再其次為「馬」意象 157 次。第三大類「植物意象」：
筆者統計植物界詞彙，發現花意象出現 284 次是次數最高，若細分
之，「松」意象 139 次是眾植物中出現次數最高。而眾花之中尤以「桃」
意象為首[5]，共出現 85 次 77 首，其次為「蓮花」意象，共有 68 次。
第四大類「人物意象」：筆者依李白詩歌出現的人物次數高低，依統
計結果最高者為「自我」意象約 391 首〔我 362 次、吾 82 次、余
50 次、自 43 次、予 15 次、李白(太白)5 次〕。其次為「婦女」意象
約 253 首[6]。第三為「神仙」意象約 194 首(仙 108 次，神仙 12 次，
仙人 31 次、仙真 2 次、仙倡(南昌仙)3 次、有專名神仙[7]86 次。筆者
綜合統計李白詩歌中各類意象，發現由於李白詩歌中的各類意象，
如雲、日、月、水、風、酒、劍、鳥類、植物、人物、自我、婦女、

鳧 7 次	青鳥 6 次	雉 6 次	鶺鴒 5 次	鷗鷺 5 次	鳶 4 次
白鷗 4 次	翡翠 4 次	精衛 3 次	黃鸝 3 次	鴉 3 次	黃鳥 2 次
翟 2 次	鳩 2 次	鴻 2 次	鶤 2 次	鷫 2 次	鷴 2 次
鴨 2 次	鷺鷥 1 次	孔雀 1 次	鴛鴦 1 次	鷗鶿 1 次	鸊鷈 1 次
鶪 1 次	鷫鸏 1 次	鸛 1 次	鷙 1 次	鸂鶒 1 次	

---

[5] 本文採以電腦搜尋統計各詞彙出現次數如下(尚未扣除非意象)：桃 92 次、蓮花
68 次(蓮花 20 次、荷 26 次、芙蓉 20 次、菡萏 2 次)、蘭 45 次、梅 23 次、菊 6
次、杏 2 次。而〈李白詩中的桃花意象〉，筆者已專篇處理之，並發表於研討
會上。

[6] 筆者統計婦女相關詞彙，如：女 109 次、妾 59 次、美人 24 次、母 21 次、妓
18 次、妻 18 次、婦 18 次、姬 11 次、王母 10 次、西施 8 次、麻姑 7 次、妃 7
次、后 6 次、夫人 6 次、嬋娟 5 次。

[7] 筆者統計有專名的神仙，如：軒轅 4 次、赤松子 6 次、安期生 5 次、王喬子 10
次、梅福(神仙尉)7 次、秦女弄玉 4 次、琴高 3 次、洪崖 3 次、浮丘公 2 次、陵
陽子明 2 次、陶安公 1 次、紫煙客 2 次、廣成子 2 次、巫山神女 5 次、黃石公
4 次、河上公 1 次、玉女、帝女 5 次、玉皇 3 次、西王母 7 次、織女 2 次、盤
古 1 次、女媧 1 次、嫦娥 3 次、素女 1 次、雷公 1 次、上元夫人 1 次。

神仙等意象前人皆或多或少已探討過，本論文無須多加著墨，直接
針對前人從無探討的「海意象」加以探析，探討李白詩歌中「與海
字相關詞彙」或「涉海詩歌」，看其意志與命運如何衝突？內心的矛
盾痛苦如何超越？在浪漫飄逸詩風之下如何呈顯現實精神？

　　由於文學創作的複雜性，任何一種界定標準都不可能是絕對
的，本論文依筆者界定出「海意象」這個主題範圍，來進行研究探
析。在研究李白詩歌中的海意象，必須對李白之前的所有涉海詩歌、
作品先作全面性考察，因此筆者在進入深入探析李白海意象詩歌主
題前，另有專章討論李白之前所有涉及海字詩作。一一考察先秦一
直到唐代李白之前的所有詩歌文本，如《詩經》[8]、《楚辭》[9]、《先秦
漢魏晉南北朝詩》[10]、《全唐詩》[11]中所有與海相關詞彙的作品，以
及擁有中國最多海神神話《山海經》[12]；並根據故宮【寒泉】古典文
獻全文檢索資料庫統計先秦諸子書[13]中出現「海」字的次數，看先秦
諸子對於海的認知概念與海字相關詞彙使用情形。此外，再考《御
定歷代賦彙》一書中收錄李白之前九篇海賦，如漢‧班固(或題班彪)
〈覽海賦〉、魏‧王粲〈遊海賦〉，魏‧魏文帝〈滄海賦〉、晉‧木華
〈海賦〉、晉‧庾闡〈海賦〉、晉‧潘岳〈滄海賦〉、晉‧孫綽〈望海

8　《十三經注疏‧2 詩經》(臺北：藝文出版社，1989 年)。
9　(宋)洪興祖撰：《楚辭補注》(臺北：藝文印書館，1996 年)。
10　逯欽立輯校：《先秦漢魏晉南北朝詩》(上、中、下)三冊(臺北：學海出版社，1984 年 5 月初版)。
11　「《全唐詩》檢索系統」網址：http://cls.hs.yzu.edu.tw/tang/Database/index.html
12　(晉)郭璞傳、(清)郝懿行箋疏：《山海經箋疏》(一)、(二)(臺北：藝文出版社，1958 年)。
13　筆者據故宮【寒泉】古典文獻全文檢索資料庫搜尋先秦諸子典籍共 14 部：《荀子》、《老子》、《莊子》、《列子》、《墨子》、《晏子春秋》、《管子》、《商君書》、《慎子》、《韓非》、《孫子》、《吳子》、《尹文子》、《呂氏春秋》。故宮【寒泉】古典文獻全文檢索資料庫網址：http://210.69.170.100/s25

賦〉、齊‧張融〈海賦〉、梁‧簡文帝〈大壑賦〉(〈海賦〉)等作品[14]，觀察前人對海的想像與書寫方式。看李白在前人涉海作品及神話傳說之下，如何沿用前代舊詞彙而開創出新義？如何後出轉精開創新的海字相關詞彙？賦予海何樣情思？

本論文之研究，係以李白詩中「海意象」為主要的研究範圍，以詹鍈主編《李白全集校注彙釋集評》共八冊(百花文藝出版社 1996年出版)1054 首詩為文本，以下先確立海意象作品取捨的範圍：

一、凡詩中有「海」名者皆屬之，包括海之古今異名，或在文學裡所賦予的別稱，如東溟、溟渤。

二、凡典故中的海、海神亦屬之，如紫泥海、海若、北海仙。

三、涉及海相關意象的構詞，亦納入，如海日、海月、海鷗、跨海、海縣等。

李白詩中出現「海」字 292 次，為求能更完整反映李白的情思與精神面貌，無論是泛稱之海，或指稱之海，有顯著意象均予以採計。

第三節　文獻探討

一　關於「李白」研究

李白詩名極盛，個性傲岸特立，家世背景、生平際遇頗為傳奇且疑點甚多，向來為李白研究範疇的焦點。今人研究李白專著專文，其成果展現在：

其一、大陸方面先後成立四個「李白紀念館」(江油【綿陽】、馬鞍山、安陸、濟寧)之外，更分別在江油及馬鞍山成立「李白研究

---

[14] 詳見(清)陳元龍等編：《御定歷代賦彙》正集(上)卷第二十四地理，據清康熙四十五年(1706 年)刊本影印(日本京都：中文出版社，1974 年)，頁 391-395。

學會」和「李白研究資料中心」。馬鞍山市在 1990 年成立全國性的
「中國李白研究會」，並舉辦首屆李白研究國際會議，出版《中國李
白研究 1990 年集》[15]、《中國李白研究 1991 年集》[16](原名《李白學
刊》[17])，推動李白研究深具影響。

其二、相關資料的考訂整理：如郭沫若《李白與杜甫》[18]、胥樹
人《李白和他的詩歌》[19]、王運熙等著《李太白研究》[20]、李從軍《李
白考異錄·李白家世考索》[21]、安旗《李白研究》[22]、郁賢皓主編《李
白大辭典》[23]、李長之《詩人李白及其痛苦》[24]、施逢雨《李白生平
新探》[25]、林庚《詩人李白》[26]、張書城《李白家世之謎》[27]、(日本)
松浦友久著、劉維治、尚永亮、劉崇德譯《李白的客寓意識及其詩
思──李白評傳》[28]、葛景春《李白研究管窺》[29]、安旗《李太白別

---

[15] 中國李白研究編輯部：《中國李白研究 1990 年集》(南京：江蘇古籍出版社，
1990 年 1 月)。

[16] 中國李白研究編輯部：《中國李白研究 1991 年集》(南京：江蘇古籍出版社，
1993 年 4 月)。

[17] 李白學刊編輯部：《李白學刊》(上海：三聯書店，1989 年 3 月)。

[18] 郭沫若：《李白與杜甫》(北京：人民文學出版社，1971 年)。

[19] 胥樹人：《李白和他的詩歌》(上海：上海古籍出版社，1984 年)。

[20] 王運熙等著：《李太白研究》(臺北：里仁書局，1985 年 4 月出版)。

[21] 李從軍：《李白考異錄·李白家世考索》(山東：齊魯書社，1986 年)。

[22] 安旗：《李白研究》(臺北：水牛出版社，1992 年初版)。

[23] 郁賢皓：《李白大辭典》(南寧：廣西教育出版社，1995 年 1 月)。

[24] 李長之：《道教徒的詩人李白及其痛苦》(瀋陽：遼寧教育出版社，1998 年 3
月)。

[25] 施逢雨：《李白生平新探》(臺北：臺灣學生書局，1999 年 8 月)。

[26] 林庚：《詩人李白》(上海：上海古籍出版社，2000 年)。

[27] 張書城：《李白家世之謎》(蘭州：蘭州大學出版社，2000 年)。

[28] (日本)松浦友久著，劉維治、尚永亮、劉崇德譯：《李白的客寓意識及其詩思
──李白評傳》(北京：中華書局，2001 年 10 月第 1 版)。

[29] 葛景春：《李白研究管窺》(保定：河北大學出版社，2002 年 1 月初版)。

傳》[30]等，對李白身世研究頗具參考價值，相關議題有深入精微的見解。

　　李白約生於武周長安元年(西元 701 年)，卒於代宗寶應元年(西元 762 年)，享年六十二歲。目前學界對李白生卒年尚無異議，李白先祖因罪竄謫，流放碎葉、條支，因此其出生地有蜀地[31]、西域[32]二說。而家世背景問題的研究成果，大致有幾種說法：1.胡人說(東晉末五胡十六國之一的西涼武昭王李暠子孫)[33]。2.偽託唐宗室說[34]。3.唐高祖從弟李軌族人說[35]。4.李建成、李元吉後人說[36]。5.參加汝陽

30　安旗：《李太白別傳》(北京：人民文學出版社，2004 年。)

31　李白出生於蜀地之說的基本史料有：李陽冰〈草堂集序〉：「李白，字太白，隴西成紀人(今甘肅秦安)，梁武昭王暠九世孫。」(瞿蛻園等校注：《李白集校注二》(臺北：里仁書局，1981 年 3 月)，頁 1789。范傳正〈唐左拾遺翰林學士李公新墓碑〉：「公名白，字太白，其先隴西成紀人。……梁武昭王九代孫也。」(瞿蛻園等校注：《李白集校注二》(臺北：里仁書局，1981 年 3 月)，頁 1780。魏顥〈李翰林集序〉：「白本隴西，乃放形因家于綿。身既生蜀。」瞿蛻園等校注：《李白集校注二》(臺北：里仁書局，1981 年 3 月)，頁 1790。

32　李白出生於西域之說的單篇論文有：李宜琛〈李白的籍貫與出生地〉提出李白生於西域；陳寅恪〈李太白氏族之疑問〉、胡懷琛〈李太白的國籍問題〉皆認為李白是突厥化的中國人；俞平伯〈李白的姓氏籍貫種族的問題〉一文認為李白出生於西域。此外，張書誠：《李白家世之謎》(蘭州：蘭州大學出版社，2000 年)，頁 13-14；李長之：《詩人李白及其痛苦》(台北：大漢出版社，1977 年 12 月 10 日再版)，頁 13；郭沫若：《李白與杜甫》(北京：人民文學出版社，1971 年)；葛景春：《李白研究管窺》(保定：河北大學出版社，2002 年 1 月初版)，以上諸書中皆有生於西域之說的論點。

33　見李陽冰〈草堂集序〉、范傳正〈唐左拾遺翰林學士李公新墓碑〉，以及(日)松浦友久：〈李白的出生及家世〉《中國李白研究》下集(1990 年)，頁 257；陳寅恪：〈李太白氏族之疑問〉《清華學報》十卷一期 1935 年。

34　郭沫若：《李白與杜甫》(北京：人民文學出版社，1971 年)，頁 78。

35　王文才：〈李白家世探微〉《四川師範學報》第四期 1979 年，頁 45。

36　鍾吉雄：〈為什麼我不敢告訴你我是誰——談李白之身世之謎〉《台灣時報》(1984 年 10 月 28 日)，八版。

王李煒擁立中宗之宗室說[37]。6.參加徐敬業倒武曌之唐宗室說[38]。7.丹陽李倫後裔說[39]。總之，李白家世本身有難言之隱，身為謫罪之後，雖懷抱大志，無緣科舉，一生干謁諸侯，歷抵卿相，甚至隱居山林，力求徵辟，曾一度待詔翰林，雖身在帝側，奸佞讒毀而賜金還山，報國無門，浪跡縱酒，隱居廬山。永王李璘辟書三至，入了永王幕府欲克敵致勝，永王兵敗入獄，然一生愛國熱誠和建功立業的理想，不久即為皇室內部的鬥爭所粉碎，長流夜郎，直至赦書釋放，依然不肯退隱，六十一歲高齡，在金陵聽說李光弼「大舉秦兵百萬，出征東南」，李白想抓住平定安史餘孽的機會，盡最後一次努力，爭取實現自己的理想，建功立業，謙稱請纓，冀申一割之用，不幸半道病還，齎志當塗，巨星隕落，有才無命。

二　關於「李白詩歌」研究

　　李白全集的整理注釋，傳世的有南宋楊齊賢注的《李翰林詩》二十五卷，元朝蕭士贇刪補楊注成《分類補注李太白集》二十五卷，明代胡震亨《李詩通》二十一卷。清代王琦彙集上述三家長處，注《李太白文集》三十六卷，為當時李白詩文合注最完備的。今人大陸學者瞿蛻園、朱金城在此四家的基礎上，旁搜唐、宋以來有關詩話、筆記、考證資料及近人研究成果，加以箋釋補充，考訂謬誤，增列補遺和篇目索引，集成《李太白集校注》共四冊(上海古籍出版社 1980 年出版)，得詩一千零五十首，古賦八篇，文五十八篇，詩文補遺七十一首。大陸學者安旗、閻琦、薛天緯、房日晰等合編《李白全集編年注釋》上中下三冊，將作品繫年編排，並且對自己之前

37　李從軍：《李白考異錄‧李白家世考索》(濟南：齊魯書社，1986 年)，頁 154。

38　孫楷第：〈唐宗室與李白〉《經世日報‧讀書周刊》(1946 年 10 月 30 日)。

39　胥樹人：《李白和他的詩歌》(上海：上海古籍出版社，1984 年)，頁 87。

的考證稍加修訂。此外，作品繫年的專書還有詹鍈編著《李白詩文繫年》[40]。而大陸學者詹鍈主編《李白全集校注彙釋集評》共八冊(百花文藝出版社 1996 年出版)，此書之編輯參閱歷代重要版本及校注、評釋之精華，甚至收羅初次披露的資料，評論比較詳備，並間有詹氏獨到見解，頗為詳贍，深具參考價值，是迄今為止最為完善的新版本。

臺灣地區的李詩研究者，為數不少，如：施逢雨在《李白詩的藝術成就》一書中從情意表現及體式運用的角度，深入探討李白詩的藝術成就[41]、阮廷瑜《李白詩論》[42]、黃國彬《中國三大詩人新論》[43]、楊文雄《李白詩歌接受史》[44]，各從不同角度闡述李白的種種面向。以臺灣國家圖書館所收論文，進行檢索，考察歷年以題名「李白」、「李太白」二字者，相關博碩士論文，在所查詢到 43 筆資料中，將研究李白之面向略分內容(例如：李白詩版本[45]、李白詩研究(接受史、歐美日韓外譯情形)[46]、李太白詩探源[47]、李白文學[48]、李白詩歌中的生命體驗與藝術精神[49]、分期——安史之亂期間詩作[50]、揚州系

---

40 詹鍈：《李白詩文繫年》(北京：作家出版社，1958 年)。

41 施逢雨：《李白詩的藝術成就》(臺北：大安出版社，1992 年 2 月)。

42 阮廷瑜：《李白詩論》(臺北：國立編譯館，1986 年 7 月)。

43 黃國彬：《中國三大詩人新論》(臺北：源流出版社，1982 年 3 月)。

44 楊文雄：《李白詩歌接受史》(臺北：五南圖書有限出版公司，2000 年 3 月)。

45 唐明敏：《李白及其詩之版本》國立政治大學中國文學系研究所碩士論文，1974 年。

46 陳敬介：《李白詩研究》東吳大學中國文學系博士論文，2005 年。

47 莊美芳：《李太白詩探源》東吳大學中國文學研究所碩士論文，1986 年。

48 林貞玉：《李白文學之研究》國立臺灣師範大學中國文學研究所碩士論文，1980 年。

49 張俐盈：《體道與審美——李白詩歌中的生命體驗與藝術精神》國立成功大學中國文學系碩士論文，2006 年。

列[51]；主題——樂府詩[52]、詠物詩[53]、遊仙詩[54]、遊俠詩[55]、山水詩[56]、飲酒詩[57]、婦女詩[58]、政治抒情詩[59]、感時傷逝情懷[60]、古風五十九首[61]、月亮意象[62]、酒意象[63]、植物意象[64]、風意象[65]、水意象[66]等)與形

---

[50] 顏鸝慧：《李白安史之亂期間詩作研究》國立政治大學中國文學研究所碩士論文，1993年。

[51] 徐圓貞：《李白詩作之旅遊心理析論——以揚州系列的傳記論述為例》南華大學旅遊事業管理研究所碩士論文，2001年。

[52] 張榮基：《李白樂府詩之研究》東吳大學中國文學研究所碩士論文，1986年；賴昭君：《李白樂府詩研究》靜宜大學中國文學研究所碩士論文，2001年；何騏竹《李白樂府詩中的「文學性」》南華大學文學研究所碩士論文，2001年；李容維：《李白詩歌的文本細讀——以五七言絕句與樂府詩為考察對象》南華大學文學系碩士論文，2010年。

[53] 陳麗娜：《李白詠物詩研究》東吳大學中國文學研究所碩士論文，1986年。

[54] 洪啟智：《論李白遊仙詩的文化心理與主題內容》國立中央大學中國文學系碩士在職專班論文，2005年；張鈴杰：《李白遊仙詩研究》國立臺灣師範大學國文學系碩士在職專班論文，2010年。

[55] 卓曼菁：《李白遊俠詩研究》國立師範大學中國文學研究所碩士論文，1994年。

[56] 陳敏祥：《李白山水詩研究》國立高雄師範大學國文學系碩士論文，2000年。

[57] 陳懷心：《李白飲酒詩研究》國立中山大學中國語文學系研究所碩士論文，2002年；余瑞如：《李白飲酒詩研究》彰化師範大學國文學系在職進修專班碩士論文，2002年；陳萱蔓：《陶淵明與李白飲酒詩之比較》國立臺灣師範大學國文學系在職進修專班碩士論文，2010年。

[58] 楊家銘：《李白婦女詩研究》玄奘大學中國語文學系在職專班碩士論文，2010年。

[59] 陳依鈴：《李白政治抒情詩研究》國立新竹教育大學語文學系碩士論文，2010年。

[60] 楊靜宜：《李白詩歌感時傷逝情懷研究》國立中正大學中國文學系碩士論文，1998年。

[61] 呂明修：《李白古風五十九首研究》輔仁大學中國文學研究所碩士論文，1991年。

[62] 沈慧玲：《李白詠月詩研究》玄奘大學/中國語文學系碩士班碩士論文，2006年。

式(例如:用韻研究[67]、仙道語言[68]、修辭藝術[69]、人物形象[70]、樂府詩色彩[71]、教學實踐[72]等)兩大方向。其中也包含早期將李杜作比較研究[73]、以及將李白和王維、杜甫作概略式比較研究[74]。可見研究方向之脈絡以主題化、細緻化為主,例如:民國86年,張榮基已撰寫《李白樂府詩之研究》,到了民國90年,何騏竹另撰寫《李白樂府詩中的「文學性」》;民國92年,盧姿吟撰寫《李白樂府修辭研究》、黃麗容撰寫《李白樂府詩色彩之研究》。而民國91年,陳懷心、余瑞如已撰寫《李白飲酒詩研究》,到了民國93年,林永煌另撰寫《李白酒詩修辭技巧研究》,更深化、細緻化的探討「李白樂府詩」、「李

---

63 林梧衛:《李白詩歌酒意象之研究》玄奘人文社會學院中國語文研究所碩士,2003年。

64 孫鐵吾:《李白詩歌中植物意象研究》國立師範大學國文學系碩士論文,1997年。

65 許家琍:《李白詩「風」意象之研究》國立彰化師範大學國文學系碩士論文,2009年。

66 溫菊英:《李白詩歌水意象之研究》玄奘大學中國語文研究所在職專班碩士論文,2009年。

67 林慶盛:《李白詩用韻之研究》東吳大學/中國文學研究所碩士論文,1985年。

68 楊文雀:《李白詩中神話運用之研究—以仙道神話為主體》輔仁大學中國文學研究所碩士論文,1990年。

69 盧姿吟:《李白樂府修辭研究》國立臺灣師範大學國文系在職進修碩士論文,2003年。

70 葉勵儀:《李杜詩歌之歷史人物形象探討》東海大學中國文學系碩士論文,1998年

71 黃麗容:《李白樂府詩色彩之研究》中國文化大學中國文學研究所博士論文,2003年。

72 林宜慧:《以李白詩為素材的國中寫作教學實踐》國立臺灣師範大學國文學系在職進修專班碩士論文,2010年

73 許世旭:《李杜比較研究》國立臺灣師範大學國文學系碩士論文,1962年。

74 劉肖溪:《王維李白與杜甫之比較研究》國立臺灣大學中國文學系研究所碩士論文,1973年。

白飲酒詩」相關主題。

此外，筆者查索臺灣地區期刊論文，以「李白」一詞為論文題名，共有 78 筆資料，其中以康震〈論李白政治文化人格的內在矛盾〉[75]、陳慶元〈李白入永王幕府之心態研究〉一文說明李白即使有政治家的才幹，沒有政治家的性格，從政是感性大於理性的，浪漫的思想使得他對某些世事過於樂觀或理想，至死不渝地效忠玄宗，對永王出師的神聖與理想化，從璘一事，是出於自願也是樂意為之，李白的執著正是他的弱點，但不因此而貶低他自己的生命[76]。張迺邁〈失意悲憤是李白詩歌的主旋律〉[77]、廖美雲〈李白用世思想與寫實詩歌探究〉[78]。林淑貞〈李白遊仙詩中的生命反差與人間性格〉一文藉由考察遊仙詩發現其中透顯出生命起伏跌宕的反差非常大，看不到仙遊之後安頓生命的喜樂，反而看到他幽深悲感的一面，擁有強烈謫仙意識的李白，雖然超世的出塵想望，但是深沈的生命裡，仍然未能忘懷擾攘困厄的人間社會[79]。等深入分析李白的求仕意志與命運，對筆者研究助益良多。

筆者檢索大陸地區的李詩研究者，考察歷年以題名有「李白」二字者，相關博碩士論文有 36 筆資料[80]，觀察發現與臺灣地區博碩

---

[75] 康震：〈論李白政治文化人格的內在矛盾〉《人文雜誌》第 3 期，2000 年，頁 92-97。

[76] 陳慶元：〈李白入永王幕府之心態研究〉《東海中文學報》第 13 期，2001 年 7 月，頁 61。

[77] 張迺邁：〈失意悲憤是李白詩歌的主旋律〉《遼寧教育學院學報》17:3，2005 年 5 月，頁 84-86。

[78] 廖美雲：〈李白用世思想與寫實詩歌探究〉《台中商專學報》22，1990 年 6 月，頁 169-179。

[79] 林淑貞：〈李白遊仙詩中的生命反差與人間性格〉《彰化師大國文學誌》第十三期，2006 年 12 月，頁 121。

[80] 據國立臺灣師範大學圖書館電子資料庫檢索中國大陸優秀碩博士論文，其網址如下：http://0-cnki50.csis.com.tw.opac.lib.ntnu.edu.tw/kns50/

論文除了樂府詩專題[81]、山水詩[82]、送別詩[83]、遊覽詩[84]、組詩[85]、酒詩[86]、個體中心意識[87]、五絕[88]、古注本[89]、詩歌的用典[90]、道教神話[91]、藝術修辭[92]及修辭英譯[93]、并列式複合詞[94]、偏正式複合詞[95]、晚

---

[81] 梁旭艷:《李白古樂府創作四題》寧夏大學中國古代文學碩士論文,2004 年；吉文斌:《李白古題樂府曲辭研究》華東師範大學中國古代文學碩士論文,2005 年；于曉蛟:《李白李賀樂府詩比較研究》中國海洋大學中國古代文學碩士論文,2008 年；吉文斌:《李白樂辭述考》華東師範大學中國古代文學博士論文,2008 年。

[82] 翆宏昱:《李白山水詩研究》山西師範大學中國古代文學碩士論文,2009 年。

[83] 張怡:《李白送別詩的藝術特色研究》西南大學中國古代文學碩士論文,2008 年。

[84] 何歲莉:《李白游覽詩研究》陝西師範大學中國古代文學碩士論文,2008 年。

[85] 楊麗華:《李白組詩研究》首都師範大學中國古代文學碩士論文,2009 年。

[86] 劉金紅:《李白酒詩研究》首都師範大學中國古代文學碩士論文,2008 年。

[87] 李翰:《論李白個體中心意識》廣西師範大學中國古典文學碩士論文,2002 年。

[88] 潘慧瓊:《論李白五絕的創作風貌及成就》廣西師範大學中國古代文學碩士論文,2002 年。

[89] 胡振龍:《李白詩古注本研究》南京師範大學中國古代文學碩士論文,2003 年。

[90] 韓建永:《李白詩歌的用典》西北師範大學中國古代文學碩士論文,2006 年；王騰飛:《李白詩歌用典研究》暨南大學中國古代文學碩士論文,2010 年。

[91] 王鎮寶:《李白詩歌與上清派關係考論》福建師範大學中國古典文獻學碩士,2007 年；展永福:《論李白的詩歌創作與道教》青島大學中國古代文學碩士論文,2008 年；趙東明:《論李白詩歌的神話精神》東北師範大學中國古代文學碩士論文,2007 年。

[92] 張敏:《李白詩歌修辭藝術二題》西南師範大學中國古代文學碩士論文,2003 年；王競:《試論李白詩歌的修辭藝術特色》安徽大學中國古代文學碩士論文,2007 年。

[93] 唐靜:《李白詩歌英譯研究》四川大學外國語言學及應用語言學碩士論文,2006 年。

[94] 黃英:《李白詩歌中并列式復合詞研究》四川大學漢語言文字學博士論文,2004 年。

[95] 唐功敏:《李白詩歌里的偏正式復合詞》四川師範大學漢語言文字學碩士論文,2006 年。

期詩作[96]、長安漫游詩[97]、浪漫主義的人格及特色[98]、夢幻詩[99]、後世對李白詩歌的繼承[100]、教學研究[101]等探討切入角度相同外，甚至有不同研究視野：例如多關注李白婦女詩[102]、女性題材[103]、甚至與西方文學作比較研究[104]、基督教成分試探[105]。值得注意的是，李白詩「十首九說婦人與酒」[106]，歷來學界多關注李白酒意象，可見「婦女」意象是值得關注、開闢研究的嶄新視野。

[96] 張振：《李白晚期研究》北京師範大學中國古代文學碩士論文，2002 年。

[97] 游佳琳：《李白長安漫游研究》上海師範大學中國古代文學碩士論文，2006 年。

[98] 王煒：《論李白的浪漫主義人格及其特色》陝西師範大學中國古代文學碩士論文，2000 年。

[99] 胡虹婭：《蹈夢區 燭心境——李白李賀夢幻詩解析》北京師範大學中國古代文學碩士論文，2001 年。

[100] 李佳：《論歐陽修對李白詩歌的繼承》吉林大學中國古代文學碩士論文，2007 年。

[101] 姜靜：《中學語文教材李白詩歌作品教學研究》四川師範學大學學科教學碩士論文，2007 年。

[102] 武氏海河(VU THI HAI HA)：《唐代婦女的畫卷——淺論李白的婦女詩》北京語言文化大學碩士論文，2000 年。

[103] 楊理論：《李杜詩歌女性題材研究》西南師範大學中國古代文學碩士論文，2001 年。

[104] 王凱：《「悲」與「樂」的辯證統一：從一個角度比較李白和莎士比亞》西北大學英語語文學碩士論文，2001 年；趙長慧：《《女神》與李白詩歌的抒情藝術》華中師範大學中國現當代文學碩士論文，2007 年。

[105] 何誼萍：《李白〈上雲樂〉中基督教成分試探》上海師範大學比較文學與世界文學碩士論文，2006 年。

[106] 胡仔：《苕溪漁隱叢話》前集卷六輯述其事：「《鍾山語錄》云：荊公次第四家詩，以李白最下，俗人多疑之。公曰：『白詩近俗，人易悅故也。白識見污下，十首九說婦人與酒。然其才豪俊，亦可取也。』」胡仔：《苕溪漁隱叢話》收於《叢書集成初編》(北京：中華書局，1985 年)，頁 36-37。因王安石不能理解李白詩中背後所蘊藏深意，或因他有幾首描寫女子的詩略嫌露骨，縱飲頹放之作也確實不少，故有「識見污下」之論，但也從中印證了李白詩作中，婦女實為一大主題。

　　筆者檢索 1915-2011 年大陸期刊論文，以「李白」為篇名有 3,109
筆，以李白詩為研究論題者，有 1,392 筆資料[107]，為數眾多，在此
不一一列舉。如：盧燕平〈略論李白詩以意驅象的特點及其文化心
理成因〉[108]、譚丕模〈李白詩歌中的現實主義的精神〉[109]、胡國瑞
〈再論李白詩歌的現實意義〉[110]、何念龍〈試論李白的自我形象在
詩中的表現——李白詩歌的浪漫主義創作特徵之一〉[111]、薛天緯〈社
稷蒼生　常繫心懷——李白詩歌中的傳統現實主義內容綜述〉[112]、章
繼光〈論李白詩歌創作的悲劇性〉[113]、高瑞雪〈奮起匡社稷　鐵筆掃
群奸——略論李白詩中反權貴精神的愛國內容〉[114]、趙德潤〈蜀道
莽蒼　國步艱難——析李白《蜀道難》寓意〉[115]、宋心昌〈李白詩歌
現實主義精神之我見〉[116]、袁愛國〈「求仙」與「求官」——論李白

107 據國立臺灣師範大學圖書館電子資料庫檢索大陸期刊論文，其網址如下：
　　http://0-cnki50.csis.com.tw.opac.lib.ntnu.edu.tw/kns50/

108 盧燕平：〈略論李白詩以意驅象的特點及其文化心理成因〉《天府新論》1998
　　年 5 期。

109 譚丕模：〈李白詩歌中的現實主義的精神〉《文史哲》1954 年 12 期。

110 胡國瑞：〈再論李白詩歌的現實意義〉《武漢大學學報(哲學社會科學版)》1980
　　年 2 期。

111 何念龍：〈試論李白的自我形象在詩中的表現——李白詩歌的浪漫主義創作
　　特徵之一〉《武漢大學學報(人文科學版)》1982 年 5 期。

112 薛天緯：〈社稷蒼生　常繫心懷——李白詩歌中的傳統現實主義內容綜述〉《新
　　疆師範大學學報(哲學社會科學版)》1983 年 2 期。

113 章繼光：〈論李白詩歌創作的悲劇性〉《湘潭大學社會科學學報》1984 年 1
　　期。

114 高瑞雪：〈奮起匡社稷　鐵筆掃群奸——略論李白詩中反權貴精神的愛國內容〉
　　《西南民族大學學報(人文社科版)》1985 年 1 期。

115 趙德潤：〈蜀道莽蒼　國步艱難——析李白《蜀道難》寓意〉《信陽師範學院
　　學報(哲學社會科學版)》1986 年 3 期。

116 宋心昌：〈李白詩歌現實主義精神之我見〉《河北師範大學學報(哲學社會科
　　學版)》1987 年 2 期。

的游泰山詩〉[117]、顧永華〈「居安思危，防險戒逸」的詩箋——李白
《蜀道難》主題新解〉[118]、楊海波〈詩人李白對戰爭的態度〉[119]、
牛春生，朱子由〈李白詩歌的理想美與豪放美〉[120]、高瑞雪〈再論
偉大詩人李白的愛國主義思想〉[121]、〈李白歌詩的悲劇精神〉[122]、許
總〈論李白自我中心意識及其詩境表現特徵〉[123]、〈李白詩中的愛國
情操〉[124]、傅明善，張維昭〈李白游仙詩與悲劇意識〉[125]、張光富
〈警策心長　憂國情深——李白《蜀道難》主題新議〉[126]、張迤邐
〈失意悲憤是李白詩歌的主旋律〉[127]等，對筆者研究助益不小。

三　關於「意象」研究

（一）歷來關於「意象」一詞的詮釋與分類

---

117 袁愛國：〈「求仙」與「求官」——論李白的遊泰山詩〉《山東社會科學》
　　1991 年 3 期。
118 顧永華：〈「居安思危，防險戒逸」的詩箋——李白《蜀道難》主題新解〉
　　《晉陽學刊》，1994 年 4 期。
119 楊海波：〈詩人李白對戰爭的態度〉《天津師範大學學報(社會科學版)》1994
　　年 2 期。
120 牛春生、朱子由：〈李白詩歌的理想美與豪放美〉《寧夏大學學報》1994 年
　　3 期。
121 高瑞雪：〈再論偉大詩人李白的愛國主義思想〉《西南民族學院學報(哲學社
　　會科學版)》1994 年 6 期。
122 林繼中：〈李白歌詩的悲劇精神〉《古典文學知識》1995 年 2 期。
123 許總：〈論李白自我中心意識及其詩境表現特徵〉《安徽大學學報(哲學社會
　　科學版)》1995 年 4 期。
124 詹鍈：〈李白詩中的愛國情操〉《中國文化研究》1996 年 1 期。
125 張維昭：〈李白遊仙詩與悲劇意識〉寧波大學學報(教育科學版)1996 年 5 期。
126 張光富：〈警策心長　憂國情深——李白《蜀道難》主題新議〉《九江師專
　　學報》1996 年 2 期。
127 張迤邐：〈失意悲憤是李白詩歌的主旋律〉《遼寧教育學院學報》2000 年 3
　　期。

　　本論文研究李白詩歌的海意象，必須先對「意象」作界說，而「意象」一詞的意涵眾說紛紜，中國、西方、近代對意象的詮釋甚多，筆者考察臺灣地區中國文學博碩士論文中以「意象」為題名共有 60 筆資料，早在 1976 年就有關注意象的研究，但真正出現研究熱潮在 1995 年之後，有不少研究者投注於「個別意象」研究，如月亮、風、雨、水、雲、虹霓、魚、鶴、燕、楊柳、黃昏、劍、嫦娥等，如下表 1-1；或是「同類意象群」研究，如：天文、植物、動物、自然、人物、神話、樂器、色彩等，如下表 1-2；或是「針對某一專書做整體意象」研究，如屈賦、王維詩、杜甫詩、李賀詩、《花間集》、柳永樂章集、李清照詞、賴和漢詩、張愛玲小說等，如下表 1-3。

表 1-1　臺灣地區「個別意象」博碩士論文 28 筆

論文名稱	作者、畢業院校名稱、學位類別	年代
《中國古代小說中的劍及其文化意象研究》	陳怡仲/中國文化大學中文所/碩士	1994
《論現代詩中的工業化意象》	劉淑玲/輔仁大學中國文學研究所/碩士	1994
《嫦娥神話的形成演進及其意象之探究》	李文鈺/臺灣大學中國文學研究所/碩士	1995
《全宋詞雨詞意象研究》	陳坤儀/中國文化大學中文所/碩士	1995
《虹霓的原始意象在中國文學中的表現及意義》	許又方/政治大學中國文學系研究所/博士	1996
《五代詞中山的意象研究》	謝奇懿/臺灣師範大學國文學系/碩士	1997

論文名稱	作者、畢業院校名稱、學位類別	年代
《唐詩中的兩性意象研究》	李鎮如/中央大學中國文學系/碩士	1997
《唐詩中「雲」意象之承襲與延展──以初、盛唐為主》	彭壽綺/中興大學中國文學系/碩士	1998
《晚唐詩歌中黃昏意象研究》	黃大松/政治大學中國文學系/碩士	1998
《從詠懷詩意象探索阮籍的生命情調》	陳思穎/高雄師範大學國文學系/碩士	2000
《唐詩中「楊柳」意象之研究》	張雅慧/東吳大學中國文學系/碩士	2000
《先秦典籍中頭髮文化及相關意象研究》	林曉琦/中興大學中國文學系/碩士	2001
《唐詩中桃源意象之研究》	吳賢妃/中正大學中國文學系/碩士	2002
《唐詩鶴意象研究》	黃喬玲/政治大學中國文學研究所/碩士	2002
《南朝詩歌中柳意象研究》	蔡碧芳/彰化師範大學國文學系在職進修專班/碩士	2002
《《詩經》與「水」相關意象之研究》	陳慈敏/逢甲大學中國文學所/碩士	2002
《東坡詞月意象探析》	黃琛雅/臺灣師範大學國文系在職進修/碩士	2003
《東坡詩詞月意象研究》	林聆慈/政治大學中國文學研究所/碩士	2003

論文名稱	作者、畢業院校名稱、學位類別	年代
《宋詞燕意象研究》	戴麗娟/高雄師範大學國文教學/碩士	2004
《東坡詞「風意象」研究》	林淑英/彰化師範大學國文學系/碩士	2004
《夢窗憶姬情詞意象研究》	蘇芳民/臺灣師範大學國文學系/碩士	2005
《《千江有水千江月》中的水、月意象研究》	詹雅筑/臺灣師範大學國文學系/碩士	2005
《論夏曼‧藍波安及其作品中海洋意象》	黃勤媛/玄奘大學中國語文學系在職專班碩士	2006
《李商隱、杜牧詩中夢的意象之研究》	廖敏惠/東海大學中國文學系/碩士	2007
《杜宇神話與唐詩中杜宇意象之研究》	許秀美/政治大學中國文學研究所/博士	2008
《宋代南渡政壇詞人詞作花意象研究》	吳玫香/中國文化大學中國文學研究所/碩士	2009
《唐詩鳳意象研究》	吳俊男/淡江大學中國文學系在職專班/碩士	2009
《曹文軒小說生命漂泊意象之探究──以《草房子》、《紅瓦》為例》	邱涵/東海大學中國文學系/碩士	2009

表 1-2　臺灣地區「同意象類群」博碩士論文 18 筆

論文名稱	作者、畢業院校名稱、學位類別	年代
《李義山詩意象之研究——以天文為探討對象》	朴柱邦/政治大學中國文學研究所/碩士	1976
《詩經中草木鳥獸意象表現之研究》	文鈴蘭/政治大學中國文學研究所/碩士	1985
《《詩經》鳥類意象及其原型研究》	林佳珍/臺灣師範大學國文學系/碩士	1992
《詩經天文地理意象研究》	周玉琴/中山大學中國文學研究所/碩士	1995
《詩經草木意象》	陳靜俐/臺灣師範大學國文學系/碩士	1997
《李白詩歌中植物意象研究》	孫鐵吾/臺灣師範大學國文學系/碩士	1997
《唐詩魚類意象研究》	吳瓊玫/臺灣師範大學國文學系/碩士	1999
《東坡詞草木意象研究》	黃惠暖/臺灣師範大學國文系在職進修/碩士	2002
《東坡詞色彩意象析論》	張雯華/臺灣師範大學國文系在職進修/碩士	2002
《《詩經》自然意象之美學觀》	黃文琪/臺灣師範大學國文研究所/碩士	2003
《《詩經》動植物意象的隱喻認知詮釋》	張淑惠/東海大學中國文學系/碩士	2004
《《詩經》鳥獸蟲魚意象研究》	蔡雅芬/靜宜大學中國文學研究所/碩士	2004

論文名稱	作者、畢業院校名稱、學位類別	年代
《人與自然的對話——陶詩自然意象研究》	鄭淳云/臺灣師範大學國文學系/碩士	2005
《晏殊《珠玉詞》花鳥意象研究》	侯鳳如/臺灣師範大學國文學系在職進修/碩士	2005
《稼軒詞中人物意象之研究》	林鶴音/成功大學中國文學系/碩士	2005
《東坡詞樂器意象研究》	朱瑞芬/臺灣師範大學國文學系在職進修/碩士	2006
《東坡詞禽鳥意象研究》	黃鈺婷/銘傳大學應用中國文學系/碩士	2007
《稼軒詞中鳥意象之研究》	陳淑君/成功大學中國文學系/碩士	2009

表 1-3　臺灣地區「某一專書意象」博碩士論文 32 筆

論文名稱	作者、畢業院校名稱、學位類別	年代
《杜甫詩之意象研究》	歐麗娟/臺灣大學中國文學研究所/碩士	1990
《屈賦意象研究》	陳秋吟/中山大學中國文學研究所/碩士	1996
《柳永樂章集意象析論》	張白虹/高雄師範大學國文學系/碩士	1996
《《花間集》主題內容與感覺意象之研究》	洪華穗/政治大學中國文學系/碩士	1997
《杜詩意象類型研究》	林美清/政治大學中國文學系/博士	1999

論文名稱	作者、畢業院校名稱、學位類別	年代
《賴和漢詩意象研究》	蘇娟巧/彰化師範大學國文學系在職進修專班/碩士	2002
《辭章意象形成論》	陳佳君/臺灣師範大學國文研究所/博士	2003
《杜甫詩中之意志與命運衝突研究——以意象為核心之探討》	王正利/臺灣大學中國文學研究所/碩士	2004
《陳映真小說中意象的研究》	林碧霞/中國文化大學中文所/碩士	2004
《語言・意象・詩美學——簡政珍現代詩研究》	廖悅琳/彰化師範大學國文學系/碩士	2004
《張愛玲小說意象研究》	吳淑鈴/銘傳大學應用中國文學系在職專班/碩士	2004
《東坡詞天文意象研究》	陳美坊/中正大學中國文學所/碩士	2005
《蘇軾記體文辭章意象研究》	楊雅貴/臺灣師範大學國文學系/碩士	2005
《李清照詞篇章意象析論》	程汶宣/臺灣師範大學國文學系在職進修/碩士	2005
《陳千武詩之意象研究》	游麗芳/高雄師範大學國文教學/碩士	2005
《王維詩之意象研究》	吳啟禎/中國文化大學中文所/博士	2005
《駱賓王詩歌研究——以意象、用典、情志為主》	林育儀/中正大學中國文學所/碩士	2005

論文名稱	作者、畢業院校名稱、學位類別	年代
《現代詩從物象到意象的藝術——以簡政珍詩作為主》	吳鑒益/中興大學中國文學系所/碩士	2006
《楊守愚古典詩意象研究》	林巧崴/彰化師範大學國文學系/碩士	2006
《《六一詞》花鳥意象研究》	鄧絜馨/臺灣師範大學國文學系在職進修/碩士	2006
《稼軒詞秋意象探析》	李昊青/臺灣師範大學國文學系在職進修/碩士	2006
《漂流的後花園、游離的呼蘭河——論蕭紅作品裡的空間意象群》	李婉玲/淡江大學中國文學系在職專班/碩士	2007
《現代詩從物象到意象的藝術——以簡政珍詩作為主》	吳鑒益/中興大學中國文學系/碩士	2007
《眷村圖象‧追憶‧認同——朱天心 90 年代小說篇章意象研究》	蘇睿琪/成功大學中國文學系/碩士	2008
《稼軒詞山水意象之研究》	陳惠慈/成功大學中國文學系/碩士	2008
《東坡送別詞意象探析》	黃千足/臺灣師範大學國文學系在職進修/碩士	2008
《《莊子》書中的水意象》	游幸惠/中興大學中國文學系/碩士	2009
《晚清狹邪小說中的花月意象——以《花月痕》為中心》	徐寬儒/東海大學中國文學系/碩士	2010

論文名稱	作者、畢業院校名稱、學位類別	年代
《《離騷》意象論》	魯詠翔/成功大學中國文學系/碩士	2010
《敦煌曲子詞色彩意象研究》	陳章定/嘉義大學中國文學系/碩士	2010
《陳子龍詞中的「春」意象探析》	宋潔茹/中央大學中國文學系在職專班/碩士	2010

　　以上這些論文已將意象形成理論基礎，中國、西方、近代對意象釋義探源得相當豐富，筆者繼承前賢的研究成果，整理歷代有關「意象」的詮說，常為人所稱引者資料如下：

1. 在意象這個概念形成之前，意與象是分別使用的。中國最早出現「意」與「象」的概念見於《周易・繫辭上》：「書不盡言，言不盡意，然則聖人之意其不可見乎？子曰：聖人立象以盡意，設卦以盡情偽，繫詞焉以盡其言。」[128]

2. 最早將「意象」二字聯用為一詞，見於東漢王充《論衡・亂龍》，將動物的形象成了地位的象徵：「天子射熊，諸侯射麋，卿大夫射虎豹，士射鹿豕，示服猛也。名布為侯，示射無道諸侯也。夫畫布為熊麋之象，名布為侯，禮貴意象，示義取名也。」[129]

3. 王弼在《周易略例・明象篇》中，對意、象、言的關係，作了深入的辨析，對詩歌意象論的形成具有重大意義：「夫象者，出意者

---

[128] (魏)王弼：《周易・繫詞上第七》《十三經注疏》(臺北：藝文出版社，1997年)，31。

[129] (漢)王充：《論衡・亂龍篇》卷十六，收於王雲五主編：《叢書集成初編》(台北：臺灣商務印書館，1993年12月初版)，冊591，頁171。

也；言者，明象者也。盡意莫若象，盡象莫若言。言生於象，故尋言可以觀象；象生於意，故可尋象以觀意。意以象盡，象以言著。故言者所以明象，得象而忘言；象者所以存意，得意而忘象。」[130]

4. 在文藝理論中首先提及「意象」這個詞，則見於劉勰《文心雕龍·神思》篇：「是以陶鈞文思，貴在虛靜，疏瀹五藏，澡雪精神；積學以儲寶，酌理以富才，研閱以窮照，馴致以懌辭，然後玄解之宰，尋聲律而定墨；獨照之所，窺意象而運斤；此蓋馭文之首術，謀篇之大端。」[131]

5. 唐代王昌齡《詩格》中說「意」與「象」未契合，詩思便不通暢，須將主觀精神投入對象中，對其作內心觀照：「詩有三格：一曰生思，二曰感思，三曰取思。生思一：久用精思，未契意象，力疲智竭，放安神思，心偶照境，率然而生。感思二：尋味前言，吟諷古制，感而生思。取思三：搜求於象，心入於境，神會於物，因心而得。」[132]

6. 晚唐司空圖總結前人創作實踐經驗和理論研究的成果，在其《詩品·縝密》中從詩學的角度標舉「意象」之說：「是有真跡，如不可知。意象欲生，造化已奇。水流花開，清露未晞，要路愈遠，幽行為遲。語不欲犯，思不欲痴，猶春於綠，明月雪時。」[133]

7. 宋代梅聖俞《續金針詩格》將「意」與「象」分說，但特別強調

---

130 《周易略例·明象》，收於《易經集成 149》(臺北：成文出版社，1976 年)，頁 21-22。

131 (梁)劉勰著、范文瀾註：《文心雕龍註》卷六〈神思〉第二十六(香港：商務印書館，1960 年 6 月第 1 版)，頁 493。

132 (唐)王昌齡：《詩格》《中國歷代詩話選》(一)(湖南：岳麓書社，1985 年第 1 版)，頁 39。

133 (唐)司空圖：《二十四詩品》，見(清)何文煥輯：《歷代詩話》(北京：中華書局，1992 年 5 月第 1 版第 3 次印刷)，頁 322。

意象的含蓄性：「詩有內外意，內意欲盡其理，外意欲盡其象，內外意含蓄，方入詩格。」[134]

8. 宋代姜夔〈念奴嬌序〉將「意象」指「客觀物境」(景物)：「予客武陵，湖北憲治在焉。古城野水，喬木參天。予與二三友日盪舟其間，薄荷花而飲。意象幽閒，不類人境。」[135]

9. 清代方東樹《昭昧詹言》：「意象大小遠近，皆令遍真。」[136]與清代沈德潛《說詩晬語》：「孟東野詩，亦從風騷中出，特意象孤峻，元氣不無斷削耳。」[137]將「意象」指作品中的形象。

10. 清代葉燮在《原詩》指出詩人能夠運用「意象」將「不可言之理」、「不可述之事」表現的清楚明白：「可言之理，人人能言之，又安在詩人之言之！可徵之事，人人能述之，又安在詩人之述之！必有不可言之理，不可述之事，遇之於默會意象之表，而理與事無不粲然於前者也。」[138]

11. 1735 年，美學之父鮑姆嘉滕(Baumgarten)即在〈詩的哲學默想錄〉一文中發表了他對意象的看法：「意象是感情表象，因而更具有詩意。」[139]

---

[134] (宋)魏慶之：《詩人玉屑》卷九(臺北：臺灣商務印書館，1968 年 6 月臺一版)，頁 161-162。

[135] (宋)姜夔：《白石詩詞集・念奴嬌序》(臺北：華正書局臺一版，1974 年)，頁 111-112。

[136] (清)方東樹撰：《昭昧詹言》卷八一一二(臺北：漢京文化出版社初版，2004 年)，頁 214。

[137] (清)沈德潛：《說詩晬語》《叢書集成續編 199》(臺北：新文豐出版社臺一版，1989 年)，頁 339。

[138] (清)葉燮：《原詩・內篇下》，收於丁福保編：《清詩話》(臺北：藝文印書館，1971 年 12 月初版)，頁 17。

[139] 鮑姆嘉滕著，簡明、王旭曉譯：《美學・詩的哲學默想錄》(北京：文化藝術出版社，1987 年版)，頁 170。

12. 二十世紀初，英美興起了「意象派」詩派，他們把「意象」作為詩歌創作時藝術手法，在英國批評家兼詩人休謨(T.E. Hume)與美國詩人龐德(Ezra. Pound)等人的提倡後，意象開始廣泛地被運用。休謨說：「要想掌握真實，必須由直覺入手，而直覺是無法用抽象語言來表達的，唯有依賴意象。詩人的責任便是運用意象來表達直覺所體驗到的真實世界。」[140]休謨認為惟有透過意象，才能真實地表達內心的感知。

13. 龐德認為意象產生於情感，將「意象」的創造，視為詩人成就的指標，大力宣揚意象在詩歌中的重要性：「情感不僅產生『圖式單位』和『形式的排列組合』，它也產生意象。意象可以有兩種。它可以產生於人的頭腦中，這時它是『主觀的』。也許是外因作用於大腦；如果是這樣，外因便是如此被攝入頭腦的；它們被融合，被傳導，並且以一個不同於它們自身的意象出現。其次，意象可以是客觀的。攫住某些外部場景或行為的情感將這些東西原封不動地帶給大腦；那種漩渦沖洗掉它們的一切，僅剩下本質的、最主要的、戲劇性的特質，於是它們就以外部事物的本來面目出現。」[141]

14. 卡羅琳・司伯吉恩（Caroline Spurgeon）心中的意象，特別強調意象的視覺效果：「意象是詩人、散文家以文字描繪成的小幅圖畫，用以解說闡明他自己的想法，潤飾他的想法。作者的看法、設想，言有未盡之處，自有其整體的內涵，自有其深度與豐富的意義，意義就是一種描寫或一種思想，用以把上述的涵意傳

---

140 傅孝先：《困學集・西洋文學散論》(臺北：時報文化出版，1979 年 11 月 2 版)，頁 245。

141 龐德著，黃晉凱、張秉貞、楊恆達譯：《象徵主義・意象派》(北京：中國人民大學出版社，1989 年 1 月初版)，頁 150。

達給讀者。」[142]

15. 英美新批評派的中心人物韋勒克在《文學論》中也對意象下定義，將意象存在領域擴大：「意象(image)是一個兼屬心理學上和文學研究上的課題。在心理學方面，『意象』一詞義指過去的感受上或知覺上的經驗在腦海中的一種重演或記憶，所以並不一定指視覺的經驗而言。……不但有『味覺上的』、『嗅覺上的』意象，而且尚有『熱的』和『壓力的』意象(即肌肉感覺的、觸覺的、移情作用的意象)等等。」[143]

16. 劉若愚《中國詩學》界定「image」(意象)的定義為：「『image』用以指喚起心象(mental picture)或者感官知覺(不一定是視覺的)語言表現。在另一方面，這個詞用以指像隱喻、明喻等包含兩個要素的表現方式。」[144]

17. 王夢鷗在《中國文學理論與實踐》清楚地說明其界限：「意象的表述，倘不是直喻(明喻)，亦當是隱喻(暗喻)。直喻隱喻的內容，從心理學看來，就是因原意象而引起的聯想而被記號把它固定下來的繼起之意象。」[145]

18. 陳植鍔在《詩歌意象論》說明「意象」的內涵：「就詩人的藝術思維來說，象，即客觀物象，包括自然界以及人身以外的其他社會關係的客觀，是思維的材料；意，即作者主觀方面的思想、

---

[142] Caroline Spurgeon 著，鍾玲譯：〈先秦文學中楊柳意象的象徵意義〉《古典文學》第七集上冊(臺北：學生書局，1985 年 8 月初版)，頁 81。

[143] Austin Warren、Rene Weller 著、王夢鷗、許國衡譯：《文學論》(臺北：志文出版社，1992 年 12 月再版)，頁 164。

[144] 劉若愚著、杜國清譯：《中國詩學》(臺北：幼獅文化公司，1981 年 12 月 3 版)，頁 151。

[145] 王夢鷗：《中國文學理論與實踐》(臺北：時報文化公司，1995 年 11 月)，頁 167。

觀念、意識，是思維的內容。……正如語言的最小獨立單位是語詞，所謂意象，也就是詩歌藝術最小的能夠獨立運用的基本單位。」[146]

19. 袁行霈〈中國古典詩歌的意象〉中說明：「意象是融入了主觀情意的客觀物象，或者是借助客觀物象表現出來的主觀情意。」[147] 陳良運亦表達類似的看法，他認為：「意象，它所表現的是『內心觀照』所形成的觀感，所以它『不露本情』而使意蘊顯得較為幽深。」[148]

20. 意象的熔鑄，關係到一首詩的價值、優劣、成敗。所以詩人對意象的功用及在詩中之重要性相當重視。余光中〈論意象〉曰：「詩人內在之意訴之於外在之象，讀者再根據這外在之象試圖還原為詩人當初的內在之意。……意象是構成詩的藝術之基本條之一，我們似乎很難想像一首沒有意象的詩，正如我們很難想像一首沒有節奏的詩。」[149]

21. 葉嘉瑩在著作中，也多次論及意象，她在〈從比較現代的觀點看幾首中國舊詩〉一文中說：「中國文學批評對於意象方面雖然沒有完整的理論，但是詩歌之貴在能有可具感的意象，則是古今中外之所同然的。在中國詩歌中，寫景的詩歌固然以「如在目前」的描寫為好，而抒情述志的詩歌則更貴在能將其抽象的

---

[146] 陳植鍔：《詩歌意象論》(北京：中國社會科學出版社，1990 年 3 月第 1 版)，頁 12-17。

[147] 袁行霈：《中國詩歌藝術研究》(臺北：五南圖書公司，1989 年 5 月初版)，頁 61。

[148] 陳良運：《中國詩學體系論‧立象篇》(北京：中國社會科學出版社，1992 年 7 月 1 版)，頁 229。

[149] 余光中：《掌上雨》(臺北：大林文庫，1970 年 3 月初版)，頁 7。

情意概念，化成為可具感的意象。」[150]

22. 陳銘《意與境——中國古典詩詞美學三昧》中，認為意象乃屬「包融主體思緒意蘊的藝術形象」，既具自然物象的特徵屬性，又富含創作者賦予的特質：「意象……通常指創作主體通過藝術思維所創作的包容主體思緒意蘊的藝術形象。因此，意象並不是單純的自然物象，而是詩人腦子中經過加工的自然物象。它既有第一自然物象的個別特徵和屬性，更有創作主體賦予特殊內涵的特徵和屬性。」[151]

23. 吳戰壘《中國詩學》一書中，將象視為意的載體，讓意得以順利表出的形式：「意象是寄意於象，把情感化為可以感知的形象符號，為情感找到一個客觀對應物，使情成體，便於觀照玩味。」[152]

24. 陳慶輝《中國詩學》一書中，指出意象的特性，乃是「意象」、「情景」、「形神」、「心物」兩相交融的境界：「意象的特性在於它是意與象、情與景、形與神、心與物的有機統一，是審美創造的產物，是不同於主觀世界、也不同於客觀世界的第三種世界，它是蘊含著詩人審美感受的語言形象。」[153]

25. 李元洛在《詩美學》中，引蕭蕭之語，對意象乃「語言中的和諧交融和辯證統一」觀點與陳慶輝所見略同：「意象，如同詩歌創作與批評中的興象、氣象、情景、意境等詞一樣，在漢語構詞法中，都是先抽象後具象的複合名詞，它包括抽象的主觀的

---

[150] 葉嘉瑩：《迦陵談詩》(臺北：三民書局，1970 年 4 月初版)，頁 243。

[151] 陳銘：《意與境——中國古典詩詞美學三昧》(杭州：浙江大學出版社，2001年)，頁 33。

[152] 吳戰壘：《中國詩學》(臺北：五南圖書出版公司，1993 年 11 月初版)，頁 68。

[153] 陳慶輝：《中國詩學》(臺北：文史哲出版社，1994 年 12 月初版)，頁 68。

「意」，和具體的客觀的「象」兩個方面，是意(詩人主觀的審美思想和審美感情)與象(作為審美客體的現實生活的景物、事物與場景)在文學第一要素──語言中的和諧交融和辯證統一。」[154]

26. 孫耀煜在《中國古代文學原理》中，認為：「文學意象是客體物象與主體意念的融合而形成的一種文學基本元素，它以表象為載體，涵容了客體審美特性和作家審美情感與想像的文學模式。」[155]

27. 朱光潛《詩論》云：「每個詩的境界必有『情趣』(feeling)和『意象』(image)兩個要素。『情趣』簡稱『情』，『意象』即是『景』。吾人時時在情趣裡過活，卻很少能將情趣化為詩，因為情趣是可比喻而不可繪的實感，如果不附麗到具體的意象去，就根本沒有可見的形象。」[156]意象為外界客觀事物，詩人在運用意象之時已沾染主觀色彩。又在《朱光潛美學文集》云：「藝術的任務是在創造意象，但是這種意象必定是受情感飽和的。」[157]

28. 王長俊主編《詩歌意象學》以工程建設為喻，說明意象是詩的最基本也是最重要的元素：「如果說，寫一首詩就是從事一項工程建設，那麼，作為這項工程的整體構成的最基本的單位，就是意象。」並且認為：「意象是鑄意染情的表象。」[158]

29. 陳師滿銘在〈從意象看辭章之內涵〉認為「意象」是偏於主觀聯想、想像所形成之「形象思維」加以呈現的：「將一篇辭章所

---

154 李元洛：《詩美學》(臺北：東大圖書公司，1990 年 2 月初版)，頁 167。
155 孫耀煜：《中國古代文學原理》(南京：江蘇教育出版社，1996 年 4 月 1 版 1 刷)，頁 187。
156 朱光潛：《詩論》(臺北：萬卷樓圖書股份有限公司，1993 年)，頁 67。
157 朱光潛：《朱光潛美學文集》(上海：文藝出版社，1983 年)，頁 54、350、。
158 王長俊主編：《詩歌意象學》(合肥：安徽文藝出版社，2000 年 8 月 1 版 1 刷)，頁 17、177。

要表達的「情」或「理」，也就是「意」，主要訴諸各種偏於主觀的聯想，和所選取的「景」(物)或「事」，也就是「象」，連結在一起，或者是專就個別之「情」、「理」(意)、「景」(物)、「事」(象)等材料本身設計其表現技巧的，皆屬於形象思維。」[159]

30. 仇小屏《篇章意象論──以古典詩詞為考察範圍》一文指出：「劃分意象，分別從『意』與『象』來區分，以『意』是偏於情還是偏於理，來分作『情意象』與『理意象』，其次因為『意』可能明點、也可能暗藏，可分為『顯意象』與『隱意象』。以『象』來區分，可分為『景意象』與『事意象』、『實意象』與『虛意象』」。[160]

　　筆者歸納綜合上述中國、西方、近代、古今詩學、辭章學對意象詮釋，可知它們皆肯定意象是一種心理感覺，得出結論：其一、「意象」是創作者內在情意、意念、心意等主觀抽象的感情思致與外在物象、景象、事象、形象等客觀現實的感知對象相交融後，透過語言文字，將此精神活動落實於作品中，呈現主體思想和情感的表現。其二、意象並非一定由視覺產生，意象可以作為一種「描述」存在，也可作為一種隱喻存在，不僅可通過感官去觀察，也可藉由心靈去把握。因此，意象是主體與客體的結合，意象形成是一個「化虛為實」的過程，是一個「使情成體」的過程。而陳師滿銘在《意象學廣論》：「『意』，是主體的；『象』，是客體的。主客體兩者經由『異

---

159 陳師滿銘〈從意象看辭章之內涵〉《國文天地》19 卷第五期(2003 年 10 月)，頁 97。

160 仇小屏：《篇章意象論──以古典詩詞為考察範圍》(臺北：萬卷樓圖書股份有限公司，2006 年 10 月初版)，頁 34。

質同構」而趨於統一，美感就產生於篇章字句之間。」[161]歷來詩論
將客觀之景與主觀之情視為作詩基本要素，並不可分割，只有情景
交融才能構成意象，正如朱光潛《詩論》所言：「紛至沓來的意象凌
亂破碎，不成章法，不成生命，必須有情趣來融化它們，灌注它們，
才內有生命，外有完整形象。」[162]

　　意象有廣義與狹義之分：廣義指全篇，屬於整體，可以析分為
「意」與「象」；狹義指個別，屬於局部，往往合「意」與「象」為
一來稱呼。而整體是局部的總括、局部是整體的條分，兩者關係密
切[163]。又陳師滿銘在〈論篇章辭章學〉指出：「狹義之『意象』，亦
即個別之『意象』，雖往往合『意』與『象』為一來稱呼，卻大都用
其偏義，譬如草木或桃花的意象，用的是偏於『意象』之『意』，因
為草木或桃花都偏於『象』；如『桃花』的意象之一為愛情，而愛情
是『意』。而團圓或流浪的意象，則用的是偏於『意象』之『象』，
因為團圓或流浪，都偏於『意』；如『流浪』的意象之一為浮雲，而
浮雲是『象』」。因此前者往往是「一象多意」，後者為「一意多象」。
而它們無論是偏於「意」或偏於「象」，通常都通稱為「意象」[164]。

---

161 陳師滿銘：《意象學廣論》(臺北：萬卷樓圖書股份有限公司，2006 年)，頁
　　140-141。

162 仇小屏：《篇章意象論──以古典詩詞為考察範圍》(臺北：萬卷樓圖書股份
　　有限公司，2006 年)，頁 349。

163 「一首詩就是若干意象組合構成一有機的意象系統」其中，「若干意象」指
　　個別意象，「意象系統」則是指整體意象。見嚴雲受：《詩詞意象的魅力》(合
　　肥：安徽教育出版社，2003 年)，頁 231。然而意象結的結構，有「單一意象」
　　和「複合意象」，單一意象又稱單純意象或個別意象，複合意象又稱群體意
　　象，是多種多樣事物融合而成的整體性意象。見邱明正：《審美心理學》(上
　　海：復旦大學出版社，1993 年)，頁 356-357。此外，王長俊：《詩歌意象學》
　　(合肥：安徽文藝出版社，2000 年)也與邱明正同樣說法，頁 181-185。

164 陳師滿銘：〈意象與辭章〉收錄於《修辭論叢》第六輯(臺北：洪葉文化事業
　　有限公司，2004 年 11 月第六屆中國修辭學國際學術研討會)，頁 369。

列表如下[165]：

意象的種類	範疇	特色	內涵
整體意象	就全篇、整體而言	可析分為「意」與「象」	包括核心之意(主旨)，與由個別意象所總集成的意象群
個別意象	就局部、個別而言	合「意象」稱之，並具有偏義現象	包括「一象多意」與「一意多象」

　　關於文學意象的分類，歷來有不同的分類標準，楊義《中國敘事學》以「物象來源」以及它賦予意象的外觀作為標準分為：自然意象、社會意象、民俗意象、文化意象、神話意象[166]；鄭明娳《現代散文構成論》一書將意象依意象本體的類型：分為感官式意象(可細分為視覺、聽覺、觸覺、嗅覺、味覺)、心理式意象(概念式意象、情緒式意象)；依修辭的角度分為字義式意象、轉義式意象；依意象的構造可分為單一意象、複合意象、意象群、意象系統[167]；李元洛以作者經營意象的角度分為動態性化美為媚的意象、比喻式意象、象徵性意象、通感性意象等[168]；李清筠《時空情境中的自我影像》一書將陳慶輝、吳戰壘、禹克坤、陳植鍔及袁行霈等的說法加以補

165　此表見陳佳君：《辭章意象形成論》(臺北：臺灣師範大學國文研究所博士論文，2004 年)，頁 5。
166　楊義：《中國敘事學》(嘉義：南華管理學院，1998 年 6 月初版)，頁 319。
167　詳見鄭明娳：《現代散文構成論》(臺北：大安出版社，1998 年 4 月第 3 版)，頁 73-103。
168　詳見李元洛：《詩美學》(臺北：東大圖書公司，1990 年 2 月初版)，頁 176-187。

充修改,從意象形成、型態、功能、內容等方面加以分類,分類詳備周全,大致包含所有意象分類系統[169];葉嘉瑩認為各種事物之形象大致分為物象、事象、喻象,物象取象於自然界,事象取象於人世間,喻象取象於假想之中;[170]王立《心靈的圖景——文學意象的主題史研究》一書從外劃分、內劃分對意象進行分類:外劃分是指作為外在物象經心理表象折映後所固化了的內心觀照物,憑藉的是意象原初的物態屬性,可分為現實的(如植物、動物、無機自然界意象)與虛幻的(如夢意象);內劃分是以主體如何觀照解悟對象來界定,可分為兩類,一類是同宗教、圖騰、神話、鬼靈崇拜等神秘主義思維密切相關的意象(重在人的生命意識、生存體驗);一類是與人現實中審美意識,人們感物而發、物我相生的藝術思維與較直接的生活感受相關的意象(重在主客物我相因比照的「格式塔」等形式美、人格象徵功能)[171]。上述各家對意象分類最終目的無非是希冀透過意象的不同展現方式,把握住作者潛藏的生命意境。觀物是一種宇宙觀、世界觀的深層體現,是人類生命外顯的表相,更能反映出作家內心思想情意。

(二)歷來李白詩歌中個別、群體意象相關探討

本論文綜合考察李白詩歌中所有意象群詞彙,以及歷來學術論著,得出「海意象」為本論文研究主題,以「海」字為中心主軸,結合「意象」研究,且深入分析李白思想性格、提供許多基本論點

---

169 詳見李清筠:《時空情境中的自我影像》(臺北:文津出版社,2000 年 10 月初版),頁 143-149。

170 詳見葉嘉瑩:《迦陵論詩叢稿》上冊(臺北:桂冠圖書公司,2000 年 6 月初版),頁 32-33。

171 詳見王立:《心靈的圖景——文學意象的主題史研究》(上海:學林出版社,1999 年 2 月第 1 版),頁 7-13。

的論文為主，筆者檢索「李白詩歌意象」期刊論文共有 50 筆相關資料，如下表 1-4：

表 1-4 李白詩歌意象期刊論文共 50 筆

篇名	作者	刊名	出版年月
爛七彩之照耀 漫五色之氤氳——談李白詩歌的彩色意象	曲世川	學習與探索	1988,(6)
李白詩歌的意象特徵	張瑞君	晉陽學刊	1993,(1)
韻律和意象組合——李白詩歌形態論	朱易安	蘇州科技學院學報(自然科學版)	1993,(4)
兩極意象 合塑真身——淺議李白詩中酒·月之功用	崔際銀	河北師範大學學報(哲學社會科學版)	1993,(4)
論李白詩歌中「水」的意象	褚斌	江西教育學院學報	1994,(2)
李白詩文中的鳥類意象	李浩	文學遺產	1994,(3)
論李白詩中的月亮意象與哲人風範	傅紹良	陝西師範大學學報(哲學社會科學版)	1996,(3)
月光下的李白——李白詩中的月意象簡析	陳呂洪	大理學院學報(社會科學版)	1996,(4)
試論李白詩歌中明月的意象建構	賀超	贛南師範學院學報	1996,(1)
略論李白山水詩的意象特徵	姚星	江西教育學院學報	1997,(5)

篇名	作者	刊名	出版年月
李白的明月意象思維	楊義	中國社會科學院研究生院學報	1998,(5)
李白詩中「帆」的意象	呂秀彬	語文天地	1999,(5)
簡論李白詩歌的心態意象化與意象心態化	張春義	杭州師範學院學報	1999,(5)
關於李白詩的「飛」意象	盧燕平	天府新論	1999,(6)
李白詩歌中的舟意象	馮國棟	甘肅廣播電視大學學報	2000,(3)
論李白詩中的太陽意象	張炳蔚	西北大學學報(哲學社會科學版)	2001,(1)
試論李白詩歌中的人格意象	張保寧	荊州師範學院學報	2002,(1)
從「水」「月」意象中看李白的主體創造心態	鄭曉	寧波職業技術學院學報	2003,(2)
日、月意象與李白其人其詩	王德春	巢湖學院學報	2002,(2)
月下的沉吟──論李白詩歌的月意象	喻世華	華東船舶工業學院學報(社會科學版)	2002,(3)
李白詩中的月亮意象	田干生	文史雜志	2002,(3)
淺析李白詩水意象的審美境界	楊潔梅	伊犁教育學院學報	2003,(3)

篇名	作者	刊名	出版年月
論李白詩歌的月亮意象及意蘊	李軍	江蘇廣播電視大學學報	2003,(4)
朦朧的自我——李白鳳詩歌意象賞析	崔允瑄	名作欣賞	2002,(4)
略論李白詩中的黃河意象	孫玉太	濟南大學學報(社會科學版)	2003,(4)
對李白作品中月亮意象的解讀	胡和平郭慧英	船山學刊	2004,(2)
李白詩文中的大鵬意象	陳娟	語文教學與研究	2004,(32)
李白詩中月意象的文化意蘊	楊朝紅	鄭州鐵路職業技術學院學報	2005,(2)
李白對中國山水詩水意象的創新與開拓	楊朝紅	濟源職業技術學院學報	2005,(2)
李白李賀詩歌意象比較	陽建雄	巢湖學院學報	2005,(2)
李白是古典詩歌比興意象的集大成者	段全林	中州學刊	2005,(5)
李白詩中「月亮」意象的詮釋	蔡少華	現代語文(理論研究版)	2005,(5)
浩蕩江水　悠遠別情——李白三首離別詩流水意象鑒賞	焦泰平	名作欣賞	2005,(11)
耐人尋味的月亮意象——對李白詠月作品的解讀	郭慧英	湖北經濟學院學報(人文社會科學版)	2006,(1)

篇名	作者	刊名	出版年月
劍骨詩魂──李白與龔自珍詩歌中劍意象之比較	聶小雪	濟源職業技術學院學報	2006,(4)
清風肺腑明月魂──論李白詩中的「月」意象	李華	邢臺學院學報	2006,(4)
水意象及李白送別詩的抒情模式	王粉利	現代語文(文學研究版)	2006,(4)
試論李白與蘇軾詩詞中月亮意象的相似點	葉春芳	廣西教育學院學報	2006,(4)
大鵬:從哲學意象到文學自我──莊子、李白文化符號類型比較	何念龍	黃岡師範學院學報	2006,(5)
李白詩歌中的劍意象分析	陳斐 伏俊璉	固原師專學報	2006,(5)
探究李白詩歌中的「月亮」意象	謝宜伶	現代語文(文學研究版)	2006,(8)
漫談李白的「飛」意象	錢春莉	安徽文學(下半月)	2007,(1)
李白詩歌中的黃河與長江意象比較	田樹萍	陝西師範大學繼續教育學報	2007,(2)
茫茫大夢中 唯我獨先覺──李白之「我」及孤獨意象的文化解讀	陳冬根	江漢論壇	2007,(2)

篇名	作者	刊名	出版年月
李白詩中的笛聲意象淺析	田維麗	語文教學與研究	2007,(5)
流水入詩亦多情——李白詩歌「流水」意象例析	徐昌才	語文教學通訊	2007,(5)
李白詩歌意象淺析	王世一	文學教育(上)	2007,(10)
陶淵明與李白詩歌「鳥」意象比較	趙夢	現代語文(文學研究版)	2007,(12)
真水無香——李白詩歌中的水意象與情思	司徒伽	前進論壇	2009,(1)
試論李白和蘇軾的月與酒意象的異同	孫淑華 廖志炎	湖南科技學院學報	2009,(9)

　　由上表，可見大陸學者們研究李白詩中意象大致可歸納為五種類型：1.名物(景物、事物)意象：日、月、水、長江、黃河、劍、笛聲、舟、帆、酒。2.動物意象：鳥類、大鵬、鳳。3.自我(人格)意象。4.色彩意象。5.其他個別詞彙意象：「飛」意象。多是圍繞在月亮、太陽、鵬鳥等意象的主題，而此類研究都是以單篇論文的形式探討李白詩中意象，因此，有時受限於篇幅長短，難免無法加以深入探析，是頗為可惜之處。

四　歷來關涉「海」文學作品研究

　　中國文明源於江河，以農為本，且絕大多數士人出身內地，北

登崇山峻嶺，南遊江澤湖泊，無須橫渡重洋，海洋僅是書籍上的記載，絕大多數並非親身經歷，故海洋並非中國古典文學中的重要主題，相較於同屬自然書寫的山水、田園、邊塞等文學，以海為書寫主題的文本不多，但是為什麼會有那麼多的作家會使用海字與海意象呢？

　　研究海意象，必須對歷來涉海詞彙的作品有相當了解，而中國歷來涉海的作品如《山海經》、魏晉六朝海賦皆是學者們經常探討研究的主題。筆者查索臺灣學位論文及期刊論文發現：以《山海經》為主題有 19 筆中文、哲學學位論文[172]，41 筆期刊論文[173]，從這些論著發現多與「神話」結下不解之緣，皆由神話角度出發詮釋，李

---

[172] 臺灣地區以《山海經》為篇名的中文、哲學碩博士學位論文約有 19 筆，如博士論文有 1 篇：邱宜文：《《山海經》神話思維研究》文化大學中文所博士論文，2001 年。碩士論文有 18 篇，舉其要者，如李仁澤：《山海經神話研究》臺灣大學中文所碩士論文，1985 年；羅相珍：《《山海經》自然神話分類及原始思維初探》臺灣大學中文所碩士論文，1992 年；蘇曼如：《《山海經》時空觀探索》中興大學中文所碩士論文，2003 年；鍾勝珍：《《山海經》女性神祇研究》臺北市立師範學院應用語言文學研究所碩士論文，2003 年；施玫芳：《論《山海經》中的倫理意涵：由神話之島與山神祭祀論起》輔仁大學哲學研究所碩士論文，2004 年；張化興：《《山海經》中的神話與宗教初探》靜宜大學中文所碩士論文，2007 年；王仁鴻：《《山海經》的神話思維：以空間、身體、食物、樂園為探討核心》中正大學中文所碩士論文，2008 年。

[173] 臺灣地區以《山海經》為篇名的期刊論文，共 41 筆，舉其要者，如：鄭志明：〈山海經的神話思維〉《社會科學》1993 年 7 月、10 月；鄭志明：〈山海經的神話思維〉《淡江大學中文學報》1993 年 12 月；蔡振豐：〈「山海經」所隱含的神話結構試論〉《中國文學研究》1994 年 5 月；葉珠紅：〈從《山海經》的不死神話——淺析漢唐的神仙思想〉《大明學報》2002 年 6 月；陳忠信：〈試論《山海經》之水思維——神話與宗教兩種視野的綜合分析〉《成大宗教與文化學報》2004 年 6 月；邱宜文：〈《山海經》中故事性神話之詮釋〉《中國技術學院學報》2004 年 7 月；李文鈺：〈《山海經》的海與海神神話研究〉《政大中文學報》2007 年 6 月；謝秀卉：〈《山海經》歸入「地理類」圖書探析〉《書目季刊》2009 年 9 月。

文鈺先生〈《山海經》的海與海神神話研究〉一文探討西方對「海洋」來源與詮釋，從古印度海洋神話到希臘神話中海洋龐多斯(Pontos)「柔軟、流動，沒有固定形狀，也無法掌握」、「表面是明亮的，至於他的深處，則也跟大地一樣，一片昏暗，宛如混沌」，甚至希臘羅馬神話故事中的海神普塞頓(Poseidon)以變幻莫測著稱，同時掌控著暴風雨與寧靜，至北歐神話中海洋則是霜巨人之祖伊米爾(Ymir)屍體血液所化，海神愛吉(Aegir)具有既慈悲又充滿威力、既形容老邁又舉止純真的形象，以及貪婪殘忍、情緒善變的性格，透露出西方民族依賴大海維生又深受海難威脅的生存經驗[174]。並以西方宗教象徵切入重探古代海洋神話並賦予新的詮釋向度。

而以「魏晉海賦」為主題無學位論文，僅有 2 篇單篇論文，如高莉芬〈水的聖域：兩晉江海賦的原型與象徵〉[175]一文說道：「江海」在以「水」為生命本原的符號上，又是政治與王權的隱喻象徵，甚至藉由卡西勒(Ernst Cassier)與弗萊(Northrop Frye)研究神話思維認為「神話既不是虛構的東西，也不是任意的幻想，而是人類在達到理論思維之前的一種普遍認識世界、解釋世界的思維方式」、「神話體系並非一種數據而是人類存在的一種事實，它屬於人類所創造並在其中生存的文化和文明世界」，並結合宗教學家 Mircea Eliade 的理論，探討六朝十一篇江海賦雖多好用神話予以鋪排經營，說明神話以其超現實的想像，指涉人們深層意識的投射與存在，深層文化心理意涵[176]。而陳心心、何美寶〈唐以前海賦的研究：以 Eliade 的宗

---

[174] 詳見李文鈺：〈《山海經》的海與海神神話研究〉《政大中文學報》第七期 2007 年 6 月，頁 3。

[175] 高莉芬：〈水的聖域：兩晉江海賦的原型與象徵〉《政大中文學報》第四期 2004 年 6 月。

[176] 詳見高莉芬：〈水的聖域：兩晉江海賦的原型與象徵〉《政大中文學報》第四期 2004 年 6 月，頁 114-147。

教理論為基礎的分析〉針對唐以前九篇海賦嘗試從神話原型角度去了解中國人的海洋意義，著重討論洪水傳說、龍、月亮神話理論與鮫人傳說、鳥類的飛翔四個問題，列舉海賦中若干例子為證，並發現作者對海的認識和想像都有共通的地方，不是篇中描寫航海見聞加神話想像，不然就是全是藉神話堆砌而成的，也發現中國人的世界中心其中一個住在海裡，因此對海洋的描寫非但不見兇暴畏懼，反而充滿超世的神仙色彩，儼然視為樂園，這個文學傳統一直不自覺地延續下來，只是從來沒點明而已[177]。但以海洋意象、中國古代海洋文學為主題有 5 篇[178]，皆非以唐代之前的古典文學為研究中心，故不在本論文考察範圍之內。

　　筆者檢索大陸學位論文發現有一本以海洋意象為主題，探討唐詩中海洋意象與意識，如尚光一《唐詩中的海洋意象與唐人的海洋意識》[179]將海洋意象分為描述型、比喻型、象徵型來簡括概論唐詩中海洋意象類型，提出最重要一點就是海洋意象詞彙較前代豐富深受唐人海洋意識(對海洋的認知)的影響。此外，再檢索大陸期刊論文，發現以《山海經》為篇名共有 185 筆，多是神話思維方面、地理志方面切入點的相關論文，但有 2 篇很特殊以海洋文化為論述主

---

177 詳見陳心心、何美實：〈唐以前海賦的研究：以 Eliade 的宗教理論為基礎的分析〉《中外文學》1987 年 1 月，頁 130-150。

178 筆者檢索臺灣期刊論文以海洋意象、海洋文學為主題有 5 篇，如吳毓琪〈論孫元衡《赤嵌集》之海洋意象〉《文學臺灣》2002 年 7 月；曾芳玲〈傾聽海上破冰，幻聽海洋意象/瑪麗安娜‧海思珂〉《藝術家》2004 年 1 月；江典育〈一個倫理形成的可能—以許悔之〈當一隻鯨魚渴望海洋〉詩中的海洋意象為例〉《臺灣文學評論》2008 年 10 月；劉昭明、陳師新雄〈蘇軾海洋文學析論(1)〉《文與哲》2007 年 6 月；謝玉玲〈論元雜劇《沙門島張生煮海》之海洋書寫〉《海洋文化學刊》2006 年 12 月。

179 尚光一：《唐詩中的海洋意象與唐人的海洋意識》中國海洋大學碩士論文，2009 年。

題，如方牧〈《山海經》與海洋文化〉一文指出歷來被誤讀為巫書、
地理書、博物志諸說，應該說是不僅是上述所列，包含方志學、風
俗學、神話等小百科全書，甚至提出《山海經》是中國古代第一部
寫海洋的經典，及蒐集古代社會早期文化、蘊含中國文學藝術原生
態素材的經典，以人為本，體現了強烈的人文精神和鮮明海洋文化
特色[180]。史玉鳳、趙新生〈《山海經》的海洋小說「母題原型」及其
海洋文化特質〉一文點出《山海經》中「神仙─島嶼」母型、「人魚」
母型、「大人國」或「君子國」母型，雖《山海經》記述人獸雜處、
半人半神的故事，有人對自然的服膺，也有人對自然的征服，反映
海洋文化的流變、創新與包容等特性[181]。

　　以海賦為篇名有 5 筆，如大陸學者譚家健〈漢魏六朝時期的海
賦〉此篇論文針對陳心心、何美寶〈唐以前海賦的研究〉提出批評：
從神話學來看，應該說這十篇中沒有一篇「全是藉神話堆砌而成
的」，即使以採用神話最多的班彪〈覽海賦〉而論，也只占全文的三
分之二，王粲的〈遊海賦〉基本上與神話無關，潘岳的〈滄海賦〉
有少部分語句提到神話仙境「蓬萊」和神話動物「玄螭」、「赤龍」
等，但大部分內容是寫實的，至於真正「描述自己的航海見聞再加
神話想像的，僅張融一篇，因為只有張融曾經航海。因此，認為該
文的基本論斷與實際不符，並對王立的《中國文學主題學──意象
的主題史論稿》一書中有專章論〈中國古典文學中的海意象〉肯定
其將中國文學寫海分遊仙馳想式與即實寫景式的分析，但對唐以後
的海賦中難得出這樣的結論表示不同見解，並舉證明清時代的海賦

---

[180] 方牧：〈《山海經》與海洋文化〉《浙江海洋學院學報(人文科學版)》2003
　　　年 6 月，頁 18-25。
[181] 詳見史玉鳳、趙新生：〈《山海經》的海洋小說「母題原型」及其海洋文
　　　化特質〉《淮海工學院學報(社會科學版)》2010 年 1 月，頁 59-62。

予以論證[182]。而張小虎〈論漢魏六朝海賦〉[183]、馬凌雲〈唐前江海賦〉[184]、章滄授〈覽海仙游感悟人生——班彪〈覽海賦〉賞析〉[185]上述三篇不過針對前人論述再賞析賦篇。

以海洋意象、中國古代海洋文學為主題約有 15 篇,如李劍亮〈中國古典詩賦中的海意象〉一文藉由賦中的海(枚乘〈七發〉、顧愷之〈觀濤賦〉、曹毗〈觀濤賦〉、班彪〈覽海賦〉、王粲〈遊海賦〉)、詩詞中的海(《詩經》、曹操〈觀滄海〉、鮑照、李白、白居易、劉禹錫、陸世儀、柳永〈煮海歌〉、李清照〈漁家傲〉等歸納出歷來文學家對海的形象的描寫,以及大海表現什麼樣的情緒和思想,受傳統文化潛在力量的制約[186]。盧煒〈水和海——中西詩學的意象比較〉一文以水意象和海意象來概括中西詩學的差異,因中西迥異的自然條件決定不同的生活方式,產生不同思維方式與價值觀念[187]。王立〈海洋意象與中西方民族文化精神略論〉[188]、王立〈中西方旅遊觀當議——以海意象傳說及相關母題談起〉指出中國旅人觀照自然景物,多為王國維指出的物我渾融的無我之境,而西方旅人面對的景物,則多主客距離較大,且西方沒有那種求仙求長生的方外之遊的

---

182 譚家健:〈漢魏六朝時期的海賦〉《聊城師範學院學報(哲學社會科學版)》2000年第 2 期,頁 84-89。

183 張小虎:〈論漢魏六朝海賦〉《中國古代文學研究》2009 年 2 月。

184 馬凌雲:〈唐前江海賦〉《柳州師專學報》2006 年 3 月。

185 章滄授:〈覽海仙游感悟人生——班彪〈覽海賦〉賞析〉《古典文學知識》2003年第 1 期。

186 詳見李劍亮:〈中國古典詩賦中的海意象〉《浙江海洋學院學報》1999 年 9月,頁 21-25。

187 盧煒:〈水和海——中西詩學的意象比較〉《齊齊哈爾大學學報(哲學社會科學版)》2002 年第 2 期。

188 王立:〈海洋意象與中西方民族文化精神略論〉《大連理工大學學報(社會科學版)》2000 年第 4 期。

傳統[189]。、張如安、錢張帆〈中國古代海洋文學導論〉一文對中國
古代海洋文學界域，將海洋文學題材大致分為海洋風景、生物、神
話傳說、生活、戰爭五大類[190]。王慶雲〈中國古代海洋文學歷史發
展的軌跡〉一文指出中國史家大書涉海人物、生活、事件入史，如
《史記》關於三皇五帝及其後世世系的追根求源，其中有很多涉海
的神話傳說；對周邊尤其是沿海民族區域及其海外諸國民人特性與
生活的描述；對齊、燕諸王的經營海洋；對秦始皇及二世、漢武帝
等的多次東巡視海、求仙記載傳神。並論述神仙家、博物家、小說
家、道家佛家以及道教佛教大張其說[191]。王凌、黃平生〈中國古代
海洋文學初探〉[192]、趙君堯〈先秦海洋文學時代特徵探微〉一文指
出屈原〈天問〉開啟探索海洋的神奇奧秘，指出先秦海洋文學中除
了神話之外，已開拓海洋的交通和貿易，甚至介紹海洋資源與經濟
[193]。趙君堯〈漢魏六朝海洋文學芻議〉一文論述到漢魏六朝與南海
諸國的海上交通大大增長，辭賦文學不僅成為漢文化重要組成部
分，且流傳到海外，甚至日本漢學〈春江賦〉中描寫到「海氣」一
詞受中國賦描述海上奇景影響[194]。楊光照〈論海洋對中國哲學的影
響〉指出宇宙論以海洋為核心，甚至古代科學家和思想家對於海潮
產生原因的解釋，豐富了中國古代辯証法，支持了氣本論，以海洋

---

189 王立：〈中西方旅遊觀芻議——以海意象傳說及相關母題談起〉《十堰大學學
報(社科版)》1995 年第 1 期，頁 24-29。
190 張如安、錢張帆：〈中國古代海洋文學導論〉《寧波服裝職業技術學院學報》
2002 年 12 月，頁 47-53。
191 詳見王慶雲：〈中國古代海洋文學歷史發展的軌迹〉《青島海洋大學學報(社
會科學版)》1999 年第 4 期，頁 70-77。
192 王凌、黃平生：〈中國古代海洋文學初探〉
193 詳見趙君堯：〈先秦海洋文學時代特徵探微〉《職大學報》2008 年第 2 期，
頁 12-17。
194 趙君堯：〈漢魏六朝海洋文學芻議〉《職大學報》2006 年第 3 期，頁 47。

滿而不溢事實抽象出天道滿而不溢之理[195]。尚光一〈論唐詩中的海
洋意象〉[196]、趙君堯〈論隋唐海洋文學〉論述隋朝銳意經略海外，
唐朝全方位開放，隋唐國力強盛，對外交往頻繁，由於航海技術進
步和造船技術提高，特別是唐中後期全國經濟重心南移，海外貿易
空前活躍。海洋強國促進海洋文學的發展，對前代相較之下，使海
洋文學發展至新高峰[197]。趙君堯〈海洋文學研究綜述〉說到海洋文
學是海洋文化的一個重要組成部分，並指出國內外海洋文學研究現
狀[198]。阮憶、梅新林〈海洋母題與中國文學〉一文簡單勾畫中國海
洋文學發展演變，指出明以前對海的感受尚處在神秘朦朧的未發現
階段，但也說到六朝以後，佛道勃興，憑主觀玄想，將那些可望不
可及的理想追求寄託於大海之中[199]。劉明金〈浮天無涯　風生水起
——中國古代文學家筆下的海洋文化〉一文擷取六篇文章加以論述
歷來的海洋文化，如莊子以海為例說明大與小的辯證關係，枚乘〈七
發〉對曲江(古揚州著名海港)觀潮進行刻畫，曹操〈觀滄海〉，晉代
木華〈海賦〉站在前人肩膀上對大海總結，宋代蘇軾〈登州海市〉、
林景熙〈蜃說〉對海市蜃樓生動描繪，明代王邦畿〈海市歌〉、清代
梁佩蘭〈海市歌〉對海市貿易描寫，以窺見中國古代海洋文化[200]。

---

195 詳見楊光照：〈論海洋對中國哲學的影響〉《湖北社會科學》2009 年第 12
　　期，頁 98-100。

196 尚光一：〈論唐詩中的海洋意象〉《重慶科技學院學報(社會科學版)》2009
　　年第 11 期。

197 趙君堯：〈論隋唐海洋文學〉《廣東海洋大學學報》第 29 卷第 5 期 2009 年
　　10 月，頁 14-19。

198 詳見趙君堯：〈海洋文學研究綜述〉《職大學報》2007 年第 1 期，頁 62-64。

199 詳見阮憶、梅新林：〈海洋母題與中國文學〉《浙江師範大學學報(社會科學
　　版)》1989 年第 2 期，頁 62-68。

200 詳見劉明金：〈浮天無涯 風生水起——中國古代文學家筆下的海洋文化〉《海
　　洋開發與管理》2007 年第 5 期，頁 89-95。

第四節　研究方法

　　本論文《李白詩歌海意象研究》是以詹鍈主編《李白全集校注彙釋集評》為文本(研究主體)，統計出李白詩歌共有 1054 首，另以南宋楊齊賢《李翰林詩》二十五卷，元朝蕭士贇《分類補注李太白集》二十五卷，明代胡震亨《李詩通》二十一卷，清代王琦《李太白文集》三十六卷，以及今人大陸學者瞿蛻園、朱金城合編《李太白集校注》，大陸學者安旗、閻琦、薛天緯、房日晰等合編《李白全集編年注釋》諸家注本為參酌資料。

　　透過上節對歷來李詩研究的回顧，不論尊李或抑李，乃以褒貶作品為研究李詩主流。據前賢的研究成果、研究趨勢，可知「樂府詩、遊仙詩、山水詩、飲酒詩、詠月詩、詠物詩、長安時期詩作、安史之亂時期詩作、晚期詩作、婦女詩」為李白詩歌研究重心。

　　有些學者針對李白某一時期、某一主題的作品作深入的研究、分析，所獲致的成果與本論文多所連繫，也有所助益，但畢竟是分期、分類的研究，所以在時間、空間的斷限上與本論文不盡相合。本文的研究是針對李白所有的詩作，不聚焦在某一特定的時期，希望能打破時空的序列，將其作品更有效、清晰的統合。但在時空的序列打破之後，要如何形塑一個完整的架構來統合李白所有的作品，以表達意志與命運之間錯綜複雜的關係？以「意象」為切入點，做全盤觀察研究，可建立出專屬李白的意象群，突出其動人、獨特的風格與思維。

　　有學者早已關注詩人獨特傑出的意象表現，然其關注的焦點不外乎是詩中的意象主題、形塑意象方式與意象表現特色，最終研究成果則是凝結、提煉出李詩中意象所蘊藏的深刻意涵。揭露意象的主要意涵之後，進而探索李詩中的意象呈現是否單純、一元？在同

一意象上所寄託的情思是否全然相同？

　　李白詩中意象萬千，層出不窮，該選取什麼意象？有何標準？為了避免焦點渙散，提煉出核心意象並加以詮釋實屬必要。意象的選取難免筆者主觀見解，但本文所討論的意象主題，前人研究成果豐碩之處，實無需再多著墨，抉選出前人未論及，但又是凸顯李白詩中意志與命運的衝撞的重要意象，加以探討。本文所使用研究方法為：

　　一、「電腦搜尋統計法」：先將李白詩歌中所有名物、事物之詞語挑出，分類歸納並運用電腦搜尋統計其出現次數，統計出各詞語意象占李白詩歌百分比為多少？

　　二、「演繹推求法」：以詩歌中出現過意象的整理與分析，參酌詩人年譜與各家注疏，探討李白詩中此類意象的詞彙意義用法，與其在傳統文學或文化中的傳承關係。

　　三、「主題學研究法」：在詩歌中，主題是作者試圖表達的思想情感。陳鵬翔在〈主題學研究與中國文學〉一文為主題學下個定義：「主題學研究是比較文學的一部門，它集中在對個別主題、母題，尤其是神話(廣義)人物主題做追溯探源的工作，並對不同時代作家(包括無名氏作者)如何利用同一個主題或母題來抒發積愫以及反映時代，做深入的探討。」[201]並且說明「主題學探索的是相同主題(包含套語、意象和母題等)在不同時代以及不同的作家手中的處理，據以了解時代的特徵和作家的『意圖』(intention)」[202]。因此，本論文以主題學研究法試圖就先秦一直到唐代李白的所有詩歌不同作者對同一主題(海意象、海字詞彙)的知覺來探討歷來的差異，見其在傳統

201　陳鵬翔：《主題學研究論文集》(臺北：三民書局，2004 年)，頁 16。
202　陳鵬翔：《主題學研究論文集》(臺北：三民書局，2004 年)，頁 26。

文學或思想中的演變。

　　四、「歷史研究法」：凡人對於現在或過去社會上種種事物的沿革變化有了解的必要而即搜集一切有關的材料，更很精細緻密的去決定其所代表或記載的事實的真偽、殘缺、完全與否，然後再用極客觀的態度加以系統的整理，使能解釋事物間的相互關係和因果關係以透徹明白其演進的真實情形及所經歷的過程，這樣便是所謂「歷史研究法」。[203]因此，筆者綜觀前人對於「意象」、「李白詩歌」的相關論著，考察前人研究李白意象到何種程度？還有哪些部分可擴展之處？接下來抉擇出前人未論及重要意象，並考察從先秦一直到唐代李白之前的文學作品(以「詩歌」為主要考察對象)，關於本論文欲探討此意象，筆者據逯立欽輯《先秦漢魏晉南北朝詩》、《全唐詩》兩部書為文本，考察前人如何運用該意象？李白如何承繼與創新？

　　五、「文本分析法」：在文學中，文本(text)又被稱之為「本文」、「正文」。文本和西方的「結構主義」[204]關係密切，一般來說，結構主義者認為在語言、事物及其所組成的意義之後，還有超越的東西存在，而「文本」所指涉的，亦即是在文字組成的文章或社會事物的背後，還有另一多元的意義存在。因此，「文本」有其獨特的意義，而此獨特性是奠基於作品、事物或現象之外一種超越的存在[205]。「文

---

203 楊鴻烈：《歷史研究法》(臺北：華世出版社，1975 年 4 月)，頁 15-16。

204 法國結構主義者羅蘭巴特(Roland Barthes, 1915-1980）首先指出文學作品的觀念之所以改變，是因為我們對語言概念有了改變。文本是語言構成的抽象空間，只有在閱讀活動中才可以介入與體會，它可以是一篇或數篇作品，主要以語言為媒介，說明某種隱於其中的社會特性。Barthes, R. (1980) From work to test. In Josv'e V. Harari (Ed.), Textual Strategies : Perspectives in Post-structuralist Critisism. p.73-75. London：Methuen.

205 夏春祥：〈文本分析與傳播研究〉《新聞學研究》第 54 集(臺北：政治大學，1997 年)，頁 144。

本」超越靜態的「作品」，產生動的概念。文本不再只是一種固著於作品中的靜態意義，而是能夠負載、呈現社會現象的互動過程[206]。因此對文本的論述，除了可突顯文字表象與深層之間的關係，並進而超越表象，具有歷史深度的考察，揭示出事物全面可能的意義。

文本是「由語言符號構成的文學作品，是作家思想感情和藝術技巧的物質載體。因而，文本是由內容和形式構成的有機統一體」[207]。因此文本具有兩大要素，一為內容要素，二為形式要素。「內容要素」是指作家從生活所累積未加工的原始材料中，經過提煉與創造的過程成為文學作品的題材，再經由題材，作家將所要表達的主要思想和觀點蘊含其中，即為文學作品的主題[208]。本論文除了強調海意象詩歌所要表現的主題思想外，更要關注「形式要素」中的「文本結構」[209]與「表現手法」[210]，從中掌握海意象詩歌的題材與內涵，了解李白海意象的寫作特色與語義的豐富性與複雜性，凸顯李白詩歌中海意象的地位。

本論文主要運用電腦搜尋統計、演繹分析、歷史研究、主題學、文本分析等方法，試以「意象」理論出發，從李白 1054 首詩中，抉選的意象重點在於出現次數最高且發揮、凸顯李白詩中意志與命運

---

206 夏春祥：〈文本分析與傳播研究〉《新聞學研究》第 54 集(臺北：政治大學，1997 年)，頁 148。

207 周秀萍：《文學欣賞與批評》(湖南：中南工業大學，1998 年)，頁 18。

208 周秀萍：《文學欣賞與批評》(湖南：中南工業大學，1998 年)，頁 19-20。

209 「文本結構」即是對作品的總體組織和安排，也就是作家根據某種意圖把零散的意象、形象、細節、情節以及其他種種藝術材料，以獨特的方式組織起來，而使它們成為一個有機統一體。見周秀萍：《文學欣賞與批評》(湖南：中南工業大學，1998 年)，頁 21。

210 表現手法，是指作家運用語言塑造藝術形象所採取的各種表現手段，也叫「藝術手法」。文學的基本表現手法有描寫、敘述、抒情和議論等。見周秀萍：《文學欣賞與批評》(湖南：中南工業大學，1998 年)，頁 21。

的衝撞、激盪。期待藉由此意象的研究，發掘李白內在意志與外在
命運的抗衡、衝突、激盪，透視出浪漫的詩歌中反映著李白憂國憂
民、內心矛盾、痛苦與超越。為了使討論焦點更加集中，意象的抉
選分析是本文的核心。

第二章　唐代以前「海」字入「詩」文本的實貌

　　中國是一個海洋大國，擁有 18,000 多公里長的海岸線，管轄 300 多萬平方公里的海領域，更是一個多民族國家，除了中原百姓之外，更有海洋民族，如百越、東夷及北方沿海先民，東海、南海、黃海、渤海創造出中華民族的海洋精神，並深植於中國的歷史文化之中。在中國文壇上，文人墨客藉海洋啟發哲思或抒發情懷，其留下的涉海的作品雖然不多，但從中我們可知歷代先民對海所關注焦點的轉變，從最早實際地理對象，漸漸擴展到海的生態、氛圍，甚至引發各種聯想，詩人們所擁有「海」意象逐漸豐富多元。因此在研究李白海意象時必須追溯唐代李白之前海字入詩的發展現象與淵源，才能看到李白如何承繼與創新。

第一節　海意象義界

　　「海」的定義很廣，凡大洋靠近大陸邊緣部分，由島弧或半島所隔離，抑或居於兩陸中間，或由陸地包圍，皆稱之為海，甚至在大洋中由洋流所圍成，與外界孤立之水域亦稱之為海。根據海的形態可以分成五種：一、內陸海：乃位於大陸內部，而與外海幾乎完全隔絕之鹹水湖，如歐洲之裡海，昔日曾與其西方的黑海相聯通，

後因海水面下降，陸地突出於水面以致完全孤立。二、地中海：凡位於兩大陸中間之海域，皆稱之為地中海。其中以歐非兩洲間者最為著名，其出口只有直布羅陀海峽，與大西洋相通連。三、邊緣海：乃位於大陸之外緣，以島弧或半島與大洋為界，而不完全隔離者。如我國附近的東海、黃海及南海等皆是。四、海峽：係挾於二陸地之間者，或大陸與島嶼間之狹長海道屬之，如臺灣海峽、英吉利海峽等是。五、深海：係大洋之一部分，以洋流為其四圍之界限，如撒古梭海，或稱馬尾藻海（Sargasso Sea），位於北大西洋中部。[1]上述為科學發達的今日，科學家、生態學家、地理學家們對海的了解與認識所作的義界。

　　然而，古人對「海」的認知不多，對「海」字的釋義文獻資料甚少，筆者以中國古代字書為主，羅列古人對「海」字的義界，如下：

1.《書・禹貢》：「江漢朝宗於海。又環九州島為四海。」[2]
2.《周禮・夏官・校人》：「凡將事於四海山川，則飾黃駒。」鄭玄注：「四海，猶四方也。」[3]
3.《老子》中〈第 66 章〉：「江海所以能為百谷王者，以其善下之，故能為百谷王。」[4]

---

1 詳見《中華百科全書》〈地學/海洋〉1983 年版，網址：
　http://ap6.pccu.edu.tw/Encyclopedia/data.asp?id=4258&htm=05-283-2761
　海洋.htm
2 《十三經注疏・尚書注疏》〈夏書・禹貢〉(臺北：藝文印書館，1989 年 1 月 11 版)，頁 83。
3 《十三經注疏 3 周禮》(臺北：藝文印書館，1989 年 1 月 11 版)，頁 496。
4 《老子・第 66 章》《四庫備要》子部下篇(臺北：臺灣中華書局，1972 年 4 月 臺 4 版)，頁 18。

4.《爾雅・釋地》:「九夷、八狄、七戎、六蠻,謂之四海。又物產饒富為陸海。」[5]

5.《淮南子》:「海不讓水,積以成其大。」[6]

6.《釋名・釋水》:「海,晦也。主承穢濁水,黑如晦也。」[7]

7. 許慎《說文解字》卷十一水部:「天池也。以納百川者。從水每聲。」段玉裁《說文解字注》:「凡地大物博得皆得謂之海。」[8]

8.《玉篇・水部》:「海,大也,受百川萬谷流入。」[9]

9.《廣韻・海韻》:「海,說文曰天池也,以納百川者,亦州。《禹貢》徐州之域七國時屬楚,秦為薛郡,漢為東海郡,後魏為海州。」[10](古州名,即今江蘇省連雲港市。)

　　由上所述,可見「海」字所顯現的意思很多,古人對「海」的顏色、深遠、廣大、範圍做一定義描述外,更有荒遠之地、包容謙下、古州名之意。

　　「意象」是作者透過客觀的物象、事象,表達其主觀抽象的情志思維,經由文字書寫,形成一種心靈上具體的形象,具有「藉此

---

[5] (西漢)班固著、(晉)郭璞注:《爾雅》卷中〈釋地〉,見李學勤主編:《中華漢語工具書書庫》第 43 冊(安徽:安徽教育出版社,2002 年),頁 50。

[6] (西漢)劉安著,許臣一譯注:《淮南子》下冊〈泰族〉(臺北:臺灣古籍出版公司,2000 年 6 月初版 1 刷),頁 1405。

[7] (漢)劉熙撰:《釋名》卷 1〈釋水〉,見李學勤主編:《中華漢語工具書書庫》第 51 冊(安徽:安徽教育出版社,2002 年),頁 457。

[8] (東漢)許慎著、(清)段玉裁注:《說文解字注》(臺北:黎明文化事業有限公司,1993 年 7 月 10 版),頁 550。

[9] (梁)顧野王撰:《玉篇》卷 19 水部 285,見《四部叢刊初編經部》(臺灣:臺灣商務印書館臺二版,1967 年),頁 71。

[10] (宋)陳彭年編:《廣韻》卷 3 上聲海韻第 15,見《四部叢刊初編經部》(臺灣:臺灣商務印書館臺二版,1967 年),頁 78。

以喻彼」的性質。「海意象」是以海洋物象為主體用以表達深刻含義
的意象。本論文所說的海洋物象非僅指狹義上的「海」本身,而是
指包括「海上神話傳說」、「與海相關的人事物景象」、「海濱、島嶼
生活」等廣義上的海洋物象,以及「詩人的情感世界借助海洋物象
的形式」,通過詩歌語言進行表現的意象就是詩歌中的海意象,也是
本論文抉選出海意象詩歌文本的標準。因此本文採取廣義說法的標
準,將「海字入詩」、詩中有「海字詞彙」的文本皆納入海意象範圍
探討,但除去專有名詞,如人名、書名非海意象外,其餘皆屬之。

　　筆者所界定的「海意象文本」意同「廣義的海洋文學」[11],然而
歷來對於「海洋文學」範疇定義未明,眾說紛紜,筆者羅列各家說
法,如:朱學恕將海洋文學分為「內在的海洋」與「外在的海洋」
兩種。所謂內在的海洋「包括多彩的人生,情感的海洋,內在的視
聽,思想的海洋,靈智的覺醒,禪理的海洋,真實的水性,體驗的
海洋。」外在的海洋「包括內外太空的現象,氣象潮流、藻類魚族、
工業交通,海面水下的一切印象和發展,神話和傳奇在內。」因此
他說:「一個人的心胸,有海洋的的壯闊,一個人的氣質,有海洋的
高貴,一個人的感情,有海洋的坦誠,一個人的行為,有海洋的勤
奮,一個人的立志,有海洋的有恆,一個人的抱負,有海洋的雄偉,

---

11 林耀德在詩選集《海是地球的第一個名字》的序文中說:「如果綜合各家觀點,
　可將現代詩處理海洋題材的方法做一粗略的分類:一是實寫;二是虛寫;三是
　將海視為理性思維的對象;四是把海當成『單純的道具』」並說第四類嚴格說
　來,應排除在海詩的範疇之外。但從其選編標準的初步印象:即作品中,不
　論是作者主旨為何,只要作品中提及海、與海有關的題材,都大可掛上「海洋
　文學」的店招。詳參楊政源:〈尋找「海洋文學」──試析「海洋文學」的內
　涵〉《台灣文學評論》,2005 年 4 月,頁 152-153。作者對海洋文學的定義分
　為廣義與狹義兩種,廣義的定義為:「舉凡以海洋景觀或海洋生物,抑或在海
　上工作的人物描寫對象的文學作品,都可以稱之為海洋文學。」見葉連鵬:《臺
　灣當代海洋文學之研究》中央大學中國文學研究所博士論文,2005 年,頁 8

一個人的戰鬥，有海洋的勇敢，一個人的思想，有海洋的新奇。他(她)
所創作的文學，就是海洋文學。」[12]此說雖列舉海洋文學的特質，但
過於抽象。不過，段莉芬說：「所謂『海洋文學』，顧名思義即以海
洋及海洋生活相關的種種為寫作題材的作品。」[13]而小說家東年也
說：「海洋文學，就是描寫海洋以及相關海洋的現象、精神文化以及
人在其中生活的意義。」又說：「海洋文學的寫作就像我們一般所談
的文學寫作一樣，能夠表現作者自己對生命、生活的感情、感受和
思想，也能夠反映外在世界的歷史變遷、社會現實和文化；不同的
只是以海洋和相關海洋的領域為背景。」[14]楊中舉說法更為明確：「那
種滲透著海洋精神，或體現著作家明顯的海洋意識，或以海或海的
精神為描寫或歌詠對象，或描寫的生活以海為明顯背景，或與海聯
繫在一起並賦予人或物以海洋氣息的文學作品都可以列入海洋文學
的範疇。」[15]綜上所述，可知海洋文學可以有寬泛的界定，但必須扣
緊「海」這個要素，因此筆者所義界出的海意象詩歌可以說是廣義
的海洋文學。

12　參見朱學恕：〈論海洋文學〉《開拓海洋新境界》(高雄：大海洋文藝雜誌社，
　　1987 年 10 月)，頁 73-94。

13　段莉芬：〈試論海洋文學作家廖鴻基的寫作風格〉《台灣自然生態文學論文集》
　　(臺北：文津出版社有限公司，2002 年 1 月)，頁 233。

14　東年：《給福爾摩莎寫信》(臺北：聯合文學出版社有限公司，2005 年 1 月)，
　　頁 191、201。

15　楊中舉：〈從自然主義到象徵主義和生態主義——美國海洋文學述略〉《譯林
　　雜誌》第六期，2004 年 10 月 26 日。

第二節　海意象溯源

　　受諸於客觀條件的限制，中國特定的地理條件與農業文明，認為海是處於邊緣，海外即為蠻荒、神秘所在，因此海意象在國人眼中往往不是視而不見就是避而不談，不如西方重視。海在西方漸成自由的象徵，而在中國古人心目中卻相當疏隔。西方文學寫海，一般作為人抗爭與征服的對象；中國古代的懷才不遇者總是在力求同大海仙境融為一體時，傾訴渴望或宣洩煩惱[16]。不過近年來主題學研究頗盛行，王立《心靈的圖景──文學意象的主題史研究》一書專章討論了中國古典文學中海意象的淵源和歷史流變，著重指出在《山海經》等上古文本及秦皇漢武海上求仙實現的影響下，中國古典文學出現一個海上仙話想像的抒情和敘事傳統。

　　中國文學中首先最早提到「海」的是《詩經》，《詩經‧商頌‧長發》「相相烈土，海外有截」將大海引入詩作之中。《詩經‧小雅‧沔水》用江河入海的現象起「興」，雖然「沔彼流水，朝宗於海」只是興，但和下文中嗟嘆身世、傾吐憂思的主體部分是相互聯繫，標示出古人對以地理時空觀反映人生人世哲理的普遍認同。《莊子‧秋水》曰：「秋水時至，百川灌河，兩涘渚崖之間不辯牛馬。於是焉河伯欣然自喜，以天下之美為盡在己。順流而東行，至於北海，東面而視，不見水端。……觀於大海，乃知爾醜。」[17]河伯欣然自喜，直到見了大海，方才知道自己的鄙陋，莊子將河海對比，借海明道，襯現了大海的浩瀚與人類物質世界的有限渺小。《韓非子‧外儲說右

16　王立：〈海意象與中西方民族文化精神略論〉《大連理工大學學報(社會科學版)》第 21 卷第 4 期，2000 年 12 月，頁 60。

17　(晉)郭象注、(唐)成玄英疏、陸德明釋文、(清)郭慶藩集釋：《莊子集釋二》(臺北：臺灣中華書局，1973 年 3 月臺 2 版)，頁 292-293。

上》曰:「太公望東封於齊,齊東海上有居上曰狂矞、華士昆弟二人者,立議曰:『吾不臣天子,不友諸侯,耕作而食之,掘井而飲之,吾無求於人也。無上之名,無君之祿,不事仕而事力。』太公望至於營丘,使吏執殺之,以為首誅。」[18]記載齊東海海上有兩個逃祿的隱士,他們想自食其力,卻不為太公望所容,可見海已成了避世隱居、超脫凡塵的境地。

　　筆者考察唐代之前先秦諸侯、秦漢帝王尋仙史料,據中國史書記載共有三次著名的帝王入海求仙浪潮:

　　首先,是先秦諸侯尋仙:齊威王是中國古代最早入海求仙的帝王,據《史記·封禪書》卷 28 第 6:「自威、宣、燕昭使人入海求蓬萊、方丈、瀛洲,此三神山者,其傳在勃海中,去人不遠,患且至則船風引而去,蓋嘗有至者,諸仙人及不死之藥皆在焉。」[19]可見早在春秋戰國之時,齊威王、齊宣王、燕昭王已派人入海尋找蓬萊、方丈、瀛洲三神山,而此三神山相傳在渤海之中,路程雖不遠,困難在於將到山側時,即有海風引船隻離山而去,據說曾有人去此,那裡有眾神仙及長生不老藥。由於當時社會發展不夠穩定,各種條件並不成熟,雖有一些渡海尋仙活動,但影響不大。

　　第二、第三分別為秦始皇、漢武帝求仙:秦漢兩代是帝王求仙的的高峰期,據《史記·秦始皇本紀》記載秦始皇希望長生不老,「齊人徐市等上書,言海中有三神山,名曰蓬萊、方丈、瀛洲,僊人居之。請得齋戒,與童男女求之。於是遣徐市發童男女數千人,入海

18　賴炎光、傅武光注譯:《新譯韓非子》卷十三〈外儲說右上〉(臺北:三民書局,1997 年 11 月),頁 486。

19　(漢)司馬遷著、楊家駱主編:《新校本史記三家注并附編二種》卷 28(臺北:鼎文書局,1993 年 2 月 7 版),頁 1369-1370。

求僊人。」[20]、「方士徐市等入海求神藥，數歲不得，費多，恐譴，
乃詐曰：『蓬萊藥可得，然常為大鮫魚所苦，故不得至，願請善射與
俱，見則以連弩射之。』始皇夢與海神戰，若人狀；問占夢，博士
曰：『水神不可見，以大魚鮫龍為候，今上禱祠備謹，而有此惡神，
當除去，而善神可致。』乃令人海者齎捕巨魚具，而自以連弩候大
魚射之。」[21]在求仙祈命同時也萌發興善除惡的觀念。此外，《史記‧
淮南衡山列傳》記載徐福東渡求仙事更為詳細：「又使徐福入海求神
異物，還為偽辭曰：『臣見海中大神，言曰：『汝西皇之使邪？』臣
答曰：『然』『汝何求？』曰：『願請延年益壽藥』神曰：『汝秦王之
禮薄，得觀而不得取』即從臣東南至蓬萊山，見芝成宮闕，有使者
銅色而龍形，光上照天。於是臣再拜問曰：『宜何資以獻？』海神曰：
『以令名男子若振女與百工之事，即得之矣。』秦皇帝大說，遣振
男女三千人，資之五穀種種百工而行。徐福得平原廣澤，止王不來。」
[22]徐福從東南到蓬萊，與海神的對話以及海神索要童男童女作為禮物
等事，一般認為這是徐福對秦始皇編造的托辭，徐福以海市仙境誘
惑秦始皇[23]，可見，仙是超越死亡，海意象與仙境融合為一。《漢書‧

---

20 (漢)司馬遷撰：《史記》一冊卷六〈秦始皇本紀〉第六(臺北：大申書局，1978
   年3月再版)，頁247。

21 (漢)司馬遷撰：《史記》一冊卷六〈秦始皇本紀〉第六(臺北：大申書局，1978
   年3月再版)，頁263。

22 (漢)司馬遷撰：《史記》五冊卷一百一十八〈淮南衡山列傳〉第五十八(臺北：
   大申書局，1978年3月再版)，頁3068。

23 清人錢泳《履園叢話》卷三早已指出，像秦皇漢武這樣聰明的人，何以做出遣
   人入海求仙這樣捕風捉影之事，他們其實都是為海市所惑。海市蜃樓，本是大
   氣中光線折射將遠景呈示海面上空的一種自然奇觀。今人呂思勉、袁珂、王孝
   廉等學者均認為古代神仙家言與民間仙話，得力於這種自然奇觀的啟示。見王
   立：《心靈的圖景——文學意象的主題史研究》(上海：學林出版社，1999年2
   月第1版第1次印刷)，頁227。

郊祀志下》說：「徐福、韓終之屬多齎童男女入海，求神采藥，因逃不還，天下怨恨。」[24]《後漢書·東夷列傳》說：「會稽海外有東鯷人，分為二十餘國。又有夷洲及澶洲，傳言秦始皇遣方士徐福將童男女數千人入海，求蓬萊神仙不得，徐福畏誅不敢還，遂止此洲。」[25]《三國志·吳志·吳主權傳》提到了徐福到達亶洲（一作澶洲）並滯留不歸[26]，等不斷複述。《史記·封禪書》也記載漢武帝步上秦始皇後塵，耽迷海上求仙，方士李少君哄騙武帝：「祠竈則致物，致物而丹沙可化為黃金，黃成以為飲食器則益壽，益壽而海中蓬萊仙者乃可見，見之以封禪則不死，黃帝是也。臣嘗游海上，見安期生，安期生食巨棗，大如瓜。安期生仙者，通蓬萊中，合則則人，不合則隱。」[27]於是武帝「遣方士入海求蓬萊安期生之屬……居久之，李少君病死。……求蓬萊安期生莫能得。」[28]武帝便命人在宮中建太液池，「太液池中有蓬萊、方丈、瀛洲、壺梁，象海中神山龜魚之屬。」[29]海意象給予人超世企羨。

　　為了詳細了解中國海意象的發展源流，必須了解先秦以來，人們對「海的存在」的概念以及對「海字詞彙」的使用情況，而本論

24　《漢書》上冊〈郊祀志五下〉百衲本二十四史(臺北：臺灣商務印書館，1996年)，頁293。

25　《後漢書》冊六卷一百十五〈東夷列傳〉《四部備要·史部》(臺北：臺灣中華書局據武英殿本校刊，1965年)，頁11。

26　亶洲在海中，長老傳言秦始皇帝遣方士徐福將童男女數千人入海求蓬萊神山及仙藥至此洲不還。見《三國志》冊四卷二〈吳志〉《四部備要·史部》(臺北：臺灣中華書局據武英殿本校刊，1965年)，頁16。

27　(漢)司馬遷撰：《史記》上冊卷二十八〈封禪書六〉百衲本二十四史(臺北：臺灣商務印書館，1995年)，頁432。

28　(漢)司馬遷撰：《史記》上冊卷二十八〈封禪書六〉百衲本二十四史(臺北：臺灣商務印書館，1995年)，頁432。

29　(漢)司馬遷撰：《史記》上冊卷二十八〈封禪書六〉百衲本二十四史(臺北：臺灣商務印書館，1995年)，頁440。

文是以詩歌為研究主體，本節主要探析先秦至唐代李白之前所有詩歌中海字詞彙，依照時代順序探討「海」字入詩的沿革，旁及先秦諸子書及漢魏六朝海賦，以下分為五小節分別討論之。

一　先秦文本

（一）詩經

考查今所存最早詩歌總集《詩經》中有關「海」字的篇章，大約有 5 則，如下：

> 沔彼流水，朝宗於海。（〈小雅・鴻雁之什・沔水〉）[30]
> 於疆於理，至於南海。（〈大雅・蕩之什・江漢〉）[31]
> 奄有龜蒙，遂荒大東，至於海邦。保有鳧繹，遂荒徐宅，至於海邦。（〈魯頌・閟宮〉）[32]
> 邦畿千里，維民所止，肇域彼四海。四海來假，來假祁祁。（〈商頌・玄鳥〉）[33]
> 相土烈烈，海外有截。（〈商頌・長發〉）[34]

〈小雅・蕩之什・江漢〉讚美衛穆公奉周宣王之命平定淮夷，周朝統治疆域遠達南海。〈魯頌・閟宮〉稱頌周公之子魯侯伯禽伐淮夷、定魯國的功勛，周朝的領地遠達東南沿海，淮夷南蠻莫不歸化。

30　《十三經注疏 2 詩經》（臺北：藝文印書館，1989 年），頁 375。
31　《十三經注疏 2 詩經》（臺北：藝文印書館，1989 年），頁 686。
32　《十三經注疏 2 詩經》（臺北：藝文印書館，1989 年），頁 782。
33　《十三經注疏 2 詩經》（臺北：藝文印書館，1989 年），頁 794。
34　《十三經注疏 2 詩經》（臺北：藝文印書館，1989 年），頁 801。

〈商頌・玄鳥〉高宗既興之後，能肇域彼四海，四海之民紛紛來歸附，沒有不服從的，在此「四海」借喻天下。〈商頌・長發〉說明商王朝管轄範圍擴及海外，歌頌商先王相土的威烈，也反映商代先民涉足海外活動。

（二）楚辭

　　考查中國最早南方文學作品《楚辭》中有關「海」字的篇章，約有 8 篇，如下：

> 路不周以左轉兮，指西海以為期。（〈離騷〉）[35]
> 覽冀州兮有餘，橫四海兮焉窮。（〈九歌・雲中君〉）[36]
> 河海應龍？何盡何歷。（〈天問〉）[37]
> 浮江淮而入海兮，從子胥而自適。（〈九章・悲回風〉）[38]
> 覽方外之荒忽兮，沛罔象而自浮。……使湘靈鼓瑟兮，令海若舞馮夷。（〈遠遊〉）[39]
> 東有大海，溺水浟浟只。名聲若日，照四海只。西薄羊腸，東窮海只。（〈大招〉）[40]
> 夫尺澤之鯢，豈能與之量江海之大哉！宋玉（〈對楚王問〉）[41]
> 崒中怒而特高兮，若浮海而望碣石。宋玉（〈高唐賦〉）[42]

35　(宋)洪興祖撰：《楚辭補注》(臺北：藝文印書館，1996 年)，頁 80-81。
36　(宋)洪興祖撰：《楚辭補注》(臺北：藝文印書館，1996 年)，頁 104。
37　(宋)洪興祖撰：《楚辭補注》(臺北：藝文印書館，1996 年)，頁 154。
38　(宋)洪興祖撰：《楚辭補注》(臺北：藝文印書館，1996 年)，頁 266-267。
39　(宋)洪興祖撰：《楚辭補注》(臺北：藝文印書館，1996 年)，頁 284、285-286。
40　(宋)洪興祖撰：《楚辭補注》(臺北：藝文印書館，1996 年)，頁 356、370。
41　(梁)蕭統撰：《六臣註文選》(臺北：臺灣商務印書館，1979 年)，頁 839。
42　(梁)蕭統撰：《六臣註文選》卷 19(臺北：臺灣商務印書館，1979 年)，頁 346。

　　王逸《楚辭章句》解析屈原〈離騷〉云:「言己使語眾車,我所
行之道,當過不周山而左行,俱會西海之上也。過不周者,言道不
合於世也。左轉者,言君行左乖,不與己同志也。」[43]寫出路途遙遠
艱難,告知一切車從要他們跟上,從不周山向左轉,目的是西海那
個地方。然而君王行徑乖違,無法與屈原意向配合,在此「西海」
隱喻出其理想境地。陳本禮《屈辭精義》評論〈雲中君〉曰:「此借
雲以比懷王之狂惑也。《易》曰:『雲行雨施,夫雲之所以為』。靈者
在乎膏我下土,其澤之所沾望其沛冀一州而有餘,被四海而無窮也。
今乃空具此密雲之勢亦猶楚徒恃其有方城漢水之險而不能養民息
民,惟務黷武襄陵之役,圖得魏八邑。信張儀約從伐秦絕齊,貪得
商於六百里地,卒至被欺,兵連禍結,此屈子所以有思夫君兮太息,
極勞心兮懺懺之嘆也。」[44]屈原以雲中君隱喻楚懷王,以「四海」隱
喻祖國楚地的遼闊。屈原於〈遠遊〉中抒發對祖先和神靈的追慕之
情,疆域之外是水天相接海洋,要使湘水的神靈鼓瑟齊鳴,令海神
河神翩翩起舞,於此可見先民對江河海洋的認知。〈大招〉中的「大
海」隱喻遼闊,「四海」借喻天下。〈天問〉河海廣大遼闊,應龍[45]遊
歷,無所不窮,詩中河海乃直述地點。〈對楚王問〉中「江海」隱喻
大或遼闊。李善《文選注・高唐賦》云:「崒,聚也,謂兩浪相合聚
而中高也,言水怒浪如海邊之望碣石。孔安國注尚書曰碣石,海畔

43　見(宋)洪興祖:《楚辭補注》(臺北:漢京文化事業有限公司,1983 年 9 月),
　　頁 46。

44　陳本禮:《屈辭精義》(臺北:廣文書局,1971 年 12 月再版),頁 4。

45　(宋)洪興祖《楚辭補注》:「《山海經圖》云:『黎丘山有應龍君,龍之有翼
　　也。昔蚩尤禦黃帝,令應龍攻於冀州之野。女媧之時,乘雷車服駕應龍。夏禹
　　治水,有應龍以尾畫地,即水泉流通。』」見(宋)洪興祖:《楚辭補注》(臺北:
　　漢京文化事業有限公司,1983 年 9 月),頁 91。

山也。」[46]海浪因衝擊而高起,就像在海面上看著岸邊的山,可見〈高唐賦〉中對「海」是直述描繪。

　　《詩經》中的「海邦」、「四海」、「海外」指中原以外的政權,古人認為中國為海所包圍,故以海外指中國以外的地方。《楚辭》中的「西海」並非真實的海域,「河海應龍」、「海若」一詞更是運用神話典故描寫心象中的海意象。雖然《詩經》中的「朝宗於海」、「至於南海」,《楚辭》中的「浮江淮而入海兮」、「東有大海」、「東窮海只」、「若浮海而望碣石」皆可見作者具有海的認知,詩經的作者並未對海詳加描述,而屈原、宋玉並未親見海,所以吟誦的海是心象而非親身目睹的實象,因此對海都僅止於朦朧的描述。

（三）山海經

　　《山海經》非但是中國神話之書,也是最古老的全球地理書,可以知曉上古時代全球地理、航海技術、風土民情等,更記載中國地理資料,是中國古代第一部寫海洋的經典,反映先民對海洋的認知,體現濃郁的海洋文化。筆者考查郝懿行箋疏的《山海經箋疏》其中有關「海」字的相關文句,有94則,「海」字共出現112次[47]。《山海經》文本中與「海」字相關用語有:「海外」18次、「北海」17次、「海中」17次、「東海」14次、「南海」9次、「西海」9次、「渤海」7次、「西北海」6次、「海水」5次、「海內」5次、「海」4

46　(梁)蕭統編、(唐)李善注:《文選》(臺北:世界書局,1886年10月),頁250。

47　筆者據(晉)郭璞傳、(清)郝懿行箋疏:《山海經箋疏》(一)、(二)(臺北:藝文出版社,1958年)一書為文本,考察統計出《山海經》中出現的「海」字的次數與文句,分別出現於〈南山經〉、〈西山經〉、〈北山經〉、〈東山經〉、〈中山經〉、〈海外南經〉、〈海外北經〉、〈海外東經〉、〈海內南經〉、〈海內西經〉、〈海內北經〉、〈海內東經〉、〈大荒東經〉、〈大荒南經〉、〈大荒西經〉、〈大荒北經〉、〈海內經〉等篇。

次、「東南海」1 次。可知上古人已知有東海、南海、渤海是我們今日所謂外環中國的海域，至於西海、北海、西北海，實際上位於歐亞大陸地塊內，與海字本義的指涉不同。上述語詞多樣，但僅能看到地理名詞之意，看不到作者對海的形象有具體描述。

《山海經》成書時間大約自戰國至漢初，薈萃了地理輿圖、神話傳說、土風異俗，取材於談山說海，以山海為坐標，確定人類生存的三維空間。其中的山經也多涉及江河與大海，而海經篇幅最多，占了大半，分「海內」與「海外」。從內容看，多寫近海一帶與海外水土風物、鳥獸蟲魚，其中魚類和蛇類占有相當比重，而人物多半裸跣足，與海邊炎熱氣候有關。海的重要特徵就是它的流變性(滄海桑田)、包容性與多元化，〈海外經〉、〈大荒經〉8 卷指出天下之大，物類之盛。

《山海經》一書中出現在西南海、西北海外「有神」一詞彙約有 8 次，分別出現在〈大荒東經〉、〈大荒南經〉、〈大荒西經〉、〈大荒北經〉，從其海神形象、海神神跡，除北海之神禺彊在〈莊子‧大宗師〉、〈列子‧湯問篇〉出現外，其餘海神僅見於《山海經》，呈現出渾樸野蠻、人獸雜揉的原始形象，除南海之神不廷胡余(疑經文「人面」下脫漏「鳥身」二字)，其餘海神皆是人面鳥身、珥蛇踐蛇。可見《山海經》將海神的人格化形象描寫，與海中大鮫魚、海外仙山等傳說結合，使海的神性更加深入人心。彭毅先生曾指出：「海神之鳥身、珥蛇踐蛇或與所居之渚有關」、「珥兩蛇踐兩蛇，這類圖形皆是顯現神有制約蛇的靈能」[48]。因此，「神，實際上就是在初民思想

48 彭毅：〈諸神示象──《山海經》神話中的萬物靈跡〉《楚辭詮微集》(臺北：學生書局，1999 年)，頁 381、474。

中人格化了的自然。」[49]祂「常是一種人格和一種自然的隱喻化身。」[50]海神的造象在近於人格化的表象下，往往投射著初民對自然現象的觀察印象與情思，四海之神人面鳥身、珥蛇踐蛇的形象，尤其集鳥、蛇於一身的特徵，應非憑空虛構、任意想像，而是有所寄託、別具深意。

　　鳥、蛇象徵意義，誠如坎伯所言：「鳥兒是人類心靈從大地的束縛釋放出去的象徵，就像蛇象徵對大地的束縛一樣。」[51]海神集鳥、蛇形象於一身，似乎充滿矛盾對立的鮮明形象，可見初民對大海浪飛越凌天又回歸大地，渴望獲得釋放，卻永無掙脫束縛。從廣度視之，宏遠無涯，從深度思之，神秘陰晦。因此，從海神形象的塑造是初民對於大海破壞與毀滅力量的深沈恐懼，以及抵禦混沌、安寧天下的想望。然則「饒宗頤先生認為其所以足踩日月，是因海濱人認為日月下山必在海底運行，是海洋民俗文化表現。但這種文化因子即便有，在漫長的後世亦受到極大的擠壓而十分淡薄，世人並不那麼感興趣於海神如何行動，他們更重視的是現世功用。」[52]

　　在〈海外南經〉記載：「長臂國在其東，捕魚海中」；〈大荒南經〉又記載：「有人曰張弘，在海上捕魚。海中有張弘之國，食魚」；〈海外南經〉中的讙頭國：「其為人，人面有翼，鳥喙，方捕魚」，都刻劃出先秦時東南沿海先民因長臂而善於捕魚，且以捕魚為生。而〈海

---

[49] 陳建憲：《神祇與英雄──中國古代神話的母題》(北京：三聯書店，1995 年)，頁 3。

[50] 高莉芬：〈水的聖域：兩晉江海賦的原型與象徵〉《政大中文學報》第一期 2004 年 6 月)，頁 118。

[51] (美) Joseph Campbell/Bill Moyers，朱侃如譯：《神話》(*The Power of Myth*)(臺北：立緒文化出版公司，1997 年)，頁 34。

[52] 王立：《心靈的圖景──文學意象的主題史研究》(上海：學林出版社，1999 年 2 月第 1 版第 1 次印刷)，頁 235。

外東經〉中的玄股國「衣魚食鷗，兩鳥夾之」，寫出當時漁民馴養鷺鶿；黑齒國「為人黑齒，食稻啖蛇」，在在反映出當時人艱苦的生活境遇，與海邊、海外惡劣的生存環境。

在〈北山經〉記載：「是炎帝之少女，名曰女娃，女娃游於東海，溺而不返，故為精衛，衛常銜西山之木石，以堙於東海。」炎帝之女游東海時溺水而亡，靈魂化為精衛鳥，勇敢且不斷銜西山之石與樹枝去填浩瀚東海，運用此神話將大小、強弱鮮明對照，體現出明知不可為而為之精誠與毅力，在此也反映出先民遭受海洋侵害與要征服海洋的渴望。

（四）先秦詩歌謠諺

筆者考查逯欽立《先秦漢魏晉南北朝詩》一書中，先秦詩歌謠諺有 214 首，出現 4 首有關海字的詩歌[53]，約占 1.8%，其詩如下：

> 渡河梁兮渡河梁，舉兵所伐攻秦王……聲傳海內感遠邦，稱霸穆桓齊楚莊。（〈河梁歌〉）(先秦卷二歌下，頁 31)
>
> 荷此長耜，耕彼南畝，四海俱有。（〈祠田辭〉）(先秦卷四雜辭，頁 47)
>
> 天下為一四海賓。……國家既治四海平。（〈成相雜辭〉）((先秦卷四雜辭，頁 53)
>
> 淺不可與測深，愚不足與謀知。坎井之鼁，不可與語東海之樂。（〈《荀子》引語〉）((先秦卷四雜辭，頁 53)

---

53 筆者據逯欽立輯校：《先秦漢魏晉南北朝詩》(臺北：學海出版社，1984 年 5 月初版)一書為文本，考察統計出先秦詩歌中出現的「海」字的次數與文句，不逐條標注出版社及日期，僅於文中標注出處頁碼。

上述詩歌、古諺語可見上古之人除了已知環中國外圍有海的地理環境之外，出現以「海內」、「四海」代表天下，而「海內」一詞多見於先秦典籍，如《孟子》、《荀子》、《莊子》、《戰國策》等。不論那些作家有無親身見過海，描述有多少真實性，但我們可窺知海在他們心中的概念，有地理方位、天下之意。甚至《呂氏春秋·孝行覽·遇合》有「海畔有逐臭之夫」，似乎知道有以海為生的民生記實，可微見先秦時人對海所抱持的意象。

（五）先秦哲學專著

　　海洋對中國哲學中的宇宙論影響最大，甚至有思想家以海洋為核心論證天道，因此接下來，筆者據故宮【寒泉】古典文獻全文檢索資料庫統計《論語》及先秦諸子書[54]中出現「海」字的次數，看先秦諸子對於海的認知與海字相關詞彙的運用情形(關於《列子》一書歷來學者認為其為偽書，但本文還是依據寒泉所列引用之)：《管子》書中「海」字共出現 60 次、《莊子》50 次、《呂氏春秋》40 次、《荀子》37 次、《孟子》27 次、《韓非子》27 次、《列子》18 次、《晏子春秋》17 次、《墨子》4 次、《孟子》4 次、《論語》4 次、《商君書》4 次、《老子》3 次、《尹文子》1 次。

1.管子

　　《管子》一書是齊文化的產物，因地緣關係，靠海深受海洋影響，其書中「海」字詞彙出現多達 60 次，是所有子書中出現頻率最

54　筆者據故宮【寒泉】古典文獻全文檢索資料庫搜尋先秦諸子典籍共 14 部：《荀子》、《老子》、《莊子》、《列子》、《墨子》、《晏子春秋》、《管子》、《商君書》、《慎子》、《韓非》、《孫子》、《吳子》、《尹文子》、《呂氏春秋》。故宮【寒泉】古典文獻全文檢索資料庫網址：http://210.69.170.100/s25

高者。筆者一一檢視其中使用到海字的相關文句，出現於〈幼官圖〉、
〈宙合〉、〈八觀〉、〈小匡〉、〈心術上〉、〈內業〉、〈封禪〉、〈小問〉、
〈禁藏〉、〈度地〉、〈形勢解〉、〈明法解〉、〈事語〉、〈海王〉、〈霸言〉、
〈君臣上〉、〈國蓄〉、〈山權術〉、〈山至數〉、〈地數〉、〈揆度〉、〈輕
重甲〉、〈輕重乙〉、〈輕重丁〉等篇。

　　《管子》一書單用「海」字高達 13 次，「海內」一詞也出現
12 次，「四海」出現 9 次，「負海」、「山海」各 6 次，「東海」、「江
海」、「海莊」、「北海」各 2 次，「大海」、「海濱」、「海外」、「河海」、
「西海」、「海路」各 1 次。可見管子思想中，與海字相關詞彙，如
「海內」、「四海」、「海外」多用於指稱天下，且「大海」有象徵民
心歸向之意，「西海」、「北海」實際上位於歐亞大陸地塊內，與今日
所謂「海」字本義的指涉是不同的。在〈形勢解〉一篇利用海為天
下萬川所匯，但卻沒有滿而溢出之時，以海「滿而不溢」的特性抽
象出「天之道滿而不溢」的思想，可見齊文化思想深受海洋影響。
筆者考察《管子》書中所有海字相關詞語，大都代表天下，或指稱
地理名詞，但在〈禁藏〉一文中寫到漁人入海，海深萬仞，但由於
生活所迫，利益所在，不懼危險，開始對海深遠形象、海邊居民生
活稍有具體描述。甚至在〈海王〉一篇記載齊桓公問政於管仲，刻
畫出齊桓公對開發海洋資源發展經濟的重視程度，管仲提出維護生
態平衡與合理開發海洋生物資源的思想。正因有了「官山海」和「正
鹽筴」的政策，利用徵收鹽稅得到開發海洋的經濟利益，進而成就
霸業。從《管子》一書可見靠海的齊國對海洋資源的開發利用。

2.莊子

　　其次，《莊子》一書出現海字詞彙多達 50 次，甚至給予海神名
字，海神「北海若」一詞就出現 7 次，一一檢視其中使用到海字的

相關文句，分別出現於〈逍遙遊〉、〈秋水〉、〈齊物論〉、〈應帝王〉、
〈在宥〉、〈天地〉、〈天道〉、〈刻意〉、〈至樂〉、〈山木〉、〈知北遊〉、
〈庚桑楚〉、〈徐無鬼〉、〈外物〉、〈讓王〉、〈說劍〉、〈天下〉等篇。
筆者統計《莊子》一書，出現「北海若」、「東海」各 7 次，「四海」
6 次，「海內」、「北海」各 5 次，「江海」、「南海」、「海」各 4 次，
「海水」、「渤海」、「海運」、「冥海」、「大海」、「涉海」、「振海」、「海
鳥」各 1 次。

　　在〈秋水篇〉一文中以河襯海，讓海神「北海若」與河神對話，
當井蛙跳躍著在方寸間井欄觀天的時候，河伯改變沾沾自喜態度望
洋興嘆，北海之神向他進行關於海洋、世界的啟蒙。〈秋水篇〉中的
北海若是中國古代神話中最知名的海神，透過與河伯對話展現恢宏
遠闊的精神氣象，海神經哲人重塑，雖然並未描寫其形象特徵，但
卻睿智，深具榮格所謂「智慧老人」(Wise Old Man)的原型特質[55]。
這是一篇充滿浪漫主義和哲理的散文寓言，反映出先秦時人對海洋
所具有海納百川的博大胸懷的讚美和對井底之蛙思維的批判。

　　〈應帝王〉記載：「其於治天下也，猶涉海鑿河而使蚊負山
也。……南海之帝為儵，北海之帝為忽」篇中海一詞彙就出現兩種
不同概念意義，首先將治理天下，形容如同「涉海」那樣艱辛，此
時海是本義，接下來出現「南海之帝儵」、「北海之帝忽」共鑿中央

---

[55] 「智慧老人」原型象徵的是人們心靈深處的一股智慧潛流。「榮格用『知識、
反思、灼見、智慧、聰明與直覺』來描繪他所謂的智慧老人的原型形象所具有
的素質。……僅管智慧老人也具有某些父親或英雄的性質，但是它同時也代表
了一種有異於父親或英雄的男性品性——那是一種靜謐的品質，如隱士一般的
高深莫測，不似英雄般的叱吒風雲，也不像父親那樣的雄性勃發，而是一股自
心田流出的奇妙力量，能在個人內心衝突之中起指導和保護的作用。」Robert
H.Hopcke 著、蔣韜譯：《導讀榮格》(*A Guided Tour of The Collected Works of C.G.
Jung*)(臺北：立緒文化出版公司，2002 年)，頁 122。

之帝渾沌七竅。此處以「南海」、「北海」與「中央」對舉，可見此處之海應指「邊遠之地」，而非今日觀念中的海域。而〈逍遙遊〉記載「是鳥也，海運則將徙於南冥」一文中出現「海運」這個新詞彙，但此詞彙之意並非等同唐代海上貿易與今日海上運輸，而是指海水翻動。甚至〈至樂〉記載：「昔者海鳥止於魯郊，魯侯御而觴之於廟」篇中首先出現描寫海邊的動物「海鳥」，將鳥類愛好自由的天性與魯侯將其眷養於廟堂之中，道出適性自然才是萬物本真生存之道。〈山木〉記載「市南宜僚見魯侯……市南子曰：『南越有邑焉，名為建德之國，其民愚而朴……吾願君去國捐俗，與道相輔而行……君其涉於江而浮於海，望之而不見其崖』」此篇雖是寓言，但從市南子宏闊談論，文中說到「南越」，是指今天廣東和越南一帶，可見當時應有海上交通，且海上航線應該擴展到南海，才能記載出航行經歷所見所聞。

3.呂氏春秋

先秦諸子書中，出現海字相關詞彙第三高者為《呂氏春秋》，筆者統計其書出現海字詞彙約有 40 次，一一檢視其中使用到海字的相關文句，分別出現於〈士容論〉、〈離俗覽〉、〈慎大覽〉、〈仲夏紀〉、〈仲秋紀〉、〈仲冬紀〉、〈有始覽〉、〈審應覽〉、〈恃君覽〉、〈慎行覽〉、〈孝行覽〉、〈開春論〉、〈審分覽〉、〈先識覽〉、〈季秋紀〉等篇。

《呂氏春秋》書中使用「海上」一詞最多，共有 7 次，「四海」、「東海」、「海」各 6 次，「海內」5 次，「海外」3 次，「西海」、「江海」各 2 次，「海隅」、「夏海」、「渚海」各 1 次。可見《呂氏春秋》一書思想中，與海字相關詞彙，如「四海」、「海內」、「海外」多用於指稱天下，最特殊出現「海上」一詞，在〈孝行覽・遇合〉主要談君臣相遇之道，能否彼此投合並無常理可循，有所遇一定要先受

喜愛才能投合，記載「人有大臭者，其親戚兄弟妻妾知識無能與居者，自苦而居海上。海上人有說其臭者，晝夜隨之而弗能去」，文中說到一個人身上發出惡臭之味，其父母、兄弟、妻妾、朋友們都無法與其生活，因此感到苦惱避居海濱，而海濱卻有人喜歡他的味道，終日追隨他，不肯離開，從海上有逐臭之夫，我們似乎可知有人長年居於海濱，以海為生的民生記實。

4.荀子

　　先秦諸子書中，出現海字相關詞彙第四多者為《荀子》，筆者統計其書出現海字詞彙約有 37 次，一一檢視其中使用到海字的相關文句，分別出現於〈勸學〉、〈不苟〉、〈儒效〉、〈富國〉、〈正論〉、〈禮論〉、〈樂論〉、〈君子〉、〈成相〉、〈宥坐〉、〈堯問〉、〈王制〉、〈君道〉、〈議兵〉、〈疆國〉、〈解蔽〉、〈賦〉等篇。《荀子》一書中出現「四海」多達 19 次，是所有子書中出現頻率最高者，「海內」7 次，「江海」、「東海」、「西海」各 2 次，「北海」、「南海」、「煙海」、「河海」、「海」各 1 次。其中「四海」、「海內」皆代表天下之意。又〈王制〉記載「北海則有走馬吠犬焉，然而中國得而畜使之。南海則有羽翮、齒革、曾青、丹干焉，然而中國得而財之。東海則有紫紶、魚鹽焉，然而中國得而衣食之。西海則有皮革、文旄焉，然而中國得而用之」，篇中「北海」、「南海」、「東海」、「西海」應指邊遠之地[56]，非今日觀念中的海域。在〈富國〉一文中記載「然後飛鳥、鳬雁若煙海」，很特殊出現天象類「煙海」一詞，形容飛鳥、鳬雁之多像煙海一般。

56　《爾雅·釋地》：「九夷、八狄、七戎、六蠻，謂之四海。」(晉)郭璞：《爾雅郭注》(臺北：新興書局，1989 年)，頁 57。(唐)楊倞注《荀子》一書言：「海，謂荒晦絕遠之地。」梁啟雄著：《荀子簡釋》(臺北：木鐸出版社，1983 年)，頁 107。

5.孟子

　　先秦諸子書中，出現海字相關詞彙第五多者為《孟子》，筆者統計其書出現海字詞彙約有 27 次，一一檢視其中使用到海字的相關文句，分別出現於〈梁惠王〉上下、〈公孫丑上〉、〈滕文公〉上下、〈離婁〉上下、〈萬章〉上下、〈告子下〉、〈盡心上〉等篇。

　　《孟子》一書出現海字才 27 次，但「四海」此詞彙就出現 11 次，頻率如此之高，大概與孟子學說論為政之道有關，強調尊王賤霸，民貴君輕。而「北海」出現 5 次，「東海」2 次，「海內」、「海隅」、「河海」、「諸海」、「海濱」各 1 次。因此孟子書中的海字大多代表天下，或地理方位詞，可知上古先民已經知道環中國外圍有「海」的地理環境，不論其有無親身見過海，也不管所描述有多少寫實性，至少我們可知海在其書的概念。在〈梁惠王下〉記載「昔者齊景公問於晏子曰：『吾欲觀於轉附、朝儛，遵海而南，放於琅邪，吾何修而可比於先王觀也？』」說到齊景公欲觀於轉附、朝儛，遵海而南，放於琅邪，而「轉附」即「之罘」，今山東煙台市北的芝罘島；「朝儛」，據清焦循《孟子正義》指的是秦始皇所登的城了，今山東文登縣東的召石山。「琅邪」，今山東日照縣東北的琅琊台。可見齊國已有海上交通，國君不感覺海上波濤有何危險，想繞山東半島航行一周。

6.韓非子

　　先秦諸子書中，出現海字相關詞彙同為第五多的《韓非子》，筆者統計其書出現海字詞彙約有 27 次，一一檢視其中使用到海字的相關文句，分別出現於〈有度〉、〈揚權〉、〈十過〉、〈姦劫弒臣〉、〈說林〉上下、〈大體〉、〈外儲說左上〉、〈外儲說右上〉、〈難一〉、〈難三〉、

〈難四〉、〈難勢〉、〈六反〉、〈五蠹〉、〈顯學〉等篇。

　　《韓非子》書中僅用「海」字單詞最多，高達 9 次，直指現實中的海。「四海」5 次、「海內」4 次，多代表天下。「江海」各 2 次，「東海」、「海上」、「海水」、「山海」、「海大魚」各 1 次。可見《韓非子》一書思想中，與海字相關詞彙，如「四海」、「海內」、「海外」多用於指稱天下，最特殊在於〈外儲說左上第三十二〉記載「齊景公游少海」與〈外儲說右上第三十四〉記載「景公與晏子游於少海」，二文中「少海」一詞，而少海其實是指東海。甚至在〈說林下第二十三〉出現海裡的動物，「海大魚」應該是指鯨魚之類。在〈外儲說右上第三十四〉記載「齊東海上有居士曰狂矞、華士。……太公望東封於齊，海上有賢者狂矞」文中說到齊東海上有兩個逃祿的隱士，他們想自食其力，卻不為太公望所容，可見此時「海」已有逃避俗世凡塵的超越意趣。

7.列子

　　關於《列子》一書歷來學者認為其為偽書，但本文還是依據寒泉所列引用考察之。《列子》書中非但出現「海」字相關詞彙，也出現海上仙山神話，筆者統計其書出現海字詞彙約有 18 次，一一檢視其中使用到海字的相關文句，分別出現於〈天瑞〉、〈黃帝〉、〈周穆王〉、〈湯問〉、〈楊朱〉、〈說符〉等篇。《列子》一書出現海字相關詞彙共有 18 次，雖然不多，但是卻活化中國海上仙山神話。「海上」、「四海」一詞各出現 4 次，「渤海」3 次，「河海」2 次，「海河」、「大海」、「北海」、「溟海」、「海內」各 1 次。在〈黃帝第二〉篇中的「列姑射山在海河洲中」一詞與《山海經》的〈大荒南經〉所言相同，顯然《列子》此處的「姑射山」應該出自《山海經》的姑射群島或姑射國，可見先民相信海上有神仙之島，而渤海五山更是一群龐大

的神仙島嶼群落。

8.其餘諸子書

　　《晏子春秋》一書出現海字相關詞彙共有 17 次，大多與諸子書使用的詞彙相當，一一檢視其中使用到海字的相關文句，分別出現於〈景公貪長有國之樂晏子諫〉、〈景公問聖王其行若何晏子對以衰世而諷〉、〈景公問欲令祝史求福晏子對以當辭罪而無求〉、〈景公問古之盛君其行如何晏子對以問道者更正〉、〈景公問何修則夫先王之游晏子對以省耕實〉、〈晉叔向問齊國若何晏子對以齊德衰民歸田氏〉、〈景公有疾梁丘據裔款請誅祝史晏子諫〉、〈景公坐路寢曰誰將有此晏子諫〉、〈有獻書譖晏子退耕而國不治復召晏子〉、〈莊公不說晏子晏子坐地訟公而歸〉、〈景公謂晏子東海之中有水而赤晏子詳對〉、〈景公問天下有極大極細晏子對〉、〈晏子沒左右諛弦章諫景公賜之魚〉等篇。《晏子春秋》是記載春秋時期(西元前 770 年～西元前 476 年)齊國政治家晏嬰言行的一種歷史典籍，用史料和民間傳說彙編而成，書中記載了很多晏嬰勸告君主勤政，不要貪圖享樂，以及愛護百姓、任用賢能和虛心納諫的事例，從中更可見齊國濱海之漁鹽之利。一書出現「東海」5 次、「海內」、「海濱」各 2 次、「海人」、「遵海」、「四海」、「北海」各 1 次。在〈景公有疾梁丘據裔款請誅祝史晏子諫第七〉中寫到「海之鹽蜃，祈望守之」，而「祈望」是職官名，春秋時齊國設置，專管漁鹽之利。在〈晏子沒左右諛弦章諫景公賜之魚第十八〉記載「是時，海人入魚，公以五十乘賜弦章」寫出當時沿海的人進貢魚給齊景公，齊景公以五十車的魚賞賜給弦章，而「海人」在此指居住在海邊之人，可見其書已記載海中物產這些經濟效益及濱海人民的生活方式。甚至在〈有獻書譖晏子退耕而國不治復召晏子第二十二〉一文中寫出晏子「辭而不為臣，

退而窮處，東耕海濱」，一個有志之士對於國君佞臣的昏庸，不願同流合污，選擇遠避齊國朝廷，退隱到遠離國都到近海之地。

《墨子》4 筆：(四海 3 次、北海 1 次)

> 凡回於天地之間，包於四海之內。(〈辭過〉)，頁 0034
> 昔者傳說居北海之洲，園土之上。(〈尚賢下〉)，頁 0061
> 一天下之和，總四海之內。(〈非攻下〉)，頁 0129
> 四海之內，粒食之民，莫不犓牛羊，豢犬彘。(〈天志上〉)，頁 0178

《論語》4 筆：(四海 2 次、海 2 次)

> 四海之內，皆兄弟也。(〈顏淵〉)，頁 0106
> 四海困窮，天祿永終。(〈堯曰‧第二十〉)子曰：「道不行，乘桴浮於海。從我者，其由與？」(〈公冶長〉)，頁 0042
> 播鞀武入於漢，少師陽、擊磬襄入於海。(〈微子〉)，頁 0166

《商君書》4 筆：(海內 3 次、負海 1 次)

> 是故無敵於海內。(〈立本第十一〉)
> 四戰之國，貴守戰；負海之國，貴攻戰。(〈兵守第十二〉)
> 湯武既破桀紂，海內無害，天下大定。……故天下知用刀鋸於周庭，而海內治。(〈刑賞第十七〉)，頁 0028、頁 0029

《老子》3 筆：(江海 2 次、海 1 次)

澹兮其若海，飂兮若無止。(〈第 20 章〉)，頁 0020

譬道之在天下，猶川谷之於江海。(〈第 32 章〉)，頁 0036

江海所以能為百谷王者，以其善下之，故能為百谷王。(〈第 66 章〉)，頁 0079

《尹文子》1 筆：(海內 1 次)

名正而法順也，接萬物使分別，海內使不雜。(〈第 1 卷〉)，頁 0005

　　而《墨子》一書出現「海」字出現僅 4 次，而「四海之內」一詞占了 3 次，皆是指稱「天下」之意。《論語》書中出現「海」字一樣 4 次，但 2 次「四海」皆指稱「天下」之意，然而在〈公冶長〉篇中出現「道不行，乘桴浮於海」一語，是中國諸子書中，首先出現士不得志，放浪遊海之想法，「浮於海」與「立於朝」永遠是對立的，孔子所說，實在是不得已的嘆息，但也開啟了後世使用「浮海」一詞，代表隱居之意。《商君書》中說到「負海」之國這個特殊的海字詞彙，其實就是「背海」之國，在春秋戰國時期，地理位置既「背海」而又有實力施行「攻戰」之策的國家，春秋前期也只有齊國，而後期則又有吳、越二國。在這個時期內，齊國首先稱霸，至於吳、越兩國後來也都相繼稱霸了，而春秋五霸，此占其三，可見濱海國家地理上優勢。《老子》一書中心思想認為君子應心存至誠，胸懷坦蕩廣闊，離形去智，同於大道。因此能成毀不繫於心，榮辱不勞其神，達到哀樂不能入，以理化情的境界，正如「澹兮其若海，飂兮若無止」，形容聖人虛靜恬淡無思無欲之心境，無執無著怡然自得之

神態。「澹兮其若海」意指生命的樣態就像大海一樣的大，一望無際；「飂兮若無止」道出生命的氣象就像高揚如風，永不停留，此處以「海之廣大」形容生命的樣態。此外，也說「道」為天下所歸，正如「江海」為一切小河流所歸一樣，天下萬物離不開道體，　就如川谷的水總要匯歸於江海一般。《尹文子》書中主要是以尹文的形名理論為主軸，最後歸於政治之道。思想是以名家為主，兼融了儒、道、墨、法諸家學說。書中僅使用 1 次海字詞彙，「海內」可以指國內、也可說是天下，強調正名的重要，才能達到天下秩序不紊亂，「海內」一詞沿續前人的用法，並無新說。

二　兩漢文本

　　兩漢是賦體文學極盛的時代，詩賦皆有極高地位，筆者據逯欽立輯校《先秦漢魏晉南北朝詩》一書統計出漢詩有 592 首，出現「海」字共有 27 首詩[57]，約占 4.5%。

　　漢代詩歌中出現「海」字的相關用語有：「海內」18 次、「四海」9 次、「滄海」3 次、「海」3 次、「海隅」、「海水」、「海外」、「海北頭」、「海左」、「山海」各 1 次。劉邦〈大風歌〉：「大風起兮雲飛揚，威加海內兮歸故鄉，安得猛士兮守四方」(頁 87)，詩中以「威加海內」展現雄心壯志的胸懷，而「海外」即化外，不服王化，不受管轄，李白詩中「煙濤微茫信難求」運用此意象，說明了帝王將海外交給神仙去管轄。唐山夫人〈安世房中歌〉：「海內有姦，紛亂東北。……大海蕩蕩水所歸，高賢愉愉民所懷」(頁 146)，詩中以「海

57　筆者據逯欽立輯校：《先秦漢魏晉南北朝詩》(臺北：學海出版社，1984 年 5 月初版)一書為文本，考察統計出漢代詩歌中出現的「海」字的次數與文句，以下出現詩文本不逐條標注出版社及日期，僅於文中標注出處頁碼。

內」代表天下，以「大海」象徵民心歸向。漢高祖〈鴻鵠歌〉:「鴻
鵠高飛，一舉千里。羽翼以就，橫絕四海。橫絕四海，又可奈何。
雖有矰繳，尚雲安所施」(頁 88)，詩中以「四海」代表天下，然而
鴻鵠橫絕四海，流露出蒼涼無奈之意。

　　梁鴻〈適吳詩〉:「過季札兮延陵，求魯連兮海隅」(頁 166)，詩
中從「海隅」聯想到魯仲連，興起懷古之情；蔡邕〈飲馬長城窟行〉:
「枯桑知天風，海水知天寒」(頁 192)，以枯桑和「海水」象徵遊子
的鄉愁；仲長統〈述志〉:「抗志山西，遊心海左」(頁 205)，藉邊遠
的「海左」表現隱逸之志；蔡琰〈胡笳十八拍〉:「為天有眼兮何不
見我獨漂流，為神有靈兮何事處我天南海北頭」(頁 202)，以「天南
海北頭」之遠流露漂流異地思鄉之苦；〈相和歌辭‧平調曲‧長歌行〉:
「百川東到海，何時復西歸」(頁 262)，以百川東到海，喻時光流逝；
〈相和歌辭‧大曲‧滿歌行〉:「為樂未幾時，遭時嶮巇。……昔蹈
滄海，心不能安。……西蹈滄海，心不能安」(頁 275)，以「滄海」
表示不安而興退隱之意。

三　魏晉南北朝文本

（一）魏詩

　　筆者據逯欽立輯校《先秦漢魏晉南北朝詩》一書統計出魏詩有
603 首，出現「海」字共有 40 首詩[58]，約占 6.6%。

　　曹魏詩歌中出現海字共有 40 首詩，出現海字有 49 次，其中與
「海」字的相關用語有:「四海」25 次、「滄海」4 次、「東海」3 次、

---

[58]　筆者據逯欽立輯校:《先秦漢魏晉南北朝詩》(臺北:學海出版社，1984 年 5
　　月初版)一書為文本，考察統計出魏代詩歌中出現的「海」字的次數與文句，
　　以下出現詩文本不逐條標注出版社及日期，僅於文中標注出處頁碼。

「江海」4 次、「海」3 次、「海水」2 次、「海流」、「大海涯」、「大海隅」、「海濱」、「譬海」、「海凍」、「海外」、「海裔」各 1 次。

　　建安十二年(西元 207 年)秋九月，曹操大破烏桓勝利回師途中，路經碣石，登臨而望滄海，由眼前壯麗景致，想到自己的人生，而作〈步出夏門行〉組詩中〈觀滄海〉：「經過我至碣石，心惆悵我東海。東臨碣石，以觀滄海。水何淡淡，山島竦峙。樹木叢生，百草豐茂。秋風蕭瑟，洪波湧起。日月之行，若出其中。星漢燦爛，若出其裡。幸甚至哉，歌以言志」(頁 353)，這首海洋詩，全詩篇幅不長，主要寫大海的景象和觀海感受。從內容、題材看，它是一首純然描寫大自然奇觀的景物詩，然從其含蘊的思想感情看，亦是詠懷詩、述志詩，表現出滄海的氣勢，也寄託其建功立業的雄心壯志與宏偉博大的胸懷；其〈氣出唱〉：「駕六龍乘風而行，行四海外路。下之八邦，歷登高山，臨谿谷，乘雲而行。行四海外，東到泰山，仙人玉女下來遨遊」(頁 345)，更以「四海外」聯想到神仙之境。曹丕〈煌煌京洛行〉：「北辭千金，東蹈滄海」(頁 392)，詩中以「滄海」聯想到魯仲連的高致，運用「四海」寄託遊仙之思。曹植詩涉及海的詩最多，共有 14 首，在〈靈芝篇〉：「聖皇君四海，德教朝夕宣」(頁 428)，以「四海」代表天下；在〈仙人篇〉：「驅風遊四海，東過王母廬」(頁 434)，以「四海」寄託遊仙；在〈贈白馬王彪詩七章之六〉：「丈夫志四海，萬里猶比鄰」(頁 454)，以「四海」與〈野田黃雀行〉：「高樹多悲風，海水揚其波」(頁 425)，以「海水揚波」寫出其雄心大志；在〈大衛篇〉：「儲禮如江海，積善若陵山」(頁 429)，以「江海」表現豐富；在〈當欲游南山行〉：「東海廣且深，由卑下百川」(頁 430)，以「東海」下百川，象徵謙卑；在〈責躬〉詩：「奄有海濱，方周於魯」(頁 443)，以「海濱」說明其侯國的位置；在〈泰山梁甫行〉：「劇哉邊海民，寄身於草墅」(頁 426)，哀嘆海島人民貧

苦。王粲〈俞兒舞‧行辭新福歌〉:「桓桓征四國,爰及海裔」(頁 526),以「海裔」言邊遠;應瑒〈別詩二首之二〉:「晨夜赴滄海,海流亦何抽」(頁 383),因「海流」想到遠別。阮籍〈詠懷詩八十二首之六十六〉:「塞門不可出,海水焉可浮」(頁 508),因「海水」聯想到宦海的危險。

（二）晉詩

筆者據逯欽立輯校《先秦漢魏晉南北朝詩》一書統計出晉詩有 2285 首,出現「海」字共有 95 首詩[59],約占 4.1%。

晉代詩歌中出現海字共有 95 首詩,出現海字有 103 次,其中與「海」字的相關用語有:「四海」32 次、「海外」7 次、「海」6 次、「山海」4 次、「南海」3 次、「江海」3 次、「河海」3 次、「滄海」3 次、「巨海」2 次、「東海」2 次、「海表」2 次、「淮海」2 次、「赴海」、「憑海」、「海西」、「海廣」、「海沸」、「海之隅」、「滄海畔」、「北海」、「海沂」、「海涘」、「滄海隅」、「海曲」、「海物」、「負海」、、「懷海」、「橫海煙」、「海濱」、「海水」、「海湄」、「浮海」、「南海濱」、「海濆」、「瀛海內」、「渤海」、「海底」、「海浦」、「海畔」、「溟海」、「東海隅」、「山海圖」、「青海津」、「海漚」、「海蓄」各 1 次。

「四海」使用多達 32 次,不外是天下、四方之舊意。晉代新開發的詞彙有:潘岳〈金谷集作詩〉:「王生和鼎實,石子鎮海沂」(頁 632),以「海沂」代表邊區。石崇〈楚妃歎〉:「西撫巴漢,東被海涘」(頁 642),以「海涘」代替以往的海濱。傅玄是晉代詩歌中使用最多「海」字詞彙的詩人,共出現 18 首詩與海字相關詞語,其〈唐

---

59 筆者據逯欽立輯校:《先秦漢魏晉南北朝詩》(臺北:學海出版社,1984 年 5月初版)一書為文本,考察統計出晉代詩歌中出現的「海」字的次數與文句,以下出現詩文本不逐條標注出版社及日期,僅於文中標注出處頁碼。

堯〉:「神明道自然，河海猶可凝」(頁 833)，以「河海」表示謙德；
〈天命篇〉:「東征陵海表，萬里梟賊淵」(頁 842)，以「海表」表邊
遠，指中國四境以外之地；〈大晉篇〉:「吳人放命，憑海阻江」(頁
843)，以「憑海」、〈擬四愁詩四首之一〉:「何以要之比目魚，海廣
無舟悵勞劬」(頁 564)，以「海廣」表寬廣難渡。傅玄〈鴻鴈生塞北
行〉:「鳳凰遠生海西，及時崑山岡」(頁 563)，以鳳凰遠生「海西」、
張華〈情詩五首之四〉:「君居北海陽，外家在江南陰」(頁 619)，以
「北海」表邊遠。傅玄〈雜詩〉:「炎景時鬱蒸，海沸沙石融」(頁 576)，
以「海沸」寫出海邊炎熱之景。陸機〈齊謳行〉:「營丘負海曲，沃
野爽且平。……海物錯萬類，陸產尚千名」(頁 663)，以「海曲」表
位置，以「海物」展現海底世界各種生物瑰寶豐富，甚至在〈贈顧
交趾公真詩〉:「高山安足凌，巨海猶縈帶」(頁 681)，以「巨海」取
代以往的大海。陸雲〈征西大將軍京陵王公會射堂皇太子見命作此
詩六章之四〉:「函夏無塵，海外有謐」，以「南海」代表南方國家；
〈為顧彥先贈婦往返詩四首之四〉:「浮海難為水，游林難為觀」(頁
718)，詩中以「浮海」難為水，表示海水的深廣浩大；〈答孫顯世
詩十章之八〉:「惠此海湄，俾也可懷」(頁 714)，以「海湄」表位置，
取代以往「海濱」的意思。左思〈悼離贈妹詩二首之一〉:「鬱鬱岱
青，海瀆所經」(頁 731)，以「海瀆」表地靈人傑。張協〈雜詩十首
之二〉:「人生瀛海內，忽如鳥過目」，以「瀛海內」代表人間世界。
曹攄〈答趙景猷詩十一章之三〉:「海蓄其流，山積其壤」(頁 753)，
以「海蓄」表現有容乃大。

　　東晉時，郭璞首先以「淮海」入詩，東晉之後一直沿用此詞彙。
郭璞〈遊仙詩十九首之六〉:「吞舟涌海底，高浪駕蓬萊」(頁 866)，
出現「海底」一詞，寫出海令人震懾的奇觀，隨著海景描摩，眾多
有名有姓的神仙也悠閒徜徉於大海上空，呈展出遊仙思想。孫綽〈與

庾冰詩十三章之十〉:「邂逅不已,同集海畔」(頁 899),以「海畔」
取代海濱。支遁是第一位將佛教教義納入海的詞彙,在〈詠大德詩〉:
「寄旅海漚鄉,委化同天壤」(頁 1082),以「海漚」,海水的泡沫,
比喻人生短促與虛幻無常。

(三)南北朝詩(宋、齊、梁、陳、北魏、北齊、北周)

1.宋詩

　　筆者據逯欽立輯校《先秦漢魏晉南北朝詩》一書統計出宋詩有
937 首,出現「海」字共有 59 首詩[60],約占 6.2%。

　　宋詩出現海字共有 59 首詩,出現海字有 60 次,其中與海相關
的詞彙有:江海 5 次、四海 4 次、海陰 3 次、窮海 2 次、海外 2 次、
橫海鯨、橫海煙、海月、海岸、海隅、山海、負海、滄海、瞰海、
橫海外、觀海、海鷗、海濱、越海、巨海、渤海、西海、海鏡、橫
海、海浦、海淮、海滋、海陰路、舊海、潤海、海溟、海上、東海、
海碧、浮海、淮海、涼海、往海、山海路、海岱、海岳、海戾、海
鶴、瀚海、海曲、洞海、表海、海陸、海遼各 1 次。

　　宋詩中最善以海字入詩,首推謝靈運,其詩歌約有 136 首,海
字入詩共有 19 首,約占 16.2%;其次是鮑照,其詩歌約有 205 首,
海字入詩共有 18 首,約占 8.7%。謝靈運除了沿用前人江海、山海、
海外、巨海、渤海、滄海等詞彙外,又創新「負海」、「海岸」、「溟
海」、「海鷗」等詞彙,因其祖居去海不遠,又任職濱海的永嘉太守,
加上性好遊覽,更有〈遊赤石進帆海〉、〈郡東山望溟海詩〉兩首詩

60　筆者據逯欽立輯校:《先秦漢魏晉南北朝詩》(臺北:學海出版社,1984 年 5
　　月初版)一書為文本,考察統計出宋代詩歌中出現的「海」字的次數與文句,
　　以下出現詩文本不逐條標注出版社及日期,僅於文中標注出處頁碼。

以大篇幅來寫海景。而鮑照無論沿用前人舊詞彙或新鑄詞彙，皆注入大量情感，如〈代別鶴操〉一詩以雙鶴徘徊滄海，除了寫出滄海之遼闊更感到己身孤獨無依，更對宦海爭鬥以此作比：「雙鶴俱起時，徘徊滄海間。……海上悲風急，三山多雲霧」(頁 1262)；〈松柏篇〉：「東海迸逝川，西山導落暉」(頁 1265)，因見東海逝川，感嘆年華流逝；〈從拜陵登京峴〉：「瀛海安足窮，傷哉良永矣」(頁 1281)，以瀛海無窮而感嘆人命不值；在〈吳興黃浦亭庾中郎別〉：「已經江海別，復與親眷違」(頁 1287)，以江海險阻、〈紹古辭七首之五〉：「訪言山海路，千里歌別鶴」(頁 1297)，以山海路遙而悲感千里遠別；在〈和傅大農與僚故別〉：「浮江望南嶽，登潮窺海陰」(頁 1289)，用山嶽「海陰」比喻友情如山高水深，如此深厚；〈擬青青陵上柏詩〉：「涓涓亂江泉，綿綿橫海煙」(頁 1298)，以「橫海煙」空嘆無成；〈觀圃人藝植〉：「遠養遍關市，深利窮海陸」(頁 1302)，因「海陸」深利而為農牧不平；〈秋夕詩〉：「江上淒海戾，漢曲驚朔霏」(頁 1307)，以「海戾」勁疾而惆悵自傷；〈秋夜詩二首之二〉：「霽旦見雲峰，風夜聞海鶴」(頁 1308)，因夜聞「海鶴」而幽悲；〈冬日詩〉：「瀚海有歸潮，衰容不還稚」(頁 1309)，以「瀚海」(一作「瀉海」)猶有歸潮之時，但人生容顏青春逝去卻不再回春，因而感傷。

2.齊詩

　　筆者據逯欽立輯校《先秦漢魏晉南北朝詩》一書統計出齊詩有528首，出現「海」字共有 26 首詩[61]，約占 4.9%。

　　齊詩出現海字共有 26 首詩，出現海字有 27 次，其中與海相關

61　筆者據逯欽立輯校：《先秦漢魏晉南北朝詩》(臺北：學海出版社，1984 年 5月初版)一書為文本，考察統計出齊代詩歌中出現的「海」字的次數與文句，以下出現詩文本不逐條標注出版社及日期，僅於文中標注出處頁碼。

的詞彙有：四海 5 次、江海 5 次、海淨、大海、沙海、海蕩、愛海、南海、瀚海、鯤海、海若、海介、海樹、海暮、海裔、托海、渤海、洞海各 1 次。

　　謝朓是此時運用最多與海相關的詞彙，共有 11 首，在〈永明樂十首之五〉：「化洽鯤海君，恩變龍庭長」(頁 1419)，以「鯤海」[62]與龍庭對舉，言海之遠，在〈三日侍華光殿曲水宴代人應詔詩十章之八〉：「河宗躍踢，海介夔跎」(頁 1423)、〈高齋視事詩〉：「曖曖江村見，離離海樹出」(頁 1433)，二詩也關注到海中的「海介」與海邊的「海樹」這些動植物。晉代詩人除了沿襲四海、江海、大海、海若、南海、渤海等詞彙外，另有創新的詞彙：如齊高帝蕭道成〈塞客吟〉：「星嚴海淨，月徹河明」(頁 1376)，以「海淨」營造肅穆的氣氛。王僧令〈皇太子釋奠會詩六章之六〉：「微萍托海，毳羽浮天」(頁 1462)，以微萍「托海」比喻恩澤浩蕩。齊明王歌辭七首〈清楚引〉：「轉葉度沙海，別羽自冰遼」(頁 1387)、〈聖君曲〉：「海蕩萬川集，山崖百草滋」(頁 1386)，二詩中各以「沙海」形容邊陲荒遠，以「海蕩」形容聖君的寬宏大量。王融〈法樂辭十二章之一〉：「禪衢開遠駕，愛海亂輕舟」(頁 1389)，詩中「愛海」一詞形容愛欲深廣，是繼支遁之後，引佛典入詩。

3.梁詩

　　筆者據逯欽立輯校《先秦漢魏晉南北朝詩》一書統計出梁詩有 2363 首，出現「海」字共有 151 首詩[63]，約占 6.3%。

---

62 鯤海，鯤瀛，古稱會稽之外海，因其間有東鯤人所建二十餘小國而名。

63 筆者據逯欽立輯校：《先秦漢魏晉南北朝詩》(臺北：學海出版社，1984 年 5 月初版)一書為文本，考察統計出梁代詩歌中出現的「海」字的次數與文句，以下出現詩文本不逐條標注出版社及日期，僅於文中標注出處頁碼。

　　梁代詩歌是唐代以前出現最多海字詩歌的朝代，詩題出現海字的有：〈陸東海譙山集詩〉、〈小臨海〉、〈登郁洲山望海詩〉、〈滄海雀〉、〈餞臨海太守劉孝儀蜀郡太守劉孝勝詩〉、〈早出巡行矚望山海詩〉6首詩。而詩句中出現海字共有 151 首詩，出現海字共有 158 次，其中與「海」字的相關用語有：四海 12 次、江海 10 次、海外 7 次、海上 7 次、東海 6 次、淮海 6 次、北海 6 次、海濱 4 次、海水 4 次、滄海 4 次、海中 4 次、渤海 2 次、慧海 2 次、海氣 2 次、海若 2 次、瀚海 2 次、海湄 2 次、傍海 2 次、苦海 2 次、歸海 2 次、趨海、海沸、桂海、靈海、學海、海西、海中雲、海月、淮海使、淮海風、宅海、海辟、海澨、海岸、海陸、巨海、海運、銀海、遼海、海路、海樹、碧海、江海隅、橫海之鱗、滴海、還海、海底、海潮、樂海、闊海、沂海、海神、寰海、法海、海鳥、海曲、並海、蓋海、架海、橫海、昌海驛、海珠、海瀆、青海、赴海、海物各 1 次。

　　在眾多詩歌中當然多數沿用舊詞彙，但新創的詞彙也不少，如梁武帝蕭衍〈贈逸民詩十二章之五〉：「譬流趨海，如子歸父」（頁1526），譬如流水「趨海」來比喻有容乃大，〈贈逸民詩十二章之六〉：「六合岳崩，九州海沸」（頁 1527），以九州「海沸」比喻天下大亂，甚至在〈乾闥婆詩〉：「靈海自己極，滄流去無邊」（頁 1533），一詩又用釋典「靈海」入詩。梁昭明太子蕭統〈開善寺法會詩〉：「法輪明暗室，慧海渡慈航」（頁 1796），一詩非但以釋典「慧海」入詩，且在〈講席將畢賦三十韻詩依次用〉：「喻斯滄海變，譬彼庵羅熟」（頁1798），一詩中將葛洪《神仙傳》中的「滄海桑田」賦予佛教的意義。梁簡文帝蕭綱以海字詞彙入詩共有 15 首，是先秦漢魏晉南北朝代中使用最多海字的皇帝，其〈和贈逸民應詔詩十二章之七〉：「既開慧海，廣列檀舟」（頁 1928），也用「慧海」一詞，在〈望同泰寺浮圖詩〉：「能令苦海渡，復使慢山逾」（頁 1935），用了「苦海」這個詞

彙。此外，在其〈長安道〉：「神皋開隴右，陸海實西秦」(頁 1912)，一詩以「陸海」指秦地；在〈送別詩〉：「行行異沂海，依依別路歧」(頁 1952)，以「海沂」指海邊；〈奉和登北顧樓詩〉：「去帆入雲裡，遙星出海中」(頁 1931)，以「遙星出海中」寫出海廣闊浩大；〈詠寒鳧詩〉：「眇眇隨山沒，離離傍海飛」(頁 1974)，寫出鳧之多，離離傍海飛；〈石橋詩〉：「惠子臨濠上，秦王見海神」(頁 1975)，一詩以石橋聯想到秦始皇見海神的典故；〈雜詠詩〉：「羅帷非海水，那得度前知」(頁 1970)，寫出羅帷不能如海水一樣能載情人前來相會。梁元帝蕭繹〈燕歌行〉：「並海連天合不開，那堪春日上春臺」(頁 2035)，詩中以「並海連天合不開」道出海廣大與天相連；〈隴頭水〉：「沙飛曉成幕，海氣旦如樓」(頁 2032)，寫出隴頭的海市蜃樓情景。武陵王蕭紀〈閨妾寄征人〉：「願君看海氣，憶妾上高樓」(頁 1900)，描寫出征人從海氣形成的海樓而遙想閨婦登樓長望之景。梁宣帝蕭詧〈建除詩〉：「開山接梯路，架海擬山梁」(頁 2105)，以「架海」擬山梁，形容工程浩大。

江淹是梁代詩人中最多使用海字入詩，約有 29 首，但多用前人詞彙，如海外、淮海、海辟、海濱、海月、海中雲、海浮、江海、北海、西海、東海、海上等，其新創的詞彙有三個，如〈袁太尉淑從駕〉：「文軫薄桂海，聲教燭冰天」(頁 1579)，一詩讚美袁淑「文軫薄桂海」，「桂海」指邊遠之地；〈悼室人詩十首之三〉：「命知悲不絕，恒如注海泉」(頁 1584)，一詩追悼亡妻，強調其悲如「海泉」之深且恒長不斷；〈謝臨川靈運遊山〉：「且泛桂水潮，映月遊海澨」(頁 1578)，詩中「海澨」意指前人詞彙的海濱、海邊之意。

沈約以海字入詩有 18 首，多用前人詞彙，如淮海、江海、海若、西海、渤海等，然其新創的詞彙有〈九日侍宴樂遊苑詩〉：「憑玉宅海，端扆禦天」(頁 1630)中「宅海」、〈送別友人詩〉：「遙裔發海鴻，

連翻山簷燕」(頁 1635)中「海鴻」、〈早發定山詩〉:「歸海流漫漫,
出浦水濺濺」(頁 1636)中「歸海」、〈晨徵聽曉鴻〉:「出海漲之蒼茫,
入雲途之杳漫」(頁 1667)中「海漲」、〈飲馬長城窟〉:「前訪昌海驛,
雜種寇輪臺」(頁 1617)中「昌海驛」等,而「昌海」是指於闐的蒲
昌海。

　　吳均雖然以海字入詩有 12 首,且沿用前人舊詞彙,但卻開創出
新意,如〈渡易水〉:「不能通瀚海,無面見三齊」(頁 1722),一詩
的「瀚海」不同前人之意,而是指荒遠無際的沙漠;〈別鶴〉:「別鶴
尋故侶,聯翩遼海間」(頁 1727),一詩指出孤鶴原是群居聯翩於「遼
海」之間。甚至有新的詞彙出現,如〈贈杜容成詩〉:「一燕海上來,
一燕高堂息。……答言海路長,風駛飛無力」(頁 1733),從燕口中
說出「海路」長、飛無力,必須依賴風駛;在〈憶費昶詩〉:「直趣
珠星北,斜開碧海東」(頁 1742),以「碧海」形容海色;在〈周承
未還重贈詩〉:「甘泉無竹花,鷦鷯欲還海」(頁 1742),以鷦鷯欲「還
海」表示其歸隱之意;〈送呂外兵詩〉:「白雲浮海際,明月落河濱」
(頁 1752),以白雲浮「海際」,海本無邊際,於此見海際,愁上加愁。

　　任昉〈為王嫡子侍皇太子釋尊宴〉:「夷山制宇,蕩海為家」(頁
1595),詩中「蕩海」為家,指平蕩四海。庾肩吾〈奉使北徐州參丞
御詩〉:「格天垂禮樂,寰海置提封」(頁 1986),以「寰海」指海內
天下;其〈芝草詩〉:「隱士蒼山北,仙神海穴東」(頁 1993),寫出
仙神「海穴」東,指出海穴乃神仙所居。張率〈滄海雀〉一詩指出
「大雀與黃口,來自滄海區」(頁 1782),想到滄海雀的自由遨翔於
滄海間。何遜〈初發新林詩〉:「舟歸屬海運,風積如鵬舉」(頁 1689),
其「海運」一詞指海上運輸,但此處可見其善用《莊子・逍遙遊》
之意,展現其雄心壯志。

　　王揖〈在齊答弟寂詩五章之三〉一詩以「行川學海,且慕同深」

(頁 1541)勉其弟王寂要向海學習。王筠〈和皇太子懺悔詩〉:「三縛
解智門,六塵清法海」(頁 2014),以佛典「法海」形容佛法無邊。
劉孝綽〈奉和昭明太子鍾山解講詩〉:「淹塵資海滴,昭暗仰燈然」(頁
1829),以「海滴」比喻佛法的滋潤。戴暠〈月重輪行〉詩云:「海
珠含更滅,階蓂翳且新」(頁 2099),以「海珠」形容月亮。沈君攸
〈桂楫泛河中〉:「赤馬青龍交出浦,飛雲蓋海遠凌煙」(頁 2111),
以「蓋海」來形容飛雲之多且大足以蓋海。

4.陳詩

筆者據逯欽立輯校《先秦漢魏晉南北朝詩》一書統計出陳詩有
609 首,出現「海」字共有 31 首詩[64],約占 5%。

陳詩出現海字共有 31 首詩,出現海字有 34 次,其中與海相關
的詞彙有:滄海 4 次、江海 3 次、四海 3 次、海水 2 次、蒲海 2 次、
東海 2 次、海上、山海、橫海、瀚海、溟海、海外、大海、復海、
北海、海神、海路、海樹、海內、平海、淮海、願海、海榴、東海
隅各 1 次。可見絕大多數沿用舊詞,但有 2 個創新詞,如沈炯〈從
駕送軍詩〉:「蒲海方無浪,夷山未有平」(頁 2444),以「蒲海」方
無浪,應該是指於閫的蒲昌海,意同沈約詩中的「昌海」。江總〈至
德二年十一月十二日升德施山齋三宿決定罪福懺悔詩〉:「未泛慈舟
遠,徒令願海深」(頁 2585),以「願海」形容菩薩宏願深廣如海。

5.北魏

筆者據逯欽立輯校《先秦漢魏晉南北朝詩》一書統計出北魏詩

---

64 筆者據逯欽立輯校:《先秦漢魏晉南北朝詩》(臺北:學海出版社,1984 年 5
月初版)一書為文本,考察統計出陳代詩歌中出現的「海」字的次數與文句,
以下出現詩文本不逐條標注出版社及日期,僅於文中標注出處頁碼。

有 183 首，出現「海」字共有 3 首詩[65]，約占 1.6%。

北魏詩出現以海字入詩共有 3 首，仙道〈化胡歌七首之二〉：「歷落神州界，迫至東海間」(頁 2248)、〈太上皇老君哀歌七首之四〉：「抱沙填江海，負石累高山」(頁 2251)、〈老君十六變詞之七〉：「七變之時，生在北方在海嵎」(頁 2253)三詩出現海字詞彙「東海」、「江海」、「海嵎」等皆沿襲前代，其中有 1 首僅有詩題有海字，是觀海島之作，如鄭道昭〈登雲峰山觀海島詩〉，在詩題出現了「海島」一詞，而首先出現海島這個觀念，應推及曹操〈觀滄海〉一詩，詩中已描寫滄海中的島嶼，但並沒有將島字與海字組合成詞，因此鄭道昭是首位提出「海島」一詞的詩人。

6.北齊

筆者據逯欽立輯校《先秦漢魏晉南北朝詩》一書統計出北齊詩有 203 首，出現「海」字共有 13 首詩[66]，約占 6.4%。

北齊詩出現海字共有 13 首，新創的詞彙有：〈武德樂昭烈舞〉：「開天闢地，峻岳夷海」(頁 2314) 的「夷海」，即平海之意；〈始基樂恢祚舞〉：「業弘營土，聲被海方」(頁 2313) 的「海方」，意指遠方；〈食舉樂十曲之九〉：「河水清，海不溢」(頁 2318)，以「河水清，海不溢」形容天下太平；〈武舞辭〉：「海寧洛變，契此休明」(頁 2320)，以「海寧」指天下安寧；〈文舞辭〉：「奄家環海，實子蒸黎」(頁 2320)，以「環海」指天下。

---

65 筆者據逯欽立輯校：《先秦漢魏晉南北朝詩》(臺北：學海出版社，1984 年 5 月初版)一書為文本，考察統計出北魏詩歌中出現的「海」字的次數與文句，以下出現詩文本不逐條標注出版社及日期，僅於文中標注出處頁碼。

66 筆者據逯欽立輯校：《先秦漢魏晉南北朝詩》(臺北：學海出版社，1984 年 5 月初版)一書為文本，考察統計出北齊詩歌中出現的「海」字的次數與文句，以下出現詩文本不逐條標注出版社及日期，僅於文中標注出處頁碼。

7.北周

筆者據逯欽立輯校《先秦漢魏晉南北朝詩》一書統計出北周詩有 434 首，出現「海」字共有 28 首詩[67]，約占 6.4%。

北周詩出現海字共有 28 首詩，出現海字有 30 次，其中與海相關的詞彙有：四海 6 次、少海 2 次、海水 2 次、海童 2 次、海闊 2 次、碧海桃、瀚海石、海氣、海、海底、橫海、填海、滄海君、行海、淮海人、海氣、扶桑海、江海、東海、南海、巨海各 1 次。

庾信詩出現海字共有 14 首，是此時期作品涉海最多的作家，其〈和李司錄喜雨詩〉：「海童還碣石，神女向陽臺」(頁 2380)，一詩首先出現「海童」這個詞彙，意指傳說中的海中神童；〈擬詠懷詩二十七首之七〉：「枯木期填海，青山望斷河」(頁 2368)，雖是枯木期望仍「填海」表現其雄心壯志，亦如精衛填海精神；〈擬詠懷二十七首之二十四〉：「昏昏如坐霧，漫漫疑行海」(頁 2370)，以「行海」，航行於大海之中，呈現出一個心神迷惘之形態。

（四）隋詩

筆者據逯欽立輯校《先秦漢魏晉南北朝詩》一書統計出隋詩有 489 首，出現「海」字共有 40 首詩[68]，約占 8.1%。

隋詩出現海字共有 40 首詩，出現海字有 45 次，而詩題出現海字的有：〈望海詩〉、〈奉和望海詩〉、〈東海懸崖題詩〉3 首，其中與海相關的詞彙有：四海 4 次、江海 3 次、碧海 3 次、東海 3 次、瀚

---

67 筆者據逯欽立輯校：《先秦漢魏晉南北朝詩》(臺北：學海出版社，1984 年 5 月初版)一書為文本，考察統計出北周詩歌中出現的「海」字的次數與文句，以下出現詩文本不逐條標注出版社及日期，僅於文中標注出處頁碼。

68 筆者據逯欽立輯校：《先秦漢魏晉南北朝詩》(臺北：學海出版社，1984 年 5 月初版)一書為文本，考察統計出隋詩歌中出現的「海」字的次數與文句，以下出現詩文本不逐條標注出版社及日期，僅於文中標注出處頁碼。

海 2 次、巨海 2 次、滄海湄、海魚、滄海島、圓海、海西頭、海北、海榴、北海濱、亂海、窮海、滄海曲、陸海、海外、滄海上、海會、河海、海槎、填海、海流、觀海、七海、矚海、海貢、淮海、海隅、義海、海中各 1 次。隋煬帝楊廣非但是此時期使用海字的比率最高者詩作家，海字入詩雖僅有 8 首，但是占其全部 43 首詩作中約 18.6%，更是先秦漢魏晉南北朝代中使用海字詞彙比率最高的帝王。

　　隋代新創的詞彙有：隋煬帝楊廣〈步虛詞二首之二〉：「朝遊度圓海，夕宴下方諸」(頁 2662)此詩雖是道教歌曲，但以佛家語「圓海」入詩，可見其奇妙之處，熔道教與佛教於一爐。〈泛龍舟〉：「借問揚州在何處，淮南汕北海西頭」(頁 2664)，一詩以淮南江北「海西頭」這個方位來標示出揚州所在地。牛弘〈宴群臣登歌〉：「皇明馭歷，仁深海縣」(頁 2768)，以「海縣」代表天下，相當於「四海」。李孝貞〈鳴雁行〉：「既並玄雲曲，復變海魚風」(頁 2652)，詩中「海魚」，意指鯨魚。楊素〈贈薛播州詩十四章之一〉：「亂海飛群水，貫日引長虹」(頁 2677)，一詩以「亂海飛群水」比喻時局動盪；〈贈薛播州詩十四章之十〉詩中道出「雁飛窮海寒，鶴唳霜皋淨」(頁 2678)，以「窮海」代表極遠之海域。許善心〈奉和還京師詩〉：「朝夕萬國湊，海會百川輸」(頁 2708)，以「海會」頌美皇帝為百姓所歸，意指民心歸向。釋慧淨〈雜言詩〉：「步步平郊望，心遊七海上」(頁 2773)，此處的「七海」是佛典，並非實際海域。最特殊的是隋代虞世基〈賦昆明池一物得織女石詩〉：「船疑海槎渡，珠似客星來」(頁 2713)，一詩中首先出現中國千百年來航海交通工具，如「海槎」一詞，意指海上的船隻，虞世基是隋代光祿大夫、內史侍郎，與煬帝楊廣交情密切，當然其詩出現此詞彙，不難發現大概與其陪楊廣出海有關。

　　中國的海意象詩歌，可上溯到先秦的《詩經》和《楚辭》。海意

象詩歌日漸成熟，是在魏晉南北朝時期。綜觀李白之前的所有以海字入詩的詩歌及其作者，發現漢代海字入詩不多，而曹魏時代曹植詩作約有 136 首，以海字入詩共有 14 首，約占 10.2%，是魏代使用海字詞彙比率最高者；晉代最善用海字入詩是傅玄，其詩約有 111 首，有 18 首與海字相關，約占 16.2%；南朝宋代最善用海字入詩首推謝靈運，其詩約有 136 首，有 19 首海字入詩，約占 13.9%，其次是鮑照，其詩約有 205 首，其中有 18 首海字相關詩歌，約占 8.7%；南朝齊代使用最多海字入詩為謝朓，其詩約有 200 首，有 11 首海字詩歌，約占 5.5%；南朝梁代詩歌總量最多，其中最善用海字詞彙是江淹，有 29 首海字詩歌，約占 21.9%；南朝陳代使用最多海字入詩為江總，其詩約有 111 首，有 6 首海字詩歌，約占 5.4%；北魏、北齊海字入詩甚少，北周使用最多海字入詩為庾信，其詩約有 260 首，有 14 首海字詩歌，約占 5.3%；隋代使用最多海字入詩為楊廣，其詩約有 43 首，有 8 首海字詩歌，約占 18.6%。從魏晉南北朝詩作中發現南方詩人較北方詩人對「海」書寫的多，其原因之一應該是受到南北地理環境差異所致，且南方多水江湖泊，對於同為水域「海」，與腦中「海」的概念相激盪，自然較僅活躍於莽原的北方詩人更有聯想的機會，加上「海」讓人有更多想像空間，南方人較北方人浪漫，因此南方詩人書寫海意象詩歌較北方詩人多。

四　唐以前海賦的考察

　　筆者據《御定歷代賦彙》一書所蒐錄唐代李白之前以海為名篇的賦作，現存有九篇，分別為漢‧班固(或題班彪)〈覽海賦〉、魏‧王粲〈遊海賦〉，魏‧魏文帝〈滄海賦〉、晉‧木華〈海賦〉、晉‧庾闡〈海賦〉、晉‧潘岳〈滄海賦〉、晉‧孫綽〈望海賦〉、齊‧張融〈海

賦〉、梁・簡文帝〈大壑賦〉(〈海賦〉)等作品[69]。

自班彪〈覽海賦〉正式出現海意象，中國文學寫海可分游仙馳想式與即興寫實式。前者多廣泛擷取前代有關海的神話、仙話原型進行超俗性暢神；後者則感物興情、借大海而陳身世之慨，訴別離之懷[70]。可見中國游仙文學重要題材與意象是「海」，東漢末年王粲〈遊海賦〉、曹丕〈滄海賦〉、西晉木華〈海賦〉、潘岳〈滄海賦〉、東晉庚闡〈海賦〉、孫綽〈望海賦〉、南齊張融〈海賦〉、梁蕭綱〈海賦〉等多是以海作為精神超越的原型意象，讓文人產生出其他自然界意象難以企及的超越性心理慰寄。

而臺灣學者陳心心、何美寶〈唐以前海賦的研究——以 Eliade 的宗教理論為基礎的分析〉一文認為：「唐以前，中國人的航海經驗還十分少，對海的認識，往往來自代代相傳的神話」，此語甚是，但「將唐前的九篇海賦，分為兩類討論，一類是描述自己航海見聞加神話想像的，如後漢班彪〈覽海賦〉、魏王粲〈游海賦〉、晉潘岳〈滄海賦〉；一類全是藉神話堆砌而成的，如魏文帝〈滄海賦〉、晉庚闡〈海賦〉、晉孫綽〈望海賦〉、晉木華〈海賦〉、齊張融〈海賦〉，而後者最能顯示出海的原型。」[71]筆者不全然認同其分類及說法，分析如下：

（一）論述「肯定描述航海或觀海見聞再加神話想像」之探討

1. 東漢初年，班彪(3-54)〈覽海賦〉是中國文學史上第一篇海賦，

---

69 詳見(清)陳元龍等編：《御定歷代賦彙》正集(上)卷第二十四地理，據清康熙四十五年(1706年)刊本影印(日本京都：中文出版社，1974年)，頁 391-395。

70 王立：《心靈的圖景——文學意象的主題史研究》(上海：學林出版社，1999年 2 月第 1 版第 1 次印刷)，頁 235-236。

71 參見陳心心、何美寶：〈唐以前海賦的研究〉《中外文學》第十五卷第 8 期(1987年 1 月)，頁 130-150。

今存 36 句。開頭說明覽海之緣起：「余有事於淮浦，覽滄海之茫茫，悟仲尼之乘桴，聊從容而遂行」，寫到面對大海，有感於孔子「道不行，乘桴浮於海上」之嘆，於是想像跟隨孔子遨遊海上神山仙境「索方瀛與壺梁」，會見赤松子、王子喬、西王母、韓象、伯岐等仙人，最後以遊仙作結，顯現大海的神奇。起首寫出到淮浦辦事，有親臨觀海而作此賦，文中約有三分之二以神話想像鋪陳，確實是描述航海見聞再加神話想像。

2. 魏王粲(177-217)，曾乘船順江而下，到達會稽，〈滄海賦〉道出：「登陰隅以東望，覽滄海之體勢」，賦中對海的廣闊描寫生動：「吐星出日，天與水際，其深不測，其廣無桌。」並對海中的珍奇靈異的物產諸多描述：「或無氣而能行，或含血而不食，或有葉而無根，或能飛而無翼，鳥則爰居孔鵠，翡翠鸕鶿，繽紛往來，沈浮翱翔；魚則橫尾曲頭，方目偃額，大者若山陵，小者重鈞石。」據其行蹤與賦中所言，此為觀海之作無疑，但文中對海中動物礦物描述似乎並非中國周圍海中所產，若非神話想像或傳聞，大概是對大海不甚了解。

3. 晉潘岳(247-300)〈滄海賦〉，今存 51 句。開頭顯然有闕文，起首寫出海勢之壯闊：「徒觀其狀也，則湯湯蕩蕩，瀾漫形沈，流沫千里，懸水萬丈。測之莫量其深，望之不見其廣，無遠不集，靡幽不通」。文中寫出海的變化：「陰霖則興雲降雨，陽霧則吐霞曜日」，並寫出海中「怪體異名，不可勝圖」的山、島、蟲魚鳥獸，最後道出「詳察浪波之來往，遍聽奔激之音響」，很明顯此句應是有親臨觀海，雖看不出是否曾出海航行，但至少有於岸邊觀海。

（二）論述「否定全是藉神話堆砌而成」之探討

1. 魏文帝(187-226)〈滄海賦〉，沒有開頭結尾，似節錄之作，此賦

可能作於隨其父東征烏桓之時，賦中寫出海之神威：「經扶桑而遐逝，跨天崖而托身。驚濤暴駭，騰踔澎湃，鏗訇隱鄰，湧沸淩邁。」於是魚鱉飛奔，鳥鳴相求，且海中有貝類、明珠、美石、美玉等物產，有「美百川之獨宗」的氣概，所以應是有航海見聞及神話。

2. 晉庾闡(317年後)〈海賦〉，僅存 28 句，側重海上風起雲湧之勢，描寫極為細膩：「若夫長風鼓怒，湧浪碎礚，颼波於萬里之間，漂沫於扶桑之外，於是百川輻湊，四瀆橫通，回洑潾，聳散穹隆，映曉雲而色暗，照落景而俱紅」，然此賦不曾涉及海上物產，也有可能亡佚。梁簡文帝蕭綱(503-551)〈海賦〉共 20 句，竟有十多句摘自庾闡，但其另一篇〈大壑賦〉實際上也是海賦，共 22 句，起首「渤海之東，不知幾億，大壑在焉，其深無極，悠悠既湊，滔滔不息，觀其浸受，狀其吞匿，歷詳眾水，異導殊名」，寫出大海為眾水所歸。晉孫綽(314-371)〈望海賦〉，共 44 句，從海的吞納百川說起，「抱河含濟，吞淮納泗，南控沅湘，西引涇渭」，文中主要描寫海中珍寶隨珠、草木、鯤鵬、巨鰲之類，但只占該賦極少部分。以上三篇神話成分甚少，並非全由神話堆砌而成的。

3. 張融(444-497)曾任交州武平郡封溪縣令(今越南)，須浮海而至。其〈海賦〉是最九篇海賦中篇幅最長，共有 293 句，據說作於航海途中，是其親身經歷。〈海賦〉序文云：「吾遠職荒官，將海得地，行關人浪……壯哉！水之奇也，奇哉！水之壯也。故古人以之頌其所見，吾問翰而賦之焉。當其濟興絕感，豈覺人在我外。木生之作，君自居矣。」其賦有別於漢大賦的全方位鋪陳手法，不著力於海中神話和海上物產，反而以精細濃墨去彩繪海在不同氣候條件下複雜的面貌和航海者不同觀察與感受，如形容狂風巨

浪：「縱撞則八洶摧潰，鼓怒則九紐折裂」，寫出整個宇宙被攪動破碎；描寫船隻遇風浪迷失航行方向：「卻瞻無後，向望何前」、「或如前而未進，乍非遷而已卻」，表現出乘船遇風浪深刻真切的體驗，可見此篇海賦並非全是藉由神話堆砌而成的，而多是自己的航海見聞。但文中仍有精神超越之思，因為在最後一段道出「既載舟而覆舟，固以死而以生……行藏虛於用舍，應感亮於圓會」蘊含深奧佛理玄思。

4. 晉代木華(290 年前後)〈海賦〉，全文 232 句，是一篇以「海」做為書寫主體且成就極高的文本，筆者根據《御定歷代賦彙》所收錄九篇書寫海的賦作，發現留存至今最完整的僅有木華〈海賦〉一篇而已，較其前後時代以「海」為書寫主題，是集大成者。起首以夏禹鑿山導河的傳說，點出萬川歸海，強調海之「廣、怪、大」的特性。從內容上鋪寫看來，應是受到當時山水田園詩風的影響，但已能跳脫前人窠臼，透過親身觀察體驗的方式來描述「海」的形狀，從海的整體外觀寫起：「淅湙激灩，浮天無岸。沖瀜沆瀁，渺瀰湠漫」，由於水氣漫浮海面，產生迷濛視覺效果。之後描寫波浪洶湧的氣勢：「波如連山，乍合乍散。噓噏百川，洗滌淮漢」，駭人聲形描寫詡詡如生。甚至描寫出「晴朗」與「陰霾」的天候下分別所觀到各種波浪所造成的景觀：「若乃大明摭轡於金樞之穴，翔陽逸駭於扶桑之津。彯沙礐石，蕩颾島濱。於是鼓怒，溢浪揚浮，更相觸搏，飛沫起濤，狀如天輪，膠戾而激轉；又似地軸，挺拔而爭迴。岑嶺飛騰而反覆，五嶽鼓舞而相磓。渭濆淪而滀漯，鬱沏迭而隆頹，盤盓激而成窟，湝渭滐而為魁，潤水泊粨而迤颺，磊匌匌而相豗。驚浪雷奔，駭水迸集，開合解會，瀼瀼濕濕，葩華踧沑，澒濘潗漕」細描波浪衝上島濱岸上，碰撞岩石時會飛沫起濤，甚至盪起漩渦，一旦匯合水流，就會形成滾

滾奔騰氣勢，然而天候不佳時，「若乃霾曀潛銷，莫振莫竦。輕塵不飛，纖蘿不動。猶尚呀呷，餘波獨湧，澎濞灩瀹，碨磊山壟。爾其枝岐潭瀹，渤蕩成汜，乖蠻隔夷，迥互萬里」，觀察到海面呈現一片陰霾的景象。上述對海的形狀描述極細膩，若非親身站在海邊觀察多時，恐無法如此行文。此外，也描寫在海上舟鳥的景觀、海中生物的生態：「於是候勁風，揭百尺，維長綃，挂帆席，望濤遠決，罔然鳥逝。……戕風起惡，廓如靈變，惚怳幽暮，氣似天霄，靉靆雲布。霹昱絕電，百色妖露，呵蜿掩鬱，曠眺無度」在風力推波助瀾之下，帆舟的速度快如鳥逝，海鳥展翅海上飛速捕食，天候轉惡、強風興起時，讓觀者錯覺為天神群妖活躍其間；「其垠則有天琛水怪，鮫人之室，瑕石詭暉，鱗甲異質。若乃雲錦散文於沙汭之際，綾羅被光於螺蚌之節」、「魚則橫海之鯨，突扤孤遊……或乃蹭蹬窮波，陸死鹽田」、「鳧雛離褷，鶴子淋滲，群飛侶浴，戲廣浮深，翔霧連軒，洩洩淫淫，翻動成雷，擾翰為林，更相叫嘯，詭色殊音」，活靈活現寫出海中魚蚌種類繁多，形狀大小不一，或成群或孤游，若不幸被衝上岸回不了海中，即成海鳥們的獵物，甚至將海鳥叫嘯之聲形也寫進賦中，予人親臨目睹的實感。雖然賦中也表示對海上神仙的嚮往與感慨：「覿安期於蓬萊，見喬山之帝像，群仙縹緲，餐玉清涯」、「甄有形於無欲，永悠悠以長生」，然木華〈海賦〉的出現，對長期以內陸為生活重心、聚焦於皇城宮闕、山水田園的詩人們，無疑增添了新的寫作視野，因此，木華〈海賦〉應該是站於岸上望海或近處遊海之作，並非全藉由神話堆砌而成。

宗白華說：「漢末魏晉六朝是中國政治上最混亂，社會上最苦痛的時代，然而卻是精神史上極自由、極解放，最富於智慧，最濃於

熱情的一個時代」[72]。以「海」入賦，拓展了賦體文學的創作領域，
是漢魏六朝人「將欣賞自然，轉化為一種自覺、普遍的精神生活方
式，轉化為一種自覺的審美趣味、行為者」的結果[73]。綜觀上述唐前
海賦寫作的內容，隨著人們對海的逐漸了解，甚至觀海航海之舉，
前期的神話色彩在後期越來越淡。「漢魏六朝海賦寫海將寫實與神話
傳說結合，陳述大海氣勢及其物產的豐饒，在虛與實之間進行超俗
性的暢神。魏晉時代懷才不遇、生存困頓的士人，在同大海仙境融
為一體的暢想中宣洩著對現存秩序的不滿，傾訴著對理想人生的渴
望。海，在一定程度上成為宣洩文人內心鬱悶的一個窗口。賦中之
海雖不乏壯觀之色，但更多是優美、神奇而令人嚮往。」[74]綜合考察
此九篇賦中，所見多為描海狀海行貌聲色與超俗性暢神，並不像詩
歌一樣多藉「海」感物興情、或藉「海」陳身世之慨與訴別離之情，
與同時代的詩歌有不同寫作風貌與氣象。

五 李白之前的唐代詩作

筆者考查《欽定古今圖書集成》這部類書中方輿彙編山川典第
三百十七卷海部藝文三類，共收錄 25 首有關海意象的詩歌[75]，顯然

---

72 宗白華：《美學散步》(上海：上海人民出版社，1981 年)，頁 208。

73 薛富興：〈魏晉自然審美概觀〉《西北師大學報(社會科學版)》2005 年第 3 期，
頁 20。

74 王立：〈海意象與中西方民族文化精神略論〉《大連理工大學學報(社會科學
版)》2000 年第 4 期，頁 63。

75 筆者統計《欽定古今圖書集成》方輿彙編山川典第三百十七卷海部藝文三類，
共收錄 25 篇，如：唐太宗〈春日望海〉、張說〈入海〉、王維〈送秘書晁監
還日本國〉、宋之問〈景龍四年春祠海〉、李嶠〈詠海〉、沈佺期〈度安海入
龍編〉及〈早發平昌島〉2 首、孟浩然〈歲暮海上作〉、李白〈登高丘而望遠
海〉、岑參〈熱海行〉、高適〈和賀蘭判官望北海〉、錢起〈雨中望海上懷郁
林觀中道侶〉、宋務光〈海上作〉、楊師道〈奉和聖制春日望海〉、許敬宗〈奉

脫漏甚多，因此筆者據「《全唐詩》檢索系統」將李白之前的唐代詩
人作品作全面性的考察，發現在李白之前的唐朝作品約有 6,343 首，
以「海」字為題名約有 14 首[76]，以「海」字入詩句共出現 457 次，
約有 436 首詩，約 6.9%。而李白之前的唐朝人以「海」字詞彙寫作
共有 56 位創作者[77]，統計結果如下表 2-1：

和春日望海〉、獨孤及〈觀海〉、薛據〈西陵口觀海〉、劉眘虛〈越中問海客〉、
李益〈登天壇夜見海〉、長孫佐輔〈楚州鹽磕古牆望海〉、周縕〈望海〉、曹
松〈南海〉、陳陶〈蒲門戍觀海作〉、吳筠〈登北固山望海〉、及〈海上送薛
文學歸海東〉2 首，而上所列前 8 首是李白之前作品。詳見(清)陳夢雷編、(清)
蔣廷錫等奉敕撰：《古今圖書集成》山川典下冊(臺北：鼎文書局，1985 年)，
頁 2910、2911~2913。

76 李白之前的唐朝作品以「海」字為題名約有 14 首，如：太宗皇帝〈春日望海〉、
杜審言〈南海亂石山作〉、駱賓王〈海曲書情〉、〈遠使海曲春夜多懷〉、
張說〈送梁知微渡海東〉、〈入海二首之一〉、〈入海二首之二〉、沈佺期
〈度安海入龍編〉、劉長卿〈至德三年春正月時謬蒙差攝海鹽令聞王師收二
京，因書事寄上浙西節度李侍郎中丞行營五十韻〉、〈送齊郎中赴海州〉、
〈宿懷仁縣南湖寄東海荀處士〉、〈登東海龍興寺高頂望海簡演公〉、李華
〈海上生明月〉、孟浩然〈歲暮海上作〉、〈秋登張明府海亭〉。

77 唐代李白之前 56 位以海字入詩的創作者，筆者依照《全唐詩》卷數、作者年
代排序：唐太宗 11 首、唐中宗 1 首、唐明皇帝 4 首、唐肅宗 2 首、則天皇后
1 首、盧照鄰 14 首、張九齡 26 首、王勃 4 首、李嶠 15 首、杜審言 7 首、董
思恭 2 首、劉允濟 1 首、姚崇 1 首、宋璟 1 首、蘇味道 1 首、崔融 4 首、閻
朝隱 1 首、韋元旦 1 首、李適 2 首、劉憲 1 首、蘇頲 7 首、姜皎 1 首、徐晶
1 首、徐彥伯 4 首、駱賓王 13 首、武三思 1 首、薛曜 2 首、喬知之 3 首、劉
希夷 5 首、陳子昂 16 首、張說 43 首、韋嗣立 1 首、崔日知 1 首、崔泰之 1
首、李乂 4 首、盧藏用 1 首、馬懷素 1 首、富嘉謨 1 首、吳少微 1 首、王適
1 首、胡雄 1 首、沈佺期 20 首、王維 22 首、李頎 17 首、儲光羲 22 首、王
昌齡 29 首、劉長卿 64 首、李華 3 首、蕭穎士 3 首、崔曙 2 首、王翰 2 首、
孟雲卿 3 首、閻丘曉 1 首、庾光先 1 首、蕭昕 1 首、孟浩然 35 首。

表 2-1 唐代詩人使用「海」字入詩情況表(按出現篇數多寡、作者年代
先後排列)

作家	詩作總數	使用海字入詩		作家	詩作總數	使用海字入詩	
		篇數	比率			篇數	比率
1 劉長卿	524	64	12.2	21 崔融	20	4	20
2 張說	408	42	10.3	22 李乂	45	4	8.88
3 孟浩然	270	35	12.96	23 喬知之	22	3	13.63
4 王昌齡	232	29	12.5	24 李華	30	3	10
5 張九齡	219	26	11.87	25 蕭穎士	44	3	6.81
6 王維	400	22	5.5	26 孟雲卿	23	3	13.04
7 儲光羲	232	22	9.48	27 蕭宗皇帝	55	2	3.63
8 沈佺期	177	20	11.29	28 董思恭	21	2	9.52
9 李頎	129	17	13.25	29 李適	17	2	11.76
10 陳子昂	129	16	12.4	30 薛曜	8	2	25
11 李嶠	211	15	7.1	31 崔曙	17	2	11.76
12 盧照鄰	120	14	11.66	32 王翰	18	2	11.11
13 駱賓王	135	13	9.62	33 中宗皇帝	7	1	14.28
14 太宗皇帝	103	11	10.67	34 則天皇后	48	1	2.08
15 杜審言	45	7	15.55	35 劉允濟	4	1	25
16 蘇頲	108	7	6.48	36 姚崇	8	1	12.8
17 劉希夷	47	5	10.63	37 宋璟	6	1	16.66
18 唐明皇	67	4	5.97	38 蘇味道	16	1	6.25
19 王勃	104	4	3.85	39 閻朝隱	15	1	6.66
20 徐彥伯	38	4	10.52	40 韋元旦	10	1	10

41 劉憲	27	1	3.7	49 馬懷素	12	1	8.33
42 姜皎	2	1	50	50 富嘉謨	1	1	100
43 徐晶	5	1	20	51 吳少微	8	1	12.5
44 武三思	9	1	11.11	52 王適	7	1	14.28
45 韋嗣立	8	1	12.5	53 胡雄	2	1	50
46 崔日知	2	1	50	54 閻丘曉	1	1	100
47 崔泰之	4	1	25	55 庾光先	1	1	100
48 盧藏用	8	1	12.5	56 蕭昕	2	1	50

　　從上表可見，有關涉海詩作出現最多是劉長卿 64 首，約占其詩作 12.2%。其詩中出現海字詞彙，多沿用前代詞彙，如「滄海」14 次、「江海」10 次、「海內」4 次、「海嶠」3 次、「海門」3 次、「海潮」、「海鷗」、「窮海」各 2 次、「海嶽」、「四海」、「山海」各 1 次。但也有不少新創的海字詞彙，如〈贈元容州〉：「何事滄波上，漂漂逐海槎」詩中之「海槎」、〈旅次丹陽郡遇康侍御宣慰召募兼別岑單父〉：「倚劍看太白，洗兵臨海門」詩中之「海門」、〈送荀八過山陰舊縣兼寄剡中諸官〉：「訪舊山陰縣，扁舟到海涯」之「海涯」一詞、〈送獨孤判官赴嶺〉：「嶺海看飛鳥，天涯問遠人」詩中之「嶺海」、〈奉送從兄罷官之淮南〉：「萬艘江縣郭，一樹海人家」之「海人」，加上〈早春〉一詩寫到「豈堪滄海畔，為客十年來」寫出十年旅居於江浙海邊，自然對海深懷感情，因此是初唐詩人中最善用海字詞彙者。其寫給朋友的〈嚴子瀨東送馬處直歸蘇〉一詩通過入海口景色的描繪，抒發其對友人難捨難分的深厚情誼，詩中「望君舟已遠，落日潮未退。目送滄海帆，人行白雲外」，這一海意象所表現的情感與其「孤帆遠影碧空盡，唯見長江天際流」有異曲同工之妙。又〈送

齊郎中赴海州〉:「滄海天連水,青山暮與朝。」一詩藉海意象傳達
深厚友情。而〈登東海龍興寺高頂望海簡演公〉:「胸山壓海口,永
望開禪宮。元氣遠相合,太陽生其中。豁然萬里餘,獨為百川雄。
白波走雷電,黑霧藏魚龍。變化非一狀,晴明分眾容。煙開秦帝橋,
隱隱橫殘虹。蓬島如在眼,羽人那可逢。偶聞真僧言,甚與靜者同。
幽意頗相愜,賞心殊未窮。花間午時梵,雲外春山鐘。誰念遽成別,
自憐歸所從。他時相憶處,惆悵西南峰。」詩中描述黃海廣闊無邊、
變幻莫測之景,展現海上蓬萊仙島神秘奇異的海意象,並抒發幽遠
哲思。然而在〈喜李翰自越至〉:「南浮滄海上,萬里到吳臺」詩中
寫到朋友乘孤舟遠航萬里才至吳臺,帶給詩人難以言喻之喜,讚賞
其航海活動,反映出唐人對航海心態。

　　其次是張說海字詞彙的詩歌有 42 首,約占其詩作 10.3%。其詩
中出現海字詞彙,多沿用前代詞彙,如「四海」16 次、「南海」5 次、
「海縣」2 次、「北海」、「江海」、「海上」、「海畔」、「海曲」、「青海」、
「海色」「海月」各 1 次。但也有新創的海字詞彙,如〈崔尚書挽詞〉:
「相宅隆坤寶,承家占海封」詩中之「海封」,相當於海郡之意,也
留心海上其他自然景象,如〈五君詠五首之四:郭代公元振〉:「代
公舉鵬翼,懸飛摩海霧」一詩中的「海霧」使海色更加朦朧之美。
此外,詩中海神世界意象的營造反映唐人海神信仰,如〈入海二首
之二〉:「海上三神山,逍遙集眾仙」可見蓬萊仙山、海神信仰對唐
人影響甚深,甚至詩中出現「龍伯如人類,一釣兩鰲連」也道出唐
人龍王信仰。因〈入海〉一詩是以航海者的身分來觀察海洋的,寫
出置身於波濤變動大海中,生命隨時都會受到威脅,孤舟在一望無
際海面上,顯得自身渺小,少了豪情壯志,增添對大海的敬畏之心。

　　第三,孟浩然海字詞彙的詩歌約有 35 首,占其詩作 12.96%。
其詩中出現海字詞彙,多沿用前代詞彙,如「四海」、「江海」、「海

嶠」各 2 次,「海濱」、「海涯」、「海鷗」各 1 次。但也有新創海字詞彙,如〈東陂遇雨率爾貽謝南池〉:「海虹晴始見,河柳潤初移」詩中「海虹」,描寫天上的彩虹將海上絢染多彩繽紛。不過,最特殊莫過於〈宿天台桐柏觀〉一詩,「海行信風帆,夕宿逗雲島」詩中記錄利用季風航海,將古人知曉利用風力可作為航行動力,進而掌握航海技術。由於海洋季風其季節風向比較固定,宛若有信,唐人將其稱為「信風」,航行海中之人必須掌握此知識,因此「風」與海意象習習相關。而〈永嘉別張子容〉:「掛帆愁海路,分手戀朋情」一詩道出親友分別,內心深處難以言表是對遠行者的牽掛。〈送王五昆季省觀〉:「公子戀庭闈,勞歌涉海涯」以海涯代表天涯海角之意,意指遙遠之處。此外,因受到傳統文化深刻影響,對現狀的不滿產生避世之念,在其〈歲暮海上作〉:「仲尼既云歿,余亦浮於海」一詩根據孔子之語:「道不行,乘桴浮於海」,避世遠離污濁之處,浮於海成了其人生價值取向。

　　第四,王昌齡海字詞彙的詩歌約有 29 首,占其詩作 12.5%。詩中出現海字詞彙,多沿用前代詞彙,如「海門」、「海風」各 4 次,「海內」、「海氣」2 次,「海樓」、「海岸」、「海縣」、「海鶴」、「海嶠」各 1 次,但也有新創海字詞彙,如〈緱氏尉沈興宗置酒南谿留贈〉:「海雁時獨飛,永然滄洲意」詩中「海雁」一詞,〈贈史昭〉:「海鱗未化時,各在天一岸」詩中「海鱗」,〈句,十六首之十二【失題】〉:「海客時獨飛,永然滄州意」詩中「海客」,又〈別陶副使歸南海〉一詩寫道:「南越歸人夢海樓,廣陵新月海亭秋」,出現前所未有的海上建築「海亭」一詞,這是唐代詩歌對海字的創舉。

　　第五,張九齡海字詞彙的詩歌約有 26 首,約占其詩作 11.87%。詩中出現海字詞彙,除了沿用前代詞彙,如「海縣」3 次,「山海」、「滄海」、「海曲」、「海上」各 2 次,「渤海」、「海嶠」、「海隅」、「東

海」各 1 次,也開創「海郡」一詞,如〈城南隅山池,春中田袁二
公盛稱其美,夏首獲賞果,會夙言故有此詠〉:「且言臨海郡,兼話
武陵溪」,又〈與王六履震廣州津亭曉望〉:「水紋天上碧,日氣海邊
紅」詩中「海邊」此詞彙流行至今。而〈詠燕〉一詩,詩中明確點
出詠的是「海燕」,詩云:「海燕何微眇,乘春亦暫來」,並將「海燕」
與「大海」作出強烈的視覺對比,在茫茫大海之中,更加凸顯出海
燕的幽微眇小。而〈餞陳學士還江南同用徵字〉:「別前林鳥息,歸
處海煙凝」詩中「海煙」一詞擴充海上天象變化,海上生煙有一股
迷濛之感,更加不捨的分離之情流露其中。甚至以海為背景的詩句,
如張九齡〈望月懷遠〉:「海上生明月,天涯共此時」和李華〈海上
生明月〉:「皎皎秋中月,團團海上生」藉由海上之月懷思遠方情人,
由此興發自己的憂戚感懷。

　　第六,王維約有 22 首海意象詩歌,占其詩作 5.5%,是前十名
詩作中海意象比例最少者。除了〈初出濟州別城中故人〉:「閭閻河
潤上,井邑海雲深」詩中新創「海雲」一詞外,詩作中幾乎皆沿用
前代的海字詞彙,如「江海」4 次,「海隅」2 次,「四海」、「海內」、
「海嶽」、「海岳」、「海鷗」、「海曲」、「東海」、「瀚海」各 1 次。但
〈送秘書晁監還日本國〉:「積水不可極,安知滄海東。九州何處遠,
萬里若乘空。向國唯看日,歸帆但信風。鰲身映天黑,魚眼射波紅。
鄉樹扶桑外,主人孤島中。別離方異域,音信若為通。」一詩寫出
廣大無邊的海與日本的遙不可及,形成令人緊張不安的氣氛,隨後
想像海上奇景,巨鰲身形之大映黑天空,大魚之眼射紅了海面波濤,
青碧黑紅四種色彩交織變幻,構成一幅光怪陸離的景象,令人望而
生畏,流露出詩人對友人歸途的擔心與憂慮。又〈濟上四賢詠・崔
錄事〉詩云:「遁跡東山下,因家滄海隅。已聞能狎鳥,余欲共乘桴。」
一詩寫出避世遠離官場之意。

　　第七，儲光羲海字詞彙的詩歌約有 22 首，占其詩作 9.48%。除了〈洛橋送別〉：「海禽逢早雁，江月值新秋」詩中新創「海禽」一詞外，皆沿用前代海字詞彙，如「海內」、「海岸」、「海裔」、「江海」、「海童」、「海月」、「海風」等，甚至「滄海」一詞出現高達 8 次，滄海桑田典故出自晉代葛洪《神仙傳》，在〈獻八舅東歸〉：「獨往不可群，滄海成桑田」一詩將大海變化多端，一天之內也以不同面貌出現，詩人由此想到人世巨變。

　　第八，沈佺期海字詞彙的詩歌約有 20 首，占其詩作 11.29%。除了新創物多稱海類的「雲海」一詞，如〈答魑魅代書寄家人〉：「何堪萬里外，雲海已溟茫」、〈句〉：「周原五稼起，雲海百川歸」二詩外，其餘詩作皆沿用前代海字詞彙，如「海路」、「遼海」、「海氣」、「海若」、「四海」、「海樹」等。然其〈夜泊越州逢北使〉一詩展現出海上航行的經驗，「颶飆縈海若，霹靂耿天吳。鰲抃群島失，鯨吞眾流輸」詩中的「颶飆」指的是颶風，將海上颶風呼嘯而來，伴隨閃電雷鳴，其威力如鰲抃足以使海島飄移，如鯨吞一般使海流改變方向，說明颶風與航海的密切關係，此詩寫出強大威力的颶風嚴重影響海上航行的安全。

　　第九，李頎海字詞彙的詩歌約有 17 首，占其詩作 13.25%。除了〈送人尉閩中〉「海戍通閩邑，江航過楚城」詩中「海戍」；〈二妃廟送裴侍御使桂陽〉：「受命出炎海，焚香徵楚詞」詩中「炎海」(指「南海」之意)兩個前代未出現過的海字詞彙外，其餘海意象詩歌皆沿用前代海字詞彙，如「四海」、「海上」、「海鷗」、「海島」、「滄海」、「海樹」等。但詩作中有一首很特殊的海中人魚的詩歌，〈鮫人歌〉詩云：「鮫人潛織水底居，側身上下隨遊魚。輕綃文綵不可識，夜夜澄波連月色。有時寄宿來城市，海島青冥無極已。泣珠報恩君莫辭，今年相見明年期。始知萬族無不有，百尺深泉架戶牖。鳥沒空山誰

復望，一望雲海堪白首。」詩中「鮫人」是傳說中的人魚，由於鮫人生活在海底，因海島孤寂，鮫人有時到城市寄宿，她對恩人泣淚成珠以相報，將海中鮫人與人類情感做深度交流。

第十，陳子昂海意象詩歌約有 16 首，占其詩作 12.4%。除了〈感遇詩，三十八首之二十二〉：「雲海方蕩潏，孤鱗安得寧」詩中新創物多稱海類的「雲海」一詞外，其詩作幾乎全沿用前代的海字詞彙，如「海水」、「西海」、「北海」、「江海」、「海氣」、「海樹」、「溟海」、「南海」等。雖沿用舊詞彙，但藉海寫深情之意，如〈喜遇冀侍御珪、崔司議泰之二使〉「憑軒一留醉，江海寄情人」。又〈宿襄河驛浦〉：「不及能鳴雁，徒思海上鷗。天河殊未曉，滄海信悠悠」與〈答洛陽主人〉：「不然拂衣去，歸從海上鷗。寧隨當代子，傾側且沈浮」二詩藉由鷗鳥展現詩人追求超越、自由的象徵。

在中國詩歌史上，單以「海」字為詩題的詠海詩作，李嶠是千百年來第一人。李嶠海字詞彙的詩歌約有 15 首，占其詩作 7.1%。其〈海〉詩云：「習坎疏丹壑，朝宗合紫微。三山巨鰲湧，萬里大鵬飛。樓寫春雲色，珠含明月輝。會因添霧露，方逐眾川歸。」描寫太陽初露映紅山谷，海面漾起紫紅色的波瀾，之後以「三山」和「萬里」，以「巨鰲」和「大鵬」相襯，將大海的雄奇與「眾川歸」包容萬物的胸懷展現出來。由於唐代詩人眾多，筆者不一一詳述，據《全唐詩》所收錄李白之前的作品，發現初唐多沿用前人舊詞彙，如「四海」一詞就高達 42 次，「滄海」29 次，「江海」26 次，「海上」25 次。所幸沿用舊詞而有創新義，如王勃〈上巳浮江宴韻得沚字〉：「別有江海心，日暮情何已。」將先秦時期的「江海」一語由地理名詞引申為在野隱逸意象，於此用指懷抱在野隱逸之意。但也新創詞彙：「炎海」、「少海」、「海槎」、「斾海」、「海曙」、「滄海晏」、「蓬海」、「海樓」、「海戍」、「傾海」、「海陵」、「越海」、「連海」、「海雁」、「海

門」等。如盧照鄰〈中和樂九章：歌儲宮〉:「波澄少海,景麗前星。」詩中「少海」一詞,意指「皇太子」;張九齡〈上陽水窗旬宴得移字韻〉:「仍逢帝樂下,如逐海槎窺。」詩中「海槎」一詞,意指「海船」,在此引申為前往仙境的船。甚至對海字意涵的使用不再侷限於地理名詞的原義,而是著眼於它廣漠象徵義,意指某一事象的匯聚之所,如盧照鄰〈中和樂九章:歌東軍〉:「旃海凱入,耀輝震震。」旃海,是指軍旗多如海。

從《全唐詩》所收錄的作品,初唐時期的文本中,並無如木華〈海賦〉似將「海」當為主體大篇幅的書寫,反而如前代詩文一樣,多只是藉海字表徵內陸河川湖池,或沿用前代慣用詞彙,如「四海」、「海內」、「海隅」、「海外」、「滄海」、「江海」、「東海」等詞彙。而筆者發現唐代帝王皇后以「海」字入詩共有 19 首,其詩如下:

> 梯山咸入款,駕海亦來思。(太宗皇帝〈幸武功慶善宮〉)(全唐詩卷 1)
>
> 海氣百重樓,巖松千丈蓋。(太宗皇帝〈於北平作〉)(全唐詩卷 1)
>
> 披襟眺滄海,憑軾玩春芳。(太宗皇帝〈春日望海〉)(全唐詩卷 1)
>
> 斬鯨澄碧海,卷霧掃扶桑。(太宗皇帝〈宴中山〉)(全唐詩卷 1)
>
> 孔海池京邑,雙河沼帝鄉。(太宗皇帝〈執契靜三邊〉)(全唐詩卷 1)
>
> 舒華光四海,卷葉蔭三川。(太宗皇帝〈探得李【詠李】〉)(全唐詩卷 1)

豈如家四海，日宇罄朝倫。(太宗皇帝〈登三臺言志〉)(全唐詩卷 1)

勞歌大風曲，威加四海清。(太宗皇帝〈詠風〉)(全唐詩卷 1)

瀚海百重波，陰山千里雪。(太宗皇帝〈飲馬長城窟行〉)(全唐詩卷 1)

一朝辭此地，四海遂為家。(太宗皇帝〈過舊宅二首之一〉)(全唐詩卷 1)

架海波澄鏡，韜戈器反農。(太宗皇帝〈過舊宅二首之二〉)(全唐詩卷 1)

文江學海思濟航，萬邦考績臣所詳。(中宗皇帝〈景龍四年正月五日，移仗蓬萊宮御大明殿，會吐蕃騎馬之戲，因重為柏梁體聯句〉)(全唐詩卷 2)

漲海寬秋月，歸帆駛夕飆。(明皇帝〈送日本使〉)(全唐詩逸卷上)

漫漫窮地際，蒼蒼連海隅。(明皇帝〈賜新羅王〉)(全唐詩逸卷上)

地道踰稽嶺，天台接海濱。(明皇帝〈王屋山送道士司馬承禎還天台〉)(全唐詩卷 3)

人事一朝異，謳歌四海同。(明皇帝〈巡省途次上黨舊宮賦〉)(全唐詩卷 3)

天涯方歎異鄉身，海曲春深滿郡霞。(肅宗皇帝〈延英殿玉靈芝詩三章八句三首之三〉)(全唐詩卷 4)

成都猛將有花卿，赤帝常聞海上遊。(肅宗皇帝〈延英殿玉靈芝詩三章八句三首之二〉)(全唐詩卷 4)

天下光宅，海內雍熙。(則天皇后〈曳鼎歌〉)(全唐詩卷 5)

　　上述帝王皇后 19 首海意象詩歌中，其中「四海」、「海內」多有政治意涵，多指涉實際的「政治領域」，或指涉天下的意涵的詩歌約有 5 首。古代先民對海洋充滿茫然不可知的認識，因此產生敬畏恐懼之心理，甚至連君王面對大海也不得不肅然起敬，如唐太宗〈春日望海〉詩中描述大海形象曰：「有形非易測，無源謳可量。洪濤經變野，翠島屢成桑」，甚至將陸地視為大海不經意的饋贈。唐太宗〈詠風〉詩中以四海清代表國家安定、天下太平之意；另一首〈登三台言志〉：「豈如家四海，日宇罄朝倫」與李嶠〈中秋月二首〉：「圓魄上寒空，皆言四海同」、唐明皇〈巡省途次上黨舊宮賦〉：「人事一朝異，謳歌四海同」均以「四海為家」、「四海同」代表國家統一之意。

　　由於唐詩中海字詞彙為數不少，若不加以分類，很難見其傳承自先秦迄隋代詩歌的線索，以下將海字詞彙大約分類為二十二大類，如下表 2-2：

表 2-2　先秦迄隋代與李白之前的唐代(初唐)詩歌中「海」字相關詞彙比較

各時代 海詞彙 類別	先秦~隋詩中海字相關詞彙	李白之前的唐代(初唐)詩歌中海字相關詞彙
(1)天下類	四海、海內、海縣、海外	四海、海內、海縣、海外
(2)方位類	東海、西海、南海、北海、海西、海南、海北、少海、海陰、扶桑海	東海、西海、南海、北海、海西、海南、海北、少海、炎海、

類別 \ 各時代 海詞彙	先秦~隋詩中海字相關詞彙	李白之前的唐代(初唐)詩歌中海字相關詞彙
(3)專名類	渤海、淮海、遼海、瀚海、海淮、昌海、蒲海、青海、桂海	渤海、淮海、遼海、瀚海、海淮、昌海、蒲海、青海、海郡、海封、秦海
(4)遠近類	臨海、傍海、負海、窮海、憑海、鯤海、海方	臨海、連海、傍海、負海、窮海
(5)濱海位置類	海上、海底、海濱、海隅、海裔、海湄、海中、海頭、海沂(圻)、海曲、海澨、海畔、海際、海左、海表	海上、海底、海濱、海隅、海裔、海中、海沂(圻)、海曲、海澨、海畔、海涯、海門、海邊、海口
(6)海水類	海水、海漚、海滴	海水、海潮
(7)深廣類	海廣、海蕩、洞海、夷海、海闊、大海、滄海、巨海、瀛海	海闊、大海、滄海、巨海、瀛海、漲海
(8)動靜類	海流、海漲、海浮、海溢、海運、海沸、海飛、海寧	海流、海漲、海浮、海溢、海晏
(9)地理類	山海、海路、江海、海岱、海嶽、海島、海浦、海嶠、海岸、海穴	山海、河海、陸海、海岸、海路、江海、海岱、海嶽、海島、海嶠、蓬海、嶺海
(10)植物類	海樹	海樹
(11)動物神明類	海鳥、海鷗、海鶴、海魚、海若、海神、海鴻、海介、海童	海鳥、海鷗、海鶴、海鴻、海童、海神、海若、海禽、海雁、海鱗

各時代 海詞彙 類別	先秦~隋詩中海字相關詞彙	李白之前的唐代(初唐)詩歌 中海字相關詞彙
(12)貨物類	海物、海貢、海珠	無
(13)人物類	無	海客(海鹽客)、海人
(14)建築類	無	海亭、海樓、海戍、海屋
(15)時令類	秋海	秋海、春海、海曙
(16)天象類	海月、海風、海氣、海色	海月、海風、海氣、海色、 海戾、海霧、海雲、海煙
(17)交通工具 類	海槎	海槎
(18)航行類	赴海、浮海、歸海、泛海、 濟海、行海、到海、架(駕) 海、趨海、還海、宅海	泛海、歸海、濟海、行海、 到海、架(駕)海、出海、遊海、 入海、渡(度)海
(19)物多稱海 類	沙海	沙海、旆海、雲海
(20)六根類	望海、觀海、碧海、溟海、 海鏡、海淨	觀海、碧海、溟海、海淨、 海照、陰海、孔海、曙海
(21)「動詞 + 海」類	橫海、注海、蓋海、填海、 學海、傾海、瀉海、託海、 盪海、表海	橫海、填海、學海、傾海、 酌海、平海
(22)釋道類	靈海、苦海、七海、愛海、 慧海、法海、願海、圓海	苦海、舜海(儒家)

　　從上列資料顯示，自先秦迄隋代約有 130 個海字詞彙，約 31%
的詞彙被唐代繼承下來，而唐代在這基礎上又擴充了 42 個新詞彙，
連同繼承前代的 84 個，共有 126 個海字詞彙。唐代在前代的基礎下，
創新最多比率的海詞彙分別為：「建築類」、「人物類」、「動物神明
類」、「天象類」、「物多稱海類」，可見唐代人對海的觀察逐漸細膩。
以下就分類中分析唐代之前未曾出現過的海字相關詞彙詩歌加以論
述：

　　(一) 綜合考察第(13)「人物類」、第(14)「建築類」、第(17)「交
通工具」三類，從先秦到隋代千百年間的詩歌中竟無一海字詞彙結
合人物、建築，直到唐代始創前二類海字相關詞彙。而第(17)「交通
工具」的海字詞彙出現的非常晚，與當時航海未發達有關，直至隋
代虞世基〈賦昆明池一物得織女石詩〉：「船疑海槎渡，珠似客星來。」
一詩才出現「海槎」這新創交通工具的詞彙。分列初唐此三類詩例，
如下：

　　　第(13)人物類：
　　　有海人寧渡，無春雁不迴。(王維〈過始皇墓〉)(全唐詩卷 126)
　　　萬艘江縣郭，一樹海人家。(劉長卿〈奉送從兄罷官之淮
　　　南〉)(全唐詩卷 149)
　　　海客乘槎渡，仙童馭竹回。(駱賓王〈餞鄭安陽入蜀〉)(全唐
　　　詩卷 79)
　　　海客時獨飛，永然滄州意。(王昌齡〈句，十六首之十二【失
　　　題】〉)(全唐詩逸卷上)
　　　第(14)建築類：
　　　南越歸人夢海樓，廣陵新月海亭秋。(王昌齡〈別陶副使歸南

海〉)(全唐詩卷 143)

海亭秋日望，委曲見江山。(孟浩然〈秋登張明府海亭〉)(全唐詩卷 160)

海戍通閩邑，江航過楚城。(李頎〈送人尉閩中〉)(全唐詩卷 134)

海屋銀為棟，雲車電作鞭。(盧照鄰〈於時春也，慨然有江湖之思，寄贈柳九隴〉)(全唐詩卷 41)

第(17)交通工具類：

自有天文降，無勞訪海槎。(蘇頲〈奉和聖制幸禮部尚書竇希玠宅應制〉)(全唐詩卷 74)

何事滄波上，漂漂逐海槎。(劉長卿〈贈元容州〉)(全唐詩卷 149)

春去無山鳥，秋來見海槎。(孟浩然〈題梧州陳司馬山齋〉)(全唐詩卷 160)

上述三大類中，王維詩中的「海人」寫出在海上討生活的人，駱賓王詩中的「海客」是指航海之人，而王昌齡詩中的「海客」除了可說航海之人外，應該有浪遊四方的江湖客之意味。王昌齡詩中「海樓」一詞，其實就是「海市蜃樓」，海面上空因光線折射而產生的城市、宮殿等幻像，但與後句「海亭」一詞相對而言，此處「海樓」應該也可說是海上的建築。而盧照鄰詩中「海屋」應該也是指稱實海上建築。李頎詩中「海戍」應該是軍隊駐守海邊的營房，可見同一詞彙卻有不同使用的意涵。

（二）唐代海字詞彙與前代海字詞彙相較，幾乎每一類別皆有創新，但創造最多詞彙為第(16)「天象類」，除了沿用前代「海月」、「海

風」、「海氣」、「海色」等詩彙外，更留意海上絢麗的彩虹、雲朵、
煙霧茫茫的現象，其詩如下：

> 夢中城闕近，天畔海雲深。(張說〈對酒行巴陵作〉)(全唐詩
> 卷 88)
> 閭閻河潤上，井邑海雲深。(王維〈初出濟州別城中故人〉)(全
> 唐詩卷 126)
> 城上飛海雲，城中暗春雨。(李華〈詠史，十一首之十一〉)(全
> 唐詩卷 153)
> 海虹晴始見，河柳潤初移。(孟浩然〈東陂遇雨率爾貽謝南
> 池〉)(全唐詩卷 160)
> 海霧籠邊徼，江風繞戍樓。(駱賓王〈晚泊江鎮〉)(全唐詩卷
> 79)
> 代公舉鵬翼，懸飛摩海霧。(張說〈五君詠五首之四：郭代公
> 元振〉)(全唐詩卷 86)
> 別前林鳥息，歸處海煙凝。(張九齡〈餞陳學士還江南同用徵
> 字〉)(全唐詩卷 48)

張說詩中「海霧」一詞，指著海上的大霧。通常起自溫暖的海
面，當冷空氣南下，使海面上豐富的水氣凝結，很容易形成飽和狀
態，造成濃霧。我國的東海、東南沿海及臺灣東部海面，即為比較
容易發生濃霧的海域。張九齡詩中「海煙」，張說、王維、李華詩中
「海雲」，與「海霧」同樣都是呈現虛無縹緲的景象。

(三) 初唐詩人對海字意涵不再侷限於地理名詞的原義，開始著
眼於其廣大的象徵義，並做為指涉某一事象的匯聚之所，如「旆海」

意指軍旗多如海、「雲海」意指雲多如海等例，在此歸類為第(19)「物多稱海類」，詩例如下：

旆海凱入，耀輝震震。(盧照鄰〈中和樂九章：歌東軍〉)(全唐詩卷 41)

雲海方蕩瀁，孤鱗安得寧。(陳子昂〈感遇詩，三十八首之二十二〉)(全唐詩卷 83)

無因留絕翰，雲海意差池。(張說〈相州前池別許、鄭二判官景先神力〉)(全唐詩卷 87)

周原五稼起，雲海百川歸。(沈佺期〈句〉)(全唐詩卷 97)

何堪萬里外，雲海已溟茫。(沈佺期〈答魑魅代書寄家人〉)(全唐詩卷 97)

與君相遠知，不道雲海深。(王昌齡〈句，十六首之一【寄驪洲】〉)(全唐詩逸卷上)

萬里雲海空，孤帆向何處。(劉長卿〈夕次檐石湖夢洛陽親故〉)(全唐詩卷 149)

雲海泛甌閩，風潮泊島濱。(孟浩然〈除夜樂城逢張少府〉)(全唐詩卷 160)

（四）海字詞彙的數量最多的是第(5)「濱海位置類」與第(9)「地理類」兩大類，其中第(9)地理類出現了新的海字詞彙，如「嶺海」，可見中國詞彙中常出現以同義詞取代所襲用的舊詞彙中某字的現象，如以「嶽」、「岳」、「岱」取代「山」字，但從唐代開始出現「嶺」字取代「山」，其意等同於「山海」，詩其如劉長卿〈送獨孤判官赴嶺〉：「嶺海看飛鳥，天涯問遠人。」（全唐詩卷一四八)而第(5)濱海

位置類，雖然「海表」一詞，意指海外地方，但這個詞彙不再被後世使用，反而是新創「海邊」一詞至今為人所習用，而前人用「海頭」一詞，初唐詩人沿用此方式加以創新出「海門」、「海口」的詞彙，均指河流入海處，詩例如下：

> 水紋天上碧，日氣海邊紅。(張九齡〈與王六履震廣州津亭曉望〉)(全唐詩卷 48)
>
> 漢境天西窮，胡山海邊綠。(劉長卿〈贈別於群投筆赴西安〉)(全唐詩卷 150)
>
> 霜天起長望，殘月生海門。(王昌齡〈宿京江口期劉慎虛不至〉)(全唐詩卷 142)
>
> 吳掾留觴楚郡心，洞庭秋雨海門陰。(王昌齡〈送姚司法歸吳〉)(全唐詩卷 143)
>
> 聞道將軍破海門，如何遠謫渡湘沅。(王昌齡〈寄陶副使〉)(全唐詩卷 143)
>
> 倚劍看太白，洗兵臨海門。(劉長卿〈旅次丹陽郡遇康侍御宣慰召募兼別岑單父〉)(全唐詩卷 150)
>
> 露靄湖色曉，月照海門秋。(劉長卿〈送人遊越〉)(全唐詩卷 148)
>
> 朐山壓海口，永望開禪宮。(劉長卿〈登東海龍興寺高頂望海簡演公〉)(全唐詩卷 149)
>
> 訪舊山陰縣，扁舟到海涯。(劉長卿〈送荀八過山陰舊縣兼寄剡中諸官〉)(全唐詩卷 149)
>
> 公子戀庭闈，勞歌涉海涯。(孟浩然〈送王五昆季省覲〉)(全唐詩卷 160)

　　(五) 唐代詩人對於第(22)「釋道類」的海字詞彙僅繼承佛家「苦海」一詞，可見佛教思想的詞彙「苦海」一詞在初唐時期被接納並出現於詩作中。另一方面，與佛教同時於東漢興起的中國本土宗教道教，經歷漢魏晉南北朝後，更於唐朝定於國教尊位，雖無佛教廣大的修行法門與體系，但在傳教過程中也發展出許多神仙思想，吸引信徒，並採納道家思家，以莊子思想做根基，因此在初唐詩作可見「橫海志」有道教意涵的詞彙。但儒家思想始終是所有仕人共同基本理念，在政治上，儒家思想並未因道教或佛教的興盛而弱化，對關心時政的詩人而言，而儒家所強調積極入世政治理念是終極目標，因此，初唐出現「舜海」這個帶儒家意涵的海字詞彙，詩例如下：

> 念茲汎苦海，方便示迷津。(孟浩然〈還山貽湛法師〉)(全唐詩卷 159)
>
> 燕雀終迷橫海志，蜉蝣豈識在陰年。(武三思〈仙鶴篇〉)(全唐詩卷 80)
>
> 此時舜海潛龍躍，此地堯河帶馬巡。(姚崇〈奉和聖制龍池篇〉)(全唐詩卷 64)
>
> 堯壇寶匣餘煙霧，舜海漁舟尚往還。(姜皎〈龍池篇〉)(全唐詩卷 75)

　　(六) 關於「動物神明類」，唐代之前的此類詞彙已不少，初唐詩人套用前人詞彙外，再加以細膩化，如「海鳥」一詞泛稱，除了有「海鷗」、「海鶴」、「海鴻」外，更擴增新創「海禽」、「海雁」、「海燕」這些專名詞彙，甚也寫出「海鱗」這種海中魚類，其詩例如下：

海禽逢早雁，江月值新秋。(儲光羲〈洛橋送別〉)(全唐詩卷139)

海雁時獨飛，永然滄洲意。(王昌齡〈緱氏尉沈興宗置酒南谿留贈〉)(全唐詩卷140)

海燕何微眇，乘春亦暫來。(張九齡〈詠燕〉)(全唐詩卷48)

海燕巢書閣，山雞舞畫樓。(杜審言〈和韋承慶過義陽公主山池五首之一〉)(全唐詩卷62)

盧家少婦鬱金堂，海燕雙棲玳瑁梁。(沈佺期〈古意呈補闕喬知之〉)(全唐詩卷96)

每候山櫻發，時同海燕歸。(王維〈送錢少府還藍田〉)(全唐詩卷126)

家空歸海燕，人老發江梅。(劉長卿〈酬秦系〉)(全唐詩卷147)

海鱗未化時，各在天一岸。(王昌齡〈贈史昭〉)(全唐詩卷140)

(七) 唐代以前多半將「海」用以指稱天下，或象徵疆域之大小或位置、距離遠近，多是抽象概念的概稱，而不是真實近海生活經驗，但是唐代開始詩歌出濱海建築、海上活動的人物，因此第(18)「航行類」出現「出海」、「遊海」、「入海」、「度(渡)海」等新詞彙，第(20)「六根類」，擴增了「孔海」、「曙海」、「陰海」等形容詞修飾語的海字詞彙，彰顯詩人們對海的感覺，詩例如下：

北山東入海，馳道上連天。(蘇頲〈奉和聖制登太行山中言志應制〉)(全唐詩卷74)

靈童出海見，神女向臺回。(李嶠〈雨〉)(全唐詩卷59)

涸鱗去轍還遊海，幽禽釋網便翔空。(駱賓王〈疇昔篇〉)(全

唐詩卷 77)

橫天無有陣，度海不成行。(盧照鄰〈同臨津紀明府孤雁〉)(全唐詩卷 41)

三秋北地雪皚皚，萬里南翔渡海來。(盧照鄰〈失群雁〉)(全唐詩卷 41)

高柯儻為楫，渡海有良因。(劉長卿〈題靈祐上人法華院木蘭花〉)(全唐詩卷 149)

（八）唐代沿襲前代第(3)「專名類」所有詞彙，僅「桂海」一詞至唐代已不再使用，在初唐詩歌中仍可見「渤海」、「淮海」、「昌海」、「蒲海」、「青海」等這些舊詞彙，但卻創新「海郡」、「海封」、「秦海」三個詞彙，近似邦國地域的海字詞彙，其詩如下：

海郡雄蠻落，津亭壯越臺。(張九齡〈送廣州周判官〉)(全唐詩卷 48)

相宅隆坤寶，承家占海封。(張說〈崔尚書挽詞〉)(全唐詩卷 87)

灞池遙夏國，秦海望陽紆。(駱賓王〈久戍邊城有懷京邑〉)(全唐詩卷 79)

遼海方漫漫，胡沙飛且深。(陳子昂〈登薊丘樓送賈兵曹入都〉)(全唐詩卷 83)

漢月生遼海，瞳曨出半暉。(沈佺期〈樂府雜曲：橫吹曲辭關山月〉)(全唐詩卷 18)

雖然唐代仕宦人士多以宮闕皇室為中心思考，但在張九齡〈送

廣州周判官〉詩中可見「海郡」一詞，張說〈崔尚書挽詞〉詩中可
見「海封」詞彙，以及駱賓王〈久戍邊城有懷京邑〉詩中「秦海」，
陳子昂〈登薊丘樓送賈兵曹入都〉與沈佺期〈樂府雜曲：橫吹曲辭
關山月〉詩中「遼海」，卻能將關注的焦點從京城的範疇跳出來，而
能對皇室中心外緣的濱海地區關注描寫入詩中，甚至詩中描述了唐
帝國之外的周邊鄰境與偏遠地區，或許起緣於個人仕途通塞或政治
因緣而有此作。

　　綜觀先秦到唐代李白之前的所有詩歌謠諺，可以發現海字詞彙
漸豐的歷程，出自先秦群經、諸子書、典故傳說等為人所習見的那
些詞彙，出現較為頻繁，如「四海」一詞高達 143 次，「江海」一詞
也有 59 次，筆者羅列先秦到唐代李白之前詩歌中海字詞彙出現頻
率，如下表 2-3。而詩人自己生造出的新詞彙，則因一時不能得到普
遍認同而逐漸於後代消失，如齊代謝朓詩中出現的「鯤海」、梁代江
淹詩中的出現「桂海」，這些詞彙到了唐代詩歌時完全消失殆盡，不
再被詩人沿用，見下表 2-4。

表 2-3　先秦到唐代李白之前詩歌中「海」字詞彙出現的次數

1.四海：141 次
2.江海：59 次
3.滄海：52 次
4.海上：35 次
5.海內：33 次
6.東海：28 次
7.海外：22 次
8.淮海：20 次

9.海水、北海、瀚海：各 14 次
10.碧海：13 次
11.海隅：12 次
12.海氣、海鷗：各 11 次
13.南海：10 次。
14.大海：8 次。
15.海濱、海縣、海曲：各 8 次。
16.渤海、海風、海樹、海畔、雲海：各 7 次。
17.河海、海陸(含陸海)、橫海、海沂(含海圻)、海燕、望海：各 6 次。
18.海氣、海路、海若、海雲、漲海、秋海、海月：各 5 次
19.巨海、海槎、溟海、海島、窮海：各 4 次。
20.赴海、海湄、海北、海人、海客、海鴻、海涘(含海澨)、海底、海岸、海神、昌海(含蒲海)、海鶴、架(駕)海、歸海、海闊、到海、寰海(含環海)、海西頭、瀛海、少海：各 3 次。
21.海表、海物、海瀆、鯤海、慧海、並海、填海、春海、舜海、炎海、海郡、海邊、闊海、海亭、海霧、海雁、海裔、海流、海岱、海漲、臨海、學海、觀海、海童、苦海、海嶽(岳)、海鳥、沙海、趨海：各 2 次。
22.憑海、海廣、海漚、海嶠、海淨、海蕩、海介、海沸、靈海、宅海、桂海、注海、盪海、海穴、海滴、海珠、蓋海、夷海、海寧、扶桑海、海貢、海飛、海魚、七海、陰海、海戌、海禽、海屋、旃海、海虹、海戾、海曙、酌海、平海、入海、出海、遊海、蓬海、孔海、海樓、連海、浮海、海蓄、表海、海鏡、海准、瀉海、託海、愛海、傍海、海浮、還海、海際、海運、法海、願海、海願、行海、圓海、海煙：各 1 次。

表 2-4　前代的「海」字詞彙的落沒

時代　類別	唐代李白之前的詩歌(初唐~李白)不再出現前代的海字詞彙	唐朝詩歌(初唐~晚唐)不出現前代的海字詞彙
1.方位類	海陰、扶桑海	扶桑海
2.專名類	桂海	桂海
3.遠近類	憑海、鯤海、海方	憑海、鯤海、海方
4.濱海位置類	海湄、海頭、海表、海方	海左、海表
5.海水類	海滴	海滴
6.深廣類	海廣、海蕩、洞海、夷海	海廣、海蕩、洞海、夷海
7.動靜類	海運、海沸、海飛、海寧	海沸、海飛、海寧
8.地理類	海穴	海穴
9.動物神明類	海魚、海介	無
10.貨物類	海物、海貢、海珠	海貢
11.航行類	趨海、還海、宅海	趨海、還海、宅海
12.六根類	海鏡	海鏡
13.「動詞+海」類	注海、蓋海、瀉海、託海、盪海、表海	瀉海、託海、盪海、表海
14.釋道類	靈海、七海、愛海、慧海、法海、願海、圓海	愛海、慧海、法海、願海、圓海

　　由前表 2-3 可見，從先秦到唐代李白之前詩歌中海字詞彙約有172 個，遍及各類，有指稱天下、方位、專名、距離遠近、濱海位置，細描海水深廣、動靜、海上居民、建築、交通、天象，以及濱海地形、海中動植物、貨物，有關海的神話典故，甚至將「海」抽

象化，用以比喻象徵，尤其在魏晉南北朝時新創大量釋道類的海字詞彙。「四海」、「江海」、「滄海」、「海上」、「海內」、「東海」這些詞彙歷來廣泛被詩人們使用，在不同時代中，出現許多詩人都同樣以此做為表徵詞，都不約而同對「海」擁有相同或相似的意象，也都利用這些詞彙抒發相同或相近的心情，似乎意味著這些海字詞彙給予人們的意象已達成一種共識。而不能達成共識的，或因時代流變，自然而然就會消失淘汰，如同上表二中在唐代詩歌中消失的海字詞彙。表 2-4，最特殊的是魏晉南北朝才大量新創的「釋道類」詞彙，但在唐代卻消失殆盡，甚至到了李白詩歌中完全沒有承繼此類詞彙，因為魏晉南北朝政治混亂，兵禍連年，人心思玄，為求全保身，佛道宗教成了人們心靈上絕佳寄託，甚至佛經道書都以「海廣大無邊」來喻「佛法」、「道法」廣大無邊之理，可見海意象詞彙的沿革受時空條件的影響甚深，有時代的意義。

綜觀先秦到唐代李白之前的所有詩歌約有 15,792 首，依照時代順序探討海字入詩的沿革，發現海意象詩歌共有 963 首，而「海」相關的詞彙多半與地理位置有關，多象徵「疆域之大小或濱海位置、距離遠近、深遠」，或象徵「德性、包容力」，甚至成為抒發「避難塵世遯隱之處」。然而在古典詩、文中，甚至有些詩中，「海」充其量不過是「江」的相似意義，甚至是抽象思維概念的代稱，遙遠的海多是作為「人文思考的憑藉」，而不是真實「近海生活經驗」之啟發。從先秦時代寥寥可數的詩例一路向下發展到初唐將近千首詩句的情況，可見古代中國知識份子對海的存在，隨著時代發展，國家所處的地理位置，為了經濟利益、社會型態、人民生活領域與模式各方面的變異、國君為了強大武力擴增政治版圖，甚至與海外之國往來，明顯地有逐漸提高關注的現象。他們對海所關注的焦點，從最早期純粹著眼在實際地理對象漸漸擴展到海的生態環境、海與生

民的關係以及由海所引發的各種聯想，藉海抒發情感，由於對海關注焦點的轉變，詩人們所擁有的「海意象」也有所增益且多元化。此外，海意象書寫的作者有皇帝、后妃、王爺、宰相、使節、文臣、武將、孤臣、遺老、懷才不遇士子等，他們體現了不同的信仰與價值追求。「海」不僅是中國古典文學傳統中，一個具有多層次意涵與書寫方式的主題，具有高度形塑動能與統攝視野美感的物象心象。

　　筆者綜合考察出在李白之前所有詩作與詩人，發現李白是中國詩壇中善用最多海字詞彙的詩人，且比率最高。一一檢視李白之前使用海字入詩的文本之後，即可得知，「海」意象除了現實對象的指涉意義之外，多被使用在政治相關的、精神層面的，以及不同意涵的借喻等方面。在詩歌習用的語彙中是極少有，此與海本身具有高度神秘性特質，讓人有多元聯想。

第三章　李白詩歌中海意象類型

黑格爾曾說過一段名言：「大海給了我們茫茫無定、浩浩無際和渺渺無限的觀念；人類在大海的無限裡感到他自己底無限的時候，他們就被激起了勇氣，要去超越那有限的一切。……平凡的土地、平凡的平原流域把人類束縛在土壤上，把他們捲入無窮的依賴性裡邊，但是大海卻挾著人類超越了那思想和行動的有限的圈子。」[1]

作為一種意象，海之出現在文人墨客的視野，乃至被流連、詠嘆，總有特定的心理發展軌跡。海之神秘，引人嚮往；海之魄力，蕩人心神。羅宗濤先生在〈從漢到唐詩歌中海的詞彙之考察〉一文中將漢到唐千餘年間詩歌中海的詞彙作了勾勒，據丁福保編世界書局校正斷句的《全漢三國晉南北朝詩》來統計，由漢代至唐代之前的詩歌謠諺約有 7092 首，而唐代之前詩歌涉及「海」的作品約為 472 首[2]，約 6%。其中以曹魏比例最高，是因曹操有成功的作品為先

---

[1] 黑格爾著、王造時譯：《歷史哲學》(香港：三聯書店，1956 年版)，頁 134。

[2] 羅宗濤先生統計兩漢見存詩歌謠諺約 310 首，其中涉及海的約 19 首；曹魏存詩歌謠諺 412 首，涉及海的約 37 首；孫吳見存詩歌謠諺 26 首，僅韋昭 2 首使用「海濱」、「四海」二詞彙；蜀漢見存詩歌謠諺 4 首，無一海字；兩晉存詩 1,391 首，涉及海的約 78 首；劉宋見存詩歌謠諺 770 首，涉及海的約 47 首；蕭齊存詩 409 首，涉及海的約 26 首；蕭梁見存詩歌 2,113 首，涉及海的約 129 首；陳朝存詩 569 首，涉及海的約 28 首；北魏見存詩歌民謠 71 首，涉及海者 2 首；北齊存詩 173 首，涉及海的約 40 首；北周存詩 386 首，涉及海的約 25 首；隋朝存詩 458 首，涉及海的約 39 首。見羅宗濤：〈從漢到唐詩歌中海的詞彙之考察〉《中山人文學報》第九期，1999 年，頁 206-212。

導，而主要作家曹植的藩國又處於海邊的緣故，加上秦皇、漢武東巡碣石、琅玡等地，成了後世海洋詩歌的典故。因此，海洋詩歌詞彙的有無多寡，與地理環境密切相關，甚至與政治勢力、政治措施有關[3]。然筆者據逯欽立輯《先秦漢魏晉南北朝詩》來統計，由先秦至唐代之前的詩歌謠諺約有 9,440 首，涉及「海」的作品共有 518 首，約 5%，其中以隋代比例最高[4]。若加上李白之前的唐朝作品(6,343 首)合計約有 15,783 首，涉海作品共有 954 首，約 6%。

袁行霈先生在《中國詩歌藝術研究》一書中說：「有一些自然界的景物，前人似乎忽略了，沒有形成飽滿的詩歌意象。……例如海就是這樣。自《詩經》開始，寫江寫河的佳句不勝枚舉，寫海的除了曹操〈觀滄海〉之外，留在人們記憶中的就不多了。王均的〈早出巡行矚望山海〉，隋煬帝〈望海〉、李嶠和宋之問的〈海〉，都不曾給人留下什麼印象。寫海而能寫出海的氣魄的，還是要推李白。」[5]李白在歷來海神仙話傳說下，將海意象賦予仙聲神氣外，又有人間政治性、倫理性，超越定型化海意象，重新生成獨特思想內涵的意象，用以表達感時憂國的現實精神。

李白身處盛唐時代，而詩歌是唐代文學代表，筆者據詹鍈主編《李白全集校注彙釋集評》中統計李白詩歌共 1054 首，其中出現

---

3 羅宗濤先生：〈從漢到唐詩歌中海的詞彙之考察〉《中山人文學報》第九期，1999 年，頁 219。

4 筆者據逯欽立輯《先秦漢魏晉南北朝詩》(上)(中)(下)三冊統計出各朝代總詩作數/以海字入詩作品數：先秦 214 首/4 首，約 1.8%；兩漢 592 首/27 首，約 4.5%；魏詩 603 首/40 首，約 6.6%；晉詩 2,285 首/95 首，約 4.1%；宋詩 937 首/59 首，約 6.2%；齊詩 528 首/26 首，約 4.9%；梁詩 2,363 首/151 首，約 6.3%；陳詩 609 首/31 首，約 5%；北魏詩 183 首/3 首，約 1.6%；北齊詩 203 首/13 首，約 6.4%；北周詩 434 首/28 首，約 6.4%；隋詩 489 首/40 首，約 8.3%。

5 袁行霈：《中國詩歌藝術研究》(北京：北京大學出版社，1987 年版)，頁 232。

「海」意象共有 254 首，292 次[6]，約 24%，是唐代詩人中使用最多海字入詩者(見下表 3-1)，比率高於唐以前涉及海作品 4 倍之多。可見唐以前的詩人將海當成自然界的客體，而李白似乎將海幻化為自己的生活空間，有為數不少海意象，值得欣賞他如何寫海，看他如何對大自然寄予無限的深情，並用一種藝術的眼光來看待人生。看他如何訴諸情感，通過這些作品的藝術反照來淨化人心。由海意象看李白意志與命運衝突，內心的矛盾痛苦與超越，浪漫飄逸詩風如何呈顯現實精神？

表 3-1 唐代詩人使用「海」字入詩情況表(僅羅列使用「海」達十次以上的作家)

作家	詩作總數	使用海字入詩		作家	詩作總數	使用海字入詩	
		篇數	比例%			篇數	比例%
1 李白	1054	254	24.09	11 賈島	402	47	11.69
2 杜甫	1540	139	9.02	12 李商隱	600	44	7.33
3 白居易	2586	117	4.52	13 錢起	423	44	10.4
4 元稹	638	72	11.28	14 張說	408	42	10.3
5 貫休	546	71	13	15 岑參	390	42	10.77
6 劉長卿	524	64	12.21	16 韓愈	363	41	11.29
7 齊己	770	59	7.66	17 羅隱	465	39	8.39
8 劉禹錫	676	57	8.43	18 張祜	326	36	11.04
9 許渾	542	56	10.33	19 孟浩然	270	35	12.96
10 韋應物	489	48	9.64	20 陸龜蒙	492	35	7.11

---

6 筆者據詹鍈主編《李白全集校注彙釋集評》中統計出現「海」字共有 297 次 255 首，除去非與海相關的意象，如：「李北海」(李邕，此為人名)、「山海經」(書名)、「海東青」(鳥名)外，涉及海的詩作共有 254 首，292 次。

作家	詩作總數	使用海字入詩		作家	詩作總數	使用海字入詩	
		篇數	比例%			篇數	比例%
21 姚合	457	33	7.22	35 柳宗元		24	15.69
22 陳陶	110	33	30	36 皎然		23	4.96
23 孟郊	373	32	8.58	37 儲光羲		22	9.4
24 李紳	126	32	25.4	38 沈佺期		20	11.29
25 王建	353	31	8.78	39 李頎		17	13.25
26 王昌齡	232	29	12.5	40 韋莊		18	5.77
27 張籍	434	29	6.68	41 陳子昂		16	12.4
28 杜牧	450	29	6.44	42 溫庭筠		16	5.37
29 盧綸	317	27	8.52	43 李嶠		15	7.1
30 方干	336	27	8.04	44 權德輿		15	4.44
31 張九齡	219	26	11.8	45 駱賓王		13	9.62
32 杜荀鶴	324	26	8.02	46 韓偓		11	3.5
33 皮日休	349	25	7.16	47 寒山		10	3.23
34 王維	400	22	5.5				

　　從上表所示，綜觀唐代詩作總數超過二百首以上的詩人之中，李白顯然是運用「海」字最多、情有獨鍾的作家。從比例上來說，詩作超過千首的杜甫與白居易，反而比不上篇數百首左右的陳陶、李紳及柳宗元。甚至在文學史上享譽盛名的王維、張籍、李商隱與杜牧等代表性詩人，對「海」的關注度偏低。李白、元稹、柳宗元等都有求仙旨意的文本，如元稹〈相憶淚〉：「除非入海無由住，縱使逢灘未擬休」、柳宗元〈遊南亭夜還敘志七十韻〉：「披山窮木禾，駕海逾蟠桃」，且「海」字入詩比例高於 10%以上，相較於其他詩人來得高；而張籍、白居易、劉禹錫等詩人均對成仙抱持懷疑態度，如張籍〈求仙行〉：「蓬萊無路海無邊，方士舟中相枕死」、劉禹錫〈懷

妓〉：「三山不見海沈沈，豈有仙蹤更可尋」、白居易〈海漫漫——戒求仙也〉：「海漫漫，風浩浩，眼穿不見蓬萊島」[7]，且「海」字入詩比例低於 10%，相較其他詩人來得偏低，依此推論，或許可歸納出一個可能的論點：「海」字入詩的文本數，似乎與作者本身崇尚道教相關，且成正比，還有「海」字入詩，在唐代應該屬於第四度空間的創作。

第一節　李白海意象詩歌與創作時空相關性考察

李白詩歌共 1,054 首，筆者統計其出現「海」意象共有 254 首，依各首寫作地點來作考察，看出現海意象作品是否多是濱海的省分？海意象與地理環境(濱海)相關性如何？至於內陸省分是否有海意象的詩作？筆者將李白海意象的詩歌先作繫年與創作地點、濱海省份考察，如下表 3-2、圖一。

表 3-2　李白詩歌海意象繫年及創作地點

創作時間	篇名（1054 首數字編號據詹鍈主編《李白全集校注彙釋集評》分卷目次排序，以方便搜尋）	地點
開元三年(715)15 歲	997〈初月〉 998〈雨後望月〉	綿州昌明縣(四川) 四川

7　上述五首詩，分別出自《全唐詩》卷 415、卷 352、卷 382、卷 361、卷 426，見「《全唐詩》檢索系統」網址：http://cls.hs.yzu.edu.tw/tang/Database/index.html。或見(清)聖祖御定：《全唐詩》第六冊卷 352、卷 361、卷 382、卷 415，第七冊卷 426(臺北：文史哲出版社，1978 年 12 月)，頁 3944、4081、4281、4588、4691。

創作時間	篇名（1054 首數字編號據詹鍈主編《李白全集校注彙釋集評》分卷目次排序，以方便搜尋）	地點
開元十三年 (725)25 歲	739〈荊門浮舟望蜀江〉 491〈渡荊門送別〉 33〈古風五十九首〉其三十三 707〈望廬山瀑布二首〉其一 121〈白紵辭三首〉其一 505〈送崔十二遊天竺寺〉 704〈登瓦官閣〉 741〈自巴東舟行經瞿唐峽，登巫山最高峯，晚還題壁〉	湖北 荊門(湖北) 荊州(湖北) 九江(江西) 金陵(江蘇) 江蘇 江蘇 四川
開元十四年 (726)26 歲	476〈廣陵贈別〉 857〈秋夕旅懷〉 200〈估客行〉 702〈秋日登揚州西靈塔〉 194〈秋思〉	揚州(江蘇) 揚州(江蘇) 揚州(江蘇) 揚州(江蘇) 湖北
開元十六年 (728)28 歲	405〈贈僧行融〉	江夏(湖北)
開元十七年 (729)29 歲	726〈安州應城玉女湯作〉	安陸(湖北)
開元十八年 (730)30 歲	606〈答長安崔少府叔封遊終南翠微寺太宗皇帝金沙泉見寄〉 312〈贈裴十四〉 308〈讀諸葛武侯傳，書懷贈長安崔少府叔封昆季〉	長安(陝西) 長安(陝西) 陝西

創作時間	篇名（1054 首數字編號據詹鍈主編《李白全集校注彙釋集評》分卷目次排序，以方便搜尋）	地點
開元十九年(731)31 歲	327〈贈嵩山焦鍊師〉 928〈寄遠十二首〉其六 932〈寄遠十二首〉其十 469〈留別王司馬嵩〉 214〈元丹丘歌〉 607〈酬崔五郎中〉 336〈贈崔郎中宗之〉 218〈梁園吟〉	廣武(河南) 旅居長安、洛陽、南陽等地(河南) 長安北黃陵縣(陝西) 河南 南陽(河南) 南陽(河南) 河南
開元二十年(732)32 歲	497〈江夏別宋之悌〉 607〈酬崔五郎中〉 630〈遊南陽白水登石激作〉 896〈題隨州紫陽先生壁〉 499〈送張舍人之江東〉	江夏(湖北) 南陽(河南) 南陽(河南) 湖北 江夏(湖北)
開元二十一年(733)33 歲	786〈安州般若寺水閣納涼喜遇薛員外乂〉	安陸(湖北)
開元二十二年(734)34 歲	276〈赤壁歌送別〉 589〈送二季之江東〉	湖北 湖北
開元二十四年(736)36 歲	67〈將進酒〉 889〈瑩禪師房觀山海圖〉 418〈秋夜宿龍門香山寺奉寄王方城十七丈奉國瑩上人從弟幼成令問〉	潁陽山居登封市(河南) 潁陽登封市(河南) 潁陽山居登封市(河南)

創作時間	篇名（1054 首數字編號據詹鍈主編《李白全集校注彙釋集評》分卷目次排序，以方便搜尋）	地點
開元二十五年 (737)37 歲	293〈早秋贈裴十七仲堪〉	山東
開元二十六年 (738)38 歲	441〈春日歸山寄孟六浩然〉 759〈經下邳圯橋懷張子房〉	襄陽(湖北) 江蘇
開元二十七年 (739)39 歲	737〈郢門秋懷〉 574〈送鞠十少府〉 298〈見京兆韋參軍量移東陽二首〉 　　其一 506〈送楊山人歸天台〉 449〈江上寄元六林宗〉 427〈月夜江行寄崔員外宗之〉 420〈寄淮南友人〉 321〈鄴中贈王大勸入高鳳石門山幽居〉 644〈與從姪杭州刺史良遊天竺寺〉	湖北 浙江 東陽縣(浙江) 杭州(浙江) 浙江 浙江 揚州(江蘇) 湖南 浙江
開元二十九年 (741)41 歲	10〈古風其十〉 519〈送魯郡劉長史遷弘農長史〉 601〈早秋單父南樓酬竇公衡〉 875 詠鄰女東窗海石榴	山東 山東 山東 山東
天寶元年 (742)42 歲	640〈遊太山六首〉其五 639〈遊泰山六首〉其四	泰安縣(山東) 泰安縣(山東)

創作時間	篇名（1054 首數字編號據詹鍈主編《李白全集校注彙釋集評》分卷目次排序，以方便搜尋）	地點
天寶二年 (743)43 歲	84〈上雲樂〉	供奉翰林，長安(陝西)
	323〈贈盧徵君昆弟〉	待詔翰林後期長安陝西
	306〈贈薛校書〉	
	647〈朝下過盧郎中敘舊遊〉	待詔翰林後期長安陝西
	417〈夕霽杜陵登樓寄韋繇〉	待詔翰林後期長安陝西
	820〈秋夜獨坐懷故山〉	翰林院懷歸長安(陝西)
	609〈金門答蘇秀才〉	長安(陝西)
	12〈古風五十九首〉其十二	長安去朝前(陝西)
	216〈同族弟金城尉叔卿燭照山水壁畫歌〉	長安(陝西)
	56〈古風五十九首〉其五十六	待詔翰林後期長安陝西
	87〈胡無人〉	供奉翰林，長安(陝西)
	136〈塞下曲六首〉其三	供奉翰林，長安(陝西)
	180〈紫騮馬〉	供奉翰林，長安(陝西)
	191〈從軍行〉	不詳創作地點
	39〈古風五十九首〉其三十九	陝西
	69〈飛龍引二首其一〉	不詳創作地點
	90〈關山月〉	不詳創作地點
	128〈君子有所思行〉	陝西
	135〈塞下曲六首其二〉	陝西
	141〈塞上曲〉	陝西
	213〈西岳雲臺歌送丹丘子〉	陝西
	528〈送程劉二侍御兼獨孤判官赴安西幕府〉	陝西
	546〈送祝八之江東賦得浣紗石〉	陝西
	938〈春怨〉	陝西
	862〈翰林讀書言懷，呈集賢院內諸學士〉	陝西

創作時間	篇名（1054 首數字編號據詹鍈主編《李白全集校注彙釋集評》分卷目次排序，以方便搜尋）	地點
天寶三載(744)44 歲（天寶三年玄宗改「年」為「載」）	43〈古風五十九首〉其四十三	去朝初作(山東)
	278〈懷仙歌〉	去朝初作(山東)
	40〈古風五十九首〉其四十	去朝時作，長安(陝西)
	72〈行路難三首〉其一	去朝時作，長安(陝西)
	635〈秋獵孟諸夜歸置酒單父東樓觀妓〉	東平縣(山東)
	325〈贈崔侍御〉	出朝後至洛陽相遇(河南)
	534〈同王昌齡送族弟襄歸桂陽二首〉其一	長安(陝西)
	535〈同王昌齡送弟襄歸桂陽二首〉其二	長安(陝西)
	642〈秋夜與劉碭山泛宴喜亭池〉	秋遊梁宋時作(山東)
	313〈贈崔侍御〉	出朝後至洛陽(河南)
	42〈古風五十九首〉其四十二	長安(陝西)
	140〈來日大難〉	將去朝時作，長安(陝西)
	850〈感興八首〉其五	去朝後作(山東)
	292〈贈任城盧主簿潛〉	客居任城濟寧市(山東)
	856〈寓言三首〉其三	待詔翰林後期長安陝西
	511〈對雪奉餞任城六父秩滿歸京〉	客居任城(山東)
	335〈訪道安陵遇蓋寰為余造真籙臨別留贈〉	博州(山東)
	317〈贈饒陽張司戶燧〉	河北
	608〈以詩代書答元丹丘〉	陝西
	658〈把酒問月〉	陝西
	883〈觀博平王志安少府山水粉圖〉	山東

創作時間	篇名（1054 首數字編號據詹鍈主編《李白全集校注彙釋集評》分卷目次排序，以方便搜尋）	地點
天寶四載 (745)45 歲	41〈古風五十九首〉其四十一	山東
	516〈單父東樓秋夜送族弟況之秦〉	金鄉縣(山東)
	521〈魯郡東石門送杜二甫〉	濟南(山東)
	843〈擬古十二首〉其十	濟南(山東)
	129〈東海有勇婦〉	山東
天寶五載 (746)46 歲	465〈別中都明府兄〉	山東
	513〈魯郡堯祠送竇明府薄華還西京〉	河南道兗州瑕丘縣山東
	561〈送岑徵君歸鳴皋山〉	河南道宋州宋城縣山東
	466〈夢遊天姥吟留別〉	自東魯赴越時作(山東)
	219〈鳴皋歌送岑徵君〉	安城縣(河南)
	290〈淮海對雪贈傅靄〉	江蘇
	297〈東魯見狄博通〉	山東
	463〈秋日魯郡堯祠亭上宴別杜補闕范侍御〉	河南
	693〈登單父陶少府半月臺〉	山東
天寶六載 (747)47 歲	3〈古風其三〉	蘇州(江蘇)
	11〈古風其十一〉	富春山嚴子陵釣台(浙江)
	92〈登高丘而望遠海〉	會稽(浙江)
	86〈日出入行〉	蘇州(江蘇)
	199〈對酒行〉	遊越後期作(江蘇)
	831〈越中秋懷〉	遊越之作(浙江)
	475〈留別廣陵諸公〉	揚州(江蘇)
	703〈登金陵冶城西北謝安墩〉	金陵(江蘇)

創作時間	篇名（1054 首數字編號據詹鍈主編《李白全集校注彙釋集評》分卷目次排序，以方便搜尋）	地點
天寶六載 (747)47 歲	48〈古風五十九首〉其四十八 645〈同友人舟行遊台越作〉 705〈登梅岡望金陵，贈族姪高座寺 　　僧中孚〉 899〈題瓜洲新河餞族叔舍人賁〉	會稽(浙江) 浙江 江蘇 江蘇
天寶七載 (748)48 歲	618〈翫月金陵城西孫楚酒樓達曙歌 　　吹日晚乘醉著紫綺裘烏紗中與 　　酒客數人棹歌秦淮往石頭訪崔 　　四侍御〉 229〈東山吟〉	金陵(江蘇) 江蘇
天寶八載 (749)49 歲	550〈金陵送張十一再遊東吳〉 6〈古風五十九首〉其六 66〈戰城南〉 341〈敘舊贈江陽宰陸調〉	金陵(江蘇) 江蘇 不詳創作地點 金陵(江蘇)
天寶九載 (750)50 歲	479〈留別金陵諸公〉 898〈題元丹丘潁陽山居〉 576〈尋陽送弟昌岠鄱陽司馬作〉 806〈日夕山中忽然有懷〉 315〈雪讒詩贈友人〉 629〈答王十二寒夜獨酌有懷〉 819〈秋日與張少府、楚城韋公藏書 　　高齋作〉 903〈題嵩山逸人元丹丘山居〉	江蘇 返至東魯後作(山東) 尋陽(江西) 廬山(江西) 江西 江蘇 江西 廬山(江西)

創作時間	篇名（1054 首數字編號據詹鍈主編《李白全集校注彙釋集評》分卷目次排序，以方便搜尋）	地點
天寶十載 (751)51 歲	425〈寄王屋山人孟大融〉 422〈聞丹丘子於城北山營石門幽居中有高鳳遺跡僕離群遠懷亦有棲遁之志因敘舊以寄之〉 34〈古風其三十四〉 426〈憶舊遊寄譙郡元參軍〉	山東 東魯(山東) 不詳創作地點 山東
天寶十一載 (752)52 歲	164〈出自薊北門行〉 61〈公無渡河〉 68〈行行且遊獵篇〉 126 幽州胡馬客歌	河北 河北 幽州(河北) 河北
天寶十二載 (753)53 歲	225〈橫江詞六首〉其四 223〈橫江詞六首〉其二 454〈寄崔侍御〉 452〈宣城九日聞崔四侍御與宇文太守遊敬亭余時登響山不同此賞醉後寄崔侍御二首〉其一 453〈城九日聞崔四侍御與宇文太守遊敬亭余時登響山不同此賞醉後寄崔侍御二首〉其二 314〈述德兼陳情上哥舒大夫〉 393〈贈從弟宣州長史昭〉 29〈古風五十九首〉其二十九 845〈擬古十二首〉其十二 332〈書情贈蔡舍人雄〉 344〈贈崔司戶文昆季〉	和縣東南(安徽) 和縣東南(安徽) 宣城(安徽) 宣城(安徽) 宣城(安徽) 入長安作(陝西) 宣城(安徽) 出長安經洛陽(河南) 安徽 安徽 安徽

創作時間	篇名（1054 首數字編號據詹鍈主編《李白全集校注彙釋集評》分卷目次排序，以方便搜尋）	地點
天寶十二載 (753)53 歲	403〈贈宣州靈源寺沖濬公〉	宣城(安徽)
	226〈橫江詞六首〉其五	和縣東南(安徽)
	615〈酬王補闕惠翼莊廟宋丞泚贈別〉	長安(陝西)
	227〈橫江詞〉其六	和縣東南(安徽)
	16〈古風其十六〉	河南
	32〈古風其三十二〉	不詳創作地點
	36〈古風其三十六〉	陝西
	60〈遠別離〉	河南
	391 贈宣城宇文太守兼呈崔侍御	安徽
	467 留別曹南羣官之江南	河南
	685〈九日登山〉	安徽
	852〈感興八首其七〉	陝西
天寶十三載 (754)54 歲	4〈古風五十九首〉其四	秋浦(安徽)
	979〈哭晁卿衡〉	揚州(江蘇)
	500〈送王屋山人魏萬還王屋〉	揚州(江蘇)
	625〈答高山人兼呈權顧二侯〉	安徽
	727〈之廣陵宿常二南郭幽居〉	揚州(江蘇)
	878〈詠山樽二首〉其二	安徽
	428〈宿白鷺洲寄楊江寧〉	江寧縣(江蘇)
	429〈新林浦阻風寄友人〉	金陵(江蘇)
	347〈贈僧崖公〉	江蘇
	655〈春日陪楊江寧及諸官宴北湖感古作〉	南京(江蘇)
	281〈酬殷佐明見贈五雲裘歌〉	當塗(安徽)
	748〈夜泊黃山聞殷十四吳吟〉	當塗(安徽)
	54〈古風其五十四〉	陝西
	681〈與南陵常贊府遊五松山〉	安徽

創作時間	篇名（1054 首數字編號據詹鍈主編《李白全集校注彙釋集評》分卷目次排序，以方便搜尋）	地點
天寶十三載 (754)54 歲	4〈古風五十九首〉其四	秋浦(安徽)
	979〈哭晁卿衡〉	揚州(江蘇)
	500〈送王屋山人魏萬還王屋〉	揚州(江蘇)
	625〈答高山人兼呈權顧二侯〉	安徽
	727〈之廣陵宿常二南郭幽居〉	揚州(江蘇)
	878〈詠山樽二首〉其二	安徽
	428〈宿白鷺洲寄楊江寧〉	江寧縣(江蘇)
	429〈新林浦阻風寄友人〉	金陵(江蘇)
	347〈贈僧崖公〉	江蘇
	655〈春日陪楊江寧及諸官宴北湖感古作〉	南京(江蘇)
	281〈酬殷佐明見贈五雲裘歌〉	當塗(安徽)
	748〈夜泊黃山聞殷十四吳吟〉	當塗(安徽)
	54〈古風其五十四〉	陝西
	681〈與南陵常贊府遊五松山〉	安徽
天寶十四載 (755)55 歲	392〈贈宣城趙太守悅〉	涇縣(安徽)
	689〈陪族叔當塗宰遊化城寺升公清風亭〉	安徽
	593〈涇川送族弟錞〉	涇縣西南(安徽)
	394〈於五松山贈南陵常贊府〉	安徽
	252〈當塗趙炎少府粉圖山水歌〉	安徽
	797〈過汪氏別業二首其二〉	安徽

創作時間	篇名（1054 首數字編號據詹鍈主編《李白全集校注彙釋集評》分卷目次排序，以方便搜尋）	地點
至德元年 (756)56 歲	205〈猛虎行〉	江蘇
	355〈贈王判官時余歸隱居廬山屏風疊〉	隱居廬山時作(江西)
	523〈杭州送裴大擇時赴廬州長史〉	杭州越中(浙江)
	408〈經亂後將避地剡中留贈崔宣城〉	剡縣(浙江)
	398〈贈友人三首〉其三	越中作(浙江)
	732〈奔亡道中五首〉其一	浙江
	733〈奔亡道中五首〉其二	浙江
	477〈感時留別從兄徐王延年從弟延陵〉	越中作(浙江)
	619〈江上答崔宣城〉	宣城(安徽)
至德二年 (757)57 歲	380〈贈張相鎬二首〉其二	宿松(安徽)
	82〈箜篌謠〉	尋陽獄中(江西)
	254〈永王東巡歌十一首〉其二	永王軍中(江西)
	258〈永王東巡歌十一首〉其六	永王軍中(江西)
	260〈永王東巡歌十一首〉其八	永王軍中(江西)
	259〈永王東巡歌十一首〉其七	永王軍中(江西)
	261〈永王東巡歌十一首〉其九	永王軍中(江西)
	379〈贈張相鎬二首〉其一	宿松縣(安徽)
	159〈鼓吹入朝曲〉	浙江
	360〈中丞宋公以吳兵三千赴河南軍吹尋陽脫余之囚參謀幕府因贈之〉	尋陽(江西)
	359〈獄中上崔相渙〉	尋陽獄中(江西)

創作時間	篇名（1054 首數字編號據詹鍈主編《李白全集校注彙釋集評》分卷目次排序，以方便搜尋）	地點
至德二年 (757)57 歲	868〈萬憤詞投魏郎中〉 270〈上皇西巡南京歌十首其七〉 356〈在水軍宴贈幕府諸侍御〉 401〈贈閭丘處士〉 575〈送張秀才謁高中丞〉	尋陽獄中(江西) 湖北 江西 安徽 江西
乾元元年 (758)58 歲	904〈題江夏修靜寺〉	湖北
乾元二年 (759)59 歲	446〈江夏寄漢陽輔錄事〉 369〈贈王漢陽〉 112〈司馬將軍歌〉 111〈臨江王節士歌〉 365〈經亂離後天恩流夜郎憶舊遊書懷贈江夏韋太守良宰〉 374〈贈從弟南平太守之遙二首〉其一 865〈秋夕書懷〉 714〈秋登巴陵望洞庭〉	江夏(湖北) 江夏(湖北) 湖南 湖南 江夏(湖北) 向武陵途中江夏(湖北) 秋冬之際零陵(湖南) 湖南
上元元年 (760)60 歲	209〈江上吟〉 370〈贈漢陽輔錄事二首〉其一 716〈登巴陵開元寺西閣贈衡岳僧方外〉 711〈望黃鶴山〉 184〈豫章行〉 275〈峨眉山月歌送蜀僧晏入中京〉 578〈送王孝廉覲省〉 764〈過彭蠡湖〉	江夏(湖北) 武昌(湖北) 湖南 江夏(湖北) 江西 湖北 江西 江西

創作時間	篇名（1054 首數字編號據詹鍈主編《李白全集校注彙釋集評》分卷目次排序，以方便搜尋）	地點
上元二年 (761)61 歲	558〈送殷淑三首〉其一 559〈送殷淑三首〉其二 338〈贈昇州王使君忠臣〉	金陵(江蘇) 金陵(江蘇) 江蘇
寶應元年 (762)62 歲	627〈至陵陽山登天柱石酬韓侍御見招隱黃山〉 657〈遊謝氏山亭〉 492〈聞李太尉大舉秦兵百萬出征東南懦夫請纓冀申一割之用半道病還留別金陵崔侍御十九韻〉 982〈自溧水道哭王炎三首其三〉	涇縣西南百里(安徽) 當塗(安徽) 江蘇 江蘇
未編年	106〈古有所思〉 283〈古意〉 489〈留別賈舍人至二首〉 996〈會別離〉 864〈江上〉 551〈送紀秀才遊越〉 922〈雜詩〉 100〈王昭君二首其一〉 404〈贈僧朝美〉 502〈送友人尋越中山水〉 1033〈上清寶鼎詩二首其一〉 782〈靈墟山〉	未知明確創作地點

圖一　李白詩歌海意象創作地點分布省分

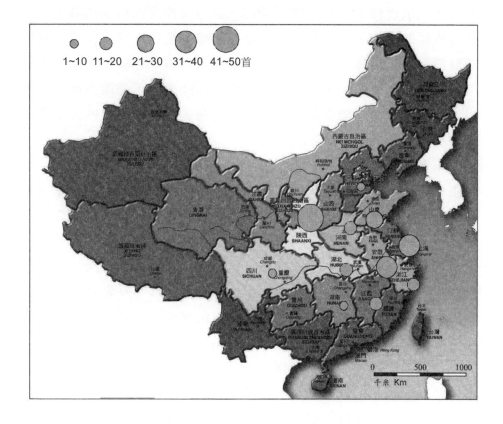

　　首先除去 12 首未編年，不詳寫作地點外，在 242 首作品中，發現出現在浙江省 18 首，江蘇省 37 首，山東省 30 首，河北省 5 首，此四省是濱海省分，共有 90 首，約占 37%。其餘內陸七省分：河南省 22 首，安徽省 32 省，江西省 22 首，湖北省 25 首，湖南省 6 首，陝西省 42 首，四川省 3 首，共有 152 首，約占 63%。可見李白海意象的詩歌遍布 11 省分，一生所到之處幾乎都有海意象詩作[8]，其中

8　筆者據安旗《李白全集編年注釋》及詹鍈《李白全集校注彙釋集評》中的詩作
　　繫年，統計出李白全部詩作可繫年的寫作時間、地點共有 908 首，其中河北省

濱海四個省分的海意象詩作皆占當地詩作的三、四成左右[9]，濱海的省分，因地理位置優勢，望海看海，非但可描寫大海那浩瀚無垠、波詭雲譎的風物，更是抒發豪情曠達胸懷的絕佳之處。但是，從上統計發現李白寫最多海意象的詩歌是在陝西省，也就是說在長安時期是大量寫作與海相關的詩作，而處於內陸省分，遠離海卻有六成以上為數不少海意象作品，既然未親見海，卻能寫出第四度空間的海意象，這是值得探析之處。

　　筆者仔細檢視詩作的題名發現僅有一首明確地標識以「海」做為主體觀察，如〈登高丘而望遠海〉一詩，而絕大多數並不是在海邊觀海而寫的，有的是觀賞江邊湖岸，在詩題上清楚交代寫作地在舟中或江邊，同時也在詩句裡具體寫出江字，此類詩作中的「江」字包含了黃河、長江各支流流域，就是不包含環中國外海的海域，可確信李白非實際觀海時所作，因此詩中所狀寫「海潮」、「海樹」、「海月」應該是指涉江上的景物，卻以海來做心象聯結，如〈橫江詞〉：「海潮南去過潯陽，牛渚由來險馬當」、〈月夜江行寄崔員外宗之〉：「飄飄江風起，蕭颯海樹秋」、〈魯郡東石門送杜二甫〉：「秋波落泗水，海色明徂徠」、〈荊門浮舟望蜀江〉：「流目浦煙夕，揚帆海月生」、〈自巴東舟行經瞿塘峽登巫山最高峰晚還題壁〉：「江行幾千里，海月十五圓」。有的是純粹在內地裡憑空聯想的，在詩題上明顯標示著城鎮、寺廟或山嶽的名稱，在狀寫景物時使用「海」字來修飾，將聯想力和心化的表達技巧發揮淋淋漓盡致，完全擺脫外在地

---

16 首、山東省 90 首、江蘇省 117 首、浙江省 42 首、山西省 9 首、河南省 65 首、安徽省 156 首、江西省 63 首、湖北省 112 首、湖南省 31 首、陝西省 189 首、四川省 18 首等遍布 12 個省分。

9 李白出現海意象濱海四個省分，全部詩作濱海四省分：河北省 5／16 首，約 31%、山東省 31／90 首，約 34%、江蘇省 37／117 首，約 32%、浙江省 17／42 首，約 40%。

理因素，也不需借用相近情景，一樣可描繪其心目中海景世界，如
〈廣陵贈別〉：「天邊看淥水，海上見青山」、〈秋日登揚州西靈塔〉：
「頂高元氣合，標出海雲長」、〈望廬山瀑布水〉：「海風吹不斷，江
月照還空」、〈登巴陵開元寺西閣贈衡岳僧方外〉：「見君萬里心，海
水照秋月」、〈夜泊黃山聞殷十四吳吟〉：「半酣更發江海聲，客愁頓
向杯中失」、〈題嵩山逸人元丹丘山居〉：「貪緣泛潮海，偃蹇陟廬霍」。
甚至在〈留別曹南群官之江南〉：「淮水帝王州，金陵繞丹陽。樓臺
照海色，衣馬搖川光」一詩中李白與友人留別時還沒前往江南，心
中卻可遙想淮水、金陵一帶的景物，甚至想像自己站於樓臺上觀海
色之景。因此詩作中有多少景物是詩人親身體驗的，不得而知，顯
然是心象成分居多，可以說其眼中所見、腦中所浮現景觀與意象，
絕大多數不是實際外環於中國東方或南方的海域，卻是中國境內遍
地存在的河、川、湖泊、江的景色。但李白所要強調的不在於描寫
對象的真切性，而是在於利用類比的方式誇示描寫對象的意象美感。

第二節　海意象類型一：以「海」直接敘寫

同一意象，因客觀意象本身可能同時具備許多種特質，因此在
表現各種主題意識時的取貌不同，當某種特質與詩人內在主觀情感
契合時，詩人內在的情感得以藉由客觀意象的不同樣貌具體而貼切
表現出來。即客觀物質對象的運動或形式結構與主體心理情感結構
相對應時，正表現出「格式塔學派」(Gestalt Psychology)[10]所謂的「同

---

10 格式塔(Gestalt)心理學美學，又稱完形學派，是 20 世紀初產生於德國的一種美
　　學理論，是完形心理學在美學上的延伸和應用。「格式塔」在德文裡，是「形
　　狀」或「形式」的同義語，而格式塔心理學家運用這一術語時，指的卻是整個
　　心理領域，他們認為一切的「形」都是知覺進行了積極組織或建構的結果或功

形同構」的特質。

　　本章二、三節以「一象多意」[11]視角切入，本節主要探討李白詩歌中，「以『海』為直接敘寫的對象」，大致可分為三大類：第一類：藉神仙神話典故寫「海」，是超越性寫海，否定仙話典故傳聞；第二類：「海」與仙化理想，將海外仙山當成美好的理想境界；第三類：直接描述自然界的海，歸為「海意象類型一」加以探析。

　　筆者將第一類神仙典故傳聞及第二類海外仙化理想的詩歌合計約 32 首，據寫作地點考察，濱海有 7 首，內陸有 21 首，除去 4 首不詳寫作時空不計，可見李白大多寫作海意象詩歌多在內陸省分，約占七成五，雖未親見海而寫海，依然喜用海意象來傾泄內心，寫的多是看不見、抽象、創造，這是人類思維創造出來的「第四度空間」[12]的海，例如：神、鬼、蓬萊仙島等。而第四度空間是高深莫測的奧妙，如何破解其生命中的奧秘，因此可藉由觀察詩中的海意象可發現其與遊仙詩、超越死亡、超越時空密切相關，並且結合自身遭遇，展現出對政治、國家命運的關切之情。李白之所以被後人尊為「詩仙」，究其原因之一是他的詩中情境極富仙意，其詩中的「海」

能，而不是客體本身，同時特別強調知覺的整體性，因此中文譯為「完形」，
比較符合「格式塔」的原意。見歐陽周、顧建華、宋凡聖《美學新編》(杭州：
浙江大學出版社，2001 年 5 月 9 刷)，頁 251。

11 一象多意，意指一個意象中包孕多樣化的情意，讓人看出意象的不同側面所折
射散的情意光彩。

12 邱師燮友說：「第一度空間是線，第二度空間是面，第三度空間是立體，第四
度空間是抽象。人類思維創造出來的抽象空間就是第四度空間，即為非人世的
神、鬼、蓬萊仙島諸如此類。而首先提出『第四度空間』(four dimensional space)
的理論是愛因斯坦，他說：『在三度空間(點線面構成三度空間)乘上時間(加上
流動時間)，便成了無限遼闊的第四度空間。』」見邱師燮友：〈穿越時空進
入四度空間的文學〉《中國語文》642 期(臺北：中國語文月刊社，2010 年 12
月出版)，頁 8。

亦帶有一股仙氣。

一　藉神仙神話典故寫「海」

李白藉由神仙神話典故寫海，所寫的海並非現實生活中所見的海，而是一種超越性寫海，寫的是想像中的海，目的是否定君王求仙這些仙話典故傳聞的，展現其不為人知的現實主義的精神。

晉代郭璞已有描寫古代君王求仙不成的詩歌，其〈遊仙詩十九首之五〉云：「燕昭無靈氣，漢武非仙才」[13]，表達出君王難以成仙的觀點。但李白與郭璞不同之處在於：雖然李白也有描寫秦皇、漢武求仙不成的詩歌，但對這兩位君王的功業仍予以肯定，如〈古風五十九首其三〉：「秦王掃六合，虎視何雄哉」，然而下文緊接著寫道秦王求仙愚蠢行為，如「尚採不死藥，茫然使心哀」形成強烈對比，加深諷刺意味，也道出李白反對君王求仙的原因在於希望君王勤政治國，放棄勞民傷財求仙活動。

> 登高丘，望遠海。六鼇骨已霜，三山流安在？扶桑半摧折，白日沈光彩。銀臺金闕如夢中，秦皇漢武空相待。(92〈登高丘而望遠海〉)
> 日出東方隈，似從地底來。歷天又復入西海，六龍所舍安在哉？其始與終古不息，人非元氣，安得與之久徘徊？(86〈日出入行〉)
> 西飛精衛鳥，東海何由填？(446〈江夏寄漢陽輔錄事〉)
> 鼇抃山海傾，四溟揚洪流。(489〈留別賈舍人至二首其一〉)

13　見逯欽立輯校：《先秦漢魏晉南北朝詩》上冊(臺北：學海出版社，1984 年 5 月初版)，頁 866。

思填東海，強銜一木。(140〈來日大難〉)

祖龍浮海不成橋，漢武尋陽空射蛟。我王樓艦輕秦漢，卻似
文皇欲渡遼。(261〈永王東巡歌十一首其九〉)

周穆八荒意，漢皇萬乘尊。淫樂心不極，雄豪安足論？西海
宴王母，北宮邀上元。(43〈古風五十九首其四十三〉)

海神來過惡風迴，浪打天門石壁開。(225〈橫江詞六首其四〉)

空謁蒼梧帝，徒尋溟海仙。已聞蓬岳淺，豈見三桃圓？(737
〈郢門秋懷〉)

海若不隱珠，驪龍吐明月。(405〈贈僧行融〉)

河伯見海若，傲然誇秋水。(606〈答長安崔少府叔封遊終南
翠微寺太宗皇帝金沙泉見寄〉)

　　上述十一首詩歌論及神仙典故有出自《列子·湯問》記載十五
巨鰲舉首戴五大神山以及龍伯國巨人釣走六鰲，於是二神仙漂流到
北極，沈入大海的傳說、《楚辭·天問》言鰲以首載山，儻用前兩手
相擊，則山上仙聖何以安之；《山海經·海外東經》扶桑栖日的傳說、
《淮南子·天文》六龍載日的傳說；《山海經·北山經》精衛填海的
傳說；《水經注》卷一四〈碣石山〉引《三齊略記》記載秦始皇於海
中作石橋，海神為之豎柱的傳說；《山海經》記載西海之南有神人名
曰西王母、《列子·周穆王》與《太平廣記》引《仙傳拾遺》說周穆
王觴西王母於瑤池之上的傳說；《博物志》載東海神女當道夜哭，行
必有大風雨的傳說；《海內十洲記》道出冥海乃太上真人所居；《莊
子·秋水》記載海中有海神北海若、河中有河神河伯，在《莊子·
列禦寇》篇認為海底有明珠且為黑龍所頷的傳說。

（一）六鼇骨已霜，白日沈光彩

　　〈登高丘而望遠海〉此詩作於天寶六載(747)，李白來到浙江會稽，登高臨海所作。登高臨海，極目遠眺，是詩人興會淋漓、感而賦詩的極佳環境。但詩人所賦，沒有隻字描寫眼前景色，而是大寫與海、山有關的神話。接下來四句，是與大海有關的兩個神話，一是巨鼇負海上五神山，《列子‧湯問》：「渤海之東，不知幾億萬里，有大壑焉，實惟無底之谷，其下無底，名曰歸墟。……其中有五山焉，一曰岱輿，二曰員嶠，三曰方壺，四曰瀛州，五曰蓬萊，……五山之根，無所連著，常隨潮波上下往還，不得暫峙焉。仙聖毒之，訴之於帝。帝恐流於西極，失羣聖之居，乃命禺彊，使巨鼇十五舉首而戴之，迭為三番，六萬歲一交焉。五山始峙，而龍伯之國有大人，舉足不盈數步，而暨五山之所，一釣而連六鼇，合負而趨，歸其國，灼其骨以數焉。於是岱輿、員嶠二山流於北極，沈於大海，仙聖之播遷者巨億計。」[14]此謂六鼇已骨白如霜，餘下三山又流往何處？另一首〈留別賈舍人至二首〉其一「鼇抃山海傾」，如同《楚辭‧天問》所言：「鼇戴山抃，何以安之？」[15]否定巨鼇負山，海上仙山的仙人的傳說。而李白詢問三山的下落，是對仙境的企慕和嚮往嗎？非也，此二句是以疑問句式表示否定，海上本無三山，傳說的五山、十五巨鼇全是荒誕不經。

　　二是扶桑栖日的傳說，扶桑是大海中的一株神樹，長數千丈，一千餘圍，是太陽栖息、沐浴的地方。《山海經》卷九《海外東經》：「湯谷上有扶桑，十日所浴，在黑齒北。居水中，有大木，九日居

14　嚴捷、嚴北溟譯注：《列子譯注》〈湯問〉第五(臺北：文津出版社，1987 年　10 月)，頁 115-116。

15　(宋)朱熹注《楚辭集注》〈天問〉第三(臺北：文津出版社，1987 年 10 月)，頁　61。

下枝，一日居上枝。」[16]此二句以肯定的句式表述假想的否定，若太陽是栖息在大樹上，億萬年了，大樹早已枯折，太陽豈不沈下去？意指扶桑栖日的傳說是荒誕不經的。李白登山臨海，筆下所寫，無關眼前之景，而是徹底否定神仙長生迷信之說，批判歷史上沈溺於神仙長生之說的兩君主，托古諷今意味濃厚。

　　詩人登高遠望大海，感慨支撐神山的六鼇骨已成霜，仙山已在海上漂流無蹤，連神話中暘谷上的扶桑都摧折，白日無光，道出仙人不可尋，人更何以永生？遙想當年費盡心思到海上求藥的秦始皇與漢武帝，如今墳陵上只有牛羊成群，連竊賊挖墓盜寶，墳中的精靈也莫可奈何。詩末二句「窮兵黷武今如此，鼎湖飛龍安可乘」批判好戰無道君王，欲求自己長生不惜民命，自然仙不可尋。

（二）六龍所舍安在哉

　　〈日出入行〉此詩作於天寶六載(747)江蘇蘇州。胡震亨《李詩通》注解此詩云：「漢郊祀歌〈日出入〉，言日出入無窮，人命獨短，願乘六龍，仙而升天。太白反其意，言人安能如日月不息，不當違天矯誣，貴放心自然，與溟涬同科也。」[17]但李白對《淮南子‧天文訓》中逯吉按《太平御覽》引言：「爰止羲和，爰息之螭，是謂縣車。」高誘注：「日乘車，駕以六龍，羲和御之，日至此而薄於虞泉，羲和至此而回六螭。」[18]六龍載日的傳說、日出日落由神主宰提出質疑，深受《莊子‧知北遊》哲學思想：「天不得不高，地不得不廣，日月

16　袁珂校譯：《山海經校譯》第九〈海外東經〉(臺北：明文書局，1986年9月初版)，頁212。

17　詹鍈主編：《李白全集校注彙釋集評一》(天津：百花文藝出版社，1993年)，頁469。

18　(漢)高誘注：《淮南子注》卷3〈天文訓〉(臺北：世界書局，1969年8月3版)，頁45。

不得不行，萬物不得不昌，此其道與！」[19]認為日月運行乃自然之道，誠如詩所言，天將明時，太陽升起於東海，好像從地府鑽出來上升於天，而後歷天而行西沈入海，如此天地自運，萬物自化，否定六龍駕日超自然的神力。日出而始，日入而終，萬古不息，人非化育天地之元氣，如何與日同升共落，以至於無期？李白在無數個「歷天又入海」的觀察中，而發出「六龍所舍安在哉！」的質問，從對大自然的直觀中得到人生的啟示，一反漢樂府〈日出入〉抒寫的是人生短暫，企望登遐升仙的苦悶情懷，他謳歌自然時，迸發出反權貴反禮法，擺脫世俗拘束的思想。

此外，〈日出入行〉一詩除了否定六龍駕日超自然的神力外，更以太陽的運行，說明「其始與終古不息，人非元氣，安得與之久徘徊？草不謝榮於春風，木不怨落於秋天，誰揮鞭策驅四運？萬物興歇皆自然」，最後更以道家自然思想，對人生抱持一種樸素的唯物觀念，「吾將囊括大塊，浩然與溟涬同科」，人的生死榮衰如同萬物，「興歇皆自然」，無須感恩，不必抱怨，因為都是元氣的構成，同屬大自然。

（三）西飛精衛鳥，東海何由填

歷來詮釋神話中女娃溺海、變形精衛、銜石填海的情節神話多聚焦於精衛內心之悲怨餘恨[20]，亦如樂蘅軍先生所言，女娃「失足東海，徒然空遊，精魂不返，死有餘恨」[21]，「遊於大海，溺而不返」，

---

19 (清)王先謙著：《莊子集解》卷 6 外篇〈知北遊〉第 22(臺北：東大圖書股份有限公司，2004 年 10 月 5 版 1 刷)，頁 197。

20 徐志平：〈「人類異化」故事從先秦神話到唐代傳奇之間的流轉〉一文中作者自音韻學觀點，分析「精」、「衛」二字，透露此鳥叫聲淒涼，可知女娃不幸溺死，心中有恨。參見《臺大中文學報》第 6 期(1994 年 6 月)，頁 368。

21 樂蘅軍：《古典小說散論》(臺北：純文學出版社，1984 年)，頁 27。

透露初民心靈中「大海」是可親可愛但又可畏可懼,具善變特質。
雖然「神話中的大海乃是吞噬女娃年輕生命的死亡水域,透露初民
對於大海常存的恐懼心理,而銜石填海的行動,則反映了初民與大
海博鬥的實況,以及征服自然的集體願望」[22]。

　「作為炎帝少女的女娃變為銜石填海的精衛,帶來轉變的重要
契機即是溺於東海的事件。溺海之前的女娃,自其名字推想,或暗
示稚嫩嬌弱,強調肉體生命層次,僅是一個依附著父親血緣而存在,
未有自我、尚未獨立的,天真懵懂的少女。然而,『遊於東海,溺而
不返』之後蛻變為精衛,屬於中性的傾向精神層次的名字,象徵超
越了凡胎肉體拘限的生命與心靈,更以銜石填海、永飛無倦的剛毅
行動,形塑其獨特的生命姿態,成就其生命的意義與終極價值。以
此觀點,則溺於東海的事件不必然是帶來絕對毀滅與傷痛的死亡;
而銜石填海的行動也未必是徒勞無益的仇恨抗爭。整個精衛神話,
從積極的角度解讀,毋寧展演著心靈成長的象徵過程,而神話中讓
心靈轉化、蛻變成熟的大海,更是內在歷險場域的象徵。」[23],「溺
於大海的女娃,從象徵層次看來,如同潛入無意識深淵,在其中征
服自我、更新生命,發掘其靈魂深處那具有『無情、理性、強悍等
果敢固執的個性』的『阿利瑪斯』,於是自大海重生,飛翔於天地間,
銜石填海永飛無倦的精衛,實已進入更完整、成熟、超越的生命階
段,她『不再渴望和害怕』,相反的,她已經成為被『渴望和害怕的
對象』」[24]。

---

22 參盧明瑜:〈陶淵明〈讀山海經十三首〉神話運用及文學內蘊之探討〉《中國
　文學研究》第 8 期 1994 年 5 月。

23 李文鈺:〈《山海經》的海與海神神話研究〉《政大中文學報》第 7 期 2007
　年 6 月,頁 14-15。

24 李文鈺:〈《山海經》的海與海神神話研究〉《政大中文學報》第 7 期 2007
　年 6 月,頁 15。

〈江夏寄漢陽輔錄事〉一詩於乾元 2 年(759)，於湖北江夏所作。
〈來日大難〉一詩於天寶三載(744)，47 歲，於陝西長安將去朝時作。
二詩均寫到炎帝女溺於海，化為鳥，名精衛，常銜西山木石填於東
海的傳說。《山海經》卷三《北山經》：「又北二百里曰發鳩之山，其
上多柘木，有鳥焉，其狀如烏，文首，白喙，赤足，名曰精衛。其
鳴自詨。是炎帝之少女，名曰女娃。女娃游於東海，溺而不返。故
為精衛，常銜西山之木石以堙於東海。」[25]精衛填海是一個有名的矢
志復仇的神話，歷來被詩人歌頌著，如陶淵明〈讀山海經其二〉：「精
衛銜微木，將以填滄海。」[26]，但〈江夏寄漢陽輔錄事〉一詩，李白
反其意而用之；而〈來日大難〉卻以遊仙來隱喻入朝廷，精衛填海
無功，儘管李白遊仙詩大量存在，嚮往神仙境界的和平、沒有機巧、
偽詐，但在對神仙的嚮往中寄寓著他政治失意的幽憤，於此可見超
脫飄逸的詩仙關切現實社會的一面。

（四）祖龍浮海不成橋

〈永王東巡歌十一首〉其九，此詩作於至德 2 載(757)，57 歲，
永王軍中(江西)。《水經注》曰：「《三齊略記》曰：始皇於海中作石
橋，海神為之豎柱。始皇求與相見，神曰：『我形醜，莫圖我形，當
與帝相見。』及入海四十里見海神。左右莫動手，工人潛以腳畫其
狀。神怒曰：『帝負約，速去。』始皇轉馬還，前腳猶立，後腳隨奔，
僅得登岸。畫者溺死於海。」[27]在此藉神話傳說，將秦始皇造橋以渡

---

[25] 袁珂校譯：《山海經校譯》第三〈北山經〉(臺北：明文書局，1986 年 9 月初
　　版)，頁 69。

[26] (晉)陶淵明：《陶淵明集》善本卷第四〈讀山海經其二〉(北京：北京圖書館，
　　2003 年 6 月)，頁 11。

[27] (北魏)酈道元原著、陳橋驛、葉光庭、葉揚譯注：《水經注》卷一四〈濡水〉
　　(臺北：臺灣古籍出版社，2002 年 2 月初版)，頁 644。

海，漢武射蛟於尋陽，皆為求自身長生，浪遊無益於民，反襯出永王率舟師以赴難，非秦漢之浪遊，將永王比成唐太宗征遼。永王李璘打著驅胡抗敵的旗號，率師沿江東下。李白抱著救亡圖存的雄心，參加了永王李璘的軍隊。李白在此嚴屬批判秦皇漢武耗竭民力資財妄求神仙，充分表達了輔王室以正四方的豪情壯志。

（五）西海宴王母，瑤水聞遺歌

　　西王母的神話最早出現於《山海經・中山經・西次三經》云：「玉山，是西王母所居也。西王母其狀如人，豹尾虎齒而善嘯，蓬髮戴勝，是司天之厲及五殘。」[28]又〈海內北經〉云：「西王母梯几而戴勝杖，其南有三青鳥，為西王母取食。在昆侖虛北。」[29]從上資料可知西王母是屬於半人半獸的圖騰形象，是具有刑殺、疫癘死亡的凶神。到戰國時，西王母儼然成為西方君王氣象的婦人形象，如《莊子・大宗師》：「夫道，有情有信，無為無形，可傳而不可受，可得而不可見……西王母得之，坐乎少廣，莫知其始，莫知其終。」[30]而《穆天子傳》記載周穆王十七年，天子西征，賓於西王母，「吉日甲子，天子賓於西王母。……乙丑，天子觴西王母於瑤池之上。西王母為天子謠曰：『白雲在天，山陵出自，道里悠遠，山川間之，將子無死，尚能復來。』」[31]此時西王母已人形化，且能歌謠賜福他人。

28 (晉)郭璞注，袁珂校：《山海經校注》卷 2(成都：巴蜀書社，1993 年 4 月 1 版 1 刷)，頁 59。

29 (晉)郭璞注，袁珂校：《山海經校注》卷 12(成都：巴蜀書社，1993 年 4 月 1 版 1 刷)，頁 358。

30 陳鼓應註：《莊子今註今譯》上冊內篇(臺北：臺灣商務印書館，1992 年 10 月初版 11 刷)，頁 199-200。

31 (晉)郭璞註：《穆天子傳》卷 3《四部叢刊正編》(臺北：臺灣商務印書館影印上海涵芬樓天一閣范氏刊本)，頁 8。

到漢代《淮南子‧覽冥訓》記載：「羿請不死之藥於西王母，姮娥竊以奔月，悵然有所喪，無以續之，何則？不知不死之藥所由生也。」[32]在此西王母轉化為吉神且能賜人不死之藥。又《漢武帝內傳》曰：「王母上殿，東向坐，著黃金褡襹，文采鮮明，光儀淑穆。帶靈飛大授，腰分頭之劍。頭上大華結，戴太真晨嬰之冠，履元局璙鳳文之舄。視之可年三十許，修短得中，天姿掩藹，容顏絕世。」又記載：「又命侍女索桃，須臾，以盛桃七枚，大如鴨子，形圓，色青，以呈王母。母以四枚與帝，自食三桃。桃之甘美，口有盈味。帝食輒錄核，母曰：『何謂？』帝曰：『欲種之耳。』母曰：『此桃三千歲一生實耳，中夏地薄，種之不生，如何？』帝乃止。」[33]此時西王母已成風姿綽約統管仙界女仙的王母，甚至王母有仙桃食之可長生不死。

　　〈古風五十九首〉其四十三，此詩作於天寶三載(744)，44 歲，去朝初作於山東。以周穆王宴王母於瑤池的傳說：《列子‧周穆王》：「王大悅，不恤國事，不樂臣妾，肆意遠遊。……遂賓於西王母，觴於瑤池之上。」[34]《太平廣記》卷二引《仙傳拾遺》：「周穆王名滿。……又觴西王母於瑤池之上。……王造崑崙時，飲峰山石髓，食玉樹之實，又登群玉山，西王母所居。」[35]漢武帝邀上元夫人於北宮的傳說：《太平廣記》卷五六引《漢武內傳》：「漢孝武皇帝好神仙之道，禱

[32] (漢)劉安撰：《淮南子(全)》卷 3(臺北：臺灣中華書局，1974 年 10 月臺 3 版)，頁 10。

[33] (東漢)班固撰：《漢武帝內傳》《景印文淵閣四庫全書 1042》(臺北：臺灣商務印書館，1983-1986 年)，頁 290。

[34] (周)列禦冠撰、(後魏)張湛注：《列子》卷 3〈周穆王〉(臺北：臺灣中華書局，1966 年 3 月臺 1 版)，頁 3。

[35] (宋)李昉等編：《太平廣記》第 1 冊卷 2〈神仙二　周穆王〉(上海：上海古籍出版社，1995 年 5 月第 5 次印刷)，頁 7-8。

醮名山，以求靈應。……西王母降於漢宮。……命駕將去，帝下席
叩頭，請留殷勤。王母復坐，乃命侍女郭密香，邀夫人同宴於漢宮。」
說明二君荒唐淫樂求神仙，雖遇王母、上元夫人，然最終不免於死。
奚祿詒曰：「以仙為空言，太白何嘗好道？悲玄宗也。」[36]《唐宋詩
醇》卷一：「唐人多以王母比楊妃，如杜甫『西望瑤池降王母』亦然。
則上元即指秦、虢輩，末句蓋傷之也。」[37]因詩有「淫樂心不極」之
句，故陳沆《詩比興箋》卷三箋曰：「刺明皇荒淫，怠廢政事也。」
又謂「王母、上元皆寓女寵，瑤池、玉杯，盛陳宴樂。」[38]可見李白
身在江湖，心懷魏闕，否定神仙之說，實乃反對明皇好神仙之事。

（六）海神來過惡風迴

　　在李白詩歌中的海神，包括海神女、溟海仙、北海若。〈橫江詞
六首其四〉、〈郢門秋懷〉、〈贈僧行融〉、〈答長安崔少府叔封遊終南
翠微寺太宗皇帝金沙泉見寄〉此四首詩描寫海上之神，皆作於內陸，
關於海神記載可見：一、《博物志》卷七：「武王夢婦人當道夜哭，
問之，曰：『吾是東海神女，嫁於西海神童，今灌壇令當道廢我行，
我行必有大風雨，……』……果有疾風暴雨。」[39]李白〈橫江詞六首〉
其四詩中將海洶湧的形象轉化為凶殘人格化，賦予海神人格化，特
指安祿山。二、溟海仙，《海內十洲記》：蓬萊山「對東海之東北岸，
周回五千里外，別有圓海繞山。圓海水正黑，而謂之冥海也。無風

36 (宋)李昉等編：《太平廣記》第 1 冊卷 56〈女仙一　上元夫人〉(上海：上海古
　　籍出版社，1995 年 5 月第 5 次印刷)，頁 280。
37 (清)清高宗御選：《唐宋詩醇》第 1 冊卷 1 評李白〈古風五十九首其四十三〉，
　　(臺北：臺灣中華書局，1971 年)，頁 20。
38 (清)陳沆撰：《詩比興箋》卷 3(上海：中華書局，1960 年 2 月)，頁 132。
39 (晉)張華撰：《博物志》卷 8《四庫備要・子部》(臺北：臺灣中華書局據士禮
　　居本校刊，1965 年)，頁 2。

而洪波百丈，不可得往來。上有九老丈人九天真王宮，蓋太上真人所居，惟飛仙有能到其處耳。」[40]詩人自知仙境、求仙非人力所能到達，在此將求仙隱喻入朝廷，仙不可求、朝廷不可入時，浪跡五湖，濯足滄浪。三、北海若，為《莊子・秋水》篇中海神名，莊子將河、海神格化，以擬人法的方式，讓二神對話，河伯見海若，「觀於大海，乃知爾醜」。但是李白反用其意，讓河伯見海若，傲然誇秋水，此時正是欲入與初入長安，欲一展長才，充滿樂觀自信，對人間功業積極追求。

二　「海」與仙化理想

　　「人生的苦悶起源於願望的難以實現、受到壓抑的現實生活以及對有限人生的厭倦，對於李白來說，不能實現從政用世的政治理想，完成功成身退的人生道路，無疑使他深感痛苦和沮喪，因此李白借助想像虛構來衝破外界的限制和束縛，使內心的情感激流得以宣洩和昇華。」[41]李白在政治上的失意無處排遣，因此嚮往神仙以求精神上的安慰，而海外仙山乃是神仙所居之處，因此詩人將海外仙山當成美好的理想境界，「海」就與仙化理想相契合。

　　　　朝弄紫泥海，夕披丹霞裳。揮手折若木，拂此西日光。雲臥遊八極，玉顏已千霜。飄飄入無倪，稽首祈上皇。呼我遊太素，玉杯賜瓊漿。一飡歷萬歲，何用還故鄉？永隨長風去，

---

40 (漢)東方朔：《海內十洲記》(光緒紀元夏月湖北崇文書局開雕　見善本書室)，頁 7。

41 陳怡秀：《李白五古詩中仙道語言析論》，彰化師範大學國文研究所碩士論文，2001 年 6 月，頁 96。

天外恣飄揚。(41〈古風五十九首其四十一〉)

一鶴東飛過滄海,放心散漫知何在。仙人浩歌望我來,應攀玉樹長相待。堯舜之事不足驚,自餘囂囂直可輕。巨鼇莫戴三山去,吾欲蓬萊頂上行。(278〈懷仙歌〉)

不知曾化鶴,遼海歸幾度。(782〈靈墟山〉)

我思仙人乃在碧海之東隅,海寒多天風,白波連山倒蓬壺。(106〈古有所思〉)

緬思洪崖術,欲往滄海隔。(806〈日夕山中忽然有懷〉)

海懷結滄洲,霞想遙赤城。(865〈秋夕書懷〉)

仙人相存,誘我遠學。海陵三山,陸憩五嶽。(140〈來日大難〉)

洪波洶湧山崢嶸,皎若丹丘隔海望赤城。(216〈同族弟金城尉叔卿燭照山水壁畫歌〉)

喜結海上契,自為天外賓。(615〈酬王補闕惠翼莊廟宋丞泚贈別〉)

傳聞海水上,乃有蓬萊山。(922〈雜詩〉)

松子棲金華,安期入蓬海。此人古之仙,羽化竟何在?(199〈對酒行〉)

一朝向蓬海,千載空石室。(711〈望黃鶴山〉)

樓疑出蓬海,鶴似飛玉京。(896〈題隨州紫陽先生壁〉)

舉身憩蓬壺,濯足弄滄海。從此凌倒景,一去無時還。(607〈酬崔五郎中〉)

藥物秘海嶽,採鉛青溪濱。(4〈古風五十九首其四〉)

唯有安期舄,留之滄海隅。(380〈贈張相鎬二首其二〉)

中有蓬海客，宛疑麻姑仙。(327〈贈嵩山焦鍊師〉)

蓬壺來軒窗，瀛海入几案。(889〈瑩禪師房觀山海圖〉)

西海栽若木，東溟植扶桑。(84〈上雲樂〉)

我昔東海上，勞山餐紫霞。(425〈寄王屋山人孟大融〉)

學道北海仙，傳書蕊珠宮。(335〈訪道安陵遇蓋寰為余造真
籙臨別留贈〉)

　　上述二十一首詩歌論及神仙典故有出自《洞冥記》記載東方朔
至紫泥海，紫水污衣，過虞淵湔浣，朝發中返，卻行經人間一年的
傳說；《海內十洲記》記載扶桑在碧海之中、滄海為仙人所居；《史
記·封禪書》載海上三神山；《列子·湯問》載渤海之東有蓬萊山；
《抱朴子內篇·極言》、劉向《列仙傳》記載安期生乃蓬萊仙人；《太
平廣記》引《神仙傳》記載麻姑仙女的傳說；《搜神後記》載丁令威
學道化鶴歸遼；《山海經·大荒北經》、《淮南子·地形》載若木末梢
有十日的傳說。

(一) 東方朔遊紫泥海仙境

　　〈古風五十九首其四十一〉，此首是遊仙詩，於天寶 4 年(745)
山東所作。紫泥海是仙境，《洞冥記》卷一：「「東方朔……累月方歸。
母笞之，後復去，經年乃歸。母忽見，大驚曰：『汝行經年一歸，何
以慰我耶？』朔曰：『兒至紫泥海，有紫水污衣，仍過虞淵湔浣，朝
發中返，何云經年乎？』」[42]李白此詩描寫顏如玉的千歲仙人朝弄紫
泥之海，夕披丹霞之裳，倏忽東西，往來形跡無定，希冀飲仙人瓊

---

[42] (漢)郭憲撰：《洞冥記》卷一 (光緒紀元夏月湖北崇文書局開雕，見善本室)，
頁 1。

漿而歷萬壽之久，因為生命無常，而希冀另一世界，此乃政治失意
時，對長生不老、神仙之境的企盼。〈訪道安陵遇蓋寰為余造真籙臨
別留贈〉一詩作於天寶 4 載(745)，45 歲，去朝時作於山東。詩云：
「學道北海仙，傳書蕊珠宮」，李陽冰〈草堂集序〉云：「天子知其
不可留，乃賜金歸之，遂就從祖陳留採訪大使彥脫，請北海高天師
授道籙於齊州紫極宮。」[43]羅宗強〈李白的神仙道教信仰〉：「李白所
接受的蓋寰造的真籙，可能就是長生籙，因此他在詩中說到：『為我
草真籙，天人慚妙工。……舉手謝天地，虛無齊始終。』是說蓋寰
書造的真籙神力無窮，可以消災解厄，而達到長生不老，與天地齊
壽的目的。」[44]李白從北海高天師學道，在蕊珠宮(道觀)得真傳天書，
鍊成內丹真功，白天即可思入雲空，仙遊九天。可見李白於政治失
意後將精神投入於神仙道教，對長生不老、仙境的企慕，其實是對
美好理想的追求。詩人嚮往神仙是建立在美好理想的追求，與封建
皇帝嚮往神仙是建立在長享富貴，永遠凌駕人民之上的幻想上，本
質截然不同。

（二）丁令威化鶴成仙歸遼

〈懷仙歌〉、〈靈墟山〉二詩暗用丁令威化鶴成仙歸遼的故事：《搜
神後記》：「丁令威本遼東人，學道於靈墟山。後化鶴歸遼，集城門
華表柱。時有少年舉弓欲射之，鶴乃飛，徘徊空中而言曰：『有鳥有
鳥丁令威，去家千年今始歸，城郭如故人民非，何不學仙冢纍纍？』

---

43 李陽冰：〈草堂集序〉，見瞿蛻園等校注：《李白集校注二》(臺北：里仁書
　　局，1981 年)，頁 1789-1790。
44 羅宗強：〈李白的神仙道教信仰〉《中國李白研究會》一九九一年國際討論會
　　論文。

遂高上沖天」[45]李白運用此典故，取其成仙、長壽高飛之意，更有回鄉之意，然一別千年，人事全非，最後慨然衝天而去。一鶴東飛過滄海，指飛向渤海之東的三神山仙境。據《海內十洲記》記載滄海島乃仙境，「滄海島在北海中，地方三千里，去岸二十一萬里，海四面繞島，各廣二千里，水皆蒼色，仙人謂之滄海也。」[46]〈懷仙歌〉於天寶三載(744)，44歲，去朝初作於山東，李白由於對現實失望，決心棄世遠遯，去和神仙打交道，豪言壯語的背後卻是深沈的悲感與辛酸，想像自己如孤單的仙鶴飛到滄海，卻不知何處安身？懷仙本是高蹈忘機，因為現實中沒有出路，始終無法施展抱負，最後無奈央告巨黿莫載仙山遠去，寄情於仙，卻流露出一股對現實政治的失望。

（三）扶桑碧海滄海仙境

　　〈古有所思〉中「仙人」是複合意象，除了嚮往的仙境，亦指涉帝王。「碧海之東隅」，據東方朔《海內十洲記》曰：「扶桑在東海之東岸，岸直陸行登岸一萬里，東復有碧海，海廣狹浩瀚與東海等。水既不鹹苦，正作碧色，甘香味美。扶桑在碧海之中。」[47]暗示李白與帝王間遙遠的距離。海「寒」、天「風」引起刺骨的觸覺意象，而「白波連山倒蓬壺」具有視聽綜合意象，構成一幅險惡的場面，表現懷才不遇。但最終期待西王母座前的青鳥，亦指希冀達官顯貴的引薦，盼望能得到施展抱負的宏願。整首詩雖是思仙懷仙，但所思

---

45 (晉)干寶、陶潛著：《搜神記・搜神後記》(臺北：木鐸出版社，1985年7月)，頁1。

46 (漢)東方朔撰：《海內十洲記》(光緒紀元夏月湖北崇文書局開雕，見善本室)，頁6。

47 (漢)東方朔撰：《海內十洲記》(光緒紀元夏月湖北崇文書局開雕，見善本室)，頁6。

僅是神仙境界？細察此詩有對美好理想的追求，有對君王政治的追求，以仙人複合意象呈展內心世界。

（四）蓬萊仙境

　　據《山海經·海內北經》云：「蓬萊山在海中，大人之市在海中。」郭璞注：「上有仙人宮室，皆以金玉為之，鳥獸盡白，望之如雲，在渤海中也。」[48]神山處於渤海之中，而海上仙山形成，是因為「海市景觀具有模糊性、距離性、時間性。它與觀者若即若離，終究讓人可望不可即；明人觀察到它幻現『皆樓臺城郭，亦有人馬往來，近看則無，只是霞光，遠看乃有，真成市肆。』；浮顯在海面上空不久又沈入海中。因而這一景觀很容易引發上古人們對彼岸世界的企羨，驚讚之中神往不已；此類實感的傳播渲染，又很容易強化求仙憧憬。」[49]

　　〈來日大難〉、〈酬王補闕惠翼莊廟宋丞泚贈別〉、〈雜詩〉、〈對酒行〉、〈望黃鶴山〉、〈酬崔五郎中〉、〈古風五十九首其四〉、〈贈嵩山焦鍊師〉、〈題隨州紫陽先生壁〉〈瑩禪師房觀山海圖〉等詩皆出現蓬萊、蓬海、蓬壺仙境意象，但是卻有截然不同的遊仙心態，將其大致區分為二類型心態：

1. 純然對美好仙境嚮往與追求，正面描寫嚮往飛昇遊歷

　　〈酬王補闕惠翼莊廟宋丞泚贈別〉一詩作於天寶二載(743)，43歲，長安待詔中期，李白將海外仙山當成美好的理想境界，詩中寫

---

48 (晉)郭璞傳、(清)郝懿行箋疏：《山海經箋疏》卷 12(臺北：藝文出版社，1958年)，頁 378。

49 王立：《心靈的圖景—文學意象的主題史研究》(上海：學林出版社，1999 年2 月初版)，頁 229。

到王與宋學道的志趣之高，貴道不貴爵，輕軒蓋而近雲松，此時此刻李白以超然物外、仙隱之心與二公相合，結海上之契，天外之賓，飄然羽化。〈題隨州紫陽先生壁〉此詩作於開元 20 年(732)，32 歲，遊隋州作(湖北隋縣)。描寫紫陽先生所居之地清絕，有湌霞樓出於蓬瀛仙境之上，有昇天之鶴飛於神仙所居之天宮。〈贈嵩山焦鍊師〉作於開元十九年(731)，31 歲，途經廣武(河南)而作。李白贈嵩山焦鍊師修道之高，言嵩山二峰高入青天，中有蓬萊仙客，宛若麻姑，焦鍊師盡得飛昇之術，或入東海至蓬萊，悠然雲遊。李白雖然曾幻想通過煉丹仙藥服食以長駐青春，然不死之藥、長生之術並不存在，羽化升仙更不可能，但在〈雜詩〉中興起對蓬萊仙山、不死仙食的熱切追求，表現出超越現實人生的強烈願望。

2. 政治失意後，希冀遊仙

〈來日大難〉即古樂府〈善哉行〉，亦曰〈日苦短〉。《樂府古題要解》卷上：「〈善哉行〉古辭：『來日大難，口燥唇乾』，言人命不可保，當樂見親友，且求長生術，與王喬、八公遊焉。」[50]此詩於天寶三載(744)，47 歲，被讒將去朝時於長安(陝西)所作。陳沆《詩比興箋》卷三：「此蓋被放賜歸，初辭金鑾之時也。今日置酒離別，明日則為放臣矣。然而感恩懷德，曷敢泯忘！何者？升我以雲霄，攀我以鱗翼，賜我以仙藥。誠思效銜木之誠，報山海之德，而已為下士所忌矣。彼但見萬乘之尊下一布衣如此，豈知道在則勢利輕。古以軒轅而下廣成，視天位如蟬翼，豈高力士輩營營青蠅者所識哉！」[51]可見出世人不是無情漢。〈酬崔五郎中〉李白此詩酬贈崔宗之，實

---

50 (唐)吳兢撰：《樂府古題要解》善本(臺北：藝文印書館，1969 年)，頁 6。

51 (清)陳沆撰：《詩比興箋》卷三評李白〈來日大難〉(臺北：鼎文書局，1979年 2 月初版)，頁 153。

亦自抒己懷，雖有良圖，功業無聞，不如與之憩於蓬壺之仙洲，濯足於滄海之波，羽化而昇天，一去不返。〈對酒行〉中安期生的傳說見《抱朴子內篇・極言》篇：「又安期先生者，賣藥於海邊，瑯琊人傳世見之，計已千年。秦始皇請與語，三日三夜。其言高，其旨遠，博而有證。始皇異之，乃賜之金璧，可直數千萬。安期受而置之阜鄉亭，以赤玉舄一量為報。留書曰：『復數千歲，求我於蓬萊山。』」[52]赤松子樓於金華，安期生入於蓬海，此二仙人今已仙去飛昇，不再見於世，自古皆有死。所貴乎仙者，其精神與天地同流，然仙人有時而盡，且仙人不可望。正如阮籍〈詠懷詩〉：「安期步天路，松子與世違」[53]亦如〈望黃鶴山〉一詩雖是感懷仙人之事，慕仙，想永保閑逸之情，然仙人一朝飛往海外仙山，如今山上只剩下仙人煉丹之石室。李白雖然受了時代風氣的影響，喜歡仙道之事，但終究以清醒的頭腦看待海外仙人不可望。在主觀意志與外在客觀命運的對立與相抗下，採以遊仙方式，瀟灑掙扎出痛苦的靈魂。正如范傳正〈李公新墓碑〉所云：「好神仙非慕其輕舉，將不可求之事求之，欲耗壯心遣餘年也。」而「海」這個大自然產物，無疑給了精神上神遊絕佳聯想，因海而創作出遊仙詩、超越死亡、超越時間、空間限制，仙境縹緲，使人產生幻覺，詩人得暫時脫離失望的現實世界，營構出一個理想樂園，從中宣洩情感，甚至結合自身遭遇，身在江湖，心懷魏闕，始終對美好理想境界的企盼。

---

52 (晉)葛洪撰：《抱朴子》內篇卷第十三〈極言〉《中國子學名著集成》珍本初編，頁 243。
53 陳伯君校注：《阮籍集校注》〈詠懷詩八十二首之四十〉(北京：中華書局，1987 年 10 月第 1 版)，頁 324。

三 直接描述自然界的「海」

李白詩中直接描述自然界的海，聲色形貌各式各樣，單以「海水」二字入詩有 12 首；以「海潮」二字入詩有 2 首；運用「感官」觀察描寫海水聲色情態，如「望海」、「海色」、「碧海」、「溟海」、「江海聲」；以「季節時令」來寫海的有：「秋海」；以「濱海位置」來寫海的有：「海上」；以「方位」來寫海的有：「東海」、「西海」、「南海」；以「專名」來寫海的有：「遼海」；以海作賓語「V+海」的有：「扇海」、「赴海」、「跨海」、「泛海」、「入海」、「蹈海」、「臥海」、「走海」；以「地理」來寫海的有：「江海」、「山海」；以「深廣」來寫海的有：「海闊」、「大海」、「巨海」、「滄海」；以「動靜」來寫海的有：「海動」，這些詩歌無非都是望海曠懷，或藉海寄情。將上述那些直述自然界的海意象詩歌作一表格統整，如下表 3-3：

表 3-3 直接描述自然界的「海」

編號	詩題	詩句	類別
1	60〈遠別離〉	海水直下萬里深，誰人不言此離苦	海水
2	112〈司馬將軍歌〉	手中電曳倚天劍，直斬長鯨海水開	海水
3	323〈贈盧徵君昆弟〉	木落海水清，鼇背覩方蓬	海水
4	369〈贈王漢陽〉	吾曾弄海水，清淺嗟三變	海水
5	477〈感時留別從兄徐王延年從弟延陵〉	驕陽何火赫，海水爍龍龜。	海水

編號	詩題	詩句	類別
6	479〈留別金陵諸公〉	海水昔飛動，三龍紛戰爭。	海水
7	551〈送紀秀才遊越〉	海水不滿眼，觀濤難稱心	海水
8	558〈送殷淑三首〉其一	海水不可解，連江夜為潮	海水
9	640〈遊太山六首〉其五	海水落眼前，天光遙空碧	海水
10	716〈登巴陵開元寺西閣贈衡岳僧方外〉	見君萬里心，海水照秋月。	海水
11	843〈擬古十二首〉其十	海水三清淺，桃源一見尋	海水
12	868〈萬憤詞投魏郎中〉	海水渤潏，人罹鯨鯢	海水
13	223〈橫江詞六首〉其二	海潮南去過尋陽，牛渚由來險馬當	海水
14	283〈古意〉	君識二草心，海潮亦可量。	海水
15	903〈題嵩山逸人元丹丘山居〉	羨綠汎潮海，偃蹇陟廬霍	海水
16	497〈江夏別宋之悌〉	楚水清若空，遙將碧海通	六根
17	521〈魯郡東石門送杜二甫〉	秋波落泗水，海色明徂徠	六根
18	574〈送鞠十少府〉	碧雲斂海色，流水浙江心	六根
19	748〈夜泊黃山聞殷十四吳吟〉	半酣更發江海聲，客愁頓向盃中失	六根

編號	詩題	詩句	類別
20	831〈越中秋懷〉	觀濤壯天險，望海令人愁。	六根
21	878〈詠山樽二首〉其二	愧無江海量，偃蹇在君門	六根
22	979〈哭晁卿衡〉	明月不歸沉碧海，白雲愁色滿蒼梧	六根
23	10〈古風五十九首〉其十	黃河走東溟，白日落西海	方位
24	205〈猛虎行〉	我從此去釣東海，得魚笑寄情相親	方位
25	306〈贈薛校書〉	舉手謝東海，虛行歸故林	方位
26	312〈贈裴十四〉	黃河落天走東海，萬里寫入胸懷間	方位
27	454〈寄崔侍御〉	獨憐一鴈飛南海，却羨雙溪解北流	方位
28	857〈秋夕旅懷〉	涼風度秋海，吹我鄉思飛	時令
29	365〈經亂離後天恩流夜郎憶舊遊書懷贈江夏韋太守良宰〉	時命乃大謬，棄之海上行	濱海位置
30	465〈別中都明府兄〉	城隅淥水明秋日，海上青山隔暮雲	濱海位置
31	476〈廣陵贈別〉	天邊看淥水，海上見青山	濱海位置
32	534〈同王昌齡送弟襄歸桂陽二首〉其一	終然無心雲，海上同飛翻	濱海位置

編號	詩題	詩句	類別
33	516〈單父東樓秋夜送族弟況之秦〉	屈平憔顇滯江潭，亭伯流離放遼海	專名
34	29〈古風五十九首〉其二十九	仲尼亦浮海，吾祖之流沙	V+海
35	67〈將進酒〉	君不見黃河之水天上來，奔流到海不復回	V+海
36	111〈臨江王節士歌〉	安得倚天劍，跨海斬長鯨	V+海
37	214〈元丹丘歌〉	身騎飛龍耳生風，橫河跨海與天通。我知爾遊心無窮	V+海
38	219〈鳴皋歌送岑徵君〉	霜崖縞皓以合沓兮，若長風扇海，湧滄溟之波濤	V+海
39	259〈永王東巡歌十一首〉其七	王出三山按五湖，樓船跨海次揚都	V+海
40	261〈永王東巡歌十一首〉其九	祖龍浮海不成橋，漢武尋陽空射蛟	V+海
41	298〈見京兆韋參軍量移東陽二首〉其一	潮水還歸海，流人却到吳，相逢問愁苦，淚盡日南珠。	V+海
42	417〈夕齋杜陵登樓寄韋繇〉	蹈海寄遐想，還山迷舊蹤	V+海
43	475〈留別廣陵諸公〉	臥海不關人，租稅遼東田	V+海
44	561〈送岑徵君歸鳴皋山〉	思與廣成鄰。蹈海寧受賞	V+海
45	619〈江上答崔宣城〉	水流知入海，雲去或從龍	V+海

編號	詩題	詩句	類別
46	635〈秋獵孟諸夜歸置酒單父東樓觀妓〉	傾暉速短炬，走海無停川	V+海
47	642〈秋夜與劉碭山泛宴喜亭池〉	令人欲泛海，只待長風吹	V+海
48	314〈述德兼陳情上哥舒大夫〉	浩蕩深謀噴江海，縱橫逸氣走風雷	地理
49	325〈贈崔侍御〉	但仰山嶽秀，不知江海深	地理
50	336〈贈崔郎中宗之〉	胡雁拂海翼，翱翔鳴素秋	地理
51	374〈贈從弟南平太守之遙二首〉其一	一朝謝病遊江海，疇昔相知幾人在	地理
52	393〈贈從弟宣州長史昭〉	獨立山海間，空老聖明代	地理
53	625〈答高山人兼呈權顧二侯〉	山海向東傾，百川無盡勢	地理
54	657〈遊謝氏山亭〉	淪老臥江海，再歡天地清	地理
55	727〈之廣陵宿常二南郭幽居〉	還惜詩酒別，深為江海言	地理
56	820〈秋夜獨坐懷故山〉	天書訪江海，雲臥起咸京	地理
57	72〈行路難三首〉其一	長風破浪會有時，直挂雲帆濟滄海	深廣
58	392〈贈宣城趙太守悅〉	溟海不震蕩，何由縱鵬鯤	深廣
59	405〈贈僧行融〉	大海乘虛舟，隨波任安流	深廣

編號	詩題	詩句	類別
60	469〈留別王司馬嵩〉	鳥愛碧山遠，魚游滄海深	深廣
61	499〈送張舍人之江東〉	天清一鴈遠，海闊孤帆遲	深廣
62	609〈金門答蘇秀才〉	巨海納百川，麟閣多才賢	深廣
63	260〈永王東巡歌十一首〉其八	長風掛席勢難迴，海動山傾古月摧	動靜

　　從上表可見，直接描述自然界現實中的「海」約有 63 首之多，而海水類約有 15 首，形容海的深廣、海動翻騰形貌，或欲渡海、泛海約有 21 首，光寫「海」本身，就有如此多元豐富的詞彙，而同一意象，在表現兩種主題意識時的取貌不同，可知客觀意象本身可能同時具備許多種的特質，當某種特質與詩人內在主觀情感契合時，詩人內在的情感便得以藉由客觀意象的不同樣貌具體而貼切地表現出來，展現格式塔學派所謂的「同形同構」的特質。甚至也創新許多動詞性詞組的海字詞彙，當然其中蘊含的情感更是複雜多樣，深究李白這些直述自然界的海意象詩歌究竟要表現出何樣的情緒？與寓含何種意喻？不然，自然界景物如此之多，為何要選擇以「海」來表情，是否替換成他物也行？這就是本小節關注的重點，以下針對表格內的海意象詩歌所蘊含的情感分成八類，加以探析：

（一）胸懷博大，情緒激昂

　　李白身逢安史之亂，親身體驗社會的動亂、人民的流離，始終心繫國家，胸懷壯志豪情，處處流露出強烈的愛國精神，表現出激昂情緒，正如汪洋大海一樣廣闊澎湃飛騰，筆下多是跨海斬鯨的英

雄氣勢，其詩如下：

> 洞庭白波木葉稀，燕鴻始入吳雲飛。吳雲寒，燕鴻苦。風號
> 沙宿瀟湘浦，節士感秋淚如雨。白日當天心，照之可以事明
> 主。壯士憤，雄風生。安得倚天劍，跨海斬長鯨？(111〈臨
> 江王節士歌〉)
> 手中電曳倚天劍，直斬長鯨海水開。(112〈司馬將軍歌〉)
> 欲渡黃河冰塞川，將登太行雪滿山。長風破浪會有時，直挂
> 雲帆濟滄海。(72〈行路難三首其一〉)

〈臨江王節士歌〉全詩三言、五言、七言，不拘一格，以整散
結構，錯錯自然，詩末以激動的語氣，增加詩的強度與氣勢，從「倚
天劍」斬「大海」中「巨鯨」，從長達天頂的長劍、驚濤駭浪的大海、
海中魚類之王這三個形象巨大無比的意象，全匯聚於此，意象一層
層入裡，感情達至飽和，具強烈爆發力，展現雄渾勁健的陽剛之美。

李白〈司馬將軍歌〉與〈臨江王節士歌〉二詩寫出倚劍斬鯨，
使海清河晏，翦滅敵讎之氣概，而〈司馬將軍歌〉中「手中電曳倚
天劍，直斬長鯨海水開」語語壯健，字字跳躍，二詩在此將「長鯨」
比喻朝中奸佞、安史叛軍，表現其掃蕩奸邪，為國除害之志。其〈北
上行〉：「奔鯨夾黃河，鑿齒屯洛陽」一詩將安史叛軍殘酷兇狠如同
鯨魚夾奔黃河，猛獸鑿齒的盤踞洛陽，鮮明揭露出烽火戰亂的場面，
與詩人激昂奮發、剛直不屈為國為民除奸的正義之氣。此外，在〈中
丞宋公以吳兵三千赴河南軍次尋陽脫余之囚參謀幕府因贈之〉：「戎
虜行當翦，鯨鯢立可誅」、〈九日登巴陵置酒望洞庭水軍〉：「今茲討
鯨鯢，旌旆何繽紛」、〈贈張相鎬二首其二〉：「誓欲斬鯨鯢，澄清洛

陽水」這些詩歌皆展現李白俠骨正氣、澄清朝政情懷與決心。〈行路
難三首其一〉詩人用「欲渡黃河『冰塞川』」和「將登太行『雪滿山』」
象徵水陸之路途難行，比喻奸佞當道，世路艱難，但卻始終堅持愛
國情懷，深具信心「長風破浪會有時」，等待時機，終有一天風浪平
息之時，到時便可以「直挂雲帆濟滄海」繼續完成建功濟世之理想。

> 天為國家孕英才，森森矛戟擁靈臺。浩蕩深謀噴江海，縱橫
> 逸氣走風雷。丈夫立身有如此，一呼三軍皆披靡。衛青漫作
> 大將軍，白起真成一豎子。(314〈述德兼陳情上哥舒大夫〉)
> 我從此去釣東海，得魚笑寄情相親。(205〈猛虎行〉)

　　〈述德兼陳情上哥舒大夫〉詩中「浩蕩深謀噴江海」一語，以
誇飾手法寫出哥舒翰胸中富於韜略，深謀可噴江海，雄豪之氣可驚
動風雷，如此形象生動呈現實感性意境，利用感官的感受，如聞如
見，將抽象的深謀韜略寫成具體，變靜態為動態，並以海之博大來
比擬其深謀韜略的胸懷。〈猛虎行〉詩中「我從此去釣東海，得魚笑
寄情相親」運用《莊子・外物》篇典故：「任公子為大鉤巨緇，五十
犗以為餌。蹲乎會稽，投竿東海，旦旦而釣。期年不得魚。已而大
魚食之，牽巨鉤，錎沒而下。驚揚而奮鬐，白波若山，海水震蕩，
聲侔鬼神，憚赫千里。任公子得若魚，離而腊之。」[54]詩中以釣東海，
得魚笑寄知己，字面上開闊閒逸，實乃翻疊手法，運用莊子典故，
翻疊出字面外之正意，將字面上閒逸之趣故意推翻，使原意再翻上
一層，使得一句之內，包含著原意與新意，二層意思回環重疊，感

---

54 (清)王先謙：《莊子集解》卷7雜篇　外物第26(臺北：東大圖書股份有限公司，
　　2004年10月5版)，頁249。

情回環交錯，以「釣東海」，表明出自己有濟世救國之豪情壯志。

> 王出三山按五湖，樓船跨海次揚都。戰艦森森羅虎士，征帆
> 一一引龍駒。(259〈永王東巡歌十一首其七〉)
> 長風挂席勢難迴，海動山傾古月摧。君看帝子浮江日，何似
> 龍驤出峽來。(260〈永王東巡歌十一首其八〉)

〈永王東巡歌十一首其七〉起首「王出三山按五湖」特為警湛，
強調永王軍隊動作快捷，三山、五湖泛指揚州一帶江河湖泊，之後
緊接著寫到「樓船跨海次揚都」，《釋名・釋船》：「上下重牀曰艦，
四方施板以禦矢石，其內如牢檻。」道出戰艦之堅固與眾多，「戰艦
森森羅虎士」一語道破前句樓船即戰艦，戰艦上全是勇猛戰士，強
化出軍容壯盛之景況。此詩最精要之語在於「跨海」二字，除了是
李白新創海字詞彙外，筆者認為詩中「跨海」一詞並非僅是字面上
船行於江河湖泊而已，而是實指「跨海」一事，渡濟「大海」之意，
正如郭沫若《李白與杜甫》一書所言：「水師已由長江中游到了下游，
目的是準備『跨海』，即主力軍經由海路北上。」[55]寫出永王東巡，
自三山臨五湖，而停留於金陵，舟師盛而征帆多的目的是準備「跨
海」一戰。其後，〈永王東巡歌十一首其八〉一詩接續寫出永王東巡
軍隊乘長風，破萬里浪，乾坤為之震動，有如晉朝龍驤將軍王濬統
兵出峽以伐吳，成功指日而待，狀難寫之景，如在目前，含不盡之
意，見於言外，表現出如大海一般磅礡氣勢與驚濤駭浪似激昂的壯
志豪情。

---

55 郭沫若：《李白與杜甫》(北京：人民文學出版社，1971 年)，頁 60。

（二）同類相應，君臣遇合

　　李白自幼在蜀地成長，對於蜀地聖賢如諸葛亮的頌讚與後人崇敬其「鞠躬盡瘁，死而後已」精神迥然有別，在〈讀諸葛武侯傳書懷贈長安崔少府叔封昆季〉一詩中，可見羨慕的是諸葛亮與劉備遇合的機運，也流露出哀歎自己雖有諸葛之才卻懷才不遇，其詩云：

　　　　當其南陽時，隴畝躬自耕。魚水三顧合，風雲四海生。武侯
　　　　立岷蜀，壯志吞咸京。何人先見許，但有崔州平。余亦草間
　　　　人，頗懷拯物情。

　　「魚水三顧合，風雲四海生」二句詩中「四海」非但與「三顧」成數字對，「四海」又指「天下」之意，在此除了強調天下人才匯聚外，在視覺上更將「風」、「雲」這些大自然景象交會於大海之上，較前代使用「四海」一詞單指「天下」之意，豐富詞彙多義性，並活化出「海」意象於詩中鮮明、不可或缺的獨特性。

　　詩中以諸葛亮自我期許之外，流露出歆羨劉備諸葛亮魚水顧合的君臣際會，目的是慨嘆自己滿腔熱血，一身膽識，卻無國君賞識。因此，李白詩中強調的重點不在歌頌開濟之功，更不戀慕「鞠躬盡瘁，死而後已」的哲人典型，很少出現如杜甫「安得廣廈千萬間，大庇天下寒士俱歡顏，風雨不動安如山。嗚呼！何時眼前突兀見此屋，吾廬獨破受凍死亦足」那種在潦倒中仍犧牲小我，成就大我的情懷，惜生的個性更不像面臨絕望投水自盡的屈原，李白並非沒有悲憫、犧牲奉獻的精神，而是道教惜生、長生的思想內化在其生命之中。

謬忝燕臺召，而陪郭隗蹤。水流知入海，雲去或從龍。(619
〈江上答崔宣城〉)

天書訪江海，雲臥起咸京。入侍瑤池宴，出陪玉輦行。(820
〈秋夜獨坐懷故山〉)

　　〈江上答崔宣城〉一詩引用「事典」的方式，道出天子召自己
於金鑾殿，供奉翰林，出處之跡，如同郭隗之赴燕昭王之召，《史記‧
燕召公世家》記載：「燕昭王於破燕之後即位，卑身厚幣以招賢者。
謂郭隗曰：『齊因孤之國亂而襲破燕，孤極知燕小力少，不足以報。
然誠得賢士以共國，以雪先王之恥，孤之願也。先生視可者，得身
事之。』郭隗曰：『王必欲致士，先從隗始。況賢於隗者，豈遠千里
哉！』於是昭王為隗改築宮而師事之。樂毅自魏往，鄒衍自齊往，
劇辛自趙往，士爭趨燕。」[56]又《文選》卷四一孔融〈論盛孝章書〉：
「昭王築臺，以尊郭隗。隗雖小才，而逢大遇。」[57]寫出古明君賢相，
急於求賢，燕昭王遭亂之後，卑辭厚幣以招賢者，首得郭隗而師事
之，為其築燕臺(黃金臺)，以為禮賓之所。以「燕臺」、「郭隗」隱喻
自己被薦而待詔金門之意，事典運用渾化無痕，亦如水終究流入大
海之中，四句詩強化出同類事物相感應，內心對君臣遇合真切的吶
喊。

　　〈秋夜獨坐懷故山〉一詩以「天書」借代「天子」之意，以「江
海」借代「在野」，與「朝廷」對比，幸承天子訪士於江海之間；以
「雲臥」借代「布衣」隱士之意，以「咸京」代指「朝廷」，道出自

---

56 (漢)司馬遷：《史記》第 4 冊卷 34〈燕召公世家〉第 4《四部備要》(臺北：臺
　　灣中華書局，1965 年 11 月臺 1 版)，頁 5-6。

57 (梁)蕭統：《六臣註文選》卷 41 孔文舉〈論盛孝章書〉(臺北：臺灣商務印書館，
　　1979 年)，頁 775。

己以布衣起赴咸京，供奉翰林。入則侍天子之內宴，出則陪玉輦以
遊行，使力士為之脫靴，騎飛龍之廄馬，恩寵盛極一時，在此道出
君臣遇合榮景。

（三）海納百川，涵容萬物

　　李白接受儒家洗禮，希望在人的本位上展開救濟蒼生之舉，然
這一份熱情構成積極追求建功立業之心態，期待投入官場，以達濟
世之宏願，如此飛騰之熱情，亦如詩中昂揚的光與熱。他希望君王
能有海一樣寬廣、容納天下人才的胸懷，正如李斯〈諫逐客書〉最
末建議秦王容納天下人才。李白始終胸懷理想，從未放棄，希望能
和姜尚一樣「廣張三千六百釣，風期暗與文王親」，希望君臣關係是
以士和知己的關係相待。此外，又以海涵納萬物、以海量形容人氣
度襟抱，其詩如下：

　　　　溟海不震蕩，何由縱鵬鯤。所期要津日，倜儻假騰騫。(392
　　　　〈贈宣城趙太守悅〉)
　　　　巨海納百川，麟閣多才賢。(609〈金門答蘇秀才〉)
　　　　擁腫寒山木，嵌空成酒樽。愧無江海量，偃蹇在君門。(878
　　　　〈詠山樽二首其二〉)
　　　　大海乘虛舟，隨波任安流。(405〈贈僧行融〉)

〈贈宣城趙太守悅〉一詩，李白藉由描寫鵬鯤之大，非淺水所能容，
必須如溟海之廣，才得以飛騰於九萬里，企盼宣城趙太守能如溟海，
使其得以超然飛騰。〈金門答蘇秀才〉一詩作於供奉翰林時，「金門」
乃唐翰林院。詩中以「麟閣」，即麒麟閣，漢閣名，在此借代為「唐

朝翰林院」,「巨海納百川,麟閣多才賢」此二句以譬喻方式正喻對
寫句法,說明麟閣之廣集賢才,猶如巨海之受納百川之意。〈詠山樽
二首其二〉是首詠物詩,另一題名為〈詠柳少府山癭木樽〉。李白將
自己比喻成所詠之物(擁腫的寒山之木),於此引用《莊子・逍遙遊》:
「惠子謂莊子曰:吾有大樹,人謂之樗,其大木擁腫而不中繩墨,
其小枝卷曲而不中規矩,立之,塗匠者不顧」[58],自謙因毫無用處,
只好將其製成酒樽,酒樽何能承載江海,慚愧屈曲於柳少府中。〈贈
僧行融〉一詩以「大海乘虛舟,隨波任安流」二句比喻行融之胸襟
如海之廣大,能涵融萬物,隨遇逍遙自適。然而在李白詩歌中海納
百川,多有期待君王能容納天下人才的意涵居多。

（四）別離寄情,生死憂思

　　李白詩歌中的「海」,是親情、友情、愛情、是鄉情、是豪情、
是悲情、是幽情。將自我內在的情思外放,移情到自然之中,使大
海與自己心靈契合,進而創作出情景融合之作,在此寓情於景、藉
景抒情、賦景以情,在海意象的詩歌中,可以感受到李白深淺不一
的情思。

　　詩人約在 25 歲左右,仗劍去國,辭親遠遊。離開四川故鄉,從
此羈旅飄泊,行蹤遍及大江南北,筆者依其全部詩歌寫作地點,統
計約遍及中國 11 個省分,而海意象詩歌也遍及 11 個省分,可見李
白的情思與海意象相當契合。在這漫長的羈旅期間交遊從王公貴
族、朝廷官員,到落魄文人、俠客隱士、公主僧道等,歷經無數送
往迎來的場合,面臨依依不捨的離別之情。現存李白詩歌,以「送
別」或「留別」為題者,近二百首,但其中有一些,不過是標明作

---

58 (周)莊周:《莊子》卷 1〈逍遙遊〉《四部備要》(臺北:臺灣中華書局,1965-1966
　　年),頁 9。

詩的背景場合罷了，並非真正抒寫離別之情，而海意象詩歌中的離別寄情約二十首左右，近十分之一，從海意象詩歌中的離別相思之情看來，幾乎是與朋友知己之離別情懷，此與追求仕宦生涯、政治抱負有關。英國著名漢學家亞瑟・韋利 (Arthur Waley)在其翻譯的《百七十首中國古詩選譯》序言中，比照中西詩歌之不同表現，提出：「西方詩人通常以情人的面目出現在作品中，沈迷的是愛情；中國詩人則往往以朋友的姿態出現在作品裡，珍惜的是友情。」[59]韋利指出中國詩人寫朋友之間友情之作偏多，寫男女之間愛情之作較少，而西方詩人反之。筆者在本小節別離寄情，細分為「離贈愁苦」、「悼亡傷逝」、「相思情意」、「思歸情懷」四小類分別探析其海水所蘊含之情感。

1. 離贈愁苦

> 渺渺天海途，悠悠漢江島。(996〈會別離〉)
>
> 潮水還歸海，流人却到吳，相逢問愁苦，淚盡日南珠。(298〈見京兆韋參軍量移東陽二首其一〉)
>
> 城隅淥水明秋日，海上青山隔暮雲。(465〈別中都明府兄〉)
>
> 天邊看淥水，海上見青山。(476〈廣陵贈別〉)
>
> 楚水清若空，遙將碧海通。人分千里外，興在一盃中。谷鳥吟晴日，江猿嘯晚風。平生不下淚，於此泣無窮。(497〈江夏別宋之悌〉)

---

59 (英)亞瑟・韋利 (Arthur Waley, 1889-1966)譯：《百七十首中國古詩選譯》(*A Hundred and seventy Chinese Poems*)(倫敦：康斯特布爾出版有限公司，1918年7月)，序文。

　　〈江夏別宋之悌〉一詩作於 32 歲，出蜀後始遊江夏(今湖南省武昌)之際，即結識宋之悌，二人一見如故，相知相惜。但眼見知交宋之悌因獲罪朝廷，將遠赴距離長安萬里之遙的貶所，難忍其遭遇不幸，賦此詩送別，詩中「遙將碧海通」中「碧海」在《海內十洲記》記載於東海中，另一說大抵海水深處皆碧色，但此處碧海非《海內十洲記》所言，應是指「海水深處」，以海水深遠強化出點出宋之悌將前往的貶所之遙遠，「人分千里外」再次強調自此別後距離之遙遠，從晴日餞別宴上的相聚的歡悅，到日落別離，被壓抑的離別情緒噴湧而出：「平生不下淚，於此泣無窮」，詩中抒發送別之際，不捨的離別之情。

> 流遠荊門外，來從楚國遊。山隨平野盡，江入大荒流。月下飛天鏡，雲生結海樓。仍憐故鄉水，萬里送行舟。(491〈渡荊門送別〉)

　　此詩作於 25 歲初出三峽，離開蜀地故鄉的山水，舟行渡過荊門之際的感懷。題目雖是「送別」，但並非是朋友間的送別，而是對故鄉的告別。李白滿懷雄心壯志離開故鄉，對前程充滿希望與憧憬，但字裡行間流露出濃濃的鄉愁，雖看到四川不可能見到的海市蜃樓之江景，可見已遠離四川山水，但這江水乃是源自蜀地故鄉而來，為的是送別我這個離鄉的遊子：「仍憐故鄉水，萬里送行舟」，展現出內心深處的鄉愁，並緬懷逝去的青春歲月。

> 遠別離，古有皇英之二女。乃在洞庭之南，瀟湘之浦。海水直下萬里深，誰人不言此離苦？日慘慘兮雲冥冥，猩猩啼煙

分鬼嘯雨。我縱言之將何補？皇穹竊恐不照余之忠誠。雷憑
憑兮欲吼怒，堯舜當之亦禪禹。君失臣兮龍為魚，權歸臣兮
鼠變虎。或云：堯幽囚，舜野死。九疑聯綿皆相似，重瞳孤
墳竟何是？帝子泣兮綠雲間，隨風波兮去無還。慟哭兮遠
望，見蒼梧之深山。蒼梧山崩湘水絕，竹上之淚乃可滅。

〈遠別離〉一詩以楚騷風格體式寫出傷離哀歌，借一個淒美的
遠古傳說委婉訴說李白的心聲。詩中以「海水之深」比喻「離苦之
深」，而「海水直下萬里深」是喻體，「此離苦」是喻依，「喻體」前
置，沒有「喻詞」，此為「倒裝式的略喻」，李白將強調的事物(海水
直下萬里深)前置，緊抓住讀者眼光，以具體生動的譬喻讓離愁之苦
藉由海水形象化，因此離苦深入人心。

此詩約作於天寶 12 年(753)，李白 53 歲，當時李白「有策不敢
犯龍鱗，竄身南國避塵土」(〈猛虎行〉)，朝中李林甫專權，安祿山
又坐大，唐王朝似乎面臨傾覆的危機，以樂府舊題抒發其繫心君國
之憂。藉娥皇、女英與舜帝之間的生死別離後，成為永訣之悲痛，
以瀟湘、洞庭之水深不可測喻別離之恨的深切，暗喻李白離開長安
之恨，就如同自己去國離都後，憂國憂君，然今生卻無法再重返朝
廷之哀傷，離苦如同海水有萬里之深，從皇帝近臣之位陡然被放為
平民，地位落差之大如海水直下，此情難堪，誰不言苦？而「日慘
慘兮雲冥冥，猩猩啼煙兮鬼嘯雨，我縱言之將何補」，是二妃追舜帝
至洞庭所見陰冷淒涼的自然環境，也是李白愁苦心情的寫照。詩中
以「日」代指玄宗，被小人所蔽，不但是對己身無辜遭讒被逐，甚
至壯志未酬、理想落空之憾恨，也是對唐王朝即將衰敗局勢的焦慮，
亦如〈贈從弟宣州長史昭〉一詩所嘆：「獨立山海間，空老聖明代」，

與〈單父東樓秋夜〉悲嘆：「長安宮闕九天上，此地曾經為近臣。一朝複一朝，髮白心不改；屈原憔悴滯江潭，亭伯流離放遼海。折翮翻飛隨蓬轉，聞弦虛墜下霜空。聖朝久棄青雲士，他日誰憐張長公。」以屈原、崔駰自比，雖然對「聖朝久棄青雲士」的黑暗政治現實表示不滿，但對朝廷的忠心仍然「白髮心不改」，那種迫切的用世之心，詩承風騷，情通屈宋，滿腹悲恨哀怨離苦之情藉由海一洩而出。

2. 悼亡傷逝

在唐朝中日交往史上，日本朝廷前後總共派出過 19 批遣唐使，但實際上真正作為遣唐使到達唐朝的只有 13 次[60]。唐玄宗開元四年(716)，「阿倍仲麻呂」即是「晁衡」[61]作為留學生，隨第八批日本遣唐使使唐。玄宗時代，是唐朝政治、經濟和文化發展鼎盛時期。當時的名詩人如王維、儲光義、李白、包佶等雲集長安，晁衡與之交遊，以詩歌唱和往來，並受其薰陶，詩歌的造詣愈益深厚。李白的詩中反映了他們之間的友誼，如〈送王屋山人魏萬還王屋〉詩中寫到：「身著日本裘，昂藏出風塵」。此句之下注曰：「裘則朝卿所贈，日本布為之」，魏萬的裘是朝(晁)衡所贈，用日本布做的，可知晁衡

---

60 在剩餘的 6 次中，有的屬於任命之後未能成行，有的則是專門為迎接日本遣唐使回國的「迎入唐使使」，或是陪送唐朝赴日使節回國的「送唐客使」。見汪高鑫、程仁桃著：《東亞三國古代關係史》(北京：北京工業大學出版社，2006年 10 月第 1 版)，頁 57。

61 17 歲的仲麻呂過鴻臚寺的安排進入國子監學習，經過數年的學習，他完成了太學的學業，並且考中了進士，得以在唐朝入仕。一個外國人能夠按照中國的規則，通過中國的官員選拔考試，實屬不易。日本人通過的中國官員選拔考試，仲麻呂可謂是僅有一個。731 年，仲麻呂被破格提升 4 級，由左拾遺升至左補闕，擔任皇帝的侍從，得以親近玄宗皇帝，唐玄宗賜給他一個中國名字——晁(朝)衡。見汪高鑫、程仁桃著：《東亞三國古代關係史》(北京：北京工業大學出版社，2006 年 10 月第 1 版)，頁 61。

與魏萬、李白間的深厚友誼。

開元十九年(733)，日本第九批遣唐使到達中國，此時晁衡已經在中國逗留 16 年，日本使團依例要求帶上已經結業的留學生和學問僧回國，晁衡想與其一同回去，因以親老為由，上奏玄宗請求回國，但此時他已是唐朝的官吏，按律令得依唐朝廷許可，但唐玄宗不准，晁衡曾賦詩表示思親之意，其詩如下：

　　慕義名空在，俞忠孝不全。報恩無有日，歸國定何年。

至天寶十一年(752)，第十批遣唐使藤原清河來到中國，晁衡再次向玄宗提出回國請求，玄宗開始堅決反對，但此時晁衡已過天命之年，歸心甚切，反覆請求下，玄宗終於同意，並任命他為唐朝的使臣護送日本朝貢使回國。得知晁衡將榮歸故里，好友們於餞別宴席上賦詩送別，如王維〈送秘書晁監還日本國〉一詩[62]、趙驊〈送晁補闕歸日本詩〉[63]、儲光羲〈洛中貽朝校書衡詩〉[64]、包佶〈送日本

---

[62] 王維〈送秘書晁監還日本國〉：「積水不可極，安知滄海東。九州何處遠，萬里若乘空。向國惟看日，歸帆但信風。鰲身映天黑，魚眼射波紅。鄉樹扶桑外，主人孤島中。別離方異域，音信若為通。」見清康熙四十六年聖祖仁皇帝御定：《全唐詩》卷 127《景印四庫全書薈要 432》集部第 85 冊(臺北：世界書局，1988 年)，頁 339。

[63] 趙驊〈送晁補闕歸日本國〉：「西掖承休澣，東隅返故林。來稱郯子學，歸是越人吟。馬上秋郊遠，舟中曙海陰。知君懷魏闕，萬里獨搖心。」見清康熙四十六年聖祖仁皇帝御定：《全唐詩》卷 129《景印四庫全書薈要 432》集部第 85 冊(臺北：世界書局，1988 年)，頁 362。

[64] 儲光羲〈洛中貽朝校書衡〉：「萬國朝天中，東隅道最長。吾生美無度，高駕仕春坊。出入蓬山裡，逍遙伊水傍。伯鸞遊太學，中夜一相望。落日懸高殿，秋風入洞房。屢言相去遠，不覺生朝光。」見清康熙四十六年聖祖仁皇帝御定：《全唐詩》卷 138《景印四庫全書薈要 432》集部第 85 冊(臺北：世界書局，1988 年)，頁 426。

國聘賀使晁巨卿東歸〉[65]詩，甚至玄宗皇帝親自寫下〈送日本使〉[66]
送別詩。晁衡解下多年隨身寶劍，贈友人留念，對皇恩浩蕩和送別
諸友亦即席作〈銜命使本國〉詩云：

> 銜名將辭國，非才添侍臣。天中戀明主，海外憶慈親。伏奏
> 達金闕，驕驂去玉津。蓬萊鄉路遠，若木故園鄰。西望懷思
> 日，東歸感義辰。平生一寶劍，留贈結交人。

　　詩中寫到三十六年來的矛盾心情，辭別繁榮長安，東歸日本家
鄉，雖然歸鄉路遠，但腦中已開始想像故鄉情景，感謝玄宗終於肯
讓他回鄉，最後贈劍友人留念，一如李白豪氣干雲的風格。
　　唐天寶十二年(753)11月，晁衡與大使藤原清河共乘一船，由揚
州出發。但回國航行並不順利，遣唐船航行至沖繩附近，突遭風暴，
他們所乘第一船被風吹至安南(今越南)，同船的人，多為土人所害，
晁衡和藤原清河等十餘人生還[67]。然而第二、三、四遣唐使的船回到

---

65 包佶〈送日本國聘賀使晁巨卿東歸〉：「上才生下國，東海是西鄰。九譯蕃君
使，千年聖主臣。野情偏得禮，木性本含真。錦帆乘風轉，金裝照地新。孤城
開曙閣，曉日上朱輪。早識來朝歲，塗山玉帛均。」見清康熙四十六年聖祖仁
皇帝御定：《全唐詩》卷205《景印四庫全書薈要433》集部第86冊(臺北：
世界書局，1988年)，頁274-275。

66 唐玄宗〈送日本使〉：「日下非殊俗，天中嘉會朝。念餘懷義遠，矜爾畏途遙。
漲海寬秋月，歸帆駛夕飆。因驚彼君子，王化遠昭昭。」詩中寫到中日兩國風
俗情誼親近，祝願這些衝破驚濤駭浪的遣唐使者，能順利將大唐儀禮教化傳播
回日本。見《全唐詩》逸卷上，「全唐詩檢檢索系統」網址：
http://cls.hs.yzu.edu.tw/tang/database/index.html

67 王輯五《中國日本交通史》唐日交通章：「天寶九年，日廷任命藤原清河為遣
唐大使。天寶十一年起程赴唐。至唐後，玄宗命仲麻呂接伴。……清河與仲麻
呂歸國途中遭颶風，漂至安南，僅以生命全。旋復至長安，留唐不去。」見王
輯五：《中國日本交通史》(臺灣：臺灣商務印書館，1965年7月臺1版)，頁

日本國，將船難消息傳至長安，李白聞訊寫下〈哭晁卿衡〉哀悼之，
詩云：

> 日本晁卿辭帝都，征帆一片繞蓬壺。明月不歸沉碧海，白雲
> 愁色滿蒼梧。

　　此詩於天寶十三年(754)春夏間在廣陵(今江蘇揚州市)遇見魏
顥，聞晁衡歸國時遇暴風失事的消息後，以為晁衡遇難已死，為其
所作。寫出唐代的海難船難之外，更見對日本友人悲悼之深。詩中
蓬壺即蓬萊、方壺等海上仙山，此指日本，意謂晁卿乘船回日本國，
更以明月珠喻晁衡品德高潔、才華出眾，不歸卻溺死海中，如同皎
潔明月沈淪於湛藍的大海之中，藉由白雲之愁表達自己內心之悲，
悲愁的雲霧，籠罩著大海。晁衡不幸的遭遇，使李白悲痛萬分，連
層層的愁雲都籠罩著海上的蒼梧山，哀悼其仙去，以景渲染悲情。(日)
近藤元粹《李太白詩醇》卷五評此詩曰：「是聞安陪仲麻呂覆沒訛傳
時之詩也，而詩詞絕調。慘然之情，溢於楮表。」[68]但在天寶十四年
(755)，晁衡和藤原清河歷盡艱險回到長安。

65。賀昌羣〈唐代文化之東漸與日本文明之開發〉：「天寶十二年仲麻呂與藤
　原清河、吉備真備等同船東歸，發揚州，海上遇風，漂至安南，同行多為土人
　所害，仲麻呂與清河僅免於難，復返長安，特進秘書監。」見《文史雜誌》第
　1 卷第 12 期(重慶：文史雜誌社，1941 年 12 月 15 日出版)，頁 38。
68 (日)近藤元粹選評：《李太白詩醇》卷 5(東京：東京青木嵩山堂排印本，日本
　明治三十九年 1906 年)線裝書第 5 冊。

3. 相思情意

> 天清一鴈遠，海闊孤帆遲。(499〈送張舍人之江東〉)
> 半酣更發江海聲，客愁頓向盃中失。(748〈夜泊黃山聞殷十
> 四吳吟〉)
> 獨憐一鴈飛南海，卻羨雙溪解北流。(454〈寄崔侍御〉)
> 觀濤壯天險，望海令人愁。(831〈越中秋懷〉)

> 涼風度秋海，吹我鄉思飛。連山去無際，流水何時歸？目夕
> 浮雲色，心斷明月暉。芳草歇柔豔，白露催寒衣。夢長銀漢
> 落，覺罷天星稀。含歎想舊國，泣下誰能揮？(857〈秋夕旅
> 懷〉)

　　〈秋夕旅懷〉一詩寫出李白離家日久，加上求仕未能如願，心
情沈重，相思之情隨著時日轉而愈濃烈，「涼風度秋海，吹我鄉思飛」
首二句提綱挈領寫出非但有視覺意象，更有觸覺意象，「秋海」，以
秋天的海面表現出寒冷蕭瑟之意，加上「涼」風吹拂，寒上加寒，
以「海寒」意象帶出全詩「心寒」，其後以流水入「海」何時歸，運
用大自然物理性道破不得歸，長安歸不得，藉由「海」意象強化出
「相思情意」更加深厚。以「擬人」手法道出涼風「吹」度「秋」
天的「海面」，勾起我的思鄉情懷不時湧現腦海，時值秋季，更加深
內心愁思，詩中「心斷」、「含悲」、「泣下」明顯流露悲傷之情，情
感不可抑止，所問就愈顯直露，流水入海何時歸？用設問法表現相
思之情，自己何時能再回到家鄉？言外之意，何時能再重回長安政
壇？末句以「含歎想舊國」，一語道破所思何在，由於激問採取反問

的方式，並且已有答案在其中，較一般陳述句，更具說服力，用觸
覺、視覺意象來襯托詩人對國家眷戀之情，首尾呼應，揮不盡相思
離愁之淚。

4. 思歸情懷

「家」是心靈的港灣，當詩人內心受到挫折，尋找「家」進行
安慰，即使被迫離開家國的，都會尋找機會返歸故里或構建自己的
精神家園。尹增剛探究唐朝懷鄉詩提出：「家或故土是人得到慰藉和
庇護的所在，身在其中或許並不覺得珍貴，一旦離開，思鄉便成為
離群個體渴望歸依的心理補償，表現為個體的一種孤寂心態，正因
如此，哀愁和感傷就成了思鄉詩情感表達的主要基調。但是唐代部
分思鄉詩卻一反常調，表現出一種豁達與樂觀的精神，這與唐代社
會的時代背景和文化思想不無密切關係。」[69]。

> 胡雁拂海翼，翔翔鳴素秋。驚雲辭沙朔，飄蕩迷河洲。有如
> 飛蓬人，去逐萬里遊。登高望浮雲，彷彿如舊丘。日從海旁
> 沒，水向天邊流。長嘯倚孤劍，目極心悠悠。歲晏歸去來，
> 富貴安所求？仲尼七十說，歷聘莫見收。魯連逃千金，珪組
> 豈可酬？時哉苟不會，草木為我儔。希君同攜手，長往南山
> 幽。 (336〈贈崔郎中宗之〉)

此詩以胡雁拂翼於北海之上，翔鳴於素秋之時，驚辭沙漠，將
欲南歸，乃飄蕩於河洲之上，有如飛蓬之人，久為羈旅之客，登高

---

69 尹增剛：《論唐代思鄉詩的文化精神與藝術創造》首都師範大學碩士論文，2006
年，頁 26。

遠望而思歸。此詩主意象是「胡雁」，附意象為「海」，在茫茫大海
之中，點出大海上的孤雁更加孤寂，而這個附意象「海」字更可以
強化出主意象「胡雁」的渺小、孤伶，有如飛蓬無根，隨風飄轉。
李白是個內陸詩人，對於國土之外的大海，無疑是個異鄉之境，詩
中以大海象徵離鄉遠遊，以大海之上的胡雁比喻自己。其後又帶出
日落流水，光景易逝，遠望舊丘，欲返舊丘，知富貴不可以妄求。
詩中以「魯仲連」功成不受賞，逃隱於「海上」，於此強化出海意象
有著隱居之意味，更是「思歸」之意。因此「海」意象在此詩就具
有承上啟下的續絕的功能。

> 歸飛海路遠，獨宿天霜寒。(40〈古風五十九首其四十〉)
> 再動遊吳棹，還浮入海船。(550〈金陵送張十一再遊東吳〉)
> 白雪關山遠，黃雲海戍迷。(180〈紫騮馬〉)
> 眷然思永嘉，不憚海路賒。(500〈送王屋山人魏萬還王屋〉)

　　上述思歸思鄉之作流露出孤寂心態，表達出哀愁與感傷的情
懷。但李白在思歸主題上又有另一種發揮浪漫情懷，讓思鄉成為情
感的出口，而非悲痛，如〈渡荊門送別〉一詩云：

> 渡遠荊門外，來從楚國遊。山隨平野盡，江入大荒流。月下
> 飛天鏡，雲生結海樓。仍憐故鄉水，萬里送行舟。

　　此詩作於李白 25 歲辭親遠遊，出蜀至荊門送別友人。李白胸懷
壯志，滿心期待一展長才，「月下飛天鏡，雲生結海樓」二句展現出
李白對異鄉景色之驚喜歡欣，最末「仍憐故鄉水，萬里送舟行」表

現出他對故鄉的思念,未因出遊而忘懷。

　　海是一個最大的補償意象,儘管李白的真實命運中,充滿了顛沛流離和焦慮不安,他喜歡海,多以「海」字入詩,展現真實自由的人生形式。

(五)滄海桑田,世事多變

　　黃河自西而來,如同從天而降,一瀉千里,直奔東海,此景觸發了李白心中青春易逝、功業未成的愁緒,感到自己的人生歲月如黃河之水奔流到海不復回,不禁悲從中來,是大丈夫壯志未酬的悲哀,雖悲亦壯,雖哀亦豪,感嘆著時間流逝。

　　在時間長河中,個體的生命只不過是百代的過客,滄海桑田這種海陸嬗變的現象,已令年壽無盡的仙人為之側目,而丁令威化鶴歸遼發現城府依舊而人事全非,寓含蒼茫之感,感嘆世事多變,人事無常。

> 黃河走東溟,白日落西海。逝川與流光,飄忽不相待。春容捨我去,秋髮已衰改。人生非寒松,年貌豈長在?吾當乘雲螭,吸景駐光彩。(10〈古風五十九首其十〉)

　　〈古風五十九首其十〉一詩以水東逝入海而白日西落,無一息之停,道出光陰迅速,不捨晝夜,其後更以青春容色,倏忽摧謝,不如長松貫四時而不凋易。人生非金石,豈能長壽考?人間的時日易邁,唯有鍊仙丹以駕雲螭,吸日月精華,才能成仙,青春永駐。在此以宇宙自然景象:「黃河走東溟,白日落西海」將海意象與時間緊密綰合。此情此景,正如〈將進酒〉:「君不見黃河之水天上來,奔流到海不復回」、〈秋獵孟諸夜歸置酒單父東樓觀妓〉:「傾暉速短

炬，走海無停川」之意。李白新創出「走東溟」、「走海」這兩個海字詞彙，以「動詞」加上「名詞」的方式活化出河川赴海無所停息之奔流狀態，進而聯想引申出流光易去，有如逝川，新創的海字詞彙讓詩歌靈動多姿。

> 吾曾弄海水，清淺嗟三變。(369〈贈王漢陽〉)
> 海水三清淺，桃源一見尋。(843〈擬古十二首其十〉)
> 君不見黃河之水天上來，奔流到海不復回！(67〈將進酒〉)
> 君不見，綠珠潭水流東海，綠珠紅粉沉光彩。(513〈魯郡堯祠送竇明府薄華還西京〉)
> 傾暉速短炬，走海無停川。(635〈秋獵孟諸夜歸置酒單父東樓觀妓〉)
> 登高望山海，滿目悲古昔。(452〈宣城九日聞崔四侍御與宇文太守遊敬亭余時登響山不同此賞醉後寄崔侍御二首其一〉)

在〈贈王漢陽〉與〈擬古十二首其十〉二詩自言學仙人之術，親見海水三變，果如麻姑所言，而海水尚有清淺之日，則知時光易過。詩中運用晉代葛洪《神仙傳》中麻姑的典故，其《神仙傳・王遠傳》記載漢桓帝時，神仙王遠，字方平，降於蔡經家，令人與麻姑相聞，後來「麻姑至，蔡經亦舉家見之，好女子，年可十八許，於頂中作髻，餘髮垂至腰。其衣有文章，而非錦綺，光彩耀日……入拜方平，方平為起立。坐定，各進行廚。……麻姑自說：『接待以來，已見東海三為桑田。向到蓬萊，水乃淺於往者會將減半也。豈將復還為陵陸乎？方平笑曰：『聖人皆言海中行復揚塵也。』……又麻姑手爪不似人形，皆似鳥爪，蔡經心言，背癢時，得此爪以爬背，

當佳也。方平已知經心中所言,即使人牽經鞭之。曰:『麻姑,神人也,汝謂其爪可爬背何也?』但見鞭著經背,亦不見有人持鞭者。」[70]可知麻姑是親見「東海三為桑田」,且手似鳥爪的仙人,是長壽不死者,後世以之象徵長壽。任何事物都在變化之中,小至微觀細胞,大至宏觀的宇宙,這是客觀世界發展規律,桑田變滄海的傳說正說明宇宙變動不居的道理,因此更將人間與仙界作出鮮明對比,襯出仙界時間永恆,人世的短暫。世事多變,水淺復為陸陵,都只不過是永恆生命中的彈指變化,以海水尚有清淺之日,深感時光易過,速如流電。

(六)人心如海,或可測量

　　風和日麗之時,海天一線,使騷人墨客,對其美麗、純真、雋永、神秘、偉大,不禁喜愛讚頌,一如誠正溫良之人。然而一朝狂風來襲,波濤洶湧,潮汐掩覆,即成危險恐怖,如同邪惡黑暗的地獄深淵。一樣米養百樣人,人心難測,亦如危險萬狀,起落倏忽,令人莫測的「潮汐」。潮汐(tides)原屬地文學上的名詞,海洋的水因受日月的引力,發生定時的漲落,原都並稱為「潮」。然而潮汐發生的原因,歷來中國說法不一,如「許慎《說文解字》以海有潮汐,『朝至曰潮,夕至曰汐』、《潮州府志》所引竇叔蒙云:『海鰌出入之度。』、《浮屠書》曰:『神龍變化。』、《海嶠志》以為水隨月之盈虧。《臨安志》以為海水盈而為潮,縮而為汐,晝夜消長,不失其期,故謂之潮汛。」[71]上述乃古人對潮汐的觀察認知,雖然多是憑個人玄想,

---

70 (晉)葛洪:《神仙傳》,收錄於《神仙傳列仙傳疑仙傳》(臺北:廣文書局,1989年 12 月),頁 7-9。

71 楊鴻烈著:《海洋文學》(臺北:經氏出版社,1977 年 5 月臺影印初版),頁13。

看出古人對於海潮敬畏之心。〈古意〉全詩將男女關係比喻為「女蘿
草」、「兔絲花」，最末卻以「海潮」可量結意，盪開一筆，如同短篇
小說中有一種「歐亨利式」的結尾，是一種製造意外驚奇的結尾，
讀完後令人嘖嘖稱奇，於此感慨萬分，其詩如下：

> 君為女蘿草，妾作兔絲花。輕條不自引，為逐春風斜。百丈
> 託遠松，纏綿成一家。誰言會面易，各在青山崖。女蘿發馨
> 香，兔絲斷人腸。枝枝相糾結，葉葉竟飄揚。生子不知根，
> 因誰共芬芳？中巢雙翡翠，上宿紫鴛鴦。君識二草心，海潮
> 亦可量。(283〈古意〉)

此詩是李白海意象詩歌勝於其他詩人之處，中國人向來以海水
(潮)不可量，但李白將男女之情，若能如女蘿草、兔絲花纏綿相互依
附[72]，那麼連自然界「海潮」都可量，顛覆向來說法。

> 攀天莫登龍，走山莫騎虎。貴賤結交心不移，惟有嚴陵及光
> 武。周公稱大聖，管蔡寧相容！漢謠一斗粟，不與淮南舂。
> 兄弟尚路人，吾心安所從？他人方寸間，山海幾千重？輕言
> 託朋友，對面九疑峰。多花必早落，桃李不如松。管鮑久已
> 死，何人繼其蹤！(82〈箜篌謠〉)

---

[72] 女蘿，即松蘿，地衣類，多附生在中高海拔地區的植物體上，尤其是灌木與喬
木的枝椏上，如松樹，成絲狀下垂。兔絲，是無根無葉的寄生性草本，生長在
低海拔地帶，生有吸盤附在寄主上纏繞寄生。然而女蘿與兔絲是兩種生育地截
然不同的植物，「兔絲附女蘿」詩句，乃是 比擬男女情愛纏綿，是中國文人
極高想像創舉。

此詩作於至德二載(757)李白 57 歲江西潯陽獄中。李白受知於明皇，禮遇殊絕，當時王公貴人交遊者眾，然潯陽事敗下獄，引管、蔡及淮南事兄弟尚路人，感嘆人心如海，深不可測，何況朋友之情？攀天莫登乎龍，走山莫騎乎虎，但龍、虎不易馴，欲登之騎之非勢不可，但害亦相隨，說明交友之道：賤不可攀貴，下不可攀上，有所攀援，必取辱而已。甚至舉出自古以來，貧賤相交，以至富貴不相忘者，惟有嚴陵與光武而已。反之，周公雖聖明，但對於管叔、蔡叔之事，義有所不能容，不得已以法而誅放之[73]；漢文帝斗粟之謠，不與淮南王而同舂[74]。連親兄弟都如此，至於他人，則方寸之間，險巇波浪，如隔山海有幾千里，難以溝通，必不能以信義而真心相交。在此寫出人心難測，有如「山」、「海」深廣千重難越，甚至強調出「海」這形象巨大的意象，將人世間變動不居、詭譎、陰險宛如大海波浪，生動刻劃出難以形容深邃的內心世界。

（七）懷才不遇，浪遊江海

李白在天寶初年奉詔入京，在安史之亂時加入永王李璘幕府，兩次從政機會卻走向失敗命運，甚至受了下獄、流放不幸遭遇。在身不逢時，命運與時世相背，只好浪遊江海。

73　《史記・周本紀》：「成王少，周初定天下，周公恐諸侯畔周，公乃攝行政當國。管叔、蔡叔群弟疑周公，與武庚作亂，畔周。周公奉成王命，伐誅武庚、管叔，放蔡叔。」見《新校本史記三家注并附編二種》第 1 冊(臺北：鼎文書局，1997 年 10 月 10 版)，頁 132。

74　《漢書・淮南衡山濟北王傳》：「(淮南屬王長)令男子但等七十人，與棘蒲侯柴武太子奇謀，以輦車四十乘反谷口，令人使閩越、匈奴。事覺，治之，…當棄市。……制曰：『其赦長死罪，廢勿王。』有司奏請處蜀嚴道邛郵，……(淮南王)不食而死。……民有作歌歌淮南王曰：『一尺布，尚可縫；一斗粟，尚可舂。兄弟二人不相容！』」詳見《漢書》冊 5 卷 44 列傳第 14《四部備要》(臺北：臺灣中華書局，1965 年 11 月臺 1 版)，頁 4-6。

時命乃大謬，棄之海上行。(365〈經亂離後天恩流夜郎憶舊
遊書懷贈江夏韋太守良宰〉)

少年不得志，落拓無安居。願隨任公子，欲釣吞舟魚。……
一朝謝病遊江海，疇昔相知幾人在。(374〈贈從弟南平太守
之遙二首其一〉)

獨立山海間，空老聖明代。(393〈贈從弟宣州長史昭〉)

謬揮紫泥詔，獻納青雲際。讒惑英主心，恩疏佞臣計。……
挂帆秋江上，不為雲羅制。山海向東傾，百川無盡勢。(625
〈答高山人兼呈權顧二侯〉)

淪老臥江海，再歡天地清。(657〈遊謝氏山亭〉)

可以奉巡幸，奈何隔窮偏。獨隨朝宗水，赴海輸微涓。(726
〈安州應城玉女湯作〉)

　　〈經亂離後天恩流夜郎憶舊遊書懷贈江夏韋太守良宰〉一詩作
於乾元二年秋，詩中以自己時命不諧，只得棄霸王之略而隱去，流
露無奈之情。〈贈從弟南平太守之遙二首其一〉起首四句，運用《莊
子·外物》典故：「任公子為大鉤巨緇，五十犗以為餌，蹲乎會稽，
投竿東海，旦旦而釣，期年不得魚，已而大魚食之。」[75]寫出自己少
年有大志，其後「一朝謝病遊江海」是婉曲格，道出自己離開長安
翰林院，浪跡江海。〈贈從弟宣州長史昭〉詩中「獨立山海間，空老
聖明代」寫出雖懷才卻不能與聖上遇合，命運亦與時世相背，只能
獨處於山海之間，空老於聖明之世，此處「山海」一詞意指「天地」
大自然之間，相當於「在野」之意。〈答高山人兼呈權顧二侯〉一詩

---

[75] (清)王先謙：《莊子集解》卷7雜篇　外物第26(臺北：東大圖書股份有限公司，
2004年10月5版)，頁249。

道出李白被讒而去，將遨遊於山海之間。〈遊謝氏山亭〉中「淪老臥江海」自言年老淪沒無用，臥於江海之濱，幸遇天子中興，天地得以清明，此處「臥江海」一詞是李白新創的海字詞彙，一如屈原的懷才不遇，自我放逐之意。〈安州應城玉女湯作〉詩中以玉女之湯既美又有益於日用，可以讓天子巡幸備湯沐所需，奈何遠隔於窮荒之地，不在京城，不蒙朝廷取用，獨隨眾水以朝宗同歸於海，以輸涓滴之微。以玉女湯喻自己獨隨眾水同歸於海，「赴海」一詞並無半點喜悅之情，有的是不得以近君，雖抱王佐之才，身在江海，心懷魏闕之慨嘆。

> 爾從咸陽來，問我何勞苦。沐猴而冠不足言，身騎土牛滯東魯。沈弟欲行凝弟留，孤飛一鴈秦雲秋。坐來黃葉落四五，北斗已挂西城樓。絲桐感人絃亦絕，滿堂送客皆惜別。卷簾見月清興來，疑是山陰夜中雪。明日斗酒別，惆悵清路塵。遙望長安日，不見長安人。長安宮闕九天上，此地曾經為近臣。一朝復一朝，白髮心不改。屈平顦顇滯江潭，亭伯流離放遼海。折翮翻飛隨轉蓬，聞弦虛墜下霜空。聖朝久棄青雲士，他日誰憐張長公？(516〈單父東樓秋夜送族弟況之秦〉)

〈單父東樓秋夜送族弟況之秦〉此詩是送別友人遠行的離情，但於李白筆下竟轉化為自己對長安、君王的眷戀之情。李白在詩中回顧過往至今的遭遇，自覺當初是「沐猴而冠不足言，身騎土牛滯東魯」，自嘲在長安宮中宛如沐猴著冠，今滯留東魯，猶如獼猴騎土牛，無法施展長才。詩中遙想李況獨自遠去的形影之際，轉而對自己供奉翰林之緬懷，故云：「長安宮闕九天上，此地曾經為近臣」，

曾經是君王近臣，不幸遭讒受逐，甚至今日流落東魯，依然「一朝
復一朝，髮白心不改」忠君愛國之心，不因歲月而流逝，但離朝去
京沈痛心情，就如同屈原、崔駰被君王朝廷放逐一般，寫下：「屈平
憔悴滯江潭，亭伯流離放遼海」，此詩較為殊奇之處，不同其他詩作，
僅以「獨立『山海』間」、「遊『江海』」、「臥『江海』」這樣泛稱的
海意象，而是實寫出典故、專有地名：「亭伯」流離放「遼海」，以
懷才不遇的崔駰放逐遼東之地，強化出自己一如古人懷才不遇，浪
遊江海。最後以「聖朝久棄青雲士，他日誰憐張長公？」作結，顯
然朝廷早已棄逐高潔之士，回朝之機會渺茫無望，在送別友人之詩
歌中，卻道出遷客逐臣心繫君國之憂與古聖賢一樣浪遊江海之情。

（八）臥海隱居，蹈海避世

　　李白臥海隱居、蹈海避世、泛海乘桴避世、跨海與天通、辭海
隱居、歸隱慕仙這類型的海意象詩作，多與其政治失意密切相關。
正如《莊子・繕性》篇所言：「古之所謂隱士者，非伏其身而不見也。
非閉其言而不出也，非藏其知而不發也，時命大謬也。」[76]亦如仲尼
所言道不行，乘桴而浮於海，厭世之污濁，高蹈遠引，潔身以自全。
李白政治受挫，欲學仲尼乘桴避世，臥海避人，永棄人間之事，垂
釣於滄浪前，甚至在〈夕齋杜陵登樓寄韋繇〉一詩道出欲蹈海求仙
山，欲還山再次隱居，然舊踪迷失，卻表現出矛盾猶豫不決的心情。

　　　　仲尼亦浮海，吾祖之流沙。(29〈古風五十九首其二十九〉)
　　　　未誇觀濤作，空鬱釣鼇心。舉手謝東海，虛行歸故林。(306

---

[76] (清)王先謙著：《莊子集解》卷 4 外篇〈繕性〉第 16(臺北：東大圖書公司，
　　2004 年 10 月 5 版 1 刷)，頁 140。

〈贈薛校書〉)

木落海水清,鼇背覩方蓬。(323〈贈盧徵君昆弟〉)

余亦謝明主,今稱傴僂臣。登高覽萬古,思與廣成鄰。蹈海
寧受賞?還山非問津。(561〈送岑徵君歸鳴皋山〉)

黃緣汎潮海,傴僂陟盧霍。(903〈題嵩山逸人元丹丘山居〉)

卻話山海事,宛然林壑存。(647〈朝下過盧郎中敘舊遊〉)

蹈海寄遐想,還山迷舊蹤。(417〈夕霽杜陵登樓寄韋繇〉)

今人欲泛海,只待長風吹。(642〈秋夜與劉碭山泛宴喜亭池〉)

還惜詩酒別,深為江海言。(727〈之廣陵宿常二南郭幽居〉)

　　〈古風五十九首其二十九〉言仲尼乘桴而浮於海,老子乘青牛
遊流沙,皆厭世之污濁,高蹈遠引,潔身以自全。〈贈薛校書〉一詩
以自己雖有枚乘觀濤之作,但未敢自誇其才,投竿東海,一釣六鼇,
雖有此胸懷大志,卻無從實現,故將辭東海,復歸於故林之意。〈贈
盧徵君昆弟〉一詩作於待詔翰林後期,企羨隱士,嚮往遊仙,詩中
寫到於木落之時,海氣清明之際,站於鼇背之上覩方丈、蓬萊仙境,
流露出一股與世隔絕之意。〈送岑徵君歸鳴皋山〉詩中將自己的不遇
困頓情況以「謝明主」還山、「傴僂臣」婉曲修辭方式表現出來,於
是登高覽古,以解鬱悶之氣,適時思欲從仙,蹈海避世,如魯連之
辭賞。「蹈海」一詞是李白新創的海字詞彙,此詞彙蘊含二意:隱喻
魯仲連當時蹈東海而死耳,不忍為之民,見將軍新垣衍欲以助趙,
更有功成不受賞、蹈海避世之意。然而李白以「蹈海寧受賞」一語
道出自己並非沽名釣譽,之前出仕更非為了自己仕宦之途,而是為
家國百姓,然其心終不忘天下。〈秋夜與劉碭山泛宴喜亭池〉一詩作
於天寶三年去長安之後,為梁宋之遊,以乘桴避世,需待長風之吹

即可飄然長往宕開一層的方式作結。〈之廣陵宿常二南郭幽居〉作於
天寶十三年，詩中寫到與常二酌酒論詩論世務之際，皆有避世之心，
以「江海言」代指乘桴出海之意。

> 憶昔作少年，結交趙與燕。金羈絡駿馬，錦帶橫龍泉。寸心
> 無疑事，所向非徒然。晚節覺此疏，獵精草太玄。空名束壯
> 士，薄俗棄高賢。中迴聖明顧，揮翰㚋雲煙。　騎虎不敢下，
> 攀龍忽墮天。還家守清真，孤潔勵秋蟬。煉丹費火石，採藥
> 窮山川。臥海不關人，租稅遼東田。乘興忽復起，棹我溪中
> 船。臨醉謝蔦強，山公欲倒鞭。　狂歌自此別，垂釣滄浪前。
> (475〈留別廣陵諸公〉)

此詩於天寶六載（747）長安去朝家居於江蘇揚州時所作。詩中
寫出自己本欲攀龍昇天，卻勢不得上，忽墮於地，暗喻自己中年蒙
聖上之寵，待詔金門，供奉翰林，然受恩不得令終，只好還家守清
真之術，勵孤潔之操，臥海避人，如後漢管寧，避地遼東，自力耕
田，興來乘舟，永棄人間之事，垂釣滄海間。李白於此新創出「臥
海」一詞，離於世間塵土，一如孔子乘桴浮於海，實指隱居避世，
最後更以「垂釣滄浪前」強化出「臥海」之舉，藉由生動的海意象
刻劃出仕途失意、黯然之情又自我排遣消愁、達觀之態。
　　上述所舉詩例無非是李白從政治上遭到挫敗後，從滔滔俗塵中
退出，將自己置於自足的世界，浪遊江海。「隱」是緣於時命大謬的
不得已，是天地閉，而一時深根寧極，而「遇」的偶然性契機的難
待，挫傷了詩人敏銳的心靈，使其由煥發恣揚的獻身走向自我放逐
的深憂，因此李白的蹈海、臥海、浮海、泛海全是針對入仕挫折而

興起的一種暫時性的生活態度，在觀海、思海之中可以滌蕩胸次，
一解鬱悶之情，遯世無悶。

第三節　海意象類型二：與海有關的自然界事物景象

　　本節主要探討李白詩作中，天象(日、月、風)、動植物同詞足以
表達海意象者，或者有與「海」字連用，而足以代表，例如：「海客」、
「海人」、「海鷗」等。或者有些是見之即可聯想到「海」的，例如：
「海嶽」、「海船」、「海樓」等，具有中國文化普遍共識者，本節屬
於「與海有關的自然界事物景象」探討，歸為「海意象類型二」，並
參考《增廣詩韻集成》一書的分門別類，綜合歸納整理約分為：「天
象類」、「人物類」、「動物類」、「植物類」、「地理類」、「器物類」、「建
築類」等七大類[77]，加以探析。

一　映照內心世界的天象類

（一）海日

　　天將亮之時，李白於海邊遠眺旭日東昇，追求海上第一道曙光，
感受著太陽的光與熱。日本學者松浦友久云：「李白先天的資質秉

---

[77] 筆者依據《增廣詩韻集成》一書的「詞林典腋目錄」將「與海有關的自然界事
物景象」分門別類，但詞林典腋的分門甚細，本文以「天象類」代替「天文門」
一詞；「人物類」意指「人物門」；以「動物類」含括詞林典腋中的「飛禽門」、
「走獸門」、「鱗介門」三類；以「植物類」含括詞林典腋中的「草木門」、
「花卉門」、「果品門」三類；以「地理類」意指「地理門」；以「器物類」
代替「珍寶門」一詞；以「建築類」含括詞林典腋中「宮室門」、「器用門」
(舟)。詳見《增廣詩韻集成》(台北：文光書局，1980 年 12 月)，頁 1-5。

性，有一種對光輝明亮事物憧憬、追求的本能。」[78]雖然在李白的詩中，光輝明亮的事物，除了松浦友久先生所列舉的「月」之外，還有藉輝予月的「日」。白日非但給人光明，也帶給人熱度，但是隨著光明與熱度不斷的增強與逐漸地衰退，因而體驗著時間的流逝而感到焦慮。但〈古風五十九首其十一〉云：「黃河走東溟，白日落西海」，一詩通過黃河東逝，白日西落的動態意象組合，使得本來帶有消極色彩的對時光流逝、人生短暫的嘆息具有了與天地同等的巨大，形成時空無限寬廣的境界。

神話學家曾指出日落是人心靈發抖焦急的時刻：「當人們處於愉悅之中時，當人們的朋友離去時，當人們感到孤獨，他的思想再次轉向更高力量時，夜幕的陰影降臨了，不可抗拒的睡意抓住人們。當白天消逝之際，詩人悲嘆他的光明之友的夭折，除此之外，也在其短暫的生涯中看到自己生命的短少。」[79]日暮黃昏景觀對人生終點、必然歸宿(死亡)，令人生命意識為之驚醒、振奮，面對無法迴避人生悲劇結局，也更加珍惜有限人生中的一切。黃昏落日提醒人美景不長、生年有限，因此「白日」裏挾了生命的祈求與失望。

白日是事功的象徵，在其心中，只有接近皇帝才能實現自己的政治抱負，而皇帝之於人間與太陽之於天界，其地位正好相當，因此以白日喻指君王。因皇恩眷顧而喜，因帝王冷落而憂，而白日為浮雲所蔽的國難感到深沈憂患，表現出拳拳愛國愛民之心。「海」與「日」構成「海日」複合意象，在歷代詩人作品中是罕見稀少的，其詩歌宏大境界，正因結合如此壯偉的意象。

---

[78] 松浦友久著，劉維治譯：《李白詩歌抒情藝術研究》(上海：上海古籍出版社，1996 年)，頁 36。

[79] (英)麥克斯・繆勒(Max Muller，1823—1900)著、金澤譯：《比較神話學》(上海：上海文藝出版社，1989 年)，頁 68。

驚沙亂海日，飛雪迷胡天。(6〈古風五十九首其六〉)

越鷰喜海日，燕鴻思朔雲。(845〈擬古十二首其十二〉)

半壁見海日，空中聞天雞。(466〈夢遊天姥吟留別〉)

李白海意象詩歌中所描繪的景觀採取多元視角，除了有高遠、深遠視角外，在〈古風五十九首其六〉、〈擬古十二首其十二〉兩首詩是採取平遠的視角觀之，徐復觀先生在《中國藝術精神》一書曰：「『高』與『深』的形相，都帶有剛性的，積極而進取的意味。『平』的形相，則帶有柔性的，消極而放任的意味。」[80]此外，在夢遊天姥山的中途時，「半壁見海日，空中聞天雞」，據《述異記》卷下記載：「東南有桃都山，上有大樹，名曰『桃都』，枝相去三千里，上有天雞，日初照此木，天雞則鳴，天下之雞皆隨之鳴。」[81]方登上半山腰，則已見海上旭日，與傳來天雞的鳴叫，因此，可知距離天庭應該不遠。李白面對諸多挫難，選擇沈醉於奇幻世界，遁入神仙之思，崖壁間見東海日出，雲天裡聽聞天雞啼叫，這種自然與超自然魔力結合，讓李白得以超越現實的悲鬱。〈夢遊天姥吟留別〉已突破前人高遠、深遠的觀景模式，而採取以天觀物的視角摹寫山水，展現人、自然、天界融合的境界，李白海意象詩歌拓展開創歷來觀景視角。

（二）海月

李白對月亮情有獨鍾，歷來學者對李白詩歌中的「月」意象、詠月詩有相當多的統計與探討[82]。筆者統計李白 1054 首詩歌中，「月」

---

80 徐復觀：《中國藝術精神》(臺北：學生書局，1998 年)，頁 347。

81 (清)東軒主人撰：《述異記》卷下，見《景印文淵閣四庫全書 1047》子部 353(臺北：臺灣商務印書館，1983-1986 年)，頁 633。

82 歷來諸學者對李白詩中月字、月意象統計數據不一，筆者綜合整理如下：

意象出現 463 次、384 首，是所有天候界(景物意象)中出現比率排第三位，僅次於「雲」意象、「風」意象，約每二~三首就會出現一次月亮，藉「月」意象形塑自我、超我形象。然而月亮中有「月宮」是嫦娥羽化登仙之所，象徵天上仙境，有著濃厚的道教神話意涵。此外，月亮在佛家象徵佛性自照、悟佛後的澡雪精神與寧靜自適的禪境，月印萬川，淡遠空靈。李白深悟禪中三昧，如〈志公畫贊〉云：「水中之月，了不可取，虛空其心，廖廓無主」、〈魯郡葉和尚贊〉曰：「了身皆空，觀月在水。如薪傳火，朗徹生死」，可見「月」的明淨可使人心態超然。

　　大自然景物繁多且變化極大，日月山川蟲魚鳥獸沒有一樣是單

---

1. 楊燦在〈且就洞庭賒月色，將船買酒白雲邊——解讀詩人李白的月亮情結〉一文中指出：「李白的近千首詩中涉及到詠月的有 382 首，占其總數的 38%，僅『月』的意象就出現了 336 次。」見楊燦：〈且就洞庭賒月色，將船買酒白雲邊——解讀詩人李白的月亮情結〉《中南林業科技大學學報(社會科學版)》第 3 卷第 3 期 2009 年 5 月，頁 101。

2. 據楊義教授的粗略統計，《全唐詩》50,836 首詩中，出現「月」11,055 次，李白詩 1,166 首中，出現「月」字 523 次，其頻率遠高於全唐詩的平均數，月意象不僅成為李白詩中最富有詩情的超級意象，而且也使得借月抒情的詩人形象被籠上了一層浪漫灑脫、飄逸無際的面紗。見鄭曉：〈從「水」「月」意象中看李白的主體創造心態〉《寧波職業技術學院學報》2003 年 4 月，頁 46。

3. 石琛〈月色映青蓮——淺析李白詩中月〉一文中：「據粗略統計，在李白現存共約一千餘首詩歌當中，提及月亮的詩有二百五十多首，約占其詩歌總數的四分之一。」見石琛：〈月色映青蓮——淺析李白詩中月〉《滄州師範專科學校學報》第 21 卷第 1 期 2005 年 3 月，頁 47。

4. 據李軍統計《全唐詩》中，李白近千首詩中涉及到月亮的就有 400 多首，僅「月」的意象就出現了 336 次，這還不算那些如「玉盤」、「玉輪」、「玉杯」、「玉鈎」、「玉弓」、「玉鏡」、「天鏡」、「明鏡」、「玉兔」、「嫦娥」、「蟾蜍」等等月亮的代稱、別稱，至於那些表現時間和月份的月則更不在統計之內。見李軍：〈論李白詩歌的月亮意象及意蘊〉《江蘇廣播電視大學學報》第 14 卷第 4 期 2003 年 8 月，頁 40。

獨存在於宇宙間。在詩人的眼中，不同的組合，即產生了不同的投射心情。李白詩中月出現的型態，有「新月」、「半月」、「滿月」各式的樣貌呈現，月的圓缺、縹緲與時間的飛逝契合了人生的悲歡離合和情緒。月，柔和朦朧的光輝使白天真實的世界變得虛幻而美麗，海邊清涼的光輝，淡化了詩人對時間流逝的焦慮，撫慰著孤寂無助的心靈，不自覺地沈浸在月光溫柔情意之中。

> 玉蟾離海上，白露濕花時。(997〈初月〉)
>
> 波光搖海月，星影入城樓。(428〈宿白鷺洲寄楊江寧〉)
>
> 浦沙淨如洗，海月明可掇。(449〈江上寄元六林宗〉)
>
> 清輝照海月，美價傾鴻都。(56〈古風五十九首其五十六〉)
>
> 畫角悲海月，征衣卷天霜。(164〈出自薊北門行〉)
>
> 挂席拾海月，乘風下長川。(341〈敘舊贈江陽宰陸調〉)
>
> 海月破圓景，菰蔣生綠池。(429〈新林浦阻風寄友人〉)
>
> 遙通汝海月，不隔嵩丘雲。(898〈題元丹丘潁陽山居〉)
>
> 人乘海上月，帆落湖中天。(576〈尋陽送弟昌岠鄱陽司馬作〉)
>
> 流目浦煙夕，揚帆海月生。(739〈荊門浮舟望蜀江〉)
>
> 吹笙吟松風，汎瑟窺海月。(850〈感興八首其五〉)
>
> 塔形標海月，樓勢出江煙。(441〈春日歸山寄孟六浩然〉)

上述詩句中的「海」和「月」意象，共生共長，且「海」的狀態，大多呈現浩瀚、無邊無際，盡顯不凡的壯闊氣象。無論是「海上月」，還是「海中月」，「海」、「月」兩種自然意象在李白筆下呈現出互動呼應的態勢，「海」因「月」起色，「月」因「海」生情，「海」與「月」不僅消解了自然天地之間的距離，也維繫詩人靈動的生命

情懷，突破一般性的描寫層次[83]，因終身抱持著「寰區大定，海縣清一」的政治理想和抱負，擁有充沛的政治熱情，連海月詩中出現充滿了豪情與衝動，如〈敘舊贈江陽宰陸調〉一詩中「挂席拾海月，乘風下長川」之語，少了清新寡欲的安然自足。然而在〈春日歸山寄孟六浩然〉一詩卻充滿自然禪悟意味，詩云：

> 朱紱遺塵境，青山謁梵筵。金繩開覺路，寶筏度迷川。嶺樹攢飛栱，嵒花覆谷泉。塔形標海月，樓勢出江煙。香氣三天下，鐘聲萬壑連。荷秋珠已滿，松密蓋初圓。鳥聚疑聞法，龍參若護禪。愧非流水韻，叨入伯牙絃。

　　此詩以上下高聳深沈的視角寫出山寺的塔影標舉，乃覺海月之低，樓勢凌空，迴出江煙之上。換言之，以塔形之聳，標映海月，如此景色物態，道出非常之妙境。將山寺之景，全入於禪境。正如月形為仰月，如承接如渡船，為渡之意，表助人從煩惱苦岸渡抵開悟慧岸。

（三）海風

　　筆者統計李白 1054 首詩歌中出現「風」共有 487 次 412 首，而在海意象詩歌中出現多達 168 次，出現頻率之高，然而與「海」字結合，卻僅有〈望廬山瀑布〉一首，但卻有「長風破浪」一詞彙。長風即遠風之意，能飛渡千里之風，因此被用以比喻能克服距離，凌駕空間，排除萬難的氣勢。《宋書・宗愨傳》：「叔父炳高尚不仕。

---

[83] 林淑貞認為月的取義有三，簡說如右：1.以月之盈虧，喻人事聚散無常；2.千里共照，喻相思無盡；3.清月朗照，喻幽居或孤高。詳見林淑貞：《中國詠物詩「託物言志」析論》(臺北：萬卷樓圖書公司，2001 年 4 月初版)，頁 55。

慤年少時，炳問其志。慤曰：『願乘長風，破萬里浪』」[84]。後人以此喻不畏艱難的豪情壯志。李白詩中以長風掛席寫出永王東巡之豪情壯志，又在〈行路難三首其一〉云：「長風破浪會有時，直挂雲帆濟滄海」，此處長風亦可指海風之意，詩中道出雖然世路多艱，仍無懼大環境險惡，繼續勇敢地飛渡滄海。此外，在〈九日登巴陵置酒望洞庭水軍〉：「長風鼓橫波，合沓壘龍文。憶昔傳遊豫，樓船壯橫汾。」寫出海風激起波浪，重重疊疊如龍紋之狀。

> 海風吹不斷，江月照還空。(707〈望廬山瀑布二首其一〉)

　　上述詩句，以「海風」、「江月」這樣複合意象的詞彙，展現出江、海、風、月大時空背景的畫面，風吹不斷，月照愈明，不舍晝夜，將廬山瀑布奇景盛況更加凸顯而出。歷來諸家皆評此為古妙句，如：任華〈雜言寄李白〉：「登廬山觀瀑布：『海風吹不斷，江月照還空』余愛此兩句。」胡仔《苕溪漁隱叢話後集》卷四：「太白〈廬山瀑布〉絕句曰……東坡美之，……余謂太白前篇古詩云：『海風吹不斷，江月照還空』磊落清壯，語簡而意盡，優於絕句多矣。」劉辰翁評「海風吹不斷，江月照還空」：「奇夐，不復可道。」(《唐詩品彙》卷六引) 王阮《義豐集‧瀑布二首》序：「吟詠瀑水眾矣，大抵比況爾，未有得於所見，鑿空下語為興詩者。太白獨曰：『海風吹不斷，江月照還空』，氣象雄傑，古今絕唱。」韋居安《梅磵詩話》卷上：「觀李太白『海風吹不斷，江月照還空』一聯，磊落清壯，語簡意足，優於絕句，真古今絕唱也。然非歷覽此景，不足以見此詩之妙。」瞿佑《歸田詩話》卷中：「然太白又有『海風吹不斷，山月照

---

84 (梁)沈約著：《二十五史‧宋書》(臺北：藝文印書館，1971年)，頁951。

還空」，亦奇妙句，惜世少稱之者。」《唐宋詩醇》卷七：「五、六以淺得工，至『海風吹不斷，江月照還空』，可吟賞不置矣。」(日)近藤元粹《李太白詩醇》評「海風」二句：「妙入化境矣」。[85]

（四）海雲

　　李白詩歌中出現最多自然界意象為「雲」意象，共有 518 次 409 首，因為雲千變萬化、飄忽不定，最能引發人無窮想像力，其所占比率為唐代詩人中最高。綜觀歷代詩歌中寫「雲」，以「浮雲」一詞出現最多，除了以「雲」飄忽不定、無根無依的特徵來比喻遊子外，多是讒佞的象徵，甚至孔融在其〈臨終詩〉中以「讒邪害公正，浮雲翳白日」這尖銳的語句把浮雲蔽日這一喻意的本質昭然揭穿。然而，「雲」，能聚形如鐘；能消散如風；能山依能風飄；能如海深如山高；能成龍形能如鳳狀；能映藍天白；能蔽日天黑；能入污濁世；能浮光明鏡。雲代表自由自在，能自主，李白觀海雲，將己身自比，表示其心能如海雲自在變化。

　　李白將「海」與「雲」兩自然意象連用時，卻能完全發揮歷來「雲」意象的漂泊象徵、遊子象徵、讒佞象徵之外，更能顯出詩人閑逸逍遙、自由灑脫、淡泊心志的人格意志，其詩例如下：

> 橫江館前津吏迎，向余東指海雲生。(226〈橫江詞六首其五〉)
> 海雲迷驛道，江月隱鄉樓。(420〈寄淮南友人〉)
> 青龍山後日，早出海雲來。(559〈送殷淑三首其二〉)
> 目送去海雲，心閑遊川魚。(630〈遊南陽白水登石激作〉)

---

85 詹鍈主編：《李白全集校注彙釋集評》第 6 冊(天津：百花文藝出版社，1993 年)，頁 3026-3027。

頂高元氣合，標出海雲長。(702〈秋日登揚州西靈塔〉)

疑是海上雲，飛空結樓台。(689〈陪族叔當塗宰遊化城寺升

公清風亭〉)

〈橫江詞六首其五〉一詩作於天寶 12 載(753)，李白 53 歲，安
徽和縣東南，詩中借橫江風浪揮斥此期幽憤。《李詩直解》：「此詠風
波之險，不可冒行也。言橫江館前，管濟渡之津吏來迎，向東指曰：
『凡風起則雲先生。今海雲忽生，必有大風也。郎今欲渡緣何事乎？
此飆風鼓雷，雪浪排空。雖有事，亦不可行矣。』」[86]在此將「海雲」
指涉為污濁昏庸的形象，揭露奸邪當道，小人得志，賢良見斥，政
治昏聵的現實，抒發自己憤懣之情，有忠君憂國之意。〈寄淮南友人〉
一詩作於開元 27 年(739)，李白 39 歲，春至江蘇揚州作客，滯於芳
洲之上，不待金門之詔，空持寶劍而遊，見「海雲」迷乎驛道，而
江月隱乎鄉樓，歸路漫漫，企望莫及。在此以「海雲」隱喻浪跡天
涯的遊子形象，將羈旅他鄉、思鄉寄友的遊子形象更加鮮明呈展出。
〈送殷淑三首其二〉一詩作於上元 2 年(761)，李白 61 歲，金陵江蘇。
雲飄忽不定的形象如士人的羈旅飄泊、居無定所，「海雲」成為飄泊
不定的象徵。〈遊南陽白水登石激作〉一詩作於開元 20 年(732)，李
白 32 歲，河南南陽市。詩中以「海雲」表達其恬淡情懷，這些悠然
的海上雲，呈現出詩人閑逸逍遙、自由灑脫的心境及淡泊無心、無
執無爭的生命形態。

李白詩中的海雲，含蘊了詩人主觀心性的感悟，在詩人不同的
心境感受下，蘊藏著不同的情感，有時淡遠悠然，有時陰鬱凝重；

---

86 見詹鍈：《李白全集校注彙釋集評三》(天津：百花文藝出版社，1993 年)，頁
1109。

有時孤獨無依，有時情深意重。這些千變萬化的海雲，映照出李白
內心世界。

（五）海霧

　　海霧，即海上的大霧。通常起自溫暖的海面。當冷空氣南下，
使海面上豐富的水氣凝結，很容易形成飽和狀態，造成濃霧。我國
的東海、東南沿海及臺灣東部海面，即為比較容易發生濃霧的海域。
「霧」象徵妖氛遮斷視線，冀能霧散見晴。唐代李嶠〈霧〉云：「涿
野妖氛靜，丹山霽色明」，李白海意象詩歌中出現「海霧」正同此意，
如：

　　　　陣解星芒盡，營空海霧銷。(136〈塞下曲六首其三〉)

　　汪洋大海中，濃霧塞空時，一葉一粟舟船難以行駛，甚怕彼此
碰撞，那時已使人失魂喪膽，連浮舟泛宅的海員也戰戰兢兢、驚懼
萬分。然而李白塞下曲詩寫出匈奴犯邊，天子命將以致討，為將帥
者騎馬彎弓出京師，臨邊塞，以敵王所愾，在此以「星芒盡」、「海
霧銷」寫出虜陣已解散，而胡星之光芒已盡，虜營空虛而青海之霧
消矣，長驅破敵，妖氛淨矣。

（六）霜海

　　「霜」發於秋天，形成明顯的季節特徵，常表現秋日蕭索的景
象與節氣。霜的寒冷之氣使草木為之枯萎，故以「霜」代表惡劣的
自然環境。此處將「霜」與「海」兩個不同景色結合，除了呈現視
覺上海上佈滿了霜之外，形容「霜」之數量之多似海之意，此處的
「霜」更可當形容詞之用，形容冰冷之意，夜晚的海水冷如冰霜。

因此「霜」特別強調出霜寒歲晚的堅貞之質及肅殺的物性。唐代蘇味道〈詠霜〉云:「帶日浮寒影,乘風進晚威,自辭貞筠質,寧將眾草腓。」寫出霜的貞正之質,但在李白海意象詩歌中卻是表現出霜之寒肅物性,如:

> 寒雲夜捲霜海空,胡風吹天飄塞鴻。玉顏滿堂樂未終。(121
> 〈白紵辭三首其一〉)

此詩以「寒」形容「雲」,以「霜」形容夜晚「海水」的冰冷特性,將原先名詞性的「霜」字變成形容詞使用,轉化詞性,是「轉品」修辭外,而「霜海」合用,增加冰冷的感覺,表現寒肅之性,雖夜寒風高如此,然而玉顏滿堂,舞者揚其清歌,啟其皓齒,聲色之美,宴樂未央。

(七)海樓

海樓,《史記‧天官書》曰:「金寶之上皆有氣,不可不察,海旁蜃氣象樓臺。」[87]《唐國史補》卷下:「海上居人,時見飛樓如締構之狀甚麗者。太原以北,晨行則煙靄之中,覩城闕狀如女牆雉堞者,皆天官書所說氣也。」[88]此即所謂海市蜃樓。

海市蜃樓,一種因光線折射而使眼前呈現景物的幻象。光線經不同密度的空氣層折射或反射,常會產生此種現象,多出現於海邊或沙漠。蜃是一種有角的蛟龍,古人以為海中市鎮、樓臺是蜃吐氣所形成的。中國古代在山東蓬萊(古稱登州)海面常出現海市蜃樓,後

---

[87] (漢)司馬遷著:《史記》上冊〈天官書五〉百衲本二十四史(臺北:臺灣商務印書館,1995年),頁414。

[88] (唐)李肇撰:《新校唐國史補》(臺北:世界書局,1959年),頁63。

用以譬喻虛幻而不可靠的事物，此為現實世界中並不真實存在的建
築物。

> 月下飛天鏡，雲生結海樓。(491〈渡荊門送別〉)
> 樓臺成海氣，草木皆天香。(786〈安州般若寺水閣納涼喜遇
> 薛員外乂〉)
> 疑是海上雲，飛空結樓台。(689〈陪族叔當塗宰遊化城寺升
> 公清風亭〉)

「月下飛天鏡，雲生結海樓」，眼前所見是夜裡當空皓月，宛如
一面明鏡，飛入空中，隨波翻轉，幻化成海市蜃樓。在此豪邁詩句
中，看到熱血青年躊躇滿志，積極向上，茅廬初出，壯志凌雲。〈安
州般若寺水閣納涼喜遇薛員外乂〉與〈陪族叔當塗宰遊化城寺升公
清風亭〉二詩中的「樓臺」即海市蜃樓，寫到般若寺樓閣之宏麗有
如海市蜃樓。「海市蜃樓」本是虛幻之景，舒卷變幻的白雲在海面上
空形成座座瓊樓玉宇，然李白心目中白雲所結成的海樓，乃是人間
實景的折射，借著望中的雲影天光，在腦際描繪出一幅人間風光的
圖畫，目力高遠，意氣飛揚，想像虛妙，形成一個壯闊而瑰麗之境
界，展現開闊的襟懷。

二　尋仙訪幽的人物類：海客

海客即航海者，約可分為兩種類型，一類是往返於海販賣海中
珍寶、特產的海商，一類是尋仙訪幽的探險者。在《古今圖書集成・
山川典・論海運》曰：「南洋西洋諸國，其隔闊廣也，近則數千里，

遠則數萬里，通蕃海舶，無歲無之。」[89]又《楚庭稗珠錄》記載廣東
沿海交易市場曰：「其金玉珠貝，奇珍異寶，淫巧奇技，工作詭譎，
半來自邈遠，未能殫詳。粵故為金山珠海，陳之市肆，光炫耀撼，
目不得開，口不得言，坐肆者席十笏地，而計資本輒鉅萬。」[90]然而
古代船隻十分簡陋，唐代劉恂《嶺表錄異》曰：「賈人船不用鐵釘，
只使桄榔須繫縛，以橄欖糖泥之。糖乾甚堅，入水如漆也。」[91]姑且
不論此船否能遠行，即使堅固船隻，航行於大海之中，也風雲莫測，
凶多吉少，因此「海客」多有不惜生、勇悍不畏險之俠氣意味。然
而李白筆下的海客皆屬於第二種類型，是尋仙訪幽的探險者。

　　古人早有入海探險的奇想，但他們主要是求仙飛升，並非乘舟
破浪，如齊威王、齊宣王、燕昭王、秦始皇、漢武帝等諸侯帝王曾
派人入海求仙藥。然而中國首次出現海客形象，是晉代張華《博物
志》卷十所記載「海上乘槎客」[92]。雖然在《漢書・地理志》記載我

---

89 (清)陳夢雷編、蔣廷錫等奉敕撰：《古今圖書集成》山川典下冊第 314 卷海部
　　〈論海運〉(臺北：鼎文書局，1985 年)，頁 2883。

90 《楚庭稗珠錄》卷之六〈說蠻〉物產附(香港新界：香港中文大學，1976 年)，
　　頁 29。

91 (唐)劉恂：《嶺表錄異》，見《叢書集成新編 94》(臺北：新文豐出版社，1985
　　年初版)，頁 213。

92 (晉)張華：《博物志》卷 10 曰：「舊說云：天河與海通。近世有人居海濱者，
　　年年八月有浮槎，去來不失期。人有奇志，立飛閣于槎上，多齎糧，乘槎而去。
　　十餘日中，猶觀星日月辰，自後茫茫忽忽，亦不覺晝夜。去十餘日，奄至一處，
　　有城郭狀，屋舍甚嚴。遙望宮中多織婦。見一丈夫，牽牛渚次飲之。牽牛人乃
　　驚問曰：『何由至此？』此人具說來意，並問此是何處。答曰：『君還至蜀郡
　　訪嚴君平則知之。』竟不上岸，因還如期。後至蜀，問君平，曰：『某年月日
　　有客星犯牽牛宿。』計年月，正是此人到天河時也。」見(晉)張華：《博物志》
　　《景印文淵閣四庫全書 1047》子部 353(臺北：臺灣商務印書館，1983-1986 年)，
　　頁 608。

國使者船隊從徐聞、合浦出發，越南海至南支國(今南印度)[93]，可知
中國航運史上航行於南海方向有史籍可查，最早可上溯至西漢。但
是在唐代以前詩歌並沒有出現「海客」一詞，直至唐代李白之前詩
歌才出現 6 次「海客」詞彙，主要與唐代之前航海事業尚不發達有
關。在李白 254 首海意象詩歌中就出現 8 次「海客」詞彙，其詩例
如下：

> 海客乘天風，將船遠行役，譬如雲中鳥，一去無蹤跡。(200
> 〈估客行〉)
> 海客談瀛洲，煙濤微茫信難求。(466〈夢遊天姥吟留別〉)
> 仙人有待乘黃鶴，海客無心隨白鷗。(209〈江上吟〉)
> 海客去已久，誰人測沉冥。(12〈古風五十九首其十二〉)
> 卻顧海客揚雲帆，便欲因之向溟渤。(216〈同族弟金城尉叔
> 卿燭照山水壁畫歌〉)
> 謔浪掉海客，喧呼傲陽侯。(618〈翫月金陵城西孫楚酒樓達
> 曙歌吹日晚乘醉著紫綺裘烏紗中與酒客數人棹歌秦淮往石

---

[93] 《漢書》地理志下記載：「武帝時盡滅以為郡，云：『處近海多犀象毒冒珠璣
銀銅果布之湊』。中國往商賈者多取富焉，番禺其一都會也。自合浦、徐聞南
入海，得大州東西南北方千里，武帝元封元年略以為儋耳珠厓郡。」又記載漢
武帝曾派遣漢使船隊出訪：「自日南障塞、徐聞、合浦船行可五月，有都元國；
又船行可四月，有邑盧沒國；又船行可二十餘日，有諶離國；步行可十餘日，
有夫甘都盧國。自夫甘都盧國船行可二月餘，有黃支國……自黃支船行可八月，
到皮宗……黃支之南，有已程不國，漢之譯使自此還矣。」見(清)王紹蘭撰：
《漢書地志校注》，收錄於《四庫未收書輯刊》參輯 11 冊(北京：北京出版
社，2000 年)，頁 212。據學者們考證，都元國在今蘇門答臘島西部八昔河
的附近，邑盧沒國、諶離國和夫甘都盧國都在今緬甸，黃支在今印度的康契普
臘姆，皮宗在今新加坡海峽西之比實島，已程不國即今斯裡蘭卡。參見章巽：
《我國古代的海上交通》(北京：商務印書館，1986 年第 2 版)，頁 18-19。

頭訪崔四侍御〉)

故人東海客，一見借吹噓。(313〈贈崔侍御〉)

宜與海人狎，豈伊雲鶴儔。(42〈古風五十九首其四十二〉)

〈估客行〉詩中將海客乘船遠行，一去不返，譬喻成雲中倏忽飛去的鳥兒，「海客乘天風，將船遠行役」是被比喻的主體，「雲中鳥」為喻體，「一去無蹤跡」是喻旨。此詩寫出商旅乘船隨風遠行漂泊，如同沒入雲中之鳥，轉眼間消逝無影，此處寫出大海茫茫，海客隨天風沒有固定方向，不言而喻道出海上航行如雲中鳥百無蹤跡，全賴天意外，心中感懷之情由此具體形象激盪出層層的波瀾。

〈夢遊天姥吟留別〉(詩題一作〈別東魯諸公〉)，一詩以夢遊做為主題鋪排內容，暗示這次待詔長安的心情起伏與自我覺醒，亦如李豐楙先生所言「以夢境寓寫人生，既可深刻表現人生的體驗，也可形成文學藝術的奇幻感。就詩藝本身言，其隱喻性更高。」[94]李白以夢遊宛如仙境般富麗堂皇的天庭，爰及天庭仙境之後的幻滅過程，用以比喻象徵李白意圖從政的幻滅。此詩所述整個夢遊的過程，乃是由凡俗人間進入渺茫仙境，再由仙境又跌回人間。雖然海客言之鑿鑿，海上有神仙所居的瀛洲，但煙霧波濤，虛無縹緲，可見仙境難求。沈德潛《唐詩別裁集》卷六認為此詩乃是「託言夢遊，窮形盡相，以極洞天之奇幻，至醒後頓失煙霞矣。知世間行樂，亦同一夢，安能於夢中屈身權貴乎！吾當別去，遍遊名山以終天年也。」[95]。據陳沆《詩比興箋》卷三評〈夢遊天姥吟留別〉曰：「太白被放

---

94 李豐楙：《憂與遊──六朝隋唐遊仙詩論集》(臺北：學生書局，1996 年)，頁65。

95 (清)沈德潛評選：《唐詩別裁集》上冊(臺北：廣文書局，1970 年)，頁 186。

之後，回首蓬萊宮殿，有若夢游，故托天姥以寄意也。……題曰『留別』，蓋寄去國離都之思，非徒酬贈握手之什。」[96]李白於此真正要告別的，並非東魯諸公，而是他自己在現實政治社會中意圖攀龍的夢幻之想。此詩的創作目的，並非記述夢遊為主旨，甚至也無惜別東諸公之意，而是宣洩其對現實政治失望的感受。李白當年供奉翰林，如今卻去朝離京，流落東魯，寫出人生如夢，充滿虛幻荒誕，世事多變。

三　或逍遙或驚悚的動物類

（一）大鵬鳥、海鳥、海鷗、海雁、海燕、海鶴

　　此類意象多具有逍遙之意，正如海意象讓文人常想起海就飛動起超越性意念，因此飛翔在大海上空的鳥正如詩人徜徉世外之情，《莊子‧逍遙遊》寫到魚若要跨海遠徙，非變成展翅高翔的大鵬(海路、海運)不可，表現昂揚向上，無所依恃的理想。因此，鯤化鵬扶搖九萬里的形象也常被後世作為壯志凌雲、氣勢磅礡的象喻，具有積極進取的意義。李白筆下「海運」意指海水翻動，與《莊子‧逍遙遊》「是鳥也，海運則將徙於南溟」，指大鵬鳥在海面上振翅飛行時，使水發生波動意同，如：

> 憑凌隨海運，炟赫因風起。(33〈古風五十九首其三十三〉)
> 歸飛海路遠，獨宿天霜寒。(40〈古風五十九首其四十〉)

　　〈古風五十九首其三十三〉一詩言北溟之鯤，大數千里，隨海

---

96 (清)陳沆撰、楊家駱主編：《詩比興箋》(臺北：鼎文書局，1979 年 2 月初版)，頁 159。

而運，則擊水有三千里之遠；因風而起，則摩天有九萬里之程。〈古
風五十九首其四十〉詩中所言「歸飛海路遠」，將自己隱喻為大鵬鳥，
流露壯志凌雲之氣外，更承載懷才不遇的新含意，化古出新，於此
可見李白詩歌中「海運」、「海路」並非實際的海上交通運輸之意，
而是指大鵬鳥展翅飛翔之意。海鳥爰居任於自然，善於避禍，「海」
提供了一個廣闊的空間，包羅萬象，使各相迥異的眾生雲集於此，
成為一個充滿玄妙的世界。而《列子》所述人鷗忘機之故事，是詩
歌中海鷗意象的一個源頭，鮑照〈上潯陽還都道中作詩〉曰：「鱗鱗
夕雲起，獵獵晚風遺。騰沙鬱黃霧，翻浪揚白鷗。登艫眺淮甸，掩
泣望荊流。」[97]詩中以鷗托興，頗能體現詩人漂蕩征途之形象感受，
何遜〈道中贈桓司馬季珪詩〉云：「晨纜雖同解，晚洲阻共入。猶如
征鳥飛，差池不可及。本願申羈旅，何言異翔集。」[98]在李白詩海意
象詩歌中就有以下數句海鳥意象的詩歌：

> 海鳥知天風，竄身魯門東。(292〈贈任城盧主簿潛〉)
> 明朝拂衣去，永與海鷗羣。(355〈贈王判官時余歸隱居廬山
> 屏風疊〉)
> 天清江月白，心靜海鷗知。(370〈贈漢陽輔錄事二首其一〉)
> 願狎東海鷗，共營西山藥。(609〈金門答蘇秀才〉)
> 海燕還秦宮，雙飛入簾櫳。(856〈寓言三首其三〉)
> 胡鴈拂海翼，翔翔鳴素秋。(336〈贈崔郎中宗之〉)
> 北風吹海雁，南度落寒聲。(865〈秋夕書懷〉)

---

97 逯欽立輯校：《先秦漢魏晉南北朝詩》中冊(臺北：學海出版社，1984 年 5 月
　初版)，頁 1291。

98 逯欽立輯校：《先秦漢魏晉南北朝詩》中冊(臺北：學海出版社，1984 年 5 月
　初版)，頁 1683。

海鶴一笑之，思歸向遼東。(627〈至陵陽山登天柱石酬韓侍
御見招隱黃山〉)

君看海上鶴，何似籠中鶉。(511〈對雪奉餞任城六父秩滿歸
京〉)

「海鳥」、「海鷗」是自由逍遙的象徵，象徵無機心[99]與淡泊逍遙
[100]，李白晚年所作〈贈漢陽輔錄事二首其一〉詩中「心靜海鷗知」，
以「海鷗」能識破人類機心，忘懷得失的胸襟自比。而「海雁」是
候鳥，具有歸返的意涵、寄託歸鄉的渴盼[101]，象徵漂泊無定。海燕
也是成群結伴、秋去春來的候鳥，海鳥終能回歸，但李白卻不能，
心雖思鄉戀國，身卻孤獨漂泊，因此李白在海雁、海燕的身上，有
回朝渴盼的意味。然〈寓言三首其三〉一詩作於天寶 3 載(744)，李
白 44 歲，待詔翰林後期有感而作，「海燕還秦宮，雙飛入簾櫳」，李
白認為人生中的功名、富貴成就並非最重要，官場上多的是不由自
主，因此李白的海雁雖有思歸之意，希望投身報國，達到國泰民安，

99　《列子・黃帝》篇：「海上之人有好漚鳥者，每旦之海上，從漚鳥游，漚鳥之
　　至者百往而不止。其父曰：『吾聞漚鳥皆從汝游，汝取來吾玩之。』明日之海
　　上，漚鳥舞而不下也。」嚴捷、嚴北溟譯注：《列子譯注》(臺北：文津出版
　　社，1987 年 10 月)，頁 39。

100　《莊子・至樂》篇：「昔者海鳥止於魯郊，魯侯御而觴之於廟，奏〈九韶〉
　　以為樂，具太牢以為膳，鳥乃眩視憂悲，不敢食一臠，不敢飲一杯，三日而
　　死，此以己養養鳥也。非以鳥養養鳥也。夫以鳥養養鳥者，宜棲之深林，游
　　之壇陸，浮之江湖，食之鰍鰷，隨行列而止，委蛇而處。」見(清)王先謙著：
　　《莊子集解》外篇第十八(臺北：東大圖書股份有限公司，2004 年 10 月 5 版
　　1 刷)，頁 159。

101　關於雁意象的意涵，可參見王立、劉衛英：〈雁意象與民族傳統文化心理〉
　　《衡陽師專學報》1992 年第 2 期，頁 33-37；黃瑛：〈中國古代文學中雁意
　　象的文化內蘊〉《雲南師範大學學報》2004 年 1 月，頁 82-86。

但現實逼得他不得回歸，到處飄蕩流浪，無處停留，如〈贈崔郎中宗之〉詩云：「胡雁拂海冀，翱翔鳴素秋。驚雲辭沙朔，飄蕩迷河洲。」

「海鶴」是仙禽、長壽的象徵，除了〈至陵陽山登天柱石酬韓侍御見招隱黃山〉一詩以丁令威化鶴歸遼的仙化之意外，詩中言及天下太平，大臣習於宴安，如鸞鳳翱翔舒遲，啄粟自飽，坐於樊籠之中，甘豢養而受羈絆，無高飛之心，為孤潔，不貪餌受制於人的海鶴所笑，在此「海鶴」更有象徵君子高潔之士，喻君子狷介孤高[102]。〈對雪奉餞任城六父秩滿歸京〉一詩中「君看海上鶴，何似籠中鶉」李白將自己比為海鶴昂然迥出於風塵，非籠中之鶉，懸命於庖廚，非朝中勢利所能羈縻，展現出高雅灑脫風範。

李白的鷗鳥雖有飄逸之姿，避世隱居之意味，選擇遠離是鷗鳥主觀的意願，還是在衝突、困境下，不得不然的抉擇？想要隨鷗鳥永遠棄絕人世真能如其所願？在自由的表象下，其實卻始終有去留用捨的掙扎與對立。〈金門答蘇秀才〉一詩作於天寶 2 年(743)，李白43 歲仕於長安朝廷，而蘇秀才歸於丹壑，李白雖未歸，而志亦在林丘，但願無為與鷗鳥為群，共營西山之藥，以延不朽之年。因此李白的海鳥、海鷗雖是自由無機心、逍遙淡泊的產物，在〈贈任城盧主簿潛〉一詩曾以海鳥自喻，魯侯御而觴之，鳥不能飲，思欲矯翼以高飛。即使享以韶樂，雖有鐘鼓，亦不為樂。但隨海鷗而去，卻有不得不然的苦衷，離去不是內心的意志，李白始終無法真正放棄、遠離人世。李白不能決去，卒蹈永王之禍，在〈贈王判官時余歸隱居廬山屏風疊〉一詩見到他想擁有精神上的自由，但卻無法徹底棄絕人世，一心期待報國，有所求、有所待，因此終其一生無法如海

---

102 《荀子・儒效》曰：「君子隱而顯，微而明，辭讓而勝。《詩》曰：『鶴鳴于九皋，聲聞于天。』此之謂也。見(戰國)荀況著、(清)王先謙撰：《荀子集解》(北京：中華書局，1997 年 10 月)，頁 128。

鷗的自由、超越生命情境。

（二）海魚、海鯨、巨鼇

　　此類意象多具有驚竦之意，如：鯨[103]，海大魚也。《爾雅翼》:「鯨，海中大魚也。其大橫海吞舟，穴處海底，出穴則水溢，謂之鯨潮。或曰出則潮下，入則潮上，其出入有節，故鯨潮有時。」[104]崔豹《古今注》:「鯨魚者，海魚也。大者長千里，小者數千丈，一生數萬子，常以五月六月就岸邊生子，至七月八月導從其子還大海中，鼓浪成雷，噴沫成雨，水族驚畏皆逃匿，莫敢當者，其雌曰鯢，大者亦長千里，眼為明月珠。」[105]《玉篇》:「鯨，巨魚(魚之王)。」[106]象徵氣勢壯觀廣闊。木華〈海賦〉:「魚則橫海之鯨，突扤孤游。戛巖敖，偃高濤。茹鱗甲，吞龍舟，瀺波則洪漣踧踖，吹潦則百川倒流。或乃蹭蹬窮波，陸死鹽田。巨鱗插雲，鬐鬣刺天。」賦中詠橫海之鯨吞舟壯觀形象，令人驚竦不已。

　　鼇，魚名，俗作「鰲」。鰲是古代神話中能載負五山、支撐四極的神奇動物，是一種海中大鼇或謂海中大龜。《論衡・談天》云:「鼇，

---

[103] 鯨，海大魚也。為大型的海棲哺乳動物。體巨大，全長 1.25-30 公尺，體重可達 80 公噸。前肢特化成鰭狀，後肢退化，尾部特化成魚尾狀，但呈水平伸展，通常具背鰭。眼小，無外耳，鼻孔位於頭頂，經一噴水孔向外開口。成體無毛，皮下具厚脂肪層。依牙齒之有無，可分為齒鯨、鬚鯨。前者以水中之魚類及其他哺乳動物為食；後者則以水中浮游生物及甲殼類為主食。 廣泛分布於各地海洋中。見《大辭典》下冊(臺北：三民書局，1985 年 8 月初版)，頁 5493。

[104] (宋)羅願撰：《爾雅翼》卷 30〈釋魚三〉，見李學勤主編：《中華漢語工具書書庫》第 48 冊，頁 109。

[105] (晉)崔豹：《古今注》《景印文淵閣四庫全書 850》子部 156(臺北：臺灣商務印書館，1983-1986 年)，頁 108。

[106] (梁)顧野王撰：《玉篇》卷 24 魚部 397，見《四部叢刊初編經部》(臺北：臺灣商務印書館臺二版，1967 年)，頁 89。

古之大獸也。」[107]因其體形巨大，在《列子》書被描寫成能載負五神山神力，並寫出龍伯國大人能釣巨鼇，釣鼇成了豪氣形象。根據宋趙德麟《侯鯖錄》記載：「李白開元中謁宰相，封一板，上題云：『海上釣鼇客李白。』相問曰：『先生臨滄海，釣巨鼇，以何物為釣緡？』白曰：『以風浪逸其情，乾坤縱其志，以虹雲為絲，明月為鈎。』又曰：『何物為餌？』曰：『以天下無義丈夫為餌。』時相悚然。」[108]李白自稱「海上釣鼇客」，如此傲骨、義氣凜然，在仙遊之中，注入狂熱救世情感。

　　李白海意象詩歌中出現「鯨」意象約有 11 首。「鯨」、「鯨鯢」歷來被用來喻指叛亂勢力的象徵，如《左傳・宣公十二年》云：「古者明王伐不敬，取其鯨鯢而封之，以為大戮。」、李陵〈答蘇武書〉：「妻子無辜，並為鯨鯢」、曹冏〈六代論〉：「掃除凶逆，剪滅鯨鯢」與〈梁湘東王書〉：「淮海長鯨，雖云授首；襄陽短狐，未全革面」、徐陵〈冊陳王九錫文〉：「屠獫狁於中原，斬鯨鯢於涿汜」、陳琳〈檄吳將校部曲〉：「建約之屬，皆為鯨鯢」等皆隱指叛亂勢力。[109]然而李白詩歌承繼前代習慣用語，將「鯨鯢」指安史叛軍或奸佞亂臣賊子，如：

　　　　鯤鯨噴蕩，揚濤起雷。(867〈上崔相百憂章〉)
　　　　海水渤潏，人罹鯨鯢。(868〈萬憤詞投魏郎中〉)

107 (梁)顧野王撰：《論衡》11 卷〈談天〉第 31，見《四部叢刊初編經部》(臺北：臺灣商務印書館臺二版，1967 年)，頁 107。
108 (宋)趙德麟：《侯鯖錄》卷 6《景印文淵閣四庫全書 1037》子部 343(臺北：臺灣商務印書館，1983-1986 年)，頁 396。
109 安旗：〈〈公無渡河〉抉隱〉《李白研究》(臺北：水牛出版社，1996 年 3 月)，頁 221。

安得倚天劍，跨海斬長鯨。(111〈臨江王節士歌〉)

今茲討鯨鯢，旌旆何繽紛。(713〈九日登巴陵置酒望洞庭水〉)

手中電曳倚天劍，直斬長鯨海水開。(112〈司馬將軍歌〉)

鍾山危波瀾，傾側駭奔鯨。(479〈留別金陵諸公〉)

意在斬巨鼇，何論繪長鯨？(492〈聞李太尉大舉秦兵百萬出征東南懦夫請纓冀申一割之用半道病還留別金陵崔侍御十九韻〉)

水客淩洪波，長鯨湧溟海。(404〈贈僧朝美〉)

長鯨噴湧不可涉，撫心茫茫淚如珠。(106〈古有所思〉)

連弩射海魚，長鯨正崔嵬。額鼻像五嶽，揚波噴雲雷。鬐鬣蔽青天，何由睹蓬萊。(3〈古風五十九首其三〉)

月暈天風霧不開，海鯨東蹙百川迴。驚波一起三山動，公無渡河歸去來。(227〈橫江詞六首其一〉)

巨鼇未斬海水動，魚龍奔走安得寧？(205〈猛虎行〉)

魯國一杯水，難容橫海鱗。仲尼且不敬，況乃尋常人？(519〈送魯郡劉長史遷弘農長史〉)

　　李白筆下的「鯨鯢」一詞非但指叛軍亂賊並賦予神話性質，並視為具有神力、邪惡、負面的水中凶猛怪獸，產生超現實的特性，新創出一個鯨鯢神話。其詩中「斬鯨」一詞就具有為民除害，與生命中黑暗的精神面搏鬥之意。

　　〈古風五十九首其三〉一詩承繼木華〈海賦〉描寫海鯨之特色，詩中寫到鯨魚聳起的鼻子像五嶽，掀波吐氣如雲霧雷聲，其鬐鬣能遮蔽遼闊的青天，形容海魚巨大的形象，與〈鼓吹曲辭・奔鯨沛〉：「奔鯨沛，盪海垠。吐霓翳日，腥浮雲。」一詩相仿。此外，李白

〈贈僧朝美〉:「長鯨湧溟海」、〈有所思〉:「長鯨噴湧不可涉」、〈北上行〉:「奔鯨夾黃河」三詩均寫出海鯨磅礴之勢。〈橫江詞六首其一〉對海鯨的描繪,言海鯨能使百川迴流,烘托出橫江險阻,感受到置身形勢險惡的橫江之中,令人心畏懼。

〈猛虎行〉一詩寫出玄宗天寶十四年安祿山叛亂之事,同年常山太守顏杲卿等郡歸唐,不久,史思明的叛軍卻攻陷常山,故有朝降夕叛之意。當時局勢動盪,戰亂紛湧而起,李白發出「巨鼇未斬海水動」的無奈,於此用「巨鼇」比喻叛軍勢騰氣飛,斬巨鼇為國除害,甚至在〈聞李太尉大舉秦兵百萬出征東南儒夫請纓冀申一割之用半道病還留別金陵崔侍御十九韻〉一詩道出「意在斬巨鼇」明其心志。國難當前,詩人自負胸懷奇策不得見用,抒發出「賢哲栖栖古如此,今時亦棄青雲士。有策不敢犯龍鱗,竄身南國避胡塵」哀嘆之語,〈贈薛校書〉與〈同友人舟行遊台越作〉二詩中的「空鬱釣鼇心」、「空持釣鼇心」,以「空」字懷才不遇的悵然。

〈送魯郡劉長史遷弘農長史〉一詩寫出李白傷仲尼不容於世的困厄際遇,以「橫海鱗」比擬仲尼,極具象徵意義,橫海驎是鯨魚,以鯨之雄偉巨大形象,喻仲尼雄偉的生命內涵,而鯨揚波橫海之勢,正象其壯闊的生命力與入世的擔荷氣魄。然而橫海之鯨,竟蹇困於杯水之中,以此流露出強烈的抑鬱之情,傷仲尼亦是自傷己懷才不遇。

四 引發幽思的植物類:海草、海樹

以「草」烘托離愁,其實是一個意義的累積,濫觴於《楚辭‧招隱士》:「王孫游兮不歸,春草生兮萋萋。」這是藉草詠別之祖。[110]

---

110 蕭瑞峰:《多情自古傷離別:古典文學別離主題研究》(臺北:文史哲出版社,1996 年 6 月初版),頁 158。

「草」給人弱小、纖細的印象，古人常用以寫內心幽微的情思。而「草」的葉脈心長，又極具生命力，不論自然環境如何改變，總是能夠枯而後榮，具有無比的韌性。「草」又是隨處可見的植物，不論行人的腳步多遠，分隔的距離多長，它總是亦步亦趨跟隨在行人腳邊，就像是那追隨離人而去的綿綿思念，所以古代文學家就用「草」烘托和寫照離愁[111]。除了送別典型意象外，草一年一度春草綠的特徵，鮮明表現出時序之流轉，易於觸動久別的憂思，在空間呈展上，似乎將人的思念引向遙遠他方，引發人無限感懷，更引起人思鄉之情。

> 嚴風吹霜海草凋，筋幹精堅胡馬驕。(87〈胡無人〉)
> 飄颻江風起，蕭颯海樹秋。(427〈月夜江行寄崔員外宗之〉)

上述二首詩寫到「海草凋」、「海樹秋」皆由於外力的「風」而起，由於風的拂動，草木隨之搖動，恰似千萬隻挽留遠行之人的手，加上蕭蕭風聲的呼喚，心腸再硬，也不足以抵擋這樣摧人心肝的場面，於是，風就經常和悲連結一起。仗著它陣陣寒氣，撩起離人心中的寒意，心寒而悲，於是風一拂，不知抖落離人心中多少悲、多少愁[112]。〈胡無人〉此詩言胡地秋高之時，風寒霜落而海草黃，弓強矢勁而馬肥。詩中寫到「嚴風」、「霜」使得海草為之凋零；〈月夜江行寄崔員外宗之〉言飄飄然而江風起，「海樹」皆是蕭颯的秋氣，除了點出寫作季節外，亦是「興」的手法，帶出下段「歸路方浩浩，

---

111 參見張春榮：〈到底多情是芳草──談古典詩中的草〉《詩學析論》(臺北：東大圖書股份有限公司，1987 年)，頁 87-99。

112 柯志宏：〈荒煙涼雨助人悲：談詩人如何利用外在景物表現離別的氣氛〉《傳習》11 期，1993 年 6 月，頁 235-236。

徂川去悠悠」，表現出思念故鄉，歸途遠而川流長。草木有生無知，種種離別愁緒，皆自心中而起，原不關草枯樹秋，然而二詩因海草、海樹象徵起興，觸景傷懷。

五　指涉位置的地理類

（一）海嶽、海嶠

　　海嶽是指四海五嶽，海嶠是指海濱多山的地方。海濱崛起成百上千米的高山，造就山海結合的絕景，往往成為宗教勝地海上仙山，如山東蓬萊、江蘇雲臺山等。然而李白詩中指涉方位的海嶽、海嶠並非純然寫景，而是加以特殊字詞帶出方位詞來靈活運用，如「藥物『秘』海嶽」、「說法『動』海嶽」、「日足『森』海嶠」、「挂席『歷』海嶠」等詩句中，以「秘」、「動」、「森」、「歷」等鮮活詞彙，將主觀情意表達出來，一掃陳詞爛調，打破海嶽、海嶠肅穆莊嚴形象，煥然一新，其詩如下：

> 橫絕歷四海，所居未得鄰。藥物秘海嶽，採鉛青溪濱。(4〈古風五十九首其四〉)
>
> 道崖乃僧英，說法動海嶽。(347〈贈僧崖公〉)
>
> 海嶽尚可傾，吐諾終不移。(607〈酬崔五郎中〉)
>
> 赤霞動金光，日足森海嶠。(408〈經亂後將避地剡中留贈崔宣城〉)
>
> 挂席歷海嶠，迴瞻赤城霞。(500〈送王屋山人魏萬還王屋〉)
>
> 愧無海嶠作，敢闕河梁詩。(593〈涇川送族弟錞〉)

〈酬崔五郎中〉以海嶽可傾，但然諾不可移，以此比喻其信義
又足以見重於人；〈贈僧崖公〉中以「說法動海嶽」，寫到如來說一
切法，佛法無邊，可撼動海嶽。上述二詩皆以空間「誇飾」手法，
營造出在空間中本屹立不搖，又沒有任何明顯活動之物的誇張寫
法，李白如此安排，並非純粹寫景，而是要寫意。「日足森海嶠」指
從雲隙射出的日光使海嶠顯得森嚴，非但寫出朝日彩霞映海嶠景
象。自然景物忽然之間推移代謝，都能由視覺進入心覺，造成讀者
因變異而驚懼感歎，並激起心中的波瀾。

（二）海門

海門，一詞有三種說法，分別指不同之處：一即是海口，河流
入海處；二是縣名，位於江蘇省東部，崇明縣西北，因地處海隅而
得名；三是鄉鎮名，位於浙江省黃巖縣東六十里，為濱海要埠。據
《南村輟耕錄》卷十二曰：「浙江之口有兩山焉，其南曰龕山，其北
曰赭山，並峙於江海之會，謂之海門。」[113]《西溪叢語》卷上：「惟
浙江濤至則亘如山岳，奮如雷霆，水岸橫飛，雪崖傍射，澎騰奔激，
吁可畏也。其漲怒之理，可得聞乎曰，或云夾岸有山，南曰龕，北
曰赭，二山相對，謂之海門。岸狹勢逼，湧而為濤耳。」[114]

　　西江天柱遠，東越海門深。(523〈杭州送裴大擇時赴廬州長
　　史〉)
　　組練照楚國，旌旗連海門。(703〈登金陵冶城西北謝安墩〉)

---

[113] (明)陶宗儀撰：《南村輟耕錄》(臺北：木鐸出版社，1982 年 5 月初版)，頁
　　150。
[114] (宋)姚寬撰：《西溪叢語》《景印文淵閣四庫全書 850》(臺北：臺灣商務印
　　書館，1983-1986 年)，頁 915-916。

　　楊注：「杭州望海門，三山隱隱可見。」朱注：「海門，在杭州
錢塘江外，海上堪、羈二山相對。」裴長史之任盧州，白在杭州送
之，而盧州在西江，近於天柱；杭州在東越，近於海門。此二詩「海
門」僅是指涉方位詞，但〈登金陵冶城西北謝安墩〉一詩以「旌旗
連海門」道出熊虎之旗，枺羽之旌，連於海門，將軍容壯盛形諸筆
墨之間。

（三）海湄、海濱、海裔、海邊、海浦、海右、海縣、海隅

　　「海湄」其實即是「海濱」、「海裔」、「海邊」之意，海的邊緣
一帶。而「海隅」是指沿海偏遠的地方，古湖泊名，十藪之一，在
今山東省沿海地。至於「海角」一詞有二說：一是形容極遠的地方；
二指突出於海中的狹長形土地。「海右」，朱注：「海右者，東海之右」，
乃海邊之意。「海浦」，乃通海之口，在〈鼓吹入朝曲〉一詩指長江
之意。「海縣」猶言「海宇」，意指近海之地，或海內、宇內之意。

　　　　虎伏避胡塵，漁歌游海濱。(398〈贈友人三首其三〉)
　　　　虎可搏，河難憑，公果溺死流海湄。(61〈公無渡河〉)
　　　　朔雁別海裔，越鶯辭江樓。(864〈江上〉)
　　　　海邊觀者皆辟易，猛氣英風振沙磧。(68〈行行且遊獵篇〉)
　　　　金陵控海浦，淥水帶吳京。(159〈鼓吹入朝曲〉)
　　　　獨坐清天下，專征出海隅。(360〈中丞宋公以吳兵三千赴河
　　　　南軍吹尋陽脫余之囚參謀幕府因贈之〉)
　　　　風韻逸江左，文章動海隅。(403〈贈宣州靈源寺沖濬公〉)
　　　　楊宰穆清飆，芳聲騰海隅。(655〈春日陪楊江寧及諸官宴北
　　　　湖感古作〉)

逐日巡海右，驅石駕滄津。(48〈古風五十九首其四十八〉)

賢相燮元氣，再欣海縣康。(359〈獄中上崔相渙〉)

　　這類意象除了單純指涉方位之外，其靜態意象能直接訴諸我們的感官，如〈古風五十九首其四十八〉：「逐日巡海右」，更以動詞連繫兩個空間物象，因而能產生動態的感覺，反映出自然界力的轉移，引起動態的感受，如〈江上〉：「朔雁別海裔」，而除了展示具體的形象本身，更呈現物體所含蘊的抽象物性。然而李白的海意象詩歌除了即時取景，多能通過「動詞」的妙用來塑造動態意象，展現傳神的功能，如〈贈宣州靈源寺沖濬公〉詩中「文章動海隅」的「動」字，意指文名震動海濱；〈春日陪楊江寧及諸官宴北湖感古作〉詩中「芳聲騰海隅」的「騰」字，意指芳聲騰達偏遠之地、〈鼓吹入朝曲〉詩中「金陵控海浦」的「控」字寫出掌控海口之鑰，這些動詞的妙用，將「海隅」、「海浦」這些方位詞地點注入了新生命，多有「天下」之意，這些詩歌運用「擬人化」方式，摹擬自然界、人文物類靜態的與動態的連繫性，重新創造出自然界地理與人文物類之間產生的一種動態的變化，達到傳神的效果。

（四）海島

　　海島，即海中島嶼。除了形容海中自然景貌外，更有孤島、處境艱困之意。

遠山積翠橫海島，殘霞霏丹映江草。(281〈酬殷佐明見贈五雲裘歌〉)

蘇武天山上，田橫海島邊。(732〈奔亡道中五首其一〉)

〈酬殷佐明見贈五雲裘歌〉一詩言裘之美，如一幅遠山積翠之橫於海中之島，殘霞之飛丹映於江草，五色繽紛，雜然並見，於此「海島」一詞純作為大自然景色描摹。然〈奔亡道中五首其一〉詩中寫到蘇武不肯投降匈奴而餓於天山之上，田橫不肯事暴秦而投於海島之中，融入事典，此「海島」是為鋪寫田橫一事。據《史記・田儋列傳》卷 94 第 34：「漢滅項籍，漢王立為皇帝，……田橫懼誅。與其徒屬五百人入海，居島中。」[115]然而漢王使招降，橫與客二人往洛陽，未至，羞為漢臣，自殺。島中之徒眾聞橫死，皆自殺。於此用典形容處境困厄，借事喻意。

六　以喻品格的器物類

（一）海明珠、海底珠

海明珠、海底珠乃海中珍貴之寶物，是產珍珠的「蚌」內因異物侵入或病理變化而產生的圓形顆粒，呈白色或微黃色，是珍貴的裝飾品。海含眾寶，靡所不包；海懷眾珍，無求不得。李白借此珍寶形容人才華卓特，冠蓋群雄之意，其詩如下：

> 倒海索明月，凌山採芳蓀。(332〈書情贈蔡舍人雄〉)
> 雙珠出海底，俱是連城珍。(344〈贈崔司戶文昆季〉)
> 倒瀉溟海珠，盡為入幕珍。(379〈贈張相鎬二首其一〉)

〈書情贈蔡舍人雄〉一詩作於天寶十二年(753)，李白 53 歲，李

---

115 (漢)司馬遷著、楊家駱主編：《新校本史記三家注并附編二種》卷 94(臺北：鼎文書局，1993 年 2 月 7 版)，頁 2647-2649。

白自天寶三載遭讒去京，至十二載正當十年，如詩中所言：「一朝去京國，十載客梁園」，將南遊前與蔡雄告別而作。李白被饞而去，如白璧受玷，幸蒙天子聖明，回光垂照，得雪其枉，而宰相李林甫已死，野無遺逸之士，舉天下英豪，詩云：「倒海索明月，凌山採芳蓀」以索珠、採芳比喻求賢，此二句意指天下人才搜羅殆盡。〈贈崔司戶文昆季〉一詩同作於天寶十二年(753)暮秋初來安徽宣城。此詩乃贈崔司戶兄弟，而以明珠為比，言雙珠出於海底，是稀世之珍，有連城之價，是明月之珠。如此超然獨出光耀他人，崔司戶兄弟才華並秀，猶雙珠出海，餘光驚豔眾人。〈贈張相鎬二首其一〉一詩寫到張鎬能盡攬天下之英材，皆為入幕之賓，因此「馮異獻赤伏，鄧生欻來臻。庶同昆陽舉，再覩漢儀新」，馮異、鄧禹之徒聞風而至，相與平禍亂、輔中興。上述三詩皆將海底珠 、海明珠如此無價之寶比喻為國家賢才英豪，可見李白一心期待國家上位者能拔卓良才、重視賢才，隱約之中又見滄海遺珠之憾。

（二）海門石

石超乎自然，早具形質，不輕易改變，具穩定性與嗣續性。它展現出中國古人崇尚耿介堅貞的人格美。在《呂氏春秋・誠廉》曰：「石可破也，而不可奪堅。」[116]對石的堅貞品性表現出儒家的人格理想。此外，石意象又凝聚寄托著古人孤高自許、不同流俗的獨特審美情趣。若「石」作為情感載體，還具有連結仙凡的功能。[117]而李白海意象詩歌中出現的一次，如：

---

[116] (秦)呂不韋著：《呂氏春秋》季冬紀第十二凡六篇第十二，四曰誠廉(臺北：藝文印書館，1959 年)，頁 274。

[117] 參王立：《心靈的圖景：文學意象的主題史研究》(上海：學林出版社出版，1999 年第 1 版)，頁 183-190。

濤卷海門石，雲橫天際山。(500〈送王屋山人魏萬還王屋〉)

潮勢壯盛，撼動海門石，堪羨二山，其狀若浮，濤勢之噴薄，如雲橫於天際之山。此處的海門石，除了強調石的堅固的特質外，更指出外來海潮的猛烈的打擊下，寄託出「孤高自許、不同流俗」之情外，更表露出魏萬與自己「耿介堅貞」之心。

七 海防相關的建築類

（一）海船

近年考古發現，得知漢代的番禺已經出現相當發達的造船業。1974 年底，在廣州市文化局建築工地挖土中，發現了一處秦漢時期造船工場的遺址，試掘工作從 1975 年 8 月開始，於 1976 年 1 月結束。船場遺址在廣州中山四路北面，中心平行排列三個造船台，船台長度在 88 米以上。據估計，已可建造體寬 6 至 8 米，長 20 至 30 米，載重數十噸的大木船[118]。《晉書・王濬傳》記載：「武帝謀伐吳，詔濬作舟艦，濬乃作大船連舫，方百二十步，受二千餘人，以木為城，起樓櫓，開四出門，其上皆得馳馬來往」[119]，至隋代的《隋書・楊素傳》記載：「居永安造大艦，名曰『五牙』，上起樓五層，高百餘尺，左右前後，置六拍竿，並高五十尺，容戰士八百人」[120]與《大業雜記・隋煬帝》記載：「龍舟高四十五尺，闊五十尺，長二百尺，

---

118 詳見廣州市文物管理處、中山大學考古專業 75 屆工農兵學員：〈廣州秦漢造船工場遺址試掘〉《文物》1977 年第 4 期，頁 1-16。

119 (唐)房喬撰：《晉書》冊 3 卷 42〈王濬傳〉《四部備要》(臺北：臺灣中華書局，1965 年 11 月臺 1 版)，頁 5。

120 (唐)魏徵撰：《隋書》冊 3 卷 48〈楊素傳〉《四部備要》(臺北：臺灣中華書局，1965 年 11 月臺 1 版)，頁 2。

四重」[121]，然而「隋代所造的五牙大戰船，船上有五層樓，高百餘尺，四周設置 6 個拍竿，高 50 尺，用以拍擊敵船。煬帝巡幸江都，所乘船有龍舟、翔螭、浮景、漾彩、朱鳥、蒼螭、白虎等名目。其中龍舟高 45 尺，闊 50 尺，長 200 尺。船身分 4 層，上層有正殿、內殿和東西朝堂，中間兩層有 120 個房間。唐代海船製造也很發達，從廣州到印度南端這條船線上的船隻，多由中國製造。揚州是當時官船的製造中心之一，設有船場。這裡出土唐代內河平底船，具有載重量大、航速快的特點。」[122]可見當時造船技術已臻斯境。「唐王朝建立後，進一步加強了中央集權制，並擴大與周邊國家的友好交往，在北方有『登州入高麗渤海道』直達朝鮮半島和日本，在南方有『廣州通海夷道』，船隻可到達東南亞各國。各國也多次派使節留學生到中國。無論是為了國際貿易船隻的安全還是為了鞏固唐王朝的統治，都必然建立起強大的水師。當時，唐朝水師中常用主要船型有樓船、艨艟、鬥艦、走舸、遊艇和『海鶻船』[123]。」[124]唐代戰船出現了設置 8 個水密艙的「八槽艦」和「外裹牛皮作護甲，牛皮上塗上桐油，使其防護作用更好」的「油船」。

---

[121] (唐)杜寶撰：《大業雜記》《中國野史集成》第 3 冊(成都：巴蜀書社，1993年)，頁 244。

[122] 張豈之、張國剛、楊樹森主編：《隋唐宋史》(臺北：五南圖書出版公司，2002年)，頁 127。

[123] 關於海鶻船的記載始見於唐代李筌：《太白陰經‧水戰具篇》：「海鶻：頭低尾高，前大後小，如鶻之狀。舷下左右置浮板，形如鶻翅。其船雖風浪漲天無有傾側。背上左右張生牛皮為城，牙旗、金鼓如戰船之制」。見(唐)李筌撰：《太白陰經》卷 4(臺北：老古文化事業公司，1978 年 8 月臺灣初版)，頁 10。

[124] 頓賀、席龍飛：〈唐代「海鶻」戰船復原研究〉《華東船舶工業學院學報(自然科學版)》2004 年 8 月第 18 卷第 4 期，頁 17。

興引登山屐，情催汎海船。(506〈送楊山人歸天台〉)

再動遊吳棹，還浮入海船。(550〈金陵送張十一再遊東吳〉)

〈送楊山人歸天台〉一詩此處「汎海船」用《晉書・謝安傳》卷 79 典故曰：「(謝安)嘗與孫綽等汎海，風起浪湧，諸人並懼，安吟嘯自若。舟人以安為悅，猶去不止。風轉急，安徐曰：『如此將何歸邪？』舟人承言即迴。眾咸服其雅量。」[125]

寫出阮咸有靈運登山之興，謝安泛海之情，悠然物表，不拘乎勢利，與楊山人襟期灑落相同，展現曠達人生觀。然而另一首泛海船卻是截然不同的心情思維，如〈金陵送張十一再遊東吳〉一詩乃是送張君再遊東吳而有所感，而東吳乃張十一舊遊之地，今再動其棹，弄扁舟以浮海，詩末四句寫出「去國難為別，思歸各未旋。空餘賈生淚，相顧共悽然」道出自己如同賈誼，進不見用於朝廷，退不得志於王國，此處還浮入海船，是期待藉由乘船蹈海，以抒發鬱悶之情。

(二)海戍

「海戍」，乃是以兵卒防守沿海的疆域，言下之意，即是「海邊軍隊駐守的營房」。〈紫騮馬〉一詩為李白海意象詩歌中最具代表海防、征戰，其詩如下：

紫騮行且嘶，雙翻碧玉蹄。臨流不肯渡，似惜錦障泥。白雪關山遠，黃雲海戍迷。揮鞭萬里去，安得念春閨？(180〈紫

---

125 (唐)房玄齡撰、楊家駱主編：《新校本晉書并附編六種》卷 79(臺北：鼎文書局，1992 年 11 月 7 版)，頁 2072。

驪馬〉)

〈紫驑馬〉詩題雖為詠馬，然李白筆下實乃出塞詩歌。據宋代郭茂倩《樂府詩集》橫吹曲辭四〈紫驑馬〉引《古今樂錄》曰：「〈紫驑馬〉古辭云：『十五從軍征，八十始得歸。道逢鄉里人，家中有阿誰？』又梁曲曰：『獨柯不成樹，獨樹不成林。念郎錦褾襠，恒長不忘心。』蓋從軍久戍，懷歸而作也。」[126]此詩寫出從軍遠戍，但征戍之遠，賴馬以行。乘此紫驑之馬，然隆寒白雪，關山尚遠，昏暮黃雲，海戍又已迷，將邊塞苦寒之地、淒涼之景一展無遺。

上述十九種七大類與海相關物象的類型，可見李白詩歌呈現海邊景物之多，海濱、海底世界之物產豐富，海景變化多端，並且將「海」與「日」、「月」、「風」、「霜」、「雪」、「雲」、「霧」這些大自然景物結合呈現於詩中又是一番特別的風貌，甚至寫到「海船」、「海戍」可見唐代邊防、國家武力與經濟狀況，考察李白詩歌中海字詞彙使用非但可了解唐代國政民生外，更可明瞭唐人的海洋世界文化。

詩是美文學，是文學的精華，是美的化身。亞里斯多德(Aristotle)的美學專著，就稱之謂《詩學》[127]。海德格(Martin Heidegger)的美學著作《詩・語言・思》說：「最真實的語言，便是詩歌。」因此詩歌是人生活的寫照，生命的昇華。康德(Immanuel Kant)說：「美是『道德的善』的象徵。」[128]又宗白華先生把真和善，看作是一種內在的，

---

126 (宋)郭茂倩編撰：《樂府詩集》(一)第 24 卷橫吹曲辭四　漢橫吹曲四〈紫驑馬〉(臺北：里仁書局，1999 年 1 月初版 2 刷)，頁 352。

127 何遊主編：《審美學通論》(安徽：安徽人民出版社，1990 年 9 月第 1 次印刷)，頁 107。

128 宗白華：《美從何處尋》(臺北：駱駝出版社，1995 年 6 月 1 版 2 刷)，頁 316。

更高的美[129]。亞里士多德(Aristotle)說：「美是一種善，其所以引起快感正因為它是善。」[130]而「詩歌創作如果脫離了現實生活，於世無補，那麼就必然失去源泉，虛假的語言是不能成為詩的。『真』是根本，只有『真』的才能是『善』的，只有既是『真』的又是『善』的才能是『美』的。」[131]法國十八世紀的唯物主義美學大師狄德羅說得好：「真善美是緊密結合在一起的。在真和善之上加上一種稀有的光輝燦爛的情境，真或善就變成美了。」因此李白海意象詩歌雖然呈現遊仙虛幻之美與實景壯闊之美，其實就是真與善的感性顯現。

李白目睹開元之盛、天寶之奢，親歷安史之亂、戎狄之患，在浪漫飄逸的詩風下，隱隱流露出憂國憂民之情。雖懷抱著經世濟民之理想與強烈的社會責任感，惜奸佞當權，在現實生活中遇到了嚴峻的挑戰與無情的打壓，黑暗的政治環境使其有志難伸，終身不遇，醉吟浪遊江海之際，觀看大自然中海的千姿萬化，了悟世事多變、人生無常的變化莫測之道，海潮風浪無情吞噬人命，最終並期望跨海斬長鯨、永不放棄的精神氣勢。

李白以其出神入化之如椽巨筆描繪了多姿多彩的海意象，無論海山海潮、海天風雨、海市蜃樓，甚至海中物產充滿奇幻，在狀景摹物，或借物興感，都神思飛揚，除了承繼前人海字詞彙外，並新創不少海字相關詞彙，內容與創作手法多元化，有實有虛，有詠有歎，有思有感，有喜有悲。可見李白對於生活中的海意象作了縱向與橫向的深入開拓，在海意象中投入自己的生命情懷，浸透了真與

---

129 林同華：《宗白華美學思想研究》(臺北：駱駝出版社，1987 年 8 月)，頁 145。

130 此語引自亞里士多德的《政治學》一書，由朱光潛譯稿，見朱光潛編譯：《西方美學家論美與美感》(臺北：天工書局，1988 年)，頁 30。

131 吳明賢、李天道編著：《唐人的詩歌理論》(四川：巴蜀書社，2006 年 9 月)，頁 267。

善的結晶，響徹著充滿智慧與善良建功立業報國的願望，達到真善美的境界。

　　在海意象詩歌中我們可見李白的激情、願望、想像，以及對心酸歲月，人間離合的抒寫，能對引起美感經驗的景物與想像神遊仙界的描繪，非但能折射出其內心世界，更可窺見其人格活動與思想，因此，海意象詩歌飽含著詩人的靈魂與生命。

第四章　從海意象看李白的性格與思想

　　李白一生主要活動在玄宗、肅宗兩朝，唐代由盛轉衰的關鍵時期，依照他生平主要的經歷事蹟，約略將其一生分為五個時期，筆者除去未編年海意象詩歌 12 首外，統計其海意象詩歌創作的時間分佈，可知各時期海意象創作數量比率：開元 13 年（西元 725 年）25 歲未出蜀以前為第一時期，此時期海意象詩歌只有 2 首，皆作於開元 3 年(西元 715 年)15 歲那年。自此至天寶元年（西元 742 年）42 歲受詔抵達長安以前約十四年期間為第二期，此時期海意象詩歌有 53 首，平均每年創作 3.8 首。在長安的三年（西元 742~744 年）為第三期，此時期海意象詩歌有 46 首，平均每年創作約 15 首，短暫的政治經歷帶給李白許多的煎熬，他的悲傷感慨比起賜金還山時更要來得深沈，他深刻的體驗到人世間的身不由己與無可奈何的悲哀，對自由的嚮往也達到頂點，因此其詩作中除了藉海曠懷之作外，更多的是通過對海意象中的海外仙山描繪和想像，來表達他對理想境界的追求。從天寶 3 年離開長安，在各地漫遊，一直到天寶 14 年（西元 755 年）安史之亂爆發長達十年為第四期，此時期海意象詩歌有 92 首，平均每年約創作 9.2 首。李白 56 歲開始，從避亂廬山到入永王幕，再下獄尋陽、流放夜郎，最後在 62 歲（西元 762 年）病死安徽當塗為第五期，此時期海意象詩歌有 49 首，平均每年創作

約 7 首[1]。海意象雖分佈於李白各時期，但在長安三年到安史之亂爆發這段期間是數量最多，顯然海已成為生命面臨橫阻時，想要通渡關卡，有渡濟的自我慰藉之道。

按照完形心理學的理論，世界上所有的事物都具有兩種屬性，一種是物理性的(非表現性)，一種是表現性。而審美體驗就是對象的表現性及其力的結構(外在世界)，與人的神經系統中相同的力的結構(內在世界)的同型契合[2]。完形心理學者認為世界上種種事物的表現都具有力的結構，在彼此之間相同的力結構中找到可融合的基點，因此「外在世界」(指作為人的對象的物理世界)與「內在世界」(人的心理世界)質料雖然不同，但是力的結構可以是相同的，如古人以楊柳為送別之意，因楊柳枝條柔弱下垂，所表現的力的結構與臨別之依依離情的心理結構力場是一致的，人與楊柳雖性質有別，但卻可在這相似的表現結構中融合起來，即為「異質同構」。由於「同構」的相互牽引，因此李白從宇宙中找到與其生命最契合對應的同構體，除了「月」、「酒」之外，還有「海」。

意象不是一種表象的堆砌與模糊的聯想媒介，它是潛意識中一種生命衝擊力的展現，它蘊藏著被壓抑的人生經歷，融會豐美的人性力量。李白詩歌強調主體當下瞬刻間之內心活動，李白的性格在海意象詩歌中表現得尤為直接感性，喜怒哀樂，嬉笑怒罵，如聞其聲，如見其人，散發著強烈的人格魅力。

故然李白的性格與思想大略為人所熟知，然而他究竟如何反映

---

1 呂興昌將其生平分為四期，即將最後兩期合併，但筆者認為安史之亂對李白的思想行動有重大影響，故再細分為前後，以便說明。參見呂興昌：《李白詩研究》臺灣大學中文研究所碩士論文，1973 年，頁 5。

2 見童慶炳：《中國古代心理詩學與美學》(臺北：萬卷樓圖書股份有限公司，1994年)，頁 168。

在他的詩歌作品上，特別是與「海」意象有關的詩作上？一般人對於李白詩歌中的「月」、「酒」、「神仙」等意象較為熟知，如「月」意象是光明的實象，加上月亮神話，表現出李白浪漫超凡的性格；「酒」意象也是實象，但卻是失意消愁的載體，瀟灑呈展出傲視權貴的性格；「神仙」意象是虛象，幻想仙境，表現出道教徒身分與道教文化思想，然而對於數量比「酒」意象更多的「海」意象，卻似無所聞。而「海」意象非但是實象，更有海外仙境──「第四度空間」浪漫主義思維的虛象，而海的形象瞬息萬變，有時波濤洶湧、大浪滔天、海水群飛；時而風平浪靜、海不揚波，一如李白的性格與思想，深廣無底，傲岸衝撞的性格與變動不羈的思維，不易捉摸，非常人定性，一如大海容納眾家思想，百花齊放於一身。因此，從海意象來看詩仙李白，比「月」、「酒」、「神仙」等意象更能凸顯其性格與思想，以下從同構體「海」意象來探討李白性格與觀照李白的思想。

第一節　海意象所凸顯的李白性格

　　詩歌是詩人自我表述，是詩人內心世界的展示，有時強調其思想、情感，有時強調個性或特性。李白詩歌中運用各式各樣的海象、海神、遊仙思想，不僅對其形態做萬端的精彩描繪，同時在對它們的審美中，注入自我生命感受的體驗。詩人筆下的海非僅僅是海而已，而是極富個性、意蘊深厚的象徵，詩中海形象呈現出一種理想化和個性化的意境，更展現出自己的性格情懷。海意象詩歌負載了詩人無限的情思和心緒，折射出詩人的內心世界，詩人運用天界事，使之人間化，藉此傳達其人生理想與情懷。然而一個人的性格多與

其成長背景、生活經歷、師承家學淵源、交友見聞有極密切關係，李白既是詩人，又是道士、酒徒、狂生與劍客，筆者試從海意象詩歌透視其如何糅合、展現出這些人格特質風貌。

一 如海迷幻般的浪漫超凡

李白海意象詩歌有不少「望海遊仙」之作，雖然有 11 首詩歌質疑神話仙境的美好[3]，表現其現實主義的思想，但絕大多數是「美化仙境理想」，展現出其浪漫主義人格特質。現實主義的思維會著重對客觀世界具體如實的描繪，呈現一幅寫實生活的圖像，而浪漫主義的思維往往側重於表現出自我主觀的心象世界，充分揭示自我的精神面貌，抒發內心強烈豐富激情與理想。李白海意象詩歌非但有具體呈現出「海」的靜態、動態各式形象、海上風物景貌外，並融入社會寫實的情景外，更多展現「第四度空間」的浪漫主義思維，其性格如同大海放浪不羈、包藏萬物萬象，浪漫超凡性格的自我形象在海意象詩歌中特別鮮明突出。

（一）酒徒

李白嗜酒，是個酒徒，多以酒入詩[4]，而筆者統計李白 1,054 首

---

3 李白海意象詩歌中約有 11 首推翻神話仙境美好，如：〈登高丘而望遠海〉、〈日出入行〉、〈江夏寄漢陽輔錄事〉、〈留別賈舍人至二首其一〉、〈來日大難〉、〈永王東巡歌十一首其九〉、〈古風五十九首其四十三〉、〈橫江詞六首其四〉、〈郢門秋懷〉、〈贈僧行融〉、〈答長安崔少府叔封遊終南翠微寺太宗皇帝金沙泉見寄〉。

4 歷來諸學者對李白詩中酒字、酒意象統計數據不一，筆者綜合整理如下：

1.大野實之助曰：「李白全部一千餘首詩中，直接談到『酒』，再加上包含間接與「酒」相關的語句，可以發現多達三百首。」見大野實之助：《李太白研究》（東京：早稻田大學出版部，1959 年），頁 224。

詩歌中，出現「酒」字約有 213 次、173 首。除了天性浪漫外，加上酒精迷幻使然，酒後情感更加奔放，一如大海汪洋澎湃，想像力更加豐富，酒後可盡情地上天入海，進入第四度空間大量寫作夢遊、遊仙之作，而仙山島嶼多於海外，因此海意象詩歌與其酒徒身分密

2. 郭沫若說：「李白今存詩作約一千零五十首，提到飲酒的約有一百七十首，占百分之十六強。」見郭沫若：《李白與杜甫》(北京：人民文學出版社，1971 年 10 月)，頁 196。

3. 葛景春在《李白研究管窺》一書，以電腦統計出酒在李白千餘首詩中，共出現 206 次，比率達 20%，占全部的五分之一。如果加上與酒有關的詞如醱、醅、漿、釀、飲、酌、醉、酣、酩酊、杯、樽、壺、觴、卮、瓶、斗、罍、金叵羅等，飲酒活動總出現達 698 次，占李白詩的總字數比率為 0.96%，遠高於杜甫 0.47%，實在無愧於「酒仙」之名。參見葛景春：《李白研究管窺》(河北：河北大學出版社，2002 年 3 月)，頁 184-185。

4. 葛景春將李白詩歌中有關酒和飲酒的詞做過初步統計：「詩中出現『酒』字的有 115 處，『醉』字 111 處，『酣』字 18 處，『酌』字 22 處，『杯』字 18 處，『樽』字 14 處，其他如醑、醆、醒、釀、酩酊、玉漿、玉液、玉觴、玉壺、玉碗等有 24 處，加起來總共 322 處。見葛景春：〈李白與唐代酒文化〉《河北大學學報》第三期，1994 年，頁 50。

5. 周天令〈李白與酒〉一文中指出：「李白所作之詩，題目有『酒』字者 26 首，使用與『酒』相關的字詞，如『醉』字者 15 首，『酌』字者 13 首，『飲』字者 3 首，『宴』字者 5 首，『餞』字者 6 首，『樽』字者 2 首，『釀』、『醅』字者各 1 首，合計 72 首，約占全部詩作九百餘首的十三分之一。如再加上詩題無酒字，亦無與酒相關的字詞，而其題材內容卻涉及酒，或與酒相關的人、事者，則雖必未如《冷齋夜語》所稱：『李白詩詞，十句九句言婦人、酒耳。』然亦相去不遠矣。詩中除出現酒字二百餘次外，到處充斥著與『酒』字相關的字詞。」見周天令：〈李白與酒〉《嘉義農專學報 42》，1995 年 8 月，頁 99。

6. 林明德言：「在李白詩歌 1045 首當中，涉及酒意象的共有 258 首，占百分之二十五。」見林明德：〈李白詩歌的酒意象〉《唐代文學論叢》(嘉義：中正大學中國文學系，1998 年 6 月)，頁 65。

7. 朱箴元在〈舉杯消愁愁更愁——品李白詩中的酒〉一文中所言：「《全唐詩》輯錄了李白詩作 1006 首，其中涉及「酒」的達 215 首。」見朱箴元：〈舉杯消愁愁更愁——品李白詩中的酒〉《福建金融管理幹部學院學報 67》2002 年 2 月，頁 52。

切相關。雖然唐朝是個東面環海，以陸權為主的國家，已有海運，然而唐人真正出海遠遊機會甚微，李白卻是唐朝詩人中創作最多海意象詩歌，使用最多海字相關詞彙入詩的作家，因此可說李白的「酒」與「海」結下不解之緣。

杜甫〈飲中八仙歌〉曰：「李白一斗詩百篇，長安市上酒家眠。天子呼來不上船，自稱臣是酒中仙。」活畫出一個狂歌豪飲、放蕩不羈之酒仙形象。郭沫若曾評介李白為「生於酒而死於酒」，筆者統計李白詩歌中有 213 次提到酒意象，在 254 首海意象詩歌中出現 48 次「酒」字[5]，約占五分之一，可見飲酒詩幾乎與海意象緊密連繫著。

5　在 254 首海意象詩歌中，出現「酒」字共 48 次，如：玉瓶沽美酒，數里送君還。(476〈廣陵贈別〉)賦詩旗亭閣，縱酒鸚鵡洲。(405〈贈僧行融〉)金樽清酒斗十千，玉盤珍羞直萬錢。(72〈行路難三首其一〉)平臺為客憂思多，對酒遂作梁園歌。……人生達命豈暇愁？且飲美酒登高樓。……連呼五白行六博，分曹賭酒酣馳暉。(218〈梁園吟〉)岑夫子，丹丘生，進酒君莫停。……陳王昔時宴平樂，斗酒十千恣歡謔。……五花馬，千金裘，呼兒將出換美酒，與爾同銷萬古愁。(67〈將進酒〉)能胡歌，獻漢酒。(84〈上雲樂〉)長劍一杯酒，男兒方寸心。(325〈贈崔侍御〉)把酒爾何思？　鷓鴣啼南園。(534〈同王昌齡送族弟襄歸桂陽二首其一〉)唯願當歌對酒時，月光長照金樽裡。(658〈把酒問月〉)明日斗酒別，惆悵清路塵。(516〈單父東樓秋夜送族弟沈之秦〉)盃以傾美酒，琴以閑素心。(843〈擬古十二首其十〉)魯酒白玉壺，送行駐金羈。(463〈秋日魯郡堯祠亭上宴別杜補闕范侍御〉)吾兄詩酒繼陶君，試宰中都天下聞。(465〈別中都明府兄〉)長風吹月渡海來，遙勸仙人一杯酒。……酒中樂酣宵向分，舉觴醉堯堯可聞。(513〈魯郡堯祠送竇明府薄華還西京〉)置酒望白雲，商飆起寒梧。(693〈登單父陶少府半月臺〉)對酒不肯飲，含情欲誰待？(199〈對酒行〉)白雞夢後五百歲，洒酒澆君同所懽。(229〈東山吟〉)朝沽金陵酒，歌吹孫楚樓。……酒客十數公，崩騰醉中流。(618〈翫月金陵城西孫楚酒樓達曙歌吹日晚乘醉著紫綺裘烏紗巾與酒客數人棹歌秦淮往石頭訪崔四侍御〉)正好飲酒時，懷賢在心目。(341〈敘舊贈江陽宰陸調〉)懷余對酒夜霜白，玉牀金井冰崢嶸。(629〈答王十二寒夜獨酌有懷〉)憶昔洛陽董糟丘，為余天津橋南造酒樓。(426〈憶舊遊寄譙郡元參軍〉)顏公三十萬，盡付酒家錢。……崔生何傲岸，縱酒復談玄。(391〈贈宣城宇文太守兼呈崔侍御〉)重陽不相知，載酒任所適。(452〈宣城九日聞崔四侍

而「太白酒樓」、「太白遺風」的酒旗也遍布全國，古書中更有李白任酒賦詩記載，如唐代孟棨《本事詩》記載李白宮中扶醉填詞：「白取筆抒思，略不停輟，十篇立就，文不加點」[6]；皮日休〈七愛詩〉之〈李翰林〉稱揚李白：「醉中草樂府，十幅筆一息」；貫休在〈觀李翰林貞二首之一〉曰：「御宴千鍾飲，蕃書一筆成」[7]；明代程大約在〈采石阻風謁太白祠〉云：「一代詩名誰與共，千秋酒態自堪憐」[8]，李白酒名如此顯赫，在酒後幻遊仙境的詩作中，塑造出一個自由精神的人格特質。

　　《開元天寶遺事・天寶下》曰：「李白嗜酒，不拘小節。然沉酣

御與宇文太守遊敬亭余時登響山不同此賞醉後寄崔侍御二首其一〉)還惜詩酒別，深為江海言。(727〈之廣陵宿常二南郭幽居〉)朝來采是滄洲逸，酤酒提盤飯霜栗。(748〈夜泊黃山聞殷十四吳吟〉)擁腫寒山木，嵌空成酒樽。(878〈詠山樽二首其二〉)置酒送惠連，吾家稱白眉。(593〈涇川送族弟錞〉)我來五松下，置酒窮躋攀。(681〈與南陵常贊府遊五松山〉)酒酣欲起舞，四座歌相催。(797〈過汪氏別業二首其二〉)溧陽酒樓三月春，楊花茫茫愁殺人。(205〈猛虎行〉)歲酒上逐風，霜鬢兩邊白。(398〈贈友人三首其三〉)楊花滿州城，置酒同臨眺。(408〈經亂後將避地剡中留贈崔宣城〉)野酌勸芳酒，園蔬烹露葵。(401〈贈閭丘處士〉)酒酣舞長劍，倉卒解漢紛。(575〈送張秀才謁高中丞〉)窺日畏銜山，促酒喜得月。 (365〈經亂離後天恩流夜郎憶舊遊書懷贈江夏韋太守良宰〉)與君數杯酒，可以窮歡宴。(369〈贈王漢陽〉)常時飲酒逐風景，壯心遂與功名疏。(374〈贈從弟南平太守之遙二首其一〉)美酒樽中置千斛，載妓隨波任去留。(209〈江上吟〉)酒以甘露言，清涼潤肌髮。(716〈登巴陵開元寺西閣贈衡岳僧方外〉)俄然浦嶼闊，岸去酒船遙。(558〈送殷淑三首其一〉)田家有美酒，落日與之傾。(657〈遊謝氏山亭〉)。

6 (唐)孟棨：《本事詩》〈高逸第三〉《景印文淵閣四庫全書 1478》(臺北：臺灣商務印書館，1983-1986 年)，頁 240。

7 上述二首詩分別出自《全唐詩》卷 608《景印四庫全書薈要 438》集部 91 冊，頁 485。、《全唐詩》卷 829《景印四庫全書薈要 441》集部 94 冊(臺北：世界書局，1988 年)，頁 140。

8 明代程大約〈采石阻風謁太白祠〉一詩見瞿蛻園等校注：《李白集校注》(二)(臺北：里仁書局，1981 年)，頁 1945。

中所撰文章，未嘗錯誤；而與不醉之人相對議事，皆不出太白所見，時人號為『醉聖』。」[9]酒帶給李白的是一種飛動的氣勢、一種飄逸的靈性、一種往來於天地的絕對自由。

上述詩例中最特殊就是〈東山吟〉與〈江上吟〉二詩，展示出自己挾妓遨遊，標榜其風流瀟灑，放蕩不羈。李白為何特別喜歡攜妓出遊，甚至把隨行之妓稱為「東山妓」，其用心不難想見，乃一心效仿謝安。謝安是東晉有名的政治家，早年曾隱居會稽東山，到四十歲後才出仕。官運一路亨通順遂到宰相之位，並為國家抵擋外患，更因肥水之戰留名青史，然其閒暇之餘則攜妓遊賞、放歌狂嘯，盡情享受任真愜意的生活。「談笑安黎元」乃是李白畢生之志，正如王國瓔所言：「李白顯然視其攜妓遨遊並非單純的縱情聲色，而是和當年謝安一樣，是其出山輔佐朝廷，建立功業之前奏曲。……李白攜妓遨遊的自畫像裡，不單單是標榜自己放蕩不羈，風流瀟灑，同時還深深寄託一份參與政治的意願，以及等待徵辟的心情。」[10]

李白愛喝酒，更愛酒後作詩，〈襄陽歌〉云：「百年三萬六千日，一日須傾三百杯。」，又〈行路難〉：「且樂生前一杯酒，何須身後千載名」，杜甫在〈飲中八仙歌〉中寫下令人難忘的身影：「李白斗酒詩百篇，長安市上酒家眠。天子呼來不上船，自稱臣是酒中仙。」據《舊唐書・李白傳》中，短短三百餘字，竟出現十多次有關李白醉酒的描述：

　　少與魯中諸生孔巢父、韓沔、裴政、張叔明、陶沔等隱於徂
　　徠山，酣歌縱酒，時號「竹溪六逸」。……白既嗜酒，日與

9 (五代)王仁裕：《開元天寶遺事》卷 4〈醉聖〉，見《景印文淵閣四庫全書》1035
　冊子部 341(臺北：臺灣商務印書館，1983-1986 年)，頁 863。
10 王國瓔：〈李白的名士形象〉《漢學研究》9:2 1991 年 12 月，頁 266。

飲徒醉於酒肆。玄宗度曲，欲造樂府新詞，亟召白，白已臥
於酒肆矣。召入，以水灑面，即令秉筆，頃之成十餘章，帝
頗嘉之。嘗沉醉殿上，引足令高力士脫靴，由是斥去。乃浪
跡江湖，終日沉飲。時侍御史崔宗之謫官金陵，與白詩酒唱
和。嘗月夜乘舟，自采石達金陵，白衣宮錦袍，於舟中顧瞻
笑傲，旁若無人。……竟以飲酒過度，醉死於宣城。[11]

　　從上述史傳所載，可見李白是個酒徒，酒帶給李白的不僅是「興
酣落筆搖五岳，詩成笑傲凌滄州」（〈江上吟〉）的狂放和「黃金白璧
買歌笑，一醉累月輕王侯」（〈憶舊游寄譙郡元參軍〉）的傲岸，更是
縱情與真我的復歸。「酒後吐真言」，除去理性的束縛與世俗的偽飾，
將壓抑的情緒宣洩出來，毫無遮掩流露出真實的自我。然而胡仔《苕
溪漁隱叢話》引《鍾山語錄》云：「荊公次第四家詩，以李白最下，
俗人多疑之。公曰：『白詩近俗，人易悅故也。白識見污下，十首九
說婦人與酒。然其才豪俊，亦可取也。』」[12]王安石只見李白借酒助
興的歡愉與沈溺酒色的表象，並未見其在酣暢適意中憤世嫉俗的清
醒，借酒澆愁表現心中的苦悶，揭露批判社會現實面，與他在狂飲
大醉中對生命價值和美的追求。李白帶著痛苦與矛盾的心緒進入醉
鄉，得到暫時的麻醉與安撫，因於現實中無法實現理想的苦悶，只
好將其理想人格投注與寄寓於作品之中，正如杜甫〈不見〉詩云：「敏

---

[11] (後晉)劉昫著、楊家駱主編：《新校本舊唐書》卷190下(臺北：鼎文書局，1979
　　年2月)，頁5053-5054。

[12] (宋)胡仔撰：《苕溪漁隱叢話》前集卷6，收於《叢書集成初編》(北京：中華
　　書局，1985年)，頁36-37。

捷詩千首，飄零酒一杯」[13]。

> 君不見黃河之水天上來，奔流到海不復回！君不見高堂明鏡
> 悲白髮，朝如青絲暮成雪！人生得意須盡歡，莫使金樽空對
> 月。天生我材必有用，千金散盡還復來。烹羊宰牛且為樂，
> 會須一飲三百杯。岑夫子，丹丘生，進酒君莫停。與君歌一
> 曲，請君為我傾耳聽。鐘鼓饌玉不足貴，但願長醉不用醒。
> 古來聖賢皆寂寞，惟有飲者留其名。陳王昔時宴平樂，斗酒
> 十千恣歡謔。主人何為言少錢？徑須沽取對君酌。五花馬，
> 千金裘，呼兒將出換美酒，與爾同銷萬古愁。

〈將進酒〉一詩是酒的精魂，「君不見黃河之水天上來，奔流到海不復回」噴湧出的激情，宏偉壯觀的氣勢，猶如天風海雨般迎面撲來，於此並非理智的傾訴，也非清醒的描摹，更非常語的誇張，而是醉酒後，面對蒼茫宇宙、無限時空發出的浩歎。在詩人眼中，黃河不是從青藏高原發源的，而是從天而降，一瀉千里，東走大海，永不復返，如此壯浪景象，非肉眼可窮極。於此「海」意象雖只是補足詩境的功能，但卻能使詩思導向深遠的聯想與意境，那種一去不復返的百感交集，無可言喻，也唯有酒後才能如此天馬行空想像、浪漫之中又不失壯闊雄放的氣勢。

開首對時光流逝感到人生易老的悲哀，李白四十多年的歲月，費盡心血追求自我實現，但自從賜金放還後，所有的功名事業化為烏有，一如黃河之水奔流入海永不返回，暗喻歲月無情，流年不再。

---

13 (唐)杜甫著、(清)楊倫淺注：《杜詩鏡銓》(臺北：天工書局，1994 年 10 月 10 日)，頁 373。

雖報國貞心未變，可惜青絲已成白霜，因此李白欲借飲酒消愁，然
舉杯消愁愁更愁，「人生得意」的背後，卻道出「人生失意」，在其
金樽莫空裡裝得是苦酒，「須盡歡」是一種功業不就的無奈，正如〈行
路難〉中，詩人面對「金樽美酒斗十千」、「玉盤珍饈值萬錢」，恨不
能「停杯投箸」，因為「四顧茫然」才是生命真正的痛楚，可見在「人
生得意須盡歡」中隱含著鬱憤之情。「烹羊宰牛且為樂，會須一飲三
百杯」依然以反語在寫「須盡歡」，「且為樂」對應之前的「奔流到
海不復回」、「高堂明鏡悲白髮」，「三百杯」對應之前的「須盡歡」、
「莫使金樽空對月」，此處縱酒為樂，其實是一種極悲，之後「將進
酒」、「杯莫停」、「但願長醉不願醒」等醉話，目的在於「與爾同銷
萬古愁」，整首詩呈現出古往今來所有懷才不遇的不平之鳴。

（二）道士

　　詩仙李白[14]，字太白，其出生與仙逝，都帶有神仙色彩，可說是
人生現象仙格化。據說李白出世的時候，母親曾夢長庚星[15]。庚者，
歲也，長庚星就是象徵長歲的太白金星，形象化以後就是長壽的太
白仙翁，因此夢兆，取名為李白。李白超凡的才華，在唐代當世，

14　近二十年來，海峽兩岸以及日本的學者對於「詩仙」的意涵投入了較大的關注，
　　如王運熙先生談到三種：「一是就其容貌舉止和文才而言，是說李白其人看去
　　像仙人，並具有超凡的文學才能；二是就其詩歌風貌而言，謂其詩歌飄逸奔放，
　　如仙人之擺脫拘束；三是就其詩歌的思想內容而言，謂其詩歌多描寫神仙和仙
　　境，有超塵出世之想。」見王運熙：〈李白詩歌的兩種思想傾向和後人評價〉
　　《文學遺產》，1997 年第 1 期，頁 57。

15　《新唐書》第 18 冊卷二百二〈李白傳〉：「白之生，母夢長庚星，因以命之。」
　　見(宋)歐陽修等著、楊家駱主編：《新唐書》(臺北：鼎文書局，1992 年)，頁
　　5762。李陽冰〈唐李翰林草堂集序〉：「驚姜之夕，長庚入夢，故生而名白，
　　以太白字之。世稱太白之精，得之矣。」，見(清)董誥等編：《全唐文》卷 437(北
　　京：中華書局，1983 年)，頁 4460。

被視為神仙般人物，自賀知章稱之為「謫仙人」[16]起，李白的形象就定型了，甚至自認為是偶遭貶謫的仙人，終有一日會回歸仙班，如〈焦山杳望松寥山〉：「安得五彩橋，架天作長橋。仙人如愛我，舉手來相招。」、〈遊泰山六首其二〉：「遺我鳥跡書，飄然落岩間」，並幻想有仙人邀他同遊太虛，如：〈古風五十九首其四十一〉：「呼我遊太素，玉杯賜瓊漿。一餐曆萬年，何用還故鄉？」。根據資料統計，在唐朝約有李陽冰、魏顥、杜甫、任華、獨孤及、劉全白、崔成甫、范傳正、白居易、張祜、皮日休、裴敬、孟棨、劉煦、吳融、徐寅、貫休以及裴說等近二十人以『謫仙』或『酒仙』讚稱李白[17]。李白年輕居於蜀中時，與俠客道士一同隱居岷山、峨眉山，十分信仰道教，深受道教影響。其詩寫到：「家本紫雲山，道風未淪落」，並信奉道教「十五游神仙，仙游未曾歇」，追求道教理想勝地「余嘗學道窮冥筌，夢中往往遊仙山」、「五嶽尋仙不辭遠，一生好入名山遊」，還勤奮修道「清齋三千日，裂帛寫道經」，可見年輕時腦海中深烙道教思想。其後當他被賜金放還後，立即在濟南郡紫極宮正式受籙入道為道士[18]，成為一名真正的道士，以表明自己回歸仙位，不受世俗桎

---

16 《新唐書》第 18 冊卷二百二〈李白傳〉：「李白，字太白……往見賀知章，知章見其文，嘆曰：『子，謫仙人也！』言於玄宗，召見金鑾殿，論當世事，奏頌一篇。」孟棨《本事詩》、王定保《唐摭言》有較詳盡記載。見(宋)歐陽修等著、楊家駱主編：《新唐書》(臺北：鼎文書局，1992 年)，頁 5762-5763。

17 楊文雄：《李白詩歌接受史》(臺北：五南圖書出版公司，2000 年)，頁 53-54。

18 葛景春曾為李白加入道教的原因提出他精闢的見解：「一是：從宗教的迷狂之中，忘卻從政失敗的精神痛苦；二是：李白狂放不羈的自由精神，唯有投入宗教約束力較有彈性的道教，才能讓他可以繼續縱情詩酒、攜妓行歌、秉燭夜遊；三是：向以「天上謫仙人」自居，加入道教才能使他重返仙界，遠離紅塵；四是：決心與統治者決裂的表現，作為暫時脫離政治核心的宣誓；五是：能充分展現其獨立的個性與理想的人格，讓他更可以肆無忌憚地去攻擊王公權貴與非議世俗禮法；六是方便提供經濟上的援助。」見葛景春：《李白與中國傳統文化》(臺北：群玉堂出版公司，1991 年)，頁 154-159。

栝的決心，如〈酬崔侍御〉詩云：「嚴陵不從萬乘船，歸臥空山釣碧
流。自是客星辭帝座，元非太白醉揚州。」、〈下途歸石門舊居〉：「何
當脫履謝時去，壺中別有日月天」，並在〈草創大還贈柳官迪〉詩中
說道：「吾求仙棄俗，君曉損勝益。不向金闕遊，思為玉皇客。」從
此後要與玉皇為友，不再俯首為臣。又羅宗強在〈李白與道教〉一文
中說到：

> 入道似乎反映出一種保存「天真」、超脫世俗的理想人格。
> 這種理想人格，在士人的出處行藏中常常起一種心理平衡的
> 作用。顯榮時，時時嚮往於神仙世界，可以表示自己的脫俗、
> 雅、清高，既可顯示人前，也可以求得心靈的自我安慰。失
> 意時，追求神仙世界，既可以表示出對於世俗的傲岸態度，
> 又可以為失去了的希望求得另一個安身之地。或者正是這一
> 點，才是道教在中國士人心理上造成歷久不衰的影響的重要
> 原因。[19]

　　上述關於李白習道、入道之說，加上有過求仙訪道的人生經歷，
如〈感興六首其四〉中談到：「十五遊神仙，仙遊未曾歇。」、〈奉餞
高尊師如貴道士傳道籙畢歸北海〉、〈訪道安陵遇蓋寰為余造真籙臨
別留贈〉[20]三詩為證，可見道教文化思想提供其寫作素材，加上個人

---

19 羅宗強：《道教與傳統文化》（北京：中華書局，1997 年），頁 1696。
20 〈訪道安陵遇蓋寰為余造真籙臨別留贈〉：「學道北海仙，傳書蕊珠宮。」李
　　白所受業的這位北海高天師，根據李陽冰〈草堂集序〉記載：「天子知其不可
　　留，乃賜金歸之。遂就從祖陳留採訪大使彥脫，請北海高天師授道籙於齊州紫
　　極宮，將東歸蓬萊，仍羽人駕丹邱耳。」見瞿蛻園：《李白集校注二》附錄三
　　序跋(臺北：里仁書局，1981 年)，頁 1789-1790。

豐富才情，因此作品中有著豐富絕妙的神仙意象。葛景春在〈唐詩
與道教文化〉一文中提到宗教對唐代詩人創作的影響曰：

> 道教文化對唐代詩人的創作思維方式也產生了重大的影
> 響，使他們從現實的邏輯思維中超脫出來，以幻想思維來羅
> 織現實生活中並不存在的虛幻世界，或在現實中實現不了的
> 理想世界。……宗教的本身就不是對社會現實和宇宙的真實
> 的客觀反應，而是人們一種主觀的虛構。它與文學的創作有
> 一定的相通之處。尤其是浪漫主義的文學創作，更是如此。
> 因此，浪漫主義的文學創作，常常從宗教的神話中來借取文
> 學創作的素材、方法和襲用它們的思維方式。道教作為宗教
> 的一種，它所表現的是一種超現實的虛幻世界，所運用的思
> 維方式也不是現實的邏輯思維，而是一種超現實的幻想思
> 維。……唐代詩人在佛、道(其中尤以道教為甚)宗教幻想思
> 維的影響下，寫出了一大批上天入地，縱橫馳騁，無拘無束，
> 舒卷自如，想像豐富的富有浪漫色彩的傑作，以達到他們追
> 求思想自由、追求個性自由、追求人生理想、追求審美的理
> 想境界的實現。[21]

　　李白是「天上謫仙人」這種定型化的歷史人物形象與深受唐代
道教文化洗禮，增加了李白的傳奇色彩，使後人望塵趨拜，也使人
產生一種近乎膜拜者與偶像之間的距離感，一種霧裡看花、雲中觀
月的可望而不可及，但我們可循著詩人外化了的思想情感軌跡，從

---

21 詳見葛景春：〈唐詩與道教文化〉，收錄於鄺健行主編：《中國詩歌與宗教》
  (香港：中華書局(香港)有限公司，1999 年 9 月初版)，頁 238-241。

大自然現實中的「海」進入到虛幻的「海上仙境」，藉由海意象詩歌，
走入李白心靈的殿堂。

　　在李白海意象詩歌中大量運用神話、仙人意象來寄意遙深的內
心世界，「運用神仙典故比一般的歷史典故更具有隱晦的效果，因為
神仙是遙不可及的非人間產物，更具有想像性與朦朧性。讓李白更
能宣洩內心不滿的情緒；更加肆無忌憚地批評不屑一顧的人、事、
物；更可以揮灑自如、隨心所欲，完全不受限於世俗的禮法。」[22]在
254首海意象詩歌中有71首運用神仙典故、仙人意象，約占三成左
右，詩人對現世人間不滿，表達出對神仙世界的嚮往，因此往往將
海邊作為求仙訪道的首選之地，如〈郢門秋懷〉：「空謁蒼梧帝，徒
尋溟海仙」，而李白遊仙詩、神仙意象詩歌約有269首，可見遊仙詩
幾乎與海意象緊密連繫著，如〈古風五十九首其四十一〉詩云：

　　　朝弄紫泥海，夕披丹霞裳。揮手折若木，拂此西日光。雲臥
　　　遊八極，玉顏已千霜。飄飄入無倪，稽首祈上皇。呼我遊太
　　　素，玉杯賜瓊漿。一飡歷萬歲，何用還故鄉？永隨長風去，
　　　天外恣飄揚。

　　詩中寫到自己受到上皇的款待，天上的美好使人不想再回到人
間，於此反映對照出人間的黑暗，「仙界」是詩人理想中的光明世界，
詩中以「玉皇」這個神仙形象，道出最崇高的神明都對他如此禮遇，
如大海一般的浪漫迷幻式的奇特、大膽想像，甚至將自己幻化為一
名仙人形象，道教賦予其灑脫、狂放的個性，反映於詩中正是充滿

22　李永平：〈盛唐李白遊仙詩〉《西安石油學院學報(社科版)》第十卷第二期，
　　2001年5月，頁92。

浪漫主義。沈謙先生在《文學概論》一書中說到浪漫主義的主要特徵有六點:「一、文藝創作以主觀的理想為出發點,不再重視客觀的真實;二、破除傳統的桎梏侷囿,主張人性解放,提倡新鮮潑辣的人生;三、重視感情,著眼個人的創造與發展;四、以自我為中心,崇拜英雄,輕視社會;五、富強烈的民族性,顯示地方色彩;六、喜愛純樸未鑿的大自然的神秘和變化。」[23]李白此詩正符應此六點,且在海意象詩歌中將第六點「喜愛純樸未鑿的大自然的神秘和變化」發揮至淋漓盡致。

　　「神」具有創生性,在《說文解字》曰:「神,天神引出萬物者也。從示申聲」[24];具宰制性,如《國語‧周語》上〈內史過論神〉所言:「神饗而民聽,民神無怨,故明神降之,觀其政德而均布福焉。……明神不蠲而民有遠志,民神怨痛,無所依懷,故神亦往焉,觀其苛慝而降之禍。……是皆明神之志者也。」[25];具神秘性,正如《周易‧繫辭》上曰:「陰陽不測謂之神」[26],是人想像出來的他界擬人化偶像,其存在是超越性的。而「仙」有至善至美的意涵,具有神通廣大的力量,人們對於人力所不能為者,以及將自己理想與願望附會到神仙的身上,希冀藉由神力來完成,對神仙的想像,仙境的構築中,宣示自我的超越理想,將海外仙山視為美好理想境界。烏納穆諾在《生命的悲劇意識》一書中云:「當我們一接觸到信仰時,

23 沈謙著:《文學概論》(臺北:五南圖書出版股份有限公司,2002 年 3 月初版),頁 136。

24 (漢)許慎撰、(清)段玉裁注:《新添古音說文解字注》(臺北:洪葉文化事業,1998 年),頁 3。

25 (東吳)韋昭注:《國語‧周語》《四部刊要》(臺北:漢京出版社,1983 年),頁 565。

26 (宋)呂祖謙編、晦庵先生校正:《周易繫辭精義》《續修四庫全書》第 2 冊(上海:上海古籍出版社,2002 年),頁 3。

我們將會發現：信仰在本質上是一件意志——而不是理智——的問題，信仰就是願意相信。」[27]雖然在現實世界裡，菩薩、上帝、淨土、天國是看不到、聽不到的，但只要願意去相信，祂們即存在。「藉著這一份渴望的支持，我們才得以活下去，並且成為我們行動的內在根源。」[28]李白對神仙世界採取仰望渴慕的激情，俯視人間時，表現出超凡優越感。對李白而言「仙境乃神仙傳說中之樂園意象，象徵長壽、逸樂，人類得以免除世間之煩擾與生命之無常，獲致豐盈完美之理想境界。」[29]李白在現實中受挫，並未全然逃避對現實世界，反而將自負的心情投入在海意象詩歌中，經由對古人認同、超脫天外仙境的方式，淡化自我的失落感，此時神仙已轉化為一種幻想，一種美好的理想，一種人生的境界。神仙乃是詩人理想願望的曲折投射，由追尋神仙思維回歸到人性自覺，並充分展現出其政治理想圖示。李白儘管心遊天外，但其思想感情仍然是紮根於人間的。借助神話傳說等超現實的內容來體現現實人世的現象，用仙境來比喻人間，抒寫自己的政治理想，使其超越苦難而獲得價值意義，表達詩人對世間的關懷。

　　清代劉熙載《藝概・詩概》曰：「太白與少陵，同一志在經世，而太白詩中多出世語者，有為言之也。屈子遠遊曰：『悲時俗之迫阨兮，愿輕舉而遠遊』。使疑太白誠欲出世，亦將疑屈子誠欲輕舉耶？」

27　烏納穆諾著、蔡英俊譯：《生命的悲劇意識》(臺北：遠景出版社，1982 年)，頁 158。

28　烏納穆諾著、蔡英俊譯：《生命的悲劇意識》(臺北：遠景出版社，1982 年)，頁 252。

29　王國良：《魏晉南北朝志怪小說研究》(臺北：文史哲出版社，1984 年)，頁 257。

[30]此語道出李白的政治熱忱與愛國詩人屈原相同,而其出世語乃欲有所為之辭。有些學者認為「李白的求仙問道,只是他政治理想尚未實現時或已經失敗時,對自己心理的一種平衡。……想做一名政治家,然而卻缺乏政治家的才能,最終未能成為政治家。他真的做了一個道士,然而不是一個虔誠的高道,只是在騷動的內心外面披上了一副青綺冠帔。」[31]有關李白崇道及神仙思想,前人論述頗多,大抵認為其追求神仙及修道,乃是政治上失意後的寄託,[32]但李白年輕時即入道為道士,因此筆者認同蔡振念先生在〈李白求仙學道的心路歷程〉一文所言:「訪道求仙縱貫李白一生的活動,他自言『五歲誦六甲,十歲觀百家』,所謂六甲,即是道教末流奇異之書,又在〈贈張相鎬二首之二〉中云:『十五觀奇書』,對照他自言:『十五遊神仙,仙遊未曾歇。』(〈感興六首其五〉)這裡所謂奇書,恐怕他是六甲之類的道書,可見訪道求仙是李白自幼年開始的渴望,要說是青壯年仕宦失意後的寄託,恐怕有待商榷。李長之認為『李白是一個忠實

---

30 (清)劉熙載:《藝概》《四部刊要》(臺北縣土城市:頂淵文化發行,2004 年),頁 58。

31 伍偉民、蔣見元:《道教文學三十談》(上海:上海社會科學院出版社,1993 年 5 月第 1 版),頁 157。

32 如郁賢皓在〈論李白思想的形成與發展〉一文認為「李白加入道士籍及訪道求仙的行動,從本質上看,他只是作為政治上失敗後聊以自慰的精神寄託」,見郁賢皓:《天上謫仙人的秘密——李白考論集》(臺北:臺灣商務印書館,1997 年),頁 366;陳貽焮在〈唐代某些知識份子隱逸求仙的政治目的——兼論李白的政治理想和從政途徑〉一文認為「由於唐朝廷之崇道,李白與當時許多士人之隱逸求仙目的在藉此干祿求仕」,原載於《北京大學學報》第 3 期,1961 年,後收入陳貽焮:《唐詩叢論》(長沙:湖南出版社,1980 年);顏進雄論及李白「一生對遊仙方面的表現與寄託,從現實方面看,稱得上是一種便捷的從政途徑;但從精神層面來說,卻是他在政治失意時所採取的一種逃避自我和排遣苦悶的絕佳方式。」見顏進雄:《唐代遊仙詩研究》第五章(臺北:文津出版社,1996 年),頁 261。

的道教徒』應是比較接近事實的。」、「李白少年即隱居修道，也說
明了他對道教的信仰應不全然是仕宦遇挫後的避世，最多只能說政
治上的挫折加重了他入道求仙的決心。」[33] 認為李白從小接受崇道
和神仙思想因而影響到他成長後仕途的決定。

　　李白海意象詩歌往往呈現出仙境奇幻，常將幻想與現實、看不
見的世界與看得見的世界、過去與現在混同起來，經常呈現時空錯
雜，現實與虛幻混淆不清的詩境。李白常將主觀想法投射於神仙意
象中，用神仙題材來表現內心的情感，此為「人生現象仙格化」[34]李
白藉由望海遊仙、海外仙山世界，將自己內心的痛苦與理想，用委
婉曲折的方式表達出來，又其運用時很少沿襲照搬、平鋪直敘，常
將歷來神仙神話傳說精鍊巧妙化用於詩歌之中。

　　現實的困頓將李白逼回到他的「內心」世界，現實的不滿足，
使他不得不到「內心」中去尋求滿足，這樣就離不開幻想。正如弗
洛依德所言：「幸福的人從不幻想，只有感到不滿意的人才幻想。未
能滿足的願望，是幻想產物的動力，每個幻想都包含著一個願望的
實現，並且使令人不滿意的現實好轉。」幻想與現實最大不同，即
是幻想的世界是超凡的世界。幻想是不受現實制約的非理性虛幻世
界，且不合現實邏輯的思維的跳躍性，甚至異想天開的奇幻性，如
〈酬崔五郎中〉云：「舉身憩蓬壺，濯足弄滄海」、〈贈王漢陽〉：「吾
曾弄海水，清淺嗟三變」一詩寫到嘗學仙人法術，親見海水三變，
詩中具有超自然、超感官、荒誕、神秘的奇思遐想的能力，以海水

---

[33] 見蔡振念：〈李白求仙學道的心路歷程〉：《文與哲》第 9 期 2006 年 12 月，
　　頁 170、175。

[34] 「人生現象仙格化」此語彙，意思是作者寫的是心靈體驗，或生活的經驗，卻
　　將此等主觀經驗投射於神仙、神話的意象中，由幻構世界來表達。此語彙與詮
　　釋義見楊雪嬰：《李賀詩風格之構成與表現》國立高雄師範大學國文研究所碩
　　士論文，1990 年，頁 220。

尚有清淺之日，道出時光易逝，滄海桑田，天上一瞬，人間千年。
甚至渴望在仙境中享受非凡又完滿自足的生活，如〈遊泰山六首其
六〉：「朝飲王母池，暝投天門闕……想像鸞鳳舞，飄搖龍虎衣」、〈古
風五十九首其四十一〉：「朝弄紫泥海，夕披丹霞裳」。並且在仙境中
追求人間不能達到的絕對自由，如〈元丹丘歌〉：「身騎飛龍耳生風，
橫河跨海與天通」那樣逍遙自在。

二　驚濤裂岸似的傲岸風骨

　　李白不屈己，不干人，平交王侯的狂傲而張揚的個性，使其短
暫翰林供奉被賜金放還了，遭受到人生重挫，但他卻不因此而屈服，
在〈夢遊天姥吟留別〉中，明確宣示：「安能摧眉折腰事權貴，使我
不得開心顏」，展現對統治者的蔑視和決絕的態度，堅持理想也絕不
卑躬屈膝，並追尋自己理想中的世界：「我欲因之夢吳越，一夜飛渡
鏡湖月」表現出對人生理想的執著追求。正如「尼采（ Friedrich
Wihelm Nietzsche，1844-1900)認為世界是創造的，創造世界的不是
上帝，而是衝創意志（ The Will Power)，它是人類個體都具有的巨
大潛力，是向著更高、更遠、更複雜目標發展的衝動力，是一種自
我創造的意志，也是一種自我超越的意識。」而「衝創意志的一個
突出表現就是蔑視權勢聖賢」[35]。而任華在〈雜言寄李白〉云：「平
生傲岸，其志不可測。數十年為客，未嘗一日低顏色。」[36]；吳融〈禪
月集序〉曰：「國朝能為歌者不少，獨李太白為稱首。蓋氣骨高舉，

35　陳鼓應：《悲劇哲學家尼采》(北京：生活讀書新知三聯書店，1994 年)，頁
　　163。

36　金濤聲、朱文彩編：《李白資料彙編》(唐宋之部)上冊(北京：中華書局，2007
　　年 7 月第 1 版)，頁 9。

不失頌詠風刺之道。」[37]《新唐書・李白傳》曰:「自知不為親貴所容,益傲放不自修。」[38]蘇東坡在〈李太白碑陰記〉一文將其笑傲王侯、旁若無人的傲岸形象表露無遺,云:「戲萬乘若僚友,視儔列如草芥,雄節邁倫,高氣蓋世」[39],甚至李白在〈答王十二寒夜獨酌有懷〉一詩說自己「一生傲岸苦不諧」。

李白懷有偉大政治抱負,但傲視權貴的作風得罪小人,因而遭讒,無奈離開政治中心,終其一生仕途坎坷艱辛,官運顛簸險阻,面對朝廷權奸小人讒言、國君荒淫,即使現實撞碎他過於天真的幻想,發出失望、痛苦的嘆息,但絕無消極頹唐的意味,依然注了勇氣與力量「浩蕩深謀噴江海,縱橫逸氣走風雷」,深信「溟海不震蕩,何由縱鵬鯤」,甚至說出「手中電曳倚天劍,直斬長鯨海水開」、「安得倚天劍,跨海斬長鯨」豪氣干雲之語。面對時運不濟,權且退隱江湖,但對未來仍然充滿希望和自信:「長風破浪會有時,直挂雲帆濟滄海」,他堅信困境終將擺脫,揚起理想的雲帆衝破現實難關。不可遏制的熱情和執著不渝追求、百折不撓的精神,鼓舞人心積極進取。與現實中的黑暗勢力相較,李白雖是弱者,但精神上他始終是強者,他心中的前程依然光大,對未來充滿樂觀與自信。

此類海意象詩作,洋溢著豪邁積極的人生觀,擺脫歧路徬徨的苦悶,正如〈上李邕〉一詩「大鵬一日同風起,搏搖直上九萬里。假令風歇時下來,猶能簸卻滄溟水」道出如大鵬總有搏擊長空之日,即使淪落凡間,亦能擊水三千里,流露出積極奮發、實現自我、剛

---

[37] 金濤聲、朱文彩編:《李白資料彙編》(唐宋之部)上冊(北京:中華書局,2007年7月第1版),頁57。

[38] 楊家駱主編:《新唐書・李白傳》(臺北:鼎文書局,1979年2月2版),頁5763。

[39] (宋)蘇軾撰、楊家駱主編:〈李太白碑陰記〉《蘇東坡全集》(臺北:世界書局,1996年2月初版7刷),頁362。

健不息的人生觀,此種昂揚奮發的進取精神,可說是盛唐傳統知識分子普遍的精神風貌和人生態度。

　　日本學者吉川幸次郎言:「他們(唐人)面向著前方。人生將會怎樣的遭到命運恣意的擺佈,他們對此並非不知。從前代詩哀嘆吟詠中,洞悉其情,深有感觸。儘管如此,他們依然認為人類是要前進的。所謂前進,不僅是個人的前進,更重要的是社會整體的前進。至少在杜甫那裡,就是這樣。誠然,杜甫的詩中,有著悲哀憂愁的一面,但那種悲哀和憂愁,是儘管相信個人與社會都會前進,而這種進步卻受到阻撓,由此而產生出的憤懣和悲怨。李白的詩,彷彿多於詠唱快樂,但他詠唱的快樂,並非像前代的詩人那樣,只是出於逃避現實這種消極的理由。(也不能說沒有這種情況)但更主要的,則有著把快樂視作對人生充實的積極一面。這種積極的態度,與杜甫是相通的。」[40]李白在詩中表現朝氣活力,充滿建功立業的壯志與堅信未來的自信,呈展出強烈的衝創意志。

(一)俠客

　　俠客即俠士、遊俠,行俠仗義,居無定所,原是春秋戰國時代特殊人物[41]。《韓非子‧五蠹》篇:「儒以文亂法,俠以武犯禁」[42]、「其帶劍者,聚徒屬,立節操,以顯其名,而犯武官之禁」[43],首先

---

40 (日)吉川幸次郎:《中國詩史》中譯本(安徽:安徽文藝出版社,1986 年 12 月),頁 206。

41 據《漢書‧遊俠傳》:「周室既微,禮樂征伐自諸侯出。桓、文之後,大夫世權,陪臣執命。陵夷至戰國,合縱連橫,力政爭強,繇是列國公子,魏有信陵,趙有平原,齊有孟嘗,楚有春申。皆籍王公之勢,竟為游俠,雞鳴狗盜,無不賓禮。」見班固:《漢書》卷 92(北京:中華書局,1970 年),頁 3697。

42 (周)韓非撰:《韓非子(全)》(臺北:臺灣中華書局,1966 年 3 月臺 1 版),頁 4。

43 (周)韓非撰:《韓非子(全)》(臺北:臺灣中華書局,1966 年 3 月臺 1 版),頁 8。

提出「俠」的說法。其後，司馬遷在〈太史公自序〉替「俠」作一定義：「救人與厄，振人不贍，仁者有乎；不既信，不倍言，義者有取焉。」[44]

　　從李白海意象詩歌可見其俠客性格深入其中，雖然在 254 首海意象詩歌中僅出現 2 次「俠」字，但海意象詩歌中流露出一股濃濃的俠客帶「劍」行俠仗義之舉、充滿建功立業的自信與卑視權貴的傲氣，佩戴光彩照人的寶劍是顯示遊俠身分所必需，因此劍成為俠義英雄的象徵。在海意象詩歌中「劍」字出現 37 首、39 次，而筆者統計李白劍意象約有 101 首，與海意象結合約占 37%，大概因大海廣闊無涯、浪濤洶湧可將遊俠無拘無束、蔑視禮法權貴的性格完全呈展出來有關。

　　李白海意象詩歌中出現「劍」39 次[45]，有寶劍、長劍、倚天劍、

---

[44] (漢)司馬遷著、楊家駱主編：《新校本史記三家注并附編二種》第 4 冊卷 130(臺北：鼎文書局，1993 年 2 月 7 版)，頁 3318。

[45] 李白詩歌劍意象共出現 39 次，如 72〈行路難三首其一〉：「停盃投筋不能食，拔劍四顧心茫然」、336〈贈崔郎中宗之〉：「長嘯倚孤劍，目極心悠悠」、469〈留別王司馬嵩〉：「西來何所為？孤劍託知音」、607〈酬崔五郎中〉：「起舞拂長劍，四座皆揚眉」、420〈寄淮南友人〉：「不待金門詔，空持寶劍遊」、574〈送鞠十少府〉：「我有延陵劍，君無陸賈金」、737〈郢門秋懷〉：「倚劍增浩嘆，捫襟還自憐」、39〈古風五十九首其三十九〉：「且復歸去來，劍歌行路難」、56〈古風五十九首其五十六〉：「獻君君按劍，懷寶空長吁」、87〈胡無人〉：「流星白羽腰間插，劍花秋蓮光出匣」、820〈秋夜獨坐懷故山〉：「莊周空說劍，墨翟恥論兵」、325〈贈崔侍御〉：「長劍一杯酒，男兒方寸心」、129〈東海有勇婦〉：「學劍越處子，超騰若流星」、3〈古風五十九首其三〉：「飛劍決浮雲，諸侯盡西來」、48〈古風五十九首其四十八〉：「秦皇按寶劍，赫怒震威神」、341〈敘舊贈江陽宰陸調〉：「腰間延陵劍，玉帶明珠袍」、629〈答王十二寒夜獨酌有懷〉：「嚴陵高揖漢天子，何必長劍拄頤事玉階」、422〈聞丹丘子於城北營石門幽居中有高鳳遺跡僕離群遠懷亦有棲遁之志因敘舊以贈之〉：「長劍復歸來，相逢洛陽陌」、164〈出自薊北門行〉：「明主不安席，按劍心飛揚」、54〈古風五十九首其五十四〉：「倚

玉劍、孤劍、蓮花劍、延陵劍等，而關於運用兵器劍的動作有彈劍、
按劍、學劍、拔劍、抽劍、撫劍、倚劍、拂劍、劍舞、劍歌、說劍
等。可見李白對中國傳統文化中的劍術十分鍾情，並有認真習劍的
經歷與繼承，在〈與韓荊州書〉一文中曰：「十五好劍術，遍干諸侯，
三十成文章，歷抵卿相」與〈上安州裴長史書〉云：「乃仗劍去國，
辭親遠遊，南窮蒼梧，東涉溟海」可明証之。李白海意象詩歌中除
了描繪自己按劍外，更有三首抒寫出邊塞軍情緊急之時，君王情緒，
如〈出自薊北門行〉：「虎竹救邊急，戎車森已行。明主不安席，按
劍心飛揚」展現出天子威嚴。《莊子・說劍》最早將寶劍分為天子之
劍、諸侯之劍、庶人之劍。現實中李白雖不敢自視為天子，但在詩
歌中天真希望建立蓋世的功業，想像自己是手揮神劍、叱咤風雲的
帝王，可見劍除了是俠客佩件外，更代表皇帝至高無上的權力，如
〈古風五十九首其三〉：「秦皇掃六合，虎視何雄哉。揮劍決浮雲，

劍登高臺，悠悠送春目」、391〈贈宣城宇文太守兼呈崔侍御〉：「安知慕群
客，彈劍拂秋蓮」、393〈贈從弟宣州長史昭〉：「知音不易得，撫劍增感慨」、
467〈留別曹南群官之江南〉：「閒劍琉璃匣，鍊丹紫翠房」、394〈於五松山
贈南陵常贊府〉：「長劍歸乎來！秋風思歸客」、205〈猛虎行〉：「寶書玉
劍挂高閣，金鞍駿馬散故人」、398〈贈友人三首其三〉：「弊裘恥妻嫂，長
劍託交親」、477〈感時留別從兄徐王延年從弟延陵〉：「冠劍朝鳳闕，樓船
侍龍池」、159〈鼓吹入朝曲〉：「天子憑玉案，劍履若雲行」、360〈中丞宋
公以吳兵三千赴河南軍次尋陽脫余之囚參謀幕府因贈之〉：「白猿慚劍術，黃
石借兵符」、380〈贈張相鎬二首其二〉：「撫劍夜吟嘯，雄心日千里」、575
〈送張秀才謁高中丞〉：「酒酣舞長劍，倉卒解漢紛」、111〈臨江王節士歌〉：
「安得倚天劍，跨海斬長鯨」、112〈司馬將軍歌〉：「手中電曳倚天劍，直
斬長鯨海水開」、365〈經亂離後天恩流夜郎憶舊遊書懷贈江夏韋太守良宰〉：
「學劍翻自哂，為文竟何成？劍非萬人敵，文竊四海聲」、446〈江夏寄漢陽
輔錄事〉：「抽劍步霜月，夜行空庭徧」、492〈聞李太尉大舉秦兵百萬出征
東南懍夫請纓冀申一割之用半道病還留別金陵崔侍御十九韻〉：「拂劍照嚴霜，
雕戈鬘胡纓」、489〈留別賈舍人至二首其一〉：「拂拭倚天劍，西登岳陽樓」。

諸侯盡西來。」、〈古風五十九首其四十八〉:「秦皇按寶劍,赫怒振
威神」道出秦始皇按劍一怒,神威天下,因此劍可視為武力的象徵,
這樣的氣度與海的澎淵、汪洋海浪濤天的氣概相同。

　　其餘均抒寫自己按劍情緒,如〈憶襄陽舊遊贈濟陰馬少府巨〉
詩云:「高冠佩長劍,長揖韓荆州」、〈五月東魯行答汶上翁〉云:「顧
餘不及仕,學劍來山東」,甚至〈在水軍宴韋司馬樓船觀妓〉一詩展
現出按劍歌曰:「詩因鼓吹發,酒為劍歌雄」,因此佩劍任俠是李白
實現理想的方式。李白詩中處處流露出任俠活動實質是為了晉身報
國之道,如〈門有車馬客行〉:「雄劍藏玉匣,陰符生素塵」、〈鄴中
贈王大功入高鳳石門山幽居〉:「青萍匣中鳴……建功及榮春」,但因
其出身背景關係,在李陽冰〈草堂集序〉云:「李白,字太白,隴西
成紀人,涼武昭王暠九世孫。蟬聯珪組,世為顯著。中葉非罪,謫
居條支,易姓為名。然自窮蟬至舜,七世為庶,累世亦不大曜,亦
可歎焉。」[46]又范傳正〈唐左拾遺翰林學士李公新墓碑〉曰:「公名
白,字太白,其先隴西成紀人。絕嗣之家,難求譜諜。公之孫女搜
於箱篋中,得公之亡子伯禽手疏十數行,紙壞字缺,不能詳備。約
而計之,涼武昭王九代孫也。隋末多難,一房被竄於碎葉,流離散
落,隱易姓名。故自國朝以來,漏於屬籍。神龍初,潛還廣漢,因
僑為郡人。」[47]從上述可知,李白先祖因罪被竄,對於家世問題本身
有難言之隱,身為謫罪之後,有妨科舉正途,因此一生不能入科場,
仍渴望能以一鳴驚人之舉致身卿相,即便不能以縱橫之術取得取得
施展抱負之機會,也要如〈送羽林陶將軍〉詩云:「萬里橫歌踏虎穴,
三杯拔劍舞龍泉」的任俠方式晉爵封侯。因此李白詩中常以俠客自

---

[46] (唐)李白:《李太白文集》(臺北:臺灣學生書局,1967 年 5 月初版),頁 53。
[47] (唐)李白:《李太白文集》(臺北:臺灣學生書局,1967 年 5 月初版),頁 66。

居，並非全是文學虛構，應與其生命歷程有俠義之舉相關，在友人崔宗之〈贈李十二〉詩言初遇李白之印象：「袖有匕首劍，懷中茂陵書，雙眸光照人，詞賦凌子虛。」[48]

李白按劍的情緒，有著他對功業理想的寄託，也是個性自由的化身，劍氣的精光射天地，一如大海洶湧澎湃，如〈臨江王節士歌〉：「安得倚天劍，跨海斬長鯨」、〈司馬將軍歌〉：「手中電曳倚天劍，直斬長鯨海水開」二詩，將劍意象與海意象相絀合，一個「跨海」已顯現出不凡英偉之姿，再加上手握「倚天劍」去「斬」除海中「長鯨」，更是驚人之舉，二詩將劍氣與海浪濤天的氣象合一，展現出俠氣雄風。

李白蔑棄世俗、慷慨使氣、不拘常調表現出任俠人格，正如司馬遷〈史記‧遊俠列傳序〉中所言：「其行雖不軌於正義，然其言必信，其行必果，已諾必誠，不愛其軀，赴士之阨厄」[49]，司馬遷以獨到的眼光透視出古代的遊俠忠於知己、重然諾、重義輕財、不受社會禮法的規範、視死如歸、不居功不受賞、捨己為人的人格精神，賦予讚賞與嘆惋。而李白青年時代就有過任俠的經歷，自稱「憶昔作少年，結交趙與燕。金覊絡駿馬，錦帶橫龍泉」(〈留別廣陵諸公〉)、「結髮未識事，所交盡豪雄……托身白刃裡，殺人紅塵中」(〈贈從兄襄陽少府皓〉)，可見李白性格中帶有濃厚俠義精神本質，因此高度肯定與欽慕古代俠客的功業與重義精神。甚至肯定婦女俠義行為，如〈東海有勇婦〉詩云：

---

48 見《全唐詩》卷 261《景印四庫全書薈要 434》集部 87(臺北，世界書局，1988年)，頁 225。

49 (漢)司馬遷著、楊家駱主編：《新校本史記三家注并附編二種》第 4 冊卷 124(臺北：鼎文書局，1993 年 2 月 7 版)，頁 3181。

梁山感杞妻，慟哭為之傾。金石忽暫開，都由激深情。東海
有勇婦，何慚蘇子卿？學劍越處子，超騰若流星。損軀報夫
讎，萬死不顧生。白刃耀素雪，蒼天感精誠。十步兩躍躍，
三呼一交兵。斬首掉國門，蹴踏五藏行。豁此伉儷憤，粲然
大義明。北海李使君，飛章奏天庭。捨罪警風俗，流芳播滄
瀛。志在列女籍，竹帛已光榮。淳於免詔獄，漢主為緹縈。
津妾一棹歌，脫父於嚴刑。十子若不肖，不如一女英。豫讓
斬空衣，有心竟無成。要離殺慶忌，壯夫所素輕。妻子亦何
辜？焚之買虛聲。豈如東海婦，事立獨揚名！

　　此詩作於李白 45 歲，詩中引用八個俠義典故，如《列女傳・貞
順傳》中的「齊杞梁殖之妻」哭死夫，梁山為之崩；二是「金石忽
暫開」，寫到楚熊渠子夜行，見寢石以為伏虎，關弓射之，滅矢飲羽
的典故；三是關東賢女蘇來卿壯年報父仇；四是越國處女劍戟之術，
國人稱善；五是「緹縈」沒身贖父軀；六是「津妾」以身代父死刑；
七是春秋末晉國刺客「豫讓」漆身為厲，滅鬚去眉，自刑變容，吞
炭啞音為報知伯仇，刺殺趙襄子不成，拔劍斬空衣以報知伯後，伏
劍而死；八是春秋時吳國刺客「要離」要吳王戮其妻斷其右手，詐
降刺殺慶忌，事成後自斷手足，伏劍而死。上述八個典故中，李白
肯定前六位婦女俠義行為，將東海勇婦與之媲美，高度肯定東海婦
俠義之舉。此詩中「東海」僅是「副意象」，是地理方位名，但卻是
不可或缺之詞，目的是指稱那位「主意象」：勇婦是關東地區近東海
邊的人，在此也凸顯出中國近海人民的強悍英勇個性與當地自然環
境密切相關，有一股與大海搏鬥強大的力量與精神。

　　此外，李白有意識追求相對平等的君臣關係，呈現出「士為知

己者用，為知己者死」任俠的獨特風範，在其詩中有流露出為國家為君王付出、以死報效的決心，如〈塞下曲六首其二〉：「橫戈從百戰，直為銜恩甚」，但此種冒死為國之戰的英雄行為有一個前提，那就是相對等的君臣關係，而不是為君王所役的下屬。換言之，俠士所為並非被迫的，而是為了報答君王的知遇之恩而主動作出的舉動，因此俠士可掙脫傳統君臣關係，是獨立自主性的人格，「作人不依將軍勢，飲酒豈顧尚書期」（〈扶風豪士歌〉）。正如《呂氏春秋・上德》所言：「吾於陽城君也，非師則友，非友則臣也。不死，自今以來，求嚴師……求賢友……求良臣，必不於墨者矣。死之所以行墨者之義」[50]，與《戰國策・燕策》曰：「帝者與師處，王者與友處，霸者與臣處，亡國與役處，詘指而事之，北面而受學……此古之服道致士之法。……於是昭王為隗築宮而師之。」[51]上述所載即是李白心中理想君臣模式，亦如其詩〈君道曲〉云：「大君若天覆，廣遠無不至。軒後爪牙常先太山稽，如心之使臂。小白鴻翼於夷吾，劉葛魚水本無二。士扶可成牆，積德為厚地。」〈贈錢徵君少陽〉：「秉燭唯須飲，投竿也未遲。如逢渭水獵，猶可帝王師。」〈行路難三首其二〉：「君不見昔時燕家重郭隗，擁篲折節無嫌猜，劇辛樂毅感恩分，輸肝剖膽效英才。」正因李白將戰國俠士的君臣觀融入自己的俠義精神之中，終其一生心懷社稷，甚至到死前仍為君為國出生入死，但始終不屈己，平交王侯，「乍向草中耿介死，不向黃金籠下生」，李白積極入世而又游離於統治秩序之外，反叛傳統與擺脫封建禮法桎梏的自由精神，通過其俠客人格展現出「縱死俠骨香，不慚世上

---

50 (秦)呂不韋撰：《呂氏春秋》離俗覽卷19〈上德〉(臺北：臺灣中華書局，1966年3月臺1版)，頁8。

51 (漢)高誘注：《戰國策》卷29〈燕策一〉(臺北：臺灣中華書局，1966年3月臺1版)，頁8。

英」（〈俠客行〉）。

在北遊幽燕時期所作〈行行且遊獵篇〉詩云：

> 邊城兒，生年不讀一字書，但知遊獵誇輕趫。胡馬秋肥宜白草，騎來躡影何矜驕。金鞭拂雪揮鳴鞘，半酣呼鷹出遠郊。弓彎滿月不虛發，雙鶬迸落連飛髇。海邊觀者皆辟易，猛氣英風振沙磧。儒生不及遊俠人，白首垂帷復何益！

此詩為樂府舊題，李白描寫邊城遊俠豪邁英武的狩獵情景，展示邊城遊俠騎射武功如何高強，並對遊俠氣宇非凡之讚賞，與傳統邊塞詩內容相近，但李白特別之處點出邊城遊俠的特徵是：「生年不讀一字書，但知遊獵誇矜驕」，但最後結語卻以漢代大儒董仲舒嘗放下帷幕，足不出戶，只顧專心致志於經典講誦，不問世務，表達出對遊俠的推崇，儒生不及遊俠之意：「儒生不及遊俠人，白首下帷復何益」。此詩最特殊之處，即是「海邊觀者皆辟易，猛氣英風振沙磧」二句，以「海邊」指稱如海寬廣浩瀚一般廣漠的胡地邊城，在此「海」只是形容詞的修飾語，目的為了強化出胡地邊塞沙漠之遼闊，然而圍觀的人因此而驚退，邊城狩獵遊俠的猛氣英風使得沙漠為之振動，寫出俠氣可撼動如海浩瀚般的沙漠，這個修飾語「海邊」在整首詩中雖是「副意象」，但卻可強化出「主意象」遊俠猛氣英風的形象，不同於旁觀之常人、窮經之儒生，如此意氣揚揚有如驚濤裂岸的氣勢。

此外，李白於〈留別廣陵諸公〉詩中有以俠客自居的形象：「憶昔作少年，結交趙與燕。金羈絡駿馬，錦帶橫龍泉。寸心無疑事，所向非徒然」，可見李白廣結豪俠，騎馬佩劍，勇往直前，意氣風發

之俠客形象，但詩中所敘並非全然出自文學想像與虛構，應與生命歷程中曾有仗義任俠之舉，據魏顥〈李翰林集序〉所記李白俠義之舉：「少任俠，手刃數人。與友自荊徂揚，路亡權窆，迴棹方暑，亡友麋潰，白收其骨，江路而舟。」[52]甚至李白與人結交重義輕財，如〈憶舊遊寄譙郡元參軍〉詩中對好友元參軍云：「感君貴義輕黃金」，與〈贈友人三首其三〉：「廉夫惟重義，駿馬不勞鞭。人生貴相知，何必金與錢」，即使「欲邀擊筑悲歌飲，正值傾家無酒錢」、「黃金逐手快意盡，昨日破產今朝貧」，更以「五花馬、千金裘」換酒買醉的瀟灑。

（二）狂生

李白是個狂生，性格中有一股飛揚跋扈之姿，如同大海高深莫測，他雖崇敬古代聖賢如堯舜、周公、孔子，但不頂禮膜拜，如〈陳情贈友人其三〉：「謔浪萬古賢，以為兒童劇」。甚至狂傲到無禮於君王權貴，在〈為宋中丞自薦表〉直言不諱曰：「懷經濟之才，抗巢由之節，文可以變風俗，學可以究天人」，雖一輩子干謁諸侯以求晉升，但又不失布衣之士的自矜、擇主而從的尊嚴，不對王公貴族俯首貼耳，搖尾乞憐，始終不媚於世，卻「一命不沾，四海稱屈」。

李白常自比仙人並與仙界眾仙往來，如〈玉壺吟〉：「世人不識東方朔，大隱金門是謫仙」、〈白毫子歌〉：「余配白毫子，獨酌流霞杯。」、〈登太白峰〉：「西上太白峰，夕陽窮登攀。太白與我語，為我開天關。」甚至在〈答湖州迦葉司馬問白是何人〉：「青蓮居士謫仙人，酒肆藏名三十春。湖州司馬何須問，金粟如來是後身。」、〈與元丹丘方城寺談玄作〉：「茫茫大夢中，唯我獨先覺。」表現異於常

---

52 魏顥〈李翰林集序〉一文見瞿蛻園等校注：《李白集校注》(臺北：里仁書局，1981 年)，頁 1791。

人的狂妄自大。

　　李白晚年流放夜郎遇赦後，流連江夏(今湖北武昌)時，約上元元年(760)左右，作了一首〈江上吟〉，主要寫其泛舟江上之際，在攜妓遨遊狂放之中，展示傲岸不羈，蔑視功名富貴。「美酒樽中置千斛，載妓隨波任去留」的縱酒攜妓，自由自在，如同海客隨白鷗之「無心之遊」，遠勝仙人之「有待乘黃鶴」，在此可見自己在世俗政壇已臻至無心、無待之境，然而李白面對政治受挫的縱酒攜妓，並非是縱情聲色，而是寄望如同東晉名士謝安高臥東山時期攜妓遨遊[53]，有朝一日應邀出山，輔佐朝廷，除了顯現出不與當朝權貴同流合污外，又懷有東山再起之意。因此詩中多以謝安自居，如〈示金陵子〉：「謝安正要東山妓，攜手林泉處處行」、〈出妓金陵子呈盧六〉：「安石東山三十春，傲然攜妓出風塵」。李白心嚮往謝安由布衣而重臣，既風流瀟灑，又能輔國濟民。李白既無官宦家世背景，亦無應舉上榜的資格，出身社會主流圈外，卻身處重門第科舉的唐代，意圖以一介布衣，躍登龍門，明知各方面條件不利，卻終生企盼機遇，以建功立業。

　　此外，在〈梁園吟〉一詩開首四句：「我浮黃河去京闕，挂席欲進波連山。天長水闊厭遠涉，訪古始及平臺間」自述行蹤，寫離開長安以後，從黃河水路浮舟而下，本打算坐船到海上去，後來覺得路途太遠，到了梁、宋一帶便停下來。以「卻憶蓬池阮公詠，因吟淥水揚洪波」道出李白登臨梁園想起阮籍生於魏晉易代之際，不向權貴低頭，表面縱酒談玄，骨子裡對統治者蔑視，他的狂放、灑脫、

53　據《晉書・謝安傳》記載東晉謝安高臥東山時期，屢辟不就，雖放情丘壑，然每遊賞，必以妓女從。然而一但應召出山，內則輔佐朝政，外則大破苻堅秦軍於肥水。詳參《晉書》第 4 冊卷 79 列傳(臺北：臺灣中華書局，1970 年)，頁3-5。

傲視權貴的骨氣與李白相似。

　　李白終其一生，自我標榜「天生我材必有用」的自信與自負，可以「申管晏之談，謀帝王之術」，期待施展經世濟民的政治才能，如〈代壽山答孟少府移文書〉云：「寰區大定，海縣清一」的輔弼之才，但其自視文才也是「興酣落筆搖五嶽，詩成笑傲凌滄州」，如此驚天地、動鬼神的不凡，亦如《史記·屈原列傳》中讚揚屈原辭賦「雖與日月爭光可也」[54]。在〈答湖州迦葉司馬問白是何人〉詩云：「青蓮居士謫仙人，酒肆藏名三十春。湖州司馬何須問，金粟如來是後身。」可見李白擺出一副傲岸自負，放蕩不羈的形象，酒肆藏名寫出李白尚未受詔之前，流連長安的生活態貌，亦如杜甫〈飲中八仙歌〉中形容的李白，最後直言「金粟如來是後身」，以如來佛自比，既詼諧幽默，又狂放自大的形象，於此可見其仙、隱、佛集於一身。

三　白浪濤天的純潔直率

　　李白直率、坦誠的性格與機詐、虛偽的現實社會格格不入；李白自尊、平等的人格要求與封建專制之間的矛盾衝突；對祖國忠誠的熱愛之情與懷才不遇的情懷不斷相衝擊，皆因素性清高，酷愛自由，充滿天馬行空、奇幻神妙的想像，如〈送王屋山人魏萬還王屋〉詩中「人遊月邊去，舟在空中行」突破時空拘限，天馬行空表現童真，寫出月倒影於湖中，使人有遨遊於空中月邊，船於空中飛翔的錯覺，不時表現出純潔直率的赤子之心。人從童稚步入成熟，同時是一個失落、退化的逆向過程，失去純潔直率的赤子之心，失去童

---

54 (漢)司馬遷著、楊家駱主編：《新校本史記三家注并附編二種》第 3 冊卷 84(臺北：鼎文書局，1993 年 2 月 7 版)，頁 2482。

真與童趣，逐漸被複雜的社會環境、人生的苦難酸楚所壓抑、取代與消蝕。「純潔直率」即是對事物採取直接看法，直接坦露內心情事，不刻意美化或醜化，不刻意掩蓋或彰顯，「海」象正符合赤子之情，不含有任何矯揉造作，風平浪靜時，是溫柔地包容眾物；狂風巨浪襲捲來時，是怒濤衝天。

> 巨靈咆哮擘兩山，洪波噴流射東海。(213〈西岳雲臺歌送丹丘子〉)

　　詩中「巨靈咆哮擘兩山，洪波噴流射東海」將靜態敘述的形象，改作動態演示的動作意象，在此引用《初學記》卷五〈華山〉引薛綜注：「西京賦云華山對河東首陽山，黃河流於二山之間。古語云，此本一山，當河，河水過之而曲行，河神巨靈以手擘開其上，以足蹈離其下，中分為兩，以通河流。今覩手跡於華嶽上，指掌之形具在。」[55]此二詩句寫出華嶽橫阻於河流，河水過之而曲行，人受洪波之厄。巨靈河神，手盪腳踏，分為兩山，中通河流以殺其勢，因此洪波直下，噴迅若箭，東歸於海，河患平息。如此運用典故，將很自然很平常的黃河入海流的景象活靈活現，讓意象自然浮現得格外清晰。

> 元丹丘，愛神仙。朝飲潁川之清流，暮還嵩岑之紫煙。三十六峯長周旋。長周旋，躡星虹。身騎飛龍耳生風。橫河跨海與天通。我知爾遊心無窮。(214〈元丹丘歌〉)

---

55 (唐)徐堅等撰：《初學記》《景印文淵閣四庫全書890》(臺北：臺灣商務印書館，1986年)，頁78。

舉身憩蓬壺，濯足弄滄海。從此凌倒景，一去無時還。(607
〈酬崔五郎中〉)

我從此去釣東海，得魚笑寄情相親。(205〈猛虎行〉)

〈元丹丘歌〉一詩將元丹丘身騎飛龍橫河「跨海」的虛幻形象
躍然紙上，「跨海」一詞除了形象上凌駕於大海之上，也寫出精神上
的超越，神遊於無窮天地之間。除了道教有此精神上超越外，也是
其天馬行空、奇幻神妙想像之童心使然。〈酬崔五郎中〉詩中「舉身
憩蓬壺，濯足弄滄海」流露出一股天真灑脫的自在，想像憩於蓬壺
之仙洲，濯足於滄海之波，沒有官場爭權奪利、虛偽矯情，李白的
心一如瑩白的玉，不是華美而耀眼的，卻有一種清澈的魅力。〈猛虎
行〉詩中「釣東海」引用《莊子‧外物》篇的典故，以任公子事表
明自己有濟世救國之抱負，而大海包容、開闊的氣度一如赤子純潔
直率的心，是開放、寬廣、真誠、欲求的自然表露，白浪濤天，一
如光明、坦白、勇往直前無畏的心胸。

然而，仕途失意、遠離親友時，其憤懣之情、相思之情毫不保
留傾瀉而出：

傾海流惡，惡無以過。人生實難，逢此織羅。積毀銷金，沈
憂作歌。(315〈雪讒詩贈友人〉)

時命乃大謬，棄之海上行。……臨當欲去時，慷慨淚沾纓。
(365〈經亂離後天恩流夜郎憶舊遊書懷贈江夏韋太守良宰〉)

海水不滿眼，觀濤難稱心。(551〈送紀秀才遊越〉)

相思無日夜，浩蕩若流波。流波向海去，欲見終無因。(928
〈寄遠十二首其六〉)

　　〈雪讒詩贈友人〉與〈經亂離後天恩流夜郎憶舊遊書懷贈江夏
韋太守良宰〉二詩以氣貫注，直陳己情，強烈情感如天風海雨氣勢
逼人，真歌真哭，痛快淋漓，坦率直言，絲毫不掩飾自己真情。〈送
紀秀才遊越〉詩中「海水不滿眼」，把握住「海水」浩瀚的特徵，並
窮形盡相地誇大其特徵，但卻以「不滿眼」如此誇大華虛的文飾，
展現驚耳動心的吸引力，藉由海水之大尚不足觀，帶出下句廣陵之
濤乃一方小水，更何足觀乎？〈寄遠十二首其六〉一詩將抽象之「相
思之情」化為具體圖畫「流波向海去」的視覺意象。

　　上述詩句可見李白的「真」是灑脫不羈，率直性情，胸無城府，
心直口快，直言不諱，似乎有股涉世未深的天真，表現出奔放外向
的性格。得意時開懷大笑，「仰天大笑出門去，我輩豈是蓬蒿人」，
失意時發出「大道如青天，我獨不得出」、「奈何青雲士，棄我如塵
埃」的悲嘆，感嘆世態炎涼，如〈箜篌謠〉：「兄弟尚路人，吾心安
所從。他人方寸間，山海幾千重。輕言托朋友，對面九疑峰。」仍
不失天真的交友態度，不加掩飾的流露出真情、激情與深情。

　　　海客談瀛洲，煙濤微茫信難求。越人語天姥，雲霓明滅或可
　　觀。天姥連天向天橫，勢拔五岳掩赤城。天台四萬八千丈，
　　對此欲倒東南傾。我欲因之夢吳越，一夜飛度鏡湖月。湖月
　　照我影，送我至剡溪。謝公宿處今尚在，淥水蕩漾清猿啼。
　　腳著謝公屐，身登青雲梯。半壁見海日，空中聞天雞。千巖
　　萬轉路不定，迷花倚石忽已暝。熊咆龍吟殷巖泉，慄深林兮
　　驚層巔。雲青青兮欲雨，水澹澹兮生煙。列缺霹靂，丘巒崩
　　摧。洞天石扉，訇然中開。青冥浩蕩不見底，日月照耀金銀
　　臺。霓為衣兮風為馬，雲之君兮紛紛而來下。虎鼓瑟兮鸞回

車，仙之人兮列如麻。忽魂悸以魄動，怳驚起而長嗟。惟覺
時之枕席，失向來之煙霞。世間行樂亦如此，古來萬事東流
水。別君去兮何時還，且放白鹿青崖間。須行即騎訪名山。
安能摧眉折腰事權貴，使我不得開心顏？　(466〈夢遊天姥
吟留別〉)

世界著名心理學家佛洛伊德(Freud, Sigmund, 1856-1939)說：
「夢，並不是空穴來風，不是毫無意義的，不的荒誕的，也不是部
分昏睡，部分清醒的意義的產物。它完全是有意義的精神現象。實
際上，它是一種願望的達成。它可以說是一種清醒狀態精神活動的
延續。它是高度錯綜複雜的理智活動的產物。」[56]因此，他認為夢是
用來實現願望的。

阿德勒(Adler, Alfred, 1870-1937)認為：「夢並不是和清醒時的生
活相互對立的，它必然和生活的其他動作和表現符合一致。假使我
們在白天專心致力地追求某種優越感目標，我們在晚上也會關心著
同樣的問題。每個人做夢時，都好像在夢中有一個工作在等待他去
完成一般，都好像他在夢中也必須努力追求優越感一般。夢必定是
生活樣式的產品，它也一定有助於生活樣式的建構和加強。」[57]因此，
人在睡夢中並沒有和現實隔離，仍在思想和諦聽。又說「夢是想在
個人的生活樣式和他當前的問題之間建立起聯繫，而又不願意對生

---

56 佛洛伊德著、張燕雲譯：《夢的釋義》(遼寧：遼寧人民出版社，1987 年)，頁
114。
57 奧‧阿德勒(Adler, Alfred)撰，黃光國譯：《自卑與超越》(臺北：志文出版社，
1974 年)，頁 82。

活樣式作新要求的一種企圖。」[58]可見夢是對我們的生活樣式提供支持和維護。在〈夢遊天姥吟留別〉一詩反映出一種保存天真、超脫世俗的理想人格。

綜觀李白海意象詩歌，可以感受到詩人那種曠達真摯、不矯揉造作的情感，晚唐皮日休評論李白為「真放」曰：「負逸氣者，必有真放，以李翰林為真放焉」[59]。此外，元代方回〈秋晚雜書〉論李白曰：「人言太白豪，其詩麗以富，樂府信皆爾，一掃梁隋腐。餘編細讀之，要自有樸處，最於贈答篇，肺腑露情愫。何至昌谷生，一一雕麗句，亦焉用玉谿、纂組失天趣。」[60]認為李白詩能洞見肺腑，不掩飾真情，不像李賀、李商隱雕章琢句，天真率直飽含著生命的情感。「李白是明月魂，赤子心，玻璃魂。他胸無城府，襟懷坦白，不躲不藏，無遮無攔。」[61]李白率性自然，廣泛應酬交友，縱情江海；飲酒尋歡。雖然時時有不得大用的憤懣，卻從來沒有棄世厭世，遠離俗世現實，無時不刻保有赤子之心地享受現世的快樂，依然彌漫著人間生活氣息的李白。李白「他能替我們把遭受壓抑、委屈的人性需求說出來，而且是把『最要緊，最根本，最普遍』的要求說出來。他不受世俗的約束，沒有人事的顧慮，甚至不經過理智的思考，他表達自己的人性需求時，只是一任真性的宣洩」[62]。

---

58 奧‧阿德勒(Adler, Alfred)撰，黃光國譯：《自卑與超越》(臺北：志文出版社，1974 年)，頁 85。

59 (唐)皮日休：〈七愛詩并序〉見(清)聖祖御定：《全唐詩》卷 608(臺北：文史哲出版社，1978 年 12 月初版)，頁 2430。

60 (元)方回：〈秋晚雜書十首〉見陳衍：《元詩紀事》卷 5(臺北：臺灣商務印書館，1968 年 6 月臺 1 版)，頁 53。

61 白靜：〈超越世俗的高遠──李白個性在其詩歌中的顯現〉《哈爾濱技術學院學報》2008 年第 1 期，頁 29-30。

62 薛天緯：〈生命與生活之歌──解讀《道教徒的詩人李白及其痛苦》〉《中國李白研究(2006 年-2007 年集)》(合肥：黃山書社，2007 年 8 月第 1 版)，頁 5。

四　壯浪縱恣的樂觀豪邁

　　李白詩歌中有一種強烈、震撼人心的征服力量，有一股似大海般的能量衝擊力，雖然一生只有長安三年短暫翰林供奉官職，其餘的人生幾乎是沈到大海深淵之中，但他面對殘酷的現實，引用姜尚、李斯等人的典故，以積極樂觀豪言壯語，展現其願為輔弼，平交王侯的豪邁之情，期待有朝一日「東山高臥時起來，欲濟蒼生未應晚」。

　　然而李白的詩歌往往給人力量感與氣勢感，有如驚濤拍岸，充滿雄壯豪邁之感，正如元稹評李白詩曰：「壯浪縱恣，擺去拘束」[63]。在追隨永王李璘征討安史之亂之際，樂觀以為終有輔弼機會，可鴻圖大展，興奮寫道：「但用樂山謝安石，為君談笑靜胡沙」、「過江誓流水，志在清中原」、「浮雲在一決，誓欲清幽燕」。始終懷抱為國平亂，建功立業，實現「牛羊散阡陌，夜寢不扃戶」的思想。然而錯估情勢，再度受挫，並獲罪流放夜郎，但也未消退其政治熱情。

　　中國古典詩歌的意象雖然可以直接拼合，意象之間似乎沒有關連，其實在深層上卻互相鉤連著，只是那起連接作用的紐帶隱蔽著，並不顯露出來。這就是前人所謂峰斷雲連，辭斷意屬。也就是說，從象的方面看去好像是孤立的，從意的方面尋找卻有一條紐帶。這是一種內在的、深層的聯繫。意象之間似離實合，似斷實續，給讀者留下許多想像的餘地和進行再創造的可能，因此讀起來便有一種涵泳不盡的餘味[64]。李白海意象詩歌中時常將「海」與「古代歷史人物」相拼合，常靠著意合而不靠形合，連詞、介詞往往省略。詞和詞、句和句，幾乎不需要任何中介而直接組合在一起，增加了意象

---

63 (唐)元稹：〈唐故工部員外郎杜君墓係銘并序〉《元氏長慶》卷56《四部備要》
　　(臺北：臺灣中華書局，1965年11月臺1版)，頁4。

64 袁行霈：《中國詩歌藝術研究》(臺北：五南圖書有限公司，1989年5年初版)，
　　頁67。

的密度，增強了多義的效果，使得詩歌充滿跳躍性，涵義有更大的彈性。而在李白海意象詩歌中出現歷史人物甚多，如〈書情題蔡舍人雄〉：「嘗高謝太傅，攜妓東山門」、「夢釣子陵湍，英氣緬猶存」詩中引用「謝安」、「嚴子陵」等兩位歷史人物；〈奔亡道中五首其一〉：「蘇武天山上，田橫海島邊」詩中出現「蘇武」、「田橫」兩位位歷史人物；〈奔亡道中五首其二〉：「亭伯去安在？李陵降未歸」詩中出現「崔駰」、「李陵」兩位歷史人物；〈贈僧行融〉：「梁有湯惠休，常從鮑照遊」詩中的「湯惠休」、「鮑照」兩位歷史人物；〈君子有所思行〉：「伊皋運元化，衛霍輸筋力」一句點出「伊尹」、「皋陶」、「衛青」、「霍去病」等四位歷史人物；〈讀諸葛武侯傳書懷贈長崔少府叔封昆季〉：「赤伏起頹運，臥龍得孔明」、「何人先見許，但有崔州平」、「晚途值子玉，華髮同哀榮」、「無令管與鮑，千載獨知名」一詩提到「諸葛孔明」、「崔州平」、「崔瑗」、「管仲」、「鮑叔牙」等五位歷史人物；〈梁園吟〉：「卻憶蓬池阮公詠，因吟淥水揚洪波」、「持鹽把酒但飲之，莫學夷齊事高潔」、「昔人豪貴信陵君，今人耕種信陵墳」、「梁王宮闕今安在？枚馬先歸不相待」、「東山高臥時起來，欲濟蒼生未應晚」詩句中點出「阮籍」、「伯夷」、「叔齊」、「信陵君」、「梁孝王」、「枚乘」、「司馬相如」、「謝安」等七位歷史人物。

　　上述歷史人物有文臣、有武將、有宰相、文學家、隱士等，都是歷史上叱咤風雲的人物，其中以「謝安」、「諸葛孔明」出現次數最多，作者將海的壯闊性、冒險性與歷史人物形象相絽合，將心中的意念，寄託於具象與非具象的藝術形象之中，表達出對人生的感受，並將心中意念成象，期待自己一如謝安從不卑躬屈膝，能拒權臣而扶社稷，東山再起安邦濟世，功成名就時，急流勇退，不戀權位；又充滿自信有孔明之才，期待君王禮賢下士，以這些形象去訴諸讀者、感動讀者，喚起讀者的想像與聯想，處處流露出積極樂觀

豪邁之情。

李白個性豪邁,故在審美意象的選擇上,偏愛宏偉壯觀的事物,如「大海」一般展現博大境界。在〈永王東巡歌十一首其二〉首二句寫時局:「三川北虜亂如麻,四海南奔似永嘉」,將中原橫潰、天下大亂的時代,叛軍多且凶,國災民難,目的在襯托出後二句作者的宏圖大略:「但用東山謝安石,為君談笑靜胡沙」。謝安是李白所傾慕者,「安石在東山,無心濟天下。一起振橫流,功成復瀟灑」(〈贈常侍御〉),於此謝安是詩人想的化身,寄托了自己的人生願望。此處的三川是指河南那裡的黃河、洛河、伊河,「四海」代指天下,雖非實指真實自然界之「海」,但李白用「海」字詞彙,將局勢得如此嚴重,愈見其高昂的愛國熱情和一掃胡沙的雄心壯志,氣氛寫得愈緊張,愈見從容鎮定地「挽張瀾於既倒」的氣魄。

在〈日出入行〉一詩雖是探究宇宙的思索,但最終對待自然是「吾將囊括大塊,浩然與溟涬同科」,充滿主宰宇宙的豪邁氣勢;〈行路難三首其一〉在感嘆人世險惡、困挫之中,筆鋒一轉,宕開一層,以「長風破浪會有時,直掛雲帆濟滄海」收束,正是體現他無比的樂觀自信;〈將進酒〉一詩雖是長安放還後,抱用世之才而不遇合之際,將滿腔不合時宜借酒興詩情狂放出來,以黃河奔流到海不復回,悲嘆人生短促,生命渺小,是一種深廣的憂憤,但「天生我材必有用」以樂觀好強自信肯定人生,接下來「千金散盡還復來」更是高度自信的驚人之句,儘管滿肚愁苦,藉酒消愁,儘管人生坎坷仕途屢艱,最後卻以積極樂觀,充滿希望之語收束,化悲為喜,重振雄心壯志,這些詩句在在證明了「以樂觀信心追求自己理想功業的積極精神在李白身上始終是居於主導地位的」[65]。

---

65 胡國瑞:〈李白詩歌的浪漫主義精神及藝術特點〉《李白研究論文集》(中華書局,1964 年版),頁 206。

五　似海澎湃飛騰的關懷君民

　　唐玄宗後期，統治者頻繁對外用兵，窮兵黷武，邊鎮將領權力澎漲，統治集團內部鬥爭嚴重，終於在天寶十四年(西元 755 年)爆發安史之亂，造成唐朝帝國政權受到危機，國家動亂，人民陷入苦難。李白痛心疾首，懷著一顆忠誠愛國之心，始終不肯向害國的權貴摧眉折腰，因此在其詩歌中多抒發安史之亂前後的主觀感受，只是他的愛國精神、愛國情操不易被人察覺，通過其海意象詩歌，深入到他的內心世界，才發覺他詩歌的主流是愛國愛民的情懷，從入世彈向出世，對神仙世界的嚮往，表露出超越的痛苦。在望海遊仙之中，並非僅是浪漫情懷使然，更多是批判昏君只顧個人享樂，揭示社會的真偽、美醜顛倒、奸佞得勢，與深切同情苦難的百姓。如〈經亂離後天恩流夜郎憶舊遊書懷贈江夏韋太守良宰〉此詩即是一部安史之亂後的社會詩史：

> 炎涼幾度改，九土中橫潰。漢甲連胡兵，沙塵暗雲海。草木搖殺氣，星辰無光彩。白骨成丘山，蒼生竟何罪？函關壯帝居，國命懸哥舒。長戟三十萬，開門納凶渠。公卿如犬羊，忠讜醢與菹。二聖出遊豫，兩京遂丘墟。

　　此詩道出安祿山作亂，王師敗績，二帝出奔，永王東巡。帝室中微，九州分裂。漢甲胡兵連結不解，戰鬥不休，沙塵翳空，殺氣衝天，星辰失彩。以戰火之盛，沙塵遮蔽天地之間的「雲」與「海」，於此「海」意象雖不是本篇文章的主意象，但卻是有助於強化戰爭造成的禍害災情，以「誇飾」手法寫出連廣漠的大海都被戰火塵土湮沒，海是寬廣無限，但卻能被胡兵沙塵覆去，揭示出兵禍可怕與

生靈塗炭之意。白骨橫野成丘山，禍亂連連，生民塗炭。然京師險要之地乃在潼關，哥舒翰以二十萬眾卻不能死守，反而投降，開門納賊，可悲在朝公卿，有如犬羊竟俯首輸服；忠誠敢言之士不肯從賊者，悉為肉醬，血淋淋刻劃出忠臣慘遭殺害。「二聖出遊豫」，諱言玄宗、肅宗二帝逃亡，太上皇出奔而幸蜀，長安、洛陽舊都，焚蕩殆盡。李白原本懷著沙漠收奇勛的目的，但到幽州後，親見戰禍造成人民家破人亡的事實，認清戰爭本無情，也熄滅熱情，讓他得以真實地反映了邊塞戰爭殘酷的現實，充滿現實主義精神，激發出其似海澎湃飛騰的愛國心，展現其關懷國事，深切同情下層民眾之慈悲心。

又〈萬憤詞投魏郎中〉一詩云：

> 海水渤溔，人罹鯨鯢。蓊胡沙而四塞，始滔天於燕齊。何六龍之浩蕩，遷白日於秦西。九土星分，嗷嗷悽悽。

詩開首四句道出安史叛軍的突發暴起。海水咆哮，鯨鯢騰波，從燕齊之地滾滾滔天而來，捲起夾帶泥沙遍布四方，使人感受到安史叛軍鋪天蓋地壓來之勢，及造成滄海橫流之象。以「渤溔」形容海水盛大騰湧的樣子，以「鯨鯢」、「胡沙」比喻安史叛軍，開首四句將事實昇華，藉海水、鯨鯢騰湧之勢，熔鑄境界鮮明的意象，逼真傳神顯露事件本質。後四句寫天下受災難之慘，玄宗倉皇逃往西蜀，國家四分五裂。「嗷嗷悽悽」道出百姓流離失所的禍難。在意象上將洪水、猛獸融合為一，增強了禍難深重的色彩。鯨鯢為海中獸類，水底多泥沙，「胡沙」之喻與「海水」相關涉，而安祿山起兵於古燕地之漁陽，齊燕相接，又皆濱海。整個意象渾融合一，四句詩

勾勒出海的形象渾灝飛動亦如安史叛軍給國家帶來深重的災難，氣勁境偉，懾人心魂。

〈戰城南〉是樂府舊題，漢鼓吹鐃歌曲。漢樂府古辭有「戰城南，死郭北，野死不葬烏可食」，是反戰的作品。而李白〈戰城南〉繼承古樂府的現實主義與人道主義精神，充滿關懷民眾的反戰思想。李白思想複雜，一如大海含攝萬物，一方面交織著他對將士保家衛國的英雄氣慨，另一方面反映戍邊的艱苦與思歸、征婦思夫之情。玄宗晚年窮兵黷武與無厭的開邊政策，李白憂心國家及人民的災禍即將來臨，詩云：

> 去年戰，桑乾源；今年戰，葱河道。洗兵條支海上波，放馬天山雪中草。萬里長征戰，三軍盡衰老。匈奴以殺戮為耕作，古來唯見白骨黃沙田。秦家築城備胡處，漢家還有烽火燃。烽火燃不息，征戰無已時。野戰格鬥死，敗馬號鳴向天悲。烏鳶啄人腸，銜飛上掛枯樹枝。士卒塗草莽，將軍空爾為。乃知兵者是凶器，聖人不得已而用之。

此詩作於天寶八年(749)[66]，起首連用了四個三字句，調促弦急，

---

66 此詩作於天寶八年，王忠嗣死於此年，同時也是唐玄宗無厭開邊政策與戰將的邀功請賞的石堡城之戰。開元二十九年十二月癸未，吐蕃陷石堡城。見《新唐書》第 1 冊卷 5 玄宗本紀《四部備要》(臺北：臺灣中華書局，1965 年 11 月臺 1 版)，頁 11。天寶四載春九月，隴右節度使皇甫惟明與吐蕃戰於石堡城，官軍不利，副將褚直廉等死。見《舊唐書》第 1 冊卷 9 玄宗本紀《四部備要》(臺北：臺灣中華書局，1965 年 11 月臺 1 版)，頁 6。帝方事石堡城，詔問攻取計，忠嗣奏言：「吐蕃舉國守之，若頓兵堅城，下費士數萬，然後可圖，恐所得不讎所失，請屬兵馬，待釁取之。」帝意不快而李林甫尤忌其功，日鉤擿過咎，會董延光建言請下石堡，詔忠嗣分兵應接，忠嗣不得已為出軍，而士無賞格，

加強戰爭頻繁不息，連年戰爭使人不堪的心理感覺。「洗兵條支海上波，放馬天山雪中草」兩句互文見義。「洗兵」意指戰罷而洗淨兵器，收藏不用，意味息兵。「放馬」義同，放馬牧場，不再作戰馬用。「條支」、「天山」代指西域各少數民族居住的荒漠地區，要在條支所屬的海裡洗淨兵器，要在天山一帶的牧場放馬吃草，必須要完全征服此處才能息兵罷戰。李白用了遙遠的西域地名反襯唐玄宗晚年開邊戰爭「洗兵海上波」、「放馬雪中草」的虛偽，含有強烈的批判意味，以致戰士久戍不還衰老。然而筆鋒一轉，「匈奴以殺戮為耕作，古來惟見白骨黃沙田」，以白骨是殺戮的結果，黃沙田是耕作的賓語，寫出少數民族統治階級的殘暴，邊境戰爭是匈奴挑起的，其後肯定漢族對抗匈奴戰爭的正義性，在此又見詩人並非否定一切戰爭。李白用淒慘的筆調寫血腥、死亡，目的不在渲染戰爭的恐怖，而是批判發動戰爭、開邊政策的統治者。最後兩句，乃全詩點睛之筆，強化出「洗兵條支海上波，放馬天山雪中草」二句最大心願，並化用太公《六韜・兵略》：「聖人號兵為凶器，不得已而用之」，李白並非全面反戰，而是要慎於用兵、不到萬不得已不發動戰爭。於此，「海」

延光不悅。河西兵馬使李光弼入說曰：「大丈夫愛惜士卒，有拒延光心，雖名受詔，實奪其謀，然大夫已付萬眾而不立重賞，何以賈士勇，且大夫惜數萬段賜以啟讒口，有如不捷，歸罪大夫，大夫先受禍矣。」忠嗣曰：「吾固審得一城，不足制敵，失之未害於國。吾忍以數萬人命易一官哉，明日見責，不失一金，吾羽林將軍歸宿衛不者」。……延光過期不克，果訴忠嗣沮兵。……林甫益之陰，使人誣告忠嗣，嘗養宮中云吾欲奉太子，帝怒召入，付三司訊驗，罪應死。……哥舒翰方有寵，白上請以官爵贖忠嗣罪，帝意解，貶漢陽太守，久之徙漢東郡。見《新唐書》第 7 冊卷 133 列傳 60 王忠嗣傳《四部備要》(臺北：臺灣中華書局，1965 年 11 月臺 1 版)，頁 6。天寶八載，以朔方河東群牧十萬眾委翰總統攻石堡城，翰使麾下將高秀巖、張守瑜進攻，不旬日而拔之，上錄其功，拜特進鴻臚員外，卿與一子五品官，賜物千四，莊宅各一所，加攝御史大夫。見《舊唐書》卷 104 列傳 54 哥舒翰傳《四部備要》(臺北：臺灣中華書局，1965 年 11 月臺 1 版)，頁 6。

意象雖僅是背景描述，但遼遠的「條支的海」卻深化出邊遠之意，要於此洗兵，更是難上加難，一層層加深對消弭戰爭的期望，深切關懷國政民生。

　　李白的性格既有灑脫不群、追求自由的一面，又有執著、深沉的一面。因此，李白海意象詩歌中看似浪漫飄逸灑脫，但卻又流露出一股憂國憂民、報國無門之慨，其海意象詩歌充滿強烈自我主體精神，以清新的語言坦率謳歌現實人生的喜怒哀樂，在率真之中散發出形而上的氣韻與哲理的境界。因此，李白海意象詩歌之美，在於其完整呈現了一種個性化心態。李白寫海洋傾注全部的激情，將大海給予的啟悟，賦予了世間萬象。

第二節　海意象觀照出的李白思想

　　美籍德國的格式塔心理學美學代表人物、藝術理論家的阿恩海姆(Rudolf Arnheim,1904-1994)肯定意象在思維活動中的重要性：「在任何一個認識領域中，真正的創造性思維活動都是通過「意象」進行的。」[67]而「意」是指生命之自由意志，「象」則作為表意媒介的形象，李白詩歌中的「海意象」一方面呈現出主體的思想觀念，另一方面呈展出客觀的形象，以主體藉客體形象表達心意的形構，以形象為媒介，使主體內心隱微的意志獲得客體性而被認知出來。「在人格本體論方面，老、莊、孔都對李白有所影響，但是李白與他們都有所不同：他超越了儒家齊整有序的「禮」，從而追求人格和個性的獨立；又超越了老莊的『清淨』、『無為』，終其一生都在為『濟世』奔走。這種人格構成具有廣泛的開放性特徵，使李白在失意潦倒之

---

67 阿恩海姆：《視覺思維》(北京：光明日報出版社，1987 年)，頁 37。

際依然保持著純淨的心靈和剛健進取、昂揚不息的精神。」[68]李白筆下出現過各種流派的人物，但從不以某一家思想為終極皈依，雖或多或少承繼任何前賢聖哲思想，但都已不是原初面目，而是被賦予李白的靈魂，企望度越一切前人，甚至在〈送煙子元演隱仙城序〉自言：「吾不凝滯於物，而與時推移，出則以平交王侯，遁則以俯視巢許」，雖然此說近道家思想，但又俯視道家的巢父許由，可見其不凝滯於物。

一　汪洋般寬宏博大的儒家思想

李白自青年時期即充滿儒家的「入世」精神與抱負，儒家安邦治世的思想時常縈繞左右。一生奔走於中國各地，海意象詩歌作品散布於中國 11 個省分，是中國詩人中遍行最多省分的作家。在長安三年之後，浪遊江海，經歷賜金放還、垂老之年請纓從軍、下獄、遇赦，暮年回首，百感交集，甚至於當塗(今安徽省馬鞍山市)臨終前寫下〈臨路歌〉曰：「大鵬飛振八裔，中天摧兮力不濟。餘風激兮萬世，遊扶桑兮掛左袂。後人得之傳此，仲尼亡兮誰為出涕。」表達了他穿越時空、歷史的悲嘆，亦流露對孔子的景仰傾慕情懷。

（一）兼濟天下

儒家的積極入世，投身人生社會、實現個人理想和價值等思想，曾激發青年李白施展才能、實現政治理想的熱情，渴望效命沙場，建功立業，青史留名，「達則兼濟天下，窮則獨善其身」、「事君之道成，榮親之義畢」的處世哲學一直深植李白心中。然則李白以道家

---

68 高寒：〈出世與入世的動態失衡──論李白人生悲劇的思想根源〉《消費導刊》2009 年 2 月，頁 243。

道教思想為主流，後世評論雖有逃儒入道之說，是當時黑暗現實造成的，是萬般無奈，並非始終不移信奉儒家思想，但李白始終尊孔。李白常自比孔子，嘲笑俗儒，〈書懷贈南陵常贊府〉：「問我心中事，為君前致辭。君看我才能，何似魯仲尼？大聖猶不遇，小儒安足悲！」並在〈送魯郡劉長史遷弘農長史〉詩云：「魯國一杯水，難容橫海麟。仲尼且不敬，況乃尋常人」寫出李白對孔子周遊列國遊說諸王侯，百般受辱卻始終不放棄，「知其不可為而為之」精神的敬仰。

在讀了諸葛武侯傳後，寫下〈讀諸葛武侯傳書懷贈長安崔少府叔封昆季〉一詩：

> 漢道昔云季，群雄方戰爭。霸圖各未立，割據資豪英。赤伏起頹運，臥龍得孔明。當其南陽時，隴畝躬自耕。魚水三顧合，風雲四海生。武侯立岷蜀，壯志吞咸京。何人先見許，但有崔州平。余亦草間人，頗懷拯物情。晚途值子玉，華髮同衰榮。託意在經濟，結交為弟兄。無令管與鮑，千載獨知名。

此詩以魚水三顧合，比喻諸葛亮知遇於劉備，道出自己有孔明之才，意欲拯救蒼生，期待崔少府能識才用才如鮑叔牙舉薦困厄的自己，展現積極用世之心。「魚水三顧合，風雲四海生」二句乃是此詩最關鍵句，精要概括出諸葛亮知遇並輔佐劉備在四海建立叱咤風雲的功業，詩中「四海」有廣大的「天下」之意，魚水相投，風雲際會。在此儘管一生仕途坎坷，「欲獻濟時策，此心誰見明？」其內心建功立業之心不減，難免發出懷才不遇之嘆，如〈鄣中贈王大勸入高鳳石門山幽居〉：

一身竟無託，遠與孤蓬征。千里失所依，復將落葉并。中途
偶良朋，問我將何行，欲獻濟時策，此心誰見明？君王制六
合，海塞無交兵。壯士伏草間，沉憂亂縱橫。飄飄不得意，
昨發南都城。紫燕樔上嘶，青萍匣中鳴。投軀寄天下，長嘯
尋豪英。恥學瑯邪人，龍蟠事躬耕。富貴吾自取，建功及春
榮。我願執爾手，爾方達我情。相知同一己，豈唯弟與兄？
抱子弄白雲，琴歌發清聲。臨別意難盡，各希存令名。

此詩作於開元二十八年(740)，開首八句言自己周遊四方，欲求
事君，而無知己薦之。「君王制六合」八句言己有憂世之志，不遇而
失意遠行，青萍匣中鳴，尚待有所遇。其後「投軀寄天下」六句道
出欲及時建功。全詩有濃厚儒家建功立業之思想。以孤蓬自喻隨風
飄盪，懷濟時之策，欲獻於君主，然方今天子宰制六合，「海塞無交
兵」一語道出瀚海邊塞地區四夷賓服，雖暫時無兵革之患，但禍隱
於微，伏處草莽之間，沈憂不已。乍看之下，「海塞」這個海字詞彙
在此詩中並無深意，其實不然，因為海塞無交兵，以至於懷濟時之
策的李白不得施展抱負，由「海塞無交兵」此語讓兼濟天下、深有
遠慮的李白更加憂世，汪洋般寬宏博大的儒家思想不停的襲捲而來。

〈行路難〉一詩是海意象詩歌最經典之代表作，寫於長安放歸
那一年(744)，詩中寫到一反向來狂放不羈的嗜酒成癖，如今對著「金
樽清酒」竟喝不下去，「玉盤珍饈」也嚥不下去。面對人生世路處境
艱難，並未心灰意冷，仍期待有朝一日，能如姜子牙遇文王、伊尹
見商湯一樣成就功業。「行路難，行路難，多歧路，今安在？」揭露
充滿抱負卻無奈處於政治黑暗的環境中，在絕望之中，仍抱持豪邁

氣慨：「長風破浪會有時，直掛雲帆濟滄海」表現出再向心中的政治
理想邁進，雖是一種渺茫的希望，可見強烈儒家思想深植於心。甚
至到了晚年還壯心不已，懷著「暫欲清幽燕」的宏願加入李璘的戰
船，不幸又捲入了政治鬥爭，去世前一年還請纓參軍，想平亂救國，
這些足以證明其始終是堅持儒家理想，不向現實屈服、不逃避現實，
正如安旗先生說：「他形形色色的思想中自有一根巨大的紅線貫穿始
終。這就是對封建盛世所激發出來的雄心壯志，要實現偉大的抱負，
要建立不朽的功業。一念之貞，終身不渝，欲罷不能，至死方休。
在這一點上，他同屈原一樣，同杜甫一樣，同一切偉大的歷史人物
一樣。他們的一生都像一場熱戀，一場苦戀，一場生死戀」[69]。

　　假若一個人的意志夠強，那麼必然會採取相應的行動去追求，
而不管現實的條件如何。張岱年指出：「孔子所謂命，是何意謂？大
致說來，可以說命乃指人力所無可奈何者。我們作一件事情，這件
事情之成功或失敗，即此事的最後結果如何，並非作此事之個人之
力量所能決定，但也不是以外任何個人或任何其他一件事情所能決
定，而乃是環境一切因素之積聚的總和力量所使然。如成，既非完
全由於我一個人的力量；如敗，亦非因為我用力不到；只是我一個
因素，不足以抗廣遠的眾多因素之總力而已。作事者是個人，最後
決定者卻非任何個人。這是一件事實。儒家所謂命，可以說即由此
種事實而導出的。這個最後的決定者，無以名之，名之曰命。命在
消極方面，可以說是自然對於人為的限制。人事已盡，而還不得成
功，便是命所使然。」[70]。孔子以為「人不可完全的絕望，即使在極
端不幸的情況中，還是要保持希望。……他熱愛世界的美、秩序、

69　安旗主編：《李白全集編年注釋》(四川：巴蜀書社，1990 年版)，頁 7-8。
70　張岱年：《中國哲學大綱》(臺北：藍燈文化公司，1992 年 4 月)，頁 451。

真以及幸福，而這一切的基礎並不是由成敗來賦與定義」[71]。從李白
海意象詩歌，我們看到李白的意志戰勝了命運，呈現永垂不朽的光
輝。

（二）獨善其身

　　《論語・衛靈公》記載孔子說：「邦有道，則仕；邦無道，則可
卷而懷之。」[72]李白終不能奮發有為以「兼濟天下」，因此退而「獨
善其身」，他的辭退供奉翰林，賜金放還，是作為一個不肯同流合污
的正直文人自覺地與腐朽墮落的上層統治階級的徹底決裂，是為堅
持自己的人格理想與表達對現實政治的不滿而做出他個人能做的最
為激烈的反抗。

　　繼孔子之後，儒家另一代表人物，在其《孟子》書中涉海的內
容主要有「北海」、「東海」、「伯夷、太公濱海」，以及「齊景公歷海」
[73]的記載，反映出儒家對於海洋社會政治功能的認同。「北海」一詞
在《孟子》書中先後出現 5 次：《孟子・梁惠王上》中論及孟子與梁
惠王論政，以「挾太山以超北海」作喻 2 次，而〈離婁〉、〈萬章〉、
〈盡心〉等章均提及「伯夷辟紂，居北海濱」一事。若言李白有逃
儒入道之說，似乎過於偏頗，因為在儒家的《孟子》書中也有記載
伯夷、太公避世選擇海濱，海濱人跡罕至，「橫政之所出，橫民之所
止」。然而伯夷與太公的「辟紂」有所不同：伯夷採取的是一種不合

---

71 卡爾・雅斯培：〈孔子〉《四大聖哲》(臺北：自華書店，1986 年 8 月)，頁
　　134-135。

72 《十三經注疏・論語 8》〈衛靈公〉第十五(臺北：藝文印書館，1989 年 1 月
　　11 版)，頁 138。

73 齊景公的出遊為何選擇海路？除了齊國臨東海外，更因海上制權的掌握使得遊
　　海之舉更為自由，而相對於內陸，海所展現的空間更為寬廣，對海的探索與征
　　服所體現出的雄渾氣魄，更能表達齊景公問鼎天下的雄心。

作的態度，固守節義；太公則瀕海垂釣，審時度勢，擇賢從之。可見海濱是理想的避世之處，能夠實現避世之人的心中所願，具社會功能。從《孟子》的文本觀之，無論是「北海」還是「東海」，均是隱者在世亂之時的避世處所，並寄託了隱逸之思。後世這些詞彙不再僅僅是具體的地理名詞，多有世外桃源的代稱之意。古人的避海、遵海、遊海則緣於政治因素的推動，因此「海」在儒家思想中有其深遠的政治意涵。

　　從李白海意象詩歌中，可以看出他對儒家思想的執著。儒家思想，使其終生具有濟世之志，長安三年後，卻賜金放還；安史之亂爆發後，在〈經亂後將避地剡中留贈崔宣城〉寫到：「中原走犲虎，烈火焚宗廟。太白晝經天，頹陽掩餘照。王城皆蕩覆，世路成奔峭。四海望長安，顰眉寡西笑。蒼生疑落葉，白骨空相弔。連兵似雪山，破敵誰能料？」雖然之後上了廬山隱居，但永王李璘辟書三至，又從廬山別內赴徵，入了永王幕府，並寫了〈在水軍宴贈幕府諸侍御〉詩曰：「月化五白龍，翻飛凌九天。胡沙驚北海，電掃洛陽川。虜箭雨宮闕，皇輿成播遷。英王受廟略，秉鉞清南邊。」不幸地捲入皇室內部鬥爭，永王兵敗後，李白入獄，還曾寫〈贈張相鎬〉詩二首，在向張鎬求援同時見其愛國熱忱仍未泯滅，詩云：「誓欲斬鯨鯢，澄清洛陽水」，又在〈流夜郎半道承恩放還兼欣克復之美書懷贈息秀才〉曰：「鯨鯢未剪滅，犲狼屢翻覆」。甚至到六十一歲的高齡，聽說李光弼大舉秦兵百萬，出征東征，還要請纓，冀申一割之用，不幸半道病還，仍在〈留別金陵崔侍御十九韻〉詩云：「意在斬巨鰲，何論繪長鯨」，這些正是儒家積極用世、兼濟天下思想的體現。退隱縱遊江海之後，儒家的安貧樂道，獨善其身的思想成為其精神支柱，於亂世中，始終固守傲岸氣骨，不隨波逐流，儒家思想的精神已內化其高潔的人格。

二　如海無羈無涯般的佛家思想

　　李白海意象詩歌流露出極濃的道家道教神仙思想，但在其中亦有佛家思想呈顯，甚至佛道思想揉合為一，在〈答湖州迦葉司馬問白何人也〉一詩中云：「青蓮居士謫仙人，酒肆藏名三十春。湖州司馬何須問？金粟如來是後身。」將自己「居士」身分與「謫仙人」相提，居士是佛教術語，「青蓮」一詞更有佛教含蘊[74]，並說自己能修成「金粟如來」之身。「金粟如來」，據李善《文選》卷五十九王簡栖〈頭陀寺碑文〉的「金粟來儀」所引《發跡經》曰：「淨名大士是往古金粟如來。」[75]淨名大士即維摩詰居士。在敦煌遺書 S.4571《維摩詰經講經文》曰：「毗耶城裡，有一居士，名號維摩，他原是東方無垢世界金粟如來，意欲助佛化人，暫住娑婆穢境。」可見李白自稱金粟如來是對佛家信仰的自我界定。

（一）自性清淨的佛性觀

　　自性即眾生自己的心性，亦即如來藏，自性或如來藏雖生於煩惱中，卻不為眾生煩惱所污，具足本來絕對清淨本性。

---

74 蓮生污泥之中，卻開潔淨之花，故佛典中常以此象徵清淨本性，筆者徵引四處佛典之說以明證之：(三國吳)康僧會譯：《六度集經》卷七曰：「心猶蓮花，根莖在水，華合未發，為水所覆。三禪之行，其淨猶華，去離眾惡，身意俱安。」見《大正藏》卷 3，頁 39。而鳩摩羅什譯：《維摩詰所說經》卷 7《佛道品》第 8 則曰：「譬如高原陸地不生蓮花華，卑濕淤泥乃生此華。如是見無為法入正位者終不復能生於佛法，煩惱泥中乃有眾生起佛法耳。」見僧肇等注：《注維摩詰所說經》(上海：上海古籍出版社，1990 年版)，頁 140。又，在佛教中，青蓮是蓮花中的最上品，《大智度論》卷 27 曰：「一切蓮花中，青蓮花為第一。」，見《佛藏要籍選刊》第 8 冊(上海：上海古籍出版社，1994 年版)，頁 666。

75 (梁)蕭統：《六臣註文選》第 59 卷碑文下《四部叢刊 092》(臺北：臺灣商務印書館，1979 年)，頁 1093。

〈贈僧朝美〉：

> 水客凌洪波，長鯨湧溟海。百川隨龍舟，噓吸竟安在？中有
> 不死者，探得明月珠。高價傾宇宙，餘輝照江湖。苞卷金縷
> 褐，蕭然若空無。誰人識此寶？竊笑有狂夫。了心何言說，
> 各勉黃金軀。

　　此詩寫渡海沈船，不幸中亦有有幸者，反而從海底取得夜明珠，以此喻人在坎坷不中，悟得佛理真諦。詩中所擬在大海之中尋得無價珠寶的情境，與《維摩詰經・佛道品》所云：「當知一切煩惱為如來種，譬如不下巨海，不能得無價珠寶；如是不入煩惱大海，則不能得一切智寶」，並且僧肇注曰：「二乘既見無為，安住正位，虛心靜漠，宴寂恬怡。既無生死之畏，而有無為之樂。澹泊自足，無希無求。孰肯蔽蔽以大乘為心乎？」[76]因此王琦注此詩時亦尋此佛家思想言：「水客泛舟大海，舟為長鯨所噓吸，遂遭溺沒。其中乃有不死者，反於海中尋得明月之珠，卷而藏之，不自炫耀，人亦不識。以喻人在煩惱海中，為一切嗜欲所汩沒，醉生夢死，飄流無極。乃其中有不昧本來者，反於煩惱海中悟得如來法寶，其價則傾乎宇宙，其光則照乎江湖，卷而懷之，不自以為有，而若空無者。然人份不能識此寶，而唯我能識之。夫心既明瞭，更無言說可以酬對。唯有勉勵珍重此軀而已。蓋人身難得，六道之中，以人為最。是此軀之重，等於黃金，未可輕忽，故曰『各勉黃金軀』也。」[77]最後一語互勉珍重難得修得的人身。此外，「了心何言說」與禪宗不立文字的旨

---

[76] 僧肇等注：《注維摩詰所說經》(上海：上海古籍出版社，1990 年版)，頁 140。
[77] (清)王琦注：《李太白全集》(中華書局，1977 年版)，頁 632。

意相仿。《無量壽經》下:「如來知慧海,深廣無涯底,二乘非所測,唯佛獨明了。」[78]人各有明珠,此寶在身,人自不知,煩惱滅,智慧生,即得明珠(心)。初唐天竺沙門般剌密帝譯《楞嚴經》卷1佛告阿難:「汝之心靈一切明了,若汝現所明瞭心實在身內。」阿難稽首而白佛言:「我聞如來如是法音,悟知我心實在身外。所以者何?譬如燈光燃於室中,是燈必能先照室內,從其室門後及庭際。一切眾生,不見身中,獨見身外,亦如燈光居在室外,不能照室。」[79]由此可見,李白對佛教經典的涉獵,對於佛教思想已頗有體悟。在此以海喻人世煩惱、是非(腦海),載浮載沈之中,唯有本心清明、明心見性,才能得海中明月之珠(實乃自性)。

(二)因緣虛幻的空無觀

　　一切事物,山海大地,森羅萬象,情與無情,都是因緣所成。佛教認為一切法皆「空」,「空」即是緣起無自性,離開緣起,就沒有宇宙,沒有人生,沒有生滅。龍樹菩薩在其《中論》書中,一開始以否定的方式來描述「空」,說它「不生亦不滅,不常亦不斷,不一亦不異,不來亦不出」[80],萬物生於「無」,終必回歸「無」,李白在學禪悟道時,將佛道二教相互參透,而海意象中蓬壺、瀛海仙境的虛幻亦如佛教空無觀,如〈贈僧崖公〉詩云:

　　　　昔在朗陵東,學禪白眉空。大地了鏡徹,回旋寄輪風。攬彼

---

78 (曹魏)天竺三藏康僧鎧譯:《佛說無量壽經》(臺中:僧伽出版社,2001年),頁144-145。

79 蕭振士、胡弘才、陸萍華編輯:《楞嚴經》(臺北:博遠出版有限公司,2000年8月),頁8-9。

80 (印度)龍樹菩薩造、青目菩薩釋、鳩摩羅什譯:《中論》(臺北:大乘精舍印經會,1997年8月),頁1。

造化力，持為我神通。晚謁太山君，親見日沒雲。中夜臥山
月，拂衣逃人群。授余金仙道，曠劫未始聞。冥機發天光，
獨照謝世氛，虛舟不繫物，觀化游江濆。江濆遇同聲，道崖
乃僧英。說法動海岳，遊方化公卿。手秉玉塵尾，如登白樓
亭。微言注百川，豐豐信可聽。一風鼓群有，萬籟各自鳴。
啟開七窗牖，託宿掣雷霆。自云歷天台，搏壁躡翠屏。凌兢
石橋去，恍惚入青冥。昔往今來歸，絕景無不經。何日更攜
手？乘杯向蓬瀛。

　　此詩寫出其學禪悟道之經歷，詩末卻以「何日更攜手，乘杯向
蓬瀛」，期望達至神仙境界。葛景春云：「李白的佛教思想也很明顯
地打著道教思想的印記。」，此詩正是佛道交融之例。唐朝不少僧人
與道士間互有來往，彼此談禪論道常有之事。僧人道崖是一位既懂
禪又能論「道」的佛門弟子。李白自稱學禪於白眉空，並描述僧崖
公說法動海岳，生動靈活地談論神仙飛升之事，使其「恍惚入青冥」，
最後並期待下次「乘杯向蓬瀛」，二人在談佛論禪之際，皆流露出嚮
往蓬萊仙境之思，可見李白對於佛、道思想是相互參透，言談間不
時出釋入道。在李白海意象詩歌中雖然多以神仙道家思想為主流，
然而其中卻有數首流露濃厚的佛家思想，其詩如下：

　　翛然金園賞，遠近含晴光。樓臺成海氣，草木皆天香。忽逢
　　青雲士，共解丹霞裳。(〈安州般若寺水閣納涼喜遇薛員外乂〉)

　　寶塔凌蒼蒼，登攀覽四荒。頂高元氣合，標出海雲長。萬象
　　分空界，三天接畫梁。水搖金剎影，日動火珠光。鳥拂瓊簾

度，霞連繡栱張。(〈秋日登揚州西靈塔〉)

漫漫雨花落，嘈嘈天樂鳴。兩廊振法鼓，四角吟風箏。……
寥廓雲海晚，蒼茫宮觀平。(〈登瓦官閣〉)

朝發汝海東，暮棲龍門中。水寒夕波急，木落秋山空。望極
九霄迴，賞幽萬壑通。目皓沙上月，心清松下風。玉斗橫網
戶，銀河耿花宮。(〈秋夜宿龍門香山寺奉寄王方城十七丈奉
國瑩上人從弟幼成令問〉)

月出峨眉照滄海，與人萬里長相隨。……黃金師子乘高座，
白玉塵尾談重玄。(〈峨眉山月歌送蜀僧晏入中京〉)

化城若化出，金牓天宮開。疑是海上雲，飛空結樓臺。(〈陪
族叔當塗宰遊化城寺升公清風亭〉)

挂席凌蓬丘，觀濤憩樟樓。三山動逸興，五馬同遨遊。天竺
森在眼，松風颯驚秋。覽雲測變化，弄水窮清幽。疊嶂隔遙
海，當軒寫歸流。詩成傲雲月，佳趣滿吳洲。(〈與從姪杭州
刺史良遊天竺寺〉)

　　在〈與從姪杭州刺史良遊天竺寺〉一詩表現出遊佛寺所得佳趣，
如同身入蓬萊仙境。從上述詩歌可見在李白眼中，佛寺景觀的特點
不僅是清幽，更蘊含有理想色彩。詩中「樓臺海氣」乃是虛無縹緲，
藉由海樓、海氣這些繁華壯麗之景物轉眼間卻成空幻，隱約道出佛

家禪空無之理。而「海雲」、「雲海」這些詞彙，更是將「雲」純潔千變萬化、飄忽不定的形象與「海」寬廣浩大、無羈無涯的形象相結合，正可將人世變幻空虛象徵佛法，表達一種難解的禪境，甚至用以寄托對佛家禪門理想境界的嚮往。

　　李白海意象詩歌最能顯現出佛道思想揉合的奇妙，如〈答長安崔少府叔封遊終南翠微寺太宗皇帝金沙泉見寄〉：「河伯見海若，傲然誇秋水。小物昧遠圖，寧知通方士。多君紫霄意，獨往蒼山裡。……鼎湖夢渌水，龍駕空茫然」詩中寫的是佛寺中一泓泉水，卻運用道家莊子典故，甚至寫到黃帝鑄鼎升天的鼎湖，將佛寺之景渲染成道教神仙化。另一首在 36 歲所作的〈瑩禪師房觀山海圖〉也展現兩家思想上的會通，詩云：

> 真僧閉精宇，滅跡含達觀。列嶂圖雲山，攢峯入霄漢。丹崖森在目，清晝疑卷幔。蓬壺來軒窗，瀛海入几案。煙濤爭噴薄，島嶼相凌亂。征帆飄空中，瀑水灑天半。崢嶸若可陟，想像徒盈歎。杳與真心冥，遂諧靜者翫。如登赤城裡，揭涉滄洲畔。即事能娛人，從茲得蕭散。

　　此詩很奇特展現出唐朝佛道融合之現象，詩中寫到佛教瑩禪師的禪房中懸掛的山海圖卻是道教的仙境。「佛」、「道」在中國文化傳統中能共攝相互往來的原因在於「超越」是宗教共同基本之課題，是一種生命精神安頓的方式，皆明白世間萬物生於「無」，最終必回歸「無」，因此海意象中蓬壺、瀛海仙境的虛幻正可與佛教空無觀念相契合。

　　此外，在李白海意象詩歌中也出現「海中明珠」的詞彙，除了

有真實海明珠具象外，更是巧妙將水中月影比擬為海明珠，高妙呈
現出佛法空無精神，如在 53 歲時所作〈贈宣州靈源寺仲濬公〉，詩
云：

> 敬亭白雲氣，秀色連蒼梧。下映雙溪水，如天落鏡湖。此中
> 積龍象，獨許濬公殊。　風韻逸江左，文章動海隅。觀心同
> 水月，解領得明珠。今日逢支遁，高談出有無。

　　詩中用了佛典典故，如「水月」語出《大智度論》卷六：「解了
諸法，如幻、如焰、如水中月」[81]，是大乘佛教中的十喻之一，水中
之月乃月之影現，並無月之實體，故以此比喻諸法無自性，是凡夫
妄執心所現，實則諸法無實體。而「明珠」語出《大般涅槃經》卷
三：「譬如國王髻中明珠，付典藏臣。藏臣得已，頂戴恭敬，增加守
護。我亦如是頂戴恭敬增加守護如來所說方等深義」[82]，明珠乃是佛
教用以比喻眾生本有的佛性。

（三）脫離苦海

　　佛教認為人生是苦，苦諦為佛教四諦中第一諦，因此佛教終極
目的是要教人如何從苦中解脫出來。佛教所言苦諦有八種：生、老、
病、死、怨憎會、愛別離、求不得、五蘊熾盛，則謂之八苦。這些
苦是現實中每個人皆會遭遇到，大詩人李白也不例外，且一生挫折
不斷，〈悲歌行〉唱出：「主人有酒且莫斟，聽我一曲悲來吟。悲來
不吟還不笑，天下無人知我心……富貴百年能幾何，死生一度人皆

81　《佛藏要籍選刊》第 8 冊(上海：上海古籍出版社，1994 年版)，頁 507。
82　《佛藏要籍選刊》第 5 冊(上海：上海古籍出版社，1994 年版)，頁 848。

有。孤猿坐啼墳上月，且須一盡杯中酒」，但在佛教思想中，他找到
情感渲洩的出口，其〈魯郡葉和尚贊〉云：「海岳英靈，誕彼開士。
了身皆空，觀月在水……寂滅為樂，江海為閑。逆旅形內，虛舟世
間。邈彼昆閬，誰云可攀？」曇無讖譯《大般涅槃經》卷十四曰：「諸
行無常，是生滅法」、「生滅滅已，寂滅為樂」[83]寂滅即是涅槃，可擺
脫生死輪回，終結人生煩惱。而崑閬是指崑崙山巔的閬鳳山，相傳
是仙人所居之處，甚至「江海為閑」、「逆旅」、「虛舟」出自道家《莊
子》中〈刻意篇〉：「若夫不刻意為高，無仁義而修，無江海而閑，
不導引而壽」、〈山木篇〉：「陽子之宋，宿於逆旅」、〈列禦寇篇〉：「巧
者勞而知老憂，無能者無所求，飽食而遨遊，汎若不繫之舟，虛而
遨遊者也」[84]，可見李白佛教思想中有深沈的道家精神融匯其中。

> 翛然金園賞，遠近含晴光。樓臺成海氣，草木皆天香。忽逢
> 青雲士，共解丹霞裳。水退池上熱，風生松下涼。吞討破萬
> 象，褰窺臨眾芳。而我遺有漏，與君用無方。　心垢都已滅，
> 永言題禪房。(786〈安州般若寺水閣納涼喜遇薛員外乂〉)

　　此詩作於李白 32 歲，詩中「有漏」即煩惱之意，佛教認為眾生
因煩惱所產生的過失，造成苦果，使人在迷妄的世間中流轉不停，
難以脫離生死苦海，若能斷滅煩惱苦境，即為無漏。然「遺有漏」
之法，便是靠著修禪滅除心垢。此外，「用無方」語出《莊子・在宥》：

---

[83] 《佛藏要籍選刊》第 5 冊(上海：上海古籍出版社，1994 年版)，頁 918、919。
[84] (晉)郭象注、(清)郭慶藩集解：《莊子集釋》(二)〈刻意篇〉第 15、〈山木篇〉
　　第 20、〈列禦寇篇〉第 32(臺北：臺灣中華書局，1970 年)，頁 281、358、522。

「處乎無響,行乎無方」,又郭象注云:「隨物轉化」[85],即隨遇而安,李白將佛道兩種思想揉合一起,展現出樂觀情懷。

> 朱紱遺塵境,青山謁梵筵。金繩開覺路,寶筏度迷川。嶺樹攢飛栱,岩花覆谷泉。塔形標海日,樓勢出江煙。香氣三天下,鍾聲萬壑連。荷秋珠已滿,松密蓋初圓。鳥聚疑聞法,龍參若護禪。愧非流水韻,叨入伯牙絃。(441〈春日歸山寄孟六浩然〉)

此詩作於開元二十六年辭幕歸山,言歸山而尋梵剎,以朱紱之貴而離開紅塵之境,入於青山梵筵。第三、四句言化貪痴入於定慧,以寶筏而渡迷川,濟眾生使不沈於苦海。然而「寶筏」乃是佛說法度人,喻以佛之妙法渡生死,譬之木筏渡河,渡過即不用,人悟道之後,言筌俱可不用。

三 似海般靈動縹緲的道家道教思想

道家是春秋末年老子所創立,道教則形成於東漢末年。道家的思想是源,道教的思想是流,道教思想是在不斷吸收、發展、豐富道家思想的基礎上逐漸形成的。《老子》書中出現「海」字詞彙僅有 3 次,並將「海」與「道」相比擬,說明「道」為天下所歸,正如「江海」為一切小河流所歸一樣,天下萬物離不開道體,就如川谷的水總要匯歸於江海一般。而道家《莊子》表現出的海意象較儒家

---

[85] (晉)郭象注、(清)郭慶藩集解:《莊子集釋》(二)〈在宥〉第十一(臺北:臺灣中華書局,1970 年),頁 213。

《孟子》更為濃厚[86]，其主要涉海內容有海中仙境「藐姑射之山」與自然無為「江海之士」。《莊子》書中海中仙境姑射山的神人是無掛無礙、奇幻超脫，是常人無法企及之自由逍遙。雖然世俗隱者的出世無法如神人隨心所欲，但離棄社會束縛，退隱遨遊於江海，忘形塵勞，陶然自得，在最大程度上獲得了心靈自由。在《莊子・刻意》中描述了江海之士避世：「就藪澤，處閑曠，釣魚閑處，無為而已」[87]可明證之。綜上所述，可知「海」是中國最早之「世外桃源」。

　　但在《莊子・讓王》云：「身在江海之上，心居乎魏闕之下」，郭象注曰：「言身在江海之上，心仍在王室也」[88]，可見道家的身退歸隱並非消極的出世，在身退之中，保有一顆閑適曠達之心外，又心繫家國。李白在儒家思想「達則兼濟天下」的宏願不能實現時，選擇與道家江海之士離棄社會束縛的同時又心懷魏闕，因此道家思想綰合李白的一生。

（一）崇尚自然

　　老子崇尚自然，強調無為，並非完全否定人類改造自然、征服自然的主觀能動性，而是人力所為有似天然，勝似天然，最高境界是「見素抱樸，少私寡欲」[89]的反樸歸真，而是追求一種至柔、至純、

86　筆者在本論文第二章統計《莊子》一書出現海字詞彙多達 50 次，《孟子》一書出現海字詞彙 27 次。《莊子》書中筆下的「海」多是展現浪漫主義的色彩，超乎現實，離奇恣肆，「海」帶來巨大的想像空間；《孟子》書中筆下的「海」切近真實，道出儒家現實主義色彩。

87　(晉)郭象注、(清)郭慶藩集解：《莊子集釋》(二)〈刻意〉第十五(臺北：臺灣中華書局，1970 年)，頁 280。

88　(晉)郭象注、(清)郭慶藩集解：《莊子集釋》(二)〈讓王〉第二十八(臺北：臺灣中華書局，1970 年)，頁 491。

89　《老子》19 章《四部備要》子部(臺北：臺灣中華書局，1972 年 4 月臺 4 版)，頁 10。

至善、至真的境界。莊子繼承此說並開展出:「夫虛靜恬淡寂寞無為
者,萬物之本也」,又說「靜而聖,無為而柔。樸素而天下莫能與之
爭美。」[90]說明自然美是天下極高之美。莊子曰:「真者,精誠之至
也。不精不誠,不能動人。故強哭者雖悲不哀,強怒者雖嚴不威,
強親者雖笑不和,真悲無聲而哀,真怒未發而威,真親未笑而和。
真在內者,神動於外,是所以貴真也。」[91]從上所述美必須以真為前
提,而李白海意象詩歌除了描寫大海雄奇壯麗景觀、迷幻奇異海外
仙島之美外,並藉「海」真實勾勒出唐代政治黑暗面、社會現實面,
將自己對國家的赤誠之心表露無遺。

　　李白受到道家崇尚自然的影響,主張順應自然,對自由的嚮往
以追求人性與個體生命的自由發展為最高目的,如〈山中答俗人
問〉:「問余何意棲碧山?笑而不答心自閑」亦頗能表現其高曠的心
志。因而對自然界景物、神仙生活充滿了親近與嚮往,在海意象這
些詩歌中,可見李白將人生的旨趣融入到自然大海與神奇瑰麗的神
話中,展現其自然天性。

　　李白繼承莊子崇尚自然的思想,與其灑脫不羈的個性相契合。
莊子提倡「外物」、「外天下」說法以擺脫人生種種矛盾與困擾,將
「獨與天地精神往來」視為人生最高理想,並於〈逍遙遊〉中虛擬
出浮游於世事之外的「神人」以寄託理想。在海意象詩歌可見到許
多海外仙人世界,如〈雜詩〉:「傳聞海水上,乃有蓬萊山」。

　　但李白道家文化人格的宇宙觀不同於老莊消極順應的被動狀
態,而是以自我為時空中心,囊括整個宇宙並且有等量的宏大氣度,

---

90 (晉)郭象注、(清)郭慶藩集解:《莊子集釋》(一)〈天道〉第十三(臺北:臺灣
　　中華書局,1970 年),頁 244、245。
91 (晉)郭象注、(清)郭慶藩集解:《莊子集釋》(二)〈漁父〉第三十一(臺北:臺
　　灣中華書局,1970 年),頁 518。

如〈贈僧崖公〉：「攬彼造化力，持我為神能」，李白個性本傾向於自然，不喜拘束，道家追求精神自由的思想成為其反抗現實、蔑視功名權貴的精神支柱。

（二）神仙思想

　　《莊子‧天地》涉及神仙的描寫：「天下有道，則與物皆昌；天下無道，則修德就閒；千歲厭世，去而上僊，乘彼白雲，至於帝鄉」[92]，至於《莊子‧逍遙遊》記載：「不食五穀，吸風飲露，乘雲氣、御飛龍，而遊乎四海之外」[93]的姑射山神人，與《史記‧封禪書》記載蓬萊、方壺、瀛洲三神山仙人，應是中國最早神仙雛型。但李白學仙的理論並非來自老莊，而是從老莊那兒學到超然處世、自由無羈的精神。至東漢末年道教成立，魏晉道教人物葛洪著有《神仙傳》記載九十四人羽化成仙的故事，證明「仙化可得，不死可學」，甚至道教終極目的是通過修道，與道合一，達至靈魂長在，肉體永生，即《抱朴子‧內篇》所言：「蹈炎飆而不灼，躡玄波而輕步，鼓翮輕塵，風馭雲軒，仰凌紫極，俯棲崑崙」[94]的神仙境界。然而上古時期，「神」與「仙」是兩個相互區分的概念，據詹石窗〈道教神仙信仰及其生命意識透析〉一文闡釋「神仙」這個詞彙本始意義源流曰：

　　　　「神」是存在於天上的一種超越人類的力量，其功能是「引出萬物」，亦即「生」出萬物。故「神」實際上具有萬物之

---

92 (晉)郭象注、(清)郭慶藩集解：《莊子集釋》(一)〈天地〉第十二(臺北：臺灣中華書局，1970年)，頁225。

93 (晉)郭象注、(清)郭慶藩集解：《莊子集釋》(一)〈逍遙遊〉第一(臺北：臺灣中華書局，1970年)，頁18。

94 《抱朴子‧內篇》〈論仙〉第三《景印摛藻堂四庫全書薈要276》子部31冊(臺北：世界書局，1987年)，頁217。

母的意義，也意味著「神」的功能大大超越了人的能力。⋯⋯
人所無法完成的功能最終由神來完成了。⋯⋯至於仙，在最
初只不過一種特殊的「人」。仙字，上古時期寫作「𦔮」。
《說文》謂：「人在山上完」。「完」即「貌」之古字。「𦔮」
即表示人在山上的樣子。同時「𦔮」有高舉上升的意蘊。仙
在古代又作「僊」，《說文》謂：「長生仙去者為僊」。可見，
仙的本義一是指長壽，另一是指輕舉上升。在漢代，仙字已
行世，它是指那些進山隱修之人，他們站在山巔，彷彿輕舉
上升於雲天。⋯⋯秦漢時期，神與仙開始連稱，彼此的界限
漸趨於模糊。《史記·封禪書》載：「其明年，東巡海上，考
神仙之屬，未有驗者。」可見最遲在戰國末期，神仙已經連
稱了。就結構來講，「神仙」既可以當作並列詞組看，也可
以當作偏正詞組看。就並列的角度而言，「仙」是超人的升
格，因為有超人的功能，所以能夠與神比肩；就偏正的角度
而言，「神」作為「仙」的修飾，而落腳點則在「仙」字上。
當「神」成為「仙」的修飾語時，「仙」的屬性便通過「神」
的功能而顯示出來。這時的「仙」是指那些具有超越凡人功
能的特異者。道家的所謂神仙，側重於後一種意義，它反映
的是先民的壽老追求和擴展能力的願望。[95]

從上述可知神仙具有超人功能，更能擴展能力的願望，展現出

---

95 詹石窗：〈道教神仙信仰及其生命意識透析〉《湖北大學學報(哲學社會科學
版)》第 31 卷第 5 期 2004 年 9 月，頁 510-511。

人類擺脫生命局限的企盼，而唐玄宗時代是中國道教極盛時期[96]，入道似乎保存一種天真，超脫世俗。李白少年時對神仙信仰，廣泛結交當時道教人士，如元丹丘、參寥子、王漢陽、紫陽先生、吳江女道士褚三清、廬山女道士李林甫之女李騰空、睿宗之女玉貞公主，甚至吳筠、司馬承禎、賀知章對其仕途更有知遇之恩，因此李白〈懷仙歌〉才有：「仙人浩歌望我來，應攀玉樹長相待」之語。但在李白海意象詩歌中流露許多神仙思想，如〈題嵩山逸人元丹丘山居〉：「家本紫雲山，道風未淪落」、〈感興八首其五〉：「十五游神仙，仙遊未曾歇」、〈早秋贈裴十七仲堪〉：「良圖竟未展，意欲飛丹砂」、〈早秋贈裴十七仲堪〉：「良圖竟未展，意欲飛丹砂」、〈留別曹南群官之江南〉：「閉劍琉璃匣，鍊丹紫翠房」，甚至在〈古風五十九首其四十一〉詩中呈顯出瑰麗奇幻的仙境：

> 朝弄紫泥海，夕披丹霞裳。揮手折若木，拂此西日光。雲臥遊八極，玉顏已千霜。飄飄入無倪，稽首祈上皇。呼我遊太素，玉杯賜瓊漿。一餐歷萬歲，何用還故鄉？永隨長風去，天外恣飄揚。

此詩意境常見於道教經典，如《靈寶無量度人上品妙經》卷十五〈第三月華陰景真王歌〉曰：「神鳳駕明月，世界隨雲行。不知萬樓閣，玉棟虹霓生。……逍遙乘飛車，奔造廣寒庭。浩劫留芳顏，千載無愁聲。故知上真道，妙化生群靈。我歌太清下，俯輪驂玉馬。

96　唐玄宗開元九年，遣使迎茅山道士司馬承禎入京，親授道教法籙。天寶七載，遙禮茅山道士李含光為師。親自注解《老子》與製作〈降真招仙之曲〉、〈紫微送仙之曲〉等道教齋醮音樂。並有許多公主嬪妃入道為女冠，甚至有走終南捷徑的道士拜官晉爵。

金波漲天來，秀色若可把。月漿滋百神，再歌調再陳。」[97]

　　筆者統計在 254 首海意象詩歌中約有 71 首運用神話典故、仙人意象，將其依照創作時間羅列，見其寫作動機與人生經歷密切相關，發現天寶三年(744)政途失意後(長安三年之後)，神話典故、仙人意象詩作大增，然而詩中雖然尋仙、遊仙，但有些詩歌已流露出仙人不可求，開始否定神仙之說，如〈涇川送族弟錞〉詩云：「仙人不見我，明月空相知」、〈古風五十九首其三〉：「鬐鬣蔽青天，何由睹蓬萊」、〈登高丘而望遠海〉：「六鼇骨已霜，三山流安在」等與之前在長安供奉翰林時，對神仙期待嚮往不同，如〈西岳雲臺歌送丹丘子〉詩云：「明星玉女備灑掃，麻姑搔背指爪輕」，如下表 4-1。

表 4-1 李白海意象詩歌中 71 首運用神話典故、仙人意象

創作時間	篇名	詩句
開元 18 年 (730)30 歲	606〈答長安崔少府叔封遊終南翠微寺 太宗皇帝金沙泉見寄〉	河伯見海若，傲然誇秋水。
開元 19 年 (731)31 歲	327〈贈嵩山焦煉師〉 214〈元丹丘歌〉	中有蓬海客，宛疑麻姑仙…… 時餐金鵝藥，屢讀青苔篇……願同西王母，下顧東方朔 元丹丘，愛神仙

97 《道藏》第 1 冊(天津：天津古籍出版社，1988 年版)，頁 102。

創作時間	篇名	詩句
開元 20 年 (732)32 歲	607〈酬崔五郎中〉	製作參造化，託諷含神祇 舉身憩蓬壺，濯足弄滄海
	896〈題隨州紫陽先生壁〉	道與古仙合，心將元化并
開元 24 年 (736)36 歲	418〈秋夜宿巃門香山寺奉寄王方城十七丈奉國瑩上人從弟幼成令問〉	蓬壺來軒窗，瀛海入几案
	889〈瑩禪師房觀山海圖〉	蓬壺來軒窗，瀛海入几案
開元 26 年 (738)38 歲	759〈經下邳圯橋懷張子房〉	唯見碧流水，曾無黃石公
開元 27 年 (739)39 歲	737〈郢門秋懷〉	空謁蒼梧帝，徒尋溟海仙
開元 28 年 (740)40 歲	601〈早秋單父南樓酬竇公衡〉	我閉南樓看道書，幽簾清寂在仙居
天寶元年 (742)42 歲	640〈遊泰山六首之五〉	終當遇安期，於此鍊玉液
天寶 2 年 (743)43 歲	43〈古風其四十三〉（周穆八荒意）	西海宴王母，北宮邀上元
	84〈上雲樂〉	女媧戲黃土，團作愚下人 老胡感至德，東來進仙倡

創作時間	篇名	詩句
	213〈西岳雲臺歌送丹丘子〉	明星玉女備灑掃，麻姑搔背指爪輕
	216〈同族弟金城尉叔卿燭照山水壁畫歌〉	高堂粉壁圖蓬瀛，燭前一見滄洲清
	323〈贈盧徵君昆弟〉	河上喜相得，壺中趣每同
	609〈金門答蘇秀才〉	未果三山期，遙欣一丘樂
	647〈朝下過盧郎中敘舊遊〉	卻話山海事，宛然林壑存
	820〈秋夜獨坐懷故山〉	入侍瑤池宴，出陪玉輦行
天寶3年(744)44歲	40〈古風其四十〉(鳳飢不啄粟)	幸遇王子晉，結交青雲端
	140〈來日大難〉	仙人相存，誘我遠學
	278〈懷仙歌〉	仙人浩歌望我來，應攀玉樹長相待
	317〈贈饒陽張司戶燧〉	愧非黃石老，安識子房賢
		一語已道意，三山期著鞭
	335〈訪道安陵遇蓋寰為余造真籙臨別留贈〉	清水見白石，仙人識青童
	608〈以詩代書答元丹丘〉	學道北海仙，傳書蕊珠宮
	635〈秋獵孟諸夜歸置酒單父東樓觀妓〉	出舞兩美人，飄颻若雲仙

創作時間	篇名	詩句
	658〈把酒問月〉	白兔搗藥秋復春，嫦娥孤棲與誰鄰
	850〈感興其五〉（十五遊神仙）	十五游神仙，仙遊未曾歇
		西山玉童子，使我鍊金骨
		欲逐黃鶴飛，相呼向蓬闕
天寶 4 年 (745)45 歲	41〈古風其四十一〉（朝弄紫泥海）	飄飄入無倪，稽首祈上皇
	843〈擬古其十〉（仙人騎彩鳳）	仙人騎綵鳳，昨下閬風岑
天寶 5 年 (746)46 歲	219〈鳴皋歌送岑徵君〉	邈仙山之峻極兮，聞天籟之嘈嘈
	466〈夢遊天姥吟留別〉	虎鼓瑟兮鸞回車，仙之人兮列如麻
	513〈魯郡堯祠送竇明府薄華還西京時久病初起作〉	長風吹月渡海來，遙勸仙人一杯酒
天寶 6 年 (747)47 歲	3〈古風其三〉（秦王掃六合）	鬐鬣蔽青天，何由睹蓬萊
	86〈日出入行〉	羲和，羲和，汝奚汩沒於荒淫之波
	92〈登高丘而望遠海〉	六鼇骨已霜，三山流安在
		君不見驪山茂陵盡灰滅，牧羊之子來攀登

創作時間	篇名	詩句
	199〈對酒行〉	松子棲金華，安期入蓬海。此人古之仙，羽化竟何在
	475〈留別廣陵諸公〉	煉丹費火石，採藥窮山川
	645〈同友人舟行遊台越作〉	華頂窺絕溟，蓬壺望超忽
	831〈越中秋懷〉	何必探禹穴？逝將歸蓬丘
天寶 9 年 (750)50 歲	576〈尋陽送弟昌峒鄱陽司馬作〉	飄然欲相近，來遲杳若仙
	806〈日夕山中忽然有懷〉	緬思洪崖術，欲往滄海隔
	903〈題嵩山逸人元丹丘山居〉	提攜訪神仙，從此鍊金藥
天寶 10 年 (751)51 歲	425〈寄王屋山孟大融〉	親見安期公，食棗大如瓜
	426〈憶舊遊寄譙郡元參軍〉	相隨迢迢訪仙城，三十六曲水迴縈……餐霞樓上動仙樂，嘈然宛似鸞鳳鳴
天寶 12 年 (753)53 歲	391〈贈宣城宇文太守兼呈崔侍御〉	岧嶤廣成子，倜儻魯仲連
	467〈留別曹南群官之江南〉	仙人借綵鳳，志在窮遐荒 仙宮兩無從，人間久摧藏

創作時間	篇名	詩句
	615〈酬王補闕惠翼莊廟宋丞泚贈別〉	學道三十春，自言義皇人 偶將二公合，復與三山鄰
天寶 13 年(754)54 歲	4〈古風其四〉（鳳飛九千仞）	時登大樓山，舉首望仙真 徒霜鏡中髮，羞彼鶴上人 唯應清都境，長與韓眾親
	281〈酬殷明佐見贈五雲裘歌〉	文章彪炳光陸離，應是素娥玉女之所為……為君持此凌蒼蒼，上朝三十六玉皇
	500〈送王屋山人魏萬還王屋〉	仙人東方生，浩蕩弄雲海
	979〈哭晁卿衡〉	日本晁卿辭帝都，征帆一片遶蓬壺
天寶 14 年(755)55 歲	252〈當塗趙炎少府粉圖山水歌〉	長松之下列羽客，對坐不語南昌仙……南昌仙人趙夫子，妙年歷落青雲士
	392〈贈宣城趙太守悅〉	願借羲和景，為人照覆盆
	593〈涇川送族弟錞〉	仙人不見我，明月空相知

創作時間	篇名	詩句
至德元載(756)56歲	477〈感時留別從兄徐王延年從弟延陵〉	清英神仙骨，芬馥苞蘭蓀
至德2載(757)57歲	270〈上皇西巡南京歌十首其七〉	四海此中朝聖主，峨眉山上列仙庭
	360〈中丞宋公以吳兵三千赴河南軍次尋陽脫余之囚參謀幕府因贈之〉	白猿慚劍術，黃石借兵符
	379〈贈張相鎬其二〉	秀骨象山嶽，英謀合鬼神
	575〈送張秀才謁高中丞并序〉	感激黃石老，經過滄海君
乾元2年(759)59歲	365〈經亂離後天恩流夜郎憶舊游書懷贈江夏韋太守良宰〉	仙人撫我頂，結髮受長生
	369〈贈王漢陽〉	猶乘飛鳧舄，尚識仙人面果愜麻姑言，時光速流電
	865〈秋夕書懷〉	始探蓬壺事，旋覺天地輕
上元元年(760)60歲	209〈江上吟〉	仙人有待乘黃鶴，海客無心隨白鷗
	711〈望黃鶴山〉	頗聞列仙人，於此學飛術
	764〈過彭蠡湖〉	一朝向蓬海，千載空石室

創作時間	篇名	詩句
寶應元年 (762)62 歲	627〈至陵陽山登天柱石酬韓侍御見招隱黃山〉	玉女千餘人，相隨在雲空 因巢翠玉樹，忽見浮丘公 又引王子喬，吹笙舞松風
未編年詩	106〈古有所思〉	我思仙人乃在碧海之東隅，海寒多天風，白波連山倒蓬壺
	551〈送紀秀才游越〉	仙人居射的，道士住山陰
	782〈靈墟山〉	丁令辭世人，拂衣向仙路 傳聞海水上，乃有蓬萊山。
	922〈雜詩〉	玉樹生綠葉，靈仙每登攀

　　在李白海意象詩歌中可見其對神仙道教的信仰與道教賦予其灑脫、狂放的個性、仙風道骨的氣質貫穿其中，神仙世界是其所嚮往之樂園，因此在其詩中不僅大膽想像仙界之事，甚至將自己幻化為仙人形象，在〈古風五十九首其四十一〉寫到上皇「呼我遊太素，玉杯賜瓊漿，一餐歷萬歲，何用還故鄉」，充滿浪漫主義氣息，並將仙界與人間做對比，以仙界的光明反襯出人間的黑暗面，浪漫之中又有強烈的現實主義，更展現其對理想政治的追求，神仙思想可宣洩失意苦楚，達到精神面上的超越。

　　李白海意象詩歌中的學道求仙是為了追求一個更寥廓、更自由

的彼岸世界。在仙境中，不須摧眉折腰，不用經歷戰爭喪亂，更不遭受仕途挫折之苦，可盡情放縱性情，如〈夢遊天姥吟留別〉詩云：

> 海客談瀛洲，煙濤微茫信難求。越人語天姥，雲霓明滅或可覩。天姥連天向天橫，勢拔五岳掩赤城。天台四萬八千丈，對此欲倒東南傾。我欲因之夢吳越，一夜飛度鏡湖月。湖月照我影，送我至剡溪。謝公宿處今尚在，淥水蕩漾清猿啼。腳著謝公屐，身登青雲梯。半壁見海日，空中聞天雞。千巖萬轉路不定，迷花倚石忽已暝。熊咆龍吟殷巖泉，慄深林兮驚層巔。雲青青兮欲雨，水澹澹兮生煙。列缺霹靂，丘巒崩摧。洞天石扇，訇然中開。青冥浩蕩不見底，日月照耀金銀臺。霓為衣兮風為馬，雲之君兮紛紛而來下。虎鼓瑟兮鸞回車，仙之人兮列如麻。忽魂悸以魄動，怳驚起而長嗟。惟覺時之枕席，失向來之煙霞。世間行樂亦如此，古來萬事東流水。別君去兮何時還，且放白鹿青崖間。須行即騎訪名山。安能摧眉折腰事權貴，使我不得開心顏？

詩人在 46 歲時作了〈夢遊天姥吟留別〉一詩中通過雲遊道教勝地，將神仙世界想像得絕對美好：「千巖萬轉路不定，迷花倚石忽已暝。熊咆龍吟殷巖泉，慄深林兮驚層巔。雲青青兮欲雨，水澹澹兮生煙。列缺霹靂，丘巒崩摧。洞天石扇，訇然中開。青冥浩蕩不見底，日月照耀金銀臺。霓為衣兮風為馬，雲之君兮紛紛而來下。虎鼓瑟兮鸞回車，仙之人兮列如麻。」寫出群仙列隊迎接詩人的到來，從追隨仙人來排遣政治上的失意與建功無望的失落，在神遊天下仙境之中，卻心想世間行樂亦如此，可見其著眼點始終未離開過現實。

　　此詩寫出神仙思想重要意象，如「仙人、雲之君」，成仙更是道
教追求終極目標，並且展現出道教的理想人格，在葛洪《抱朴子・
內篇・對俗》寫出神仙生活之美好：「登虛躡景，雲舉霓蓋。餐朝霞
之沆瀣，吸玄黃之醇精，飲則玉醴金漿，食則翠芝朱英，居則瑤堂
瑰室，行則逍遙太清」[98]。「瀛洲」是道門中理想境地，是其所嚮往
之處，因難求才退而夢遊天姥；「洞天」亦是神仙所居勝地，道教徒
修道寶地，是地仙通天之所，五代道士杜光庭〈洞天福地嶽瀆名山
記序〉描寫洞天福地：「靈宮闕府，玉宇金台，或結氣所成，凝雲虛
構，或瑤池翠沼，流注於四隅，或珠樹瓊林，扶疏於其上，神鳳飛
虯之所產，天驥澤馬之所棲。」[99]；「金銀臺」是傳說中神仙居處，
李白承繼郭璞〈遊仙詩十九首之五〉所言：「神仙排雲出，但見金銀
臺」[100]；「須行騎訪名山」道出自己騎鹿遊仙，相傳神仙喜騎「白鹿」
[101]；以「霓衣風馬」寫出神仙來去飛快且超凡脫俗神秘的打扮，在
葛洪《抱朴子・內篇・至理》記載神仙「能策風雲以騰虛，並混輿

98　《抱朴子・內篇・對俗》第三《景印摛藻堂四庫全書薈要 276》子部 31 冊(臺
　　北：世界書局，1987 年)，頁 224。

99　(五代)杜光庭《洞天福地嶽瀆名山記》《四庫全書存目叢書 258》子部道家類(臺
　　南鄉柳營鄉：莊嚴文化，1995 年)，頁 384。

100　見欽立輯校：《先秦漢魏晉南北朝詩》上冊(臺北：學海出版社，1984 年 5 月
　　初版)，頁 866。

101　古代神話傳說中的仙人，常騎白鹿或乘白鹿所駕之車。見晉代葛洪《神仙傳
　　・衛叔卿》卷 2 記載：「衛叔卿者，中山人也。服雲母得仙。漢元鳳二年八
　　月壬辰，武帝閒居殿上，忽有一人，乘浮雲駕白鹿集於殿前，武帝驚問之為
　　誰。曰：『我中山衛叔卿也。』」《神仙傳・魯女生》卷 10 記載：「魯女生
　　者，長樂人也。服胡麻餌術，絕谷八十餘年，甚少壯，一日行三百餘里，走
　　逐麞鹿。鄉里傳世見之二百餘年。入華山中去，時故人與女生別後五十年，
　　入華山廟，逢女生，乘白鹿，從後有玉女數十人也。」後因以「騎白鹿」指
　　仙人行空之術。詳見(晉)葛洪《神仙傳》《景印文淵閣四庫全書 1059》(臺北：
　　臺灣商務印書館，1983-1986 年)，頁 264、310。

而永生也。」[102];「虎鼓瑟、鸞回車」寫出老虎為其鼓瑟,鸞鳥為其駕車,描繪出天姥山奇特之處,更是道教人、李白嚮往仙境,可見道教人物、神仙的法力高強[103],正如葛洪《抱樸子‧內篇‧對俗》所言:「委華駟而彎蛟龍,或棄神州而宅蓬瀛」[104]。在此展現出李白與天地一體、萬物相融的自由逍遙。從詩中所描述神仙境地展現出詩人強烈的嚮往之情,因離開長安政治中心,報國無望的苦悶一直纏繞心頭,藉由神仙道教來排遣這種無奈失意之情。

〈江上吟〉、〈懷仙歌〉、〈登高丘而望遠海〉這些海意象詩歌表現出自己學道求仙、嚮往仙境的美好,期待仙人援引羽化登仙,並宣洩求仙不得的苦惱煩悶,都突出地表現了李白濃厚的道教思想,但積極入世始終是李白神仙思想的主流。即使在長安三載之後,他在詩中表現出解除社會束縛的渴望和對於理想的憧憬,企圖通過遊仙,追求心靈的解放。

（三）以大為美

「海」的形象巨大、量多,深廣無邊、無拘無束,因此與海字結合的詞彙,多帶有宏偉巨大之意。李白海意象詩歌充滿了陽剛氣息,給人汪洋恣肆洋洋浩浩的宏大之美,展現出宇宙境界。《莊子‧知北遊》曰:「天地有大美而不言,四時有明法而不議,萬物有成理

---

102 《抱朴子‧內篇‧至理》第五《景印摛藻堂四庫全書薈要 276》子部 31 冊(臺北:世界書局,1987 年),頁 238。

103 《雲笈七籤》卷 110 節錄《洞仙傳》中寫鄭思遠仁及鳥獸,曾餵養幼虎,公虎前來投奔,他下山便以虎為坐騎。後一相識牙痛要以虎鬚止痛,鄭思遠示意,老虎便乖乖躺下,讓他拔取。見(宋)張君房:《雲笈七籤》《景印文淵閣四庫全書 1061》(臺北:臺灣商務印書館,1983-1986 年),頁 272-273。

104 《抱朴子‧內篇‧對俗》第三《景印摛藻堂四庫全書薈要 276》子部 31 冊(臺北:世界書局,1987 年),頁 224。

而不說。聖人者，原天地之美，而達萬物之理」[105]，又《莊子・天道》亦云：「昔者舜問於堯曰：『天王之用心如何？』堯曰：『吾不敖無告，不廢窮民，苦死者，嘉孺子而哀婦人，此吾所以用心已。』舜曰：『美則美矣，而未大也。』堯曰：『然則何如？』舜曰：『天德而出寧，日月照而四時行，雲行而雨施矣。』」[106]以天地化育萬物的德行來比況道家所稱「道」是天地間至「大」。因此「海」的廣「大」，最能展現出道家中最高層次的一種美。

在《莊子》書中以奇特想像寫到「鯤之大，不知其幾千里也」、「鵬之背，不知其幾千里也，怒而飛，其翼若垂天之雲」、「上古有大椿者，以八千歲為春，八千歲為秋」[107]，充分體現了雄奇壯大之美。李白海意象詩歌最能呈展出以大為美，展現一個對前途充滿自信、心胸開闊的形象，如〈司馬將軍歌〉：「手中電曳倚天劍，直斬長鯨海水開」、〈臨江王節士歌〉：「安得倚天劍，跨海斬長鯨」、〈述德兼陳情上哥舒大夫〉：「浩蕩深謀噴江海，縱橫逸氣走風雷」等景象闊大、情緒昂揚，構成熱情澎湃的壯大之美。而在其海意象詩歌使用「巨」字共有 9 次，除了形容大海外，多形容海中魚鱉之類，展現了波瀾壯大、雄偉奇俊的風格，然而這些作品有不少沾染神仙道教之思想，詩例如下：

　　北溟有巨魚，身長數千里。(33〈古風五十九首其三十三〉)

---

[105] (晉)郭象注、(清)郭慶藩集解：《莊子集釋》(二)〈知北遊〉第二十二(臺北：臺灣中華書局，1970 年)，頁 375。

[106] (晉)郭象注、(清)郭慶藩集解：《莊子集釋》(一)〈天道〉第十三(臺北：臺灣中華書局，1970 年)，頁 251-252。

[107] (晉)郭象注、(清)郭慶藩集解：《莊子集釋》(二)〈逍遙遊〉第一(臺北：臺灣中華書局，1970 年)，頁 1、2、8。

巨海納百川，麟閣多才賢。(609〈金門答蘇秀才〉)

巨鼇莫戴三山去，吾欲蓬萊頂上行。(278〈懷仙歌〉)

巨鼇未斬海水動，魚龍奔走安得寧？(205〈猛虎行〉)

巨海一邊靜，長江萬里清。(338〈贈昇州王使君忠臣〉)

意在斬巨鼇，何論繪長鯨？(492〈聞李太尉大舉秦兵百萬出征東南懦夫請纓冀申一割之用半道病還留別金陵崔侍御十九韻〉)

即知蓬萊石，卻是巨鼇簪。(551〈送紀秀才遊越〉)

李白宇宙境界之生成乃運用各種自然意象，相互疊合，並加以想像，鋪排宏偉的山海氣勢，如〈古風五十九首其六〉：「驚沙亂海日，飛雪迷胡天」、〈宿白鷺洲寄楊江寧〉：「波光搖海月，星影入城樓」、〈同族弟金城尉叔卿燭照山水壁畫歌〉：「洪波沟湧山崢嶸，皎若丹丘隔海望赤城」、〈關山月〉：「明月出天山，蒼茫雲海間」、〈過彭蠡湖〉：「雲海方助興，波濤何足論」，上述詩句中「海日」、「海月」、「雲海」等，與「驚沙」、「飛雪」、「洪波」、「波濤」這些壯麗景觀，展現出「戈戟雲橫、英豪之氣，透紙流顯，飛騰搖動，壯逸風發」[108]，因此「李白那種大容量的語言符號與其充塞六合的宏偉感情正相一致，而其感情本身則如江河之大波，帶著一股衝擊力，奔突馳騁，翻騰不息」[109]。

---

108 龔鵬程：〈詩話李白〉一文收於夏敬觀、任半塘、張以仁、李正治等著：《李太白研究》(臺北：里仁書局，1985 年)，頁 603。

109 袁行霈：《中國詩歌藝術研究》(臺北：五南圖書公司，1989 年 5 月初版)，頁 263。

（四）老子功成身退思想

　　老莊哲學以清靜無為、守柔貴真為中心思想，世人多認為有出世之意，無用世之心，似乎有些偏頗。從《老子》一書仍可見積極進取用世精神，如「天下之至柔，馳騁天下之至堅」、「治大國若烹小鮮」、「功遂、身退，天之道」、「萬物恃之而生而不辭，成功而不名有」[110]，老子的用世強調自我理想的實現。而道家所言的「身退」雖是歸隱，但並非是消極出世之意，有孟子：「雖有智慧，不如乘勢；雖有鎡基，不如待時」[111]的「退中求進」，與對生命本身珍視，正如李白〈古風五十九首其十八〉：「功成身不退，自古多愆尤」的「退中求存」雙重意涵。

　　李白吸收《老子》的「清靜無為」、「功成身退」與《莊子》的「適性自然」的道家隱逸出世思想，在履次干謁未果，喟嘆「大道如青天，我獨不得出」（〈行路難三首其二〉），甚至待詔翰林時，因遭讒見疏，但並未停止宣稱其非追求爵祿富貴者，而功成身退，如：

> 終於安社稷，功成去五湖。(303〈贈韋秘書子春〉)
>
> 願一佐明主，功成還舊林。(469〈留別王司馬嵩〉)
>
> 功成謝人間，從此一投釣。(862〈翰林讀書言懷呈集賢諸學士〉)
>
> 方希佐明主，長揖辭成功。(162〈東武吟〉)
>
> 功成拂衣去，歸入武陵源。(703〈登金陵冶城西北謝安墩〉)

---

110 上述分別出自《老子》下篇 43 章，頁 6；下篇 60 章，頁 14；上篇 9 章，頁 5；下篇 34 章，頁 19。見(周)李耳撰、(晉)王弼注：《老子》(臺北：臺灣中華書局，1972 年 4 月臺 4 版)。

111 《十三經注疏 8 孟子》公孫丑上(臺北：藝文印書館，1989 年 1 月 11 版)，頁 52。

　　李白的短暫隱居是想走「終南捷徑」，為自己的政治生涯鋪路，他入蜀前就曾「與逸人東嚴子隱於岷山之陽，養奇禽千計，呼皆就掌取食，了無驚猜」，其後入京以求仙學道作為媒介，據《舊唐書・文苑列傳》記載：「天寶初，客游會稽，與道士吳筠隱於剡中。筠徵赴闕，薦之於朝，與筠俱待詔翰林。」[112]魏顥〈李翰林集序〉又說「白久居峨眉，與丹丘因持盈法師達。白亦因之入翰林，名動京師」[113](持盈法師即玄宗妹妹玉真公主)，可見李白是因為得到了道士吳筠、持盈法師的引薦才得以一展文才，進入翰林院的。從上可知，李白的隱居似乎含有政治目的，但從其海意象詩歌觀之，有濃厚的道家的身退思想，如〈宣州謝朓樓餞別校書叔雲〉云：「人生在世不稱意，明朝散髮弄扁舟。」甚至在〈夢遊天姥吟留別〉一詩道出對世外生活的嚮往：「世間行樂亦如此，古來萬事東流水，別君去兮何時還？且放白鹿青崖間，須行即騎訪名山，安能摧眉折腰事權貴，使我不得開心顏。」〈行路難三首其一〉：「行路難，行路難，多岐路，今安在？長風破浪會有時，直掛雲帆濟蒼海。」在道家道教思想的詩歌呈現出對現實政治環境的不滿外，既有積極熱情用世情懷又有冷靜理智出世哲學。

　　李白海意象詩歌中所表現的那些遊俠、求仙思想，正是道家此智慧的微妙運用。道家本質思想並非消極避世，而是守靜，透過主體的修煉和自我反觀，並超越人為欲望，從表面的避世，練就內在的守靜，以達到「無為而無不為」的境界。李白仕途的進與退的思想，並非儒道之併，更非儒、仙、俠之合，而是對道學精髓精妙運用，其「退」並非消極遁隱，而是為了避禍，等待時機再次自我開

---

112 劉昫《舊唐書・文苑列傳》，見瞿蛻園等校注：《李白集校注》(臺北：里仁書局，1981 年)，頁 1784。

113 見瞿蛻園等校注：《李白集校注》(臺北：里仁書局，1981 年)，頁 1790。

展。

四　浪濤恣肆的縱橫家思想

縱橫家事功思想，強調功利性，期望憑三寸之舌，傾動人主，建不世之功。葛曉音在〈論初盛唐文人的干謁方式〉一文云：「初唐薦士風氣的變化是從永徽末武則天立為皇后之後開始的。永徽時進士試取人與貞觀時相等，永徽六年（655）即增加至四十三人。隨著武后權力的愈益加重，舉人的數量也逐漸增加。……初盛唐士人以干謁為求仕的主要門徑，正是與統治集團的取士方式相對應的。初盛唐取士授官的各種制度，使士人從獲得任官資格之後，終其一生都必須不斷的干謁。」[114]干謁活動除了是唐代風氣使然外，更是縱橫家事功的方式。據計有功《唐詩紀事》卷十八引楊天惠《彰明逸事》評太白：「隱居戴天大匡山，往來旁郡，依潼江趙徵君蕤，蕤亦節士，任俠有氣，善為縱橫學，著書號《長短經》，太白從不歲餘，去游成都。」[115]可見李白在四川時與縱橫家趙蕤友善。李白並在〈贈江夏韋太守良宰〉詩中言：「試涉王霸略，將期軒冕榮」，又〈門有車馬客行〉云：「空談帝王略，紫授不掛身。雄劍藏玉匣，陰符生素塵」二詩體現出強烈的縱橫家用世之心。

天寶十一年（752），李白見國勢危急，欲獻濟世之策，奔走至河北薊門，北入幽燕，意圖從事救國。此時，李白以縱橫家敏覺力向玄宗皇帝提出警告，安祿山野心勃勃，叛亂是迫在眉睫，如〈遠別離〉云：「君失臣兮龍為魚，權歸臣兮鼠變虎」，但玄宗不理會，依

---

114 葛曉音：《詩國高潮與盛唐文化》（北京：北京大學出版社，1998 年 5 月），頁 213、219。

115 (宋)計有功撰：《唐詩紀事》《景印文淵閣四庫全書 1479》(臺北：臺灣商務印書館，1983-1986 年)，頁 458。

然寵信安祿山，縱使李白「有策不敢犯龍鱗」。天寶十四年(755)終
於爆發了「安史之亂」，急功好俠的縱橫家思想在生命的最後時期，
毅然投筆從戎報效國家，在至德二載(757)第一次加入永王幕府從
軍，準備為國平亂，如〈在水軍宴贈幕府諸侍御〉一詩云:「浮雲在
一決，誓欲清幽燕」。李白一心只想平亂救國救蒼生，卻無辜捲進統
治集團內部爭權奪利的風暴之中，並遭流放夜郎之冤，但李白依然
「中夜四五歎，常為大國憂」(〈贈江夏韋太守良宰〉)。第二次是上
元二年（761），李白以六十一歲高齡仍懷著強烈的愛國熱情參加唐
太尉李光弼所率大軍以討伐史朝義叛軍，不料至半路因病折回，最
後病死當塗。李白晚年兩次投筆從戎的壯舉，展現出縱橫家高度的
俠義獻策濟世的精神。

　　李白的功成身退，不完全是消極地避禍，而主要是鄙薄富貴、
崇尚氣節、嚮往自由，非常仰慕功成不受賞的歷史人物，如朱亥、
侯嬴、魯仲連、張良等。而魯仲連更是李白最為傾慕的人物，在李
白海意象詩歌中出現「魯仲連」有 10 次，引用次數最多，可知李白
以這位成功的縱橫家為偶像，如下:

> 齊有倜儻生，魯連特高妙。明月出海底，一朝開光曜。卻秦
> 振英聲，後世仰末照。意輕千金贈，顧向平原笑。吾亦澹蕩
> 人，拂衣可同調。(9〈古風五十九首其九〉)
> 東海汎碧水，西關乘紫雲。魯連及柱史，可以躡清芬。(36
> 〈古風五十九首其三十六〉)
> 東海有碧水，西山多白雲。魯連及夷齊，可以躡清芬。(852
> 〈感興八首其七〉)
> 岧嶢廣成子，倜儻魯仲連。卓絕二公外，丹心無間然。(391

〈贈宣城宇文太守兼呈崔侍御〉)

魯連逃千金，珪組豈可酬。時哉苟不會，草木為我儔。希君
同攜手，長往南山幽。(336〈贈崔郎中宗之〉)

願與四座公，靜談金匱篇。齊心戴朝恩，不惜微軀捐。所冀
旄頭滅，功成追魯連。(356〈在水軍宴贈幕府諸侍御〉)

大語猶可聞，故人難可見。君草陳琳檄，我書魯連箭。報國
有壯心，龍顏不迴眷。(446〈江夏寄漢陽輔錄事〉)

魯連賣談笑，豈是顧千金？陶朱雖相越，本有五湖心。(469
〈留別王司馬嵩〉)

恨無左車略，多愧魯連生。拂劍照嚴霜，雕戈鬘胡纓。(492
〈聞李太尉大舉秦兵百萬出征東南懦夫請纓冀申一割之用
半道病還留別金陵崔侍御十九韻〉)

辯折田巴生，心齊魯連子。西涉清洛源，頗驚人世喧。(500
〈送王屋山人魏萬還王屋〉)

據《史記·魯仲連鄒陽列傳》記載曰：「魯仲連者，齊人也。好
奇偉俶儻之畫策，而不肯仕宦任職，好持高節，游於趙。」他一生
中有兩件事最為後人所稱道：「趙孝成王時，而秦王使白起破趙長平
之軍前後四十餘萬，秦兵遂東圍邯鄲。……此時魯仲連適游趙，會
秦圍趙，聞魏將欲令趙尊秦為帝，乃見平原君」。魯仲連言帝秦之非，
並曉以大義說服新桓衍放棄投降，騁其雄辯，為趙國解圍。事後趙
國平原君欲以重金高位酬謝魯仲連，魯仲連說：

所貴於天下之士者，為人排患釋難解紛亂而無取也。即有取

者，是商賈之事也，而連不忍為也。[116]

　　於是辭平原君而去，終身不復見。另一件事發生在魯仲連的故
鄉齊國，「其後二十餘年，燕將攻下聊城，聊城人或讒之燕，燕將
懼誅，因保守聊城，不敢歸。齊田單攻聊城歲餘，士卒多死而聊城
不下。」魯仲連乃為齊將寫了一封書信，用箭將信射入城中。守城
的燕將原本就已因為國內的政治鬥爭而感到困擾，「燕將見魯連書，
泣三日，猶豫不能自決。欲歸燕，已有隙，恐誅；欲降齊，所殺虜
於齊甚眾，恐已降而後見辱，遂感憤自盡。」齊人田單遂屠聊城，
歸來欲封爵鎬賞魯仲連，但魯仲連逃隱於海上，曰：「吾與富貴而詘
於人，寧貧賤而輕世肆志焉。」[117]魯仲連的功成不受賞，不戀棧名
位，辭退榮華富貴，甚至蹈海隱居，與縱橫家蘇秦、張儀相較之下，
魯仲連顯得清高非凡，極為卓特超越。李白傾慕魯仲連的智慧辯才
外，更追慕其清高瀟灑的氣質，終其一生抱持「功成身退」的濟世
思想，雖是源自道家老子之說，卻由縱橫家魯仲連發揮到淋漓盡致。
李白在海意象詩歌中展現出生命中始終傳承此種思想精神，可惜一
生報國無門、功業未成，苦無機會一如魯仲連清高瀟灑、功成身退。

　　李白的思想如同大海一樣容納百川，包孕萬物萬象，各家兼具，
道本歸一。功成身退，儒道並重；空無自在，佛道相融，干謁隱遁，
隨緣自性，可見其思想並不專於一家，與執於儒家的杜甫、衷情佛
家的王維迥異，而是吸納百家，含攝眾家思想於一爐。正如安旗先

---

116 (漢)司馬遷著、楊家駱主編：《新校本史記三家注并附編二種》第 4 冊卷 83(臺
　　北：鼎文書局，1993 年 2 月 7 版)，頁 2465。

117 上述魯仲連事蹟，詳見(漢)司馬遷著、楊家駱主編：《新校本史記三家注并附
　　編二種》第 4 冊卷 83《史記‧魯仲連鄒陽列傳》(臺北：鼎文書局，1993 年 2
　　月 7 版)，頁 2459-2469。

生所言：「李白的思想在複雜性中有他的單純性，在矛盾性中他的統一性，儘管情緒反覆無常，性格變換多樣，在他形形色色的思想中自有一根巨大的紅線貫徹始終。這就是封建盛世激發起來的雄心壯志：要實現偉大的抱負，要建立不朽的功業。一念之貞，終身不渝。欲罷不能，至死方休。」[118]

　　綜上可知李白有兼濟天下、經世致用的儒家思想，又有自由曠達與功成身退之道家思想，兼採任俠仗義的俠客精神、縱橫家遊說王侯的方法，並親受道籙，成為正式的道士，深厚的神仙道教思維。此外，遊訪名山寺觀，參禪習佛，因此，在李白海意象詩歌中呈顯出盛唐三教並尊的時代氛圍，但基於李白本身道教信仰關係，詩中多是第四度空間神仙色彩居多。

　　「人類心理上的憂慮與困難，在思想深處的鬱結僅用宗教的寄託是不夠的，要在深層心理上得到調適和消弭，就需要借助文學和藝術了。」[119]而李白海意象詩歌與生命的異質同構，表現出其生命的積極向上與超越性，一如大海自由精神與獨立個性，不累於世俗與勇於突破生命束縛的精神，但在飛揚跋扈的形象外，也具有冷靜、自性清淨、超然世外的生命意境與神仙性，此外，更有著一如大海澎湃豪情地關懷國事民生的人間性。

---

118 安旗：《李白研究》(臺北：水牛出版社，1996 年 3 月)，頁 7。
119 劉介民：《比較文學方法論》(臺北：時報文化出版，1990 年)，頁 62。

第五章 從海意象看李白的生命進境與意識

德國文哲學家格奧爾格・西美爾(Georg Simmel ,1858-1918):「假如藝術形式來源於生命的運動和生產,那種,具有這些形式的生命越強大,越廣泛,那些形式在獨立存在的情況下也就越有力,越重要,越深刻動人。」[1]李白透過其強大的生命力與天賦,藉由海意象詩歌中傳送了無比力量,並消融生命困頓,煥發著昂揚、自信的生活態度與多元的生命意識。

第一節 從情思轉變探李白的生命進境

李白一生,總是處於理想與現實的矛盾衝突之中,也就是總在自我實現與社會選擇的衝突中體味生命出處之二元[2]。我們稱命叫做

---

[1] (德)格奧爾格・西美爾著、刁承俊譯:《生命直觀・先驗論四章》(北京:生活・讀書・新知三聯書店,2003 年),頁 70。

[2] 童慶炳《中國古代心理詩學與美學》中談到:「審悲活動給人的情感和理智的快感,從根本上說,就是使人的生命力充分地活躍。人的身體需要在運動中保持活力,人的心靈也需要在不受阻礙的活動中得到滋養。別離、失戀、戰亂、災禍、孤立、憂鬱、怨恨等等誠然使人痛苦,但單調的、枯燥的、沒有激情的生活卻更令人痛苦。在審悲活動中,我們可能會悲傷地哭泣,甚至痛苦的呼號,但它卻能讓我們的生命能量暢然一洩,而使我們快樂地享受生命的自由與甜

「命運」是值得注意的，運的意思是流動。因而所謂命運，就像一個巨大無邊常常流動的節奏，沒有人格意志，不可抗拒，超乎任何個人的，在那裡運轉[3]。命運、現實可以使人的理想、志意落空，無從落實，但卻不能澆熄、毀滅人對它們的嚮往與堅持，誠如朱光潛所言:「命運可以摧毀偉大崇高的人，但卻無法摧毀人的崇高偉大。」[4]李白筆下的海意象無論是實象或第四度空間虛象，都是他心中的理想、志意，含有深厚的個人情感。

一　質疑神話仙境之美好

人們無力與黑暗的現實進行鬥爭，轉而在幻想中進入一個無限的空間世界，幻想通過修道成仙徹底擺脫人世，盡情享受仙界的美好。聞一多先生在《神話與詩》中，對「神仙」一詞下定義，並說明神仙思想產生的原因:

> 神仙是隨靈魂不死觀念逐漸具體化而產生的一種想像的或半想像的人物。……神仙思想之產生，本是人類幾種基本慾望之無限度的伸張，所以仙家如果有什麼戒條，那只是一種手段，暫時節制，以便成仙後得到更的大滿足。[5]

史炳輝先生在〈秦始皇與神仙思想〉一文中，也對「神仙」一

美。」見童慶炳:《中國古代心理詩學與美學》(臺北:萬卷樓圖書股份有限公司，1994 年)，頁 202-203。

[3] 陳世驤:〈中國詩之分析與鑒賞示例〉《陳世驤文存》(臺北:志文出版社，1972 年 7 月)，頁 140。

[4] 朱光潛:《悲劇心理學》(安徽:新華書店，1989 年 4 月)，頁 271。

[5] 聞一多:《神話與詩》(出版地不詳，1947 年)，頁 163。

詞下定義：

> 「神仙」一詞一般可釋為神人和仙人的略稱。神是不滅的、
> 永恆的，因而是不死的。仙人在空中飛遊，棲於高山。因此
> 神仙具有兩大特點：不死和天空飛行的能力。人們的信仰集
> 中於其中的不死。神仙是先天即有的，不是後天的，因此欲
> 求不死，必須依賴神仙擁有的不死藥。對死亡的畏懼和逃
> 避，對永遠生存的追求與渴望，以及對支撐這種想法的神藥
> 的信仰，是神仙說存在的理論基礎。[6]

　　從上可知，人們對於現實生活環境的限制與不可預知的未來，
對永生的追求與渴望，想獲致長生不死的能力，掙脫時空的限制，
憑空想像出來的神仙，是超越性的存在。

　　從李白詩中，我們看到他以謫仙人自豪，從小生活在崇尚道術、
煉丹服藥的神仙世界，對神仙信仰的一往情深，但卻能夠在詩中表
現他對皇帝沈溺於求仙的危害有著清醒的認識，在飄逸豪放之詩風
下有著沈痛悲憤之情，正如李長之在《道教徒之詩人李白及其痛苦》
一書直指李白受籙於道教，正反映其內心痛苦，曰：「像李白這樣人
物的求仙學道，是因為太愛現世而然的，所以他們在離去人間之際，
並不能忘了人間，也不能忘了不得志於人間的寂寞的。所以他上了
華山，『虛步躡太清』了，但他並沒忘了『俯視洛陽川，茫茫走胡兵，
流血塗野草，豺狼盡冠纓』。……李白對於現世，是抱有極其熱心的
要參加，然而又有不得參加的痛苦的，他那寂寞的哀感實在太深了，

6　史炳輝：〈秦始皇與神仙思想〉《咸陽師範學院學報》第 16 卷第 5 期 2001 年
　10 月，頁 27-28。

尤其在他求仙學道實表現出來」[7]，在〈古風五十九首其三〉詩云：

> 秦王掃六合，虎視何雄哉！揮劍決浮雲，諸侯盡西來。明斷
> 自天啟，大略駕群才。收兵鑄金人，函穀正東開。銘功會稽
> 嶺，騁望琅琊臺。刑徒七十萬，起土驪山隈。尚採不死藥，
> 茫然使心哀。連弩射海魚，長鯨正崔嵬。額鼻象五嶽，揚波
> 噴雲雷。鬐鬣蔽青天，何由睹蓬萊？徐市載秦女，樓船幾時
> 回。但見三泉下，金棺葬寒灰。

此詩藉由秦皇與漢武勞民傷財的求仙之事影射諷刺現實當朝皇
帝同樣沈迷於求仙訪道，並抨擊安史之亂的暴行。而〈登高丘而望
遠海〉一詩由登高丘望遠海，想起秦皇漢武求仙悲劇，以諷諭玄宗
極端自私自利的長生求仙，以致誤國害民。王夫之《唐詩評選》高
度評價此詩曰：「後人稱杜陵為詩史，乃不知此九十一字中有一部開
元、天寶本紀在內。」[8]此詩雖並不具有「詩史」的具體內容，但它
卻從整體上指出了朝廷政治的昏暗，此則表明詩人確實具有史家的
眼光。

李白與莊子一樣，睥睨萬物，蔑視權貴。當莊子憤慨激昂大罵
諸侯，對他們的罪行進行批評曰：「彼竊鉤者誅，竊國者為諸侯，諸
侯之門而仁義存焉」，李白曾出入宮廷，對腐敗的黑暗政治與上層統
治者荒淫奢靡毫不留情大膽批評，甚至抨擊諷刺貴為九五之尊的帝
王，如〈古風五十九首其四十三〉：「周穆八荒意，漢皇萬乘尊。淫

---

[7] 李長之：《道教徒的詩人李白及其痛苦》(臺北：長安出版社，1982年)，頁89-90。
[8] (清)王夫之：《唐詩評選》《船山遺書集部》善本(上海：上海太平洋書店重校
刊，1933年12月)，頁11。

樂心不極，雄豪安足論」、〈古風五十九首其五十一〉：「殷后亂天紀，楚懷亦已昏……比干諫而死，屈平竄湘源」、〈古風五十九首其五十八〉：「神女去已久，襄王安在哉！荒淫竟淪沒，樵牧徒悲哀」李白藉由批判周穆王、殷紂王、楚懷王、楚襄王等歷代昏庸暴君，以譏諷唐玄宗的荒誕行徑。〈古風五十九首其三〉一詩對採藥煉丹表現出懷疑，甚至看清人世間年壽不永久，世間功業不永久。詩中寫道：「尚採不死藥，茫然使心哀」，以及質疑「徐市載秦女，樓船幾時回」，感嘆秦始皇三泉下，依舊是金棺葬寒灰。

　　〈懷仙歌〉：「仙人浩歌望我來，應攀玉樹長相待。」、〈春日行〉：「三十六帝欲相迎，仙人飄翩下雲軿。」詩人描寫的不是仙界勝境本身，而是詩人那種清高灑脫、超逸不凡的自我形象。一切仙境中的人物、景物等種種審美對象，都只是以詩人的自我形象為中心，在他的意識世界裡浮動。通過他那自由輕快地遨遊於無限時空的主觀想像，顯示的是一種「旁日月，挾宇宙」（《莊子‧齊物》、〈田子方〉)的超人力量[9]，和「獨與天地精神相往來」[10]（《莊子‧天下》）的精神境界，而不是成仙得道本身。

二　理想受挫，望海曠懷

　　李白詩中海意象的作品有不少臥海歸隱慕仙、遊仙、神話傳說的影子在，每每躋身仙界，上與古仙人遨遊的幻想，然神仙世界出現的意義，正是李白潛意識中欲去還留，捨棄人間功業追尋仙境懷仙，卻又心懷社稷的矛盾與糾結。正如康懷遠先生所言：「李白第三

9　(晉)郭象注、(清)郭慶藩集解：《莊子集釋》(二)〈齊物〉第二(臺北：臺灣中華書局，1970 年)，頁 57。

10　(晉)郭象注、(清)郭慶藩集解：《莊子集釋》(二)〈天下〉第三十三(臺北：臺灣中華書局，1970 年)，頁 551。

次東海之行，即在滯留魯地時的天寶四、五年間，……他似乎認識
到東海蓬萊之求，只不過是一場虛行，明確表示對欲解脫精神痛苦
而仙遊的猛然覺悟，對道教的幡然覺醒。」[11]筆者認同康懷遠先生的
看法，雖然他想要看破紅塵，遠邁方外，浪遊江海，臥海隱居，也
許他對求仙有熱情，但似乎也認清事實的失望，原本對人生懷抱絕
大熱情，但幾經挫折後，仍不願放下，寧願懷著失落，繼續狂熱求
仙，明知不可為而為的虛空幻境，如〈對酒行〉：「松子棲金華，安
期入蓬海。此人古之仙，羽化竟何在？浮生速流電，倏忽變光彩。」
在「賜金放還」以後，李白面臨茫茫無際的東海，蓬萊仙山只是一
場虛幻不實的求仙夢，就如同日本文藝評論家廚川白村所言：「文藝
作品把人生的各種事情象徵化，並表現出人生的苦惱與困難，恰與
欲望在夢中偽裝而出現一樣。……所以如果不是隱伏在前意識深處
的苦悶——即心靈的創傷的象徵化作品，就不是偉大的藝術。……
作家深入自己的心靈深處挖掘，達到自己心靈的深處，然後在那裡
產生出藝術來。掘得越深，作品便越崇高、越偉大、越有力，看來
像是被深入描寫的客觀事物之內部，其實正是深掘作家自己的心靈
深處」[12]。

　　李白一生不斷追求從政機會，然卻頻遭挫折，屢借海意象歎懷
才不遇，或思求道遊仙，然其內心所深藏的仕宦之情終不稍泯，對
海外仙山的表現與寄託，無疑是在政治失意時所採取排遣苦悶的絕
佳方式，正如法國心理學家德臘庫瓦(Delacroix)所言：「苦悶是活動
和幻想的最強的激動劑。心在苦悶時對於目前的時間和內心的節奏

11　康懷遠：〈李白東海之行和他對道教態度的變化〉《李白研究論叢》第 2 輯，
　　李白研究學會編（四川：巴蜀書社，1990 年），頁 31。
12　(日)廚川白村著、魯迅譯：《苦悶的象徵》(臺北：昭明出版社，2000 年)，頁
　　35。

都感到乏趣，它除了這個節奏的單調和這個時間的悠久之外別無所感。因此，它希望從這個沈重而空虛的時間中跳出，去尋求生氣蓬勃的瞬間，去尋求生活的豐富和圓滿。」[13]此中我們看到的是天真、執著的李白，筆下的海意象，馳騁萬端，超乎常人的臆想。

第二節　李白詩歌海意象的生命意識

　　「生命意識」，是人類對自我存在價值的反思與認識。自古以來，對於生命意義的探索，是知識份子所關心的主題。身處宇宙自然之中，對於生命的體驗，必然會受到宇宙自然的啟示與感悟，在追求自我實現的心理需求時，出處之際的安頓，將是生命意識面臨的重要課題。而「詩」是人生世相的反照[14]，藉由觀照李白海意象詩歌，可以從中了解詩人生命歷程與其展現的生命意識。

一　憂患意識

　　人生旅途中，有坦途亦有坎坷，有歡樂也伴隨憂苦，順與逆，苦與樂成就人的一生。苦難、逆境為人生難以避免，向來與文學結下不解之緣。千百年來，文學正因為苦難才顯得深妙。然有人在困苦之中消沈死亡，有人在憂患中奮發進取。關於「憂患意識」一詞，是指「人們從憂患的境遇中體驗出人性的尊嚴和生命的力量，從而努力超越憂患境遇的障礙，使自我提升到一種至大至剛，善美境界

13　見朱光潛：《文藝心理學》(臺北：漢京文化事業有限公司，1984 年 3 月 20
　　日初版)，頁 233。
14　朱光潛：《詩論》(臺北：正中書局，1993 年 6 月)，頁 52。

的意識型態。故無憂患的境遇和體驗，也就很難產生憂患意識。」[15]
而「憂患意識」，包含了憂道、憂天、憂國、憂民，就是人對於遭遇
到的困苦患難的認識與反省。牟宗三先生說：「天命、天道乃通過憂
患意識而步步下貫，貫注到人的自身，使之作為人的主體。因此，
我們的主體並未投注到上帝那裡去，我們所作的不是自我否定而是
自我肯定。」[16]唐君毅先生認為：「憂患意識使人不再從無常的天那
裡祈求降福，而反諸自身之修德配天，把傳統宗教下的天德，轉化
為自覺的人德，這正是理性的運用。」[17]「憂患意識的產生即是人類
精神上開始了人的自覺。每一個人的自身，即是一個宇宙，即是一
個普遍，即是一個永恆，可以透過一個人的性、一個人的心，以看
出人類的命運，掌握人類的命運，解決人類的運用。」[18]在憂患之中，
能砥礪意志、豐富經驗、催人奮發，具積極的人生意義。

　　李白海意象詩歌中，直接表現其憂患的字眼當然是「憂」字，
在254首詩中，有13首直接用到「憂」這一字[19]，其他表現憂患情
緒的詞如：「苦」25次[20]、「恨」7次[21]、「愁」30次[22]、「悲」33次[23]、

15　高明先生等：《憂患意識的體認》(臺北：文津出版社，1987年4月)，頁137-138。
16　牟宗三：《生命的學問》(桂林：廣西師範大學出版社，2005年)，頁112。
17　牟宗三：《中國哲學的特質》(上海：上海古籍出版社，2007年)，頁32。
18　唐君毅：《中國文化之精神價值》(桂林：廣西師範大學出版社，2001年)，頁
　　63。
19　在254首詩中，有13首直接用到「憂」這一字，舉其要者，如：平臺為客憂
　　思多，對酒遂作梁園歌。(218〈梁園吟〉31y)、壯士伏草間，沉憂亂縱橫。(321
　　〈鄴中贈王大勸入高鳳石門山幽居〉39y)、念此憂如焚，悵然若有失。(422〈聞
　　丹丘子於城北營石門幽居中有高鳳遺跡僕離群遠懷亦有棲遁之志因敘舊以贈
　　之〉51y)、去割辭親戀，行憂報國心。(523〈杭州送裴大澤赴廬州長史〉56y)、
　　中夜四五嘆，常為大國憂。(365〈經亂離後天恩流夜郎憶舊遊書懷贈江夏韋太
　　守良宰〉59y)。
20　在254首詩中，有25次出現「苦」字，舉其要者，如：道長食盡，苦口焦脣。
　　(140〈來日大難〉44y)、苦戰功不賞，忠誠難可宣。(6〈古風五十九首其六〉

「哀」10 次[24]、「惆悵」3 次[25]等。筆者統計李白海意象詩歌中的憂患字眼共出現 121 次，87 首，占海意象詩歌 34%，且在 25 歲之前第一個時期，憂患詞彙僅有 1 首，占 50%；第二個時期 26-41 歲共有 54 首海意象詩歌，憂患詞彙有 20 首，約占 37%；第三個時期 42-44 歲共有海意象詩歌 46 首，憂患詞彙有 9 首，約占 20%；第四個時期 45-55 歲共有海意象詩歌 91 首，憂患詞彙有 46 首，約占 51%；第五個時期 56-62 歲共有海意象詩歌 49 首，憂患詞彙有 22 首，約占 45%。[26]歸納統計這些海意象詩歌中的憂患詞彙，發現僅有長安三年憂患詞

49y)、一生傲岸苦不諧，恩疏媒勞志多乖。(629〈答王十二寒夜獨酌有懷〉50y)、苦笑我誇誕，知音安在哉？(355〈贈王判官時余歸隱居廬山屏風疊〉56y)、鳳苦道路難，翱翔還崑丘。(489〈留別賈舍人至二首其一〉(未))。

21 在 254 首詩中，有 7 次出現「恨」字，舉其要者，如：蹉跎復來歸，憂恨坐相煎。(391〈贈宣城宇文太守兼呈崔侍御〉53y)、登岳眺百川，杳然萬恨長。(467〈留別曹南群官之江南〉53y)、恨無左車略，多愧魯連生。(492〈聞李太尉大舉秦兵百萬出征東南儒夫請纓冀申一割之用半道病還留別金陵崔侍御十九韻〉62y)。

22 在 254 首詩中，有 30 次出現「愁」字，舉其要者，如：奈何懷良圖，鬱悒獨愁坐。(607〈酬崔五郎中〉31y)、路遠西歸安可得？人生達命豈暇愁？(218〈梁園吟〉31y)、觀濤壯天險，望海令人愁。(831〈越中秋懷〉47y)、橫江欲渡風波惡，一水牽愁萬里長。(223〈橫江詞六首其二〉53y)。

23 在 254 首詩中，有 33 次出現「悲」字，舉其要者，如：畫角悲海月，征衣卷天霜。(164〈出自薊北門行〉52y)、登高望山海，滿目悲古昔。(452〈宣城九日聞崔四侍御與宇文太守遊敬亭余時登響山不同此賞醉後寄崔侍御二首其一〉53y)、白馬繞旌旗，悲鳴相追攀。(184〈豫章行〉60y)。

24 在 254 首詩中，有 10 次出現「哀」字，舉其要者，如：尚採不死藥，茫然使心哀。(3〈古風五十九首其三〉47y)、哀哉悲夫！誰察予之貞堅？(315〈雪讒詩贈友人〉)直木忌先伐，芬蘭哀自焚。(852〈感興八首其七〉53y)。

25 在 254 首詩中，有 3 次出現「惆悵」字，如：艱難此為別，惆悵一何深！(574〈送鞠十少府〉39 歲)、明日斗酒別，惆悵清路塵。(516〈單父東樓秋夜送族弟沈之秦〉53 歲)、苦戰竟不侯，當年頗惆悵。(380〈贈張相鎬二首其二〉57 歲)。

26 李白海意象詩歌中出現「憂患」詞彙如下表：

彙所占比例最少，其餘人生多處於憂患意識之中，尤其在安史之亂
爆發前的第四期海意象的憂患詞彙數量竟達半數之上，可見李白的
預見不幸言中，憂患終成事實，因其敏銳的觀察力，洞悉社會各種
矛盾生發，加上目睹統治者實行的一系列錯誤的政治、經濟、軍事
等政策所導致的安史之亂惡果。他能在詩歌中展現深刻憂患意識，
並站在時代的高峰，透過盛唐繁榮的假像，深刻揭露當時政治腐敗
的本質，從而覺察出唐帝國未來趨勢，此為李白高出同時代詩人之
處。

　　細察這些蘊含憂患意識的海意象詩歌，發現李白的憂患意識除
了對人生苦短的憂患、表現個人進退出處的抉擇而產生的困惑外，
更有對國家前途的思慮，對百姓命運的關注，對邊境安危的焦灼。
而「海」充滿不可預期的洶湧波濤，潮起潮落升沈不定的軌跡，有
若宦場進退由人的際遇與國家前途的未知。

第一期 25 歲以前	15 歲 1 首			
第二期 26-41 歲	31 歲 3 首	36 歲 3 首	39 歲 11 首	40 歲 3 首
第三期 42-44 歲	43 歲 6 首	44 歲 3 首		
第四期 45-55 歲	49 歲 3 首	50 歲 6 首	51 歲 4 首	52 歲 3 首
	53 歲 17 首	54 歲 8 首	55 歲 5 首	
第五期 56-62 歲	56 歲 6 首	57 歲 6 首	59 歲 5 首	60 歲 4 首
	62 歲 1 首			

（一）對人生苦短的憂患

　　處於命有所制的亂世之中，道家老子雖有憂生之嗟，尚能以其睿智從容處之，而莊子認為死生同一，是大自然流轉變化而已，《莊子・大宗師》云：「夫大塊載我以形，勞我以生，佚我以老，息我以死。故善吾生者，乃所以善吾死也。」[27]但在生死之間，似乎更傾向於生，不然就不會有支離疏之讚，跳脫材與不材之困境，也不會有對牲牛的嘆惋，更不會樂於養生之道。然而道教是一種對生命的憂患意識轉化為對長生成仙追求的宗教，若成仙，就不須再像老莊那樣以弱下枉曲的方法來全身求生，因此，李白溺於想像，多以遊仙來減輕生命悲情的重負，成仙不僅可以一勞永逸地擺脫死亡的糾纏，又可滿足塵俗欲望。

　　　　據鞍空矍鑠，壯志竟誰宣。蹉跎復來歸，憂恨坐相煎。(391
　　　　〈贈宣城宇文太守兼呈崔侍御〉)

　　　　君不見黃河之水天上來，奔流到海不復回。君不見高堂明鏡
　　　　悲白髮，朝如青絲暮成雪！(67〈將進酒〉)

　　　　來日一身，攜糧負薪。道長食盡，苦口焦脣。今日醉飽，樂
　　　　過千春。仙人相存，誘我遠學。海陵三山，陸憩五嶽。乘龍
　　　　上三天，飛目瞻兩角。授以神藥，金丹滿握。 螻蛄蒙恩，
　　　　深愧短促。思填東海，強銜一木。道重天地，軒師廣成。蟬

---

[27] (晉)郭象注、(清)郭慶藩集解：《莊子集釋》(一)〈大宗師〉第六(臺北：臺灣中華書局，1970年)，頁131。

翼九五，以求長生。下士大笑，如蒼蠅聲。(140〈來日大難〉)

周穆八荒意，漢皇萬乘尊。淫樂心不極，雄豪安足論？西海
宴王母，北宮邀上元。瑤水聞遺歌，玉杯竟空言。靈跡成蔓
草，徒悲千載魂。(43〈古風五十九首其四十三〉)

在〈贈宣城宇文太守兼呈崔侍御〉一詩，李白自比馬援，據《後
漢書》卷 24〈馬援列傳〉記載：「二十四年，武威將軍劉尚擊武陵
五溪蠻夷，深入，軍沒，援因復請行。時年六十二，帝愍其老，未
許之。援自請曰：『臣尚能被甲上馬。』帝令試之。援據鞍顧眄，以
示可用。帝笑曰：『矍鑠哉，是翁也！』」[28]雖老壯如馬援，抱志抑抑，
竟無所成，蹉跎歲月，憂恨逼迫。〈將進酒〉一詩以空間、時間之誇
飾，將人生歲月一去不回，以黃河奔流入海為譬，去而不復回，興
起人老而不復少之意，而鏡中之髮朝如青絲而暮如白雪，言人生易
老如此，人生有死，死安得生？

〈來日大難〉此詩作於被放賜歸，初辭金鑾之時，政治失意後
希冀遊仙以釋懷。詩中以「蟪蛄蒙恩，深愧短促。思填東海，強銜
一木」言人命短促，有如蟪蛄，於此憂嘆人生苦短。然而人之生，
蒙天地化育之恩，雖短促卻有所為，亦如精衛填海一般徒勞無功。〈古
風五十九首其四十三〉一詩言周穆王宴王母於瑤池，漢武帝邀上元
於北宮，二君雖遇王母、上元夫人，文帝得玉杯，虛言人主之延壽，
然人非神仙，最終仍不免於死。

〈來日大難〉、〈古風五十九首其四十三〉二詩有濃厚的遊仙意

---

28 (南北朝)范曄撰：《新校本後漢書并附編十三種二》第 2 冊卷 24〈馬援列傳〉
第 14(臺北：鼎文書局，2005 年)，頁 842-843。

味，李白神仙思想並非僅是宗教上皈依之意，最重要是呈顯內心的
憂慮。李白對於現實人生苦短之憂不堪承受，於是遁入神仙世界祈
求自我實現的空間，因此遊仙思想並非消極，而是積極察覺生命理
想的境地。正如李豐楙先生所言：「『不死的探求』是神仙神話的核
心，也是貫串初期僊說到道教仙說的一貫精神，……希企成仙的動
機仍可歸為「憂」之一字，因而如何獲致短暫的『解我憂』之法，
即是『遊』─神仙、想像所形成的奇幻之遊。」[29]又王立曰：「遊仙
之作基於人深層意識中現實與非現實因素的融合統一，不管主體是
否明確覺察，它終歸是人力圖在非現實世界中實現自我的趨向。」
然而後人多以為李白墮入道教迷信思維，其實不然。除上述二詩外，
在〈登高丘而望遠海〉：「銀臺金闕如夢中，秦皇漢武空相待」一詩
道出李白道教神仙思想外，更展現其清醒的理智，對現世人生有所
覺醒。

（二）對離別客居的憂思

　　筆者統計李白以「別」、「留別」、「送」等為題之離別詩共有 166
首[30]，約占全部作品 1054 首的 15.7%，其中海意象詩歌共有 39 首[31]，

---

[29] 李豐楙：《憂與遊──六朝隋唐遊仙詩論集》(臺北：臺灣學生書局，1996 年)，
頁 8。

[30] 筆者統計李白以「別」、「留別」、「送」為題的離別詩共有 166 首：60〈遠
別離〉、107〈久別離〉、339〈贈別從甥高五〉，從 463-496、986 以「別」、
「留別」字為題共有 36 首，從 498-597、1041 以「送」為題共有 121 首，942
〈代別情人〉、956-958〈別內赴徵三首〉、996〈會別離〉、1048〈別匡山〉。

[31] 李白離別詩中使用海意象者共有 39 首，如：〈渡荊門送別〉、〈送崔十二遊
天竺寺〉25y，〈廣陵贈別〉26y，〈留別王司馬嵩〉31y，〈江夏別宋之悌〉、
〈送張舍人之江東〉32y，〈送楊山人歸天台〉、〈送鞠十少府〉39y，〈送魯
郡劉長史遷弘農長史〉40y，〈送程、劉二侍御兼獨孤判官赴安西幕府〉、〈送
祝八之江東賦得浣紗石〉43y，〈對雪奉餞任城六父秩滿歸京〉、〈同王昌齡
送族弟襄歸桂陽二首其一〉、〈同王昌齡送族弟襄歸桂陽二首其二〉44y，〈單

約占離別詩 23.5%，約每四首離別詩有一首與海相關，所占比率不少，因此「離別」主題與「海」意象有著密切關係。

客居他鄉的李白，在落魄一無所成時鄉愁最濃烈，藉著「海」橫無際涯地將難以排解的苦痛無限的蔓延開來。離別客居是因距離帶給離鄉者失去家的憂傷，但從深層面說來，它暗含著對人生理想的執著追求。雖然在現實環境中無法實現理想，就如同客居他鄉的孤獨失落者，但李白理想的失落並不等於對理想的放棄，反而有著永恆的追求與執著，因此思鄉成為情感的出口，並非悲痛的終站。

> 懷君不可見，望遠增離憂。(427〈月夜江行寄崔員外宗之〉)
> 相逢問愁苦，淚盡日南珠。(298〈見京兆韋參軍量移東陽二首其一〉)
> 客行悲清秋，永路苦不達。(449〈江上寄元六林宗〉)
> 但苦隔遠道，無由共銜觴。(341〈敘舊贈江陽宰陸調〉)
> 我苦惜遠別，茫然使心悲。(500〈送王屋山人魏萬還王屋〉)
> 我行值木落，月苦清猿哀。(797〈過汪氏別業二首其二〉)
> 艱難此為別，惆悵一何深！(574〈送鞠十少府〉)

父東樓秋夜送族弟沈之秦〉、〈魯郡東石門送杜二甫〉45y，〈秋日魯郡堯祠亭上宴別杜補闕、范侍御〉、〈別中都明府兄〉、〈夢遊天姥吟留別〉、〈魯郡堯祠送竇明府薄華還西京〉、〈送岑徵君歸鳴皋山〉46y，〈留別廣陵諸公〉47y，〈金陵送張十一再遊東吳〉49y，〈留別金陵諸公〉、〈尋陽送弟昌峒鄱陽司馬作〉50y，〈遠別離〉、〈留別曹南群官之江南〉53y，〈送王屋山人魏萬還王屋〉54y，〈涇川送族弟錞〉55y，〈感時留別從兄徐王延年從弟延陵〉、〈杭州送裴大澤赴盧州長史〉56y，〈送張秀才謁高中丞〉57y，〈送王孝廉覲省〉60y，〈送殷淑三首其一〉，〈送殷淑三首其二〉61y，〈聞李太尉大舉秦兵百萬出征東南懦夫請纓冀申一割之用半道病還留別金陵崔侍御十九韻〉62y，〈送友人尋越中山水〉〈送紀秀才遊越〉〈會別離〉3 首未編年。

明日斗酒別，惆悵清路塵。(516〈單父東樓秋夜送族弟沈之秦〉)

郢門一為客，巴月三成弦。朔風正搖落，行子愁歸旋。杳杳山外日，茫茫江上天。人迷洞庭水，鴈度瀟湘煙。清曠諧宿好，緇磷及此年。百齡何蕩漾！萬化相推遷。空謁蒼梧帝，徒尋溟海仙。已聞蓬岳淺，豈見三桃圓？倚劍增浩嘆，捫襟還自憐。終當遊五湖，濯足滄浪泉。(737〈郢門秋懷〉)

涼風度秋海，吹我鄉思飛。連山去無際，流水何時歸？目夕浮雲色，心斷明月暉。芳草歇柔豔，白露催寒衣。夢長銀漢落，覺罷天星稀。含歎想舊國，泣下誰能揮？(857〈秋夕旅懷〉)

　　上述海意象詩歌多作於秋季，甚至於詩句中直接點出寫作季節，如「客行悲清秋」、「我行值木落」、「朔風正搖落，行子愁歸旋」、「涼風度秋海」等，正如錢鍾書論及秋的感傷本質及人事感應的關係時曰：「凡與秋可相係著之物態人事，莫非『戚』而成『悲』，紛至杳來，彙成『一塗』，寫秋而悲即同氣一體。舉凡遠行、送歸、失職、羈旅者，以人當秋則感其事更深，亦人當其事而悲秋逾甚，如李善所謂秋之『別恨逾切』也。」[32]將秋與離別繫連起來，然而秋季獨具蕭條性質，於秋季離別、思鄉，離人的心情淒涼無比。
　　〈郢門秋懷〉詩中以「蓬岳淺」、「三桃圓」神話傳說事典誇張

---

[32] 錢鍾書：〈楚辭洪興祖補註一八則・九辯(一)〉《管錐篇》第 2 冊(北京：中華書局，1979 年 8 月初版)，頁 628。

形容時間流逝震撼人心，採用「誇飾」手法，呼應之前「行子愁歸旋」思鄉急迫之情。引用《漢武故事》典故：「東郡送一短人，長五寸，衣冠具足。疑其山精，常令在案。上行召東方朔。問朔。朔呼短人曰：『巨靈，汝何忽叛來，阿母還未？』短人不對。因指朔謂上曰：『王母種桃，三千年一作子，此兒不良，已三過偷之矣。遂失王母意，故被讁來此。』上大驚，始知朔非世中人。」[33]西王母蟠桃，三千年結一子，若三桃圓則九千年，如此誇張時間流逝之速，感嘆自己仍客鄉憂思，何時重回京城？明說離愁苦恨，實乃對將人生理想的失落，無法建功立業的遺憾，渲洩於詩中，詩末以「遊五湖」、「濯滄浪」消解對生命的無奈之情。

〈秋夕旅懷〉一詩道出李白客居他鄉，干謁屢挫之時，思長安愁緒不時湧上心頭，在涼風吹度秋天的海面，攪動翻飛鄉愁，正值秋季，更加深內心愁緒，以「心斷」、「含歡」、「泣下」表露悲傷之情，將心緒寄托於汪洋大海、山高水長景物之中，進而修復受挫之心，再度拾起自信重新邁向前程。

（三）對出處抉擇的困惑

「海」的動盪氣息往往帶給人無比勇氣、澎湃力量，但又有一股既不安又迷惘的心情，站在海邊觀海，兩種近乎矛盾的感覺常浮現人心中：想要將自己融入廣大世界中，但同時在深不可測人世中又感覺孤寂迷惘。正如〈贈王判官時余歸隱居廬山屏風疊〉一詩云：「苦笑我誇誕，知音安在哉？」以海意象來說，「海」一方面象徵「未來」，充滿對希望、理想的憧憬，但是也伴隨著飄搖徬徨，怔忡觀望，找不到方向的迷惘。李白深邃的目光往往穿透歷史的表面繁華，深

---

33 見(宋)李昉等奉敕撰：《太平御覽》卷 378〈人事部十九・短絕域人〉《景印文淵閣四庫全書896》(臺北：臺灣商務印書館，1983-1986年)，頁453。

切而嚴峻地看到歷史的車輪所必將走過的軌跡，因此其憂患意識就顯得特別的強烈。

> 爾從咸陽來，問我何勞苦。沐猴而冠不足言，身騎土牛滯東魯。沈弟欲行凝弟留，孤飛一鶚秦雲秋。坐來黃葉落四五，北斗已挂西城樓。絲桐感人絃亦絕，滿堂送客皆惜別。卷簾見月清興來，疑是山陰夜中雪。明日斗酒別，惆悵清路塵。遙望長安日，不見長安人。長安宮闕九天上，此地曾經為近臣。一朝復一朝，白髮心不改。屈平顦顇滯江潭，亭伯流離放遼海。折翮翻飛隨轉蓬，聞弦虛墜下霜空。聖朝久棄青雲士，他日誰憐張長公？(516〈單父東樓秋夜送族弟沈之秦〉)

此詩作於天寶四年(745)，山東單縣，從「長安宮闕九天上，此地曾經為近臣」、「屈平顦顇滯江潭，亭伯流離竄遼海」二句詩可知去朝後復歸東魯之作。因送族弟入京，自傷淪落。「遙望長安日，不見長安人」一語寫出「日」可見而「君」不可見。宮闕雖遙，昔曾經為近臣，年雖往，而心不移，愛國忠君之心始終不變，然而君不我顧，是要學習當年屈原被放逐，遊於江潭，行吟澤畔，顏色憔悴，顏色枯槁，憂國自沈？還是效法東漢崔駰數諫竇憲擅權驕恣，終不見容，出為長岑長，駰自以遠去不得意，遂不官而歸之骨氣？詩末悲嘆朝廷棄高潔之士，雖抱長公之操，前程茫茫，如汪洋中一艘小船，該何去何從？進退出處的矛盾與困惑在內心不斷糾葛，迷惘於茫茫大海之中。

> 我浮黃河去京闕，挂席欲進波連山。天長水闊厭遠涉，訪古

始及平臺間。平臺為客憂思多，對酒遂作梁園歌。卻憶蓬池阮公詠，因吟淥水揚洪波。洪波浩蕩迷舊國，路遠西歸安可得？人生達命豈暇愁？且飲美酒登高樓。平頭奴子搖大扇，五月不熱疑清秋。玉盤楊梅為君設，吳鹽如花皓白雪。持鹽把酒但飲之，莫學夷齊事高潔。昔人豪貴信陵君，今人耕種信陵墳。荒城虛照碧山月，古木盡入蒼梧雲。 梁王宮闕今安在？枚馬先歸不相待。舞影歌聲散淥池，空餘汴水東流海。沉吟此事淚滿衣，黃金買醉未能歸。連呼五白行六博，分曹賭酒酣馳暉。酣馳暉，歌且謠，意方遠。東山高臥時起來，欲濟蒼生未應晚。(218〈梁園吟〉)

此詩作於天寶三年(744)，李白離開長安後遊大梁(今河南開封一帶)和宋州(在今河南商丘)之時。梁園，一名梁苑，漢代梁孝王所建。平臺，春秋時宋平公所建。三年前，他得到唐玄宗的徵召，滿懷理想，奔向長安，結果理想落空，被玄宗「賜金放還」，首段從「我浮黃河去京闕」到「路遠西歸安可得」，道出離開長安後抑鬱悲苦的情懷，這種苦悶與茫然，並非直敘而出，而是融情於景，巧妙結合登程景物的描繪流露出迷惘之情。「挂席欲進波連山」，將滔滔巨浪如羣峰綿亙起伏令人難行，隱喻出李白坷坎不平的仕宦之路，而「天長水闊厭遠涉」中的「厭」字說明當時心境五味雜陳，匡君國、濟蒼生的理想破滅，今後何去何？寫出萬里長河直伸向縹緲無際的天邊，前程遙遠，李白的希望與理想追求不也正如此路一樣遙遠和渺茫。接下來，「洪波浩蕩迷舊國，路遠西歸安可得？」，眼前出現一片浩浩蕩蕩的波濤，使他迷失了長安的所在，離開長安已很遙遠，再回去的路是更加的困難，於此，情景交融於一，傳達出沈重疲憊

的步履。此詩非實際觀海、涉海之作，但以「海」來做心象連結，眼中所見、腦中所浮現的景觀並非實際環於中國外海的東方或南方海域，是中國境內遍地存在的河、川，於此李白所強調的不是描寫對象的真切性，而是利用類比方式誇飾出如海的浩大廣闊無涯。

其後從「人生達命豈暇愁」到「分曹賭酒酣馳暉」詩人情感從苦悶轉為曠放豪縱，境界一新，以「達命」者自居，對不合理的人生遭遇採取蔑視態度，登高樓，飲美酒，遣愁放懷，奴子搖扇，暑熱成秋，玉盤鮮梅，吳鹽似雪，飲饌精美，對此可開懷不必如伯夷、叔齊苦苦拘執高潔。「昔人豪貴信陵君」開始進入情感上劇烈矛盾衝突，李白失意難過在於對美好理想破滅、功業無成，就如同洶湧的波濤激憤向追求功業思想衝擊而去。而這一切梁園史事終成荒城，煙消雲散，於此寫出進退的困惑，看到一個靈魂苦悶的掙扎，衝擊抗爭。然而李白追求理想一顆熊熊烈火之心，始終不消沈，詩末再度給人充滿信心的期望，一如高臥東山的謝安一樣，終有一日會被請出山實現濟世之宏願。

> 魯國一杯水，難容橫海鱗。仲尼且不敬，況乃尋常人。白玉換斗粟，黃金買尺薪。閉門木葉下，始覺秋非春。(519〈送魯郡劉長史遷弘農長史〉)

此詩作於開元二十九年(741)，送魯郡(山東)劉長史遷弘農(河南)。起首以水之至小難容大海之巨魚，知賢者乃能養賢，今魯國不能容人，正如孔子至聖尚不知禮遇，何況常人。李白此時客居山東，閉門窮居，歲月忽逝，見木葉凋零，始覺春去秋來，魯人怠慢賢者，致客居之窮困，寫出自己在魯備受冷落的處境，感嘆自古賢達多誤

身，思索究竟何去何從？自比「橫海鱗」需有「大海」這樣的政治舞臺才有發展空間，因此「杯水」難容，然而孔子知其不可為而為之的精神，深烙其心，迷惘困惑中仍嚮往古聖先賢九死不悔之精神。

> 欲獻濟時策，此心誰見明？君王制六合，海塞無交兵。壯士伏草間，沉憂亂縱橫。(321〈鄴中贈王大勸入高鳳石門山幽居〉)
>
> 幸遭聖明時，功業猶未成。奈何懷良圖，鬱悒獨愁坐。(607〈酬崔五郎中〉)
>
> 餐霞臥舊壑，散髮謝遠遊。山蟬號枯桑，始復知天秋。朔雁別海裔，越鷰辭江樓。……蘅蘭方蕭瑟，長歎令人愁。(864〈江上秋懷〉)
>
> 意在斬巨鼇，何論繪長鯨？恨無左車略，多愧魯連生。……孤鳳向西海，飛鴻辭北溟。(492〈聞李太尉大舉秦兵百萬出征東南懦夫請纓冀申一割之用半道病還留別金陵崔侍御十九韻〉)
>
> 一生傲岸苦不諧，恩疏媒勞志多乖。……達亦不足貴，窮亦不足悲。(629〈答王十二寒夜獨酌有懷〉)

〈鄴中贈王大勸入高鳳石門山幽居〉與〈酬崔五郎中〉二詩中以婉曲格方式述說遭遇聖明而功業無聞，雖有良圖，卻憂悶獨坐而愁思。〈江上秋懷〉一詩乃傷己之作，胡雁別於「海裔」，越鷰辭乎江樓，雁來燕去，點出秋季，以景感懷，蘅蘭本香草，今蕭瑟而凋零，自傷本為可用之材，今卻流落不遇。李白屢次挫折，仍至死不渝，甚至到六十一歲高齡，在金陵聽說李光弼「大舉秦兵百萬，出

征東南」，還請纓，冀申一割之用，在〈聞李太尉大舉秦兵百萬出征東南懦夫請纓冀申一割之用半道病還留別金陵崔侍御十九韻〉詩中敘說自己聞李光弼征東南以討安史叛軍，意欲自效，然中道病還，既無左車之策見重於韓信，又無仲連之謀談笑卻秦軍。最後將自己譬喻成「孤鳳」終向「西海」而飛，譬之「飛鴻」終辭「北溟」而去，高飛遠舉，悲嘆天奪壯士之志，使之功業無成，一方面展現出大海的澎湃力量，最終又在大海中飄搖失落。

李白傲岸的性格與權貴格格不入，「醜正同列，害能成謗，帝用疏之」（李陽冰〈草堂集序〉）。〈答王十二寒夜獨酌有懷〉詩中寫到面臨挫折絕望時，傲岸骨氣風采依舊，毫不改變。而長安三年翰林供奉的時間雖然不長，但詩人有機會接觸當時的最高統治者，親眼目睹上層統治階級的罪惡，使他能夠從統治階層的內部來加深對國家政治的體認，從此時開始，才漸漸意識到國家、民族、社會潛伏著的危機。

李白自幼即有兼善天下的理想，詩歌處處流露報國之胸懷大志，但是當他接觸到現實黑暗的政治後，發現理想抱負難以實現，因此自我實現的意識與強調人格精神自由的道家思想在內心相互激盪著，正如大海澎湃洶湧，「仕」與「隱」看似簡單的二選一的抉擇，李白對此卻是難以斷然取捨，一如方瑜先生所言「內在流亡」與「外在流亡」之說：

　　所謂「內在流亡」乃是身體仍留在權力體制中，並未主動選擇飄流逸走，但內心抗爭的熱情未熄，並不能默而不言，往往發為詩文、議論，因而導致下獄或謫降。而「外在流亡」則可解釋為身心都從權力中心脫逸而出，飄流到鄉間、海

隅、山邊、水澤，徹底改變身份，不再是官僚體制中的一份
子……如果不是被迫去職，主動選擇這種徹底的「決裂」，
對傳統知識份子而言，實在艱難。[34]

李白懷才不遇，除了傲岸個性使然外，主動選擇離開仕宦環境，
更因身處黑暗政治官場鬥爭下，經歷多次挫折，因此「隱居」只不
過是從毫無變革希望的黑暗現實中逃亡出去，但內心始終心繫朝
政，不肯退隱。與陶淵明歸鳥返林，過著不受干擾遺世的生活不同，
李白〈九日登巴陵置酒望洞庭水軍〉一詩曰：「酣歌激壯士，可以摧
妖氛。齷齪東籬下，淵明不足群。」可明證之。而海意象的迷濛浩
大除了可代指其心擺盪於仕隱之間的意指外，更可藉海來象徵未
來、希望，拳拳報國之心，雖經歷挫折，仍至始不渝。

（四）對國政民生的憂慮

李白終其一生以建功立業為理想，「申管晏之談，謀帝王之術，
奮其智能，願為輔弼，使寰區大定，海縣清一」（〈代壽山答孟少府
移文書〉)是他矢志不渝的政治抱負。然而理想和現實之間的矛盾，
促使他將個人遭遇與整個社會聯繫起來思考，體現在詩歌中就是李
白對國家前途和命運的深深憂慮，如〈經亂離後天恩流夜郎憶舊遊
書懷贈江夏韋太守良宰〉詩曰：「中夜四五嘆，常為大國憂」、〈杭州
送裴大澤赴廬州長史〉詩中說道：「去割辭親戀，行憂報國心」。因
此，李白的憂患意識表現在他對當時社會的批判和他對現實問題的
探索上。以下數首詩運用海意象有力地揭露了唐朝上層統治階級的
醜惡面貌，以及在奸佞官僚弄權下，看到了人民的苦難，也表示了

---

34 方瑜先生：〈抉擇、自由、創造——試論蘇東坡的陶淵明〉《臺大中文學報》
第 12 卷，2000 年 5 月，頁 275。

深切的沈痛，不僅對黑暗政權進行了尖銳批判，同時努力尋求療救之道，用誓死報國的熱情和對民生苦難的憂患來體現對祖國人民的熱愛，如〈雪讒詩贈友人〉詩云：

> 嗟余沈迷，猖蹶已久。五十知非，古人嘗有。立言補過，庶存不朽。苞荒匭瑕，蓄此煩醜。月出致譏，貽愧皓首。感悟遂晚，事往日遷。白璧何辜？青蠅屢前。群輕折軸，下沈黃泉。眾毛飛骨，上陵青天。萋菲暗成，貝錦粲然。泥沙聚埃，珠玉不鮮。洪炎爍山，發自纖煙。滄波蕩日，起於微涓。交亂四國，播於八埏。拾塵掇蜂，疑聖猜賢。哀哉悲夫！誰察予之貞堅？彼婦人之倡狂，不如鵲之彊彊。彼婦人之淫昏，不如鶉之奔奔。坦蕩君子，無悅簧言。擢髮贖罪，罪乃孔多。傾海流惡，惡無以過。人生實難，逢此織羅。積毀銷金，沈憂作歌。天未喪文，其如余何！妲己滅紂，褒女惑周。天維蕩覆，職此之由。漢祖呂氏，食其在傍。秦皇太后，毒亦淫荒。螮蝀作昏，遂掩太陽。萬乘尚爾，匹夫何傷！辭殫意窮，心切理直。如或妄談，昊天是殛。子野善聽，離婁至明。神靡遁響，鬼無逃形。不我遐棄，庶昭忠誠。

安注繫此詩作於天寶九年(750)，云：「此詩所刺者，殆難指實。觀『妲己滅紂』等語，似為帝所寵幸者，白亦受其害，故曰『萬乘尚爾，匹夫何傷』。諸家以楊貴妃當之，近是，此期白所遭讒毀特盛，因知此詩絕非偽作，亦非室家之故。」[35]乃李白遭讒遇禍，向友人一抒其沈憂義憤。詩中說盡貴妃與祿山淫亂敗國，以妲己、褒姒為比，

---

35 詹鍈主編：《李白全集校注彙釋集評》第 3 冊(天津：百花文藝出版社，1993年)，頁 1385-1386。

甚至以呂后之私審食其、秦后之嬖嫪毒，喻楊妃之淫穢，指斥醜行。
「傾海流惡，惡無以過」二句指出貴妃罪狀罄竹難書，即使決東海
之波，流惡難盡。據《資治通鑑》天寶六載：「上命楊銛、楊錡、貴
妃三姊皆與祿山敘兄弟，祿山得出入禁中，因請為貴妃兒。上與貴
妃共坐，祿山先拜貴妃。上問何故，對曰：『胡人先母而後父。上悅。』」
[36]又天寶十載：「正月甲辰，祿山生日，上及貴妃賜衣服寶器酒饌甚
厚。後三日，召祿山入禁中，貴妃以錦繡為大襁褓，裹祿山，使宮
人以綵輿昇之。上聞後宮喧笑，問其故，左右以貴妃三日洗祿兒對。
上自往觀之，喜，賜貴妃洗兒金銀錢，復厚賜祿山，盡歡而罷。自
是祿山出入宮掖不禁，或與貴妃對食，或通宵不出，頗有醜聲聞於
外，上亦不疑也。」[37]唐代柳珵《常侍言旨》曰：「安祿山恩寵浸深，
上前應對，雜以諧謔，而貴妃常在座。詔令楊氏三夫人約為兄弟，
由是祿山心動。及聞馬嵬之死，數日歎惋。雖林甫養育之，而國忠
激怒之，然其他腸有所自也。」[38]李白憂患意識表現在批判當時皇帝
昏昧、貴妃淫亂、醜惡的政權，遠識憂心國家即將敗亡。

> 由來征戰地，不見有人還。戍客望邊色，思歸多苦顏。(90
> 〈關山月〉)
> 征客無歸日，空悲蕙草摧。(194〈秋思〉)
> 鼓角徒悲鳴，樓船習征戰。(446〈江夏寄漢陽輔錄事〉)
> 昔別雁門關，今戍龍庭前。驚沙亂海日，飛雪迷胡天。……

---

36 (宋)司馬光：《資治通鑑》第 3 冊唐紀 31 玄宗天寶六載《四部叢刊正編》(臺
　　北：臺灣商務印書館，1979 年)，頁 2100-2101。
37 (宋)司馬光：《資治通鑑》第 3 冊唐紀 32 玄宗天寶十年《四部叢刊正編》(臺
　　北：臺灣商務印書館，1979 年)，頁 2108。
38 (唐)柳珵撰：《常侍言旨》《中國野史集成正編》第 3 冊(成都：巴蜀書社，1993
　　年)，頁 371。

苦戰功不賞，忠誠難可宣。(6〈古風五十九首其六〉)

本家隴西人，先為漢邊將。功略蓋天地，名飛青雲上。苦戰
竟不侯，當年頗惆悵。……撫劍夜吟嘯，雄心日千里。誓欲
斬鯨鯢，澄清洛陽水。(380〈贈張相鎬二首其二〉)

　　〈關山月〉、〈秋思〉二詩寫出征戍者之苦情，悲歎久戍不得歸，
思念家室之苦。從來征戰之地，士皆喪於沙塵，得生還者甚少，戍
客在邊塞之地思歸而愁。〈古風五十九首其六〉詩中描述邊戍勞苦，
昔者戍於雁門之關，猶在中國境內，今則別雁門而遠戍於龍庭，去
國萬里之遠，深入虜疆。以驚沙亂「海日」(君王代稱)，寫到君王為
奸佞所蔽的國難感到深沈憂患。《詩比興箋》卷三：「此傷王忠嗣也。
忠嗣兼河西、隴右、河東、朔方節度使，仗四節，制萬里，屢破突
厥吐蕃吐谷渾。李林甫忌其功名日盛，恐其入相，因事構陷幾死，
賴哥舒翰力救，乃貶漢陽太守而卒。故悲其功高不賞，忠誠莫諒也。」
[39]對於苦戰邊戍如此勞苦，雖有克敵之功，卻不蒙朝廷之賞，將明皇
喜邊事，而奸佞冒賞掩功，感諷時事，有為而作。〈贈張相鎬二首其
二〉一詩敘其先世李廣為漢邊將，雖有戰伐之功，不得封侯爵，功
高而賞薄，然而詩人亦懷忠抱憤，雄心於千里之外，誓欲斬「鯨鯢」，
以「鯨鯢」借指安祿山，一個「斬」字奔放出其救國平亂之熱情不
減。

　　雖然李白海意象詩歌中僅出現一次「海戍」詞彙，但海意象詩
歌中出現不少征戍者思鄉之苦，甚至寫實地描繪出戰爭帶給人民的
災難，並抒發對政局的不滿與對百姓的同情，非戰思想的作品是抒
發自己對戰爭的感受，表現對人民與社會的關懷，然而又根據戰爭

---

39 (清)陳沆：《詩比興箋》(臺北：鼎文書局，1979 年 2 月初版)，頁 134。

的必要性與正義性質，寫出人民的感情與願望，斬鯨鯢，澄清洛陽水，鼓舞人心為討平叛亂而繼續奮鬥。

> 秦皇按寶劍，赫怒震威神。逐日巡海右，驅石駕滄津。徵卒空九寓，作橋傷萬人。但求蓬島藥，豈思農扈春？力盡功不瞻，千載為悲辛。(48〈古風五十九首其四十八〉)

此詩雖詠始皇好神仙之事，東巡是為求蓬萊之仙藥，以圖一己之長生，非為民。巡於東海之右，驅石作橋，欲渡滄波以觀日出之處，徵九州之卒，傷萬人之命，然而功無所就，藥不可得，託言以諷玄宗好神仙，耽於虛妄，不恤民情。

> 胡風吹代馬，北擁魯陽關。吳兵照海雪，西討何時還？半渡上遼津，黃雲慘無顏。老母與子別，呼天野草間。白馬繞旌旗，悲鳴相追攀。白楊秋月苦，早落豫章山。本為休明人，斬虜素不閑。豈惜戰鬥死，為君掃凶頑？精感石沒羽，豈云憚險艱？樓船若鯨飛，波蕩落星灣。此曲不可奏，三軍髮成斑。(184〈豫章行〉)

此詩作於上元元年(760)，全詩皆是實寫，李白寓豫章，見吳兵西上，征役煩苦，感而賦詩。《詩比興箋》卷三：「『胡風』，指漁陽之叛。『吳兵』謂璘擁江淮之師。『上遼津』，故隱其詞，寄之邊塞也。『本為休明人，斬虜素不閑』，豈承平帝胄，生長深宮，本無武略也。『豈惜戰鬥死』四語，惜其不知一意討賊，勤王北上，縱令敗死，猶不失為忠義也」[40]。「樓船若鯨飛」一句寫出有樓的戰船連艘，勢

若鯨飛，波蕩於落星之灣，則舟有覆溺之患，寫出道路之難，與從征之苦。詩中以草木凋殘，似為母子別離悲慟。然而李白對禍國殃民的安史亂事，深惡痛絕，主張「豈惜戰鬥死，為君掃凶頑」，相信只有靠軍事力量才可能消滅賊軍，李白雖憂天憫人，然目睹人民遭受戰禍而家庭離散，骨肉永隔的痛苦，對於人民深切的同情，但是國土淪陷，京都被占領，人民遭受殘殺，本是反戰仁道精神，卻又企望肯定平定叛亂，解民於倒懸，流露詩人情感上的矛盾，從其悲哀的心底上發現並寫出了悲壯之美。

> 遠別離，古有皇英之二女。乃在洞庭之南，瀟湘之浦。海水直下萬里深，誰人不言此離苦？日慘慘兮雲冥冥，猩猩啼煙兮鬼嘯雨。我縱言之將何補？皇穹竊恐不照余之忠誠。雷憑憑兮欲吼怒，堯舜當之亦禪禹。君失臣兮龍為魚，權歸臣兮鼠變虎。或云：堯幽囚，舜野死。九疑聯綿皆相似，重瞳孤墳竟何是？帝子泣兮綠雲間，隨風波兮去無還。慟哭兮遠望，見蒼梧之深山。蒼梧山崩湘水絕，竹上之淚乃可滅。(60〈遠別離〉)

此詩作於天寶十二年，安史之亂爆發前二年，藉由娥皇、女英及堯幽囚、舜野死的傳說，以恍惚迷離之筆表現了李白對當時權奸得勢、政治混亂的憂慮。《唐宋詩醇》卷二評隴西李白詩〈遠別離〉曰：「此憂天寶之將亂，欲抒其忠誠而不可也。日者君象，雲盛則蔽其明。啼煙嘯雨，隱晦之象甚矣。小人之勢，至於如此，政事尚可問邪？」[41]詩中以堯舜聖君形象，寄託著其理想和願望，反襯出昏瞶

---

[41] (清)乾隆十五年敕編：《御選唐宋詩醇》《景印文淵閣四庫全書1448》(臺北：臺灣商務印書館，1983-1986年)，頁101。

荒淫的唐玄宗。「堯舜當之亦禪禹，君失臣兮龍為魚，權歸臣兮鼠變
虎」，於議論性甚強，追求造成離別的原因乃是奸邪當道，國運堪憂。
上古三代，證之典籍，確有堯被秘密囚禁、舜野死蠻荒之說。《史記·
五帝本紀》正義引《竹書紀年》記載：「堯年老德衰為舜所囚。」[42]《國
語·魯語》：「舜勤民事而野死。」[43]李白憂念國事，觀察歷史獨到眼
光，認為堯幽囚、舜野死皆與失權有關。因玄宗大權的旁落造成「堯
幽囚、舜野死」，李白憂心忡忡朝中權臣猖獗、掌握大權成了猛虎恣
意為虐，聖君失去忠臣，如同蛟龍變成蟲魚，得受權臣擺佈，人民
必陷於水深火熱之中。李白非但擁有洞悉國勢的遠見，又不願保持
沈默，面對國家的深重危機，向玄宗提出諫言的警告，卻不被瞭解
的苦心，眼見國政日漸腐敗，又無能為力，全詩展現憂國憂民的悲
痛。

　　李白在〈古風五十九首其五十四〉：「蒼榛蔽層丘，瓊草隱深谷。
鳳鳥鳴西海，欲集無榛木。」一詩道出朝政為奸佞把持，胡作非為，
因此詩中將蒼榛比喻為小人，而賢士卻隱於深谷，甚至流離失所、
無所依傍。整個國家社會顛倒錯亂，「蝘蜓嘲龍，魚目混珍。嫫母衣
錦，西施負薪」(〈鳴皋歌送岑徵君〉)荒廖之極，詩人悲憤難忍，由
此發出「大道如青天，我獨不得出」的強烈憂歎，既是個人之悲，
更是全天下士人之哀。

　　在天寶九年(750)所作〈答王十二寒夜獨酌有懷〉云：「君不能狸
膏金距學鬥雞，坐令鼻息吹虹霓。君不能學哥舒翰，橫行青海夜帶
刀，西屠石堡取紫袍」。詩中寫道李白一反世俗淺見，將開邊名將哥

---

42 (漢)司馬遷：《史記》〈五帝本紀〉《四部備要》史部(臺北：臺灣中華書局，
　　1954 年 11 月臺 1 版)頁 16。
43 (周)左丘明：《國語》魯語四《四部備要》史部(臺北：臺灣中華書局，1954
　　年 11 月臺 1 版)，頁 6。

舒翰比作鬥雞小兒，靠取寵玄宗皇帝來加官進爵，然而他的代價卻
是幾萬士兵的生命，深知兵者是兇器，聖人不得已而用之。但也不
代表李白對戰爭是一味反對，他反對的是統治者這種輕啟邊釁的不
義戰爭，與同時代社會寫實派的杜甫一樣識見，洞見戰爭造成社會
巨大災難與人民深重痛苦。正如沈德潛所言：「詩為開邊戒」。但是
「萬言不值一杯水」，他的憂患意識得不到重視。李林甫死後，楊國
忠掌權，他為了取得邊功以鞏固自己的地位，兩次發動對南詔的戰
爭[44]，如此草菅人命，不體恤士卒終必敗國的憂心，接著又在天寶十
年(751)所作〈古風五十九首其三十四〉一詩道出嚴正反戰心聲：本
來「天地皆得一，澹然四海清」，各國人民都安居樂業，但是統治者
無端發動戰爭，會造成天下動亂，逼迫士卒別親遠征「長號別嚴親，
日月慘光晶。泣盡繼以血，心催兩無聲」，最後「困獸當猛虎，窮魚
餌奔鯨」、「千去不一回」全軍覆沒，如此用心良苦憂慮窮兵黷武的
錯誤政策，危機四伏，日後安史之亂爆發，不正說明其非無病呻吟，
而是深具憂患意識遠見。

二　入世意識

　　入世意識，即是用世之心、經世之志。李白從小受道家的薰陶，
自言：「五歲誦《六甲》，十歲觀百書，軒轅以來，頗得聞矣」。《六
甲》是道家末流的一種怪書，《神仙傳》有「左慈學道，尤明《六甲》，

---

44 天寶十載，楊國忠命劍南節度使鮮于仲通率兵八萬攻打南詔，南詔王閣羅鳳向
　　朝廷請罪，不許大戰於西洱河畔，損失兵力六萬。天寶十三載，楊國忠又使禦
　　史劍南節度史李宓率師七萬攻打，結果全軍覆沒，為了掩蓋敗績，上捷報，繼
　　續發兵。詳參《資治通鑑》卷 216 唐紀 32 玄宗天寶十載及卷 217 唐紀 33 玄
　　宗天寶十三載，見(宋)司馬光著：《資治通鑑》(臺北：天工書局，1988 年 9
　　月再版)，頁 6906~6907(天寶十載條)及頁 6926~6927(天寶十三載條)。

能役使鬼神」[45]之語可明証之,而「軒轅」意指黃老之術。又十五歲
在大匡山隱居時與道士一起生活,因此道家思想在李白的意識中根
深柢固。但是,李白並非像別人頌揚的那樣遠離權貴,而是一生都
應酬、周旋、奔走於朱門顯宦之間。他積極入世的目的並不是為了
角逐功名富貴,而是希冀「平交王侯」、「一匡天下」,當得到帝王的
青睞取得相卿之位,建功立業後棄榮華富貴,飄然歸隱而去,如〈古
風五十九首其十〉詩中稱頌魯仲連:「齊有倜儻生,魯連特高妙。明
月出海底,一朝開光耀。卻秦振英志,後世仰末照。意輕千金贈,
顧向平原笑。吾亦澹蕩人,拂衣可同調。」又〈古風五十九首其十
二〉一詩讚頌嚴子陵:「松柏本孤直,難為桃李顏。昭昭嚴子陵,垂
釣滄波間。身將客星隱,心與浮雲閑。長揖萬乘君,還歸富春山。
清風灑六合,邈然不可攀。使我長歎息,冥棲岩石間。」此二首詩
流露出對兩位留名青史功成名就後歸隱的欽佩,羨慕之情、效法之
意不言而喻。

　　李白雖一生樂衷於求仙學道,出世思想綿延不絕,歷代評論李
白的學者過多地強調李白的道家出世之想。雖然李白確實有許多隱
居超世的想法與行為,並於其詩中反覆表達他的求仙理念,並多次
在蜀中、安陸、山東、廬山等處隱居,並有強烈追求自由的個性與
人格精神,但在他身上居主導地位的,卻仍是強烈渴望建功立業的
用世之心與大濟蒼生的宏願縈繞終生,如〈贈韋秘書子春〉:「苟無
濟代心,獨善亦何益」所言,而出世在某種意義上,不過是其用世
失敗、排遣苦悶的一條退路,如〈宣州謝朓樓餞別校書叔雲〉:「人
生在世不稱意,明朝散發弄扁舟」、〈贈蔡山人〉:「我本不棄世,世

---

45 (晉)葛洪:《神仙傳》卷 8〈左慈〉,見《神仙傳疑仙傳列仙傳》(臺北:廣文
　　書局,1989 年),頁 4。

人自棄我」、〈駕去溫泉後贈楊山人〉：「待吾盡節報明主，然後相攜臥白雲」、〈登金陵冶城本北謝公墩〉：「功成拂衣去，歸入武陵源」。可見李白的出世是為了入世而準備的，是為了入世才選擇了暫時出世的方式。所以，他的出世，全然沒有遠離紅塵世俗的神仙道長、隱逸之士對家國天下、蒼生百姓所抱持的超然冷漠態度與內心的平淡清淨，其內心卻是充滿了失望和痛苦，正如〈經亂離後天恩流夜郎憶舊遊書懷贈江夏韋太守良宰〉：「時命乃大謬，棄之海上行」與〈贈從弟南平太守之遙二首其一〉：「一朝謝病遊江海，疇昔相知幾人在」二詩所言。因他積極的入世思想導致其大多數隱居而非真隱，只是待時機成熟用世。

　　李白詩作有一股與日月爭輝、創功立業的磅礴氣勢，在早年作品〈上李邕〉詩云：「大鵬一日同風起，搏搖直上九萬里。假令風歇時下來，猶能簸卻滄溟水。世人見我恆殊調，聞余大言皆冷笑。宣父猶能畏後生，丈夫未可輕年少。」將大鵬作為自我象徵，以扶搖大風比喻援引之機會，若能憑藉大風之力，必能直上九萬里天外，建功立業，報效國家。李白之思想不專主一家的複雜性，藉由海意象亦道亦儒已現端倪，對此，郁賢皓先生評述李白思想曰：

　　　　李白一生的思想確實是複雜的，但這些思想並不是並列和始終不變的，而是有主次之分，並且隨著環境和經歷的變化而起伏的。總的說來，李白思想的淵源，從先秦各家思想中只是各吸收其中一部份，並賦予時代的新意。……對道家只取其隱逸放達、訪道求仙和功成身退，對儒家只取兼濟天下的主張等，融會成自己的理想。在李白的一生之中，儘管有一度以仗義任俠或入道出世思想占了上風，但那畢竟是短暫

的。貫串李白一生的主導思想，無疑是儒家追求功業，「兼濟天下」的思想。[46]

同樣的，志氣在〈古風五十九首其三十三〉也呈展出：

> 北溟有巨魚，身長數千里。仰噴三山雪，橫吞百川水。憑陵隨海運，燁赫因風起。吾觀摩天飛，九萬方未已。

在《莊子》書中，身長數千里、縱橫大海的巨鯤，乃是大鵬前身，李白在此以尚未轉化的北海大魚譬喻具有滿腹才學卻未遇時機的自己，一旦海運風生，援引之機到來，則能化鵬直上雲霄。全詩透露出其雄心壯志、一飛沖天的理想。「盛唐氣象體現在李白作品中首先是富有強烈的積極向上精神。盛唐時代是帶有浪漫情調、誘人追求的時代，科舉取士和徵召隱士從政的政策，使李白積極追求功業，他對自己的才能充滿自信，一生以大鵬自喻，……充分顯示了詩人高傲的性格和宏大的氣魄，而這正是盛唐時代孕育出的典型特徵。」[47]又〈上李邕〉詩云：

> 大鵬一日同風起，搏搖直上九萬里。假令風歇時下來，猶能簸卻滄溟水。時人見我恆殊調，聞余大言皆冷笑。宣父猶能畏後生，丈夫未可輕年少。

---

46 郁賢皓：《天上謫仙人的秘密：李白考論集》（臺北：臺灣商務印書館，1997年6月），頁 371-371。

47 郁賢皓：《天上謫仙人的秘密：李白考論集》（臺北：臺灣商務印書館，1997年6月），頁 377-378。

　　詩中「大鵬一日同風起，搏搖直上九萬里」雖出自《莊子・逍遙遊》之典故，但末句「宣父猶能畏後生，丈夫未可輕年少」是引儒家《論語》典故：「子曰：『後生可畏，焉知來者之不如今也？』」[48]李白寄言出意與儒家思想關係密切，雖以道家莊子之語始，立海中巨鯤、海上大鵬之象，但以儒家孔子之言終，寄經世之意。得意而忘象，以海上物象為象之用意不在海上物象本身，而在海上物象之志，詩末李白筆鋒一轉，援引孔子之語，可證其入世用世之心，綜觀其詩之志，未嘗襲於道家逍遙之意，然儒家入世經世之意，昭然若揭，入世經世用意遠勝逍遙之情。

　　如此積極入世人生觀，同樣在〈代壽山答孟少府移文書〉中也道出：「申管晏之談，謀帝王之術，奮其智能，願為輔弼，使寰區大定，海縣清一，事君之道成，榮親之義畢。然後與陶朱留侯，浮五湖，戲滄洲，不足為難矣。」在此清楚呈現其乃是如管仲、晏嬰一樣佐助賢君安定天下，「使寰區大定，海縣清一」，如此反映出傳統儒家思想的社會價值觀在於「事君榮親」，完成經世濟民的大業後，再瀟灑如陶朱公范蠡、留侯張良一樣拋下一切名利，追求自在人生。他向來就視功名利祿如草芥，嗤之以鼻，正如〈江上吟〉所言：「功名富貴若長在，漢水亦應西北流」與〈將進酒〉云：「鐘鼓饌玉不足貴，但願長醉不用醒」。李白生性豪邁，以博大的胸襟，將入世作為一種實現理想懷抱之途徑，將入世目的表現出何等浪漫。可惜，李白遍干諸侯，仍未遇伯樂，抑鬱不得志，但一生到老至死，始終時時刻刻燃著希望，等待時機到來，完成「申管晏之談，謀帝王之術」的理想。

---

48 (宋)朱熹注：《四書集註》《論語》卷九〈陽貨〉第十七(臺南：大孚書局，1991年3月)，頁60。

　　因此，李白積極進取的人生觀，不願逃避現實以求明哲保身，利用民間故事間接呈顯其勇於面對、期待功成的信念，對於污濁的政治環境、不利的國政，從不放棄報效國家之決心，認為若加以改變，即可國泰民安。但是改變現狀非一蹴可及，需如「精衛填海」一般持之以恆，甚至認為只要堅持己志，不管花上多少時間，終必能得到肯定，如〈東海有勇婦〉：「豈如東海婦，事立獨揚名」。在大多數人選擇與現實妥協時，李白卻想藉由竭盡心力、持之以恆獲得認同以企求改善國家社會，但現實政治環境，非人力可以輕易撼動，為了保有自己的理念，選擇不妥協，如〈於五松山贈南陵常贊府〉：「海上五百人，同日死田橫」、〈經下邳圯橋懷張子房〉：「滄海得壯士，椎秦博浪沙」藉由田橫與張良的故事表現出無怨無悔愛國之心。

　　李白的詩歌中，儘管寫出滿腔熱血、報國無門，尋覓知音伯樂，卻也有感傷時光流逝、功業未成之作，但在感傷之中總含有更多的激憤，反抗命運的力量遠遠大過順從。「李白的人格意識和他所要實現的自我價值，永遠是同強烈的社會使命感緊緊連在一起的。」[49]肅宗上元二年(761)，李白聞李光弼大舉秦兵出征東南，以六十一歲高齡流放之病身請纓入軍，殺敵報國，不因年邁而消磨自我理想的追求，深受儒家「兼濟天下」思想，雖遭逢挫難，卻並未一蹶不振，用世之心依然如大海沖激岩石，彌日逐深，臨終之際，依舊堅持作一隻展翅高飛的大鵬，縱然力不能及，中天折翼，尚留一片左袂覆於常人不能達到的扶桑之上，昂揚出精衛填海的精神。

　　大海充滿不可預知的變數，海的波瀾起伏亦如人生的旅途充滿荊棘坎坷，雖然有焦慮與憂傷，但李白面對未來，仍舊是充滿光明

---

49 裴裴：〈李白個性論〉《中國李白研究》1990 年集上冊(江蘇：江蘇古籍出版社，1990 年 9 月)，頁 34。

面，只要堅定固守價值信仰，即便風雨如晦，相信終能安然過。李
白如同身處風浪之中的舟船上的手水，即便有堅實的知識、豐富的
經驗、勇壯的豪情，仍然無法抵擋天昏地暗與風暴的來襲，在徬徨
無助之時，「海」又成為一種庇護與希望寄託的所在，包容其所有的
不安，「長風破浪會有時，直掛雲帆濟滄海」，爭脫了心理羈絆，展
示出李白旺盛自強不息的精神，這既是對自己政治失意的解嘲和寬
慰，也是對自己用世之心的肯定。因此，海不是通往樂土的航道，
而是生命價值藉以成就的洪爐。海不是通往幸福的道路，海本身就
是幸福的所在。李白以田橫自況，知道大勢幾無可為，然而他積極
入世的人生觀價值觀都不容他放棄這殘山剩水的最後一隅。「海」是
他生命終極價值最重要的實踐場所，他的夢想、哀樂都與海濤浪影
相伴。

三　反思意識

　　中國歷來文化中深具濃厚反思意識，如孔子在《論語・為政》
篇言：「學而不思則惘」[50]、在《論語・衛靈公》言：「不曰『如之何』，
『如之何』者，吾未如之何也已矣。」[51]而《論語・學而》也記載曾
子說：「吾日三省吾身」[52]；孟子在《孟子・盡心下》則更宣稱：「盡
信書，則不如無書。」[53]；在《莊子・齊物論》一文更將莊子反思精
神發揮到徹底的質疑：「庸詎知吾所謂知之非不知邪？庸詎知吾所謂
不知之非知邪？」[54]由上可知，反思意識早起源自於先秦時代，儒道

---

[50]　《十三經注疏 8 論語》為政第二(臺北：藝文印書館，1989 年)，頁 18。

[51]　《十三經注疏 8 論語》衛靈公第十五(臺北：藝文印書館，1989 年)，頁 139。

[52]　《十三經注疏 8 論語》學而第一(臺北：藝文印書館，1989 年)，頁 6。

[53]　《十三經注疏 8 孟子》卷第 14 盡心下(臺北：藝文印書館，1989 年)，頁 249。

[54]　(晉)郭象注、(清)郭慶藩集解：《莊子集釋》(一)〈齊物論〉第二(臺北：臺灣
中華書局，1970 年)，頁 52。

二家均重視獨立思考、敢於質疑的色彩。所謂「反思意識」，是一種回顧的意識方式，反思意識的方向不再是指向外在事物，而是從外在事物返回，指向自我，是反思自我之意，或指對時節景物的感傷嘆老，或對古代人事的追懷與感傷，或對於有限時間的感悟，滄海桑田，世事多變，甚至是在沈痛地表現動亂苦難之後，建立在冷靜清醒的歷史批判意識上的反思，顯示一個優秀詩人所具有的精神氣質。

（一）自我的肯定

　　李白遊仙於天界，俯視人間，反思到人永遠是人，神仙永遠是神仙，縱使偶然誤闖天界，仍要回到人世間，陷入有我之身的悲感，在〈下途歸石門舊居〉詩云：「余嘗學道窮冥筌，夢中往往游仙山」，夢遊仙山雖是樂事，但夢醒之後仍面對殘酷的現實，正如關永中云：「中國神話的時間是有條理的運行，由神明所營治；而人活於世，也要在時間中度他的生老病死。固然人渴望延年益壽、羽化登仙，甚至偶然也會體驗超越界的永恆圓滿，可是人仍須返回凡間來度。」[55]最終明白了異質性的天人永不可交替，神遊仙界僅是暫時性解脫現實不圓滿之悲感。

　　李白擁有過人的才華，自許甚高，故其詩歌始終有一個「我」存在其中，而這個與世格格不入的「我」，在海意象詩歌中充份展現出來。他賦予海意象多元意義，賦予海神人格化，在這些海意象詩歌中非但投寄了自我的人生理想，也清醒反思大時代環境，曲折表現其內心的鬱悶和隱微的情懷。

　　羅時進《唐詩演進論》曰：「李白詩中不僅以『我』領起最多，而且統計表明，在唐代詩人中『我』字的使用頻度以李白最高。這

---

55 關永中：《神話與時間》(臺北：臺灣書店，1997 年)，頁 297。

一突出的創作現象，正反映出李白詩歌強烈的自我確認意識，折射
出濃厚的狂放色彩。」[56]並據欒貴明編纂《全唐詩索引》中華書局出
版一書，統計在具有可比性的作家中，「我」(含「吾」、「余」)的使
用頻率，李白 0.582%、白居易 0.4749%、杜甫 0.4026%，顯然李白
高居第一。文中統計出李白詩中使用「我」398 次，用「吾」94 次，
用「余」76 次。[57]然筆者據詹鍈主編《李白全集校注彙釋集評》一
書逐句搜求 254 首海意象詩歌中，剔除非自我意識者，共有 124 首
作品使用「我」、「余」、「吾」、「自」、「予」等字總計達 187 次，占
了二分之一左右，比例相當高。分別統計則用「我」字 124 次、用
「吾」字 26 次、用「余」字 25 次、用「自」字 8 次、用「予」字
4 次，其中〈贈王判官時余歸隱居廬山屏風疊〉、〈涇川送族弟錞〉
用「我」、「吾」字 3 次，〈金門答蘇秀才〉、〈答王十二寒夜獨酌有懷〉
用「我」、「余」字 3 次，〈讀諸葛武侯傳，書懷贈長安崔少府叔封昆
季〉用「余」字 3 次，〈酬殷佐明見贈五雲裘歌〉用「我」字 3 次，
〈鄴中贈王大勸入高鳳石門山幽居〉用「我」、「吾」字達 4 次，〈夢
遊天姥吟留別〉用「我」字達 4 次，〈魯郡堯祠送竇明府薄華還西京〉
用「我」、「余」達 4 次，〈送王屋山人魏萬還王屋〉、〈萬憤詞投魏郎
中〉用「我」、「吾」字 5 次，〈經亂離後天恩流夜郎憶舊遊書懷贈江
夏韋太守良宰〉用「我」、「余」、「自」字共 7 次，〈憶舊遊寄譙郡元
參軍〉用「我」、「余」字達 8 次，尤為顯著，充分顯示出李白自我
意識強烈之情形。李白一生都在關注社會國家，但立身行事的出發
點總在「自我」，觀察和敘述的角度都在「我」這個體上，可見其對

56　羅時進：《唐詩演進論》（南京：江蘇古籍出版社，2001 年 9 月第 1 版），
　　頁 46。
57　羅時進：《唐詩演進論》（南京：江蘇古籍出版社，2001 年 9 月第 1 版），
　　頁 46。

於自我生命無時無刻做了深度的思考與反思。

　　從表中可見在李白海意象詩歌中，其擁有儒家入世、道家出世自由逍遙、佛家清淨、道教神仙等思想，甚至是干謁一生談王說霸的縱橫家思想，如此融通簡擇各家學說思想，以自我主宰之心行於世，無處不以我為主體，反映出強烈的自我意識。

儒家：

> 仲尼亦浮海，吾祖之流沙。(29〈古風五十九首其二十九〉)
> 吾觀摩天飛，九萬方未已。(33〈古風五十九首其三十三〉)
> 我縱言之將何補？皇穹竊恐不照余之忠誠。(60〈遠別離〉)
> 天生我材必有用，千金散盡還復來。……與君歌一曲，請君為我傾耳聽。(67〈將進酒〉)
> 兄弟尚路人，吾心安所從。(82〈箜篌謠〉)
> 鬼無逃形，不我遐棄。……哀哉悲夫，誰察予之貞堅。(315〈雪讒詩贈友人〉)
> 何處我思君？天台綠蘿月。……苦笑我誇誕，知音安在哉？……吾非濟代人，且隱屏風疊。(355〈贈王判官時余歸隱居廬山屏風疊〉)
> 自憐非劇孟，何以佐良圖。(360〈中丞宋公以吳兵三千赴河南軍次尋陽脫余之囚參謀幕府因贈之〉)
> 余亦南陽子，時為梁甫吟。(469〈留別王司馬嵩〉)

道家道教：

> 仲尼亦浮海，吾祖之流沙。(29〈古風五十九首其二十九〉)

吾亦洗心者，忘機從爾遊。(42〈古風五十九首其四十二〉)

吾將囊括大塊，浩然與溟涬同科。(86〈日出入行〉)

吾誠不能學二子，沽名矯節以耀世兮。(219〈鳴皋歌送岑徵
君〉)

中途偶良朋，問我將何行。……富貴吾自取，建功及春榮。
我願執爾手，爾方達我情。(321〈鄴中贈王大勸入高鳳石門
山幽居〉)

如能樹桃李，為我結茅茨。(401〈贈閭丘處士〉)

我家小阮賢，剖竹赤城邊。(506〈送楊山人歸天台〉)

我來五松下，置酒窮躋攀。……龍堂若可憩，吾欲歸精修。
(681〈與南陵常贊府遊五松山〉)

吾營紫河車，千載落風塵。(4〈古風五十九首其四〉)

了知是赤松，借予一白鹿。(18〈古風五十九首其十八〉)

呼我遊太素，玉杯賜瓊漿。(41〈古風五十九首其四十一〉)

我思仙人乃在碧海之東隅，海寒多天風。(106〈古有所思〉)

我皇手把天地戶，丹丘談天與天語。(213〈西岳雲臺歌送丹
丘子〉)

橫河跨海與天通，我知爾遊心無窮。(214〈元丹丘歌〉)

仙人浩歌望我來，應攀玉樹長相待。巨鼇莫戴三山去，吾欲
蓬萊頂上行。(278〈懷仙歌〉)

為我草真籙，天人慚妙工。(335〈訪道安陵遇蓋寰為余造真
籙臨別留贈〉)

仙人撫我頂，結髮受長生。……曠然散我愁，紗窗倚天開。
(365〈經亂離後天恩流夜郎憶舊遊書懷贈江夏韋太守良宰〉)

仙人不見我，明月空相知。問我何事來，盧敖結幽期。……
置酒送惠連，吾家稱白眉。(593〈涇川送族弟錞〉)

口銜雲錦字，與我忽飛去。……故人深相勗，憶我勞心曲。
(608〈以詩代書答元丹丘〉)

見我傳秘訣，精誠與天通。(627〈至陵陽山登天柱石，酬韓
侍御見招隱黃山〉)

吟誦有所得，眾神衛我形。(639〈遊泰山六首其四〉)

遺我綠玉盃，兼之紫瓊琴。(843〈擬古十二首其十〉)

西山玉童子，使我鍊金骨。(850〈感興八首其五〉)

佛教：

攬彼造化力，持為我神通。(347〈贈僧崖公〉)

行融亦俊發，吾知有英骨。……待我適東越，相攜上白樓。
(405〈贈僧行融〉)

我來屬天清，登覽窮楚越。吾宗挺禪伯，特秀鷟鳳骨。(705
〈登梅岡望金陵贈族姪高座寺僧中孚〉)

而我遺有漏，與君用無方。(786〈安州般若寺水閣納涼喜遇
薛員外乂〉)

縱橫家：

君草陳琳檄，我書魯連箭。(446〈江夏寄漢陽輔錄事〉)

筆者從海意象詩歌中統計出現「自我」意象的詩句，以道家道
教思想出現次數最高，證明其是個虔誠道教徒外，「他(李白)在更多

的時候是把自己與仙人等同起來，把自己的想像當作真實，以一種
自信樂觀的態度來寫詩的，所以儘管他是一個虔誠的宗教信徒，但
他卻恰恰在無意中超越了宗教的樊籬，把人的主體精神大大的高揚
了。在他的詩中主體的生命意志與自由思想以一種完全無需任何外
力就奔湧而出的態勢傾瀉著，因為他無需宗教的接引，他就是仙人，
他無需丹藥的作用，他就是生活在仙境中的，想像的世界就是真實
的世界」[58]。在〈日出入行〉：「吾將囊括大塊，浩然與溟涬同科」這
是詩人「天地與我並生，萬物與我為一」的自我形象，能與「溟涬
同科的自我」是李白精神力量的源泉。

　　在李白海意象詩歌中「我」字用得極自然率真，除了融匯各家
思想與深度反思精神外，更將自然界景物人格化、情感化，如〈秋
夕旅懷〉：「涼風度秋海，吹我相思飛」、〈遊謝氏山亭〉：「花枝拂人
來，山鳥向我鳴」、〈宿白鷺洲寄楊江寧〉：「綠水解人意，為余西北
流」、〈贈崔郎中宗之〉：「時哉苟不會，草木為我儔」、〈把酒問月〉：
「青天有月來幾時！我今停盃一問之」等上述詩句，可見物我之間
相互召喚融通，展現出李白個性中灑脫自適率性純真外，更流露出
與自然景物親和力，並非不可逾越的主客對立關係，而是相融共生，
在自然中見到自我存在的價值，將現實生活中自我價值的失落於此
消弭，並獲得心靈上的慰藉。

　　從海意象詩歌中，雖然看到李白理想與現實的衝突與矛盾，但
並非意指李白人格的傾斜和分裂，而是以「自我」為軸心加以整合
為強悍的人格尊格。李白對自我的肯定，就是叔本華的「天才的個
體」，是比普通人善於感知到這個客體的理型不同於塵世中的芸芸眾

---

[58] 劉峰、蕭國棟：〈李白飲酒詩與酒神精神〉一文中引葛兆光在《道教與唐詩》
　　一書所言，見《佳木斯大學社會科學學報》2000 年第 3 期，頁 31。

生。

（二）人生的缺憾

　　人間俗界是不斷地生滅流轉，因此人往往嚮往神仙的永恆境界，追求沒有時間流逝的一種圓滿時空。人終其一生想留住時間，卻無法達成，因此希冀成仙，即可掙脫時間和空間的枷鎖與框限。面對流光易逝、容顏易衰、世事易遷，展現出反思磅礡氣勢的想像力，詩云：「黃河走東溟，白日落西海。逝川與流光，飄忽不相待。春容捨我去，秋髮已衰改。人生非寒松，年貌豈長在？吾當乘雲螭，吸景駐光彩」期待駕雲上天，吸收日月精華使容顏永駐，又云：「朝弄紫泥海，夕披丹霞裳……一餐歷萬歲，何用還故鄉」，東方朔去家經年乃歸，暫止於紫泥之海，卻已是人間一年，神仙世界沒有人世時間的限制與壓迫感，如同進入桃源境界，〈古風五十九首其三十一〉詩云：「一往桃花源，千春隔流水」。

　　李白對於時光流逝，人生如夢，感嘆有限生命無法長存，因此追求神仙便可勘破俗世苦悶。正如〈雜詩〉所云：「白日與明月，晝夜尚不閒。況爾悠悠人，安得久世間。傳聞海水上，乃有蓬萊山。玉樹生綠葉，靈仙每登攀。一食駐玄髮，再食留紅顏。吾欲從此去，去之無時還。」日月輪轉，春秋遞嬗，儘管位高權重，傾國紅顏，終究不能久留人世，傳聞海上仙山神靈攀登之處，能長駐玄髮紅顏，生發求仙之想。〈古風五十九首其四〉詩人自許如高飛九千仞的五彩鳳鳥，欲銜靈書入長安，使國富民安，然而朝庭無視祥鳥降臨，致使橫絕四海，孤飛無鄰，李白感慨年命短淺、世路多艱，進而採藥鍊丹尋仙，期望有朝一日與仙人相親。甚至在〈寄王屋山人孟大融〉一詩道出因「中年謁漢主，不愜還歸家」，最後「願隨夫子天壇上，閒與仙人掃落花」，既然人生苦短，在世不稱意，不如為仙人掃天壇

的落花，終入仙籍得以長生，雖灑脫卻蘊涵逃仙悲憤。

（三）時間的流逝

　　李白為了對抗虛無、超越有限的時光，於是嚮往永恆的仙界，但在〈登高山而望遠海〉一詩中，「扶桑半摧折，白日沈光彩」卻流露出神仙世界亦無法免於時間流逝的悲感。總以為神仙可以長生不老不死，可以超越時間之流而獲得永恒不朽。但李白在追求神仙同時卻意識到，即使神仙也是在時間之流內，他們會老，一如〈短歌行〉：「麻姑垂兩鬢，一半已成霜。天公見玉女，大笑億千場」詩中的仙人麻姑竟也不敵時間流逝而兩鬢飛霜，而天公玉女尚耽溺遊樂而不覺。甚至歷來尊貴王母形象，在〈飛龍引二首其二〉：「下視瑤池見王母，蛾眉蕭颯如秋霜。」一詩中竟也皓眉如雪。這些詩歌揭露了宇宙本質，也是殘酷的事實：連神仙世界也存在著時間壓力，無論天上人間，皆無所逃遁時間流逝的事實。

　　李白生命中，透視著種種相異的力量，其海意象詩歌的精彩，在於潛藏著內在心靈交戰，蒙昧與自覺的推擠、渴望平易與追求不凡的拉距，多種矛盾衝突，以及戳破世俗乘桴避世卻又一如精衛填海的慷慨激昂。在海意象詩歌中，有時充滿掙扎，有時又似乎悟透矛盾，但不論如何，其筆下的仙境總是美好的。但畢竟是個血肉之軀的凡人，所思慕的仙人始終未接引他成仙，〈日夕山中忽然有懷〉：「緬思洪崖術，欲往滄海隔」一語道出候洪崖仙人不遇之悲，欲超脫塵世得以長生的夢想不能如願，〈古有所思行〉：「我思仙人乃在碧海之東隅，海寒多天風，白波連山倒蓬壺。長鯨噴湧不可涉，撫心茫茫淚如珠」一詩寫出神人遠在碧海之東，海上有白波連山，長鯨噴湧，仙俗遙隔，仙山不可追攀，因看清求仙無望的事實，所以涕淚如珠撫心痛哭。

李白面對神仙處於信疑之間，多數時他嚮往神仙的長生自由逍遙，然而有時面對宇宙自然的奧秘，似乎又產生種種疑惑，〈日出入行〉詩中：「草不謝榮於春風，木不怨落於秋天，誰揮鞭策驅四運，萬物興歇皆自然，羲和羲和，汝奚汩沒於荒淫之波」的疑問，「魯陽何德，駐景揮戈，逆道違天，矯誣實多」的論斷，可見他明白宇宙自然中，有許多事連神仙也無法掌控的。

李白所創造的海意象，是詩人自我意識的體現，帶有詩人個性化的特徵和強烈的主觀感情色彩。李白非僅僅對自身行為的反思，而是替整個時代人反思歷史，李白在剖析自己的靈魂時會發現整個國家民族的心理折光。

四　超脫意識

「超脫意識」意即「出世之情」、「超世之心」。盛唐李白以極大熱情投身政治，呈現奮發進取的氣象，然其卻有反思超脫人世出處困擾的作品。如〈留別王司馬嵩〉：「鳥愛碧山遠，魚游滄海深」為了尋求生命存在的價值，知識份子往往在出與入之間徘徊抉擇，因時代環境不同，對進退出處產生不同價值觀。魏晉時期，政治環境黑暗，知識份子為了求全身，無非隱逸山林，放曠自任，求仙訪道以避禍。李白與魏晉人不同，在作品中所表現的已不是對政治的畏懼，而是尋求自我獨立人格的實現。李白的「退隱」意識是根植在深刻的生活反思基礎上，有著強烈的理性成分。儒家不僅有經世一面，還有超然於物外的灑脫與開闊豁達的胸襟，並非一昧追求功名，亦非一昧忠君，如《論語‧衛靈公》曰：「邦有道則仕，邦無道則可卷而懷之」[59]、《論語‧述而篇》：「用之則行，舍之則藏」[60]、《論語‧

59　《十三經注疏8論語》衛靈公第十五(臺北：藝文印書館，1989年)，頁138。

泰伯》云：「天下有道則行，無道則隱」[61]，甚至在《論語‧公冶長》
說到：「道不行，乘桴浮於海」[62]，在堅定執著追求理想同時，也有
勇氣面對挫折，雖然儒家思想始終保持樂觀積極向上的情緒，但乘
桴浮於海即是面對挫難展現出開闊超脫的胸襟，可見超脫意識並非
道家獨有。正是對生命的強烈專注，一旦遭遇挫折困頓，內心超脫
意識昂揚，反映於現實生活中的觀海臥海，或表現在精神世界的退
隱遊仙，使得生命能繼續前進，融合儒道思想於一身。

　　唐亦璋曰：「要瞭解李白何以會有這種一心想當神仙的心理，外
在環境的促成(唐代的社會風氣，結交的道友)固然是其中原因，但他
個人的性情氣質才是決定性的因素。對於才氣橫溢的人來說，塵寰
的缺陷、生命的短促，最難逃過敏感的心靈，他們那無比的生命力
與活力迫使他們對完美、充實有更強烈的求至善的欲望，當這一切
無法在人間實現時，他們就會蔑視既得的一切而求超越、求解脫於
這種種有限。」[63]

　　然而仙山在海上，為了成仙必須嚮往「海」，因此李白選擇海字
入詩的表達方式是可以理解的，但是，如果是為了隱逸超脫，為什
麼要以「海」做為選擇對象呢？先秦《詩經》、《楚辭》，甚至《論語》
《莊子》等諸子書中可見隱者相關事蹟，加上六朝的陶潛、謝靈運
的田園山水詩文，更是清晰呈顯山水文本與隱逸思想緊密連結的關
係，唐代詩人王維、孟浩然接受先行六朝田園山水詩風，在創作山
水詩的同時寄寓個人隱逸之情。內陸的峻嶺深谷、江湖河川已經足

60　《十三經注疏 8 論語》述而第七(臺北：藝文印書館，1989 年)，頁 61。
61　《十三經注疏 8 論語》泰伯第八(臺北：藝文印書館，1989 年)，頁 72。
62　《十三經注疏 8 論語》公冶長第五(臺北：藝文印書館，1989 年)，頁 42。
63　唐亦璋：〈神仙思想與遊仙詩研究〉《淡江學報(文學部)》第 14 期，1976 年
　　4 月，頁 161。

夠做為抒發隱逸之情，為何還需另外找個「海」來表述心志？顯然山水再如何寬廣高大、富於變化，山再高也可登頂眺望四周，谷再深亦可沿溪漫遊，長江、黃河再寬廣總有兩岸，洞庭、錢塘再興風浪也不出湖邊江岸，但「海」就不同，海的寬廣無限，海面的景象瞬息萬變，海的深邃無人可及，海中的生命更是幽玄難測。總之，海的廣大玄怪，絕非內陸江湖河川、峻嶺深谷可比，因此李白使用「海」字入詩，無論是心象或直觀，是抒發超脫之情最好物象。

因李白終生受道家道教影響，他的海意象詩歌最獨到之處就是利用神遊方式，無論是否真實觀海而寫海，均是寫心中的海，更是神仙世界的海，其實海並不是李白詩歌的主角，在海意象詩歌中暢神而達到理想的神仙世界才是李白海意象詩歌的主體價值。在〈夢遊天姥吟留別〉一詩中，為了排遣政治上失意，詩人借夢虛構，利用道教思想，描繪出一幅飄緲神奇、瑰麗迷茫、深遠莫測的夢幻仙人勝境，期望與仙人恣意暢遊，以此表現出掙脫塵網羈絆的超脫意識。然李白對神仙的崇仰與嚮往，絕非僅憑傳聞或想像成塑，他曾親自學道，也當過道士，從切身經驗認同仙道，而非形式上追求仙道，更非棄離現世，而是能心境上開闊，領會神仙的可貴境界，如〈元丹丘歌〉：「元丹丘，愛神仙。朝飲潁川之清流，暮還嵩岑之紫煙，三十六峰長周旋。長周旋，躡星虹，身騎飛龍耳生風，橫河跨海與天通，我知爾遊心無窮。」一詩藉由書寫元丹丘道人從不出現於廟堂之上，終年隱處在嵩山等地，達到老莊的逍遙遊之心，李白將自己憧憬的神仙世界融合其中，對神仙的認知，不同於郭璞意在長生之樂，而是著重於心境的逍遙之樂。

李白無力抵抗政治權威的打擊，因此藉由海意象中的神仙世界投影在人間宮闕，藉由陶醉於神仙世界的同時，神遊於自己虛構理想世界，如〈古風五十九首其四十三〉：「西海宴王母，北宮邀上元」，

將平日所承受的痛苦宣洩而出，藉由幻想式的勝利感，獲取補償心理，讓疲乏的身心得以再度面對殘酷的現實。

從李白海意象詩歌觀察出，其在強烈地追求海外仙境之中，仍流露出深層的報國之心，因此筆者認為李白的「用世」與「求仙」並不矛盾，正如楊曉靄〈論李白游仙詩的道教旨趣〉所言：「李白的道教信仰，主要受茅山道派重要傳人司馬承禎、吳筠的影響。茅山道派從最初形成起，便以救世濟俗為心，遁化長生為跡，具有強烈的用世意識。而他們實踐的理論，本來是由『從儒家正宗入手』的道教學者葛洪集大成的。如果刮垢磨光，剝去其迷信秘傳的外衣，其教義可謂是富於人間氣息的用世哲學。」[64]。又李永平〈盛唐李白的遊仙詩〉也說：「李白求仙的超世心理並沒有妨礙他的入世心態，而仙道飄逸出塵與李白縱橫入世的政治理想在本質上是相通的，它們共同表現了詩人在對待自我與社會、政治、人生諸方面所具有的獨立意識。戰國策士的理想使李白嚮往政治功名，而不附麗於政治功名，在行為上屬於相對自由的狀態。仙道幻覺則又使他執著於社會人生，而不同化於社會人生，在心靈上處於一種居高臨下的超脫狀態。仙道思想與他的入世心態並行不悖，相輔相成。」[65]唐人將學道和隱逸作為入仕的階梯，有「終南捷徑」之說，在求仕不成，人生窮途之際毅然隱退求仙，安頓身心，完成另一種人生理想，若說仕與隱的合一，寄托了李白的入世之夢；然則隱與退的合一，實現了李白的出世之想。

如果一個人完全入世，縱身江湖，難免不會被五欲紅塵的潮流

64　楊曉靄：〈論李白游仙詩的道教旨趣〉《湖南大學學報》1996 年第 10 卷第 2 期，頁 37。

65　李永平：〈盛唐李白的遊仙詩〉《西安石油學院學報(社科版)》第十卷第二期，2001 年 5 月，頁 92。

沖走；倘若全然出世，自命清高，不與世間來往，則人生必是漂浮無根。李白出入思想並立，一方面要看破紅塵，更發出普度眾生的宏願。

當我們正視李白不能完全棄世不顧的態度時，也不能否認這樣的態度不僅體現他的自我意識及個人情感，而且更是他強烈的社會責任感的體現。此種意識和情感是構成其人生和詩歌創作中不可或缺的一環，不應該在歷史的宏大敘事中被全然地抹煞。正是這種意欲超脫而終究沈湎的情懷，我們看到了淡褪了歷史政治意義的溫情呈現，更能體現李白這個普通的生命個體的巨大真實，因此，生命在冰山後獲得了詩意的棲居。

李白的生命境進與意識像極海水的漲潮退潮循環。李白從隱逸中生出建功立業之心，而又在功業之中生出隱逸的思想，形成一個個起伏波動，像極海水漲潮退潮循環。李白生命循環的巧合，且始終未放棄理想，又像似海水的漲退潮宿命。或許是一個巧合，又或許是詩人與海那種出於「同構」的生命之感相互絟合。海意象詩歌是一個最大的補償意象(Compensatory Image)，儘管李白的真實命運中，充滿了坎坷不遇，他對海的崇尚心理，札根於一種更自由、更靈動、更永恆、更真實的人生中精神追求與嚮往。

第六章　海意象在李白詩歌中的地位

　　筆者在第三章論及李白詩歌中的海意象類型時，以「一象多意」[1]理論來論述全章，甚至在「海意象類型一」此大類中，歸納出「直述自然界的海」所蘊含的情感約有 8 類：抒發博大寬廣胸懷，表現激昂情緒；同類事物相感應，比喻君臣之遇合；海納百川；離別寄情；滄海桑田，世事多變；人心如海，深不可測；懷才不遇，浪遊江海；臥海隱居，蹈海避世等。在「海意象類型二」此大類中，將與海有關的自然界事物景象全納入探討，與「海意象類型一」最大不同在於類型一是「單一意象」，類型二是「複合意象」[2]。

　　筆者統計海意象詩歌寫作地點濱海省分共有 90 首占 37%，內陸省分共有 152 首占 63%，並且在「海意象類型一」此大類中，以「海」為直接敘寫對象中藉由神仙神話典故傳聞，描寫第四度空間超越性的海，結合遊仙詩思想共有 71 首，單純直接描述自然界的「海」共

---

[1] 一意多象，是指以一種思想感情為中心，統攝著幾個物象，呈現思想感情的單一性和物象的複合性的有機合成。

[2] 單一意象又稱單純意象或個別意象，複合意象又稱群體意象，是多種多樣事物融合而成的整體性意象。邱明正主張意象的結構，有「單一意象」和「複合意象」。見邱明正：《審美心理學》(上海：復旦大學出版社，1993 年)，頁 356-357。此外，王長俊也與邱書同樣說法，見《詩歌意象學》(合肥：安徽文藝出版社，2000 年)，頁 181-185。

有 63 首，可以發現類型一海意象詩歌中所創造出虛意象較實意象比例高。王立《心靈的圖景──文學意象的主題史研究》一書中說道：「按照有無現實對應體的尺度，可粗略分為現實的與虛幻的。」[3]陳銘《意與境──中國古典詩詞美學三昧》書中亦云：「意象講究有形的形象和虛構的形象。」[4]袁行霈〈中國古典詩歌的意象〉在談及意象的分類時，也列出一類「人的虛構物」，如神仙、鬼怪、靈異、冥界等[5]。藉由想像力，虛構出神仙世界，因此海意象與仙人神話意象密不可分。正如彭聃齡主編《普通心理學》曰：「想像表象是指在頭腦中對記憶形象進行加工改組後形成的新形象，這些形象可能從未經歷過，或者世界上還不存在，因而具有新穎性。」[6]而王長俊主編《詩歌意象學》也說道：「想像通常有兩種含義，一是指對於不在現場的事物想像出它的具體形象，二是心理學上指在知覺材料(即表像)的基礎上，經過加工改造而創造出新形象的心理過程。」[7]不僅如此，歐陽周、顧建華、宋凡聖《美學新編》指出：「想像是藝術構思的關鍵性環節，也是審美過程中最活躍、最有決定意義的心理因素，因為它具有最突出的功能，即綜合的力量。」因此更能隨作者的心意進行創造，靈活搜尋到新穎貼切的客體，以表現主體情志。

在第四、五章從海意象看李白的性格與思想、遭遇與生命意識，

3　王立：《心靈的圖景──文學意象的主題史研究》(上海：學林出版社，1999 年 2 月 1 版 1 刷)，頁 8。

4　陳銘：《意與境──中國古典詩詞美學三昧》(杭州：浙江大學出版社，2001 年 11 月 1 版)，頁 62。

5　袁行霈：〈中國古典詩歌的意象〉《中國詩歌藝術研究》增訂本(北京：北京大學出版社，2002 年 8 月 4 刷)，頁 53。

6　彭聃齡主編：《普通心理學》(北京：北京師範大學出版社，2001 年 5 月 2 版)，頁 246。

7　王長俊主編：《詩歌意象學》(合肥：安徽文藝出版社，2000 年 8 月 1 版 1 刷)，頁 155。

採取「一意多象」[8]視角切入，並運用「格式塔學派」(Gestalt Psychology)所言的「同構」理論，從物理學和生理學出發，提出由於外在世界(物理)和內在世界(心理)的「力」在形式結構上有「同形同構」和或者「異質同構」關係，即它們之間有一種結構上的相互對應。由於事物的形式結構與人的生理—心理結構在大腦中引起相同的電脈衝，所以外在對象和內在情感合拍一致，主客協調，物我同一，從而，人在各種對稱、比例、均衡、節奏、韻律、秩序、和諧……中，產生相互應對符合的知覺感受，便產生美感愉快[9]。在此海意象與詩人呈現出一種微妙的同構。此外，亦含攝了其他意象，如超凡浪漫、傲岸風骨卑視權貴的道士、酒徒、俠客等性格中的神仙神話意象、酒意象、俠意象，將大海與這些意象統合起來。

　　「海意象」詩歌特殊之處在於統攝「有形的現實形象」與「無形的虛構形象」，是李白詩歌中眾多意象所不及。雖然「月意象」既有現實形象又含攝神話意涵，但似乎著重於理想之追求，現實面不多，不如「海意象」能總攬全局。然而李白詩歌中的「雲意象」是出現比率最高者，而「日意象」出現比率高於「海意象」，但「雲意象」與「日意象」的喻意內涵相對地狹隘[10]，不如歷來學者們討論很

8　一意多象，意指一個意象中包孕多樣化的情意，讓人看出意象的不同側面所折射散的情意光彩。

9　李澤厚：《美學四講》(臺北：三民書局，1996 年版)，頁 65。

10　李白詩歌中的「雲意象」有：1.意志人格的象徵：青雲和白雲象喻著李白兩種人生境界，青雲象喻著「達則兼濟天下」的人生理想，而白雲則體現出「窮則獨善其身」的自由人格。如〈贈清漳明府侄〉：「河堤遶綠水，桑柘連青雲。」白雲成為隱士人格的化身。「青雲」本指高闊的晴空，由此而來便引申為高位的意義，如〈贈友人三首三〉：「他日青雲去，黃金報主人」、〈走筆贈獨孤附馬〉：「一別蹉跎朝市間，青雲之交不可攀」。2.浮雲蔽日以喻小人得志，以浮雲的浮游無依，象喻人的飄泊不定，如〈峨眉山月歌送蜀僧晏入中京〉：「我似浮雲滯吳越，君逢聖主游丹闕」、〈贈裴十四〉：「徘徊六合無相知，

多的「酒意象」、「月意象」，與喻意多元的「風意象」、「水意象」。
因此，筆者以下分別歸納歷來對於李白詩歌中上述「月」、「酒」、「神
仙」、「風」、「水」等意象所傳達出何樣的主題與思維？凸顯出海意
象在李白詩歌中價值地位。

第一節　追求理想境界

　　理想並非一種虛空的東西，既非幻想，也非野心，而是一種追
求真、善、美的意識。李白與追求美政的屈原相同，畢生除了追求
高潔完美的人格，保持完美的人格走向壯美的人生外，一生以蒼生
為念，苦追美好的政治理想，宛如一場熱戀，一場苦戀，一場生死

飄若浮雲且西去」。3.形容對人世間功名利祿的蔑視，如〈贈郭季鷹〉：「河
東郭有道，于世若浮雲」。4.將君王的恩遇比作雲雨，如〈朝下過盧郎中敘舊
游〉：「幸遇聖明主，俱承雲雨恩」。5.以「風雲」喻人的際遇，多次以此喻
呂尚遇周文王，如〈梁甫吟〉：「風雲感會起屠釣」；引申為高才卓識，如〈猛
虎行〉：「楚人每道張旭奇，心藏風雲世莫知」。詳參張瑞君：〈李白詩歌的
雲意象〉《中國李白研究》2005 年集(合肥：黃山書社，2005 年 12 月第 1 版)，
頁 137-143。李白詩歌中的「日意象」有：1.以白日喻君王，如〈古風五十九
首其三十七〉：「浮雲蔽紫闥，白日難回光」、〈東武吟〉：「白日在高天，
回光燭微躬」、〈登金陵鳳凰臺〉：「總為浮雲能蔽日，長安不見使人愁」，
寫出歷來所有詩家筆下白日為浮雲所蔽的深沈憂國之思。2.藉由「日神話典故」
抒發自己的天道自然的宇宙觀，並對太陽運行的神話典故產生懷疑，如〈日出
入行〉：「羲和，羲和，汝奚汩沒於荒淫之波？魯陽何德？駐景揮戈」，於此
對於羲和浴日於甘泉的目的和可信表示懷疑，以及對魯陽公的責問。3.時間緊
迫的意識，對光明荏苒而壯志難酬，顯得焦灼不安，如〈古風五十九首其十一〉：
「黃河走東溟，白日落西海。逝川與流光，飄忽不相待」、〈短歌行〉：「吾
欲攬六龍，回車挂扶桑。北斗酌美酒，勸龍各一觴。富貴非所願，為人駐頹光」。
詳參王德春：〈日、月意象與李白其人其詩〉《巢湖學院學報(人文社會科學
版)》2002 年第 4 卷 2 刷，頁 23-25。上述「雲意象」與「日意象」喻意內涵、
主題意識等較其他意象相對狹礙。

戀，在那蟬翼為重，千鈞為輕，黃鐘毀棄，瓦釜雷鳴的現實中，他的美好政治理想只是一場夢，一場至死不渝的美夢，但他始終「窮」且益「堅」，傲世不群，始終沒有潦倒，沒有氣餒，沒有悔心。

　　在此節之下，筆者綜合考查李白詩歌中之眾意象，發覺數量多且最足以展現對理想境界的追求，有「月」、「酒」、「神仙」等三個意象，而這三個意象也是歷來學者最關注的意象，論述頗豐，立基於歷來學者研究成果上，歸納整理出這些意象的主題思維如下，發現多採以主觀玄想居多，然其終極目標仍是追求美好理想境界。

一　月意象

　　筆者歸納歷來學者研究李白詩歌中月意象的主題思維約有以下幾點：

　　(一)故鄉的縮影，如〈靜夜思〉：「床前明月光，疑是地上霜。舉頭望明月，低頭思故鄉。」已成千古絕唱，月圓人不圓，帶出鄉愁；〈峨眉山月歌〉是他初離蜀地之作，寫出對故鄉無限依戀，雖然李白懷四方之志，詩中無離別淒苦之感，但抹不去對故鄉的相思之情。山月似故鄉的親人，伴隨故鄉東流的水，情深相隨。

　　(二)離情與思念的聚合體，如〈送祝八之江東賦得浣紗石〉云：「我寄愁心與明月，隨君直到夜郎西」，將相思之情寄託明月，隨著明月相伴相隨；〈長相思其二〉云：「孤燈不眠思欲絕，卷帷望月空長嘆」，寫出遊子思婦的相思之苦。

　　(三)光明純潔的象徵物，是抒懷與述志的展示場域，如〈古風五十九首其九〉：「明月出海底，一朝開光曜」、〈古風五十九首其五十六〉：「清輝照海月，美價傾鴻都」，二詩以明月替代明珠，取其光明與高貴，展現出開朗自信以及積極求用的企圖心，甚至在〈江上寄

元六林宗〉:「浦沙淨如洗,海月明可掇」,展現出樂觀無事不可成就的豪情壯志。

(四)喻人性的高潔,如〈哭晁卿衡〉:「明月不歸沈碧海,白雲愁色滿蒼梧」,以明月珠喻晁衡品德高潔、才華出眾。

(五)悲天憫人的人間性,如〈宿五松樹下荀媼家〉對辛勞農民而發,詩云:「我宿五松山,寂寥無所歡。田家秋作苦,鄰女夜春寒。跪進凋胡飯,月光明素盤。令人漸漂母,三謝不能餐。」雖然秋收季節,農民並無豐收的喜悅,而且吃的是「凋胡飯」、用的是「素盤」,「凋胡飯」就是菰米飯,一種飢荒時百姓採以當糧的食物,詩人面對農民這種境況,表現的不是凌駕,而是「跪進」、「三謝」的態度,恭謹之中透露出李白對農民百姓生活困苦的憐恤與尊敬。農人生活困苦,工人也沒有例外,如〈丁都護歌〉詩云:「雲陽上征去,兩岸饒商賈。吳牛喘月時,拖船一何苦!水濁不可飲,壺漿半成土。一唱都護歌,心摧淚如雨。萬人繫盤石,無由達江滸。君看石茫碭,掩淚悲千古。」以工人勞動的具體畫面來憫恤拖船工人的勞苦,吳牛喘月喻暑熱難堪的夏月,工人逆水拖船的辛勞,工作環境惡劣到連喝水都成問題,但是為了生活仍然必須和江流與船上重石搏鬥。藉由月意象呈現出對社會上弱勢族群的悲憫與關懷[11]。

(六)酒月情結:舉酒邀月,移情寄興,「人生得意須盡歡,莫使金樽空對月」,把對月醉酒,與月同歡看作是人生得意之事中,流露他在政治上不得志的深沈憤怨[12]。

(七)在「月亮神話典故」中結合道教思維:道教與月亮的因緣還

---

11 沈木生:《李白詩歌月亮意象研究》南華大學中國文學研究所碩士論文,2002年,頁 108-109。

12 石琛:〈月色映青蓮——淺析李白詩中月〉《滄州師範專科學校學報》第 21卷第 1 期 2005 年 3 月,頁 48。

在於遠古神話中「月宮」是嫦娥盜不死藥，羽化而成仙的住所——「仙界」，而道教的宗旨就是羽化登仙、長生不死，所以作為自然天體「月亮」在這裡象徵天上仙境，飄盪著濃濃的神話氣息。[13]

(八)歸隱的象徵，如〈送楊山人歸嵩山〉：「長留一片月，挂在東溪松」、〈別韋少府〉：「洗心句溪月，清耳敬亭猿」、〈秋月獨坐懷故山〉：「秋山綠蘿月，今夕為誰明？」三詩中的句溪明月、東溪松月、綠蘿秋月是其內心隱逸的代語。

(九)道教思想：道家崇尚柔靜含蓄的陰柔之美，恰與女性之柔靜相暗合，而月亮作為女性的象徵，是柔美的典範；道家在生死觀上是追求長生永視的，嚮往得道成仙。在原始神話中，月亮具有再創自身，永生不死的能力，月虧月圓，循環往復，象徵生命的死而復生，永不滅絕[14]。

(十)佛教思想：月在禪家是佛性自照的象徵，月印萬川，淡遠空靈，如〈贈宣州靈源寺仲濬公〉：「觀心同水月，解領得明珠」，以仲濬公內心虛寂空明，如水中之月，非有非無，了不可執，展現出以空觀物，以淨修心的最高境界。

從上述可知李白善於描繪儀態萬端的月景，體悟明月所蘊含豐厚意涵，詩中的「月」意象除了能代人抒發出思鄉、懷人的感觸，更象徵著濟世為民的美好理想，對仕途騰達的宏願，散發著清澈、純潔的光輝，表明出其志向。

---

13 楊軍：〈管窺李白：詩歌創作和月之情結〉《遼寧工學院學報》第 7 卷第 4 期 2005 年 8 月，頁 39。

14 楊軍：〈管窺李白：詩歌創作和月之情結〉《遼寧工學院學報》第 7 卷第 4 期 2005 年 8 月，頁 39。

二 酒意象

筆者歸納整理出歷來學者研究李白詩歌中酒意象的主題思維約有以下幾點：

(一)酒月情結、與宇宙自然契合交融，如〈把酒問月〉：「青天有月來幾時，我今停杯一問之……唯願當歌對酒時，月光長照金樽裡。」月是同樣的月，永不改變，而人卻代代迭換。〈月下獨酌四首其一〉：「花間一壺酒，獨酌無相親。舉杯邀明月，對影成三人。月既不解飲，影徒隨我身。暫伴月將影，行樂須及春」月下獨酌，月影相伴，完全展現出詩人的孤獨情境。「我歌月徘徊，我舞影零亂」，瞬間的超然感悟使詩人進入物我兩忘的沈醉境界。

(二)借酒澆愁，懷才不遇之嘆，如〈玉真公主別館苦雨贈衛尉張卿二首之一〉：「清秋何以慰？白酒盈吾杯。吟詠思管樂，此人已成欠。獨酌聊自勉，誰貴經綸才？彈劍謝公子，無魚良可哀」在秋天雨中酌酒吟詠，仰思管仲、樂毅皆能被舉用而成為一代之名臣，自嘆不能親睹此二人風采，身處濁世，何以為懷？只能引杯自酌，聊以自慰。〈行路難三首其一〉：「金樽清酒斗十千，玉盤珍羞直萬錢。停杯投箸不能食，拔劍四顧心茫然」、〈行路難三首其三〉：「且樂生前一杯酒，何須身後千載名」李白胸懷大志卻無法一展長才，因而鬱悶。在懷才不遇的感嘆中，他最感慨的是沒有知音、無人提攜，在〈贈王判官時余歸隱居廬山屏風疊〉一詩流露出無奈之情：「昔別黃鶴樓，蹉跎淮海秋。俱飄零落葉，各散洞庭流……一度浙江北，十年醉楚臺。荊門倒屈宋，梁苑傾鄒枚。苦笑我誇誕，知音安在哉」，又〈梁園吟〉：「沈吟此事淚滿衣，黃金買醉未能歸。……東山高臥時起來，欲濟蒼生未應晚」詩末雖嘆自己懷才不遇，但猶寄望於將來。然而李白身邊有太多小人讒毀，使得他壯志難伸，甚至點出讒

言之可畏，如〈答王十二寒夜獨酌有懷〉：「懷余對酒夜霜白，玉床金井水崢嶸。人生飄忽百年內，且須酣暢萬古情。……魚目亦笑我，請與明月同」。魚目即魚的眼睛，明月是珍貴的寶珠。此詩以魚目指小人，自比明珠，然而小人卻嘲笑他，還自以為是珍貴的明珠，混在君子之間，凸顯出現世人生困阨的悲痛。

(三)酬贈別離之情，如〈魯郡東石門送杜二甫〉：「醉別復幾日，登臨遍池臺。何時石門路，重有金樽開。秋波落泗水，海色明徂徠。飛蓬各自遠，且盡手中杯」、〈宣州謝朓樓餞別校書叔雲〉：「抽刀斷水水更流，舉杯銷愁愁更愁」、〈送殷淑三首其二〉：「白鷺洲前月，天明送客回。青龍山後日，早出海雲來。流水無情去，征帆逐吹開。相看不忍別，更進手中杯」、在〈單父東樓秋夜送族弟沈之秦〉一詩寫到親友間相逢之喜尚未消失，卻即將各奔東西，藉酒沖淡此離別之情：「明日斗酒別，惆悵清路塵」。

(四)及時行樂的主張，因擔憂時光流逝而萌生飲酒作樂的想法，如〈對酒行〉：「天地無凋換，容顏有遷改。對酒不肯飲，含情欲誰待」、〈悲歌行〉：「死生一度人皆有，孤猿坐啼墳上月。且須一盡杯中酒，悲來乎」，甚至在〈襄陽歌〉只是表現他試圖以一種更加狂放的姿態追求歡樂的人生而已：「百年三萬六千日，一日須傾三百杯」。重心在於「須傾」二字，無限牢愁、幾多憂鬱，都包含在這「須傾」之中。

(五)生命歲月飄忽無常的感慨，如〈將進酒〉：「古來聖賢皆寂寞，惟有飲者留其名」，〈將進酒〉題意為請人飲酒。從表面上看這首詩，確是寫飲酒放歌的，但實際上熔鑄了李白對生命的有限性形成人生強烈的幻滅感之無窮悲慨。

(六)展現俠士的激情豪氣，如〈俠客行〉：「三盃吐然諾，五嶽倒為輕」藉酒激發雄心、俠氣與浪漫激情。又〈少年行二首其一〉：「擊

筑飲美酒，劍歌易水湄。經過燕太子，結託并州兒。少年負壯氣，奮烈自有時。因擊魯勾踐，爭博勿相欺」此詩雖寫壯別於易水，卻無渲染悲劇之情，反而著力表現荊軻對燕太子丹的慨然允諾及為天下的行俠仗義之骨氣，稱許荊軻俠義中蘊含李白的理想人生觀，滿懷浩然壯氣與展翅奮飛之志。

(七)塗泥軒冕，傲岸不屈，如〈贈從弟南平太守之遙二首其一〉：「常時飲酒逐風景，壯心遂與功名疏」、〈笑歌行〉：「君愛身後名，我愛眼前酒。飲酒眼前樂，虛名何處有」、〈憶舊遊寄譙郡元參軍〉：「一醉累月輕王侯」。

(八)攜妓助興，如〈江上吟〉：「美酒樽中置千斛，載妓隨波任去留」、〈東山吟〉：「攜妓東山去，悵然悲謝安。我妓今朝如花月，他妓古墳荒草寒。白雞夢後三百歲，洒酒澆君同所歡。酣來自作青海舞，秋風吹落紫綺冠。彼亦一時，此亦一時，浩浩洪流之詠何必奇」詩中充滿了對謝安瀟灑曠遠風神的追慕，更流露出「物是人非」之慨。

(九)隱逸求仙，如〈對酒行〉：「松子棲金華，安期入蓬海。此人古之仙，羽化竟何在。浮生速流電，倏忽變光彩。天地無凋換，容顏有遷改。對酒不肯飲，含情欲誰待」、〈擬古十二首其十〉：「仙人騎彩鳳，昨下閬風岑。海水三清淺，桃源一見尋。遺我綠玉杯，兼之紫瓊琴。杯以傾美酒，琴以閑素心。二物非世有，何論珠與金。琴彈松裡風，杯勸天上月。風月長相知，世人何倏忽」上述二詩亦結合海意象這個典型的無常意象，襯托出長生成仙的渺遠想望[15]。

---

15 上述 9 點是筆者據陳懷心《李白飲酒詩研究》國立中山大學中國文學系 2003
年碩士論文、林梧衛《李白詩歌酒意象之研究》玄奘人文社會學院中國語文研
究所 2004 年碩士論文、余瑞如《李白飲酒詩研究》彰化師範大學國文學系在
職進修專班 2003 年碩士論文，綜合歸納整理出海意象主題思維，見陳懷心：

　　從上述可知李白「酒意象」寄寓著強烈的政治熱情，雖言及風花雪月、歲月年華、離別愁緒、任俠使氣等題材，似乎非關政治，然而這些皆是用來比興，表現出政治憂患意識。藉飲酒尋仙無所顧忌傾吐自己的歡樂與痛苦、追求與失望、憤怒與憂傷，抒情言志，創造醉境中的蓬萊美景，虛擬理想政治世界，超脫心靈的一道曙光。

三　神仙意象

　　筆者統計李白 1054 首詩中仙人意象，出現「仙」字共有 108 次，「神仙」二字連用共有 12 次，「仙人」共有 31 次、「仙真」2 次、「仙倡、南昌仙」3 次。並將李白特稱仙人意象 134 次概分為四大類型：一是泛稱類型仙人：如「仙人」、「仙真」、「神仙」共 45 次。二是凡人成仙者：如「軒轅」4 次、「赤松子」6 次、「安期生」5 次、「王喬子」10 次、「梅福(神仙尉)」7 次、「秦女弄玉」4 次、「琴高」3 次、「洪崖」3 次、「浮丘公」2 次、「陵陽子明」2 次、「陶安公」1 次、「紫煙客」2 次、「廣成子」2 次。三是山林江海神仙：如「巫山神女」5 次、「黃石公」4 次、「河上公」1 次。四是天界眾仙：如「玉女、帝女」5 次、「玉皇」3 次、「西王母」7 次、「織女」2 次、「盤古」1 次、「女媧」1 次、「嫦娥」3 次、「素女」1 次、「雷公」1 次、「上元夫人」1 次。

　　筆者歸納整理出歷來學者研究李白詩歌中神仙意象的主題思維約有以下幾點：

　　(一)追求長壽永生的目的，在於建功立業：雖然李白對神仙信仰

《李白飲酒詩研究》國立中山大學中國文學系 2003 年碩士論文頁 43-44、48、51、53、58-59，見林梧衛：《李白詩歌酒意象之研究》玄奘人文社會學院中國語文研究所 2004 年碩士論文，頁 45，余瑞如《李白飲酒詩研究》彰化師範大學國文學系在職進修專班 2003 年碩士論文，頁 74、75、83。

一往情深，但卻有對長生思想的懷疑，如〈擬古其三〉：「仙人忽恍惚，未若醉中真。」、〈感遇其一〉：「吾愛王子晉，得道伊洛濱。金骨既不毀，玉顏長自春。可憐浮丘公，猗靡與情親。舉手白日間，分明謝時人。二仙去已遠，夢想空殷勤。」

　　(二)嚮往自由逍遙的渴望，抒發對現實人生的不滿與坎坷不幸遭遇，如〈古風其十七〉一詩十四句，「西上蓮花山，迢迢見明星。素手把芙蓉，虛步躡太清。霓裳曳廣帶，飄拂昇天行。邀我登雲臺，高揖衛叔卿。恍恍與之去，駕鴻凌紫冥。」卻以過半的篇幅寫仙遊、明星玉女、素手把芙蓉、凌虛微步、衣袂飄飄，給人靈逸出塵之遐想，但最後四句：「俯視洛陽川，茫茫走胡兵。流血塗野草，豺狼盡冠纓。」是全篇重心，翻轉出截然不同的境界，俯視人間，但見洛陽川上煙塵茫茫，胡兵奔走，血流塗滿野草，血腥慘烈的畫面，不知寫盡多少無辜百姓的血淚，而那些亂臣賊子如豺似狼卻紛紛冠纓著身，可見李白託遊仙而憂世，呈現出李白對現世犀利的透視，揭露亂象。

　　(三)人生苦短，感時傷逝：〈登高山而望遠海〉一詩中，「扶桑半摧折，白日沈光彩」已流露出神仙世界亦無法免於時間的陰影而凋零消沈的悲感。人們以為神仙可以不老不死，超越時間之流而獲得永恒不朽，但李白卻意識到，即使神仙也是在時間之流內，他們會老，如同〈短歌行〉：「麻姑垂兩鬢，一半已成霜。天公見玉女，大笑億千場。」一詩中的仙人麻姑竟也不敵時間流逝而兩鬢飛霜，而天公玉女尚耽溺遊樂而不覺。〈飛龍引二首其二〉：「下視瑤池見王母，蛾眉蕭颯如秋霜。」皓眉如雪的王母形象，揭露了殘酷的事實，神仙世界也存在著時間壓力，無論上天入地，皆無所逃遁此一巨大壓力。

　　(四)慷慨咨嗟，神仙難求：〈對酒行〉：「松子棲金華，安期入蓬

海。此人古之仙,羽化竟何在。浮生速流電,倏忽變光彩。天地無凋換,容顏有遷改。對酒不肯飲,含情欲誰待。」在這篇詩中李白否定了神仙的存在。〈飛龍引其二〉又云:「紫皇乃賜白兔所搗之藥方,後天而老凋三光。下視瑤池見王母,蛾眉蕭颯如秋霜。」這首詩說長生不老的仙藥不能期待,神仙術也不足以相信。這是對當時玄宗惑溺於神仙術的諷諫,是否定神仙說的。

(五)自我的象徵:李白詩中神仙意象是自我的代言,詩中以謫仙自我認知定位書寫,以神仙的超越性,不同凡俗的美好,烘托自己之高超優越,因此詩中歌頌的不是神仙,而是標榜自我。李白運用神仙形象來作為他的自我象徵,將神仙意識融入詩歌,更確切的說他根本就是以仙入詩,運用神仙的姿態來遊戲人間。〈懷仙歌〉:「仙人浩歌望我來,應攀玉樹長相待。」〈春日行〉:「三十六帝欲相迎,仙人飄翩下雲軿。」詩人描寫的不是仙界勝境本身,而是詩人那種清高灑脫、超逸不凡的自我形象。一切仙境中的人物、景物等種種審美對象,都只是以詩人的自我形象為中心,在他的意識世界裡浮動。

(六)象徵尊貴、美好的理想:在李白的詩歌中神仙意象已轉化為一種幻想,一種美好的理想,一種人生的境界,如〈雜詩〉:「傳聞海水上,乃有蓬萊山」、〈古風五十九首其四十三〉:「西海晏王母,北宮邀上元」

(七)懷才不遇的悲嘆:〈遊泰山六首〉求仙思想之失望與破滅,興寄懷才不遇之悲嘆,空有濟生縱橫之策,卻不得君王重用的強烈感慨。

神仙在時間之海中悠遊自如,活動的空間與時間不同於凡間的度量衡,李白情願飄揚天外,也不願回到污濁現世,然而李白處在遊仙的幻境中,仍不忘借助神仙意象將內心強烈的慾望投射出來。

第二節　關注現實人生

　　詩歌的生命力，取決於對現實反映的真實和深刻的程度。李白將自己的人生經歷和外在自然景象間的生命感悟相契合，以詩意的舞台，呈展現實的人生，此類意象的詩篇除了關注現實人生，並投入、接近現實生活，對美醜、善惡、黑暗暴露與批判有新的廣度與深度，由主觀的玄想，轉向客觀的觀照，在清水出芙蓉的詩歌中，展現外物最自然狀態的絢麗多彩，或淡雅華美，或樸實富貴，並洋溢著昂揚的生命氣息。

　　在此節之下，筆者綜合考察李白詩歌中之眾意象，發覺最關注現實人生的有「風」、「水」二個意象，雖此二意象歷來論述不多，然僅就有限研究成果，加上自己簡要考察此二意象詩歌的主題內涵，歸納整理出其主題思維如下，可發現大致多為自然界的季節、時間、空間、環境的描繪，寫景狀物，觸景動情，而李白一生浪跡天涯，一如「風」、「水」飄揚、流動的物性，人生經歷與自然景象間的生命感悟相契合，強化出現實人生這一層面。

一　風意象

　　歷來學者對李白詩歌中的「風」意象統計數據不一[16]，筆者統計

16　陳敬介檢索李白詩中用「風」字詩，竟得 409 首、498 句，繼而詳披李集，加以校閱分類，剔除「風俗」、「國風」、「王風」等字句者，計得 326 首、355 句。詳參陳敬介：《李白詩研究》私立東吳大學中國文學系博士論文，2006年，頁 239、附錄三。許家琍檢索《全唐詩》收錄 1021 首李白詩歌中有 409首詩、498 詩句提到風，但其論文採所指的「風」是「流動的空氣」，而剔除抽象名詞如：「風流」、「風俗」、「風采」等，而「國風」、「王風」亦不在討論之列，共歸為 52 類，330 首。詳參許家琍：《李白詩「風」意象之研

李白 1,054 首詩歌中出現「風」字共有 487 次、412 首，平均每二首多就出現一次，而「春風」此詞彙共出現 52 次，是所有風意象中出現頻率最高者，「清風」出現 27 次，僅次於「春風」，並歸納整理出歷來學者研究李白詩歌中風意象的主題思維約有以下幾點：

　　(一)自然風物、佳境勝景，如〈襄陽歌〉：「清風朗月不用一錢買，玉山自倒非人推」、〈陪族叔當塗宰遊化城寺升公清風亭〉：「閑居清風亭，左右清風來」、〈遊泰山六首其一〉：「天門一長嘯，萬里清風來」。〈下終南山過斛斯山人宿置酒〉：「長歌吟松風，曲盡河星稀。我醉君復樂，陶然共忘機」以松風展現悠閒自適的田家之樂。

　　(二)比喻君王恩寵，春風拂面；君臣遇合，如〈送郗昂謫巴中〉：「東風灑雨露，會入天地春」，此詩比喻皇恩普降，郗昂雖被貶謫，亦沐其恩。〈前有樽酒行二首其一〉：「春風東來忽相過，金樽淥酒生微波」道出君王恩寵短且易逝。〈永王東巡歌十一首其四〉：「春風試暖昭陽殿，明月還過鳷鵲樓」，在此春風指永王南巡。〈讀諸葛武侯傳書懷贈長安崔少府叔封昆季〉：「魚水三顧合，風雲四海生」、〈梁甫吟〉：「張公兩龍劍，神物合有時。風雲感會起屠釣，大人倪屼當安之」以呂尚遇周文王，如風雲感會，君臣遇合之意。

　　(三)傳情達意，如〈長相思〉：「此曲有意無人傳，願隨春風寄燕然」，藉由春風將情意傳至情人心坎裡。又如〈望漢陽柳色寄王宰〉：「春風傳我意，草木別前知」。

　　(四)離別哀愁、思歸之嘆，如〈古意〉：「輕條不自引，為逐春風斜」，男女之情本如兔絲女蘿相依相偎，甘今春風引動柳條，造成分離。又〈寄韋南陵冰余江上乘興訪之遇尋顏尚書笑有此贈〉：「春風

究》國立彰化師範大學國文研究所國語文教學碩士論文，2009 年，頁 2、8、附錄一。

狂殺人，一日劇三年」以狂形容春風之速，相思之切，一日不見，
如隔三秋。〈送陸判官往琵琶峽〉：「水國秋風夜，殊非遠別時。長安
如夢裡，何日是歸期」以秋風起興，引發思鄉之情。

（五）良辰美景，即時行樂，如〈前有樽酒行二首其二〉：「胡姬貌
如花，當壚笑春風」、〈宮中行樂詞八首其三〉：「煙花宜落日，絲管
醉春風」。甚至以春風展現美好歡樂，如〈侍從宜春苑奉詔賦龍池柳
色初青聽新鶯百囀歌〉：「上有好鳥相和鳴，間關早得春風情。春風
卷入碧雲去，千門萬戶皆春聲」。

（六）仕途坎坷、險惡災難，如〈贈任城盧主簿〉：「海鳥知天風，
竄身魯門東」李白客遊於魯，不遇而悲，以天風喻仕途坎坷，海鳥
自況。〈答王十二寒夜獨酌有懷〉：「驊騮拳跼不能食，蹇驢得志鳴春
風」，在此以春風比喻小人得志。〈遠別離〉：「帝子泣兮綠雲間，隨
風波兮去無還。慟哭兮遠望，見蒼梧之深山。蒼梧山崩湘水絕，竹
上之淚乃可滅」。

（七）象徵人格高潔，如〈贈崔諮議〉：「騄驥本天馬，素非伏櫪
駒。長嘶向清風，倏忽凌九區」在此以「清風」象徵胸懷磊落，以騄驥
天馬自比。又如〈贈瑕丘王少府〉：「梅生亦何事，來作南昌尉？清
風佐鳴琴，寂寞道為貴」以清風表明清心寡欲，對於功名富貴無所
求。〈古風五十九首其十一〉：「清風灑六合，邈然不可攀。使我長歎
息，冥棲巖石間」以清風歌詠嚴子陵之高潔。

（八）季節更迭，時光流逝，如〈寄遠十二首其三〉：「桃李今若為？
當窗發光彩。莫使香風飄，留與紅芳待」，以「香風」借喻歲月，香
風飄意指時光流逝；桃李喻佳人，詩中言佳人如當窗的桃李那樣豔
麗光彩，望春風暫停吹拂，不要打落紅花，讓佳人護持青春，待良
人歸來。〈長歌行〉：「東風動百物，草木盡欲言。……金石猶銷鑠，
風霜無久質」詩中寫到東風生長百物，但光陰易逝，若不及時建功

立業，將與草木同朽，東風引來歲月感傷。

　　(九)隱逸遊仙、乘桴避世，如〈感興八首其五〉：「十五遊神仙，
仙遊未曾歇。吹笙吟松風，汎瑟窺海月」、〈題元丹丘山居〉：「松風
清襟袖，石潭洗心耳。羨君無紛喧，高枕碧霞裡」以「陶景戀松」、
「許由洗耳」典故描述對隱居生活的羨慕。〈秋夜與劉碭山泛宴喜亭
池〉：「令人欲泛海，只待長風吹」在此以長風表達避世念頭。

　　(十)展現濟世遠大志向，如〈贈何七判官昌浩〉：「心隨長風去，
吹散萬里雲。羞作濟南生，九十誦古文」、〈行路難三首其一〉：「長
風破浪會有時，直掛雲帆濟滄海」，雖然世路艱難，但仍滿懷雄心壯
志，乘著長風掛起雲帆，渡越滄海。

　　從上述「風」意象詩歌的主題思維可知大致脫離不了現實人生，
除了良辰美景、離別哀愁、思歸之嘆外，亦含括季節的暗示，如春
風和暖、夏風薰人、秋風蕭瑟、冬風凜冽，時間的變化，空間的傳
遞，景物的遷化與感情的波動，如清風、松風展現物我合一高潔心
境，營造出詩歌的時空背景，更有風塵、風雲、風波等詞彙，描繪
出紅塵俗世、惡劣貧賤的環境，戰爭禍亂的塵土飛揚，人之際遇、
險阻、災難等，強化出現實人生這一層面。

二　水意象

　　褚兢在〈論李白詩歌中「水」的意象〉一文據湖南嶽麓書社以
巴蜀書社影印之北宋蜀刻本為底本，並以其他通行本參校出版的《李
太白集》中所收錄的李白詩作統計共有 1,045 首，這些作品中，直
接寫到水的占總篇幅的六成以上，若加上與水有間接關係的篇章，
則不下八成，幾乎可以說李白的詩「篇篇有水」[17]。李白筆下的水多

---

[17] 褚兢：〈論李白詩歌中「水」的意象〉《江西教育學院學報》第 15 卷總第 54
　　期，1994 年第 2 期，頁 58。

彩多姿,面貌多樣,舉凡江、河、湖、海、瀑布、泉、池、潭、溪
水等,更包含中國長江與黃河、漢水、錦江、瀟湘、潁水、渭水、
汶水、易水、剡溪、清溪、若耶溪、宛溪、涇溪、洞庭湖、彭蠡湖、
鏡湖、鼎湖、五湖等[18]。

筆者統計李白 1054 首詩歌中出現「水」字共有 436 次、365 首,
平均二首多就出現一次,其中還不包括與「水」相關的江、河、湖、
海等。並歸納歷來學者研究李白詩歌中水意象的主題思維約有以下
幾點:

(一)以水之清濁比喻道德之高低,清水意象正是詩人融通自然、
超越現世功利和人生困厄的精神品格的映現,如〈經亂離後天恩流
夜郎憶舊遊書懷贈江夏韋太守良宰〉:「清水出芙蓉,天然去雕
飾」[19]。

(二)水漂泊自由無所羈絆,卻缺乏安定的歸屬感。人在漂泊時鄉

---

18 〈贈昇州王使君忠臣〉:「巨海一邊靜,長江萬里清」、〈大堤曲〉:「漢水
臨襄陽,花開大堤暖」、〈上皇西巡南京歌十首其五〉:「萬國同風共一時,
錦江何謝曲江池」、〈贈裴十四〉:「黃河落天走東海,萬里寫入胸懷間」、
〈臨江王節士歌〉:「風號沙宿瀟湘浦,節士感秋淚如雨」、〈題元丹丘潁陽
山居〉:「仙遊渡潁水,訪隱同元君」、〈贈錢徵君少陽〉:「如逢渭水獵,
猶可帝王師」、〈嘲魯儒〉:「時事且未達,歸耕汶水濱」、〈發白馬〉:「武
安有震瓦,易水無寒歌」、〈贈王判官時余歸隱居廬山屏風疊〉:「會稽風月
好,卻遶剡溪迴」、〈清溪行〉:「清溪清我心,水色異諸水」、〈採蓮曲〉:
「若耶溪傍採蓮女,笑隔荷花共人語」、〈題宛溪館〉:「吾憐宛溪好,百尺
照心明」、〈別山僧〉:「何處名僧到水西?乘舟弄月宿涇溪」、〈陪族叔刑
部侍郎曄及中書賈舍人至遊洞庭五首其四〉:「洞庭湖西秋月輝,瀟湘江北早
鴻飛」、〈下尋陽城泛彭蠡寄黃判官〉:「開帆入天鏡,直向彭湖東」、〈送
王屋山人魏萬還王屋〉:「萬壑與千巖,崢嶸鏡湖裡」、〈飛龍引二首其二〉:
「鼎湖流水清且閑,軒轅去時有弓劍,古人傳道留其間」、〈贈韋秘書子春〉:
「終與安社稷,功成去五湖」。

19 司徒伽:〈真水無香——李白詩歌中的水意象與情思〉《前進論壇》2009 年 1
月,頁 60。

愁與離情交織，未來前途無所憑依的悲愴憂思愈發沈重，如〈清溪行〉：「清溪清我心，水色異諸水。借問新安江，見底何如此？人行明鏡中，鳥度屏風裡。向晚猩猩啼，空悲遠遊子」[20]。

(三)水湧滔天，展現豪情壯志，如〈南奔書懷〉：「過江誓流水，志在清中原」、〈行路難三首其一〉：「長風破浪會有時，直掛雲帆濟滄海」、〈臨江王節士歌〉：「安得倚天劍，跨海斬長鯨」。

(四)江水悠悠，思親思鄉之情，如〈江行寄遠〉：「思君不可得，愁見江水碧」、〈渡荊門送別〉：「月下飛天鏡，雲生結海樓。仍憐故鄉水，萬里送行舟」。

(五)水流浩浩、連綿不絕，離情愁結，如〈贈汪倫〉：「桃花潭水深千尺，不及汪倫送我情」、〈金陵酒肆送別〉：「請君試問東流水，別意與之誰短長？」、〈黃鶴樓送孟浩然之廣陵〉：「孤帆遠影碧空盡，惟見長江天際流」、〈江行寄遠〉：「別時酒猶在，已為異鄉客。思君不可見，愁見江水碧」、〈猛虎行〉：「巨鼇未斬海水動，魚龍奔走安得寧」、〈宣州謝朓樓餞別校書叔雲〉：「抽刀斷水水更流，舉杯銷愁愁更愁」。

(六)水的阻礙，難以跨越，如〈橫江詞六首其二〉：「橫江欲渡風波惡，一水千愁萬里長」、〈橫江詞六首其四〉：「海神來過惡風迴，浪打天門石壁開。浙江八月何如此？濤似連山噴雪來」。

(七)時光流逝的感嘆，如〈古風五十九首其十〉：「黃河走東溟，白日落西海」、〈將進酒〉：「君不見黃河之水天上來，奔流到海不復回」。

(八)水清澈澄明，身心的安頓、隱逸思想，如〈山中答俗人〉：「問

---

20 司徒伽：〈真水無香——李白詩歌中的水意象與情思〉《前進論壇》2009 年 1 月，頁 60。

余何意棲碧山,笑而不答心自閑。桃花流水窅然去,別有天地非人間」、〈日夕山中忽然有懷〉:「緬思洪崖術,欲往滄海隔」。

(九)建功立業,積極用世的態度,如〈贈昇州王使君忠臣〉:「巨海一邊靜,長江萬里清。應須救趙策,未肯棄侯嬴」、〈南奔書懷〉:「過江誓流水,志在清中原」、〈行路難三首其一〉:「長風破浪會有時,直挂雲帆濟滄海」。

(十)對民生疾苦的關懷同情,如〈戰城南〉:「洗兵條枝海上波,放馬天山雪中草。萬里長征戰,三軍盡衰老」、〈丁都護歌〉詩中結合月意象,以「吳牛喘月」巧妙點出時令在炎熱盛夏,逆水拖船特別吃力,船夫一步一顛艱難行進者,渴了想飲河水,但「水濁不可飲,壺漿半成土」,生活如此悲苦,關懷下民不禁掩淚悲千古[21]。

「水意象」是一種包容性極大的自然意象,含括範圍層面廣泛、眾多,蘊含情感豐沛。筆者考察李白詩歌水意象中主題內涵發現其中的「海」字詞彙、「海意象」幾乎含攝上述各個主題思維,非但如此,海意象不但有現實層面,更有豐富的海神、神話虛幻思維,在現實人生上強化出追求理想的心念。因此,「海意象」較「水意象」更能凸顯李白的衝創意志,看其內在意志與外在命運的抗衡、衝突、激盪,透視出浪漫性格與詩歌中,有著憂國憂民、內心矛盾、痛苦與超越。

---

21 上述第 3 點到第 10 點是筆者據溫菊英《李白詩歌水意象之研究》玄奘大學中國語文研究在職專班 2009 年碩士論文,歸納整理出水意象主題思維,頁 133-135、138-141、143-145、155-156、146-149、150-151、159-161、196。

第三節　追求理想境界與關注現實人生完美結合

綜觀李白「海」意象詩歌，發現既有「現實形象」又含攝「月」、「神仙」二意象所特有的神話意涵，其主題思維不但有上述二節：「月」、「酒」、「神仙」、「風」、「水」等意象的樂觀豪情與建功立業、積極用世之宏願，同時也有歸隱的象徵；有「月」、「神仙」、「風」、「水」等意象表徵出自我人格的高潔；有「月」、「酒」、「風」、「水」等意象的離情愁緒與思鄉思歸情懷；有「月」、「水」二意象的悲天憫人的人間性；有「月」、「酒」、「神仙」的道教思想、對美好理想的追求；有「酒」、「神仙」二意象對生命無常、人生苦短之無奈、懷才不遇之悲嘆；有「風」、「水」二意象對時光流逝之感嘆、仕途坎坷、險惡災難之哀嘆；最後更含攝「風」意象的君臣遇合，「水」意象在環境上的阻礙、難以跨越。可見海意象統攝了上述二節中「有形的現實形象」(月意象、酒意象、風意象、水意象)與「無形的虛構形象」(神仙意象)的主題思維，是李白詩歌中眾多意象所不及。

對於內陸國家詩人而言，「海」的浩瀚遼闊，詭譎莫測，令人望而敬畏。其神秘、凶險、變化無常，令人震懾魂魄，驚駭萬分。李白詩中除了將大海作為冒險、征服、寄遠抒懷之對象，體現為災難、厄運、恐怖、驚險之海洋形象。綜觀李白海意象詩歌除了自然實景直觀表述外，有不少第四度空間神話神仙理想境界的虛幻性，因此，在李白的海意象詩歌中，「海」意象所特有的超越性、理想性、批判性和神秘性等與美學特徵已經融合為一。

海意象不是以海證史的敘述方式，也不是抒發自己情感的單一工具，它是綴合各意象的鍵條、是綜合的載體，蘊含豐富的情感內涵，代表海與文學密切關係的新發展階段，寄寓了唐朝與唐人所特有的那一份氣度與風情。而彭聃齡主編《普通心理學》即針對「想

像表象」作了一點解釋:「想像表象是指在頭腦中對記憶形象進行加工改組後形成的新形象,這些形象可能從未經歷過,或者世界上還不存在,因而具有新穎性」[22],且能隨作者的心意進行創造。一如西方天主教思想家馬利坦在《藝術與詩的創造的直觀力》一書所言:「詩人的心靈是完全掌握外物,而他所表現的方式最接近唯靈論的超自然主義的觀點。這種藝術是一種在沈思靜觀中發現外物(的內在存有),並且從外物的觀照中尋回被桎梏的心靈,並且找到生機活潑的和諧的內在原則以及自我的精神──這種精神是源自於宇宙萬物,並且是從宇宙萬物的精神(原則)中取得生命與活動的形式。」[23]因此,李白不只是與大海同進於一種他意向所願的以及精神上認同的關係,同樣也被大海的魅力所吸引蠱惑,生命與大海間的交會感通越加深邃、寬廣,透過想像力的渲染,覺知也越發深刻。

筆者考察歷來詩歌選本,如《唐詩三百首詩》、《唐詩別裁》、《唐宋詩選》等李白海意象詩歌中獲選率最高為〈行路難三首其一〉、〈夢遊天姥吟留別〉此二首,而〈行路難三首其一〉寫出乘風破浪之精神,深具「冒險性」與「壯闊性」,足以代表海意象詩歌,然另一首〈夢遊天姥吟留別〉詩乃是山東省臨海之作,以海客談瀛洲起興,帶出現實中天姥山勝似仙境之情景,以虛襯實,突出夢遊中天姥山勝景,以夢遊、遊仙方式寫出半壁見海日,李白雖並未親到天姥山,而是神遊,描寫嚮往瀛洲神仙境地,是四度空間的寫作,深具「幻想性」與「神秘性」。而〈登高丘望遠海〉詩題即出現「海」字,是登高臨海之作,乃海意象詩歌中最具代表性,內容雖大談否定神話

---

22 彭聃齡主編:《普通心理學》(北京:北京師範大學出版社,2001 年 5 月 2 版),頁 246。

23 Jacques Maritain, CREATIVE INTUITION IN ART AND POETRY, Ch. I: Poetry, Man, and Things (New American Library, 1953), P. 6.

典故、神仙之說，由此引射出唐代政治社會層面，深具「哲理性」；
〈古風五十九首其三十九〉首句即道出「登高望四海」與〈古風五
十九首其三〉二詩均以古史傳說中秦始皇出海求仙時，連弩射海魚，
具「涉海性」與「神秘性」；〈古有所思〉起首以所思仙人在碧海之
東隅，海寒多天風，具「幻想性」。

　　上述六首海意象詩歌皆是完美的抒情詩作，足以將追求理想與
現實人生主題意識完美結合，除了展現海景勝境，將自我融入大海
之中，一如大海之豪情壯志外，詩中道出仕途坎坷、險惡艱難，對
時光流逝之慨嘆，欲退而隱逸求仙、乘桴避世，又冷靜深刻看透神
仙長生難求，失望之際，又奮起橫溢出建功立業、濟滄海、積極用
世之豪情，以下分別針對此六首最具代表李白海意象詩歌加以深入
探析：

一　長風破浪會有時

　　人生旅途中，挫折與險阻會讓人裹足不前，甚至懷憂喪志，儘
管周遭處境艱困，狂風怒濤一波波襲來，只有不斷穿越與前進，以
最堅定的信心、最頑強的勇氣與現世抗爭，乘風破浪向前邁進，最
具代表海意象詩歌，其詩如下：

> 金樽清酒斗十千，玉盤珍羞直萬錢。停盃投筯不能食，拔劍
> 四顧心茫然。欲渡黃河冰塞川，將登太行雪暗天。閒來垂釣
> 碧溪上，忽復乘舟夢日邊。行路難，行路難，多歧路，今安
> 在？長風破浪會有時，直挂雲帆濟滄海。(72〈行路難三首其
> 一〉)

　　〈行路難〉三首組詩是李白作於天寶三年(744)初離長安朝廷之
時，此詩繼承古樂府舊題〈行路難〉，據《樂府題解》曰：「〈行路難〉
備言世路艱難及離別悲傷之意。」，又《陳武別傳》曰：「『武常牧羊，
諸家牧豎有知歌謠者，武遂學〈行路難〉。』則所起亦遠矣。」[24]由
此可見〈行路難〉產生之初是民間的歌謠，詠唱大自然道路之艱難，
但今已亡佚。以行路之艱難喻世路之艱難，暗蘊一股悲憤不平之氣，
又稱為不平之曲。現存最早〈行路難〉是鮑照(字明遠，南朝宋人，
出身低微，卻才華橫溢，故人冠之以「才秀人微」)的〈擬行路難〉
十八首，內容多寫寒士在門閥制度的壓抑下懷才不遇的憤懣不平與
抗爭之情。因此鍾嶸《詩品》評曰：「然貴尚巧似，不避危仄，頗傷
清雅之調。」[25]李白此詩寫出人生艱難之精神，亦秉承鮑照之傲岸不
平之氣，正如應時《李詩緯》卷一所言：「太白縱作失意之聲，亦必
氣概軒昂。若杜子則不然。」[26]此首氣勢飛動之海意象詩歌在這乘長
風破萬里浪的豪邁氣度中，展開狂放英雄本色的精神之旅。

　　首先論其內容意蘊：「金樽清酒斗十千，玉盤珍羞直萬錢。停杯
投筯不能食，拔劍四顧心茫然」開首四句著力描寫清酒、珍羞，用
「金樽」、「玉盤」等黃金寶石華麗器皿襯託酒肴的精美，並以「十
千」、「萬錢」極言價格之貴。此四句詩蘊含三國曹植、南朝宋鮑照
兩個懷才不遇詩人，兩位身懷政治長才，卻受到政治上嚴酷打擊與
壓抑，鬱鬱不得志之遭遇與李白相似，並化用其詩句。如曹植〈名

---

24 (宋)郭茂倩：《樂府詩集》(北京：中華書局，1979年)，頁997。

25 (梁)鍾嶸：《詩品》卷2《景印文淵閣四庫全書1478》(臺北：臺灣商務印書館，
　　1983-1986年)，頁196。

26 詹鍈主編：《李白全集校注彙釋集評》1冊(天津：百花文藝出版社，1993年)，
　　頁396。

都篇〉中描寫洛陽飲宴的句子:「歸來宴平樂,美酒斗十千」[27],李白後出轉精化成「金樽清酒斗十千,玉盤珍羞直萬錢」極盡所能誇張描寫筵宴的豐盛華貴。但隨即又化用鮑照〈擬行路難十八首其六〉一詩:「對案不能食,拔劍擊柱長嘆息。丈夫生世會幾時,安能蹀躞垂羽翼!」[28]寫下「『停杯投箸』不能食」沈重的嘆息,表明詩人愁煩與焦躁不安。隨即又展現「拔劍四顧」的豪邁之情,正反映他那嫉惡如仇、尚武任俠的性格,「眸子炯然,哆如餓虎」的環視四方,急切地尋覓出路,連用「停」、「投」、「拔」、「顧」四個富有動作性的詞語來描寫自己的內心世界,用動作性的語言來表現自己受排擠、壯志難酬的苦悶心理。面對豐盛美酒佳餚,本該開懷暢飲,卻食不下嚥,拔劍四顧,想要劈開一條出路,但卻無力將四周黑暗斫開,茫然不知所措。

　　緊接其後,「欲渡黃河冰塞川,將登太行雪滿山」二句與開首「金樽美酒斗十千,玉盤珍羞直萬錢」二句中,各用了六個實物,不僅詩意豐繁,且語勁句健。以「黃河」、「太行」象徵個人理想的世界;以「冰塞川」、「雪滿山」象徵人生路上的艱難險阻,非但具比興意味,更形象化表現行路的艱難。此二句化用鮑照〈舞鶴賦〉中「冰塞長河,雪滿群山」[29],詩人舉目遠望是大河冰凍,太行雪封,情景交會一瞬間,彷彿跋涉在冰天雪地,欲渡黃河而厚冰塞川,舟楫不通,將登太行而風雪滿天,攀援無路。泰山太行象徵個人理想境地,冰川雪天象徵小人阻礙重重,李白被優詔罷遣,在〈贈蔡舍人雄〉

27　逯欽立輯校:《先秦漢魏晉南北朝詩》上冊(臺北:學海出版社,1984 年 5 月初版 1 刷),頁 431。

28　逯欽立輯校:《先秦漢魏晉南北朝詩》中冊(臺北:學海出版社,1984 年 5 月初版 1 刷),頁 1275。

29　見(梁)蕭統:《六臣註文選》(臺北:臺灣商務印書館,1979 年),頁 267。

一詩曰:「白璧竟何辜,青蠅遂成冤」、〈古風五十九首其三十七〉詩
云:「群沙穢明珠,眾草凌孤芳」等皆透露出受毀謗與阻撓之境況,
因而此二句詩隱括豐富之「潛台詞」[30]。

　　如此寸步難行,不得不退隱,也道出自己濟世安民的理想無從
實現的痛苦,並帶出後二句虛擬景象:「閑來垂釣碧溪上,忽復乘舟
夢日邊」隱含未來隱逸待徵召的希望,運用典故增強詩歌之情感性。
據《呂氏春秋》記載:「太公釣於茲泉,遭紂之世也,故文王得之」
[31],呂尚年過八十隱居垂釣磻溪,遇周文王,立為太師,後輔佐武王
伐紂,成就大業,李白同呂尚一樣「尺蠖之曲,以求伸也」,時運不
濟,權且退隱江湖,但對未來充滿自信與希望。垂釣碧溪上之情景
剛呈現,不久又射來一道光明,「乘舟夢日」,暗用《宋書‧符瑞志》:
「伊摯將應湯命,夢乘船過日月之傍。」[32]伊摯,即伊尹,商朝人,
出身微賤,受到商湯重用,助其攻滅夏桀,成就大業。李白景仰二
人亦羨慕其遇合明主之際遇,詩中「閑來垂釣碧溪上」並非如同道
家隱居不仕,而是曠達處之,但又希望自己能如呂尚、伊尹那樣的
境遇,表達出自己欲安邦定國、積極用世之強烈願望。

　　轉瞬間,詩句由七言變成三言,急促激越的音節:「行路難,行
路難!多歧路,今安在?」在此暗用《列子‧說符》典故:「楊子之

---

30 「台詞」,是角色說的話,包括對白、獨白、旁白。「潛台詞」,是俄國的大
　　師史坦尼斯拉斯基所提出,subtext 台詞或戲劇行動下面的意義,不加宣明,
　　常常比表面活動更為重要,演員可通過音調變化、面部表情、手勢和姿勢動
　　作進行表現。換言之,就是沒說出來的台詞,是角色的內心語、內心生活,
　　是台詞的根據,是台詞沒有講出來但能意會到的潛伏在台詞裡面的話,也就
　　是「話中有因」。
31 (戰國)呂不韋著:《呂氏春秋》卷 13〈有始覽〉五曰聽言(臺北:臺灣中華書
　　局,1966 年 3 月臺 1 版),頁 9。
32 (梁)沈約:《宋書》冊 2 卷 27〈符瑞志〉《四庫備要》(臺北:臺灣中華書局,
　　1965 年 11 月臺 1 版),頁 4。

鄰人亡羊，既率其黨，又依楊子之豎追之。楊子曰：『亡羊何追者之眾？』鄰人曰：『多歧路』」[33]發出那麼多的歧路都在哪裡？為什麼自己連一條出路也尋覓不到！此為長安三年生活的慨嘆，也清醒地認識黑暗之現實環境，儘管如此，並沒有頹唐與絕望，正如《唐宋詩醇》曰：「冰塞雪滿，道路之難甚矣。而日邊有夢，破浪濟海，尚未決志於去也。」[34]筆鋒一轉，詩的格調變得輕快高昂起來，詩人相信雖然行路艱難，但總有一天可以「乘風破浪」，如《宋書‧宗慤傳》中宗慤所言：「願乘長風破萬里浪」[35]，突破重重阻礙，用這分豪情，這分自負去睥睨一切，去實現自己美好的理想，揚帆遠航，直至快樂之海洋。

　　李白詩中運用了「黃河」、「太行」、「日邊」、「長風」、「滄海」等巨大的意象，構成宏偉奇麗的景象：「黃河冰塞川」、「太行雪滿山」、「垂釣碧溪」、「乘舟日邊」、「長風破浪」、「雲帆濟滄海」等表現出盛唐氣象的強旺生命力，這些優美與壯美的景色譜出詩人心中之痛苦、希望、彷徨、奮進之渾厚氣象。並化典故為直覺境象，將這些典故運用得了無痕跡，又能靈活自然巧妙生動地表達內心之矛盾與宏大志向，情感藉由多變的意象自由馳騁騰越，詩的結尾與開首一樣出人意外，充分展現創造性與浪漫主義之精神。詩中多重景象是逐漸開闊，情感境界與虛擬景象的契合交融，構成完美的審美形態。而在題材、表現手法上受到鮑照〈擬行路難〉之影響，但卻青出於藍而勝於藍，展現倔強、剛毅的性格和百折不撓的進取精神，

---

33 (周)列禦寇撰：《列子》卷 8〈說符〉《四庫備要》(臺北：臺灣中華書局，1965年 11 月臺 1 版)，頁 12。

34 (清)清高宗御選：《唐宋詩醇》1 冊(臺北：臺灣中華書局，1971 年 1 月臺 1 版)，頁 36。

35 (梁)沈約撰：《宋書》冊 4 卷 76〈宗慤傳〉《四庫備要》(臺北：臺灣中華書局，1965 年 11 月臺 1 版)，頁 2。

對理想執著的追求，展示出大海強大的精神力量。

元人楊載《詩法家數》中評論李白的七言古詩曰：「如江海之波，一波未平，一波復起；又如兵家之陣，方以為正，又復為奇，方以為奇，忽復是正。出入變化，不可紀極。」[36]此詩最能體現此種波瀾層生、變幻無窮之特色。開首以「金樽」、「玉盤」二句極力描摹華宴，起筆做飛揚之勢，然「停杯」、「拔劍」二句陡然跌落，形成第一層波瀾；「欲渡」、「將登」二句便是波瀾擴展至山窮水盡，而「閑來垂釣碧溪上」，遁隱平靜，形成第二層波瀾，之後「忽復乘舟夢日邊」波瀾再起，境界闊大，形成第三層波瀾，而「行路難」四句情緒陡然直下，忽又形成第四層波瀾，「長風破浪」結尾二句，實感性意境，開闢出全新境界，將情感引向第五層波瀾，也是全詩高潮。然而在大波瀾中有小波瀾，如「欲渡黃河冰塞川」、「將登太行雪滿山」，二句都是一揚一抑，先寫主觀願望「欲渡黃河」，再寫客觀情勢「冰塞川」，在主客觀的矛盾中，表現行路之艱難。而「直挂雲帆濟滄海」由乘長風破萬里浪推演而來，創造出一個雄渾闊大的意象，融入詩人大濟蒼生之宏願，與鼓舞人心之力量。

詩歌是音樂性的語言，具有不假思索而直接打動人心的效果，其抒情效應有時更甚於語言文字，極具審美價值。而詩歌的音樂美主要借由「聲律」來表現。情感和韻律有某種對應的關係，所謂聲情相應，心靈通過韻律獲得感性的表徵，韻律通過心靈獲得生命流動的滿足。黑格爾說：「正像在音樂的表現裡節奏和旋律須取決於內容的性質，要和內容相符合。詩的音律也是一種音樂，它用一種比較不太顯著的方式在使思想的時而朦朧時而明確的發展方向和性質

---

36 (元)楊載：《詩法家數》《四庫全書存目叢書》集部詩文評類 416 冊(臺北：莊嚴文化初版影印本，1997 年)，頁 61-62。

在聲音中獲得反映。」[37]艾青說：「音樂性必須和感情結合在一起，因此，各種不同的情緒，應該有各種不同的聲調來表現。只有和情緒相結合的韻律，才是活的韻律。」[38]可見詩中的聲律變化是詩人內心情感波動的外現。

埃米爾‧施塔格(Emil Staiger)〈抒情式風格：回憶〉一文中對於韻之特色認為除了「韻標著詩行的結束，能夠具有節拍的品質」和「具有音響魔法效果」之外，「主要不是在分行、分節，倒起著磁性吸力作用，適合於隱瞞表述內容的不同」。而韻之效果是以「相同的語音一再烘托起相同的情調」，將「『一』保存在『心境』(感覺的靈魂/心/情緒)裡，同時，『多』在下面奔流向前，一條源源不斷的河流。」[39]

詩是給人歌唱吟詠的，有了韻，就會前後一氣，緊湊和諧，富有音樂美。陸時雍《詩鏡總論》說，詩歌「有韻則生，無韻則死；有韻則雅，無韻則俗；有韻則響，無韻則沈；有韻則遠，無韻則局。」[40]因此押韻是形成中國古典詩歌聲律美的一個重要因素。以相同或相似的音質在一定位置復現，使情感在一定的區域間往復迴旋，得到充分的渲染，而換韻意味著情感的變化起伏。

此詩以七言為主，夾雜了四個三字句，句式整齊中參差錯落，讀起來別有一種頓挫跌宕的味道，與整齊的七言歌行平滑流暢者不同。此詩首句入韻，全詩換二次韻，共用二韻，前八句中具備了六個韻腳，情感就顯得激動，語句也很遒勁，近乎浩歎的聲音，以為

37 吳戰壘：《中國詩學》(臺北：五南圖書出版有限公司，1993 年 11 月初版 1 刷)，頁 191。

38 艾青：《詩論》(北京：人民文學出版社，1980 年第 1 版)，頁 117。

39 埃米爾‧施塔格(Emil Staiger)著、胡其鼎譯：《詩學的基本概念》〈抒情式風格：回憶〉(中國社會科學出版社，1992 年 6 月)，頁 26-27。

40 魏怡：《詩歌鑑賞入門》(臺北：國文天地雜誌社，1989 年 11 月初版)，頁 119。

凡魚、虞、元、寒、刪、先諸韻中，收音屬於「烏」、「庵」等字，
皆極沈重哀痛。此詩除了第三、七、十一、十三句沒押韻外，其餘
皆押韻，前十句用平聲韻：「千、錢、然、川、山、邊、難」下平聲
一先韻(與十四寒韻、十五刪韻通用)[41]，最後三句轉用激動的仄聲韻：
「在、海」上聲十賄韻[42]，上聲高呼猛烈強，彷彿向上提起。賄韻在
詞曲而言，則入佳蟹韻，宜於表達心情開朗之意，又因詩人離開長
安，亦不免稍帶憂愁，故用了上聲字。李重華在《貞一齋詩說》中
強調聲情相應的重要，「發竅於音，徵色於象」、「象者，摹色以稱音」，
以為詩中或喜或悲、或激或平，以音律調之。又曰：「詩之音節，不
外哀樂二端，樂者定出和平，哀者定多感激，更辨所關巨細，分其
高下洪纖，使興會胥合，自然神理胥歸一致。」「凡格局洪纖，最要
與題相稱，其音律即各從其類。」[43]而此詩音律與題旨相稱，悲吟和
嘆息伴隨著美妙的幻想與豪邁的放歌。

　　這首詩含攝酒、月、神仙、風、水等意象的主題思維，現實層
面與理想境界相互交融，抒發出對現實人生的不滿與坎坷不幸之仕
途，表達出懷才不遇之悲嘆，並展現俠士激情豪情、傲岸不屈風骨，
兼有身心安頓、隱逸待機之心，期待君臣遇合之時，最後以積極用
世、建功立業之心，展現濟世遠大志向。

---

41 「千、錢、然、川、邊」等字押下平聲一先韻，「山」字押上平聲十五刪韻，
　　「難」字押上平聲十四寒韻，而十四寒韻、十五刪韻與一先韻通用，見《增廣
　　詩韻集成》(臺北：文光書局，1980 年 12 月)，頁 55、59、62、64-66。

42 「在、海」上聲十賄韻，見《增廣詩韻集成》(臺北：文光書局，1980 年 12 月)，
　　頁 139。

43 見(清)李重華撰：《貞一齋詩說》《叢書集成續編 201》(臺北：新文豐出版社，
　　1989 年)，頁 3 19、329。

二 劍歌行路難

> 登高望四海,天地何漫漫!霜被羣物秋,風飄大荒寒。榮華
> 東流水,萬事皆波瀾。白日掩徂暉,浮雲無定端。梧桐巢燕
> 雀,枳棘棲鴛鸞。且復歸去來,劍歌行路難。(39〈古風五十
> 九首三十九〉)

　　此詩以「空間凝聚」的方式,鏡頭層層拉進,讓畫面由遠(四海)
及近(自身)移動,先寫大景物(一望無際的大海)而後縮小至小景物(燕
雀、鴛鸞),畫面移近來,使視野愈來愈細小,詩中的空間因此凝聚
起來,最後將空間凝聚至「自我」這一焦點,將精神貫注其上。黑
格爾《美學》一書在論及「抒情詩」的美學體系時,特別重視詩人
的情感與外在境遇之間感應的關係,強調抒情詩是「個別主體的自
我表現」、「全詩的出發點就是詩人的內心和靈魂」、「最完美的抒情
詩所表現的就是凝聚(集中)於一個具體情境的心情」[44],又說:「抒
情詩也並不排除對外在對象的鮮明描繪,真正具體的抒情作品要求
把主體擺在他的外情境裡,因而也要把自然環境和地方色彩之類採
納進來,甚至有些抒情詩只在這方面下功夫。但是就連在這種情況
下,真正的抒情因素也不是實際客觀事物的面貌,而是客觀事物在
主體心中所引起的回聲、所造成的心境,即在這種環境中感覺到自
己的心靈。」[45]而此詩正符合黑格爾對抒情詩所架構的「絕對精神」

---

44 黑格爾:《美學》第 3 卷第 3 章〈詩〉,見朱光潛譯本,第 4 冊(臺北:里仁
　　書局,1983 年 3 月),頁 201、220。
45 黑格爾:《美學》第 3 卷第 3 章〈詩〉,見朱光潛譯本,第 4 冊(臺北:里仁
　　書局,1983 年 3 月),頁 220、221。

的哲學理論。

開首二句，登高望四海，遠望大海無涯際之貌，唱出宇宙廣大，有不勝蒼茫之感。「天地何漫漫」中以「漫漫」兩個相同的字來摹擬物形與物聲，它是明紐唇音字，有著寬泛不明的涵義，給人散漫、迷濛之概念，在音響上有極微妙的功用，可達到「摹景入神」之妙境。然而，蕭士贇注曰：「『登高望四海，天地何漫漫』者，以喻高見遠識之士，知時世之昏亂也。」[46]

次聯「霜被群物秋，風飄大荒寒」寫出大地萬物蕭索，寓哀愁之情。句末之「秋」、「寒」有著動態詞性，並寄以靈性，託為有情，非但是實感性意境，並使靜物都有了動態感，境界全出。若將「秋」、「寒」二字置於句首，成了「秋霜被群物」、「秋風飄大荒」，如此一來，神韻不足，僅成了單純鋪寫外景色罷了。

接下來第三聯「榮華東流水，萬事皆波瀾」言自然界萬物榮枯，轉入人事興替。此詩在此寫出被迫離開長安後，感嘆年華易逝如流水，人事紛擾，比況出天道人際的窮通，有了具體的概念，如同大海波瀾起伏。

第四聯「白日掩徂輝，浮雲無定端」以情景相融手法，由仰頭一望自然界實景「白日」、「浮雲」聯想到自古以來的「君象」、「小人」之喻，寫出白日將落失光輝，然而此處亦有比興意味，故《唐詩別裁集》卷二曰：「『白日』二語，喻讒邪惑主」[47]。「白日掩徂輝」一層一層加深自身出長安遠離國君，猶自身失去光彩，有「日之夕矣，時不我與」之感，呼應著第三聯上句「榮華東流水」，回想起在長安三年侍奉翰林時，可以使皇帝為自己調羹、貴妃磨墨、力士脫

---

46 瞿蛻園等校注：《李白集校注》第 1 冊(臺北：里仁書局，1981 年)，頁 162。
47 (清)沈德潛評選：《唐詩別裁集》上冊(臺北：廣文書局，1970 年)，頁 62。

靴之傲骨榮寵，如今如水東流入海，轉眼成空。接下來寫「浮雲無定端」，猶如現在的自身飄泊無依，懷才不遇，呼應第三聯下句「萬事皆波瀾」，以「波瀾」來比人生窮達起伏，以實比虛，使壓抑在心靈深處的往事瞬間如大海潮浪迸發出來，雖言白日、浮雲其實緊扣大海形象，比興靈動，生氣坌湧，在文字之外，別開境界。

　　第五聯「梧桐巢燕雀，枳棘棲鴛鸞」二句有三個特點：其一，避開正面的敘情事與議論，用側寫「反擊」(從正意的反面著筆，即託詞與含意正相反，言外的含意，比正言直述更有力)的手法，避實擊虛，迂迴吞吐，使言外含蘊無限。此語出自《莊子・秋水》：「南方有鳥，其名鵷鶵。子知之乎？夫鵷鶵，發於南海，而飛於北海，非梧桐不止，非練實不食，非醴泉不飲。」[48]意指梧枸臺為鳳凰所棲而燕雀巢其上，喻小人當道；枳棘本燕雀所集而鵷鳳棲其間，喻君子失所，此詩人之悲憤所在。正如楊賢齊注曰：「以言小人進在高位，貪佞升為公侯。梧桐本鳳凰所棲，今燕雀巢之；枳棘燕雀所安，今鴛鸞棲之。」蕭士贇注曰：「此亦喻小人在位，君子在野之意也。」[49]又《唐詩別裁集》卷二曰：「『梧桐』二語，喻小人得志，君子失所。」[50]其二，此二句詩皆倒裝詩句中文字的次第，非但以「時序逆敘」的形式，如原句應是：「燕雀巢梧桐」、「鵷鸞棲枳棘」，更以「因果倒置」的形式，如原句應是：「鵷鸞棲梧桐」、「燕雀巢枳棘」才是，如今倒裝成：「梧桐巢燕雀，枳棘棲鵷鸞」，而原本名詞「巢」、「棲」又兼攝著動詞的意味，產生一種內張的動力，增強語勢，構成豪邁

---

48 (戰國)莊周撰：《莊子》卷6〈秋水〉(臺北：臺灣中華書局，1972年4月臺4版)，頁15。

49 楊賢齊與蕭士贇二注見瞿蛻園等校注：《李白集校注》第1冊(臺北：里仁書局，1981年)，頁162。

50 (清)沈德潛評選：《唐詩別裁集》上冊(臺北：廣文書局，1970年)，頁62。

的筆力,善用倒裝的技巧來扭緊字句間的張力。其三,多用實字,使實物密集,能使詩意繁令語勁句健。吳沆曰:「五言詩中,每句用上兩物,即成氣象」。「梧桐巢燕雀」、「枳棘棲鴛鸞」句中字字實字,此二句分別用了「梧桐」、「燕雀」、「巢」、「枳棘」、「鴛鸞」、「棲」三個名詞複疊著使用,使句法非常強勁。

上述「白日」、「梧桐」二聯即景而寓感嘆,寫道小人得志,君子失所,以帶出尾聯「且復歸去來」不得不動歸來隱退之念。末句引用晉代陶潛退隱時,賦〈歸去來辭〉[51],結吟:「劍歌行路難」。「劍歌」是彈劍而歌,據《史記·孟嘗君列傳》曰:「(馮驩)聞孟嘗君好客,躡屩而見之。……孟嘗君置傳舍十日,孟嘗君問傳舍長曰:『客何所為?』答曰:『馮先生甚貧,猶有一劍耳,又蒯緱』。彈其劍而歌曰:『長鋏歸來乎,食無魚。』孟嘗君遷之幸舍,食有魚矣。五日,又問傳舍長。答曰:『客復彈劍而歌曰:「長鋏歸來乎,出無輿。」』孟嘗君遷之代舍,出入乘輿車矣。五日,孟嘗君復問傳舍長。舍長答曰:『先生又彈劍而歌曰:「長鋏歸來乎,無以為家。」』孟嘗君不悅。」[52]寫出馮諼不滿孟嘗君對他的待遇,三唱彈劍之歌,意同〈南奔書懷〉詩云:「拔劍擊前柱,悲歌難重論」。而「行路難」,乃樂府曲名,據《樂府題解》曰:「〈行路難〉備言世路艱難及離別悲傷之意。」[53]正如李白〈行路難三首其二〉也道出因世路艱難,不如歸去,詩云:「昭王白骨縈蔓草,誰人更掃黃金臺?行路難,歸去來」。李白是個俠客,精於劍術,詩中「劍」字,象徵仗義英雄與衛護正義

51 《六臣註文選》卷 75《四部叢刊正編 92》(臺北:臺灣商務印書館,1979 年),頁 851-852。

52 (漢)司馬遷:《史記》冊 6 卷 75〈孟嘗君列傳〉(臺北:臺灣中華書局 1954 年 11 月臺 1 版),頁 6。

53 (宋)郭茂倩:《樂府詩集》(北京:中華書局,1979 年),頁 997。

之精神，可見此處「劍歌行路難」並非僅單純引用陶潛〈歸去來辭〉中的馮諼彈劍之意，更有〈贈張相鎬其二〉詩云：「撫劍夜吟嘯，雄心日千里」之意，此詩將大海廣闊無涯、浪濤洶湧與其劍俠無拘無束、蔑視禮法權貴的性格相契合。收束之筆雖悲，但卻如大海一般蘊藏無限生機，翻疊陶潛之作以見巧思。

　　此為五言古詩，首句入韻，一韻到底，用「漫、寒、瀾、端、鸞、難」等押上平聲十四寒韻[54]。然唐代五古長篇，大都轉韻，但五古以不轉韻為佳，縱使轉韻，也不要截斷其韻意，使其一氣呵成。全詩由望大海起興，而思起自身，雖感嘆人君晚節為奸臣蔽其明，君子失位之哀，但見到大海心胸開闊，氣氛舒坦，隔句用韻，以疏宕其氣。

三　長鯨噴湧不可涉

　　明代謝榛《四溟詩話》曰：「詩有可解、不可解、不必解，若水月鏡花，勿泥其迹可也。」又云：「詩有天機，待時而發，觸物而成，雖幽尋苦索，不易得也。如戴石屏『春水渡傍渡，夕陽山外山』，屬對精切，工非一朝，所謂『盡日覓不得，有時還自來』」。[55]此語說明詩歌的創造力表現在於「境與天會」的「天機」說，頗似西方美學從康德以降所倡言的「美感判斷」有賴於超越的、先驗的「品味與天才(taste and genius)」的論點，當代德國詮釋哲學的代表人物葛達瑪(H-G. Gadamer)論及康德的先驗、主觀的美學理論說：「天才是生

---

54 「漫、寒、瀾、端、鸞、難」上平聲十四寒韻，見《增廣詩韻集成》(臺北：文光書局，1980 年 12 月)，頁 54-57。

55 (明)謝榛：《四溟詩話》卷 1 第 4 則、卷 2 第 31 則，見丁福保輯：《歷代詩話續編》下冊(臺北：木鐸出版社點校本，成於明神宗萬曆甲戌年，西元 1572年)。

機活潑的精神的顯現，因為有別於博學之士緊緊依附規則行事的態度，而表現出不合法度的恣縱的創意(free sweep of invention)，因此具有開創新典範的原創力。……天才的藝術是使得心智機能的自由發揮能夠傳達、具現；這是由他所創造的美學觀念加以體現完成的。心智、愉悅之情可以傳達、具現，就是品味所涵蘊的美感上的愉悅的主要特徵——這是一種判斷、也就是一種沈思觀照的品味的能力。」[56]詩仙李白〈古有所思〉正展現出一種不合法度的恣縱創意，其詩如下：

> 我思仙(一作佳)人乃在碧海之東隅，海寒多天風，白波連山(一作天)倒蓬壺。長鯨噴湧不可涉，撫心茫茫淚如珠。西來青鳥東飛去，願寄一書謝麻姑。

　　此詩雖然歷來多數詩集評選並未收錄，或評價甚低，如朱諫《李詩辨疑》曰：「辭淺而意疏，似是而實非也。」[57]但筆者認為此詩可為海意象詩歌代表作，雖辭淺，但句能藏字，字能藏意，是一首蘊藉有味的海意象詩歌，句中藏著未表出的字，字中藏著未表出的情，耐人咀嚼詩中餘情。據《樂府詩集》卷一六鼓吹曲辭中記載〈有所思〉云：「《樂府解題》曰：『古詞言：有所思，乃在大海南，何用問遺君？雙珠玳瑁簪。聞君有他心，燒之當風揚其灰。從今已往，勿復相思而與君絕也。』」按《古今樂錄》漢太樂食舉第七曲亦用之，

---

56 H-G. Gadamer, TRUTH AND METHOD. Part One：The Question of truth as it emerges in the experience of art, ch. 2 (Sheed and Ward Ltd., London, 1957), P.49.

57 (明)朱諫撰：《李詩辨疑》《叢書集成續編 199》(臺北：新文豐出版社，1989年)，頁 217。

不知與此同否？若齊王融『如何有所思』，梁劉繪『別離安可再』，
但言離思而已。宋何承天〈有所思篇〉曰：『有所思，思昔人，曾、
閔二子善養親。』則言生罹荼苦，哀慈親之不得見也。」[58]詹鍈《李
白詩文繫年》一書中附《李白樂府集說》云：「胡震亨曰：『白思遊
仙，其指為異。』奚祿詒評曰：『不是遊仙，另有學識，大約在君臣
之間』。」[59]此詩字面上雖是思慕仙人，看似求仙，雖有一作「佳人」
字，然而自古文人多以美人、佳人喻國君，因此筆者認為此詩乃比
興之說，言外之意甚深。正如方東樹《昭昧詹言》所言：「正言直述，
易於窮盡，而難於感發人意。託物寓情，形容摹寫，反覆詠歎，以
俟人之自得，所以貴比興也。」[60]又《文心雕龍・隱秀》佚文曰：「情
在詞外曰隱，狀溢目前曰秀。」[61]情在詞外即含蓄之美，光芒內歛，
溫婉深曲，具有幽邃之深度，正所謂「興象超遠，元氣渾然」、「言
有盡而意無窮」如此含蓄蘊藉產生出神韻之美。

　　此詩短短七句，卻有四句以「碧海」、「蓬壺」、「青鳥」、「麻姑」
等神仙、神話典故含情帶景抒寫內心所思之人。前四句除了努力以
示現的技巧去刻畫形容，大海波濤洶湧，長鯨噴湧渡海之險難外，
更融化東方朔《海內十洲記》中記載「碧海」的特性：海廣狹浩瀚，
水既不鹹苦，正作碧色，甘香味美；與古仙人所居「蓬壺」(即蓬萊)
意象，體察景物的風神，能入細入微，而「海寒多天風」一句，《唐

58 (宋)郭茂倩編撰：《樂府詩集》第 1 冊(臺北：里仁書局，1999 年 1 月初版 2
　　刷)，頁 230。
59 詹鍈：《李白詩文繫年》(北京：人民文學出版社，1984 年 4 月新 1 版)，頁
　　168。
60 (清)方東樹撰：《昭昧詹言》(臺北：廣文書局，1962 年)，不著頁。
61 (南朝梁)劉勰著、周振甫注：《文心雕龍》(臺北：里仁書局，1984 年)，頁 739-741。

宋詩醇》卷 3 曰:「『海寒多天風』五字,融鑄古人,自成奇句。」[62]
利用感官的感受,寫抽象成具體;「白波連山倒蓬壺,長鯨噴湧不可
涉」變靜態景物描摹為動態,使人一若身歷其境,產生實感性的意
境,因不可涉,故「撫心茫茫淚如珠」,以疊字脣音「茫茫」明鈕字,
表現出遠景的邈茫,除了可以聲摹境,摹擬出大海茫茫形象外,更
道出內心茫茫無可適從,有著寬泛不明的涵義,給人以黑暗、散漫、
迷濛之意味。「淚如珠」之「珠」字下得更妙,有著海底珍珠之意味,
李白一生懷才不遇猶如滄海遺珠,其後,李商隱〈無題〉詩云:「滄
海月明珠有淚」,海底明珠顆顆都是鮫人眼淚幻化而成,於此可見李
白擔憂國君遭小人蒙蔽,對國事民生關懷用情至深。結尾二句,宕
開一筆,將希望寄託於西王母使者「青鳥」傳遞書信予曾見東海三
為桑田的「麻姑」仙人,將原先所思之人遠隔大海不可見,中間橫
阻許多朝廷奸佞讒言,報效國家君主之機會遙遙無期,失望頹喪之
氣一掃而光,折騰一筆,展露出全新的詩心。正如短篇小說中有一
種「歐亨利式」[63]的結尾,是一種製造意外驚奇的結尾,讀完之後總
能讓人嘖嘖稱奇,拍案叫絕,凸顯出鋒迴路轉,出人意表的結局。

　　聲律之美,包含聲與聲的諧合、聲與情的諧合。此詩首句入韻,
一韻到底,用「隅、壺、珠、姑」等字押上平聲七虞韻[64]是魚類字,

---

62 (清)清高宗御選:《唐宋詩醇》1 冊(臺北:臺灣中華書局,1971 年 1 月臺 1 版),
　　頁 53。

63 歐亨利(O. Henry) 在現代文學史上有「短篇小說之王」(the master of the short
　　story)的稱譽,其小說的特色是,結局往往出乎讀者意料之外。故事一開始很
　　平常,但經過縝密的布局,進行到最後,突然來個意想不到的「轉折」(twist),
　　把讀者的閱讀神經拉到最高點,然後戛然而止,令人低迴深思。這種結局出人
　　意外的「歐亨利式轉折」(O. Henry twist),他所寫的小說裡幾乎每一篇都有。
　　見成寒:《英語有聲書:聖誕禮物》(臺北:時報出版社,2004 年),前言。

64 「隅、壺、珠、姑」上平聲七虞韻,見《增廣詩韻集成》(臺北:文光書局,
　　1980 年 12 月),頁 28-30。

因為魚虞韻的主要元音不是「o」，就是「u」，口腔的張口度既小，嘴唇又閉攏，收斂作圓形，最足以表達這種幽咽的情緒，王易《詞曲史》謂：「韻與文情關係至切：魚語幽咽」[65]，此詩從首至尾充分展現思念幽咽之情，正如葉燮《原詩》所言：「樂府被管絃，自有音節，於轉韻見宛轉相生層次之妙。若寫懷投贈之作，自宜一韻，方見首尾聯屬。」[66]此詩以七言為主，夾雜了一個五字句、一個十一字句，句式嚴整中又見參差錯落。王忠林《中國文學之聲律研究》曰：「四言音節短促，宜於表現質實之情，而五七言則音節較舒緩，宜於表現跌宕之情，各因其所表現情緒之需要，而產生音節不同之形式。」[67]可見句型長短可以產生不同的情調，此詩可見開首感情激動用特長句，旋即馬上用特短句，如此長短參差，顯現出情感起伏之大，有如大海波瀾一般，非但以韻表情，以聲摹境外，句式更形象化將內心如大海波濤洶湧情狀表露無遺。

四　鼎湖飛龍安可乘

　　無論是驚濤裂岸的浪花，亦或風平浪靜的海濱，面對廣袤無涯的大海總能激發詩人無限的遐思，尤其獨自身處異地，汪洋一片的大海，照耀著是詩人失意之感傷，與其說是問海，不如說是詩人內心的獨白，蘊含憂國憂民之深情，代表詩作如下：

　　　　登高丘，望遠海。六鼇骨已霜，三山流安在？扶桑半摧折，

65　王易：《詞曲史》(臺北：廣文書局，1997 年 9 月再版)，頁 283。

66　(清)葉燮：《原詩》外篇下二二(北京：人民文學出版社，1979 年第 1 版)，頁 71。

67　王忠林：《中國文學之聲律研究》下冊(臺北：臺灣省立師範大學，1963 年 12 月初版)，頁 349-350。

白日沈光彩。銀臺金闕如夢中，秦皇漢武空相待。精衛費木石，黿鼉無所憑。君不見驪山茂陵盡灰滅，牧羊之子來攀登。盜賊劫寶玉，精靈竟何能？窮兵黷武今如此，鼎湖飛龍安可乘！(92〈登高丘而望遠海〉)

　　此詩作於天寶六載(747)，李白來到浙江會稽，登高臨海所作。首句六字應題面，亦可言題目即從此而來。古代詩歌無題(如《詩經》)，後人遂以首句數字為題，唐人詩多有效此法。但李白此詩雖以首句為題，卻可以概括全詩內容。「登高丘，望遠海」寫出詩人站於臨海的高山上，遠望大海，登高遠眺，感而賦詩。登山則情滿於山，觀海則情溢於海。李白既登山又觀海，筆端自然流瀉出山海奇景。然此詩並非如此，詩人所賦並非眼前自然實景，既非山海奇景，而是寫出自古以來山、海神話傳說。

　　「六鼇骨已霜，三山流安在？」是一個與大海有關的神話。據《列子·湯問》記載，渤海東邊極遠處，有五座大山，名叫岱輿、員嶠、方壺、瀛洲、蓬萊，上居神仙。因五山之根無所聯繫，常隨波漂蕩，天帝命海神禺彊要十五隻巨鼇舉首戴之。其後，龍伯國巨人釣走六隻鼇，拿其骨燒灼占卜，以致岱輿、員嶠二山漂至北極，沈入大海。李白雖然好言神仙，詩中論及神仙、仙境甚至長生不死之處極多，如〈懷仙歌〉：「巨鼇莫載三山去，我欲蓬萊頂上行」，但此詩反用此神話詢問三山的下落，是對仙境的企慕與嚮往嗎？筆者認為，在此是以疑問句式表述否定，海上本無三山，否定這些荒誕不經的神話傳說。接下來，又說另一個大海神話：「扶桑半摧折，白日沈光彩」，傳說扶桑是大海中的一株神樹，長數千丈，一千餘圍，是太陽栖息、沐浴之所。然詩中以太陽棲息的扶桑已半枯朽摧折，

以致白日無法升天，於此悖於自然之道，否定扶桑栖日之說。此詩玄妙之處於此，一反常態否定神話傳說，乃為下文「銀臺金闕如夢中」蓄勢而來。

「銀臺金闕」是神仙居處，「如夢中」一語道破神仙之說無稽之談。接下來「秦皇漢武空相待」才是全詩點睛之處，李白此時登高望海並非漾起大海胸懷襟抱，而是想起中國歷史上沈溺於神仙長生之說的秦始皇與漢武帝兩位君王。秦始皇為求長生不死，耗竭民力財物，漢武帝亦是如此。雖然李白其他詩中到處充塞神仙思想，寄寓著其政治上失意與幽憤，以及追求美好理想的願景，乃因神仙之境是沒有機巧之清淨之地，但於此詩卻痛惡天子勞民傷財妄求神仙，立足點不同，視角也就不同，皇帝嚮往的神仙只圖自己長壽永生，享樂富貴，此為李白批判之處。

從「精衛費木石，黿鼉無所憑」之後，變換韻腳，雖韻轉而意不轉。於此說明海水深且廣，永填不平，企圖以精衛鳥銜西山木石填於東海或以周穆王伐南越水中動物黿鼉為梁為憑藉，亦尋不到海上三山。其後，「君不見驪山茂陵盡灰滅，牧羊之子來攀登！盜賊劫寶玉，精靈竟何能？」跳脫出神話傳說不足憑信的觀點，轉入對秦皇武求仙行為之撻伐。以「君不見」七言歌行體常見的「冒頭語」直貫此四句。「驪山」、「茂陵」分別是秦始皇、漢武帝的陵墓，秦始皇漢武帝生前感於方士之說，即位後大力修造陵墓數十年，耗盡天下財力，一邊出海求仙藥，一邊求地下不朽，然始皇陵毀於項羽之火，武帝陵曾遭赤眉軍掘取。如今驪山茂陵牧羊人在上驅趕羊群，竊墓盜賊劫走寶玉，與〈古風五十九首其三〉：「但見三泉下，金棺葬寒灰」一樣令人噓唏。

最末二句「窮兵黷武今如此，鼎湖飛龍安可乘？」以秦皇漢武勞民傷財，好戰輝煌武功，妄求神仙，如今卻成了一抔黃土，以古

諷今，對於今日好神仙、窮兵黷武的唐玄宗予以深刻諫戒。清代王
夫之《唐詩評選》評此詩曰：「後人稱杜陵為詩史，乃不知此九十一
字中，有一部開元、天寶本紀在內。」[68]在浪漫超脫之中，又見其關
注現實民生、仁民愛物襟抱。此詩藉由觀「海」將思緒神遊至古史
帝王「出海求仙」，耗竭民力財貨，到頭來一場空，似乎有如佛家「空」
「無」之觀念，世間萬物生於「無」，最終必回歸「無」。藉由「海」
真實勾勒出唐代政治黑暗面、社會現實面，將自己對國家的赤誠之
心表露無遺。

　　此詩隔句押韻，全詩換二次韻，共用二韻，前八句用「海、在、
彩、待」等字押上聲十賄韻[69]，上聲高呼猛烈強，後八句用「憑、登、
能、乘」等字押下平聲十蒸韻[70]，劉師培說蒸類字有「進而益上」、「凌
踰」的意義，憑、登、能、乘的中古擬音是[jəŋ]，以獨發鼻音為尾
音，加強了膠著凝結的意味，利用這四個平聲韻腳的雄厚力量，凝
聚成一股強固的力量。此詩以五言為主，夾雜了二個三字句、五個
七字句、一個十字句，句式整齊中參差錯落，讀起來跌宕頓挫，與
整齊的五言歌行不同。用詞淺近，語序採取直陳形式，不受詩歌每
句規定字數的約束，頗似散文敘事表意的手法，語言自由運用使得
此詩的內容騰曲折，無不盡意。

　　鄭靖時曰：「詩歌中最重視聲音的節奏，所謂節奏，是指一定時

---

68 (清)王夫之：《唐詩評選》《船山遺書集部》善本(上海：上海太平洋書店重校
　　刊，1933 年 12 月)，頁 11。

69 「海、在、彩、待」上聲十賄韻，見《增廣詩韻集成》(臺北：文光書局，1980
　　年 12 月)，頁 139。

70 「憑、登、能、乘」下平聲十蒸韻，見《增廣詩韻集成》(臺北：文光書局，
　　1980 年 12 月)，頁 102-104。

間內，有規則化地重複某種感覺的印象。」[71]而「頓」[72]是最基本的節奏因素，然而詩歌的節奏效果還有賴於每句中頓的奇偶劃分。偶數音節的調性近於說白，奇數音節的調性近於詠嘆。[73]此詩基本上採用二音步和三音步交替運用，韻腳也是平仄變化。全詩奇偶相間，多以奇數音節收尾的四三式(二二三式)結構，其吟詠調性大大提高詩的韻律美，加以此詩每句皆以奇數音節收尾，所以詠嘆的調性較強。

> 登高丘，望遠海。六鰲／骨已霜，三山／流安在？扶桑／半摧折，白日／沈光彩。銀臺／金闕／如夢中，秦皇／漢武／空相待。精衛／費木石，黿鼉／無所憑。君不見／驪山茂陵／盡灰滅，牧羊之子／來攀登。盜賊／劫寶玉，精靈／竟何能？窮兵／黷武／今如此，鼎湖／飛龍／安可乘！

五　虎視何雄哉

> 秦皇掃六合，虎視何雄哉。飛劍決浮雲，諸侯盡西來。明斷自天啟，大略駕羣才。收兵鑄金人，函穀正東開。銘功會稽

---

71 鄭靖時〈近體詩聲律淺說〉，見羅宗濤等著：《中國詩歌研究》(中央文物供應社，1985 年)，頁 131-132。

72 漢語一個字為一個音節，四言詩每句四個音節，五言詩每句五個音節，七言詩每句七個音節。通常以兩個音節組合為一個音步，或稱一頓。頓表示一個節奏單位，或略作停頓，或慢聲吟誦；頓的劃分兼顧音節的整齊和意義的完整。見吳戰壘：《中國詩學》(臺北：五南圖書出版有限公司，1993 年 11 月初版 1刷)，頁 172-173。

73 吳戰壘：《中國詩學》(臺北：五南圖書出版有限公司，1993 年 11 月初版 1刷)，頁 172-173。

嶺，騁望琅琊臺。刑徒七十萬，起土驪山隈。尚採不死藥，
茫然使心哀。連弩射海魚，長鯨正崔嵬。額鼻象五嶽，揚波
噴雲雷。鬐鬣蔽青天，何由覩蓬萊？徐市載秦女，樓船幾時
回。但見三泉下，金棺葬寒灰。(3〈古風五十九首其三〉)

　　此詩作於天寶 6 年(747)，李白 47 歲，主旨是借秦始皇之出海求
仙不成，以規諷唐玄宗之迷信神仙。詩歌前半部分肯定秦始皇統一
天下、鞏固天下的歷史功績，使國家由戰國紛爭的割據混亂局面走
向統一、太平，頌揚秦王雄才略。首四句極力渲染秦始皇消滅六國，
平定天下之威風。不言平定「四海」，而言「掃」空「六合」(包天
地四方而言之)，張揚秦王之赫赫聲威，再以「虎視」形容其勃勃雄
姿，咄咄逼人，有「猛虎攫人之勢」。
　　緊接著寫出「飛劍決浮雲」，以「浮雲」象徵當時天下混亂陰暗
的局面，然而秦王拔劍一揮則寰區大定，一個「決」字寫出快刀斬
亂麻的果斷之勢，於是天下諸侯皆西來臣屬，不待之後讚揚，讚揚
之意已溢於言表。而「明斷自天啟」一作「雄圖發英斷」，但不管「明
斷」、「英斷」、「雄圖」、「天啟」、「大略」，詩篇至此，一揚再揚，為
後段的轉折蓄勢。
　　接著敘述秦始皇統一天下後所採取鞏固政權的「大略」：一是始
皇二十六年盡收天下之兵器，鑄成金人(銅像)十二，存於宮內，消除
反抗力量；二是始皇二十八年，南登琅邪，「乃徒黔首三萬戶琅邪臺
下；復十二歲，作琅邪臺，立石刻，頌秦德」統一文字、度量衡，
制定法律並中央集權等措施。始皇三十七年，「上會稽，祭大禹，望
於南海，而立石刻頌秦德」[74]於此批判六國諸侯企圖復辟叛亂的行

---

74 上述始皇二十八年、三十七年史事分別出自(漢)司馬遷撰：《史記》1 冊卷 6
　　〈秦始皇本紀〉第六(臺北：大申書局，1978 年 3 月再版)，頁 247、263。

為，從輿論上防止六國貴族的反抗，維護天下統一。然而秦之統一措施甚多，擇其要者，綱舉目張，「騁望」二字形象生動地展示出秦王當時志盈意氣風發之神韻與霸氣。

後段十二句，據史實進行形象生動藝術寫，也是此詩高潮之處，極盡所能諷刺秦王驕奢淫侈及妄想長生的荒唐行為，並揭示其自私、愚昧的內心世界。「刑徒七十萬，起土驪山隈」二句首先揭發驪山修墓奢靡之事：始皇即位第三十五年，發宮刑罪犯七十多萬人建阿房宮和驪山墓，揮霍恣肆，窮極民力。其後「尚採不死藥」句一直到「樓船幾時回」句共費十句大力揭發「出海求仙」的愚妄之舉。始皇二十八年，齊人徐市說海上有蓬萊等三神山，上有仙人及不死之藥，於是始皇遣徐市帶數千童男女入海求藥，數年無果。然而「茫然使心哀」一語道出內心的空虛並未從此罷休，據史載徐市詐稱求藥不得，是因海中有大魚阻礙之故，又掀起另一波高潮，始皇派海船連續發射強弩沿海射魚，在今山東煙臺附近海面射死一條鯨魚。「額鼻像五嶽」、「揚波噴雲雷」、「鬐鬣蔽青天」此三句以浪漫想像與高度誇飾手法，將獵海中大鯨場面寫得光怪陸離，頗似晉朝木華〈海賦〉極盡所能描摹海鯨形象：「巨鱗插雲，鬐鬣刺天」。李白筆下海面上的長鯨，驟然看似一尊山嶽，牠噴射水柱時水波激揚，雲霧瀰漫，聲如雷霆，把鬐鬣張開時竟遮蔽了青天，於此增添驚險奇幻的神秘色彩。然而長鯨征服，但不死藥何在？始皇就在巡行途中病死。

「但見三泉下，金棺葬寒灰」是致命一跌，使九霄雲上的秦王跌到地底，以此二句收束築陵、渡海求仙事，想當初英明果斷的英主竟被方士一再欺騙，求仙不得，只留下寒冷骨灰，以景截情的句法，使得深厚的情感沒入悠悠不盡的時空裡，渡海求不死藥不曾被回答的問號，就一直在空際蕩漾！此詩雖詠史規諷玄宗迷信方士妄

求長生，但在詠史之中看到李白將始皇出海求仙、射鯨之情況刻畫得極其生動，史實與誇張、想像契合無間，敘事中含攝議論與抒情，欲抑故揚，跌宕生姿，具批判現實精神又流露一股浪漫奔放之情，此詩以豐繁的含意增加詩的強度，因此筆者將此詩視為海意象詩歌力作。

全詩句法整齊，平滑流暢，首句不入韻，一韻到底，用「哉、來、才、開、臺、隈、哀、嵬、雷、萊、回、灰」等字押上平聲十灰韻[75]是支類的字，劉師培說支類的字有「由此施彼」及「平陳」的意思，寫的是秦始皇掃六合、決浮雲，諸侯盡西來，接下來收兵鑄金人，銘功會稽嶺，起土驪山隈，連弩射海魚，用支類字為韻腳與情境是一致的。「哉、來」中古擬音是[uɑi]，由三個元音構成，高元音略降低而即升高，音響略侈而又斂，升降不大而較久，能輔助平陳前去的感覺。全詩奇偶相間，皆以奇數音節收尾的二三式結構，其吟詠調性較強，甚至句腳連用三個平聲字，如「何雄哉」、「琅邪臺」、「驪山隈」、「噴雲雷」等，其音調就趨向低沈，宜於表現悱惻哀傷之情。

六　煙濤微茫信難求

李白海意象詩歌最特殊之處就是巧妙將理想生活與現實人生互融合一，藉由想像與虛構的海外仙境來建構自己的理想世界，與現世黑暗污濁環境相對比，凸顯內心的矛盾衝突，將詩歌的張力拉至最高點，最後又回歸現實人生。〈夢遊天姥吟留別〉歷來被評判為夢遊詩、遊仙詩，然而筆者在此將它歸入海意象詩歌，並且是一首海

---

75 「哉、來、才、開、臺、隈、哀、嵬、雷、萊、回、灰」上平聲十灰韻，見《增廣詩韻集成》(臺北：文光書局，1980 年 12 月)，頁 38-42。

外仙境幻想詩歌來探析之。此詩與上述〈登高丘而望遠海〉、〈古詩五十九首其三〉這兩首詩不同，是「幻想詩歌」(幻想文學)[76]，並無古史傳說的論述，「海洋幻想詩歌」不同於其他意象類型的寫實手法，必須憑藉豐富的想像力，創造出令人驚異的情節，建構第四度空間，不可思議的超能力事件。其詩如下：

> 海客談瀛洲，煙濤微茫信難求。越人語天姥，雲霓明滅或可覩。天姥連天向天橫，勢拔五岳掩赤城。天台四萬八千丈，對此欲倒東南傾。我欲因之夢吳越，一夜飛度鏡湖月。湖月照我影，送我至剡溪。謝公宿處今尚在，淥水蕩漾清猿啼。腳著謝公屐，身登青雲梯。半壁見海日，空中聞天雞。千巖萬轉路不定，迷花倚石忽已暝。熊咆龍吟殷巖泉，慄深林兮驚層巔。雲青青兮欲雨，水澹澹兮生煙。列缺霹靂，丘巒崩摧。洞天石扇，訇然中開。青冥浩蕩不見底，日月照耀金銀臺。霓為衣兮風為馬，雲之君兮紛紛而來下。虎鼓瑟兮鸞回

---

76 國外學者、作家對幻想文學(fantastic literature)的定義，有以下四點：一、利麗安·H·史密斯說：「所謂幻想文學，誕生於獨創的想像力之中。那種想像力是一種超脫了由我們五官所感知的外界事物引致的概念，形成更為深刻的心理活動。」二、瀬田貞二說：「幻想文學就是憑藉豐富的想像力，虛構一個這個世界上不存在的不可思議的世界，在這個架空的世界裡展開一連串的故事，這一文學樣式稱之為幻想文學。」三、神宮輝夫則認為幻想文學「包含著超自然的要素，以小說的形式展開故事，給讀者帶來驚異感覺的作品。」四、S·A·依菲考則說：「幻想文學只是一種有意圖的、或多或少地破壞自然法則，並進一步超越它而使全篇變得引人入勝的故事。當然，這與超自然相關，也就是說，逾越自然的什麼事物或什麼人物，出現在實際上並不存在而是被創造出來的世界(第二世界)，不自然地侵入現實世界並影響它(第二認知)。」參見彭懿：《世界幻想兒童文學導論》(臺北：天衛文化圖書有限公司，1998 年 12 月)，頁 24-25。

車，仙之人兮列如麻。忽魂悸以魄動，怳驚起而長嗟。惟覺
時之枕席，失向來之煙霞。世間行樂亦如此，古來萬事東流
水。別君去兮何時還，且放白鹿青崖間。須行即騎訪名山。
安能摧眉折腰事權貴，使我不得開心顏？

〈夢遊天姥吟留別〉，天姥，是山名，在現在浙江省嵊縣東南，
天台山西北。吟，乃是樂府詩體名稱。「留別」，是自己要走了，寫
詩贈給別人，與「送別」不同。題目一作〈別東魯諸公〉，東魯，即
今日山東省一帶。作於天寶五年(746)，是浪漫主義詩歌風格的代表
作，完全打破一般送別、留別詩的衷傷，惜別詩的陳調，而是借留
別來表明自己不事權貴的政治態度。此詩以「海客談瀛洲」起興，
進入夢遊、遊仙境之說，以海外仙境──瀛洲切入夢境中現實世界
的仙境──天姥，看是虛實相生，實則全虛筆法，將想像中海外仙
境實景比附於現實世界的天姥山，是第四度空間代表作。

法國大詩人雨果（Victor-Marie Hugo,1802-1885）曾說：「比大
海更複雜更富於變化的是人的心靈。」此詩存在著明或暗的兩種或
多種矛盾的思想和聲音，然而它更逼進作者真實的心靈世界，透過
意象的組合疊合、象與象外的結合，形成神仙境界。嚴羽評此詩曰：
「太白寫仙人境界皆渺茫寂歷，獨此一段極真極雄，反不似夢中語。」
詩歌並非記錄物理時空，而是可對現實時空進行鍛造，使其變形成
心理時空，「故寂然凝慮，思接千載；悄焉動容，視通萬里」[77]、「精
騖八極，心游萬仞」、「觀古今於須臾，撫四海於一瞬」[78]，而夢的時

---

77 (梁)劉勰著：《文心雕龍》《四部叢刊正編99》(臺北：臺灣商務印書館，1954
    年11月臺1版)，頁31。

78 (梁)蕭統編：《六臣註文選》卷17陸士衡〈文賦〉《四部叢刊正編92》(臺北：
    臺灣商務印書館，1979年)，頁310。

空知覺也具有時空的濃縮性、無隔性、跳躍性的特點[79]。此詩虛化了
一個超脫現實的神仙世界與現實社會形成強烈鮮明的對比，通過想
像或幻想的境界來抒發其主觀情思，與杜甫最大的不同在於，李白
不側重社會生活實景之描寫，而是曲折反映社會生活的本質，詩中
並沒有直接描寫當現實生活中的黑暗、腐朽和醜惡，而是以夢遊形
式寄託美好理想與塑造不畏權貴的自我形象。

　　整首詩全是想像的產物，「海客談瀛洲，烟濤微茫信難求。越人
語天姥，雲霓明滅或可睹。」兩句中，寫出兩個重要意象。據《史
記‧封禪書》記載：「自威、宣、燕昭使人入海求蓬萊、方丈、瀛洲，
此三神山者，其傳在渤海中，去人不遠……蓋嘗有至者，諸仙人及
不死藥皆在焉。」[80]說明「瀛洲」是神仙所居之地。詩開首以海上回
來的人談起瀛洲山，隔著茫茫大海，實在難以尋找，「信」在此乃是
「實在」之意，此乃陪襯之筆，轉入第三句「越人語天姥」之正題，
前四句以「對比」手法，將「海客」與「越人」，「瀛洲」與「天姥」
對比，一仙一凡，一個「信難求」，一個「或可睹」，天姥雖可睹，
但在浮雲中時隱時現，可望不可及，它橫天而出，連四萬八千丈的
天台山也相形見絀，在此以對比方式渲染出一幅神奇變幻離神秘之
氣氛，展現奇幻之美。

　　「天姥連天向天橫，勢拔五嶽掩赤城。天台四萬八千丈，對此
欲倒東南傾」司馬承楨《天地宮府圖》將道教宮府列為三十六洞天
和七十二福地，洞天中第六赤城山洞，福地中第十六天姥岑皆在天

---

79 劉文英：《夢的迷信與夢的探索》(北京：中國社會科學出版社，1989 年版)，
　　頁 254-259。
80 (漢)司馬遷撰：《史記》冊 4 卷 28《四部備要》(臺北：中華書局，1965-1966
　　年)，頁 9。

台山區域內[81]。孫綽〈遊天台山賦〉將天台與蓬萊瀛洲相提並論:「涉
海則有方丈蓬萊,登陸則有四明天台。皆玄聖之所游化,靈仙之所
窟宅」,因此人遊天台可「睹靈驗而遂徂,忽乎吾之將行,仍羽人於
丹丘,尋不死之福庭,苟台嶺之可攀,亦何羨乎層城」,孫綽賦中寫
出天台是仙境,又曰:「雙闕雲竦以夾路,瓊臺中天而懸居,朱闕玲
瓏於林間,玉堂陰映於高隅」[82],李善引顧愷之〈啟蒙記〉注:「天
台山,列雙闕於青霄中,上有瓊樓瑤林醴泉,仙物具備」[83]說明天台
道教仙都氣氛與西王母、真官仙靈所住的金台玉樓、流精闕、瓊華
之室並無不同。然而天姥山海拔不及天台華頂峰,更不及五嶽,但
李白將天姥山寫得冠蓋天台、赤城和五嶽,除了採以誇張的藝術手
法外,在《太平寰宇記》卷 96 道破了天機:「〈後吳錄〉云:『剡縣
有天姥山,傳云登者聞天姥歌謠之響。謝靈運詩云:『暝投剡縣山,
明登天姥岑。高高入雲霓,遠奇何可尋』即此也」[84]。姥者,一解通
母,西王母高居天庭極深處,而中古時期越人稱西王母為天姥,把
傳說中登山者聽到天姥歌唱之聲的山峰稱為天姥山。因此天姥山在
此除了現實中道教仙山外,更是嚮往海外瀛洲和西王母指意。表面
上雖言天姥山,實則嚮往海外瀛洲仙境。不論海外瀛洲,亦或天姥
山,詩人並未親到過,全是想像中的仙境,由海外仙境勾連到現實
中一個無可觀的天姥山小丘,然而李白筆下卻顯得氣勢非凡,天姆

---

81 詳見(宋)張君房撰:《雲笈七籤》卷 27《景印文淵閣四庫全書 1060》(臺北:
臺灣商務印書館,1983-1986 年),頁 304-314。

82 (梁)蕭統編:《六臣註文選》卷 11《四部叢刊正編 92》(臺北:臺灣商務印書
館,1979 年),頁 211。

83 (梁)蕭統編:《六臣註文選》卷 11《四部叢刊正編 92》(臺北:臺灣商務印書
館,1979 年),頁 211。

84 《太平寰宇記》《四庫全書》史部第 470 冊(上海:上海古籍出版社,1987 年
版),頁 68。

連天向天「橫」、勢「拔」五嶽「掩」赤城、對此欲「倒」東南「傾」，用六個形象生動的動詞，連赫赫有名的天台山都傾斜著如拜倒在天姥的足下一樣，誇張烘托非同凡比巍巍然、栩栩然地形象，鮮明抒情色彩，接下來採用一連串「蒙太奇」[85]式的想像，展現一幅一幅瑰麗變幻的奇景，在黑暗現實中暫得精神上的解脫。

　　「我欲因之夢吳越」一句，是過渡句，起著承上啟下的作用，「一夜飛度鏡湖月」，二句中的「夢」、「飛渡」、「送」等動詞連用，表達了作者急迫的心情。明月將其影子映照在鏡湖之上，又送他降落於謝公當年曾經歇宿過的地方，「謝公宿處今尚在」一詞出現於詩中，是一個藝術形象，既可顯示李白對東晉謝安不滿朝廷昏暗，高臥東山，後來前秦壓境，國難當前，為濟蒼生而出山救國與曾遊歷天姥的謝靈運的敬仰與緬懷之情。在謝靈運〈登臨海嶠初發疆中作與從弟惠連可見羊何共和之詩四章其四〉詩云：「暝投剡中宿，明登天姥岑」[86]。長安三年供奉翰林，連正式官職並未授予，使李白感到自己的遭遇與謝靈運相似。謝靈運出身世族大地主家庭，十八歲襲封康樂公，但劉宋政權採取壓抑世族大地主政策，因此遭到厄運，降公爵為侯爵，自認才能宜參權要，卻既不見知，常懷憤恨。

　　繼續飛渡，看到海日升空，天雞高唱，一片曙色，於山花迷人、倚石暫憩之中，「千岩萬轉路不定，迷花倚石忽已晚」二句似乎訴說

85　蒙太奇手法，本源自法國，是建築的用語，後來也用於電影。廣義的蒙太奇，則指畫面由編輯、剪接，進而使它更具深沈的涵義。是將沒有連貫、不連貫的片段，加以組合，這些組合在作者心中組成一個有意涵的事物。所以蒙太奇手法，在電影中透過編輯或跳躍式的鏡頭，組合成新的感觀。見邱師燮友：〈儒家古典詩學的新思維〉《並蒂詩花》(臺北：萬卷樓圖書股份有限公司，2010年12月初版)，頁 80。

86　逯欽立輯校：《先秦漢魏晉南北朝詩》中冊宋詩卷 3(臺北：學海出版社，1984年 5 月初版)，頁 1176。

著李白在持盈法師等人荐舉下，被玄宗召到京城，卻被玄宗視為歡樂工具，最後又被賜金還山，蹉跎二十餘年，以及長安三年所歷經的坷坎曲折仕途，於此形象化表達出。暮色忽臨，變化倏忽，於此熊咆龍吟，震響於山谷之間，深林為之戰慄、驚動，「熊咆龍吟殷岩泉，慄深林兮驚層巔」，字面上寫出夢境中天姥山令人毛骨悚然的恐怖氣氛，然深層含義卻是流露出於朝廷中所遭遇的險環境。「雲青青兮欲雨，水澹澹兮生烟」，雲是白色，但在陰沈天色時，因光線變化變成黛青色，當青雲下垂時，波光搖曳的水面上升起朦朦白霧，將山雨欲來的情景呈展出一種朦朧奇特的幻境美，將詩人走向朝廷過程中，風雲不測之情況，於此變化莫測的景物描寫中活靈活現，在此將青雲、水、煙與詩人的情感相契合。

詩意由奇異轉入荒唐，也進入高潮，在令人驚悚不已的幽深暮色中，霎時「列缺霹靂，丘巒崩摧」，神仙世界「訇然中開」，「青冥浩蕩不見底，日月照耀金銀臺。霓為衣兮風為馬，雲之君兮紛紛而來下」寫到仙人披彩虹為衣，驅長風為馬，虎為之鼓瑟，鸞為之駕車，群仙盛會。從「列缺霹靂」到「仙之人兮列如麻」表面上描繪出光輝燦爛的神仙世界，實則反用其意。以「雲之君」、「仙之人」比喻現實中昏君奸佞沆瀣一氣；以「霓為衣」、「風為馬」、「虎鼓瑟」、「鸞回車」熱鬧場面比喻朝廷森嚴可怖，以「青冥浩蕩不見底」、「日月照耀金銀臺」比喻現實中的暗無天日，這些神仙世界，乃是黑暗現實世界的縮影，也因如此，「忽魂悸以魄動，怳驚起而長嗟」大夢驚醒，夢境消散。二十多年來對濟世理想的窮追不捨，卻於黑暗政治下，像夢幻般轉眼成空，人生如夢之感慨。

雖神遊天上仙境，心覺「世間行樂亦如此」，之後仙境倏忽消失，夢境旋即破滅，於驚悸中重返現實，「古來萬事東流水」是人生失意深沈的感慨，一語道出李白是清醒的迷途者，帶著矛盾的心情，向

東魯諸友告別，至於別後的去向，「且放白鹿青崖間，須行即騎訪名
山」，並非消極出世思想，「且」字透露暫隱之意，仍期待東山再起
的機緣。最後以「安能摧眉折腰事權貴，使我不得開心顏！」作為
全詩收束，不事權貴的主旨，表現詩人對獨立人格理想的執著追求，
如一盞明燈照亮全詩，更是畫龍點睛之處，字字千鈞，展現維護自
己個性尊嚴，衝決樊籠、傲岸不屈、大無畏的精神與惡勢力對抗，
唱出封建時代的強音，詩至此戛然而止，而回音激盪不息。

　　為何李白只「夢天姥」，而不「夢瀛洲」？范德機《批選李翰林
詩》卷三：「雲霓明滅或可睹」之下批曰：「瀛洲難求而不必求，天
姥可覩而實未覩，故欲因夢而覩之耳。」此外，又因他欽慕謝安、
謝靈運等均長期棲止於天姥山一帶，更深層的原因在於李白離開長
安後，縱情山水，嘯傲林泉，宣稱學道求仙，永離塵世，然並非如
此，他濟世理想始終深藏於心並未泯滅，如〈單父東樓秋夜送族弟
沈之秦〉詩云：「遙望長安日，不見長安人。長安宮闕九天上，此地
曾經為近臣。一朝復一朝，白髮心不改」渴望有朝一日重返朝廷，
得到君王重用，儘管訪道、求仙，但內心實為關注現實。因此，在
夢中寄託對人生理想的追求。

　　〈夢遊天姥吟留別〉的主題意識何在？歷來有不少專家學者探
討之，並提出多種不同見解，成果卓著。清代陳沆《詩比興箋》曰：
「太白被放以後，回首蓬萊宮殿有若夢遊，故托天姥以寄意。」[87]然
而，清代沈德潛評點〈夢遊天姥吟留別〉詩曰：「托言夢遊，窮形盡
象，以極洞天之奇幻，至醒後頓失烟霞矣。知世間行樂亦同一夢，
安能於夢中屈身權貴乎？吾當別出遍遊名山以終天年也。」[88]可見其

---

87 (清)陳沆撰：《詩比興箋》(上海：中華書局，1959 年)，頁 159。
88 (清)沈德潛評選：《唐詩別裁集》上冊(臺北：廣文書局，1970 年)，頁 186。

並未將夢境視為理想境界,卻將其當作「世間行樂」的喻體。清代方東樹評點「世間行樂亦如此,古來萬事東流水」兩句云:「因夢遊推開,見世事皆成虛幻也」將夢境似為虛幻境界,比況世事。安旗〈〈夢遊天姥吟留別〉釋幻〉一文曰:「李白的詩歌富於比興的特點,又是打開此詩秘豐的鎖鑰。」「比興言志之法,簡而言之,就是運用某些象徵性的景物,抒寫詩人的某種生活經歷和思想感情,從而反映出當時的現實」、「李白這幾年攀龍墮天的經歷,事涉朝政,難以顯陳(明說);李白這幾年中的酸甜苦辣,語干禁忌,更是難以直言。不用比興手法何以展其義?不用比興手法何以騁其情?」[89]借天姥山來喻皇宮,本義寫宮廷的可怕。

綜觀全詩寫現實生活的句子極少,主要是憑藉想像和誇張創造了一個夢境,而夢境是不受現實約束的,有利於作者以想象的翅膀,去飛渡鏡湖,聽天雞啼叫,聞熊咆龍吟,看到仙門大開,群仙聚首,霓虹可為衣,鸞鳥可回車,金銀可築亭臺樓閣,虎能奏樂,將幻想鏡頭刻畫的栩栩如生,想像越是離奇怪誕,誇張越是紛繁離奇,愈能表現作者對黑暗現實社會的憤悶與不滿,對自由光明的渴望和追求。以夢遊的形式向世人表露心跡,因理想與現實的矛盾產生夢境,並在夢境中寄託對人生理想的追求與傲骨風格。李白夢遊中的仙人、物象、景象雖古怪離奇,神秘莫測,虛無縹渺,卻能於虛景中映襯出實情,於荒唐中透出真意,虛實相生,將心靈意向具象化呈顯出來,達到最高的藝術境界。

此詩首句入韻,全詩換了九次韻,共用十韻。每一次換韻,都形成一個明顯的節奏,在感情上表現一個頓挫,造成複雜多變的聲韻。兩句一換韻,顯得節奏急促,多句一換韻,則音調舒緩。起首

---

89 劉志璞:〈功名夢幻滅 浩歌辭魏闕——〈夢遊天姥吟留別〉指歸揭秘〉《大中語文名篇賞析》1996 年第 4 期,頁 69。

四句，句句押韻，押「洲、尤」二個下平聲十一尤韻[90]，竺家寧的中古擬音為[jəu][91]，以韻頭[j]始，這是一個舌位高的舌面前半元音，舌位高則張口度小，元音的響度也小，接上去是一個舌中的央元音[ə]，舌位較低，響度較大。韻尾是[u]，是一個舌面後的高元音，響度又較小，以這三個元音構成的三合元音，嘴脣的變化是由展脣變中性再變圓脣，舌頭的位置，是前高變中央再轉後高，響度的變化是小而轉大再轉小，但因為韻尾是[u]，所以整個音節是以元音收尾，凡是元音，對語音的延續，不會產生阻力，可任意延長，正表現神態悠揚的情緒，其後押「姥、覩」二個上聲七麌韻[92]，接連不斷韻腳產生急劇的節奏，有一股迅疾之勢，引出主題。

接著隔句用韻，氣勢稍緩，四句中有「橫、城、傾」三個押下平聲八庚韻[93]，與高大的情境相符應，甚至在「天姥連天向天橫」一句重出三個「天」字，以聲摹形，道出天姥山高聳之勢外，更是有意重複，引起讀者注意，在封建社會中，任誰也知「天」是指什麼。之後二句押了「越、月」二個入聲六月韻[94]，急迫進入夢境。從「湖月照我影」至「空中聞天雞」一連八句，都是隔句用韻，展現舒緩之情，押「溪、啼、梯、雞」等上平聲八齊韻[95]，有細膩滑動之感。

---

90 「洲、尤」下平聲十一尤韻，見《增廣詩韻集成》(臺北：文光書局，1980 年 12 月)，頁 105、106。

91 見竺家寧：《聲韻學》(臺北：五南圖書公司，1992 年 2 版)，頁 352。

92 「姥、覩」上聲七麌韻，見《增廣詩韻集成》(臺北：文光書局，1980 年 12 月)，頁 135。

93 「橫、城、傾」下平聲八庚韻，見《增廣詩韻集成》(臺北：文光書局，1980 年 12 月)，頁 91、95、96。

94 「越、月」入聲六月韻，見《增廣詩韻集成》(臺北：文光書局，1980 年 12 月)，頁 226。

95 「溪、啼、梯、雞」上平聲八齊韻，見《增廣詩韻集成》(臺北：文光書局，1980 年 12 月)，頁 35、36。

其後「千岩萬轉路不定，迷花倚石忽已暝」二句，換押「定、暝」
二個去聲二十五徑韻[96]，展現仕途曲折、迷惑之意。接下來四句押
「泉、巔、煙」三個下平聲一先韻[97]，很特殊在「熊咆龍吟殷岩泉」
一句連用七個平聲字，緊接著六句押「摧、開、臺」三個上平聲十
灰韻[98]，接著連用「馬、下」兩個上聲二十一馬韻[99]，將「霓為衣兮
風為馬」用六個平聲字連著，而「雲之君兮紛紛而來下」，用了八個
平聲字連著，象徵當時繁盛之境況。之後從「虎鼓瑟兮鸞回車」至
「失向來之煙霞」六句中，用「車、麻、嗟、霞」四個四平聲六麻
韻[100]，而麻韻有向外鋪陳及舒散之意，意指從驚心動魄的夢中回到
現實枕席上。然而世間歡樂如夢幻泡影，接連押「此、水」二個上
聲四紙韻[101]，表達孤絕憤慨之情。

最後五句押了「還、間、山、顏」四個上平聲十五刪韻[102]，收 [-u]
的陽聲字，鼻腔產生共鳴效果，加上聲調是平聲，使發音綿延拖長，
迴盪不絕。在詞曲歸入元阮類押韻，由詩人現實生活上與精神上遭

---

96 「定、暝」去聲二十五徑韻，見《增廣詩韻集成》(臺北：文光書局，1980 年
 12 月)，頁 208。

97 「泉、巔、煙」下平聲一先韻，見《增廣詩韻集成》(臺北：文光書局，1980
 年 12 月)，頁 63、64、65。

98 「摧、開、臺」上平聲十灰韻，見《增廣詩韻集成》(臺北：文光書局，1980
 年 12 月)，頁 39、40、41。

99 「馬、下」上聲二十一馬韻，見《增廣詩韻集成》(臺北：文光書局，1980 年
 12 月)，頁 154。

100 「車、麻、嗟、霞」平聲六麻韻，見《增廣詩韻集成》(臺北：文光書局，1980
 年 12 月)，頁 81、82、84。

101 「此、水」上聲四紙韻，見《增廣詩韻集成》(臺北：文光書局，1980 年 12
 月)，頁 125、126。

102 「還、間、山、顏」上平聲十五刪韻，見《增廣詩韻集成》(臺北：文光書局，
 1980 年 12 月)，頁 58、59、60。

受到痛苦，此時才突發傲骨之氣慨，這層意思憑空生出，故用元阮清新韻腳。此詩韻位甚密，所表現的情感較為迫促不安，由於想像世界、內心情感的複雜多變，因此呈展出複雜多變的音律，由於律韻詩情而曲折迴旋形成一種強烈的節奏感與音韻之美。

　　全詩以七言為主，雜有長短句，有四言、五言、六言、七言和九言，有散文式的句式，也有楚辭體的句式，參差錯落的句法，全不講求對仗。多是七言與五言相交織，如首句「海客談瀛洲，烟濤微茫信難求；越人語天姥，雲霓明滅或可睹」。而「腳著謝公屐，身登青雲梯，半壁見海日，空中聞天雞」這四句五言插入七言之中，加快詩的節奏，表現出急迫之情，後來又出現二個六字句：「雲青青兮欲雨」、「水淡淡兮生烟」，以及四個四字句短促而緊張的節奏：「列缺霹靂」、「丘巒崩摧」、「洞天石扉」、「訇然中開」，使人感受到一股強而有力巨大地衝擊黑暗。緊接其後，神仙降臨，以七言方式展示仙境的綺麗，句中並夾雜「兮」字，一如屈原〈離騷〉上天入地追求理想之奇情，不久又跌入冷酷現實，用四個六字句，不合尋常的散文句式：「忽魂悸以魄動」、「恍驚起而長嗟」、「惟覺時之枕席」、「失向來之烟霞」，這些詩句使用「以」、「而」、「之」這些虛字，使詩句顯得奇拗不平。詩末更以一個九字長句：「安能摧眉折腰事權貴」，直述心中不平之氣，將全詩情感澎湃湧出。

　　綜觀上述三節，「月意象」、「酒意象」、「神仙意象」、「風意象」、「水意象」等的主題思維，可以發現李白「海」意象詩歌最能展現出「盛唐氣象」[103]，正如葛景春所言：「他的詩歌是盛唐氣象和盛唐

---

103 林庚解釋「盛唐氣象」曰：「盛唐氣象所指的是詩歌中蓬勃的氣象，這蓬勃不只是由於它發展的盛況，更重要的乃是一種蓬勃的思想感情所形成的時代性格。這時代性格是不能離開了那個時代而存在的。盛唐氣象因此是盛唐時

之音的典型體現」[104]。「李白是在那個時代精神的感召下培養出來的
驕子，在他的身上最集中地體現孕育在那個時代的人們心中的驕傲
與自豪」[105]。初唐高祖頗好儒臣，唐太宗雖考定五經，但側重於道，
武則天重於佛，至盛唐國力強大、經濟繁榮、尚文之風盛行，科舉
實為儒家政治理想的實踐，儒家經典在盛唐時得到統治者的提倡。
此外，唐玄宗崇道敬道，親自注《孝經》，給老子加封爵號，文化多
元、思想開放自由。加上唐朝王室有鮮卑族血統，胡夷相容，廣開
科舉，打破魏晉以來的門第限制，使出身寒微者得以進入權力中心，
也打破種族及性別限制，任用宮廷女官參政，甚至武則天稱帝，出
現中國史上唯一女皇帝，任用胡人為官，如安祿山節度使，展現前
所未有的大格局、大氣象，一如大海磅礴澎湃氣勢。

　　盛唐文化精神的一個重要特色便是「有容」，如大海一般有容乃
大，盛唐文化的博大和強盛，給與它的文化思維一個自由寬鬆的空
間。「開元盛世」是中國歷史上一個繁盛時代，與漢初「文景之治」
及唐初「貞觀之治」相較，除了經濟繁榮、文化發達、政治清明等
共通外，最特殊最大的不同在於盛唐是一個儒釋道三教並重的時
代，創造出一種自由積極的文化氛圍。而李白「海」字詩歌就是展
現了剛健、壯大、積極、樂觀的盛唐文化精神。「海」意象作為詩歌
的時空背景的設計，最能展現出盛唐時代的氛圍。從李白的「海」
字詩歌中，看到題材廣、主題思維多元，有「月意象」、「酒意象」、

代精神面貌的反映。」見林庚：《唐詩綜論》(北京：清華大學出版社，2006
　　年初版)，頁 23-24。

104　蒍景春：《李白研究管窺》(保定：河北大學出版社，2003 年)，頁 108。

105　陳昌渠：〈李白創作個性略說〉收入《李白研究論叢》(成都：巴蜀書社，1987
　　年)，頁 23。

「神仙意象」等展現對理想境界的追求，又含蘊「風意象」、「水意象」等關注與寄託對現實人生的感慨，在個人獨特豪放開闊風格之下，又不失浪漫飄逸，如此兼容並蓄映現盛唐氣象。

第七章　李白詩歌海意象對中國傳統文學的承轉

　　美國當代哲學家、藝術理論家蘇珊・朗格(Susannel Langer 1895-1985)從符號論角度探討藝術說：「藝術是人類情感的符號形式之創造。」[1]又說：「所謂藝術，就是『創造出來的表現形式』或『表現人類情感的知覺形式』。」[2]此語凸顯出藝術所創發的形式，乃是為了表現內心的情感。而中國歷來詩文古籍中出現的「海」意象，映現出作家們不同的情感，表現其多元幽微的情思。此章所要探討的是李白如何在中國傳統文學中對於海字詞彙運用、海意象精神的承繼與後出轉精。首先從「李白詩歌海意象之特色」談起，看李白如何承繼前人寫作方式、抒情筆法？面對同一景色、物象、神話典故，以及不同時代、不同作家留下來的神仙思維，看李白如何超越前人說法，新創出自己獨特海意象詩歌的風貌。

1　(美)蘇珊・朗格(Susannel Langer 1895-1985)：《情感與形式》(北京：中國社會科學出版社，1986年版)，頁2。

2　(美)蘇珊・朗格(Susannel Langer 1895-1985)：《藝術問題》(北京：中國社會科學出版社，1983年)，頁75。

第一節 李白詩歌海意象之特色

在分析詩歌語彙、意象的相關著作中,一般常見的有日、月、風、山、水、春、秋、柳、酒、花等語詞意象,而對於中國歷來詩人不太親近的海字,相對批評相關著作亦乏人問津。在析論海字入詩、海意象的相關問題時,雖然有少數供參考的專著,但仍是比較費力的嘗試之作,筆者盡能力所及析論李白詩中海意象特色如下:

一 內容上偏重抒情

李白詩歌中雖有臨海生情之作,但大多數文本多是宣洩個人胸中塊壘,或對人生際遇嗟嘆,或神遊海外仙境。李白把海形象融化為詩人自我的形象,成為表現詩人情懷的客觀對象,此為其寫詩的特色之一,就是真正把他內心的情意投注進去,以表現內心的情意為主,非死板刻畫描寫外物。就「海」而言,與其說李白在「海」上或「海」底世界中發現了美,不如說李白是神遊「海」中而發現自身。李白將「海」視為有靈性的動物,「海」便是他所思所想的體現,繼承發揮屈原作品中的抒情、個性化及主體意識,而《離騷》是大量運用第一人稱的典範之作,用了八十多個第一人稱,強化詩人自我形象的塑造。正如宋代曾季貍《艇齋詩話》云:「古今詩人有《離騷》體者,惟李白一人,雖老杜亦無似《騷》者。」[3]詩中的海意象呈現出一種理想化和個性化的意境,這是李白海意象詩歌顯著的特色。

此外,亦承繼《詩經》的風雅、美刺、比興、現實精神,反映

---

3 (宋)曾季貍:《艇齋詩話》《續修四庫全書》集部 1694(臺北:廣文書局,1971年),頁 506。

出天寶年間社會的動亂，批判當時楊國忠、楊貴妃傾國弄權，胡人安祿山叛亂禍國。因此，在李陽冰〈草堂集序〉即云：「凡所著述，言多諷興，自三代以來，風騷以後，馳驅屈、宋，鞭撻揚、馬，千載獨步，唯公一人。」[4]又明代胡震亨《李詩通》評李白詩「其詩宗風騷，薄聲律。」[5]李白推崇大雅正聲的傳統，曾感嘆「大雅思文王，頌聲久崩淪」(〈古風五十九首其三十五〉)。

（一）借景抒懷，言外無窮

〈毛詩序〉曰：「在心為志，發言為詩；情動於中，而形於言」，正如黑格爾所言：「真正的抒情因素，也不是實際客觀事物的面貌，而是客觀事物在主體心中所引起的回聲、所造成的心境」[6]，又說：「詩所特有的對象或題材不是太陽、森林、山水風景，……而是精神方面的旨趣。詩縱然也訴諸感性觀照，也進行生動鮮明的描繪，但是就連在這方面，詩也還是一種精神活動，它只為提供內心觀照而工作。對這種內心觀照，精神性的事物比起具體顯現於感官的外在事物畢竟是較親切較適合的。所以在全部事物之中，只有那些可以向精神活動提供動力或材料的才可以出現在詩裡」[7]。因此，最完美的抒情詩即是透過自然景物來寄寓、表現「比興」手法，點發出詩人的內心和靈魂。然而李白海意象詩歌兼具「比興」兩個不同層

---

4 瞿蛻園等校注：《李白集校注》(臺北：里仁書局，1981 年)，頁 1789。

5 引自《李白資料彙編‧金元明清之部（二）》(北京：中華書局，1994 年)，頁 443。

6 (德)黑格爾(Georg Wilhelm Friedrich Hegel)著、朱光潛譯：《美學》第 4 冊(臺北：里仁書局，1983 年 3 月)，頁 220。

7 (德)黑格爾(Georg Wilhelm Friedrich Hegel)著、朱光潛譯：《美學》第 4 冊(臺北：里仁書局，1983 年 3 月)，頁 15。

面的含義[8]，是中國歷代詩人中善用比興手法，表達最淋漓盡致之詩人，在一股陽剛之氣的海意象詩歌中流露出含蓄委婉之美。

李白飄逸不群的個性和高潔的人格品質，在其海意象詩歌中完全的呈展出來。其海意象詩歌負載了詩人無限的情思和心緒，折射出詩人的內心世界，善於把海景物與特定情緒滲透、交融在一起，「景」與「情」之間，有著同構互感的微妙呼應關係。在濱海四個省分(河北、山東、江蘇、浙江)的海意象詩歌約占李白全部海意象詩作的三、四成左右，因地理位置優勢，望海看海，借助自然物象而創造出意義深刻的「內境」，因「境」生「感」，由「感」生「情」，於是情、境交融無間，能做到「意中有景」，「景中有意」的審美旨趣。

蔡英俊在《中國古典詩論中「語言」與「意義」的論題──「意在言外」的用言方式與「含蓄」的美典》一書中曰：「情感意念本身不可掌握的流動性質如何得以間接透過物象物態的『具體性』來加以傳示──這種思考方式反映了一種認識論的前提，那就是物象物態本身在『空間』型態上所可能呈示的某種性質、甚或可能展現的某種關係，基本上是可以與情感意念本身的流動性質相互對照；物象物態彼此之間相互構成的各式各樣的關係圖像，正可以就是情感意念的一種等值」[9]。在李白海意象詩歌中以「跨海斬鯨」、「乘風破

---

8 「比興」具有兩個不同層面的含義：一是諷諭寄託，反映詩人對現實政治、社會的批判，強調詩人的意志、懷抱；二是興會之趣，借助於自然物象而傳達、喚起意趣，偏重詩人情感與自然物象交融所產生的韻味情致，兩者均展現含蓄委婉之美。

9 美國哲學家 Susanne K. Langer 在《情感與形式》(*Feeling and Form : A Theory of Art*,1953)一書中，即強調情感活動本身是一個「張力」與「解除」的流動過程，然而，此等流動過程通常是以不具「時間」性質的「空間」樣態予以同時具體呈現，因此「造型」的表現形式就此取得情感表達的優越性，而所謂的「象徵

浪」展現胸懷博大，情緒激昂的豪情壯志，如「安得倚天劍，跨海斬長鯨？」（〈臨江王節士歌〉）、「長風破浪會有時，直挂雲帆濟滄海」（〈行路難三首其一〉）；以「水流知入海，雲去或從龍」（〈江上答崔宣城〉）強化同類事物相感應，並對君臣遇合的企盼；以「海量」形容人氣度襟袍，如「巨海納百川，麟閣多才賢」（〈金門答蘇秀才〉）；以海水萬里深，言離別之苦，如「海水直下萬里深，誰人不言此離苦」（〈遠別離〉）；大海相隔，抒思鄉懷歸之情，如「天清一鴈遠，海闊孤帆遲」（〈送張舍人之江東〉），發生海難，悼亡傷逝，如「明月不歸沈碧海，白雲色滿蒼梧」（〈哭晁卿衡〉），將波濤洶湧，潮汐掩覆，如同人心難測，深不可測，如「他人方寸間，山海幾千重」（〈箜篌謠〉）；懷才不遇，浪遊江海，臥海隱居，如「時命乃大謬，棄之海上行」（〈經亂離後天恩流夜郎憶舊遊書懷贈江夏韋太守良宰〉），這些詩歌藉由海的物象、物態與內在情感意念相構，展現「意在言外」之含蓄之美。

　　然而，李白詩歌中的海意象寫作手法正如其「終南捷徑」之作風。以隱求顯的做法並不是李白的發明，漢代以來走這條曲線道路的人很多，如司馬承禎就批評「有意當世，人目為隨駕隱士」的盧藏用走「終南捷徑」(見《新唐書·盧藏用傳》)。在李白時期，由於朝廷的崇道、崇隱措施，隱士大增，隱居活動成為入仕之跳板，而朝廷也可借徵聘隱士行其政治手腕，製造深得人心的假相[10]。可見李白在天寶元年應召進京之前的隱居生活，真正目標非求仙學道，而

形式」的重要義涵也就在此。見蔡英俊：《中國古典詩論中「語言」與「意義」的論題—「意在言外」的用言方式與「含蓄」的美典》(臺北：學生書局，2001年)，頁 228-229。

10 施逢雨：〈唐代道教徒式隱士的崛起：論李白隱逸求仙活動的政治社會背景〉一文中曾探討李白時間前後發現此時隱士大增的社會現象。見《清華學報》十六卷，1984 年 12 月，頁 39-49。

是曲進從政。正符應了統計上發現李白寫最多海意象的詩歌是在內陸省分，尤其是長安時期，遠離海卻有六成以上為數不少海意象作品，雖未親見海，卻寫出第四度空間的海意象，藉由海意象體現出一個政治的理想，展現「美」與「善」相融合的境界，同時也是一種理想的人生境界。

（二）陷絕失望，託之遊仙

李白海意象詩歌最獨到之處就是利用神遊的方式，寫實的海，就是心中的海，更是神仙世界的海，其實海並不是李白詩歌的主角。在海意象詩歌中暢神而達到理想的神仙世界才是李白海意象詩歌的主體價值之一。因此，李白借寫眼前的海，到寫心中的海，最後意出塵世之外——神仙世界的海，拉近天上事，使之人間化，借此傳達詩人的人間理想，使其海意象詩歌瀰漫一股仙氣，有著超塵之美。

朱光潛曾言：「論遊仙詩，古今真正偉大的只有兩人，在《楚辭》體中是屈原，在五言古風中是阮籍。」[11]屈原的《離騷》提到羲和弭節，扶桑總轡，望舒為先驅，飛廉後奔屬，鳳凰、雷師、飄風、雲霓聽其差遣；甚至仙境的描述，發蒼梧、過懸圃，經流沙，涉赤水，想像瑰麗，是遊仙文學之巔峰之作，然其遊仙過程皆是人生現實經歷的投射，因此寫到帝閽閉門而不納，三度求女而不得的挫折，似乎可見仙界並非有求必應的理想國，精神上雖遨遊四方，然內心深處仍是眷顧現實，積極入世，是最沈痛苦悶的象徵，又是冀君悔悟的針砭。李白海意象詩歌承繼屈原遊仙情感內涵，以高度的想像驅使著神話素材，為其關懷君民政治理念做一番強烈的表白。六朝遊仙詩盛行，嵇康、阮籍二人身當亂世，憂患特深，對人世的憤慨絕

---

11 朱光潛：〈遊仙詩〉《詩論新編》(臺北：洪範書店，1982年)，頁105。

不僅止於曹植的懷才不遇，二人遊仙詩在抒憤的方式上直言無隱。
嵇康一生反對名教，崇尚自然，老莊玄理、神仙家的修鍊，混合在
不屑仕進的避世思想中形成其桀傲不馴的思想性格，而阮籍的遊仙
致力於生命意義的追尋與自我價值的建立，對時光流逝的傷懷，落
實珍惜當下，追求生命的充實與圓滿。李白似乎承襲二人風格，藉
由望海遊仙言志抒懷，然而又與嵇康的言其養生全性之志、抒其畏
患避禍之懷不同，融匯性情中人與幽旨遙深的風格，寫出氣魄胸襟
與追尋理想之意念。

　　李白種種求仙訪道的言論和行動，本質是或者想借此來撈取政
治資本，或者借以表示對黑暗現實的批判和發政治牢騷，而不是真
正想超脫現實[12]。然而「苦悶的來源有很多，如對自然死亡的厭惡，
以及人為力量衝突的恐懼，現實欲望的無法達到等，這些都是生命
力受到壓抑所造成的現象。這種壓抑和表現個性的內在要求，不時
起著衝突，也即人類求長生的欲望以及生命自由的意識遭遇到這些
壓抑時，往往引起兩種反應，一種是克服對象，另一種是逃避，遊
仙詩即是人類面對那些苦悶時，所引起的心理逃避以及企求超越的
反應。」[13]政治腐敗、社會動盪不安，是造成詩人苦悶的最大因素。
即使社會安定也無法讓所有士人的人生際遇順遂，這是無奈的困
境，正如龔鵬程先生在〈幻想與神話的世界〉一文所言：「這個看來
似乎是個難堪的困局，士人因為時俗迫阨及內在的渴望，才冀圖遐
舉超越，躍離濁世，藉著幻遊仙境以求得精神的紓解和理想的寄託，
可是理想和精神的真正實現地仍是人間，仍是濁世，於是樂土的追

12　詳見徐英：〈李白「仙性」新論〉《華南師範大學學報(社會科學版)》1992 年
　　第 4 期，頁 72。

13　洪順隆：〈試論六朝的遊仙詩〉《六朝詩論》(臺北：文津出版社，1985 年 3
　　月再版)，頁 101。

尋最後必然常歸於幻滅,除非它包含了不死的企慕!」[14]因此長生不死的企慕使得仙話思想得以蔓延。人生在世不稱意,可藉由海而幻想遊仙,暫時獲得解脫,一篇篇光怪陸離、多彩多姿的藝術作品因而誕生。

(三)作意清新,別開天地

　　李白詩歌中的海意象有著大量遊仙隱逸出世思想,懷才不遇,浪遊江海、滄海桑田,世事多變的感慨。雖然此類詩作占了絕大多數,但其海意象詩歌有著強烈的入世衝創意志的性格,一改前人單純描繪「海」形象、濱海景物與象徵寬廣、悲哀、怨恨、阻隔、傷逝之情低沈的基調,更多表達洋溢著積極樂觀理想主義的人生追求,探索自由精神的價值與展現自我人格與生命意識。雖世事無常,遊仙隱逸可以暫時忘卻時光流逝的感慨,超脫現實不遇的苦悶,但李白詩中卻仍有些流露出樂觀自信傲岸、積極進取的衝創意志,甚至曲筆譏諷君王之求仙荒唐事,推翻海的神話,推翻美好仙境,回歸現實,如〈日出入行〉、〈登高丘望遠海〉。李白的海意象常呈現出他關心國事,對政治黑暗、國家前途的擔憂,處處反映其對國家的一片忠誠,甚至安史之亂爆發,他以傷時念亂的憂嘆痛斥叛軍,表達對國家人民的關懷,以及希冀為國平亂的宏願,如〈猛虎行〉:「巨鰲未斬海水動,魚龍奔走安得寧」、〈永王東巡歌十一首其二〉:「三川北虜亂如麻,四海南奔似永嘉」、〈臨江王節士歌〉:「安得倚天劍,跨海斬長鯨」,我們看到李白豪放浪漫之外表下,深懷著憂世傷時的愛國情懷。

　　綜觀李白詩作,可以感覺到詩人曠達率真、不矯揉造作的情感,

---

14 龔鵬程:〈幻想與神話的世界〉《中國文化新論・文學篇一・抒情的境界》(臺北:聯經出版社,1982年9月初版,)頁331。

仕途坎坷，時命大謬，世路屈曲，內心憤懣之情豪不保留傾瀉而出，一如〈雪讒詩贈友人〉：「傾海流惡，惡無以過。人生實難，逢此織羅」、〈經亂離後天恩流夜郎憶舊遊書懷贈江夏韋太守良宰〉：「時命乃大謬，棄之海上行」、〈送紀秀才遊越〉：「海水不滿眼，觀濤難稱心」、〈古風五十九首其二十三〉：「人心若波瀾，世路多屈曲」、〈贈宣城宇文太守兼呈崔侍御〉：「無風難破浪，失計長江邊」。故白靜於〈超越世俗的高遠——李白個性在其詩歌中的顯現〉一文道出：「李白是明月魂，赤子心，玻璃魂。他胸無城府，襟懷坦白，不躲不藏，無遮無攔」[15]。

二　善用神話傳說典故意象

《文心雕龍・事類》云：「事類者，蓋文章以外，據事以類義，援古以證今者也。」又《文心雕龍・物色》亦云：「以少總多，情貌無遺。」[16]張仁青陳述用典之概念云：「用典是用簡潔之文字表達繁複之意義，使作品富有濃厚的神秘性，象徵性與趣味性，以增加讀者的美感，從而提高其藝術價值。」[17]典故是隨著歷史文化而逐漸豐富的，詩人必須學識廣博才能對中國的浩瀚典籍如數家珍，信手拈來不陷入傳統的窠臼，另託寓意推陳出新，行之於文又達渾然天成之境界。李白海意象詩意深邃，不啻建構於典故意象含蓄深隱的情感表達中，因此其詩可上天入地，非「古典與套語的堆砌」或「破碎的美麗詞句」作品可比擬的。

15　白靜：〈超越世俗的高遠——李白個性在其詩歌中的顯現〉《哈爾濱技術學院學報》2008 年第 1 期，頁 29-30。

16　(梁)劉勰撰：《文心雕龍》第 8 卷事類第 38、第 10 卷物色第 46(臺北：臺灣商務印書館，1965 年)，頁 42、51。

17　張仁青：《駢文學》(臺北：文史哲出版社，1984 年 3 月)，頁 138。

李白的海意象詩歌中大量運用神話傳說、典故來寄意遙深的內心世界，正如明代胡震亨在《唐音癸籤》評論李太白樂府曰：「不讀盡古人書，精熟《離騷》、選賦及歷代諸家詩集，無繇得其所伐之材與巧鑄靈運之作略。」[18]，甚至運用神靈之物作為自我象徵，可見典故運用繁多是李白海意象詩歌最大的特色。詩中藉用神話傳說典故與海意象相組構，並非單純描述這些神話傳說典故的原型，除了在這些神話傳說典故中找到客觀的投影，將自身的遭遇與神話典故合一，具「情感認同」外，甚至化用、新變典故的原意，巧妙傳達真摯的意蘊。

典故的運用，主要可分為「語典」和「事典」兩大類，「語典」是指有來歷出處的詩文和詞語，「事典」則指來自古代故事、神話或傳說之類。李白化用前人詩句、典籍之語、神話傳說甚多，目的在明理徵義，用形象來表達情思，透過實際例證使得抽象事理更具體化。筆者依經、史、子、集作一分類，以明析李白海意象詩歌用典之情形。

（一）引用「經部」

李白所用的經書之語較少，出現於《詩經》、《尚書》、《易經》、《左傳》、《論語》等 5 部經書。

---

18 (明)胡震亨：《唐音癸籤》卷 9 彙評五(臺北：木鐸出版社，1971 年 7 月初版)，頁 87。

1.引用《詩經》

詩題	詩句	用典
618 翫月金陵城西孫楚酒樓達曙歌吹日晚乘醉著紫綺裘烏紗中與酒客數人棹歌秦淮往石頭訪崔四侍御	謔浪掉海客喧呼傲陽侯	謔浪，《詩經‧邶風‧終風》：「謔浪笑敖，中心是悼。」毛傳：「言戲謔不敬。」[19]掉，振動。

2.引用《尚書》

詩題	詩句	用典
726 安州應城玉女湯作	獨隨朝宗水赴海輸微涓	朝宗，朱諫注：「海為眾水之所宗，故水之赴曰朝宗。」《尚書‧禹貢》：「江漢朝宗於海。」孔安國傳：「二水經此州而入海，有似於朝，百川以海為宗。宗，尊也。」孔穎達《正義》：「《周禮‧大宗伯》：諸侯見天子之禮，春見曰朝，夏見曰宗。鄭云：朝猶朝也，欲其來之早也。宗，尊也，欲其尊王也。朝宗是人事之名，水無性識，非有此文。以海水大而江漢小，以小就大，似諸侯歸於天子，假人事而言之也。」[20]

---

[19]《十三經注疏‧詩經2》(臺北：藝文印書館，1989年)，頁79。
[20]《十三經注疏‧尚書1》(臺北：藝文印書館，1989年)，頁83。

3.引用《易經》

詩題	詩句	用典
619 江上答崔宣城	水流知入海 雲去或從龍	從龍，《易·乾》:「雲從龍，風從虎。」[21]謂同類事物相感應，比喻君臣之遇合。

4.引用《左傳》

詩題	詩句	用典
868 萬憤詞投魏郎中	海水渤潏 人罹鯨鯢	鯨鯢，《左傳》宣公十二年:「古者明王，伐不敬，取其鯨鯢而封之，以為大戮，於是乎有京觀，以懲淫慝。」[22]杜注:「鯨鯢，大魚名，以喻不義之人。」王琦注:「以喻不靖之人，……此以指祿山作亂也。」罹，遭受。

5.引用《論語》

詩題	詩句	用典
29 古風五十九首其二十九	仲尼亦浮海 吾祖之流沙	《論語·公冶長》:「子曰:道不行，乘桴浮於海，從我者其由與？」[23]

　　上述所引用「經書」之語，多採「明用」方式，即詩文中明白

---

[21]《十三經注疏·易經 1》(臺北:藝文印書館，1989 年)，頁 15。

[22]《十三經注疏·左傳 6》(臺北:藝文印書館，1989 年)，頁 398。

[23]《十三經注疏·論語 8》(臺北:藝文印書館，1989 年)，頁 42。

指出所引語句之出處者，有時徵引典實，或明言其人，或明引其事，
使人一見即知，如直接引用《詩經》中「謔浪」一辭；甚至以「抽
換文字」手法，即對前人的句子，改易數字，或於改易數字後又增
減字，與「化用」方式，襲取前人辭句、故事，將其內涵與自己立
意所在，融為一體，靈活運用，不見斧鑿痕跡，如將《尚書・禹貢》
中「江漢朝宗於海」改寫成「獨隨朝宗水，赴海輸微涓」；與化用《左
傳》宣公二十二年史實，轉化出精鍊「海水渤潏，人罹鯨鯢」之語。
在〈江上答崔宣城〉一詩以「明用」方式抽換《易經・乾卦》中「雲
從龍，風從虎」文字，改寫成「雲去或從龍」。而〈古風五十九首其
二十九〉一詩以「正用」方式，直取典故本來含義，或以原意為基
礎稍加引申，截取《論語・公冶長》中孔子所言：「道不行，乘桴浮
於海，從我者其由與？」語句，從中截取一部分作為己用，自然妥
切，無斧鑿之跡。

（二）引用「史部」

　　李白海意象詩歌所使用的史書，出自《吳越春秋》、《戰國策》、
《國語》、《史記》、《漢書》、《後漢書》、《三國志》、《魏書》、《晉書》、
《宋書》、《南史》、《隋書・經籍志》中的北魏・酈道元《水經注》
等 12 部史書。

1.引用《吳越春秋》

詩題	詩句	用典
845 擬古十二首其十二	越鷰喜海日 燕鴻思朔雲	《吳越春秋・闔閭內傳》卷 4 第 4：「子胥曰：胡馬望北風而立，越鷰向日而熙，誰不愛其所近，悲其所思者乎？」[24]

2.引用《戰國策》

詩題	詩句	用典
618 翫月金陵城西孫楚酒樓達曙歌吹日晚乘醉著紫綺裘烏紗中與酒客數人棹歌秦淮往石頭訪崔四侍御	謔浪掉海客喧呼傲陽侯	陽侯，波神。《戰國策・韓策二》：「舟漏而弗塞，則舟沈矣；塞漏舟，而輕陽侯之波，則舟覆矣。」[25]

3.引用《國語》

詩題	詩句	用典
292 贈任城盧主簿潛	海鳥知天風 竄身魯門東	《國語・魯語上》：「海鳥曰爰居，止於魯東門之外三日，臧文仲使國人祭之。展禽曰：『今茲海其有災乎？夫廣川之鳥獸，恒知而避其災也。』是歲也，海多大風，冬暖。」[26]

---

24 (漢)趙曄撰：《吳越春秋》見《四部刊要》(臺北：世界書局，1980 年 3 月再版)，頁 82。

25 楊家駱主編：《戰國策》中冊卷 27〈韓策二〉(臺北：世界書局，1967 年)，頁 548。

26 (吳)韋昭注：《國語》卷 4 魯語上，見《四部叢刊史部》(臺北：臺灣商務印書館，1979 年)，頁 39。

4.引用《史記》

詩題	詩句	用典
261 永王東巡歌十一首其九	祖龍浮海不成橋，漢武尋陽空射蛟	《史記‧秦始皇本紀》卷 6 第 6：「三十六年，熒惑守心，有墜星下，……因言曰：『今年祖龍死。』」《集解》：「蘇林曰：祖，始也。龍，人君象。謂始皇也。」[27]
615 酬王補闕惠翼莊廟宋丞沘贈別	喜結海上契自為天外賓	《史記‧封禪書》卷 28 第 6：「蓬萊、方丈、瀛州，此三神山者，其傳在渤海中，去人不遠，……諸仙人及不死之藥皆在焉。」[28]
466 夢遊天姥吟留別	海客談瀛洲煙濤微茫信難求	瀛洲，《史記‧封禪書》卷 28 第 6：「自威、宣、燕昭使人入海求蓬萊、方丈、瀛州，此三神山者，其傳在勃海中，去人不遠，患且至則船風引而去，蓋嘗有至者，諸仙人及不死之藥皆在焉。」[29]
491 渡荊門送別	月下飛天鏡雲生結海樓	海樓，《史記‧天官書》卷 27 第 5：「海旁蜃氣象樓臺。」[30]《唐國史補》卷下：「海上居人，時見飛樓如締構之狀甚麗者。」此即所謂海市蜃樓。

---

27 (漢)司馬遷撰：《史記》一冊卷六〈秦始皇本紀〉第六(台北：大申書局，1978年 3 月再版)，頁 262。

28 (漢)司馬遷著、楊家駱主編：《新校本史記三家注并附編二種》卷 28(臺北：鼎文書局，1993 年 2 月 7 版)，頁 1369-1370。

29 (漢)司馬遷著、楊家駱主編：《新校本史記三家注并附編二種》卷 28(臺北：鼎文書局，1993 年 2 月 7 版)，頁 1369-1370。

30 (漢)司馬遷著、楊家駱主編：《新校本史記三家注并附編二種》卷 28(臺北：鼎文書局，1993 年 2 月 7 版)，頁 1338。

詩題	詩句	用典
689 陪族叔當塗宰遊化城寺升公清風亭	疑是海上雲飛空結樓台	樓台,〈三齊略記〉:「海上蜃氣,時結樓台,名海市。」《史記・天官書》卷 27 第 5:「海旁蜃氣象樓台。」楊齊賢注:「列子曰:周穆王時,西極之國有化人來謁王同遊,王執化人之袪,騰而上者中天,迺及化人之宮,構以金銀,絡以珠玉,出雲雨之上,王實以為清都紫微,鈞天廣樂,帝之所居。」
3 古風五十九首其三	連弩射海魚長鯨正崔嵬	《史記・秦始皇本紀》卷 6 第 6:「維二十八年,……齊人徐市等上書,言海中有三神山,名曰蓬萊、方丈、瀛洲,僊人居之。請得齋戒,與童男女求之。於是遣徐市發童男女數千人,入海求僊人。……三十七年,……方士徐市等入海求神藥,數歲不得,費多,恐譴,乃詐曰:『蓬萊藥可得,然常為大鮫魚所苦,故不得至。願請善射與俱,見則以連弩射之。』始皇夢與海神戰,如人狀。問占夢博士,曰:『水神不可見,以大魚蛟龍為候。今上禱祠備謹,而有此惡神,當除去,而善神可致。』乃令入海者齎捕巨魚具,而自以連弩候大魚出射之。自琅邪北至榮成山,弗見。至之罘,見巨魚,射殺一魚。遂並海西。」[31]

---

31 (漢)司馬遷撰:《史記》1 冊卷 6〈秦始皇本紀〉第六(臺北:大申書局,1978年 3 月再版),頁 247、263。

詩題	詩句	用典
732 奔亡道中五首其一	蘇武天山上 田橫海島邊	田橫，齊國舊貴族後裔，曾自立為齊王。《史記・田儋列傳》卷94第34:「漢滅項籍，漢王立為皇帝，……田橫懼誅。與其徒屬五百人入海，居島中。」[32]漢王遣使招降，橫與客二人往洛陽，未至，羞為漢臣，自殺。島中之徒眾聞橫死，皆自殺。蘇武不肯降匈奴而餓於天山之上，田橫不肯事暴秦而投於海島之中。形容當時處境困厄

5.引用《漢書》

詩題	詩句	用典
261 永王東巡歌十一首其九	祖龍浮海不成橋，漢武尋陽空射蛟	《漢書・武帝紀》卷6第6:「元封五年冬……自尋陽浮江，親射蛟江中，獲之。」[33]
732 奔亡道中五首其一	蘇武天山上 田橫海島邊	《漢書・蘇武傳》卷54:「律知武終不可脅，白單於。單於愈益欲降之。乃幽武置大窖中，絕不飲食。天雨雪。武臥，齧雪與旃毛並咽之，數日不死。匈奴以為神，乃徙武北海上無人處，使牧羝。羝乳，乃得歸。武既至海上，廩食不至，掘野

32 (漢)司馬遷著、楊家駱主編:《新校本史記三家注并附編二種》卷94(臺北:鼎文書局，1993年2月7版)，頁2647-2649。

33 (漢)班固撰、楊家駱主編:《新校本漢書并附編二種》卷6(臺北:鼎文書局，1991年9月7版)，頁196。

詩題	詩句	用典
		鼠去中實而食之。仗漢節牧羊，臥起操持，節旄盡落。」[34]
199 對酒行	松子樓金華 安期入蓬海	松子，指赤松子。《漢書・張良傳》卷 40：「願棄人間事，從赤松子遊耳。」顏師古注：「赤松子，仙人號也，神農時為雨師。」[35]
618 翫月金陵城西孫楚酒樓達曙歌吹日晚乘醉著紫綺裘烏紗中與酒客數人棹歌秦淮往石頭訪崔四侍御	譴浪掉海客 喧呼傲陽侯	《漢書・揚雄傳》卷 87 第 57 載〈反離騷〉：「陵陽侯之素波兮，豈吾纍之獨見許？」應劭注：「陽侯，古之諸侯也，有罪自投江，其神為大波。」[36]
4 古風五十九首其四	橫絕歷四海 所居未得鄰	橫絕，《漢書・張良傳》卷 40：「歌曰：『鴻鵠高飛，一舉千里。羽翼以就，橫絕四海。』」顏師古注：「絕，謂飛而直度也。」[37]

[34] 〈蘇武傳〉出自《漢書・李廣蘇建傳》。李廣與其孫李陵、蘇建及其子蘇武，四人都是漢朝對匈奴戰爭中的重要人物，故固將其傳記合為一。見 (漢)班固撰、楊家駱主編：《新校本漢書并附編二種》卷 54(臺北：鼎文書局，1991 年 9 月 7 版)，頁 2462-2463。

[35] (漢)班固撰、楊家駱主編：《新校本漢書并附編二種》卷 40(臺北：鼎文書局，1991 年 9 月 7 版)，頁 2037。

[36] (漢)班固撰、楊家駱主編：《新校本漢書并附編二種》卷 87(臺北：鼎文書局，1991 年 9 月 7 版)，頁 3519。

[37] (漢)班固撰、楊家駱主編：《新校本漢書并附編二種》卷 40(臺北：鼎文書局，1991 年 9 月 7 版)，頁 2036。

6.引用《後漢書》

詩題	詩句	用典
516 單父東樓秋夜送族弟況之秦	屈平顑頷滯江潭 亭伯流離放遼海	《後漢書·崔駰傳》卷52第42:「崔駰,字亭伯……(竇)憲為車騎將軍,辟駰為掾……憲擅權驕恣,駰數諫之。……憲不能容,……出為長岑長。駰自以遠去不得意,遂不之官而歸。」李賢注:「長岑縣,屬樂浪郡,其地在遼東。」[38]

7.引用《三國志》

詩題	詩句	用典
344 贈崔司戶文昆季	雙珠出海底 俱是連城珍	雙珠,《三國志·魏書·荀彧傳》卷10:「韋康為涼州。」裴松之注引(趙歧)《三輔決錄》孔融與韋端書:「前日元將(韋端子韋康)來,淵才亮茂,雅度弘毅,偉世之器也。昨日仲將(韋端次子韋誕)又來,懿性貞實,文愍篤誠,保家之主也。不意雙珠,近出老蚌,甚珍貴之。」朱注:「雙珠,比其兄弟也。」[39]

---

[38] (南朝宋)范曄撰、楊家駱主編:《新校本後漢書并附編十三種》卷 52(臺北:鼎文書局,1991 年 9 月 6 版),頁 1703、1721-1722。

[39] (晉)陳壽撰、楊家駱主編:《新校本三國志附索引》卷 10(臺北:鼎文書局,1993 年 2 月 7 版),頁 311、312-313。

8.引用《魏書》

詩題	詩句	用典
896 題隨州紫陽先生壁	樓疑出蓬海，鶴似飛玉京	玉京，神仙所居之天宮。《魏書‧釋老志》卷 114：「道家之原，出於老子。其自言也，先天地生，以資萬類。上處玉京，為神王之宗；下在紫微，為飛仙之主。」[40]

9.引用《晉書》

詩題	詩句	用典
513 魯郡堯祠送竇明府薄華還西京	君不見，綠珠潭水流東海，綠珠紅粉沉光彩	綠珠為石崇愛妓，《晉書‧石崇傳》：「時趙王倫專權……指索綠珠……綠珠泣曰：『當效死於官前。』因自投於樓下而死。」[41]
820 秋夜獨坐懷故山	天書訪江海雲臥起咸京	江海，《晉書‧隱逸傳序》卷 94 列傳第 64：「古先智士，體其若茲，介焉超俗，浩然養素，藏聲江海之上，卷跡囂氛之表。」[42]

---

40 (北齊)魏收撰、楊家駱主編：《新校本魏書附西魏書》卷 114(臺北：鼎文書局，1993 年 10 月 7 版)，頁 3048。

41 《晉書》卷 33《石苞傳》附《石崇傳》。見(唐)房玄齡撰、楊家駱：《新校本晉書并附編六種》(臺北：鼎文書局，1992 年 11 月 7 版)，頁 1008。

42 (唐)房玄齡撰、楊家駱主編：《新校本晉書并附編六種》卷 94(臺北：鼎文書局，1992 年 11 月 7 版)，頁 2425。

詩題	詩句	用典
506 送楊山人歸天台	興引登山屐 情催汎海船	汎海，《晉書・謝安傳》卷 79：「(謝安)嘗與孫綽等汎海，風起浪湧，諸人並懼，安吟嘯自若。舟人以安為悅，猶去不止。風轉急，安徐曰：『如此將何歸邪？』舟人承言即迴。眾咸服其雅量。」[43]
405 贈僧行融	大海乘虛舟 隨波任安流	《晉書・謝安傳贊》卷 79：「太保沈浮，曠若虛舟。」[44]二句喻行融之胸襟。
379 贈張相鎬二首其一	倒瀉溟海珠 盡為入幕珍	入幕珍，《晉書・郗鑒傳》卷 67 附郗超傳：「謝安與王坦之嘗詣溫議事，溫令郗超帳中臥聽之。風動帳開，安笑曰：郗生可謂入幕之賓矣。」[45]二句謂張鎬盡攬天下賢才入幕。

10.引用《宋書》

詩題	詩句	用典
260 永王東巡歌十一首 其八	長風挂席勢 難迴海動山 傾古月摧	長風破浪，《宋書・宗慤傳》卷 76：「叔父炳高尚不仕。慤年少時，炳

---

43 (唐)房玄齡撰、楊家駱主編：《新校本晉書并附編六種》卷 79(臺北：鼎文書局，1992 年 11 月 7 版)，頁 2072。

44 (唐)房玄齡撰、楊家駱主編：《新校本晉書并附編六種》卷 79(臺北：鼎文書局，1992 年 11 月 7 版)，頁 2090。

45 (唐)房玄齡撰、楊家駱主編：《新校本晉書并附編六種》卷 67(臺北：鼎文書局，1992 年 11 月 7 版)，頁 1803。

詩題	詩句	用典
		問其志。慤曰：『願乘長風，破萬里浪。』」[46]
72 行路難三首其一	長風破浪會有時直挂雲帆濟滄海	同上
519 送魯郡劉長史遷弘農長史	魯國一杯水難容橫海鱗	《宋書‧謝晦傳》卷44：「(謝)世基，絢之子也，有才氣，臨死為連句詩曰：『偉哉橫海鱗，壯矣垂天翼。一旦失風水，翻為螻蟻食。』」[47]

11.引用《南史》

詩題	詩句	用典
506 送楊山人歸天台	興引登山屐情催汎海船	登山屐，《南史‧謝靈運傳》卷19：「謝靈運尋山陟嶺，必造幽峻……常著木屐，上山則去其前齒，下山則去其後齒。」[48]

---

46 (梁)沈約撰、楊家駱主編：《新校本宋書附索引》卷76(臺北：鼎文書局，1993年10月7版)，頁1971。

47 (梁)沈約撰、楊家駱主編：《新校本宋書附索引》卷44(臺北：鼎文書局，1993年10月7版)，頁1361。

48 (唐)李延壽撰、楊家駱主編：《新校本南史附索引》卷19(臺北：鼎文書局，1991年4月7版)，頁540。

12.引用《水經注》

詩題	詩句	用典
261 永王東巡歌十一首 其九	祖龍浮海不成橋 漢武尋陽空射蛟	《水經注》卷 14〈濡水〉:「《三齊略記》曰:始皇於海中作石橋,海神為之豎柱。始皇求與相見,神曰:『我形醜,莫圖我形,當與帝相見。』及入海四十里見海神。左右莫動手,工人潛以腳畫其狀。神怒曰:『帝負約,速去。』始皇轉馬還,前腳猶立,後腳隨奔,僅得登岸。畫者溺死於海。」[49]

　　上述引用「史部」之典最多是出自《史記》一書,其次為《漢書》、《晉書》,皆採「明用」、「暗用」、「化用」方式。在李白用典中最少是直接引用成辭,如〈古風五十九首其四〉中「橫絕歷四海」一詞採用「增減文字」方式引用《漢書‧張良傳》中「橫絕四海」一詞,方便比況寄意。又〈古風五十九首其三〉:「連弩射海魚,長鯨正崔嵬」與〈永王東巡歌十一首其九〉:「祖龍浮海不成橋,漢武尋陽空射蛟」引用《史記‧秦始皇本紀》二十八年、三十六年史實。此外,〈永王東巡歌十一首其九〉除「化用」《史記》之典故外,更融《水經注》碣石山一文二典為一句,將原本二個典故的句子,加以組合,融成一全新句子:「祖龍浮海不成橋」,見其用典靈活多變。又〈奔亡道中五首其一〉:「蘇武天山上,田橫海島邊」明用《漢書‧蘇武傳》中蘇武不肯降匈奴而餓於天山之上與《史記‧田儋列傳》中田橫不肯事暴秦而投於海島之中,善於融化典故以喻當時處境困

---

49 (北魏)酈道元:《水經注》(上海:上海古籍出版社,1990 年第 1 版),頁 291。

厄，展現事如己出，渾然天成。

（三）引用子部

李白海意象詩歌所使用的史書，出自《莊子》、《列子》、《淮南子》、《山海經》、《世說新語》、《博物志》、《洞冥記》、《列仙傳》、《仙傳拾遺》、《搜神後記》、《神仙傳》、《抱朴子》、《中書》、《拾遺記》、《述異記》、《海內十洲記》等 16 部子書。

1.引用《莊子》

詩題	詩句	用典
86 日出入行	歷天又復入西海六龍所舍安在哉	《莊子・田子方》：「日出東方而入於西極。」[50]
405 贈僧行融	海若不隱珠驪龍吐明月	海若，見《莊子・秋水》。 驪龍，《莊子・列禦寇》：「夫千金之珠，必在九重之淵，而驪龍頷下。」陸德明注：「驪龍，黑龍也。」[51]明月，珠名。

---

50 (清)王先謙著：《莊子集解》卷 5 外篇〈田子方〉第 21(臺北：東大圖書公司，2004 年 10 月 5 版 1 刷)，頁 185。
51 (清)王先謙著：《莊子集解》卷 8 雜篇〈列禦寇〉第 32(臺北：東大圖書公司，2004 年 10 月 5 版 1 刷)，頁 300。

詩題	詩句	用典
606 答長安崔少府叔封遊終南翠微寺太宗皇帝金沙泉見寄	河伯見海若傲然誇秋水	《莊子・秋水》篇:「秋水時至,百川灌河。涇流之大,兩涘渚涯之間,不辨牛馬。於是焉河伯欣然自喜,以天下之美為盡在己。順流而東行,至於北海,東面而視,不見水端。於是焉河伯始旋其面目,望洋向若而嘆曰:『野語有之曰:聞道百,以為莫己若者,我之謂也。……吾非至於子之門則殆矣,吾長見笑於大方之家。』北海若曰:『井蛙不可以語於海者,拘於虛也。夏蟲不可以語於冰者,篤於時也。曲士不可以語於道者,束於教也。今爾出於涯涘,觀於大海,乃知爾醜。』」陸德明注:「若,海神也。」[52]
298 見京兆韋參軍量移東陽二首其一	潮水還歸海流人却到吳	流人,《莊子・徐無鬼》:「子不聞夫越之流人乎?去國數日,見其所知而喜。」司馬彪注:「有罪見流徒者也。」[53]
205 猛虎行	我從此去釣東海,得魚笑寄情相親	《莊子・外物》篇:「任公子為大鉤巨緇,五十犗以為餌。蹲乎會稽,投竿東海,旦旦而釣。期年不得魚。已而大魚食之,牽巨鉤,錎沒而下

---

[52] (清)王先謙著:《莊子集解》卷 4 外篇〈秋水〉第 17(臺北:東大圖書公司,2004 年 10 月 5 版 1 刷),頁 141-143。

[53] (清)王先謙著:《莊子集解》卷 6 雜篇〈徐无鬼〉第 24(臺北:東大圖書公司,2004 年 10 月 5 版 1 刷),頁 219。

詩題	詩句	用典
		……任公子得若魚,離而臘之。」[54] 此以任公子事表明自己有濟世救國之抱負。
392 贈宣城趙太守悅	溟海不震蕩 何由縱鵬鯤	鵬鯤,《莊子‧逍遙遊》:「北溟有魚,其名為鯤,鯤之大,不知其幾千里也。化而為鳥,其名為鵬,鵬之背不知其幾千里也。怒而飛,其翼若垂天之雲。是鳥也,海運則將徒於南溟。南溟者,天池也。」[55]
365 經亂離後天恩流夜郎憶舊遊書懷贈江夏韋太守良宰	時命乃大謬 棄之海上行	《莊子‧繕性》:「古之所謂隱士者,非伏其身而不見也。非閉其言而不出也,非藏其知而不發也,時命大謬也。」[56]此二句謂己身不逢時,只好拋棄霸王之略,浪遊江海。
292 贈任城盧主簿潛	海鳥知天風 竄身魯門東	《莊子‧至樂》:「昔者海鳥止於魯郊,魯侯御而觴之於廟,奏〈九韶〉以為樂,具太牢以為膳,鳥乃眩視憂悲,不敢食一臠,不敢飲一杯,三日而死,此以己養養鳥也。非以鳥養養鳥也。夫以鳥養養鳥者,宜棲之深林,游之壇陸,浮之江湖,

---

54 (清)王先謙著:《莊子集解》卷 7 雜篇〈外篇〉第 26(臺北:東大圖書公司,2004 年 10 月 5 版 1 刷),頁 249。

55 (清)王先謙著:《莊子集解》卷 1 雜篇〈逍遙遊〉第 1(臺北:東大圖書公司,2004 年 10 月 5 版 1 刷),頁 1。

56 (清)王先謙著:《莊子集解》卷 4 外篇〈繕性〉第 16(臺北:東大圖書公司,2004 年 10 月 5 版 1 刷),頁 140。

詩題	詩句	用典
		食之鰍鰍，隨行列而止，委蛇而處。」[57]
561 送岑徵君歸鳴皋山	思與廣成鄰 蹈海寧受賞	《莊子・在宥》篇：「黃帝立為天子……聞廣成子在於空同之上，故往見之曰：『我聞吾子達於至道，敢問至道之精？……』廣成子曰：『……至道之精，窈窈冥冥。至道之極，昏昏默默。無視無聽，抱神以靜，形將自正，必靜必清。無勞女形，無搖女精，乃可以長生。……』黃帝再拜稽首曰：『廣成子之謂天矣。』廣成子曰：『……彼其物無窮，而人皆以為終，彼其物無測，而人皆以為極。得吾道者，上為皇而下為王；失吾道者，上見光而下為土。今夫百昌皆生於土而反於土，故余將去女，入無窮之門，以遊無極之野。』」[58]
33 古風五十九首其三十三	憑凌隨海運 炟赫因風起	海運，《莊子・逍遙遊》：「海運則將徙於南溟。」陸德明《音義》：「海運，司馬云：運，轉也。向秀云：非海不行，故曰海運。」

---

[57] (清)王先謙著：《莊子集解》卷 5 外篇〈至樂〉第 18(臺北：東大圖書公司，2004 年 10 月 5 版 1 刷)，頁 159。

[58] (清)王先謙著：《莊子集解》卷 3 外篇〈在宥〉第 11(臺北：東大圖書公司，2004 年 10 月 5 版 1 刷)，頁 92-93。

2.引用《列子》

詩題	詩句	用典
92 登高丘而望遠海	六鼇骨已霜 三山流安在	《列子‧湯問》:「渤海之東,不知幾億萬里,有大壑焉,實惟無底之谷,其下無底,名曰歸墟。……其中有五山焉,一曰岱輿,二曰員嶠,三曰方壺,四曰瀛州,五曰蓬萊,……五山之根,無所連著,常隨潮波上下往還,不得暫峙焉。仙聖毒之,訴之於帝。帝恐流於西極,失羣聖之居,乃命禺彊,使巨鼇十五舉首而戴之,迭為三番,六萬歲一交焉。五山始峙,而龍伯之國有大人,舉足不盈數步,而暨五山之所,一釣而連六鼇,合負而趨,歸其國,灼其骨以數焉。於是岱輿、員嶠二山流於北極,沈於大海,仙聖之播遷者巨億計。」[59]
43 古風五十九首其四十三	西海宴王母 北宮邀上元	《列子‧周穆王》:「王大悅,不恤國事,不樂臣妾,肆意遠遊。……遂賓於西王母,觴於瑤池之上。」[60]
922 雜詩	傳聞海水上 乃有蓬萊山	《列子‧湯問》:「渤海之東不知幾億萬里,有大壑,名歸墟……其中有五山焉。一曰岱輿、二曰員嶠、

---

[59] (周)列禦寇撰、(後魏)張湛注:《列子》卷 5〈湯問〉(臺北:臺灣中華書局,1966 年 3 月臺 1 版),頁 3-5。

[60] (周)列禦寇撰、(後魏)張湛注:《列子》卷 3〈周穆王〉(臺北:臺灣中華書局,1966 年 3 月臺 1 版),頁 3。

詩題	詩句	用典
		三曰方壺、四曰瀛洲、五曰蓬萊。……其上臺觀皆金玉，其上禽獸皆純縞。珠玕之樹皆叢生，華實皆有滋味，食之皆不老不死。所居之人皆仙聖之種，一日一夕飛相往來者，不可數焉。」[61]
82 筬篌謠	他人方寸間 山海幾千重	他人，朱諫注：「他人，謂非兄弟也。」《列子‧仲尼》：「吾見子之心矣，方寸之地虛矣。」[62]二句謂他人心僅方寸，而如隔山海，難以溝通。
209 江上吟	仙人有待乘黃鶴，海客無心隨白鷗	《列子‧黃帝》篇：「海上之人有好漚鳥者，每旦之海上，從漚鳥遊。漚鳥之至者，百住(音數)而不止。其父曰：『吾聞漚鳥皆從汝遊，汝取來，吾玩之。』明日之海上，漚鳥舞而不下也。」[63]
370 贈漢陽輔錄事二首其一	天清江月白 心靜海鷗知	海鷗，《列子‧黃帝》篇：「海上之人有好漚鳥者，每旦之海上，從漚鳥游，漚鳥之至者百往而不止。其父曰：『吾聞漚鳥皆從汝游，汝取來

---

61 (周)列禦冠撰、(後魏)張湛注：《列子》卷 5〈湯問〉(臺北：臺灣中華書局，1966 年 3 月臺 1 版)，頁 3-4。

62 (周)列禦冠撰、(後魏)張湛注：《列子》卷 4〈仲尼〉(臺北：臺灣中華書局，1966 年 3 月臺 1 版)，頁 10。

63 (周)列禦冠撰、(後魏)張湛注：《列子》卷 2〈黃帝〉(臺北：臺灣中華書局，1966 年 3 月臺 1 版)，頁 13。

詩題	詩句	用典
		吾玩之。」明日之海上，漚鳥舞而不下也。」[64]

3.引用《淮南子》

詩題	詩句	用典
84 上雲樂	西海栽若木 東溟植扶桑	《淮南子・天文》：「日出於暘谷，浴於咸池，拂於扶桑，是謂晨明。」[65]《淮南子・墜形》：「若木在建木西，末有十日，其華照下地。」[66]
979 哭晁卿衡	明月不歸沉碧海，白雲愁色滿蒼梧	明月，喻品德高潔才華出眾之士，一說謂明月珠，比喻晁衡。《淮南子・氾論》篇：「明月之珠。」高誘注：「夜光之珠，有似月光，故曰明月。」[67]
618 翫月金陵城西孫楚酒樓達曙歌吹日晚乘醉著紫綺裘烏紗	謔浪掉海客喧呼傲陽侯	《淮南子・覽冥》：「武王伐紂，渡於孟津，陽侯之波，逆流而擊。」高誘注：「陽侯，陵陽國侯也。其國近水，溺水而死。其神能為大波，

---

64 (周)列禦冠撰、(後魏)張湛注：《列子》卷 2〈黃帝〉(臺北：臺灣中華書局，1966 年 3 月臺 1 版)，頁 13。

65 (漢)劉安撰：《淮南子(全)》卷 3(臺北：臺灣中華書局，1974 年 10 月臺 3 版)，頁 9。

66 (漢)劉安撰：《淮南子(全)》卷 4(臺北：臺灣中華書局，1974 年 10 月臺 3 版)，頁 3。

67 (漢)劉安撰：《淮南子(全)》卷 13(臺北：臺灣中華書局，1974 年 10 月臺 3 版)，頁 16。

詩題	詩句	用典
中與酒客數人棹歌秦淮往石頭訪崔四侍御		有所傷害，因謂之陽侯之波。」[68]
997 初月	玉蟾離海上 白露濕花時	玉蟾，月。《淮南子・精神》：「日中有踆烏，而月中有蟾蜍。」[69]
864 江上秋懷	朔雁別海裔 越燕辭江樓	海裔，《淮南子・原道》：「故雖遊於江潯海裔。」高誘注：「裔，邊也。」[70]

4.引用《山海經》

詩題	詩句	用典
92 登高丘而望遠海	扶桑半摧折 白日沈光彩	《山海經》卷 9〈海外東經〉：「湯谷上有扶桑，十日所浴，在黑齒北。居水中，有大木，九日居下枝，一日居上枝。」[71]
446 江夏寄漢陽輔錄事	西飛精衛鳥 東海何由填	《山海經》卷 3〈北山經〉：「又北二百里曰發鳩之山，其上多柘木，有鳥焉，其狀如烏，文首，白喙，赤足，名曰精衛。其鳴自詨。是炎

---

68 (漢)劉安撰：《淮南子(全)》卷 6(臺北：臺灣中華書局，1974 年 10 月臺 3 版)，頁 1。

69 (漢)劉安撰：《淮南子(全)》卷 7(臺北：臺灣中華書局，1974 年 10 月臺 3 版)，頁 2。

70 (漢)劉安撰：《淮南子(全)》卷 1(臺北：臺灣中華書局，1974 年 10 月臺 3 版)，頁 15。

71 (晉)郭璞傳、(清)郝懿行箋疏：《山海經箋疏》(臺北：藝文出版社，1958 年)，頁 328-329。

詩題	詩句	用典
		帝之少女，名曰女娃。女娃游於東海，溺而不返。故為精衛，常銜西山之木石以堙於東海。」[72]
43 古風五十九首其四十三	西海宴王母 北宮邀上元	《山海經》卷 16〈大荒西經〉:「西海之南，流沙之濱，赤水之後，黑水之前，有大山名曰昆侖之北，有神，人面虎身，有文有尾，皆白處之，其下有弱水之淵環之，其外有炎火之山，投物輒然，有人戴勝虎齒，有豹尾，穴處，名曰西王母。」[73]
84 上雲樂	西海栽若木 東溟植扶桑	若木，《山海經》卷 17〈大荒北經〉:「大荒之中，有衡石山、九陰山、泂野之山，上有赤樹，青葉赤華，名曰若木。」郭璞注:「生崑崙西，附西極，其華光赤下照地。」[74]

5.引用《世說新語》

詩題	詩句	用典
647 朝下過盧郎中敘舊遊	卻話山海事 宛然林壑存	林壑存，《世說・容止》:「庾太尉在武昌，秋夜氣佳景清，使吏殷浩、

---

72 (晉)郭璞傳、(清)郝懿行箋疏:《山海經箋疏》(臺北:藝文出版社，1958 年)，頁 140-141。

73 (晉)郭璞傳、(清)郝懿行箋疏:《山海經箋疏》(臺北:藝文出版社，1958 年)，頁 433-434。

74 (晉)郭璞傳、(清)郝懿行箋疏:《山海經箋疏》(臺北:藝文出版社，1958 年)，頁 455-456。

		王胡之之徒登南樓理詠。……後王逸少下，與丞相言及此事。丞相曰：『元規爾時風範，不得不小頹。』右軍答曰：『唯丘壑獨存。』」[75]

6.引用《博物志》

詩題	詩句	用典
225 橫江詞六首其四	海神來過惡風迴浪打天門石壁開	《博物志》卷7：「武王夢婦人當道夜哭，問之，曰：『吾是東海神女，嫁於西海神童，今灌壇令，當道廢我行，我行必有大風雨，而太公有德，吾不敢以暴風雨過以毀君德』，武王明昭太公，三日三夜，果有疾風暴雨。」[76]

7.引用《洞冥記》

詩題	詩句	用典
41 古風五十九首其四十一	朝弄紫泥海夕披丹霞裳	《洞冥記》卷1：「東方朔……累月方歸。母笞之，後復去，經年乃歸。母忽見，大驚曰：『汝行經年一歸，何以慰我耶？』朔曰：『兒至紫泥海，有紫水污衣，仍過虞淵湔浣，朝發中返，何云經年乎？』」[77]

---

[75] (南朝宋)劉義慶：《世說新語》卷下之上《景印文淵閣四庫全書》1035 冊子部341(臺北：臺灣商務印書館，1983 年)，頁 152。

[76] (晉)張華：《博物志》卷 7《景印文淵閣四庫全書》1047 冊子部 353(臺北：臺灣商務印書館，1983 年)，頁 599。

[77] (漢)郭憲撰：《洞冥記》《景印文淵閣四庫全書》1042 冊子部 348(臺北：臺灣商務印書館，1983 年)，頁 300。

8.引用《列仙傳》

詩題	詩句	用典
711 望黃鶴山	一朝向蓬海 千載空石室	蓬海,即海上之仙山蓬萊。仙人一朝飛往仙山,如今山上只剩下仙人鍊丹之石室。《列仙傳‧赤松子》卷上:「赤松子者,神農雨師也。服水玉以教神農,能入火自燒,往往至崑崙山上,帝止西王母石室中。」[78]
380 贈張相鎬二首其二	唯有安期烏 留之滄海隅	安期,即仙人安期生。劉向《列仙傳‧安期先生》卷上:「安期先生者,瑯琊阜鄉人也,賣藥東海邊,時人皆言千歲翁。秦始皇東遊,請見,與語三日三夜,贈金璧度數千萬,出於阜鄉亭,皆置去,留書,以赤玉舄一雙為報,曰:『後數年,求我於蓬萊山。』」[79]
214 元丹丘歌	身騎飛龍耳生風,橫河跨海與天通。我知爾遊心無窮	與天通,《列仙傳‧陶安公》:「陶安公者,六安鑄冶師也。數行火,火一旦散,上行紫色衝天,安公伏冶下求哀須臾。朱雀止曰:『安公,安公,治與天通。七月七日,迎汝以赤龍。

[78] (漢)劉向:《列仙傳》卷上〈赤松子〉,收錄於《神仙傳列仙傳疑仙傳》一書,(臺北:廣文書局,1989 年),頁 1。

[79] (漢)劉向:《列仙傳》卷上〈安期先生〉,收錄於《神仙傳列仙傳疑仙傳》一書,(臺北:廣文書局,1989 年),頁 13.

詩題	詩句	用典
		至期，赤龍到，大雨，而安公騎之東南上一城邑，數萬人眾共送視之。』」[80]

9.引用《仙傳拾遺》

詩題	詩句	用典
43 古風五十九首其四十三	西海宴王母 北宮邀上元	《太平廣記》卷 2 引《仙傳拾遺》：「周穆王名滿。……昭王南巡不還，穆王乃立。……王好神仙之道，常欲使車轍馬跡，遍於天下，以倣黃帝焉。乃乘八駿之馬，奔戎。……又觴西王母於瑤池之上。……王造崑崙時，飲峯山石髓，食玉樹之實，又登羣玉山，西王母所居。」[81]

10.引用《搜神後記》

詩題	詩句	用典
278 懷仙歌	一鶴東飛過滄海，放心散漫知何在	「一鶴東飛」，暗用丁令威化鶴成仙歸遼東的故事。《搜神後記》卷一：「丁令威本遼東人，學道於靈墟山。後化鶴歸遼，集城門華表柱。

---

80 (漢)劉向：《列仙傳》卷下〈陶安公〉，收錄於《神仙傳列仙傳疑仙傳》一書，(臺北：廣文書局，1989 年)，頁 9。

81 見(宋)李昉編：《太平廣記》卷 2 神仙二〈周穆王〉引自《仙傳拾遺》(上海：上海古籍出版社，1995 年 5 月第 5 次印刷)，頁 7-8。

詩題	詩句	用典
		時有少年舉弓欲射之，鶴乃飛，徘徊空中而言曰：『有鳥有鳥丁令威，去家千年今始歸，城郭如故人民非，何不學仙冢纍纍？』」[82]
782 靈墟山	不知曾化鶴 遼海歸幾度	同上

11.引用葛洪《神仙傳》

詩題	詩句	用典
199 對酒行	松子棲金華 安期入蓬海	葛洪《神仙傳·皇初平》：「皇初平者，丹谿人也。年十五，而家使牧羊。有道士見其良謹，使將至金華山石室中。四十餘年，忽然不復念家。……能坐在立亡，行於日中無影，而有童子之色，後乃俱還鄉里，親族死亡略盡，乃復還去。……初平改字為赤松子。」[83]
327 贈嵩山焦鍊師	中有蓬海客 宛疑麻姑仙	麻姑，《太平廣記》卷 60 引《神仙傳》：「麻姑至，蔡經亦舉家見之，是好女子，年十八九許，於頂中作髻，餘髮垂至腰。其衣有文章，而

82 (晉)陶潛撰：《搜神後記》《景印文淵閣四庫全書》1042 冊子部 348(臺北：臺灣商務印書館，1983 年)，頁 470。

83 (晉)葛洪：《神仙傳》卷 2〈皇初平〉《景印文淵閣四庫全書 1059》子部 365(臺北：臺灣商務印書館，1983-1986 年)，頁 262-263。

詩題	詩句	用典
		非錦綺，光綵耀目，不可名狀。入拜方平。方平為之起立，坐定，召進行廚，皆金盤玉杯，餚饍多是諸花果，而香氣達於內外。擘脯行之，如柏靈，云是麟脯也。麻姑自說云：『接侍以來，已見東海三為桑田。向到蓬萊，水又淺於往者會時略半也，豈將復還為陵陸乎？』方平笑曰：『聖人皆言海中復揚塵也。』」[84]
369 贈王漢陽	吾曾弄海水 清淺嗟三變	三變，《神仙傳》卷 2〈王遠〉一文記載漢桓帝時，王遠方平降於蔡經家，令人與麻姑相聞。麻姑來，乃一好女子，年可十七八，入拜，方平為起立。麻姑曰：接待以來，見東海三為桑田。向到蓬萊，水又淺於往者。[85]
843 擬古十二首其十	海水三清淺 桃源一見尋	海水，葛洪《神仙傳》卷 2〈王遠〉：「麻姑自說，接待以來已見東海三為桑田，向到蓬萊，水又淺於往昔。」[86]

---

[84] 見(宋)李昉編：《太平廣記》卷 60 女仙五〈麻姑〉引自《神仙傳》(上海：上海古籍出版社，1995 年 5 月第 5 次印刷))，頁 299-300。

[85] (晉)葛洪：《神仙傳》卷 2〈王遠〉，收錄於《神仙傳列仙傳疑仙傳》一書，(臺北：廣文書局，1989 年)，頁 8。

[86] (晉)葛洪：《神仙傳》卷 2〈王遠〉，收錄於《神仙傳列仙傳疑仙傳》一書，(臺北：廣文書局，1989 年)，頁 8。

詩題	詩句	用典
561 送岑徵君歸鳴皋山	思與廣成鄰 蹈海寧受賞	廣成,仙人名。葛洪《神仙傳》卷1〈廣成子〉:「廣成子者,古之仙人也。居崆峒之山,石室之中。黃帝聞而造焉,曰:『敢問至道之要?』……請問治身之道,廣成子答曰:『至道之精,窈窈冥冥。至道之極,昏昏默默,無視無聽,抱神以靜。形將自正,必靜必清。毋勞爾形,毋搖爾精,乃可長生。慎內閉外,多知為敗。我守其一,以處其和。故千二百年而形未嘗衰老。得吾道者,上為皇;失吾道者,下為土。予將去汝入無窮之門,遊無極之野,與日月參光,與天地為常,人其盡死,我獨存焉。』」[87]

12.引用《抱朴子》

詩題	詩句	用典
199 對酒行	松子棲金華 安期入蓬海	安期,《抱朴子內篇‧極言》篇:「又安期先生者,賣藥於海邊,瑯琊人傳世見之,計已千年。秦始皇請與語,三日三夜。其言高,其旨遠,

---

87 (晉)葛洪:《神仙傳》卷1〈廣成子〉,收錄於《神仙傳列仙傳疑仙傳》一書,(臺北:廣文書局,1989年),頁1。

		博而有證。始皇異之，乃賜之金璧，可直數千萬。安期受而置之阜鄉亭，以赤玉舃一量為報。留書曰：『復數千歲，求我於蓬萊山。』」朱諫注：「蓬，蓬來也。蓬萊山在海中，故曰蓬海。」[88]

13.引用《枕中書》

詩題	詩句	用典
896 題隨州紫陽先生壁	樓疑出蓬海 鶴似飛玉京	玉京，神仙所居之天宮。葛洪《枕中書》引《真記》曰：「玄都、玉京，七寶山週迴九萬里，在大羅天之上。」[89]朱注：「玉京，天帝之所居也。」

14.引用《拾遺記》

詩題	詩句	用典
607 酬崔五郎中	舉身憩蓬壺 濯足弄滄海	《拾遺記》卷 1〈高辛〉：「三壺則海中三山也。一曰方壺，則方丈也。二曰蓬壺，則蓬萊也。三曰瀛壺，則瀛洲也。形如壺器。」[90]則蓬壺即蓬萊仙山。

---

88 (晉)葛洪：《抱朴子》(全)(臺北：臺灣中華書局，1973 年 3 月臺 3 版)，頁 3。

89 (晉)葛洪：《枕中書》《叢書集成新編》26 冊(臺北：新文豐出版社，1985 年)，頁 120。

90 (晉)王嘉撰：《拾遺記》《叢書集成新編》26 冊(臺北：新文豐出版社，1985 年初版)，頁 125-126。

15.《述異記》

詩題	詩句	用典
466 夢遊天姥吟留別	半壁見海日 空中聞天雞	半壁，半山腰。《述異記》卷下：「東南有桃都山，上有大樹名曰桃都，枝相去三千里，上有天雞，日初出照此木，天雞則鳴，天下之雞皆隨之鳴。」[91]
209 江上吟	仙人有待乘黃鶴，海客無心隨白鷗	《述異記》卷上曰：「荀瓌，字叔偉，潛棲即粗，嘗東遊憩江夏黃鶴樓上。望西南有物飄然降自霄漢，俄頃已至，乃駕鶴之賓也。鶴止戶側，仙者就席，羽衣虹裳，賓主歡對。已而辭去，跨鶴騰空眇然而滅。」[92]

16.引用《海內十洲記》

詩題	詩句	用典
737 郢門秋懷	空謁蒼梧帝 徒尋溟海仙	《海內十洲記》：「蓬丘，蓬萊山是也。對東海之東北岸，周迴五千里外，別有圓海繞山。圓海水正黑，而謂之冥海也。無風而洪波百丈，不可得往來。

---

91 (清)東軒主人撰：《述異記》卷下，見《景印文淵閣四庫全書》1047 冊子部 353 (臺北：新文豐出版社，1989 年臺 1 版)，頁 633。

92 (清)東軒主人撰：《述異記》卷下，見《景印文淵閣四庫全書》1047 冊子部 353 (臺北：新文豐出版社，1989 年臺 1 版)，頁 620。

詩題	詩句	用典
		上有九老丈人九天真王宮，蓋太上真人所居，惟飛仙有能到其處耳。」[93]
106 古有所思	我思仙人乃在碧海之東隅	碧海，東方朔《海內十洲記》:「扶桑在東海之東岸，岸直陸行登岸一萬里，東復有碧海，海廣狹浩瀚與東海等。水既不鹹苦，正作碧色，甘香味美。扶桑在碧海之中。」[94]
278 懷仙歌	一鶴東飛過滄海，放心散漫知何在	滄海，《海內十洲記》:「滄海島，在北海中，地方三千里，去岸二十一萬里，海四面繞島，各廣五千里，水皆蒼色，仙人謂之滄海也。」[95]此指渤海。「過滄海」，是指飛向渤海之東的三神山的仙境。
497 江夏別宋之悌	楚水清若空遙將碧海通	碧海，楊注:「《十洲記》:碧海在東海中。」朱注:「大抵海水深處皆碧色，非別有所謂碧海也。」
84 上雲樂	西海栽若木東溟植扶桑	《海內十洲記》:「扶桑:在東海之東岸，……東復有碧海。……扶桑

93 (漢)東方朔:《海內十洲記》《叢書集成新編》26 冊(臺北:新文豐出版社，1985 年)，頁 117-118。

94 (漢)東方朔:《海內十洲記》《叢書集成新編》26 冊(臺北:新文豐出版社，1985 年)，頁 117。

95 (漢)東方朔:《海內十洲記》《叢書集成新編》26 冊(臺北:新文豐出版社，1985 年)，頁 117。

		在碧海之中，地方萬里，上有太帝宮，太真東王父所治處。地多林木，葉皆如桑。又有椹樹，長者數千丈，大二千餘圍，樹兩兩同根偶生，更相依倚，是以名為扶桑。仙人食其椹，而一體皆作金光色，飛翔空立。其樹雖大，其葉椹故如中夏之桑也。但椹稀而色赤，九千歲一生實耳，味絕甘香美。」[96]

　　上述引用「子部」之語最多是出自《莊子》一書，除了採「明用」、「正用」、「化用」之外，如〈經亂離後天恩流夜郎憶舊遊書懷贈江夏韋太守良宰〉：「時命乃大謬」截取《莊子・繕性》中之隱士「非伏其身而不見也，非閉其言而不出也，非藏其知而不發也，時命大謬也。」中「時命大謬」語句；〈答長安崔少府叔封遊終南翠微寺太宗皇帝金沙泉見寄〉：「河伯見海若，傲然誇秋水」正用《莊子・秋水》一文，直取其原義；〈贈任城盧主簿潛〉：「海鳥知天風，竄身魯門東」化用《莊子・至樂》一文，將故事內涵與自己立意融為一體，不見斧鑿痕跡。最特別的是採以「反用」（亦稱「翻用」，反其意而用之，「翻」出另一番情景）方式，反其意用之，另翻新意，如〈日出入行〉：「歷天又復入西海，六龍所舍安在哉」反用《莊子・田子方》：「日出東方而入於西極」，甚至「融二典為一句」，將原本二個典故的句子，加以組合，融成一全新句子，如〈贈僧行融〉：「海若不隱珠，驪龍吐明月」，將《莊子・秋水》中「海若」與《莊子・

---

96 (漢)東方朔：《海內十洲記》《叢書集成新編》26 冊(臺北：新文豐出版社，1985 年)，頁 117。

列禦寇》中「千金之珠，必在九之淵，而驪龍頷下」渾然天成地融合此二典故。引用次多的是《列子》一書，多以「化用」方式，如〈江上吟〉中「海客無心隨白鷗」化用《列子‧黃帝》海上有好漚鳥者之故事。李白在引用「子部」書籍中，最特殊的是採以「借用」方式，即只用古人、古書中之言辭，但不用其本意，如〈江上秋懷〉中「朔雁別海裔」借用《淮南子‧精神》：「故雖遊於江潯海裔」中「海裔」一詞。引用其餘諸子書，均為「化用」與「暗用」(即引用詞語不指明出處，或暗用故事，有如羚羊掛角，無跡可求，乍看不覺，必須深切體會，始知其意)方式，如〈懷仙歌〉中「一鶴東飛過滄海」與〈靈墟山〉中「不知曾化鶴，遼海歸幾度」暗用《搜神後記》中丁令威化鶴成仙歸遼東的故事。又〈贈王漢陽〉：「吾曾弄海水，清淺嗟三變」與〈擬古十二首其十〉：「海水三清淺，桃源一見尋」二詩均暗用葛洪《神仙傳‧王遠》一文中麻姑自說，接待以來已見東海三為桑田之故事，無論是人物或時空之間所形成的對比，皆能凸顯滄海桑田的特徵，給予人震撼之感，鮮明對比給人刻骨銘心的感受。

（四）引用集部

1.引用《楚辭》

詩題	詩句	用典
92 登高丘而望遠海	扶桑半摧折 白日沈光彩	《九歌‧少司命》：「暾將出兮東方，照吾檻兮扶桑。」王逸注：「言東方有扶桑之木，其高萬仞，日出，下浴於湯谷，上拂其扶桑，爰始而登，照耀四方，日以扶桑為舍檻，故曰

詩題	詩句	用典
		照吾檻兮扶桑也。」[97]
489 留別賈舍人至二首 其一	鼇抃山海傾 四溟揚洪流	《楚辭·天問》:「鼇戴山抃,何以 安之?」王逸注:「鼇,大龜也。擊 手曰抃。」[98]
216 同族弟金城尉叔卿 燭照山水壁畫歌	洪波洶湧山 崢嶸,皎若 丹丘隔海望 赤城	丹丘,《楚辭·遠遊》:「仍羽人於丹 丘兮,留不死之舊鄉。」王逸注:「丹 丘,海外神仙地,晝夜常明。」[99]赤 城,《方輿勝覽》卷八台州:「赤城 山,在天台縣北六里,一名燒山。 其上石壁皆如霞色,望之如雉堞 然,故後人以此名山。」
516 單父東樓秋夜送族 弟況之秦	屈平顦顇滯 江潭,亭伯 流離放遼海	《楚辭·漁父》:「屈原既放,遊於 江潭,行吟澤畔,顏色憔悴,形容 枯槁。」[100]

2.引用樂府古題

詩題	詩句	用典
140 來日大難	思填東海強 銜一木	蕭曰:「〈來日大難〉者,即古樂府 〈善哉行〉,亦曰〈日苦短〉也。」

---

97 (宋)洪興祖:《楚辭補注》卷 2〈九歌·少司命〉(臺北:藝文印書館,1996 年
4 月初版 8 刷),頁 128。

98 (宋)洪興祖:《楚辭補注》卷 3〈天問〉(臺北:藝文印書館,1996 年 4 月初版
8 刷),頁 172。

99 (宋)洪興祖:《楚辭補注》卷 5〈遠遊〉第 5(臺北:藝文印書館,1996 年 4 月
初版 8 刷),頁 276。

100 (宋)洪興祖:《楚辭補注》卷 7〈遠遊〉第 7(臺北:藝文印書館,1996 年 4
月初版 8 刷),頁 295。

詩題	詩句	用典
		《樂府古題要解》卷上:「〈善哉行〉古辭:『來日大難,口燥唇乾』,言人命不可保,當樂見親友,且求長生術,與王喬、八公遊焉。」[101]
72 行路難三首其一	長風破浪會有時,直挂雲帆濟滄海	《樂府詩集》卷七十:「《樂府解題》曰:〈行路難〉,備言世路艱難及離別悲傷之意,多以『君不見』為首。」今存最早是鮑照〈行路難〉十八首。蕭士贇注:「〈行路難〉者,古樂府道路六曲之一。并有變〈行路難〉。」胡注:「〈行路難〉,歎世路艱難及貧賤離索之感。古辭亡,鮑照擬作為多,白詩似全學照。」

3.引用前人詩文

詩題	詩句	用典
551 送紀秀才遊越	海水不滿眼 觀濤難稱心	觀濤,觀廣陵曲江之濤,典出枚乘〈七發〉
479 留別金陵諸公	海水昔飛動 三龍紛戰爭	《文選》卷四八揚雄〈劇秦美新〉:「神歇靈繹,海水羣飛。」李善注:「海水喻萬民,羣飛言亂。」[102]

---

101 (唐)吳兢撰:《樂府古題要解》卷上《百部叢書集成初編》46 冊(臺北:藝文印書館,1966 年),頁 6。

102 (梁)蕭統:《六臣註文選》(臺北:臺灣商務印書館,1979 年),頁 912。

詩題	詩句	用典
111 臨江王節士歌	安得倚天劍 跨海斬長鯨	倚天劍，宋玉〈大言賦〉：「長劍耿耿倚天外。」倚天劍，謂靠近天的長劍，極言劍之長。
806 日夕山中忽然有懷	緬思洪崖術 欲往滄海隔	洪崖術，謂神仙術。洪崖，仙人。《文選》卷二一郭璞〈遊仙詩七首之三〉：「左挹浮丘袖，右拍洪崖肩。」李善注：「〈西京賦〉曰：洪崖立而指麾。〈神仙傳〉曰：衛叔卿與數人博，其子度曰：向與博者為誰？叔卿曰：是洪崖先生。」[103]
843 擬古十二首其十	海水三清淺 桃源一見尋	桃源，詳見〈桃花源記〉。見尋，猶相尋。
219 鳴皋歌送岑徵君	若長風扇海 湧滄溟之波濤	滄溟，蕭士贇注：「滄溟者，海之別名。」袁彥伯〈三國名臣序贊〉：「洪飈扇海，二溟揚波。」[104]
868 萬憤詞投魏郎中	海水渤潏 人罹鯨鯢	王琦注：「渤，當作浡。潏，音聿。」《文選》卷一二木華〈海賦〉：「昔在帝媯巨唐之世，天綱浡潏。」李善注：「浡潏，沸湧貌。」[105]
336 贈崔郎中宗之	胡鷹拂海翼 翻翔鳴素秋	胡鷹，一作胡雁。鮑照〈擬古詩八首〉：「河畔草未黃，胡雁已矯翼。」素秋，《文選》卷十九張華〈勵志〉詩：「星火既夕，忽焉素秋。」

---

103 (梁)蕭統：《六臣註文選》(臺北：臺灣商務印書館，1979 年)，頁 400。
104 (梁)蕭統：《六臣註文選》第 47 卷(臺北：臺灣商務印書館，1979 年)，頁 901。
105 (梁)蕭統：《六臣註文選》(臺北：臺灣商務印書館，1979 年)，頁 231。

詩題	詩句	用典
		李善注:「《爾雅》曰:秋為白藏,故云素秋。」李周瀚注:「西方色白,故曰素秋。」[106]
452 宣城九日聞崔四侍御與宇文太守遊敬亭余時登響山不同此賞醉後寄崔侍御二首其一	登高望山海滿目悲古昔	登高,吳均《續齊諧記》:「汝南桓景隨費長房遊學累年。長房謂曰:『九月九日汝家中當有災。宜急去,令家人各作絳囊盛茱萸以繫臂,登高,飲菊花酒,此禍可除。』景如言,齊家登山。夕還,見雞犬牛羊一時暴死。長房聞之,曰:『此可代也。』今世人九日登高飲酒,婦人帶茱萸囊,蓋始於此。」[107]
72 行路難三首其一	長風破浪會有時,直挂雲帆濟滄海	雲帆,馬融〈廣成頌〉:「張雲帆,施蜿蟬。」[108]成公綏〈嘯賦〉:「將登箕山以抗節,浮滄海以遊志。」[109]王文濡《歷代詩評注讀本》謂此句化用孔子「道不行,乘桴浮於海」一語,「以明無復望用意,遂決志歸隱,不復留戀作結。」

---

106 (梁)蕭統:《六臣註文選》(臺北:臺灣商務印書館,1979年),頁360。

107 (梁)吳均撰:《續齊諧記》《景印文淵閣四庫全書》1042冊子部348(臺北:臺灣商務印書館,1983年),頁557。

108 (南朝宋)范曄:《後漢書》冊5卷90上列傳50上〈馬融列傳〉《四部備要》(臺北:臺灣中華書局,1965年11月臺1版),頁8。

109 (梁)蕭統:《六臣註文選》(臺北:臺灣商務印書館,1979年),頁342。

詩題	詩句	用典
475 留別廣陵諸公	臥海不關人 租稅遼東田	遼東田，朱諫注：「後漢管寧，避地遼東，自力耕田。」《文選》卷三〇謝朓〈郡內登望〉詩：「乃棄汝南諾，言稅遼東田。」李善注：「《魏志》曰：管寧聞公孫度令行海外，遂至於遼東。皇甫謐〈高士傳〉曰：人或牛暴寧田者，寧為牽牛著涼處，自飲食也。」[110]
820 秋夜獨坐懷故山	天書訪江海 雲臥起咸京	雲臥，鮑照〈升天行〉：「風餐委松宿，雲臥恣天行。」[111]楊注：「咸京，咸陽也。」咸京，此謂長安。二句言應詔入京。
609 金門答蘇秀才	巨海納百川 麟閣多才賢	謝靈運〈擬魏太子鄴中集詩八首‧魏太子〉：「百川赴巨海，眾星環北辰。」[112] 麟閣，即麒麟閣，漢閣名。《三輔黃圖》卷六：「〈漢宮殿疏〉云：「天祿麒麟閣，蕭何造，以藏秘書，處賢才也。」此處指唐翰林院。
405 贈僧行融	大海乘虛舟 隨波任安流	《文選》卷二二謝靈運〈遊赤石進帆海〉：「溟漲無端倪，虛舟有超越。」李周翰注：「溟漲皆海也，端倪猶涯際也，輕舟而進曰虛舟。」[113]

110 (梁)蕭統：《六臣註文選》(臺北：臺灣商務印書館，1979 年)，頁 568。
111 (梁)蕭統：《六臣註文選》(臺北：臺灣商務印書館，1979 年)，頁 532。
112 (梁)蕭統：《六臣註文選》(臺北：臺灣商務印書館，1979 年)，頁 578。
113 (梁)蕭統：《六臣註文選》(臺北：臺灣商務印書館，1979 年)，頁 409。

詩題	詩句	用典
449 江上寄元六林宗	浦沙淨如洗 海月明可掇	掇,《文選》卷二七曹操〈短歌行〉:「明明如月,何時可掇。」李善注:「掇,拾取也。」[114]
429 新林浦阻風寄友人	海月破圓景 菰蔣生綠池	圓景,《文選》卷三〇謝靈運〈南樓中望所遲客〉:「圓景早已滿,佳人猶未適。」李善注:「曹子建〈贈徐幹〉詩曰:圓景光未滿,眾星粲已繁。」朱諫注:「破圓影者,月缺也。」[115]
786 安州般若寺水閣納涼喜遇薛員外乂	樓臺成海氣 草木皆天香	海氣,王褒〈詠霧應詔〉詩:「帶樓疑海氣,含蓋似雲浮。」[116]楊齊賢注:「《晉(書‧天文)志》:海旁蜃氣成樓臺。」安琦注:「句謂般若寺樓閣之宏麗有如海市蜃樓。」
227 橫江詞其六	月暈天風霧不開,海鯨東蹙百川迴	《文選》卷一二木華〈海賦〉:「魚則橫海之鯨,……噏波則洪漣踸踔,吹澇則百川倒流。」[117]蹙,促迫。此句謂海鯨在東海迫促百川倒流,形成海潮。

---

114 (梁)蕭統:《六臣註文選》(臺北:臺灣商務印書館,1979年),頁 512。

115 (梁)蕭統:《六臣註文選》(臺北:臺灣商務印書館,1979年),頁 562。

116 逯欽立輯校:《先秦漢魏晉南北朝詩》北周詩卷 1(臺北:學海出版社,1984年 5 月初版),頁 2339。

117 (梁)蕭統:《六臣註文選》(臺北:臺灣商務印書館,1979年),頁 235。

詩題	詩句	用典
344 贈崔司戶文昆季	雙珠出海底 俱是連城珍	連城，《文選》卷四二曹丕〈與鍾大理書〉：「不煩一介之使，不損連城之價。」李善注：「《史記》曰：趙惠文王得和氏之璧，秦昭王聞之，使人遺趙王書，願以十五城易璧。」[118]朱諫注：「連城者，一珠之價而直數城也。」
593 涇川送族弟錞	愧無海嶠作 敢闕河梁詩	海嶠，《文選》卷二五謝靈運〈登臨海嶠初發彊中作與從弟惠連見羊何共和之〉：「與子別山阿，含酸赴脩軫。中流袂就判，欲去情不忍。」[119]河梁詩，《文選》卷二九李陵〈與蘇武詩〉：「攜手上河梁，遊子暮何之？」劉良注：「河梁，橋也。」[120]

　　上述李白引用「集部」詩文，全是採「化用」或「借用」方式，可見其對前人的名言佳句、優美詩文，並非直接去抄襲，而是吸納優點，加以融鑄後，呈展出自己獨特的語言風格。並使用「抽換文字」、「增減文字」、「截取詞句」、「移轉詞序」(即對前人的詞句，倒置其詞序，或倒置詞序後又增減其字)等手法，如〈橫江詞六其六〉中「化用」木華〈海賦〉：「魚則橫海之鯨，……噏波則洪漣蹴踏，吹澇則百川倒流。」精鍊出「海鯨東蹙百川迴」之詩句；在〈安州般若寺水閣納涼喜遇薛員外乂〉一詩中引用王褒〈詠霧應詔〉詩：「帶

118 (梁)蕭統：《六臣註文選》(臺北：臺灣商務印書館，1979年)，頁788。
119 (梁)蕭統：《六臣註文選》(臺北：臺灣商務印書館，1979年)，頁478。
120 (梁)蕭統：《六臣註文選》(臺北：臺灣商務印書館，1979年)，頁543。

樓疑海氣」抽換文字為「樓臺成海氣」，甚至在〈新林浦阻風寄友人〉
一詩「借用」謝靈運〈南樓中望所遲客〉：「圓景早已滿，佳人猶未
適」中之「圓景」一辭，但不用其本意，寫出「海月破圓景」絕妙
之語，讓辭彙入詩豐富多變。

　　從上述李白出現「海」字詞彙的詩句中引用經、史、子、集各
部典故列表中，引用經部約 5 首、史部約 26 首、子部約 51 首、集
部約 27 首，共 109 首，約占其海意象詩歌 43%。李白海意象詩歌用
典包羅萬象，有神仙、神話傳說人物，如赤松子、安期生、廣成子、
西王母、麻姑、洪崖、丁令威、波神陽侯、陶安公、海神等；有歷
史人物、人間帝王、文臣將相、美人，如黃帝、周穆王、屈原、秦
始皇、田橫、漢武帝、亭伯、韋端二子、宗愨、謝安、謝靈運、郗
超、管寧等；有天象地理建築類，如海氣、海樓、丹丘、赤城、扶
桑、滄海、碧海、玉京等；有器物類，如倚天劍；有詩名，如河梁
詩、海嶠詩等。其中引用最多為子部神仙、神話傳說約 24 首之多，
其次為莊子一書約 10 首，可見「海」意象詩歌與「神仙、神話傳說」、
「道教」結下不解之緣，以下針對引用求仙、神仙、神話傳說等較
殊奇典故意象的承轉，一一分析。

（五）引用經史子集殊奇神話典故意象

1.巨鰲意象

　　李白詩歌中「鰲」意象出現 11 首，而海意象詩歌中出現「鰲」
意象約有 9 首，且多出現在離開長安之後晚年時期[121]。「巨鰲」意象

---

121 本表格為李白 11 首鰲意象詩歌，但最後 2 首非出自李白海意象詩歌文本：

詩題	詩句	年歲
92 登高丘而望遠海	六鰲骨已霜，三山流安在？	47y

歷來有二種象徵意涵，一是《列子・湯問》中巨鼇負山，使得海上神仙有固定居所，並無負面形象；二是《楚辭・天問》中巨鼇戴山抃舞造成傾危使眾仙漂流。李白詩歌非但使用第一種意涵，更轉化第二種神話意涵，將巨鼇視為海中神物，也是海中惡霸，能興風作浪。

〈懷仙歌〉是一首遊仙詩，藉神仙思想抒發胸懷，詩中呈現出他不畏世俗之議論與小人之毀謗，期盼遨遊仙山之目的，帶著雄心壯志為國消滅叛賊的冀望，以天帝賦予鼇負載神山的重責大任為喻，警惕自己也需如同巨鼇一樣背負起救國平亂之使命，此為政治失意的一種排遣方式，對黑暗現實的反抗，「巨鼇莫戴三山去，我欲蓬萊頂上行」寫出「仙境縹緲，能使人產生幻覺，使他暫時脫離令他失望的現實世界，從而建構出一個屬於自己的樂園，亦可從中找

205	猛虎行	巨鼇未斬海水動，魚龍奔走安得寧？	56y
278	懷仙歌	巨鼇莫戴三山去，吾欲蓬萊頂上行。	44y
306	贈薛校書	未誇觀濤作，空鬱釣鼇心。	43y
323	贈盧徵君昆弟	木落海水清，鼇背覩方蓬。	43y
489	留別賈舍人至二首 其一	鼇抃山海傾，四溟揚洪流。	未
492	聞李太尉大舉秦兵百萬出征東南懦夫請纓冀申一割之用半道病還留別金陵崔侍御十九韻	意在斬巨鼇，何論繪長鯨？	62y
551	送紀秀才遊越	即知蓬萊石，覩是巨鼇簪。	未
645	同友人舟行遊台越作	空持釣鼇心，從此謝魏闕。	47y
319	贈臨洺縣令皓弟	釣水路非遠，連鼇意何深？	52y
484	竄夜郎，於烏江留別宗十六璟	斬鼇翼媧皇，鍊石補天維。	58y

到感情、精力和才華宣洩的管道，因此，它本身雖是消極的，卻又
具有批判現實、反映自我的積極意義。」[122]此外，還有〈贈盧徵君
昆弟〉:「木落海水清，鼇背覩方蓬」、〈登高丘而望遠海〉:「六鼇骨
已霜，三山流安在？」二詩皆承繼《列子・湯問》篇中的典故意涵。
但在李白海意象詩歌中「巨鼇」多是負面意涵，其詩如下:

> 未誇觀濤作，空鬱釣鼇心。(〈贈薛校書〉)
>
> 空持釣鼇心，從此謝魏闕。(〈同友人身行遊台越作〉)
>
> 巨鼇未斬海水動，魚龍奔走安得寧？(〈猛虎行〉)
>
> 意在斬巨鼇，何論鱠長鯨？(〈聞李太尉大舉秦兵百萬出征東
> 南懦夫請纓冀申一割之用半道病還留別金陵崔侍御十九韻〉)
>
> 鼇抃山海傾，四溟揚洪流。(〈留別賈舍人至二首其一〉)

2.龍伯大人釣鰲意象

　　李白的釣鰲思想源於列子神話[123]，該神話描寫一個奇異世界，
支持海上神山的大鼇，使仙人有固定住所，絕非邪惡的象徵，但李
白〈猛虎行〉一詩寫道:「巨鼇未斬海水動」中的「巨鼇」顯然是負
面的形象。其實鼇負面形象的由來，出自《楚辭・天問》曰:「鼇戴
山抃，何以安之」，王逸注曰:「鼇，大龜也，擊手曰抃，《列仙傳》
曰:『有巨靈之鼇，背負蓬萊之山而抃舞，戲滄海之中，獨何以安之
乎？』」巨鼇戴山抃舞造成傾危使得眾仙漂流，李白以此聯想，將巨

---

122 顏進雄:《唐代遊仙詩研究》(臺北:文津出版社，1996 年 10 月)，頁 261。

123 《列子・湯問篇》:「歸墟中有五山，帝使巨鰲十五戴之，五山始峙而不動，
　　龍伯國之大人一釣連六鰲，於是二山流於北極。」

鼇比喻成興風起浪的佞臣，寫出安史亂賊殘害百姓使得生靈塗炭，
因此可見李白的釣鼇意識卻從神話中得到一翻新的詮釋，化用舊典
故意象，重新賦予新義，正如李正治分析李白的釣鼇意識云：

> 從龍伯之國到「五山之所」的神仙世界，大人主要是展開釣
> 鼇的工作。釣鼇的工作是透過政治的形式來安頓民生，必須
> 當權才能展開，因此大人一去五山之所，也即是象徵進入朝
> 廷。結果「一釣而連六鼇」，把妨礙國族生存發展的權奸小
> 人釣除，獲致天下的清平，人間的和樂，完成釣鼇的工作。
> 這時大人又回到屬於自己的國度，也就是功成身退。[124]

此語道出李白釣鼇意識的真義，龍伯大人的形象，象徵李白的
英雄形象；釣鼇象徵斬除邪，建立功業。李白好語王霸略，喜談縱
橫術，渴望發揮才智，成為朝中輔弼之臣，為國除惡，如此積極入
世精神，每次從政前皆是意氣高昂，仕途受挫時，才會萌生出世隱
逸之心，然而熱切追求入仕為官的心理並不消沈，為達施展其抱負，
嘗試各種仕進之方，謁見高官權貴，向朝廷獻賦自薦，隱逸求取美
名，終其一生，其志難以遂願，天才沈寂，英雄淪落，在其龍伯大
人釣鼇的意象中，展現一個桀驁不馴的李白。

3.鯨鯢意象

李白詩歌中出現「鯨」意象多達 26 次之高，超過六朝同類數目
之總和，且這 26 首蘊含鯨意象的詩作，多出現於中晚年，尤其是晚

---

124 李正治：〈李白的釣鼇意識〉《中外文學》第 4 卷第 6 期，1975 年 11 月，頁
108。

年[125]。最早出現鯨鯢意象是《左傳·宣公十二年》曰：「古者明王伐

[125] 本表格為李白 26 首鯨意象詩歌，但最後 9 首非出自李白海意象詩歌文本：

詩題	詩句	年歲
3 古風五十九首其三	連弩射海魚，長鯨正崔嵬。	47y
34 其三十四	困獸當猛虎，窮魚餌奔鯨。	51y
61 公無渡河	有長鯨白齒若雪山，公乎公乎掛胃於其間。	52y
106 古有所思	長鯨噴湧不可涉，撫心茫茫淚如珠。	未
111 臨江王節士歌	安得倚天劍，跨海斬長鯨？	未
112 司馬將軍歌	手中電曳倚天劍，直斬長鯨海水開。	59y
184 豫章行	樓船若鯨飛，波蕩落星灣。	60y
227 橫江詞六首其六	月暈天風霧不開，海鯨東蹙百川迴。	53y
360 中丞宋公以吳兵三千赴河南軍次尋陽脫余之囚參謀幕府因贈之	戎虜行當剪，鯨鯢立可誅。	57y
365 經亂離後天恩流夜郎憶舊遊書懷贈江夏韋太守良宰	君王棄北海，掃地借長鯨。	59y
379 贈張相鎬二首其一	諸侯拜馬首，猛士騎鯨鱗。	57y
380 贈張相鎬二首其二	誓欲斬鯨鯢，澄清洛陽水。	57y
404 贈僧朝美	水客淩洪波，長鯨湧溟海。	未
479 留別金陵諸公	鍾山危波瀾，傾側駭奔鯨。	50y
492 聞李太尉大舉秦兵百萬出征東南懦夫請纓冀申一割之用半道病還留別金陵崔侍御十九韻	意在斬巨鰲，何論繪長鯨？	62y
639 遊泰山六首其四	銀臺出倒景，白浪翻長鯨。	42y

不敬，取其鯨鯢而封之，以為大戮。」杜預注曰：「鯨鯢，大魚名，以喻不義之人吞食小國。」[126]此處鯨是一種負面象徵，此後漢朝李陵〈答蘇武書〉云：「上念老母，臨年被戮；妻子無辜，並為鯨鯢。」[127]直承此一典故，以鯨吞喻無辜妻子被不義所害，其後東晉陶淵明〈命子詩〉曰：「鳳隱於林，幽人在丘。逸虯遶雲，奔鯨駭流。」[128]也繼承不義之鯨的喻意，感嘆小人橫行，君子幽隱。此外，在張衡〈西京賦〉：「海若游魚玄渚，鯨魚失流而蹉跎」[129]，左思〈吳都賦〉：

868 萬憤詞投魏郎中	海水渤潏，人罹鯨鯢。	57y
166 北上行	奔鯨夾黃河，鑿齒屯洛陽。	56y
171 枯魚過河泣	作書報鯨鯢，勿恃風濤勢。	51y
276 赤壁歌送別	君去滄江望澄碧，鯨鯢唐突留餘跡。	32y
378 流夜郎半道承恩放還，兼欣克復之美書懷示息秀才	鯨鯢未翦滅，豺狼屢翻覆。	59y
409 獻從叔當塗宰陽冰	贈微所費廣，斗水澆長鯨。	62y
455 涇溪南藍山下有落星潭可以卜築余泊舟石上寄何判官昌浩	藍岑聳天壁，突兀如鯨額。	55y
596 登黃山陵歊臺送族弟溧陽尉濟充汎舟赴華陰	小舟若鳧雁，大舟若鯨鯢。	50y
713 九日登巴陵，置酒望洞庭水軍	今茲討鯨鯢，旌旆何繽紛。	59y
867 上崔相百憂草	鯤鯨噴蕩潏，揚濤起雷。	57y

126 (清)阮元校勘：《十三經注疏 6 左傳》(臺北：藝文印書館，2001 年)，頁 398。
127 見(梁)蕭統選：《增補六臣註文選》(臺北：華正書局，1980 年 9 月初版)，頁757。
128 見逯欽立輯校：《先秦漢魏晉南北朝詩》(臺北：學海出版社，1984 年 5 月初版)，頁 970。
129 見(梁)蕭統選：《增補六臣註文選》(臺北：華正書局，1980 年 9 月初版)，頁49。

「長鯨吞航，脩鯢吐浪，躍龍騰蛇」、「徽鯨背中於群揜，攙搶暴出而相屬」[130]，甚至木華〈海賦〉對鯨聲勢駭人，有顯著描繪：「魚則橫海之鯨，突杌孤游，戞巖嶬，偃高濤，茹鱗甲，吞龍舟，噏波則洪連跋蹄，吹澇則百川倒流；或蹭蹬窮波，陸死鹽田，巨鱗插雲，瀧鬣刺天，顱骨成嶽，流膏為淵。」然而李白承襲歷來鯨吞不義之意與氣勢浩大之意，以用比喻天寶年間顛覆大唐江山的史之亂的亂黨叛變，將歷史事實化為詩歌意象，使複雜的歷史事件鮮明呈顯出來，以形象化的比喻方式脫去說理性質，相較於《左傳》、李陵〈答蘇武書〉與陶淵明「奔鯨駭流」之描述，更加深了氣勢表達的聳動性與對安史之叛軍不義的最沈痛譴責，寄意深微十分明顯，且「斬鯨」、「繪長鯨」、「討鯨鯢」這些詞彙也在鯨本已浩大之氣勢上更翻上一層，展現出李白斬除不義的磅礡雄心，氣勢上再增氣勢，以奔放雄烈的氣勢將鯨不義之意展現出自己正義大氣，寫出前所未有無人匹敵的氣慨，對傳統做了更的大突破與開拓。

4.鳳凰意象

鳳凰是古代神話或傳說中虛構出來的鳥類。關於鳳的形象，《說文》云：「鳳，神鳥也。天老曰：『鳳之像也，膺前鹿前，蛇頸魚尾，龍文龜背，燕頷雞喙，五色備舉。』出於東方君子之國，遨翔四海之外，過崑崙，飲砥柱，濯羽弱水，莫宿風穴，見則天下安寧。」[131]又《淮南子‧覽冥訓》亦云：「鳳皇之翔，至德也，雷霆不作，風雨

130　見(梁)蕭統選：《增補六臣註文選》(臺北：華正書局，1980年9月初版)，頁100、112。

131　(清)段玉裁注：《說文解字注》(臺北：黎明文化事業股份有限公司，1989年10月增訂5版)，頁149。

不興，……羽翼弱水，暮宿風穴。」[132]

鳳鳥被先民賦予神性意象，代表祥瑞美好，在歷史文化中積澱著儒家所標舉的理想社會。李白海意象詩歌結合遨翔四海外的「鳳」鳥一起出現，約有 23 首，如：

> 鳳飛九千仞，五章備綵珍，銜書且虛歸，空入周與秦。橫絕
> 歷四海，所居未得鄰。(4〈古風五十九首其四〉)
> 鳳飢不啄粟，所食唯琅玕。……歸飛海路遠，獨宿天霜寒。
> (40〈古風五十九首其四十〉)
> 鳳鳥鳴西海，欲集無珍木。(54〈古風五十九首其五十四〉)
> 孤鳳向西海，飛鴻辭北溟。(492〈聞李太尉大舉秦兵百萬出
> 征東南懦夫請纓冀申一割之用半道病還留別金陵崔侍御十
> 九韻〉)
> 朝飲蒼梧泉，夕棲碧海煙。寧知鸞鳳意，遠託椅桐前。(317
> 〈贈饒陽張司戶燧〉)
> 雞聚族以爭食，鳳孤飛而無鄰。(219〈鳴皋歌送岑徵君〉)
> 嘆息蒼梧鳳，分棲瓊樹枝。(593〈涇川送族弟錞〉)
> 鼇抃山海傾，四溟揚洪流。意欲託孤鳳，從之摩天遊。鳳苦
> 道路難，翱翔還崑丘。(489〈留別賈舍人至二首其一〉)

從這些詩例可發現，李白以鳳鳥自喻，將自己仕途困窘的情況，以鳳鳥處於饑困無依，四處尋覓琅玕瓊樹枝的窘迫相繫聯，雖有安邦定國大志，但不與雞鶩同群的傲骨，以孤飛無鄰、飢寒無依的鳳

---

132 張雙棣：《淮南子校釋》卷 6(北京：北京大學出版社，1997 年 8 月 1 版 1 刷)，頁 202。

鳥，與無才爭食的群雞對比，可見李白孤高與自信，也反映出君子
道消，小人道長的憤悶不平。「鳳凰暗示出李白崇高的使命感和責任
心，濟蒼生，安社稷，使寰區大定，海縣清一，聖君賢臣，和衷共
濟，實現理想的社會圖式，具有積極用世而又遵矩合度的向心力，
反映出孔孟儒家思想對他的約束與規範。……寄託了李白呼喚聖賢
治世的社會理想。」[133]在海意象詩歌中結合鳳鳥意象，將承繼歷來
屈原〈抽思〉：「鳳皇在笯兮，雞鶩翔舞」[134]中鸞鳳視為忠貞君子的
典型且負有使命感與責任心鳳鳥形象與海的變動不羈、寬廣無際、
自性逍遙合一，表現出期待功成身退，放曠邀遊，不受世俗拘束，
不遷就世俗禮教，追求自由自性的人生態度。

5.周穆、秦皇、漢武求仙典故

　　〈登高山而望遠海〉對秦皇、漢武窮兵黷武，又一心求仙頗多
譏諷，與此取意相似還有〈古風五十九首其三〉：「秦皇掃六合，虎
視何雄哉。……尚採不死藥，茫然使心哀。連弩射海魚，長鯨正崔
嵬。……徐巿載秦女，樓船幾時迴。但見三泉下，金棺葬寒灰」、〈古
風五十九首其四十三〉：「周穆八荒意，漢皇萬乘尊。淫樂心不極，
雄豪安足論。西海宴王母，北宮邀上元。瑤水聞遺歌，玉杯竟空言。
靈跡成蔓草，徒悲千載魂」、〈古風五十九首其四十八〉：「秦皇按寶
劍，赫怒震威神。逐日巡海右，驅石駕滄津。徵卒空九宇，作橋傷
萬人。但求蓬島藥，豈思農扈春。力盡功不贍，千載為悲辛」，以上
四首詩皆諷刺君王荒淫怠政，溺於求仙，死後仍落得「但見三泉下，
金棺葬寒灰」、「靈跡成蔓草，徒悲千載魂」，在此反對君王求仙，因

133　李浩：〈李白詩文中的鳥類意象〉《文學遺產》一九九四年第 3 期，頁 40。
134　(宋)洪興祖撰：《楚辭補註》卷 4〈九章・抽思〉(臺北：藝文印書館，1996
　　年 4 月初版 8 刷)，頁 237。

為君王求仙只不過是希望將現世自己所擁有的榮華權勢，延續到無窮無盡，其實也暗諷晚年的玄宗，好立邊功、荒淫女色、揮霍昏聵，與前代周穆、秦皇、漢武相似，為了求仙不惜民脂民膏，反為奸佞蒙蔽。

6.黃帝升天典故

神話中記述黃帝的功業，能呼風喚雨，具有無比神威，如《山海經・大荒北經》云：「蚩尤作兵伐黃帝，黃帝使應龍攻之冀州之野。應龍蓄水，蚩尤請風師、雨師，縱大風雨。黃帝乃下天女曰魃，雨止，遂殺蚩尤。」[135]《龍魚河圖》曰：「黃帝攝政，有蚩尤兄弟八十一人，並獸身人語，銅頭鐵額，食沙石子。造立兵仗刀戟大弩，威震夾下，誅殺無道，不仁不慈。萬民欲令黃帝行天子事，黃帝以仁義不能禁止蚩尤，乃仰天而歎。天遣玄女下授黃帝兵信神符，制伏蚩尤，帝因使之主兵，以制八方。」[136]在《淮南子・天文訓》：「中央土地，其帝黃帝，其佐后土，執繩而制四方。」[137]記載黃帝是掌管中央土地的大神。又《淮南子・說林訓》云：「黃帝生陰陽，上駢生耳目，桑木生臂手，此女媧所以七十化也。」高誘注：「黃帝，古之天神也。始造人之時，化生陰陽」[138]，在此說明黃帝是化生萬物的天神。

然而正史中的黃帝，雖淡化了神性，卻更合於傳統聖王的形象，

---

135 袁珂：《山海經校注》(臺北：里仁書局，1982 年 8 月)，頁 430。

136 史記五帝本紀正義引《龍魚河圖》說法，見(漢)司馬遷撰、楊家駱主編：《新校本史記三家注并附編二種一》(臺北：鼎文書局，1997 年 10 月 10 版)，頁 4。

137 張雙棣：《淮南子校釋》卷 3(北京：北京大學出版社，1997 年 8 月 1 版 1 刷)，頁 263。

138 張雙棣：《淮南子校釋》卷 17(北京：北京大學出版社，1997 年 8 月 1 版 1 刷)，頁 1747、1751。

如《史記・五帝本紀》記載：「軒轅之時，神農氏衰，諸侯相侵伐，
暴虐百姓，而神農氏弗能征。於是軒轅乃習用干戈，以征不享，諸
侯咸來賓從，而蚩尤最為暴，莫能伐。炎帝欲侵陵諸侯，諸侯咸歸
軒轅。軒轅乃修德振兵，治五氣，蓺五種，撫萬民，度四方，教熊
羆貔貅貙虎，以與炎帝戰於阪泉之野，三戰然後得其志。蚩尤作戰，
不用帝命，於是黃帝乃徵師諸侯，與蚩尤戰於涿鹿之野，遂禽殺蚩
尤。而諸侯咸尊軒轅為天子，代神農氏，是為黃帝。」[139]

　　《史記・封禪書》記載：「黃帝采首山銅，鑄鼎於荊山下。鼎既
成，有龍垂胡髯，下迎黃帝。黃帝上騎，群臣後宮從上者七十餘人。
龍乃上去。餘小臣不得上，乃悉持龍髯，龍髯拔墮，墮黃帝之弓。
百姓仰望，黃帝望上天，乃抱其弓與胡髯號。故後世因名其處曰鼎
湖，其弓曰烏號。」[140]公王帶云：「黃帝時，雖封泰山，然風后、封
臣、岐伯令黃帝封東泰山，禪凡山，合符，然後不死焉。」[141]於此
所見黃帝形象是升天得道的仙人，而李白〈飛龍引〉二首即是歌頌
黃帝升天的情景，一反之前反對君王求仙的詩作，在此詩呈現出向
襄野小童請益的黃帝是人間帝王中求仙成功者，其詩如下：

　　　黃帝鑄鼎於荊山，鍊丹砂。丹砂成黃金，騎龍飛去太上家。
　　　雲愁海思令人嗟。宮中綵女顏如花。飄然揮手凌紫霞，從風
　　　縱體登鸞車。登鸞車，侍軒轅。遨遊青天中，其樂不可言。

---

139 (漢)司馬遷著、楊家駱主編：《新校本史記三家注并附編二種》卷 1(臺北：
　　鼎文書局，1993 年 2 月 7 版)，頁 3。

140 (漢)司馬遷著、楊家駱主編：《新校本史記三家注并附編二種》卷 28(臺北：
　　鼎文書局，1993 年 2 月 7 版)，頁 1394。

141 (漢)司馬遷著、楊家駱主編：《新校本史記三家注并附編二種》卷 28(臺北：
　　鼎文書局，1993 年 2 月 7 版)，頁 1403。

（其一）

鼎湖流水清且閑。軒轅去時有弓劍，古人傳道留其間。後宮
嬋娟多花顏。乘鸞飛煙亦不還，騎龍攀天造天關。造天關，
聞天語。屯雲河車載玉女。載玉女，過紫皇。紫皇乃賜白兔
所搗之藥方。後天而老凋三光。下視瑤池見王母，蛾眉蕭颯
如秋霜。（其二）

〈飛龍引二首其一〉想像黃帝鑄鼎鍊丹成功後，騎龍飛入太清
仙宮的情景，〈飛龍引二首其二〉藉由王母未食紫皇藥方以至蛾眉如
霜，映襯出黃帝得紫皇之助，終能與天齊壽，在此描述黃帝升天之
樂。為何李白認同黃帝升天，卻譏諷周穆、秦皇、漢武，甚至玄宗
皇帝呢？除了黃帝原本是神話性多過歷史性人物外，最重要是黃帝
建立大不朽功業，因此，完成人間功業後的黃帝追求仙境，正符合
「功成身退」的完美典範。求仙原是「欲得恬愉淡泊，滌除嗜欲，
內視反聽，尸居無心」、「欲靜寂無為，忘其形骸」[142]，但是一心求
仙的人間帝王，不惜花費民脂民膏，勞師動眾尋訪仙藥，只為求得
權勢榮華的延續，非但不能超越塵世羈絆，甚至被佞臣蒙蔽，正如
《漢武帝內傳》中上元夫人直言漢武「汝胎性暴，胎性淫，胎性奢，
胎性酷，胎性賊，五者恆舍於榮衛之中，五臟之內，雖獲良鍼，固
難愈也」[143]，然而人間帝王多如漢帝者，已不再有黃帝那樣完美人
間帝王，因此，李白對於人間帝王求仙抱持反對態度並加以諷喻。

---

142 (晉)葛洪著、顧久譯注：《抱朴子內篇全譯》(貴州：貴州人民出版社，1995
年 3 月)，頁 36。

143 (漢)班固撰：《漢武帝內傳》《景印文淵閣四庫全書 1042》(臺北：臺灣商務
印書館，1983-1986 年)，頁 291-292。

7.娥皇女英典故

〈遠別離〉一詩借舜與娥皇女英二妃之神話敘述自己與玄宗之別離，而造成別離之因，乃是因為讒邪蔽上，其詩開首以第三人稱敘述娥皇女英與舜帝生離死別之苦，之後卻以第一人稱「我縱言之將何補，皇穹竊恐不照余之忠誠」痛陳自己忠言直諫卻蒙受小人讒害，君失勢位，龍將變魚，權歸奸佞，鼠則成虎。篇末以其精魂穿梭時空，隨著二妃在蒼梧湘浦間徘徊，血淚斑斑，千萬年不滅，將有志難伸的悲哀，在遨遊超現實世界中，任意交錯現實、歷史與神話，呈現複雜的意象跳接，以大海直下萬里之深，用誇張且具體的形象來說明舜與二妃別離之苦，更與自身不遇的悲痛鎔鑄一爐，化用此典故巧妙的表現出來。

8.西王母、麻姑意象

詩人將理想中「人」的完美品格和形象投射於天界的「神仙」身上，使得筆下的神仙形象、神仙生活成為完美人生，美好人世生活方式的願景。歷來西王母的形象多變，由惡神變為善神，由醜神、怪神變為美神，到李白筆下的西王母形象，非但保有其神性的尊貴與權威，更具有人性化的情感、外貌與生活方式，甚至和人一樣會衰老，如〈飛龍引二首其二〉：「下視瑤池見王母，蛾眉蕭颯如秋霜」。

然而西王母的瑤池、女仙、仙宴等意象則代表了人們嚮往的一種安樂、富足、尊嚴的生活，且西王母更具有以玉皇大帝為首的天界神仙世界所沒有的人間氣息與溫情，更是一個「精神樂園」的象徵和歸宿。

西王母手中有不死之藥，手握能使人不死、長壽的大權，是能度人成仙的吉神，因而受到渴望長生不死和升仙願望的漢代人的狂

熱崇拜。漢武帝迷戀神仙之術,因此《漢武帝內傳》、《漢武故事》、《洞冥記》、《十洲記》均記載西王母傳說及漢武帝會西王母求仙之事。

9.東海孝婦、田橫故事、張良故事

李白肯定與感動《搜神記》中「東海孝婦」[144]的故事,藉此寫出不願同流合污,始終竭盡心力,至死不渝並期待獲得國君明識與認同以企求改善政治環境、心懷國政百姓生活,如〈東海有勇婦〉:「豈如東海婦,事立獨揚名」。但他也認清現實政治黑暗並非己力所能撼動,為了保有自己生命與理念,又不願妥協於污濁政圈,正如田橫、張良勇敢無懼地堅強對抗強敵,如〈於五松山贈南陵常贊府〉:「海上五百人,同日死田橫」、〈經下邳圯橋懷張子房〉:「滄海得壯士,椎秦博浪沙」。正如黃永武於《詩與美》云:「中國人在生活態度上,最喜向仰慕的人採取仿同的方式,而這些被仰慕者,往往以忠君愛國的受難者,以及隱逸樂道的隱士居多,這種自我仿同的態度,足以撫慰現實境遇中的缺陷,作者寫這種詩,可以提升自己,

---

144 《搜神記》卷 11 曰:「漢時,東海孝婦養姑甚謹,姑曰:『婦養我勤苦,我已老,何惜餘年,久累年少。』 遂自縊死。其女告官云:『婦殺我母。』官收,繫之。拷掠毒治,孝婦不堪苦楚,自誣服之。時于公為獄吏,曰:『此婦養姑十餘年,以孝聞徹,必不殺也。』太守不聽。于公爭不得理,抱其獄詞哭於府而去。自後郡中枯旱,三年不雨。後太守至,于公曰:『孝婦不當死,前太守枉殺之,咎當在此。』太守即時身祭孝婦冢,因表其墓,天立雨,歲大熟。長老傳云:『孝婦名周青,青將死,車載十丈竹竿,以懸五旛,立誓於眾曰:『青若有罪,願殺,血當順下;青若枉死,血當逆流。』既行刑已,其血青黃緣旛竹而上,極標,又緣旛而下云。』」見(晉)干寶撰:《搜神記》《景印文淵閣四庫全書 1042》(臺北:臺灣商務印書館,1983-1986 年),頁 421。

安慰自己。」[145]藉由緬懷這些古人，與其精神遙相契合之際，進而挹注個人的情志，與之同悲共歡，氣息交流，在感同身受中，將情緒渲洩而出。

10.安期生、赤松子、洪崖典故

　　崔琰〈述初賦〉云：「高洪崖之耿介，羨安期之長生」[146]，賦中寫出洪崖耿介的仙人形象與安期生的長生的神仙形象。又葛洪《神仙傳・衛叔卿》曰：「帝復遣梁伯與度世共之華山尋之，至絕巖之下，望見叔卿與數人博戲於巖上，紫雲覆之，白玉為牀，又有數仙人持幢節立其後，……度世曰：『不審與父並坐是誰也？』叔卿曰：『洪崖先生、許由、巢父、太玄公、飛黃子、王子晉、薛容也。』」[147]記載洪崖是與衛叔卿對奕的仙人。在《列仙全傳》中記載其事更為詳細：「洪崖先生，或曰，黃帝之臣伶倫也，得道仙去，姓張氏。或曰，堯時已三千歲矣。漢仙人衛叔卿，在終南絕頂與數人博，其子度世問卿曰：『同與博者為誰？』叔卿曰：『洪崖先生輩也。』」[148]由上述記載可知，洪崖是個長命仙人。李白海意象詩歌中使用 4 次安期生、3 次赤松子、2 次洪崖仙人典故，其詩如下：

　　　　終當遇安期，於此鍊玉液。(640〈遊泰山六首其五〉)
　　　　松子棲金華，安期入蓬海。(199〈對酒行〉)

<hr />

145　黃永武：《詩與美》(臺北：洪範書店，1985 年 5 月)，頁 16。
146　費振剛、胡雙寶、宗明華輯校：《全漢賦》(北京：北京大學出版社，1997 年 3 月 1 版 2 刷)，頁 149。
147　(晉)葛洪：《神仙傳》卷 2〈衛叔卿〉，見《神仙傳疑仙傳列仙傳》一書，(臺北：廣文書局，1989 年)，頁 1。
148　(明)王世貞輯次：《列仙全傳》(石家庄市：河北美術社，1996 年第 1 版)，頁 197。

親見安期公，食棗大如瓜。(425〈寄王屋山人孟大融〉)

唯有安期鳥，留之滄海隅。(380〈贈張相鎬二首其二〉)

落帆金華岸，赤松若可招。(500〈送王屋山人魏萬還王屋〉)

忽遺蒼生望，獨與洪崖群。(898〈題元丹丘潁陽山居(并序)〉)

緬思洪崖術，欲往滄海隅。(806〈日夕山中忽然有懷〉)

總結李白海意象詩歌用典的特色有：喜作翻案之語，多用對照方式形成強烈對比，詞彙入詩豐富多變，自然貼切無斧鑿之跡，善於融化典故來做比喻，以典議論，賦予典故新意。正如徐復觀所言：「一個典故的自身，即是一個小小的完整世界；詩詞中的典故，乃是在少數幾個的字後面，隱藏了一個小小的世界，其象徵作用之大，製造氣氛之容易與豐富，是不難想見的。」[149]從上述各列表可見，李白典故運用之豐富，含括經史子集各部經典，且運用典故時，很少平鋪直敘、沿襲照搬，以其敏銳、洞悉時局的觀察力，加上藉由「海」生發聯想、幻覺思維，濃縮文字，展現用材背後深藏意蘊，每個典故均表達出其內心感受與情感，超越時空，遨遊於大海之上。

三　新創海意象詞彙具活潑性

海字單語永遠只當名詞使用，因此海字組構出的相關詞彙是不做動詞使用的，只有在與動詞字組合之下，新創的詞彙才能當動詞使用，而李白最善用此種組構方式，讓海意象呈現出極生動，如新創出：「跨海」、「蹈海」、「傾海」、「倒海」、「臥海」、「扇海」、「海思」、「海塞」、「海懷」等這些前無古人的詞彙，其詩例如下：

---

[149] 徐復觀：《中國文學論集》(臺北：臺灣學生書局，1980年10月4版)，頁128。

仲尼亦浮海，吾祖之流沙。(29〈古風五十九首其二十九〉)

君不見黃河之水天上來，奔流到海不復回。(67〈將進酒〉)

安得倚天劍，跨海斬長鯨。(111〈臨江王節士歌〉)

身騎飛龍耳生風，橫河跨海與天通。我知爾遊心無窮。(214〈元丹丘歌〉)

霜崖縞皓以合沓兮，若長風扇海，湧滄溟之波濤。(219〈鳴皋歌送岑徵君〉)

王出三山按五湖，樓船跨海次揚都。(259〈永王東巡歌十一首其七〉)

祖龍浮海不成橋，漢武尋陽空射蛟。(261〈永王東巡歌十一首其九〉)

潮水還歸海，流人却到吳，相逢問愁苦，淚盡日南珠。(298〈見京兆韋參軍量移東陽二首其一〉)

蹈海寄遐想，還山迷舊蹤。(417〈夕霽杜陵登樓寄韋繇〉)

臥海不關人，租稅遼東田。(475〈留別廣陵諸公〉)

蹈海寧受賞，還山非問津。(561〈送岑徵君歸鳴皋山〉)

水流知入海，雲去或從龍。(619〈江上答崔宣城〉)

傾暉速短炬，走海無停川。(635〈秋獵孟諸夜歸置酒單父東樓觀妓〉)

令人欲泛海，只待長風吹。(642〈秋夜與劉碭山泛宴喜亭池〉)

　　李白善用動詞活化景態，讓景物不再停留於靜態的寫真，而是充滿動態的生命活力。動詞的使用呈現動、靜相合絕妙詩境，強調出「海」的生命活力，並表現出李白內在情感的躍動。由於善於描寫動態景物，善於捕捉景物的氣勢、速度和變化，緊緊抓住「海」

形象的流動感與飛躍感，除了上述詩例外，又「黃河之水天上來，
奔流到海不復回」，空間上的運動感、時間上的移動感、心理上的活
動感，使海形象極具飛躍奔騰澎湃、活靈活現，充滿動態之美。其
海意象詞彙的營構是出入變化，不可企及；其心緒之激盪，意脈之
縱合如江海之波，一波未平，一波又起；又如兵家之陣，方以為正，
又復為奇，忽復是正，如此淋漓盡致展示其心象底蘊。

　　李白景仰鮑照，而鮑照出身寒門，曾干謁卻懷才不遇，以及積
極進取、報國立功的胸懷，李白心有戚戚焉，因此李白詩中時常提
起鮑照，如〈經亂離後天恩流夜郎憶舊遊書懷贈江夏韋太守良宰〉
云：「覽君荊山作，江鮑堪動色」。鮑照詩歌雖雕飾藻麗，然氣骨遒
勁，風格俊逸，無纖弱之失。此外，李白亦承繼鮑詩筆下流淌著激
動、澎湃、壯麗豪放之氣的情感，景象壯闊，氣勢豪健，如鮑照〈上
潯陽還都道中〉：「騰沙郁黃霧，翻浪揚白鷗」，李白有「若長風扇海，
湧滄溟之波濤」(〈鳴皋歌送岑徵君〉)、「橫河跨海與天通」(〈元丹
丘歌〉)的詩歌。鮑詩喜歡選擇動態景物，如〈還都道中三首其一〉：
「急流騰飛沫，回風起江濆」外，並善用「動詞」，使得詩歌勁健而
力度感鮮明，如〈代棹歌行〉：「颸戾長風振，搖曳高帆舉」、〈送盛
侍郎餞候亭詩〉：「高墉宿寒霧，平野走秋塵」、〈紹古辭七首之五〉：
「還山路已遠，往海不有群」、〈和王丞詩〉：「遁跡俱浮海，採藥共
還山」[150]，詩中運用「振」、「舉」、「宿」、「走」等動詞及「往海」、
「浮海」動詞性詞組。

　　然而李白海意象詩歌，比鮑照更會善用「動詞」入詩，並新創

---

[150] 上述鮑照的〈上潯陽還都道中〉、〈還都道中三首其一〉、〈代棹歌行〉、
　　〈送盛侍郎餞候亭詩〉、〈紹古辭七首之五〉、〈和王丞詩〉六首詩，見逯
　　欽立輯校：《先秦漢魏晉南北朝詩》(臺北：學海出版社，1984 年 5 月初版)，
　　頁 1291、1291、1260、1289、1297、1286。

不少動詞性詞組的海字詞彙，字詞力度感甚至超越鮑照，如〈秋獵孟諸夜歸置酒單父東樓觀妓〉：「傾暉速短炬，走海無停川」，並在主客體的矛盾激盪中，如〈夕齋杜陵登樓寄韋繇〉：「蹈海寄遐想，還山迷舊蹤」詩中寫出欲蹈海去尋海上三神山，知不可能，僅能遐想，欲還舊山再次隱居，但舊跡亦迷失，表現出欲隱退又猶豫不決心情；〈臨江王節士歌〉：「安得倚天劍，跨海斬長鯨」一詩道出期望自己有極長近天之劍，為國斬除叛將，表現出飛揚跋扈之氣慨。上述詩歌以「走海」、「蹈海」、「跨海」展現一種壓倒性的力量和強勁的氣勢，表現出剛健、雄偉的美學特徵，予人驚心動魄、昂揚激奮的感受，蘊含剛健、雄奇的陽剛之美。李白寫海既能狀難寫之物於目前，又能突出其精神、韻致，使藝術形象具有了經久不衰的魅力，充滿動態的生命之美。

四　奇特的想像與大膽的誇張

　　奇特的想像和大膽的誇張是李白海意象詩歌用來描寫海的理想化和個性化的一個重要藝術方式。楊思寰在《審美心理學》一書中道：「由於審美想像的自由創造，可以突破現實時空的限制，使表象自由聯結、組合，開闢了審美的無限可能性。它包含著無意趣，非理性因素，創造出現實中不可能存在的怪異、變態、虛幻的意象，有的確是超驗的，這雖不符合理性要求，卻無礙於審美」[151]。《莊子》書中充滿汪洋恣肆的氣勢與變幻奇詭的想像，其思想通達不受拘限，反對拘執形而下的語言，強調自然天成。李白深受其影響，詩歌中除徵引《莊子》典故外，亦吸收其創作技巧的特點，因此李白之詩歌神妙靈動，逸氣縱橫，善用比喻誇飾，上天入海，幻遊天上

---

[151] 楊思寰：《審美心理學》(臺北：五南圖書公司，1993 年)，頁 86。

仙界，呈現飄逸變化莫測的詩風。

李白的海意象詩歌，只以一個「情」字貫穿，筆之所致，情之所極，將自己的個性氣質融於海之中，使得其海意象詩歌具有一種奔騰迴旋的動感，甚至大量運用誇張(誇飾)手法，想像飛騰跳躍，虛實相間，筆勢大開大合，寫景言情皆具清新俊逸、氣勢雄渾，也張揚出超凡脫俗的個性氣質。其誇大特徵非矯情虛飾，相反正是一種本我心態的自在呈現，誇大與真實在其身上並不相悖論且相融統一。正如《文心雕龍・誇飾》曰：「誇而有節，飾而不誣」[152]，雖然是騁個人奇想以達語出驚人的效果，但仍要有所節制以求適切，有「因誇而成狀，沿飾而得奇」、「發蘊而飛滯，據曡而駭聾」[153]的獨特語言效果，極富表現力。

就題材對象而言，可分為空間的誇飾、時間的誇飾、物象的誇飾、數量的誇飾、人情的誇飾[154]。在李白詩歌中「海意象」運用了上述五種誇飾修辭，一、「空間誇飾」是將空間作極度擴大或縮小的處理，違背客觀環境合理的現象，但符合主觀心理的真實，而李白海意象詩歌多用擴大方式，如〈贈裴十四〉：「黃河落天走東海，萬里寫入胸懷間」、〈將進酒〉：「君不見黃河之水天上來，奔流到海不復回」。二、「時間的誇飾」是將極長的時間說成極短，或將極短的時間說成極長，以此作時間上的誇飾，達到宣洩情感的目的，如〈古風五十九首其十〉：「黃河走東溟，白日落西海」，以水東流而日西沈，曾無一息之停，寫出時光流逝；〈秋獵孟諸夜歸置酒單父東樓觀妓〉：

---

152 (梁)劉勰：《文心雕龍注》卷8〈誇飾〉(臺北：臺灣開明書店，1993年5月臺17版)，頁6。

153 吳禮權：〈論誇張的次範疇分類〉《修辭學習》，1996年第6期，頁10。

154 蔡師宗陽：《實用修辭學》(臺北：萬卷樓圖書有限公司，2002年1月初版2刷)，頁60。

「傾暉速短炬，走海無停川」。三、「物象的誇飾」是指對事物的形象作超乎實情的描繪，使欲突出的特點得到強化的效果，如〈西岳雲臺歌送丹丘子〉：「巨靈咆哮擘兩山，洪波噴流射東海」、〈橫江詞六首其六〉：「月暈天風霧不開，海鯨東蹙百川迴」。四、「數量的誇飾」，如〈永王東巡歌十一首其六〉：「千巖烽火連滄海，兩岸旌旗繞碧山」。五、「人情的誇飾」是指對人的情感作誇大的形容，使內在的情思藉由具體事物的描述，產生形象化的效果，增強感染力及說服力，也是李白海意象詩歌中使用最多的一種誇飾修辭，如〈箜篌謠〉：「他人方寸間，山海幾千重」、〈遠別離〉：「海水直下萬里深，誰人不言此離苦」、〈憶舊遊寄譙郡元參軍〉：「迴山轉海不作難，傾情倒意無所惜」、〈奔亡道中五首其二〉：「愁容變海色，短服改胡衣」、〈贈僧崖公〉：「說法動海嶽，遊方化公卿」、〈詠山樽二首其二〉：「愧無江海量，偃蹇在君門」。可見李白在誇飾的使用中神思飛逸，使無情物變有情，不可能變可能，組合成一個新形象，雖是怪異、變態、超驗、不合理的想像，但卻在奇狂中營造出作品浪漫的情調，得到美的享受。

　　詩中有許多吞吐山河、包孕日月的壯美意象，甚至特別傾心於與海一樣壯觀宏大的事物，如巨靈咆哮擘山、洪波噴箭射海、巨魚、長鯨、海日、海月、海樓、夢遊神遊仙境等置於闊大的時空背景下去張揚，振聾發聵，搖撼人心，構成雄奇壯偉的情景。正如李澤厚在〈審美意識與創作方法〉一文曰：

　　　　創作精神是決定創作手法的。……懷著強烈浪漫主義精神的
　　　　藝術家因為要求否定現實和改變現實，就經常使其創作手
　　　　法、形象想像不滿足於日常現實本來面目的複寫，而「上窮

碧落下黃泉」，遠遠翱翔於現實之上，沈溺在主觀感情、理
想的激蕩和抒發裡，緬戀在各種對象的臆測、虛構中。藝術
家經常忍不住從客觀再現中跳出來作強烈的抒情表現，以它
來直接表達主觀理想和塑造情感形象。……仙魔神鬼的虛構
形象，色彩繽紛、飄忽不定的幻想和憧憬，熱情的誇張，偶
然性的情節，戲劇性的巧合效果……，幾乎成了人們所熟知
的浪漫主義的形式和手法。[155]

李白藉「海」這個物象延伸出許多相關幻覺想象，除了來自於
他「超現實」的創作意識外，又常寫出一些令人不可思議，與極不
合常理的句子，正如「布魯克斯主張詩的語言就是矛盾語言(The
Language of Paradox)。Paradox 可譯作「矛盾」，有譯為「似非而是」，
或「既謬乃真」，亦即表面上不近情理，而感受上卻甚神似，前人有
稱之為「無理而妙」，或稱「反常合道」。[156]又《詩人玉屑》引蘇軾
語：「詩以奇趣為宗，反常合道為趣」[157]李白海意象詩歌用語誇張、
不合常理，如〈將進酒〉詩云：「君不見黃河之水天上來，奔流到海
不復回」，黃河的水哪是來自天上，於現實中不合理，而是源自西藏
康區格史格雅山，但其山之高聳入天際，似乎言天上來未嘗不可，

---

155 李澤厚：〈審美意識與創作方法〉，收錄於《美學論集》(臺北：三民書局，
　　1996 年 9 月初版)，頁 391-392。
156 見楊文雄：《李賀詩研究》(臺北：文史哲出版社，1983 年 6 月再版)，頁 183-184。
157 (宋)魏慶之編：《詩人玉屑‧詩趣》卷十(臺北：九思出版有限公司，1978 年
　　11 月 15 日台 1 版)，頁 212。關於「反常合道」一詞的解釋，黃永武先生說：
　　「即是一反日常的陳舊句式與陳舊想像，寫出與常理彆彆相反的詩句，從『俗
　　腸俗口』的立場看，像是不合世情常理，從詩人的靈思看卻是合情愜意的。
　　也即是乍看『出人意外』，細看又『入人意中』的新闢境域。」見黃永武：
　　《中國詩學—設計篇》(臺北：巨流圖書公司，1987 年 4 月 1 版 8 印)，頁 250。

以黃河之水來自天上，其勢奔趨到海而止，不能復回天上，猶如人生有死，死安得生？詩人急欲停駐時光的激動心情下，發出如此誑語，仔細思量於詩人心靈精神下又合情合理，雖反常卻合道。

五　激發生命中之崇高感

　　李白海意象詩歌的總體特色是雄奇、豪放、寬廣、壯美，他傲視萬物，囊括大塊，整個宇宙都不足以讓其參與生命的競賽，而游心於八極之外，這種無與倫比的天真和「捨我其誰」的極端自信，在在呈顯於詩作之上。但是，他的超越，終究擺脫不了「功迨魯連」的引力，而一直以功利的態度參與天地，化育萬物，以豪邁的胸懷、奔放的激情熔鑄於海意象詩歌之中。

　　老子讚揚「大象」、「大成」、「大盈」、「大直」、「大巧」、「大辯」[158]，莊子更明確說：「夫天地者，古之所大也，而黃帝堯舜之所共美也」[159]（《莊子·天道》）、「天地有大美而不言」[160]（〈知北遊〉），所謂「大美」者，即「崇高美」。清人姚鼐把崇高壯大美叫「陽剛之美」。李白特別喜愛莊子所創造大鵬、巨魚形象，承繼此形象新創出不同前代的「海路」、「海運」這些意指大鵬鳥，卻與海相關的詞彙，而長鯨的形象就是《莊子·逍遙遊》中的大鯤[161]，足見莊子〈逍遙遊〉中的鯤鵬形象，對李白海意象詞彙影響之大。甚至《莊子·秋

158　(清)魏源：《老子本義》下篇第 29 章、第 37 章《萬有文庫簡編 21》(臺北：臺灣商務印書館，1939 年 9 月)，頁 38、52。

159　(清)王先謙撰：《莊子集解》(一)冊〈天道〉第十三《萬有文庫簡編 21》(臺北：臺灣商務印書館，1937 年 9 月)，頁 77。

160　(清)王先謙撰：《莊子集解》(二)冊〈知北遊〉第二十二《萬有文庫簡編 21》(臺北：臺灣商務印書館，1937 年 9 月)，頁 26。

161　見(清)阮元撰：《經籍纂詁》卷十三上平聲十三元記載「鯤」字，崔譔《莊子注》曰：「鯤，當為鯨」(臺北：泰順書局，出版年不詳)，頁 199。

水》中以河海相比，讓河伯望洋興嘆，盛讚汪洋浩瀚大海的崇高美。
「海」引發了人們產生崇高的精神力量與澎湃激昂的情感。康德將
「崇高」定義為「絕對大」，並描述自然是一種力學的崇高[162]。康德
說：

> 崇高感是一種間接引起的快感，因為它先有一種生命力受到
> 暫時阻礙的感覺，馬上就接著有一種更強烈的生命力的洋溢
> 迸發，所以崇高感作為一種情緒，在想像力的運用上不像是
> 遊戲，而是嚴肅認真的，因此它和吸引力不相投，心靈不是
> 單純地受到對象的吸引，而是更番地受到對象的推距。崇高
> 所生的愉快與其說是一種積極的快感，無寧說是驚訝或崇
> 敬，這可以叫做消極的快感。[163]

因為生命力受到暫時阻礙，反而讓我們馬上產生更強大的抗拒
力量，去對抗突破現實的困境，激發出崇高感。正因「欲渡黃河冰

---

162 康德將崇高分為數學的崇高(das Mathematish－Erhabene)及力學的崇高(das
　　Dynamisch－Erhabene)。數學的崇高涉及以數目的概念或此等概念的代數符
　　號，對對象之體積作邏輯的估計；力學的崇高是指超於一切巨大障礙之上的
　　一種力量，也即是遇到任何抵抗而試圖克服的一種威力，但這種威力是對我
　　們無法支配的力量。康德描述自然的力學崇高：「凸露、懸吊而險惡的岩石，
　　堆積在天空，帶著閃電與雷聲的烏雲，火山爆發所帶來的猛烈的破壞，颶風
　　所留下的踩躪糜爛，以暴怒的力量洶湧上漲的無邊大海洋，一個洪流下的高
　　瀑，以及類此者等等，皆足使我們的抵抗力與他們的威力比較起來成為無足
　　輕重的瑣事。但是假使我們的處境是在安全無虞的情況下，它們的壯觀皆以
　　其可畏懼性而更有吸引力，我們稱呼這些對象為崇高的對象。」詳參吳康《康
　　德哲學》(臺北：中華文化出版委員會，1955 年 12 月)，頁 263-265。

163 轉引自朱光潛《悲劇心理學》第五章(臺北：元山出版社，不著出版年月)，頁
　　87。

塞川，將登太行雪滿山」的苦境，更激起「長風破浪會有時，直掛雲帆濟滄海」的雄心壯志，其豪邁氣概亦如同〈司馬將軍歌〉：「手中電曳倚天劍，直斬長鯨海水開」。因此正如史勒格爾(Friedrich von Schlegel,1772-1829)所言：「人性中的精神力量只有在困苦和鬥爭中，才能充分證明自己的存在。」[164]而坎伯(Joseph Campbell,1904-1987)曰：「你能肯定或同化愈具挑戰性、威脅性的情況，則你所能成就的人格境界就愈偉大。你吞下去的魔鬼會給你它的力量，而且愈大的人生痛苦，可以得到愈大的人生回饋。」[165]李白的人生中不斷克服艱難險阻，到老到死，始終不放棄救國建功立業的理想，展現出驚人的崇高感，已經超越現世不完美的人生。

第二節　李白詩歌海意象對歷代詞彙的承繼、開拓與延伸

　　海字的意象從「大海」這一自然景物延伸到「浩瀚」、「廣大」、「眾多」這些抽象概念，以具象為中心拓展至抽象。在每一個延伸詞彙語意皆與具象基本意象保持聯繫。在先秦時期的詩歌中，海字是帶著它最簡單的基本義與簡單意象，具體描寫著實際環在中國外圍的海域，如「東海」、「南海」等詞彙，但之後魏晉南北朝、初唐作家使用海字相關詞彙，無論沿用舊詞或開始創造新詞，海字意象逐漸朝向其性質開拓出新的語意，漸由指稱地理名詞轉變成非現實地理非自然的海域，並且與其他語詞搭配後成為可以表現各種性質

164　轉引自朱光潛《悲劇心理學》第十一章(臺北：元山出版社，不著出版年月)，頁 211。

165　Joseph Campbell/Bill Moyers 著，朱侃如譯：《神話》〈英雄的冒險〉(臺北：立緒出版社，1995 年 6 月)，頁 276。

的詞彙,如「學海」、「苦海」、「覺海」等詞彙。由於歷代詩歌中海的詞彙為數眾多,如不加以分類,難以看其承轉的線索,因此,筆者將李白之前所有詩歌中的海字相關詞彙作一概要分類,如下表7-1,將李白沿用前代的詞彙、前代已有的海字相關詞彙而李白詩中不再出現與創新的海字相關詞彙分別羅列出來,再就分類中較具特色者略加論述:

表 7-1　李白詩歌對前代詩歌「海」字相關詞彙的沿用、消逝與新創

詞彙承轉類別	李白沿用前代詩歌(先秦~盛唐)中海字相關詞彙	前代已有的海字相關詞彙而李白詩中不再出現	李白詩歌中新創的海字相關詞彙
(1)天下類	四海 11 次,海內 2 次,海縣 1 次	海外	無
(2)方位類	東海 19 次,西海、北海各 7 次,南海 1 次	海西、海南、海北、少海、海陰、扶桑海	無
(3)專名類	淮海、遼海各 3 次,臨海、連海各 2 次,瀚海 1 次	渤海、海淮、昌海、蒲海、桂海、青海、海郡、海封、秦海	海陵、汝海各 2 次,蔥海、紫泥海各 1 次
(4)遠近類		傍海、負海、窮海、憑海、鯤海、海方	隔海 1 次、遠海 7 次、遙海 1 次
(5)濱海位置類	海上 19 次,海隅 4 次,海底、海門(唐始創)各 2 次、海濱、海裔、海湄各 1 次	海中、海頭、海沂(圻)、海曲、海澨、海畔、海際、海左、海表、海涯	海心、海邊、海右各 1 次

承轉 類別	李白沿用前代詩歌(先秦~盛唐)中海字相關詞彙	前代已有的海字相關詞彙而李白詩中不再出現	李白詩歌中新創的海字相關詞彙
(6)海水類	海水 15 次、海潮(唐始創)2 次	海漚、海滴	海上波 1 次
(7)深廣類	滄海 11 次，巨海、瀛海各 2 次，海闊、大海各 1 次	海廣、海蕩、洞海、夷海、漲海	際海 1 次
(8)動靜類	海運 1 次	海流、海漲、海浮、海溢、海沸、海飛、海寧、海晏	海動 3 次
(9)地理類	山海 11 次，江海 8 次，海嶠、蓬海各 4 次，海嶽 3 次，海島、海路 2 次，海岱、海浦、海門石各 1 次、	海山、河海、海濱、海陸、陸海、海岸、海穴	
(10)植物類	海樹 3 次	無	海草 1 次
(11) 動物神明類	海鷗 3 次、海若 2 次、海鳥、海鶴、海魚、海神、海燕、海雁各 1 次	海鴻、海介、海童、海禽	海鯨、北海仙、溟海仙、滄海君各 1 次
(12)貨物類	海珠 1 次	海物、海貢	溟海珠 1 次
(13)人物類	海客 6 次、海人(唐代始創)1 次	無	東海客、蓬海客各 1 次

詞彙承轉類別	李白沿用前代詩歌(先秦~盛唐)中海字相關詞彙	前代已有的海字相關詞彙而李白詩中不再出現	李白詩歌中新創的海字相關詞彙
(14)建築類	海樓、海戍(唐代始創)各1次	海亭(唐代始創)	海塞1次
(15)時令類	秋海1次	春海、海曙(唐始創)	無
(16)天象類	海月11次、海色9次、海氣2次、海風1次。海雲6次、海霧、海煙(唐始創)各1次	海戾。海虹(唐始創)	海日4次、海雪3次、霜海、
(17)交通工具類	無	海槎	海船各2次
(18)航行類	浮海、入海各2次,泛海、渡海、赴海、歸海各1次	濟海、行海、到海、架(駕)海、趨海、還海、宅海、出海、遊海	跨海3次
(19)物多稱海類	雲海(唐代始創)8次	沙海。施海(唐代始創)	無
(20)六根類	碧海7次、溟海3次、望海1次	觀海、海淨、海鏡、海照、陰海	江海聲、海寒、海懷、海思各1次
(21)「動詞＋海」類	傾海1次	橫海、注海、蓋海、填海、學海、瀉海、託海、盪海、表海、酌海、平海	走海、蹈海各2次,倒海、轉海、扇海、臥海各1次

詞彙承轉類別	李白沿用前代詩歌(先秦~盛唐)中海字相關詞彙	前代已有的海字相關詞彙而李白詩中不再出現	李白詩歌中新創的海字相關詞彙
(22)釋道類	無	靈海、苦海、七海、愛海、慧海、法海、願海、圓海	無

從上列資料顯示，自先秦迄盛唐李白之前約 172 個海字詞彙，約四成左右的詞彙被李白繼承下來，而李白在這基礎上又擴充了約 37 個新詞彙，連同繼承前代的 71 個，共有約 108 個海字詞彙。李白在前代詞彙基礎下，創新最多海詞彙分別為「動物神明類」、「天象類」、「動詞+海」三大類，可見李白對海的觀察較前代細膩，並且增加許多想像空間、誇張性動詞修飾語，使海靈動多姿。但「天下類」、「方位類」、「地理類」、「時令類」、「物多稱海類」此五大類並無創新之詞，可見李白對於前代已習用地名、約定俗成的語彙繼續沿用，並不再創新詞，因為這些類別多是天下、方位、地理的專名，只能展現博物見識，無法展現李白神思仙遊的生命氣息。不過，最特別一點是，李白對於前代「釋道類」的海字詞彙毫無承繼，亦無開拓，在此可見李白海意象詩歌沒有佛道修行概念，更不以佛道眼光觀海望海，並非消極出世意識，反而是儒家積極入世思想，海意象詩中雖含有大量神仙意象、遊仙思想，但在在都表現出熱烈報效國家之心。

以下就分類中較具特色者加以論述：第(10)植物類，此類是所有海詞彙中最少，李白之前僅有南朝齊代謝朓、南朝梁代吳均、南朝陳代江總三人用「海樹」一詞，李白除了沿用外，亦新創「海草」一詞；而第(11)動物神明類，李白除了沿用前代海魚、海鳥、海神這

些泛稱動物神明外，更細膩寫出海鯨、北海仙、溟海仙這些專名動物神明，如此讓大海充滿生命力。第(16)天象類，唐代之前詞彙只有海月、海風、海氣、海色，初唐增加了海雲、海雪、海霧，但李白注意到海天相連，尤留心海上日出、海煙，使海更為絢麗多彩。綜合考察第(13)人物類、第(14)建築類、第(17)交通工具三類，從先秦到隋代千百年間的詩歌中竟無一海字詞彙結合人物、建築，直到唐代始創前二類海字相關詞彙，然而李白詩歌使用「海客」(蓬海客、東海客)竟達 8 次，而且還有海人；在濱海建築種類增加，除了樓亭、宮室外，更有「海塞」這個海防詞彙。此外，隋代虞世基〈賦昆明池一物得織女石詩〉一詩首次出現「海船」這個中國航海交通工具，而初唐詩歌沿用此航海交通工具的詞彙，並無新創，但蘇頲〈奉和聖制幸禮部尚書竇希玠宅應制〉：「自有天文降，無勞訪海槎」詩中「海槎」一詞，雖是「海船」之意，但有引申為前往仙境的船。然而李白不沿用前代「海槎」詞彙，反而新創「海船」一詞，將其寫入詩中，且流行至今，此詞彙歷久不衰。考察前人使用這些詞彙可見唐朝之前的詩人將海當成自然界的客體，與己身較不密切較疏離，對海的感覺比較不敏感，但唐代開始，甚至是李白已將海當作自己的生活空間抒寫，自然暢懷對海洋的感覺。

因此，李白海意象寫得最特殊莫過於描述動態的海，在第(6)海水類，前人只看到海水，而李白更注意到波瀾、浪濤、海潮等，其觀察力比前人強，更重視動態的海，非僅描寫有許多水而已，因此在第(21)「動詞 + 海」類中，為海加上各種動詞，如「轉海」，海如何轉？如何使海迴轉、轉動？甚至「走海」、「倒海」，要使海動，除非天地異象，山崩地裂，海嘯海水翻騰，不然這樣豪大的口氣，非胸懷壯志的李白難能寫出如此氣概，而「扇海」一詞，將名詞「扇」子轉品當動詞使用，海如何能扇？扇如何風動海湧？這些無非是李

白奇出奔放的想像力。當面對人生失意、懷才不遇時，又興起泛海隱居之思，卻標新立異使用「蹈海」、「臥海」，徜徉於海中消解苦悶心靈，這些創新詞彙使得李白詩中的海生動躍然紙上，也是李白海意象詩歌寫得最有氣魄，較前人靈動多姿之處，唐代無人能出其右。

　　李白詩中海字的使用沿襲了前代詩歌，如在「天下類」、「方位類」與「專名類」中：「東海」一詞彙高達 19 次、「四海」11 次、「西海」和「北海」各 7 次。而中國位居四海之內的觀念早在先秦時期形成，成了歷來既定的認知。李白承襲前代詩歌以「四海」來喻指天下，如〈古詩五十九首其四〉：「橫絕歷四海，所居未得鄰」詩中的「四海」指天下四方，李白以鳳自比，雖身備五采之章，口銜丹書，欲獻於王者，卻不得所遇，浪遊四方。又〈古詩五十九首其三十九〉：「登高望四海，天地何漫漫」也以四海來喻指天下四方。然而「四海」一詞除了喻指天下之外，更用以比喻天下百姓，如〈永王東巡歌十一首其二〉：「三川北虜亂如麻，四海南奔似永嘉」、〈上皇西巡南京歌十首其七〉：「四海此中朝聖主，峨眉山上列仙庭」、〈經亂後將避地剡中留贈崔宣城〉：「四海望長安，顰眉寡西笑」。此外，「四海」一詞除了代表天下或天下百姓之外，更可書寫唐代的政治版圖與現實世間，如李白〈古風五十九首其三十四〉：「天地皆得一，澹然四海清」、〈猛虎行〉：「三吳邦伯皆顧眄，四海雄俠兩追隨」、〈贈張相鎬二首其一〉：「六龍遷白日，四海暗胡塵」，以四海來指涉唐代實際的政治版圖。

　　而「東海」、「南海」、「遼海」皆是海字本義的使用，指涉實際環圍在中國的外海，如〈贈裴十四〉：「黃河落天走東海，萬里寫入胸懷間」、〈猛虎行〉：「我從此去釣東海，得魚笑寄情相親」、〈寄崔侍御〉：「獨憐一鴈飛南海，卻羨雙溪解北流」、〈靈墟山〉：「不知曾化鶴，遼海歸幾度」、〈單父東樓秋夜送族弟沈之秦〉：「屈平顦顇滯

江潭，亭伯流離放遼海」。但「南海」一詞特殊，是中國沿邊最大的
海域，不同於「東海」、「遼海」始終只有指涉實際外海之義，別無
他說。然而「南海」在先秦時代是九州之外的「四海」之一，最初
泛指今日東海和南海。從夏、商、周至春秋戰國時代，中原各國主
要活動於黃河流域中、下游地區，因此將處於南方的國家或部落視
為南蠻，並以「南海」統稱之，如《左傳》僖公四年記載：「君(齊
王)處北海，寡人(楚王)處南海。」[166]又襄公十三年記載：「撫有蠻夷，
奄征南海。」[167]可見《左傳》所稱南海有泛指中國南方，或兼指今
日東海之意。但至漢代以後，「南海」一詞，由戰國時代士人推想九
州之外有「四海」的想像時代，走向海字本義使用。

　　李白沿用前代使用海字的觀念，當然也視唐朝政權位居「四海」
之中，因此，海字在詩作中有指涉政治版圖上的「邊境」的意涵，
如：「西海」、「北海」、「淮海」、「汝海」、「蔥海」，具有唐朝疆域之
意。在此所用的海字詞彙雖是方位、專名，但皆不具海的本義，也
許是指內地、內陸水或內陸河，如〈送程、劉二侍郎兼獨孤判官赴
安西幕府〉：「天外飛霜下蔥海，火旗雲馬生光彩」詩中「蔥海」指
涉西北疆域。如同「西海」一詞彙所指涉的地區是唐朝帝國西南方
最外圍的防線，那些地區是當時人們眼中的蠻荒之地，若非被貶謫
或被派往戍守邊疆，絕非有人願意前往之處，如〈寄遠十二首其十〉：
「寄書白鸚鵡，西海慰離居」。同理李白詩中「北海」一詞彙是指唐
帝國北方邊境到河西走廊一帶地區，主要範圍為塞外地區，除了沙
漠和戍守，不適合人居，如〈幽州胡馬客歌〉：「牛馬散北海，割鮮

166 (晉)杜預集解：《春秋左氏傳》卷5《四庫備要》(臺北：中華書局，1966年)，頁5。
167 (晉)杜預集解：《春秋左氏傳》卷15《四庫備要》(臺北：中華書局，1966年)，頁15。

若虎餐」、〈在水軍宴贈幕府諸侍御〉：「胡沙驚北海，電掃洛陽川」
二詩可明証。

　　最特殊的海字詞彙是「汝海」與「淮海」這兩個詞彙，它們並
非海，「汝海」一詞是指中國內陸的「汝水」，且此詞彙是李白新創
詞，如〈秋夜宿龍門香山寺奉寄王方城十七丈奉國瑩上人從弟幼成
令問〉：「朝發汝海東，暮棲龍門中」、〈題元丹丘潁陽山居〉：「遙通
汝海月，不隔嵩丘雲」，而「淮海」一詞是指中國內陸的「淮河」，
如〈贈王判官時余歸隱居廬山屏風疊〉：「昔別黃鶴樓，蹉跎淮海秋」、
〈送張秀才謁高中丞〉：「高公鎮淮海，談笑廓妖氛」，但此詞彙早在
晉朝詩歌即出現，如郭璞〈遊仙詩十九首之四〉：「淮海變微禽，吾
生獨不化」（晉詩卷十一，頁 865）、孫綽〈與庾冰詩十三章之三〉：
「河洛雖堙，淮海獲念」（晉詩卷十三，頁 898）、鮑照〈與伍侍郎
別詩〉「漫漫鄢郢途，渺渺淮海遑」（宋詩卷八，頁 1288）、江總〈明
慶寺詩〉「市朝沾草露，淮海作桑田」（陳詩卷八，頁 2582），然李
白雖沿用前代詩歌中「淮海」此詞彙，但卻能寫出景象的壯闊之勢
與高公氣勢豪邁之象，在行文氣勢上高於前人之作。

　　李白詩歌使用「滄海」一詞高達 11 次，從先秦至隋代「滄海」
共出現 19 次，至唐代李白之前時，出現高達 53 次，但前代「滄海」
多是大海之意，如魏武帝曹操〈觀滄海〉：「東臨碣石，以觀滄海」(魏
詩卷一，頁 353)、陶淵明〈讀《山海經》詩十三首之十〉：「精衛銜
微木，將以填滄海」、張正見〈從籍田應衡陽王教作詩五章之五〉「涂
山萬國仰，滄海百川歸」(陳詩卷三，頁 2487)等詩，除了漢代〈滿
歌行〉：「為樂未幾時，遭時嶮巇。……昔踏滄海，心不能安。……
西踏滄海，心不能安」(漢詩卷九樂府古辭，頁 275)、唐代王維〈濟
上四賢詠三首崔錄事〉：「遁跡東山下，因家滄海隅」(全唐詩卷，頁
125)與儲光羲〈貽劉高士別〉：「舍轡函關道，浮舟滄海畔」(全唐詩

卷，頁 138)等三首隱含出世歸隱之情懷，其餘近五十首滄海與大海
意同。至李白詩歌使用「滄海」一詞，除了承繼歷來最多的大海之
意，更能將出世歸隱之情發揮淋漓盡致，如〈日夕山中忽然有懷〉：
「緬思洪崖術，欲往滄海隔」、〈酬崔五郎中〉：「舉身憩蓬壺，濯足
弄滄海」、〈留別王司馬嵩〉：「鳥愛碧山遠，魚游滄海深」、〈贈張相
鎬二首其二〉：「唯有安期舄，留之滄海隅」。

　　從先秦到唐代千餘年間海洋詩歌詞彙的有無多寡，其實與地理
環境密切相關。北方內陸國家，以騎射遊牧為主的民族，所建的國
家與海意象詩歌詞彙極少，如北魏僅有 3 首海意象詩歌，而北周地
處內陸，海意象詞彙有 28 首，若抽去南朝來的王褒、庾信和蕭撝所
作，則所剩無幾，如果康孟和釋亡名也來自南朝，則北周海意象詞
彙是零。至於北齊濱海，且早已定居，海意象詞彙有 13 首，是北朝
國家使用海意象詞彙較高者。南方國家海意象詩歌普遍較北方國家
比例偏高，如曹魏海意象詩歌出現比例為 6.6%，其次為梁朝 6.2%。
隋代詩歌僅有 489 首，但海意象詩歌就有 40 首，出現比率約 8.3%，
是唐朝之前出現比率最高的朝代國家。除此之外，隋煬帝更是唐朝
李白之前出現海意象詩歌比率最高的帝王，約 18.6%。然而隋代海
意象詩歌出現比率最高，除了隋煬帝楊廣東征高麗、遣使通赤土國
[168]，帶頭寫作海意象詩歌外，又因國都濱海的緣故，此與曹魏作家
曹植的藩國濱海一樣有利海詩創作。

---

[168] 據《隋書・南蠻・赤土國》卷 82 記載：「煬帝即位，慕能通絕域者。大業三
　　年，屯田主事常駿、虞部主事王君政等請使赤土。帝大悅，賜駿等帛各百匹，
　　時服一襲而遣。齎物五千段，以賜赤土王。其年十月，駿等自南海郡乘舟，
　　晝夜二旬，每值便風。至焦石山而過，東南泊陵伽鉢拔多洲，西與林邑相對，
　　上有神祠焉。又南行，至師子石，自是島嶼連接。又行二三日，西望見狼牙
　　須國之山，於是南達雞籠島，至於赤土之界。」見(唐)魏徵、房玄齡等撰、楊
　　家駱主編：《新校本隋書附索引》(臺北：鼎文書局，1987 年)，頁 1834。

　　綜觀先秦到唐代所有詩歌，可以發現海意象詞彙出現的多寡除
了與地理環境密切相關外，更與政治環境極大相關。秦皇、漢武東
巡碣石、琅琊等地，此後成了海意象詩歌的典故。漢高祖詩歌中的
「威加海內」、「橫絕四海」，使得「海內」、「四海」成為天下的共名，
流傳至今。隋煬帝和唐太宗東征高麗，臨海賦詩，群臣奉和，使海
意象詩歌大為流行。唐高宗更與新羅、高麗往來密切，加上百濟連
年爭戰，皇帝另闢海路，以巨舶載運大軍渡海登陸。而日本嚮慕中
國，多次遣使者朝貢往返，甚至在李白詩中也表現出與日本使者深
摯的情誼，這些促使海意象詩歌發展。

　　李白海意象詩歌約有 24%，是前代所有詩人中比率最高，與其
存詩遠多於前代詩人有關，更與唐代的政治、經濟、交通、社會環
境有助於海意象詩歌發展高度相關。此外，筆者考察所有唐代詩人
詩作與海意象詩歌出現比率發現李白更是唐代詩人中創作最多海意
象詩歌者。李白將舊詞彙賦予新意涵，並自創新的海意象詞彙，給
予後人在作詩時能有更多的憑藉，也感受其思維靈動性。

　　李白的海意象詩歌，在前代海洋詩歌的基礎上更上一層，寫出
了新的力度和深度，展現追求自由，放蕩不羈浪漫的色彩外，使其
具有更深刻的社會意義、思想意義及文化意蘊，使海文學達到更高
的層次。

第八章　結　論

　　將「海」字從古籍中一一抽絲剝繭出來，能夠清晰地了解到中國歷來「海」字相關詞彙在詩歌中的意象結構及其脈絡發展的模式，從中進一步探析其時空背景與內在意涵，明瞭「海」與政治、社會、經濟、遊仙文學、神話傳說不可分割之命運，而中國自古以來與海相關的神話傳說、與海相關詞彙的代代傳承，後出轉精，使得海意象作品逐漸豐富多元，海洋文化生命可以跨越時空，延續至今日的海洋文學。

　　本論文之研究宗旨，以「李白詩歌海意象」為研究重點，以「唐代李白之前的海字入詩文、古籍」(先秦~唐)為素材，細究「海意象」使用的情況，就李白海意象詩歌內容為探討重點，對其一生性格、思想、經歷、關心社會民生情感的起伏變化，進行清楚、深入而完整的了解。從中審視其性格與思想，意志與命運衝突的必然性，藉由宗教力量超越內心矛盾與痛苦，在浪漫飄逸的詩風之下流露出一股強大的現實主義精神。因此若說「酒」、「月」代表李白追求的理想，「風」、「水」代表李白的現實人生，那麼「海」就是追求理想與現實人生的完美結合。其研究成果如下：

一　綜覽歷來「李白」、「海洋文學」研究方式與成果

　　在本論文首章，筆者分別針對歷來研究「李白」、「李白詩歌」、

「意象」、「涉海文學作品」四個主題的相關文獻作一述評。發現今人研究李白專著專文其成果展現在大陸先後成立四個「李白紀念館」(江油【綿陽】、馬鞍山、安陸、濟寧)之外，更分別在江油【綿陽】及馬鞍山成立「李白研究學會」和「李白研究資料中心」，並於1990年舉辦首屆李白研究國際會議，出版會議論文集，推動李白研究深具影響。加上今人相關資料的考訂整理對李白身世研究頗具參考價值，相關議題有深入精微的見解，如郭沫若《李白與杜甫》、安旗《李白研究》與《李太白別傳》、葛景春《李白研究管窺》、郁賢皓主編《李白大辭典》等。

關於「李白詩歌」研究，除了南宋楊齊賢注的《李翰林詩》、元朝蕭士贇《分類補注李太白集》、明代胡震亨《李詩通》、清代王琦《李太白文集》等李白注釋全集的整理外，臺灣與大陸地區李詩的研究者也不少，有專著、學位論文、期刊論文，分別從不同的角度闡述李白、李白詩文的種種面向。

關於「意象」研究，因「意象」一詞的意涵眾說紛紜，中國、西方、近代對意象的詮釋、研究甚多，並考察臺灣與大陸地區意象研究相關專著與論文，筆者繼承前賢研究成果，整理歷代有關「意象」詮說與「個別意象」、「群體意象」的分類與義界，有助於本文對「海意象」此研究範疇作一義界。

關於「涉『海』文學作品」研究，筆者針對唐代之前涉海文學作品，以《山海經》、「魏晉六朝海賦」為主題的研究專著、學位論文、期刊論文等為數不少的研究著作一一考察，從這些論著發現多與「神話」結下不解之緣，皆由神話角度出發詮釋。而以「海洋意象」、「中國古代海洋文學」為研究主題，有15篇期刊論文，但並無專著，僅有大陸尚光一《唐詩中的海洋意象與唐人的海洋意識》一本碩士學位論文，將海洋意象分為描述型、比喻型、象徵型來簡括

概論唐詩中海洋意象類型，提出最重要一點就是海洋意象詞彙較前代豐富深受唐人海洋意識（對海洋的認知）的影響。

　　藉由綜覽上述四大主題相關研究文獻，筆者界定李白詩歌共有1054首、詩歌中出現「海意象」有292次、254首為本論文研究文本，由於文學創作的複雜性，任何一種界定標準都不可能是絕對的，但依此為據，當不致造成漫無邊際的問題。並輔以「唐代李白之前海字入詩文、古籍」中《山海經》、「漢魏晉六朝九篇海賦」、海神傳說為研究素材，從「意象學」、「主題學」角度切入探析李白詩歌海意象。

二　明晰「海」意象的古籍、詩歌文本生命

　　中國擁有一萬八千多公里長的海岸線，管轄三百多萬平方公里的海領域，是東亞的大陸國家，也是太平洋西岸的海洋國家。然而自古以來，中國是個以陸權為主的文化體系國家，不重視海洋文化，因此沒有發達的海洋文學。當古人面對浩瀚無涯的海洋感到陌生與恐懼時，進而產生許多臆測與想像。然筆者考察先秦至唐代所有與海相關的詞彙，發現以「海」字入詩文的古籍不少，甚至古人筆下的海意象多與政治密切相關。將視角切換至今日二十一世紀的時代，「海意象」一詞意同「廣義的海洋文學」，既然探討唐代李白的海洋文學，從古探源起即可明晰海意象的文本生命與對中國文化的傳承。

　　本文於第二章考察唐代以前海字入詩文本的實貌：第一節「海意象義界」，在第一章研究範圍已界定出標準，在此僅針對「海」字整理出古今不同的釋義。第二節「海意象溯源」，「史書」部分：考察唐代之前先秦諸侯、帝王尋仙史料，據中國史書記載共有三次著名的帝王入海求仙浪潮。「詩文」部分：分為一、先秦文本：詩經、

楚辭、山海經、先秦詩歌謠諺、先秦哲學專著。二、兩漢文本。三、魏晉文本：魏詩、晉詩、南北朝詩、隋詩。四、針對唐以前九篇海賦的考察。五、針對李白之前海字入詩的唐代詩歌進行考察。

(一) 蒐羅歷代帝王出海尋仙的傳說

唐代之前先秦諸侯、帝王尋仙史料，據中國史書記載共有三次著名的帝王入海求仙浪潮。齊威王是中國古代最早入海求仙的帝王，其次秦始皇、漢武帝求仙。秦漢兩代是帝王求仙的的高峰期，秦始皇希望長生不老派徐福渡海求仙藥，在求仙祈命同時也萌發興善除惡的觀念，其後漢武帝步上秦始皇後塵，耽迷海上求仙。可見，仙是超越死亡，海意象與仙境融合為一，海意象予人超世企羨。

(二) 細列李白之前「海」字入詩文之使用機制

先秦文本出現「海」字詞彙：《詩經》5 首，《楚辭》8 篇，《山海經》94 則、118 次，先秦歌謠諺僅有 4 首，先秦哲學專著有《管子》60 次，《莊子》50 次，《呂氏春秋》40 次，《荀子》37 次，《孟子》、《韓非子》各 27 次，《列子》18 次，《晏子春秋》17 次，《論語》、《商君書》各 4 次，《老子》3 次，《尹文子》1 次。

筆者據逯欽立輯《先秦漢魏晉南北朝詩》來統計，由先秦至唐代之前的詩歌謠諺約有 9440 首，涉及「海」的作品共有 518 首，約 5%，其中以隋代比例最高。筆者據逯欽立輯《先秦漢魏晉南北朝詩》(上)(中)(下)三冊統計出各朝代總詩作數/以海字入詩作品數：先秦 214 首/4 首，約 1.8%；兩漢 592 首/27 首，約 4.5%；魏詩 603 首/40 首，約 6.6%；晉詩 2285 首/95 首，約 4.1%；宋詩 937 首/59 首，約 6.2%；齊詩 528 首/26 首，約 4.9%；梁詩 2363 首/151 首，約 6.3%；陳詩 609 首/31 首，約 5%；北魏詩 183 首/3 首，約 1.6%；北齊詩 203

首/13 首，約 6.4%；北周詩 434 首/28 首，約 6.4%；隋詩 489 首/40 首，約 8.3%。若加上李白之前的唐朝作品(6343 首)合計約有 15783 首，涉海作品共有 954 首，約 6%。而李白詩歌共 1054 首，其中出現「海」意象共有 254 首，292 次，約 24%，是唐代詩人中使用最多海字入詩者，比率高於唐以前涉及海作品 4 倍之多。

綜合考察漢‧班固(或題班彪)〈覽海賦〉、魏‧王粲〈遊海賦〉、魏‧魏文帝〈滄海賦〉、晉‧木華〈海賦〉、晉‧庾闡〈海賦〉、晉‧潘岳〈滄海賦〉、晉‧孫綽〈望海賦〉、齊‧張融〈海賦〉、梁‧簡文帝〈大壑賦〉(〈海賦〉)等漢魏晉六朝九篇海賦中，所見多為描海狀海行貌聲色與超俗性暢神，並不像詩歌一樣多藉「海」感物興情、或藉「海」陳身世之慨與訴別離之情，與同時代的詩歌有不同寫作風貌與氣象。

中國的海意象詩歌，可上溯到先秦的《詩經》和《楚辭》。海意象詩歌日漸成熟，是在魏晉南北朝時期。綜觀李白之前的所有以海字入詩的詩歌及其作者，發現漢代海字入詩不多，而曹魏時代曹植詩作約有 136 首，以海字入詩共有 14 首，約占 10.2%，是魏代使用海字詞彙比率最高者；晉代最善用海字入詩是傅玄，其詩約有 111 首，有 18 首與海字相關，約占 16.2%；南朝宋代最善用海字入詩首推謝靈運，其詩約有 136 首，有 19 首海字入詩，約占 13.9%，其次是鮑照，其詩約有 205 首，其中有 18 首海字相關詩歌，約占 8.7%；南朝齊代使用最多海字入詩為謝朓，其詩約有 200 首，有 11 首海字詩歌，約占 5.5%；南朝梁代詩歌總量最多，其中最善用海字詞彙是江淹，有 29 首海字詩歌，約占 21.9%；南朝陳代使用最多海字入詩為江總，其詩約有 111 首，有 6 首海字詩歌，約占 5.4%；北魏、北齊海字入詩甚少，北周使用最多海字入詩為庾信，其詩約有 260 首，有 14 首海字詩歌，約占 5.3%；隋代使用最多海字入詩為楊廣，其

詩約有 43 首,有 8 首海字詩歌,約占 18.6%。從魏晉南北朝詩作中發現南方詩人較北方詩人對「海」書寫的多,其原因之一應該是受到南北地理環境差異所致,且南方多水江湖泊,對於同為水域「海」,與腦中「海」的概念相激盪,自然較僅活躍於莽原的北方詩人更有聯想的機會,加上「海」讓人有更多想像空間,南方人較北方人浪漫,因此南方詩人書寫海意象詩歌較北方詩人多。

(三) 梳理唐代之前作家對「海」意象運用現象

　　海洋對中國哲學中的宇宙論影響最大,甚至有思想家以海洋為核心論証天道。而《管子》是先秦哲學專著中使用最多海字者,在〈形勢解〉一篇利用海為天下萬川所匯,但卻沒有滿而溢出之時,以海「滿而不溢」的特性抽象出「天之道滿而不溢」的思想,可見齊文化思想深受海洋影響。其次是《莊子》一書是充滿浪漫主義和哲理的散文寓言,在〈秋水篇〉中的北海若是中國古代神話中最知名的海神,透過與河伯對話展現恢宏遠闊的精神氣象,反映出先秦時人對海洋所具有海納百川的博大胸懷的讚美和對井底之蛙思維的批判。再次之是《呂氏春秋》最特殊出現「海上」一詞,在〈孝行覽‧遇合〉主要談君臣相遇之道,從海上有逐臭之夫,我們似乎可知有人長年居於海濱,以海為生的民生紀實。

　　自先秦迄隋代約有 130 個海字詞彙,約 31% 的詞彙被唐代繼承下來,而唐代在這基礎上又擴充了 42 個新詞彙,連同繼承前代的 84 個,共有 126 個海字詞彙。唐代在前代的基礎下,創新最多比率的海詞彙分別為:「建築類」、「人物類」、「動物神明類」、「天象類」、「物多稱海類」,可見唐代人對海的觀察逐漸細膩。

　　從先秦到唐代李白之前詩歌中海字詞彙約有 172 個,遍及各類,有指稱天下、方位、專名、距離遠近、濱海位置,細描海水深

廣、動靜、海上居民、建築、交通、天象，以及濱海地形、海中動植物、貨物，有關海的神話典故，甚至將「海」抽象化，用以比喻象徵，尤其在魏晉南北朝時新創大量釋道類的海字詞彙。「四海」、「江海」、「滄海」、「海上」、「海內」、「東海」這些詞彙歷來廣泛被詩人們使用，在不同時代中，出現許多詩人都同樣以此做為表徵詞，都不約而同對「海」擁有相同或相似的意象，也都利用這些詞彙抒發相同或相近的心情，似乎意味著這些海字詞彙給予人們的意象已達成一種共識。而不能達成共識的，或因時代流變，自然而然就會消失淘汰。

筆者綜合考察出在李白之前所有詩作與詩人，發現李白是中國詩壇中善用最多海字詞彙的詩人，且比率最高。一一檢視李白之前使用海字入詩的文本之後，即可得知，「海」意象除了現實對象的指涉意義之外，多被使用在政治相關的、精神層面的，以及不同意涵的借喻等方面。

三　探究李白詩歌海意象之類型

以所蒐羅的 254 首李白海意象詩歌來看，其作品與地理環境相關性甚高，除去 12 首未編年未詳寫作地點外，在 242 首詩歌遍布 11 省分中，發現出現在浙江省 18 首，江蘇省 37 首，山東省 30 首，河北省 5 首，此四省是濱海省分，共有 90 首，約占 37%。其餘為內陸七省分，一生所到之處幾乎都有海意象詩作。甚至濱海四個省分的海意象詩作皆占當地詩作的三、四成左右，因其地理位置優勢，望海看海，非但可描寫大海那浩瀚無垠、波詭雲譎的風物，更是抒發豪情曠達胸懷的絕佳之處。然而筆者統計發現李白寫最多海意象的詩歌是在陝西省，也就是說在長安時期是大量寫作與海相關的詩作，而處於內陸省分，遠離海卻有六成以上為數不少海意象作品，

既然未親見海，卻能寫出第四度空間的海意象，這是本文得探析之處。

　　第二、三節分別從「海意象類型一：以『海』直接敘寫」、「海意象類型二：與海有關的自然界事物景象」兩大類進行討論，探索李白海意象詩歌所呈現的主題內涵。在「海意象類型一」之下再細分為三小類：分別為一、「藉神仙神話典故寫『海』」是一種超越性寫海，如巨鼇負海上五神山、扶桑栖日、六龍載日、精衛填海、秦皇海中作橋，海神豎柱、西海宴王母、海神女當道夜哭，行必有大風雨等，目的是否定君王求仙這些仙話典故傳聞的。二、「『海』與仙化理想」這類詩引用東方朔遊紫泥海仙境、丁令威化鶴成仙歸遼、扶桑碧海滄海仙境、蓬萊仙境這些仙話典故傳聞，寫出純然對美好仙境嚮往與追求，正面描寫嚮往飛昇遊歷與政治失意後，希冀遊仙。三、直接描述自然界的「海」並將所蘊含的情感分成八類：「胸懷博大，情緒激昂」、「同類相感，君臣遇合」、「海納百川，涵容萬物」、「別離寄情，生死憂思」、「滄海桑田，世事多變」、「人心如海，或可測量」、「懷才不遇，浪遊江海」、「臥海隱居，蹈海避世」。而在「海意象類型二」之下分別探討與海相關自然界事物景象，分為「映照內心世界的天象類」、「尋仙訪幽的人物類」、「或逍遙或驚悚的動物類」、「引發幽思的植物類」、「指涉位置的地理類」、「以喻品格的器物類」、「海防相關的建築類」等七大類，海日、海月、海客、海樓、海鳥、海魚、海鯨、巨鼇、海明珠、海底珠、海門、海運、海路、海風、海嶽、海嶠、海濱、海湄、海裔、海邊、海浦、海右、海縣、海隅、海島、海門石、海樹、海草、海雲、霜海、海船、海戍等可了解唐代國政民生外，更可明瞭唐人的海洋世界文化。在李白的如椽巨筆之下，海是那樣多姿多彩。詩人筆下的海隨著他的行蹤而改變，更隨著他的心緒而律動。其海意象詩歌不侷限於創作背景揭示

的功能，已融入創作主體的的人格情趣與新時代精神，從意象共時
性承轉觀之，浩瀚磅礴的大洋不但是情感觸媒，而且已變成人格化
的精神力量，寄寓了李白對美好理想的強烈期盼。這些海意象詩歌
將海洋動態的、靜態的、神秘的、誘惑的……所有一切的美，具體
而細微的刻劃出來，使詩歌在海洋中開出一朵朵智慧花。

四　彰顯李白詩歌海意象展現主體性格思想及生命意識

　　李白的性格與思想大略為人所熟知，然而他究竟如何反映在他
的詩歌作品上，特別是與「海」意象有關的詩作上？一般人對於李
白詩歌中的「月」、「酒」、「神仙」等意象較為熟知，如「月」意象
是光明的實象，加上月亮神話，表現出李白浪漫超凡的性格；「酒」
意象也是實象，但卻是失意消愁的載體，瀟灑呈展出傲視權貴的性
格；「神仙」意象是虛象，幻想仙境，表現出道教徒身分與道教文化
思想，然而對於數量比「酒」意象更多的「海」意象，卻似無所聞。
而「海」意象非但是實象，更有海外仙境──「第四度空間」浪漫
主義思維的虛象，而海的形象瞬息萬變，有時波濤洶湧、大浪滔天、
海水群飛；時而風平浪靜、海不揚波，一如李白的性格與思想，深
廣無底，傲岸衝撞的性格與變動不拘的思維，不易捉摸，非常人定
性，一如大海容納眾家思想，百花齊放於一身。因此，從海意象來
看詩仙李白，比「月」、「酒」、「神仙」等意象更能凸顯其性格與思
想。

　　綜觀李白所有海意象詩歌，可以發現其詩流露出道士、酒徒、
俠客、狂生的性格，具有「如海迷幻般的浪漫超凡」、「驚濤裂岸似
的傲岸風骨」、「白浪濤天的純潔直率」、「壯浪縱恣的樂觀豪邁」、「似
海澎湃飛騰的關懷君民」之情懷。李白有兼濟天下、經世致用汪洋
般寬宏博大的儒家思想，又有自由曠達與功成身退之道家思想，兼

採任俠仗義的俠客精神、浪濤恣肆的縱橫家遊說王侯的方法，並親受道籙，成為正式的道士，似海般靈動縹緲的神仙道教思維。此外，在海意象詩歌中流露出佛道思想揉合為一，遊訪寺觀，參禪習佛，因此，在李白海意象詩歌中呈顯出盛唐三教並尊的時代氛圍，但基於李白本身道教信仰關係，詩中多是第四度空間神仙色彩居多。李白身逢安史之亂，親身體驗社會的動亂、人民的流離，因此李白海意象詩歌發揚了自《詩經》、漢魏樂府的寫實精神，自然而然地於其作品中流露出來，雖然以「遊仙」、「神話」的方式，間接呈現出社會上最黑暗、最醜齪的角落，凸顯了喪亂的真實圖景，既不是浮光掠影，也不是繁瑣細節，而是鮮明具體地感受與抒發，同時也經由這些海意象詩歌來觀察盛唐的社會問題。綜觀李白海意象詩歌涵蓋的面向多元，涉及社會史、政治史、遊仙文學、酒文化等，由多角度切入，一覽其意象之思想精髓。

從情思轉變探李白的生命進境，從推翻神話仙境美好與理想受挫，望海曠懷；第二節探討李白詩歌海意象的生命意識，分別從憂患意識(對人生苦短的憂患、對離別客居的憂思、對出處抉擇的困惑、對國政民生的憂慮)、入世意識、反思意識(自我的肯定、人生的缺憾、時間的流逝)、超脫意識。李白之所以迷人，有一股神性非人間性，來自其詩非時代的傳聲筒，而是真實的表露自己之感情，發洩了個人的憂愁與自由之精神，透過他放蕩不羈的表層行為洞悉到隱藏在靈魂深處的真實心態，理解李白是中國古代最具有反抗情緒與批判精神的詩人。

五　凸顯與開創海意象在李白詩歌中的地位

歸納歷來學者研究李白詩歌中的「月」、「酒」、「神仙」、「風」、

「水」等眾多意象主題內涵，筆者發現「海意象」詩歌特殊之處，在於統攝「有形的現實形象」與「無形的虛構形象」，並包孕眾意象的主題內涵，是李白詩歌中眾多意象所不及。雖然「月」意象既有現實形象又含攝神話意涵，但似乎著重於理想之追求，現實面不多，不如「海意象」能總攬全局。李白詩歌中海意象所特有的超越性、理想性、批判性和神秘性等美學特徵已融合為一，並綴合各意象的鍊條、是綜合的載體，蘊含豐富的情感內涵。

　　此外，筆者選出數首深具代表李白海意象詩歌，藉由分析其寫作技巧、意境、風格、聲律(聲情)等關係，透視海洋詩歌之表現特色，除了有神秘奇幻的海洋異象、海上風光；樣態奇特的海洋生物，如海魚(海鯨)；豐富的海洋神話、歷史傳說，如六鼇載日、扶桑栖日、秦皇漢武出海求仙、徐市載秦女等，最重要是將大海與心象相連結，如〈行路難三首其一〉藉由大海展現乘風破浪之精神，展現勇往直前的「冒險性」與大海的「壯闊性」；〈登高丘望遠海〉一詩以「登高丘，望遠海」起首，否定神仙之說，深具「批判性」與「哲理性」；〈古風五十九首其三十九〉首句即道出「登高望四海」，描寫眼前所見實景「霜被羣物秋」、「風飄大荒寒」、「榮華東流水」、「萬事皆波瀾」、「白日掩徂暉」、「浮雲無定端」等具「寫實性」；〈古風五十九首其三〉以古史傳說中秦始皇出海求仙時，連弩射海魚，具「涉海性」與「神秘性」，〈古有所思〉起首以所思仙人在碧海之東隅，海寒多天風，具「幻想性」。然另一首〈夢遊天姥吟留別〉詩乃是山東省臨海之作，以海客談瀛洲起興，帶出現實中天姥山勝似仙境之情景，以虛襯實，突出夢遊中天姥山勝景，以夢遊、遊仙方式寫出半壁見海日，李白雖並未親到天姥山，而是神遊，描寫嚮往瀛洲神仙境地，是四度空間的寫作，深具「幻想性」與「神秘性」。

　　這些海意象詩歌足以將追求理想與現實人生主題意識完美結

合，除了展現海景勝境，將自我融入大海之中，一如大海之豪情壯志外，詩中道出仕途坎坷、險惡艱難，對時光流逝之慨嘆，欲退而隱逸求仙、乘桴避世，又冷靜深刻看透神仙長生難求，失望之際，又奮起橫溢出建功立業、濟滄海、積極用世之豪情。從這些海意象詩歌看到：李白的心胸，有海洋的壯闊；李白的氣質，有海洋的高貴，李白的感情，有海洋的坦誠；李白的行為，有海洋的勤奮；李白的立志，有海洋的有恆；李白的抱負，有海洋的雄偉；李白的戰鬥，有海洋的勇敢；李白的思想，有海洋的新奇。因此其海意象詩歌，在理想與現實中，相互激盪，靈智覺醒。

綜觀李白的「月」、「酒」、「神仙」、「風」、「水」等意象主題思維，可以發現李白「海」意象詩歌最能展現出「盛唐氣象」。盛唐國力強大、經濟繁榮、文化多元、思想開放自由，加上唐朝王室有鮮卑族血統，胡夷相容，甚至廣開科舉，打破魏晉以來的門第限制，使出身寒微的魏徵得以進入權力中心，也打破種族及性別限制，任用胡人為官，如安祿山節度使，任用宮廷女官參政，甚至武則天稱帝，出現中國史上唯一女皇帝，展現前所未有的大格局、大氣象，一如大海磅礴澎湃氣勢。而盛唐文化精神的一個重要特色便是「有容」，如大海一般有容乃大，盛唐文化的博大和強盛，給與它的文化思維一個自由寬鬆的空間。李白「海」字詩歌展現了剛健、壯大、積極、樂觀的盛唐文化精神。「海」意象作為詩歌的時空背景的設計，最能展現出盛唐時代的氛圍。從李白的「海」字詩歌中，看到題材廣、主題思維多元，有「月」、「酒」、「神仙」等意象追求理想的宏願，又含蘊「風」、「水」等意象關注現實人生的感慨，在個人獨特豪放開闊風格之下，又不失浪漫飄逸，如此兼容並蓄映現盛唐氣象。

六　確立李白善用海意象對中國傳統文學的承轉意涵

　　細究李白詩歌中海意象，雄奇、豪放、寬廣、壯美，傲視萬物，囊括大塊，整個宇宙都不足以讓其參與生命的競賽，本文僅就最顯著五特色描述之，見其如何承繼與超越前人，新創出自己獨特風貌。首先是「內容上偏重抒情」的特色，就「海」而言，與其說李白在「海」上或「海」底世界中發現了美，不如說李白是神遊「海」中而發現自身。李白將「海」視為有靈性的動物，「海」便是他所思所想的體現，借景抒懷，言外無窮。人生在世不稱意，可藉由海而幻想遊仙，暫時獲得解脫，但在一片遊仙之作中，卻曲筆譏諷君王之求仙荒唐事，推翻海的神話，推翻美好仙境，回歸現實面。其二「善用神話傳說、典故意象」的特色，考察海字入李詩句中所引用的經、史、子、集各部的典故，針對較殊奇典故意象的承轉，一一分析，如巨鰲、龍伯大人釣鰲、鯨鯢、鳳凰、西王母、麻姑等意象、周穆、秦皇、漢武求仙、黃帝升天、娥皇女英、安期生、赤松子、洪崖等典故、東海孝婦、田橫故事、張良故事。在這些神話傳說典故中找到客觀的投影，將自身的遭遇與神話典故合一外，甚至化用、新變典故的原意，巧妙傳達真摯的意蘊。最特殊一點是「新創海意象詞彙具活潑性」，善用動詞活化景態，讓景物不再停留於靜態的寫真，而是充滿動態的生命活力。動詞的使用呈現動、靜相合絕妙詩境，強調出「海」的生命活力，並表現出李白內在情感的躍動。其四，「奇特的想像與大膽的誇張」的特色，李白藉「海」這個物象延伸出許多相關幻覺想象，寫出了反常合道，無理而妙的奇句，除了來自於他「超現實」的創作意識，正如布魯克斯主張詩的語言就是矛盾語言。李白報國無門、屢遭挫難，望海遊仙之時，「海」最能引發了人

產生崇高的精神力量與澎湃激昂的情感，因此在其海意象詩歌中時時展現出驚人的崇高感，已經超越現世不完美的人生，將「激發生命中之崇高感」特色一展無遺。

自先秦迄盛唐李白之前約 172 個海字詞彙，約四成左右的詞彙被李白繼承下來，而李白在這基礎上又擴充了約 37 個新詞彙，連同繼承前代的 71 個，共有約 108 個海字詞彙。在前代詞彙基礎下，創新最多海詞彙分別為「動物神明類」、「天象類」、「動詞+海」三大類，可見李白對海的觀察較前代細膩，並且增加許多想像空間、誇張性動詞修飾語，使海靈動多姿。但「天下類」、「方位類」、「地理類」、「時令類」、「物多稱海類」此五大類並無創新之詞，可見李白對於前代已習用地名、約定俗成的語彙繼續沿用，並不再創新詞，因為這些類別多是天下、方位、地理的專名，只能展現博物見識，無法展現李白神思仙遊的生命氣息。剖析論斷李白「海意象」詩歌中對前代海字詞彙的蛻變和創新，從海意象細察其思想內涵，以及其所具的特色，對中國傳統文化的承轉，肯定其在海洋文學、遊仙文學上、社會上及歷史上的價值。

李白海意象詩歌所呈現的是一種化悲憤為力量的精神，是樂觀自信，奮進追求功成身退的思想，是憂國憂民的愛國情操。然後世不少人認為他只迷醉於醇酒神仙，並不關心民間疾苦，詩歌中很少像杜甫那樣關心蒼生百姓。宋朝黃徹《蛩溪詩話》：「白之論撰，一不過為玉樓、金殿、鴛鴦、翡翠等語，社稷蒼生何賴……歷考全集，愛國憂民之心如子美語，一何鮮也。」[1]，宋朝羅大經《鶴林玉露》曰：「李太白當王室多難，海宇橫潰之日，作為詩歌不過豪俠氣，狂

---

[1] (宋)黃徹：《蛩溪詩話》(北京：人民文學出版社，1986 年)，頁 18。

醉於花月之間耳，社稷蒼生曾不繫其心膂。其視杜少陵之憂國憂民
豈可同年語哉。」[2]然《唐宋詩醇》評論：「此種識見，真『蚍蜉撼
大樹』，多見其不自量也。」[3]筆者認同此說，雖然李白描寫人民流
離之作不如杜甫多，但他卻是始終如一對國家政治關心，積極想為
國為民盡貢獻己力。從他的海意象詩作，可以看到他追求自我實現
的剛健積極進取的人生態度，對國家世局的憂心，對君王的憤諫中
體會出對百姓的關心，難怪詹鍈先生讚李白是個愛國詩人，認為其
赤膽忠心是屈原以來所少見[4]。

　　詩人面對人生，將情感生命，寫成詩句，通過詩歌深切地捲入
社會，給予詩人一種悲天憫人的意識，使詩人對大自然寄予無限的
深情，並用一種藝術的眼光來看待人生。詩歌通過大自然的感情，
醫治人們心靈的創痛，保持聖潔的理想，訴諸於浪漫主義，使人們
超然於現實之外，獲得一種情感的昇華。李白詩歌中大量運用海意
象，重感情抒發，重意境表現，不以虛為虛，而以實為虛，化景物
為情思，表現文人感時、身世、浮沈的人生哲學，用時空的交會與
定格來把握抽象的人生，感嘆屬於他的成敗、憂喜、或舒泰或窮蹙、
或恢弘或卑微的心理境況。海的氣勢實為詩人主體人格的反映，是
其內心對建功立業的理想和抱負的渴望的外化。李白詩歌中海意象
之豐富，寓意之深厚，境界之空闊，格調之浪漫，主體人格在對海
的氣象、氣魄、氣勢的刻畫中得到酣暢淋漓的展現。李白海意象的

2　(宋)羅大經：《鶴林玉露》卷 6，見(清)紀昀等總纂：《欽定四庫全書》子部 865
　　冊(上海：上海古籍出版社，1987 年 8 月)，頁 303。

3　(清)紀昀等總纂：《欽定四庫全書》1448 冊(上海：上海古籍出版社，1987 年 8
　　月)，頁 88。

4　詹鍈主編：《李白全集校注彙釋集評》第 1 冊(天津：百花文藝出版社，1996
　　年 12 月)，頁 14-16。

精神內涵，一直圍繞在時間意識的關懷，滄海桑田，掛心懷才不遇、功業未就，脫離塵世、歸隱仙境，同時對有限生命的感傷與長生不死的渴求，最終海予以其澎湃的鬥志與寬廣的胸懷，對理想世界的嚮往與追求。李白詩歌中的海意象始終滲透著深刻的命運感，並如同海中大浪一般從不畏縮和頹喪，它讚揚苦難中的奮鬥努力和英勇的與現實命運相反抗，在描繪人的渺小無力，宛如滄海一粟的同時，表現出其偉大與崇高的精神。

　　本論文乃係古代海洋詩歌(海洋文學)研究之新領域，就李白詩歌海意象之論題來說，箇中可資探究之面向既多且廣，然因本論文係學位論文，益以學力時間有限，許多尚待深論之課題仍需相當篇幅深入探析，因而於本論文中，無法面面俱到，期能於博士後研究持續鑽研、戮力深耕。

　　最後以至誠之心，徵引邱師燮友的〈讀李白詩〉鴻作：

　　　　李白開口寫詩，
　　　　便是半個盛唐。

　　　　從白帝出發，
　　　　一路猿聲送他到江陵；
　　　　安陸的月色，
　　　　照亮他一輩子的鄉愁。

　　　　峨嵋山那隻大鵬鳥，
　　　　一直埋藏在他的心底。
　　　　「黃河之水天上來」，

豈只是驚心動魄，一字千金，
而是披六朝的彩衣，
飛揚跋扈，洋溢大唐的光輝。

江南女子的手，
替他酌斗酒的情關。
從青梅竹馬到擣衣的婦女，
從江夏鹽商到邊城的哀怨。
酒和月，陪伴他流浪一生，
山和水，點染他潑墨的詩篇。

他想飛，在峨嵋山巔，
在巫山神女峰前，在天姥山邊，
他入海，在蓬萊仙島，
求仙訪道，尋找第四度空間。
「渭北春天樹，江東日暮雲。」
與杜甫、賀知章把酒論詩，
在黃河濯腳，在長江采石磯捉月。

他是道士、狂生，
也是個劍客、酒徒和詩人；
他的詩像風、像花、像海、像白雲，
他的詩飄散各處，流芳千古。

參考書目

一　書籍

（一）李白詩文集、校注及年譜

(唐)李白：《李太白文集》影宋本，臺北：臺灣學生書局，1967 年 5 月初版

(宋)楊齊賢注、(元)蕭士贇補：《李太白全集》，臺北：世界書局，2005 年 1 月 2 版 5 刷

(明)朱諫撰：《李詩辨疑》《叢書集成續編 199》，臺北：新文豐出版社，1989 年

(清)王琦注：《李太白全集》，北京：中華書局，1977 年版

安旗主編：《李白全集編年注釋》，成都：巴蜀書社，1990 年版

瞿蛻園等校注：《李白集校注》(一)、(二)冊，臺北：里仁書局，1981 年

詹鍈主編：《李白全集校注彙釋集評》1~8 冊，天津：百花文藝出版社，1993 年

詹鍈：《李白詩文繫年》，北京：人民文學出版社，1984 年 4 月新 1 版

金濤聲、朱文彩編：《李白資料彙編》(唐宋之部)上冊，北京：中華書局，2007 年 7 月第 1 版

中華書局編輯部：《李白研究論文集》，北京：中華書局，1964 年版

李白學刊編輯部：《李白學刊》，上海：三聯書店，1989 年 3 月

李白研究學會編《李白研究論叢》第 2 輯，成都：巴蜀書社，1990 年

中國李白研究編輯部：《中國李白研究 1990 年集》，南京：江蘇古籍
　　出版社，1990 年 1 月

薛天緯主編：《中國李白研究》2005 年集，合肥：黃山書社，2005
　　年 12 月第 1 版

薛天緯主編：《中國李白研究》2006-2007 年集，合肥：黃山書社，
　　2007 年 8 月第 1 版

薛天緯主編：《中國李白研究》2008 年集，合肥：黃山書社，2008
　　年 10 月第 1 版

（二）古人著作（按時代先後順序排列）

《十三經注疏・尚書 1》，臺北：藝文印書館，1989 年 1 月 11 版

《十三經注疏・易經 1》，臺北：藝文印書館，1989 年 1 月 11 版

《十三經注疏・詩經 2》，臺北：藝文出版社，1989 年 1 月 11 版

《十三經注疏・左傳 6》，臺北：藝文印書館，1989 年 1 月 11 版

《十三經注疏・論語 8》，臺北：藝文印書館，1989 年 1 月 11 版

《十三經注疏・孟子 8》，臺北：藝文印書館，1989 年 1 月 11 版

(春秋)老子著：《老子》《四庫備要》子部，臺北：臺灣中華書局，1972
　　年 4 月臺 4 版

(周)左丘明：《國語》《四部備要》史部，臺北：臺灣中華書局，1954
　　年 11 月臺 1 版

(周)列禦冠撰、(後魏)張湛注：《列子》，臺北：臺灣中華書局，1966
　　年 3 月臺 1 版

(周)莊周：《莊子》《四部備要》，臺北：臺灣中華書局，1966 年 3 月
　　臺 1 版

(周)韓非:《韓非子(全)》,臺北:臺灣中華書局,1966 年 3 月臺 1 版

(戰國)荀況著、(清)王先謙撰:《荀子集解》,北京:中華書局,1997 年 10 月

(秦)呂不韋:《呂氏春秋》,臺北:臺灣中華書局,1966 年 3 月臺 1 版

逯欽立輯校:《先秦漢魏晉南北朝詩》(上、中、下)三冊,臺北:學 海出版社,1984 年 5 月初版

費振剛、胡雙寶、宗明華輯校:《全漢賦》,北京:北京大學出版社, 1997 年 3 月 1 版 2 刷

(漢)司馬遷著、楊家駱主編:《新校本史記三家注并附編二種》第 1、 3、4 冊,臺北:鼎文書局,1993 年 2 月 7 版

(漢)東方朔:《海內十洲記》《叢書集成新編》26 冊,臺北:新文豐 出版社,1985 年

(漢)郭憲撰:《洞冥記》《景印文淵閣四庫全書 1042》子部 348,臺北: 臺灣商務印書館,1983 年

(漢)趙曄撰:《吳越春秋》《四部刊要》,臺北:世界書局,1980 年 3 月再版

(漢)劉向撰、楊家駱主編:《戰國策》,臺北:世界書局,1967 年

(漢)劉向:《列仙傳》,臺北:廣文書局,1989 年

(漢)劉安撰:《淮南子(全)》,臺北:臺灣中華書局,1974 年 10 月臺 3 版

(漢)劉熙撰:《釋名》,見李學勤主編:《中華漢語工具書書庫》第 51 冊,安徽:安徽教育出版社,2002 年

(東漢)王充:《論衡》,收於王雲五主編:《叢書集成初編》冊 591, 臺北:臺灣商務印書館,1993 年 12 月初版

(東漢)許慎著、(清)段玉裁注:《說文解字注》,臺北:黎明文化事業 有限公司,1993 年 7 月 10 版

(漢)班固撰、楊家駱主編：《新校本漢書并附編二種》，臺北：鼎文書
　　局，1991 年 9 月 7 版

(東漢)班固：《漢書》上冊 百衲本二十四史 ，臺北：臺灣商務印書
　　館，1996 年

(東漢)班固撰：《漢武帝內傳》《景印文淵閣四庫全書 1042》，臺北：
　　臺灣商務印書館，1983-1986 年

(吳)韋昭注：《國語》《四部叢刊史部》，臺北：臺灣商務印書館，1979 年

(曹魏)天竺三藏康僧鎧譯：《佛說無量壽經》臺中：僧伽出版社，2001 年

(晉)干寶、陶潛著：《搜神記·搜神後記》，臺北：木鐸出版社，1985
　　年 7 月

(晉)王嘉撰：《拾遺記》《叢書集成新編》26 冊，臺北：新文豐出版
　　社，1985 年初版

(晉)郭璞傳、(清)郝懿行箋疏：《山海經箋疏》(一)、(二)，臺北：藝
　　文出版社，1958 年

(晉)郭璞注：《爾雅》，見李學勤主編：《中華漢語工具書書庫》第 43
　　冊，安徽： 安徽教育出版社，2002 年

(晉)郭象注、(唐)成玄英疏、陸德明釋文、(清)郭慶藩集釋：《莊子集
　　釋》(一)、(二)冊，臺北：臺灣中華書局，1970 年、1973 年 3
　　月臺 2 版

(晉)郭璞：《爾雅郭注》，臺北：新興書局，1989 年

(晉)郭璞註：《穆天子傳》《四部叢刊正編》，臺北：臺灣商務印書館
　　影印上海涵芬樓天一閣范氏刊本

(晉)陳壽《三國志》冊 4《四部備要·史部》，臺北：臺灣中華書局
　　據武英殿本校刊，1965 年

(晉)陳壽撰、楊家駱主編：《新校本三國志附索引》，臺北：鼎文書局，
　　1993 年 2 月 7 版

(晉)陶淵明：《陶淵明集》，北京：北京圖書館，2003 年 6 月

(晉)陶潛撰：《搜神後記》《景印文淵閣四庫全書 1042》子部 348，臺
　　北：臺灣商務印書館，1983 年

(晉)張華：《博物志》《景印文淵閣四庫全書 1047》子部 353，臺北：
　　臺灣商務印書館，1983 年

(晉)崔豹注：《古今注》《景印文淵閣四庫全書 850》，臺北：臺灣商
　　務印書館，1983-1986 年

(晉)葛洪：《抱朴子》(全) ，臺北：臺灣中華書局，1973 年 3 月臺 3 版

(晉)葛洪著、顧久譯注：《抱朴子內篇全譯》，貴州：貴州人民出版社，
　　1995 年 3 月

(晉)葛洪：《枕中書》《叢書集成新編》26 冊，臺北：新文豐出版社，
　　1985 年

(晉)葛洪：《神仙傳》《景印文淵閣四庫全書 1059》，臺北：臺灣商務
　　印書館，1983-1986 年

(東晉)僧肇等注：《注維摩詰所說經》，上海：上海古籍出版社，1990
　　年版

(後晉)劉昫著、楊家駱主編：《新校本舊唐書》，臺北：鼎文書局，1979
　　年 2 月

(南朝宋)范曄：《後漢書》冊 5、6《四部備要》，臺北：臺灣中華書
　　局據武英殿本校刊，1965 年 11 月臺 1 版

(南朝宋)劉義慶：《世說新語》《景印文淵閣四庫全書》1035 冊子部
　　341，臺北：臺灣商務印書館，1983 年

(梁)吳均撰：《續齊諧記》《景印文淵閣四庫全書 1042》子部 348，臺
　　北：臺灣商務印書館，1983 年

(梁)劉勰撰：《文心雕龍》，臺北：臺灣商務印書館，1965 年

(梁)顧野王撰：《玉篇》《四部叢刊初編經部》，臺灣：臺灣商務印書

館臺二版，1967 年

(梁)蕭統編、李善等注：《六臣註文選》，臺北：臺灣商務印書館，1979 年

(梁)沈約撰、楊家駱主編：《新校本宋書附索引》，臺北：鼎文書局，
　　1993 年 10 月 7 版

(梁)鍾嶸：《詩品》卷 2《景印文淵閣四庫全書 1478》，臺北：臺灣商
　　務印書館，1986 年

(北齊)魏收撰、楊家駱主編：《新校本魏書附西魏書》，臺北：鼎文書
　　局，1993 年 10 月 7 版

(北魏)酈道元原著、陳橋驛、葉光庭、葉揚譯注：《水經注》，臺北：
　　臺灣古籍出版社，2002 年 2 月初版

(五代)杜光庭：《洞天福地嶽瀆名山記》《四庫全書存目叢書 258》子
　　部道家類，臺南鄉柳營鄉：莊嚴文化，1995 年

(唐)王昌齡：《詩格》《中國歷代詩話選》(一)，湖南：岳麓書社，1985
　　年第 1 版

(唐)元稹：《元氏長慶》《四部備要》，臺北：臺灣中華書局，1965 年
　　11 月臺 1 版

(唐)司空圖：《二十四詩品》，見(清)何文煥輯：《歷代詩話》，北京：
　　中華書局，1992 年 5 月第 1 版第 3 次印刷

(唐)李肇撰：《新校唐國史補》，臺北：世界書局，1959 年

(唐)李延壽撰、楊家駱主編：《新校本南史附索引》，臺北：鼎文書局，
　　1991 年 4 月 7 版

(唐)吳兢撰：《樂府古題要解》《百部叢書集成初編》46 冊，臺北：
　　藝文印書館，1966 年

(唐)孟棨《本事詩》，臺北：臺灣商務印書館，1983 年

(唐)房喬撰：《晉書》《四部備要》，臺北：臺灣中華書局，1965 年 11
　　月臺 1 版

(唐)房玄齡撰、楊家駱主編:《新校本晉書并附編六種》,臺北:鼎文
　　書局,1992 年 11 月 7 版

(唐)房玄齡等奉敕撰:《晉書》第 4 冊,臺北:臺灣中華書局,1970 年

(唐)楊倞注、梁啟雄著:《荀子簡釋》,臺北:木鐸出版社,1983 年

(唐)杜寶撰:《大業雜記》《中國野史集成》第 3 冊,成都:巴蜀書社,
　　1993 年

(唐)杜甫撰、(清)楊倫淺注:《杜詩鏡銓》,臺北:天工書局,1994
　　年 10 月 10 日

(唐)柳珵撰:《常侍言旨》《中國野史集成正編》第 3 冊,成都:巴蜀
　　書社,1993 年

(唐)劉恂:《嶺表錄異》,見《叢書集成新編 94》,臺北:新文豐出版
　　社,1985 年初版

(唐)魏徵、房玄齡等撰、楊家駱主編:《新校本隋書附索引》,臺北:
　　鼎文書局,1987 年

(五代)王仁裕:《開元天寶遺事》,見《景印文淵閣四庫全書 1035》
　　子部 341,臺北:臺灣商務印書館,1983-1986 年

(後晉)劉昫撰、楊家駱主編:《新校本舊唐書附索引》,臺北:鼎文書
　　局,1979 年 2 月

(宋)司馬光編著:《資治通鑑》第 2 冊,上海:上海古籍出版社第 1
　　版,1987 年

(宋)朱熹注《楚辭集注》,臺北:文津出版社,1987 年 10 月

(宋)朱熹注:《四書集註》,臺南:大孚書局,1991 年 3 月

(宋)呂祖謙編、晦庵先生校正:《周易繫辭精義》《續修四庫全書》第
　　2 冊,上海:上海古籍出版社,2002 年

(宋)洪興祖撰:《楚辭補注》,臺北:藝文印書館,1996 年 4 月初版 8 刷

(宋)李昉等編:《太平廣記》第 1 冊,上海:上海古籍出版社,1995

年 5 月第 5 次印刷

(宋)李昉等奉敕撰：《太平御覽》《景印文淵閣四庫全書 896》，臺北：
　　臺灣商務印書館，1986 年

(宋)胡仔：《苕溪漁隱叢話》《叢書集成初編》，北京：中華書局，1985 年

(宋)計有功撰：《唐詩紀事》《景印文淵閣四庫全書 1479》，臺北：臺
　　灣商務印書館，1986 年

(宋)姚寬撰：《西溪叢語》《景印文淵閣四庫全書 850》，臺北：臺灣
　　商務印書館，1986 年

(宋)張君房：《雲笈七籤》《景印文淵閣四庫全書 1060-1061》，臺北：
　　臺灣商務印書館，1986 年

(宋)郭茂倩：《樂府詩集》，北京：中華書局，1979 年

(宋)陳彭年編：《廣韻》《四部叢刊初編經部》，臺灣：臺灣商務印書
　　館臺二版，1967 年

(宋)黃徹：《䂬溪詩話》，北京：人民文學出版社，1986 年

(宋)曾季貍：《艇齋詩話》《續修四庫全書》集部 1694，臺北：廣文
　　書局，1971 年

(宋)樂史撰：《太平寰宇記》《景印文淵閣四庫全書》史部第 470 冊，
　　上海：上海古籍出版社，1987 年版

(宋)趙德麟：《侯鯖錄》《景印文淵閣四庫全書 1037》子部 343，臺北：
　　臺灣商務印書館，1986 年

(宋)歐陽修撰、楊家駱主編：《新校本新唐書附索引》，臺北：鼎文書
　　局，1979 年 2 月 2 版、1992 年

(宋)魏慶之編《詩人玉屑》，臺北：九思出版有限公司，1978 年 11
　　月 15 日臺 1 版

(宋)趙令畤撰：《侯鯖錄》，臺北：臺灣商務印書館，1983 年

(宋)羅大經：《鶴林玉露》《欽定四庫全書》子部 865 冊，上海：上海

古籍出版社，1987 年 8 月

(宋)羅願撰、李學勤主編：《爾雅翼》《中華漢語工具書書庫》第 48 冊，安徽：安徽教育出版社，2002 年

《道藏》第 1 冊，天津：天津古籍出版社，1988 年版

(元)楊載：《詩法家數》《四庫全書存目叢書》集部詩文評類 416 冊，臺北：莊嚴文化初版影印本，1997 年

陳衍：《元詩紀事》，臺北：臺灣商務印書館，1968 年 6 月臺 1 版

(明)王世貞輯次：《列仙全傳》，石家庄市：河北美術社，1996 年第 1 版

(明)陶宗儀撰：《南村輟耕錄》《四庫叢刊續編 27》，臺北：臺灣商務印書館，1976 年

(明)謝榛：《四溟詩話》，見丁福保輯：《歷代詩話續編》下冊，臺北：木鐸出版社點校本，成於明神宗萬曆甲戌年，西元 1572 年

(清)王夫之：《唐詩評選》《船山遺書集部》善本，上海：上海太平洋書店重校刊，1933 年 12 月

(清)王先謙著：《莊子集解》，臺北：東大圖書股份有限公司，2004 年 10 月 5 版 1 刷

(清)王紹蘭撰：《漢書地理志校注》《四庫未收書輯刊》參輯 11 冊，北京：北京出版社，2000 年

(清)方東樹撰：《昭昧詹言》，臺北：廣文書局，1962 年

(清)沈德潛評選：《唐詩別裁集》上冊，臺北：廣文書局，1970 年

(清)李重華撰：《貞一齋詩說》《叢書集成續編 201》，臺北：新文豐出版社，1989 年

(清)阮元撰：《經籍纂詁》臺北：泰順書局，出版年不詳

(清)東軒主人撰：《述異記》《景印文淵閣四庫全書 1047》子部 353，臺北：新文豐出版社，1989 年臺 1 版

(清)聖祖御定：《全唐詩》《景印四庫全書薈要 432》集部第 85 冊，

臺北：世界書局，1988 年

(清)聖祖御定：《全唐詩》《景印四庫全書薈要 433》集部第 86 冊，
　　臺北：世界書局，1988 年

(清)聖祖御定：《全唐詩》，臺北：文史哲出版社，1978 年 12 月初版

(清)陳本禮：《屈辭精義》，臺北：廣文書局，1971 年 12 月再版

(清)陳沆撰、楊家駱主編：《詩比興箋》，臺北：鼎文書局，1979 年 2
　　月初版

(清)乾隆十五年敕編：《唐宋詩醇》《景印文淵閣四庫全書 1448》，臺
　　北：臺灣商務印書館，1983-1986 年

(清)陳元龍等編：《御定歷代賦彙》正集(上)，據清康熙四十五年(1706
　　年)刊本影印，日本京都：中文出版社，1974 年

(清)陳夢雷編：《古今圖書集成》，臺北：鼎文書局，1985 年再版

(清)葉燮、丁福保編：《原詩》《清詩話》，臺北：藝文印書館，1971
　　年 12 月初版

(清)董誥等編：《全唐文》，北京：中華書局，1983 年

(清)檀萃撰：《楚庭稗珠錄》，香港新界：香港中文大學，1976 年

「《全唐詩》檢索系統」網址：

http://cls.hs.yzu.edu.tw/tang/Database/index.html

「故宮【寒泉】古典文獻全文檢索資料庫」網址：

http://210.69.170.100/s25

（三）今人著作（按作者姓名筆劃排列）

王立：《心靈的圖景──文學意象的主題史研究》，上海：學林出版
　　社，1999 年 2 月第 1 版

王易：《詞曲史》，臺北：廣文書局，1997 年 9 月再版

王忠林：《中國文學之聲律研究》下冊，臺北：臺灣省立師範大學，
　　1963 年 12 月初版

王長俊主編：《詩歌意象學》，合肥：安徽文藝出版社，2000 年 8 月
　　1 版 1 刷

王輯五：《中國日本交通史》，臺北：臺灣商務印書館，1965 年 7 月
　　臺 1 版

王國良：《魏晉南北朝志怪小說研究》，臺北：文史哲出版社，1984 年

王運熙等著：《李太白研究》，臺北：里仁書局，1985 年 4 月出版

王夢鷗：《中國文學理論與實踐》，臺北：時報文化公司，1995 年 11 月

仇小屏：《篇章意象論——以古典詩詞為考察範圍》，臺北：萬卷樓
　　圖書股份有限公司，2006 年 10 月初版

安旗：《李白研究》，臺北：水牛出版社，1992 年初版

安旗：《李太白別傳》，北京：人民文學出版社，2004 年

牟宗三：《生命的學問》，桂林：廣西師範大學出版社，2005 年

牟宗三：《中國哲學的特質》，上海：上海古籍出版社，2007 年

成寒：《成寒英語有聲書：聖誕禮物》，臺北：時報出版社，2004 年
　　初版

余光中：《掌上雨》，臺北：大林文庫，1970 年 3 月初版

伍偉民、蔣見元：《道教文學三十談》，上海：上海社會科學院出版
　　社，1993 年 5 月第 1 版

艾青：《詩論》，北京：人民文學出版社，1980 年第 1 版

朱光潛：《朱光潛美學文集》，上海：文藝出版社，1983 年

朱光潛：《文藝心理學》，臺北：漢京文化事業有限公司，1984 年 3
　　月 20 日初版

朱光潛編譯：《西方美學家論美與美感》，臺北：天工書局，1988 年

朱光潛：《悲劇心理學》，安徽：新華書店，1989 年 4 月

朱光潛：《詩論新編》，臺北：洪範書店，1982 年

朱光潛《詩論》，臺北：正中書局，1993 年 6 月

邱明正：《審美心理學》，上海：復旦大學出版社，1993 年

邱師燮友：《童山詩論卷》，臺北：萬卷樓圖書股份有限公司，2003
年 4 月初版

沈謙著：《文學概論》，臺北：五南圖書出版股份有限公司，2002 年
3 月初版

李長之：《道教徒的詩人李白及其痛苦》，瀋陽：遼寧教育出版社，
1998 年 3 月

李從軍：《李白考異錄・李白家世考索》，山東：齊魯書社，1986 年

李元洛：《詩美學》，臺北：東大圖書公司，1990 年 2 月初版

李清筠：《時空情境中的自我影像》，臺北：文津出版社，2000 年 10
月初版

李豐楙：《憂與遊——六朝隋唐遊仙詩論集》，臺北：學生書局，1996 年

李澤厚《美學論集》，臺北：三民書局，1996 年 9 月初版

何遊主編：《審美學通論》，安徽：安徽人民出版社，1990 年 9 月第
1 次印刷

吳明賢、李天道編著：《唐人的詩歌理論》，四川：巴蜀書社，2006
年 9 月

吳戰壘：《中國詩學》，臺北：五南圖書出版公司，1993 年 11 月初版

阮廷瑜：《李白詩論》，臺北：國立編譯館，1986 年 7 月

宗白華：《美學散步》，上海：上海人民出版社，1981 年

宗白華：《美從何處尋》，臺北：駱駝出版社，1995 年 6 月 1 版 2 刷

竺家寧：《聲韻學》，臺北：五南圖書出版公司，1992 年 2 版

林庚：《詩人李白》，上海：上海古籍出版社，2000 年

林庚：《唐詩綜論》，北京：清華大學出版社，2006 年初版

林同華：《宗白華美學思想研究》，臺北：駱駝出版社，1987 年 8 月

林淑貞：《中國詠物詩「託物言志」析論》，臺北：萬卷樓圖書公司，
　　2001 年 4 月初版

周秀萍：《文學欣賞與批評》，湖南：中南工業大學，1998 年

東年：《給福爾摩莎寫信》，臺北：聯合文學出版社有限公司，2005
　　年 1 月

洪順隆：《六朝詩論》，臺北：文津出版社，1985 年 3 月再版

郁賢皓：《李白大辭典》，廣西：廣西教育出版社，1995 年 1 月

郁賢皓：《天上謫仙人的秘密——李白考論集》，臺北：臺灣商務印
　　書館，1997 年

胥樹人：《李白和他的詩歌》，上海：上海古籍出版社，1984 年

高明先生等：《憂患意識的體認》，臺北：文津出版社，1987 年 4 月

徐復觀：《中國文學論集》，臺北：臺灣學生書局，1980 年 10 月 4 版

徐復觀：《中國藝術精神》，臺北：學生書局，1998 年

孫耀煜：《中國古代文學原理》，南京：江蘇教育出版社，1996 年 4
　　月 1 版 1 刷

袁珂校：《山海經校注》，成都：巴蜀書社，1993 年 4 月 1 版 1 刷

袁行霈：《中國詩歌藝術研究》，臺北：五南圖書有限公司，1989 年
　　5 年初版

夏敬觀、任半塘、張以仁、李正治等著：《李太白研究》，臺北：里
　　仁書局，1985 年

烏納穆諾著、蔡英俊譯：《生命的悲劇意識》，臺北：遠景出版社，
　　1982 年

章巽：《我國古代的海上交通》，北京：商務印書館，1986 年第 2 版

唐君毅：《中國文化之精神價值》，桂林：廣西師範大學出版社，2001 年

許臣一譯注：《淮南子》下冊，臺北：臺灣古籍出版公司，2000 年 6

月初版 1 刷

張仁青:《駢文學》,臺北:文史哲出版社,1984 年 3 月

張岱年:《中國哲學大綱》,臺北:藍燈文化公司,1992 年 4 月

張雙棣:《淮南子校釋》,北京:北京大學出版社,1997 年 8 月 1 版 1 刷

張書城:《李白家世之謎》,甘肅:蘭州大學出版社,2000 年

張豈之、張國剛、楊樹森主編:《隋唐宋史》,臺北:五南圖書出版 公司,2002 年

施逢雨:《李白生平新探》,臺北:臺灣學生書局,1999 年 8 月

施逢雨:《李白詩的藝術成就》,臺北:大安出版社,1992 年 2 月

郭沫若:《李白與杜甫》,北京:人民文學出版社,1971 年

傅孝先:《困學集・西洋文學散論》,臺北:時報文化出版,1979 年 11 月 2 版)

陳銘:《意與境——中國古典詩詞美學三昧》,杭州:浙江大學出版 社,2001 年 11 月 1 版

陳世襄:《陳世襄文存》,臺北:志文出版社,1972 年 7 月

陳貽焮:《唐詩叢論》,長沙:湖南出版社,1980 年

陳伯君校注:《阮籍集校注》,北京:中華書局,1987 年 10 月第 1 版

陳植鍔:《詩歌意象論》,北京:中國社會科學出版社,1990 年 3 月 第 1 版

陳良運:《中國詩學體系論・立象篇》,北京:中國社會科學出版社, 1992 年 7 月 1 版

陳鼓應註:《莊子今註今譯》上冊內篇,臺北:臺灣商務印書館,1992 年 10 月初版 11 刷

陳鼓應:《悲劇哲學家尼采》,北京:生活讀書新知三聯書店,1994 年

陳慶輝:《中國詩學》,臺北:文史哲出版社,1994 年 12 月初版

陳建憲:《神祇與英雄——中國古代神話的母題》,北京:三聯書店,
　　1995 年

陳鵬翔:《主題學研究論文集》,臺北:三民書局,2004 年

陳師滿銘:《意象學廣論》,臺北:萬卷樓圖書股份有限公司,2006 年

黃永武:《中國詩學——設計篇》,臺北:巨流圖書公司,1987 年 4
　　月 1 版 8 印

黃永武:《詩與美》,臺北:洪範書店,1985 年 5 月

黃國彬:《中國三大詩人新論》,臺北:源流出版社,1982 年 3 月

童慶炳:《中國古代心理詩學與美學》,臺北:萬卷樓圖書股份有限
　　公司,1994 年

彭懿:《世界幻想兒童文學導論》,臺北:天衛文化圖書有限公司,
　　1998 年 12 月

彭毅:《楚辭詮微集》,臺北:學生書局,1999 年

彭聃齡主編:《普通心理學》,北京:北京師範大學出版社,2001 年
　　5 月 2 版

葛景春:《李白與中國傳統文化》,臺北:群玉堂出版公司,1991 年

葛曉音:《詩國高潮與盛唐文化》,北京:北京大學出版社,1998 年
　　5 月

葛景春:《李白研究管窺》,保定:河北大學出版社,2002 年 1 月初版

葉嘉瑩:《迦陵談詩》,臺北:三民書局,1970 年 4 月初版

葉嘉瑩:《迦陵論詩叢稿》上冊,臺北:桂冠圖書公司,2000 年 6
　　月初版

楊鴻烈:《歷史研究法》,臺北:華世出版社,1975 年 4 月

楊鴻烈:《海洋文學》,臺北:經氏出版社,1977 年 5 月臺影印初版

楊文雄:《李賀詩研究》,臺北:文史哲出版社,1983 年 6 月再版

楊文雄:《李白詩歌接受史》,臺北:五南圖書有限出版公司,2000

年 3 月

楊思寰：《審美心理學》，臺北：五南圖書有限出版公司，1993 年，
　　頁 86

楊義：《中國敘事學》，嘉義：南華管理學院，1998 年 6 月初版

詹鍈：《李白詩文繫年》，北京：作家出版社，1958 年

聞一多：《神話與詩》，出版地不詳，1947 年

劉若愚著、杜國清譯：《中國詩學》，臺北：幼獅文化公司，1981 年
　　12 月 3 版

劉文英：《夢的迷信與夢的探索》，北京：中國社會科學出版社，1989
　　年版

劉介民：《比較文學方法論》臺北：時報文化出版，1990 年

蔡英俊：《中國古典詩論中「語言」與「意義」的論題—「意在言外」
　　的用言方式與「含蓄」的美典》，臺北：學生書局，2001 年

樂蘅軍：《古典小說散論》，臺北：純文學出版社，1984 年

鄭明娳：《現代散文構成論》，臺北：大安出版社，1998 年 4 月第 3 版

賴炎光、傅武光注譯：《新譯韓非子》，臺北：三民書局，1997 年 11 月

魏怡：《詩歌鑑賞入門》，臺北：國文天地雜誌社，1989 年 11 月初版

錢鍾書：《管錐篇》第 2 冊，北京：中華書局，1979 年 8 月初版

蕭振士、胡弘才、陸萍華編輯：《楞嚴經》臺北：博遠出版有限公司，
　　2000 年

嚴捷、嚴北溟譯注：《列子譯注》，臺北：文津出版社，1987 年 10 月

顏進雄：《唐代遊仙詩研究》，臺北：文津出版社，1996 年

關永中：《神話與時間》，臺北：臺灣書店，1997 年

酈健行主編：《中國詩歌與宗教》，香港：中華書局有限公司，1999
　　年 9 月初版

蘇淵雷、高振農選輯：《佛藏要籍選刊》第 5 冊、第 8 冊，上海：上

　　海古籍出版社，1994 年版

羅宗強：《道教與傳統文化》，北京：中華書局，1997 年

羅宗濤等著：《中國詩歌研究》，臺北：中央文物供應社，1985 年

羅時進：《唐詩演進論》，南京：江蘇古籍出版社，2001 年 9 月第 1 版

嚴雲受：《詩詞意象的魅力》，合肥：安徽教育出版社，2003 年

龔鵬程：《中國文化新論・文學篇一・抒情的境界》，臺北：聯經出
　　版社，1982 年 9 月初版

(印度)龍樹菩薩造、青目菩薩釋、鳩摩羅什譯：《中論》，台北：大乘
　　精舍印經會，1997 年 8 月

(日本) 大野實之助：《李太白研究》，東京：早稻田大學出版部，1959 年

(日本)吉川幸次郎：《中國詩史》中譯本，安徽：安徽文藝出版社，
　　1986 年 12 月

(日本)松浦友久著，劉維治、尚永亮、劉崇德譯：《李白的客寓意識
　　及其詩思—李白評傳》，北京：中華書局，2001 年 10 月第 1 版

(日本)松浦友久著，劉維治譯：《李白詩歌抒情藝術研究》，上海：上
　　海古籍出版社，1996 年

(日本)近藤元粹選評：《李太白詩醇》線裝書第 5 冊，東京：東京青
　　木嵩山堂排印本，日本明治三十九年 1906 年

(日本)廚川白村：《苦悶的象徵》，臺北：昭明出版社，2000 年

(美)華倫、韋勒克 Austin Warren、Rene Weller 著、王夢鷗、許國衡
　　譯：《文學論》，臺北：志文出版社，1992 年 12 月再版

(美)蘇珊・朗格(Susannel Langer 1895-1985)：《藝術問題》，北京：
　　中國社會科學出版社，1983 年

(美)蘇珊・朗格(Susannel Langer 1895-1985)：《情感與形式》，北京：
　　中國社會科學出版社，1986 年版

(美)蘇珊・朗格(Susannel Langer 1895-1985)著，劉大基、傅志強、

周發祥譯：《情感與形式》，北京：中國社會科學出版社，1987年第 2 刷

(美)龐德著，黃晉凱、張秉貞、楊恆達譯：《象徵主義‧意象派》，北京：中國人民大學出版社，1989 年 1 月初版

(美)Joseph Campbell/Bill Moyers，朱侃如譯：《神話》，臺北：立緒文化出版公司，1997 年

(美)羅伯特‧霍普克(Robert H. Hopcke, 1958-)著、蔣韜譯：《導讀榮格》，臺北：立緒文化出版公司，2002 年

(德)卡爾‧雅斯培(Jaspers, Karl, 1883-1969)《四大聖哲》，臺北：自華書店，1986 年 8 月

(德)阿恩海姆(Arnheim, Rudolf)：《視覺思維》，臺北：光明日報出版社，1987 年

(德)黑格爾(Georg Wilhelm Friedrich Hegel)著、王造時譯：《歷史哲學》，香港：三聯書店，1956 年版

(德)黑格爾(Georg Wilhelm Friedrich Hegel)著、朱光潛譯：《美學》第 4 冊，臺北：里仁書局，1983 年 3 月

(德)鮑姆嘉滕(Alexander Gottlieb Baumgarten,1714-1762)著，簡明、王旭曉譯：《美學‧詩的哲學默想錄》，北京：文化藝術出版社，1987 年版

Jacques Maritain, CREATIVE INTUITION IN ART AND POETRY, Ch. I: Poetry, Man, and Things (New American Library, 1953),

(英)亞瑟‧韋利 (Arthur Waley, 1889-1966)譯：《百七十首中國古詩選譯》(A Hundred and seventy Chinese Poems)，倫敦：康斯特布爾出版有限公司，1918 年 7 月

(英)麥克斯‧繆勒(Max Muller，1823—1900)著、金澤譯：《比較神話學》(上海：上海文藝出版社，1989 年

Barthes,R.(1980).From work to test. In Josv'e V. Harari(Ed.), Textual Strategies：Perspectives in Post-structuralist Critisism. London：Methuen.

H-G. Gadamer, TRUTH AND METHOD. Part One：The Question of truth as it emerges in the experience of art, ch. 2 (Sheed and Ward Ltd., London, 1957)

(瑞士)埃米爾‧施塔格(Emil Staiger)著、胡其鼎譯：《詩學的基本概念》，北京：中國社會科學出版社，1992 年 6 月

(奧)阿德勒(Adler, Alfred)撰，黃光國譯：《自卑與超越》，臺北：志文出版社，1974 年

(奧)佛洛伊德(Sigmund Freud)著、張燕雲譯：《夢的釋義》，遼寧：遼寧人民出版社，1987 年

《中華百科全書》〈地學/海洋〉1983 年版，網址：http://ap6.pccu.edu.tw/Encyclopedia/data.asp?id=4258&htm=05-2 83-2761 海洋.htm

（四）學位論文

1、臺灣地區

文鈴蘭：《詩經中草木鳥獸意象表現之研究》國立政治大學中國文學研究所碩士論文，1985 年

王正利：《杜甫詩中之意志與命運衝突研究──以意象為核心之探討》國立臺灣大學中國文學研究所碩士論文，2004 年

朴柱邦：《李義山詩意象之研究──以天文為探討對象》國立政治大學中國文學研究所碩士論文，1976 年

朱瑞芬：《東坡詞樂器意象研究》國立臺灣師範大學國文學系在職進

修碩士論文，2006 年

呂興昌：《李白詩研究》國立臺灣大學中文研究所碩士論文，1973 年

呂明修：《李白古風五十九首研究》輔仁大學中國文學研究所碩士論
　　　文，1991 年

李文鈺：《嫦娥神話的形成演進及其意象之探究》國立臺灣大學中國
　　　文學研究所碩士論文，1995 年

李鎮如：《唐詩中的兩性意象研究》國立中央大學中國文學系碩士論
　　　文，1997 年

李昊青：《稼軒詞秋意象探析》國立臺灣師範大學國文學系在職進修
　　　碩士論文，2006 年

李容維：《李白詩歌的文本細讀─以五七言絕句與樂府詩為考察對
　　　象》南華大學文學系碩士論文，2010 年

沈慧玲：《李白詠月詩研究》玄奘大學中國語文學系碩士班碩士論
　　　文，2006 年

何騏竹：《李白樂府詩中的「文學性」》南華大學文學研究所碩士論
　　　文，2001 年

余瑞如：《李白飲酒詩研究》國立彰化師範大學國文學系在職進修專
　　　班碩士論文，2002 年

吳瓊玫：《唐詩魚類意象研究》國立臺灣師範大學國文研究所碩士論
　　　文，1999 年

吳賢妃：《唐詩中桃源意象之研究》國立中正大學中國文學系碩士論
　　　文，20002 年

吳淑鈴：《張愛玲小說意象研究》銘傳大學應用中國文學系碩士在職
　　　專班論文，2004 年

吳啟禎：《王維詩之意象研究》中國文化大學中國文學研究所博士論
　　　文，2005 年

吳鑒益：《現代詩從物象到意象的藝術——以簡政珍詩作為主》國立
　　中興大學中國文學系所碩士論文，2006 年

卓曼菁：《李白遊俠詩研究》國立臺灣師範大學中國文學研究所碩士
　　論文，1994 年

林貞玉：《李白文學之研究》國立臺灣師範大學中國文學研究所碩士
　　論文，1980 年

林慶盛：《李白詩用韻之研究》東吳大學中國文學研究所碩士論文，
　　1985 年

林佳珍：《《詩經》鳥類意象及其原型研究》國立臺灣師範大學中國
　　文學研究所碩士論文，1992 年

林美清：《杜詩意象類型研究》國立政治大學中國文學系博士論文，
　　1999 年

林曉琦：《先秦典籍中頭髮文化及相關意象研究》國立中興大學中國
　　文學系碩士論文，2001 年

林梧衛：《李白詩歌酒意象之研究》玄奘人文社會學院/中國語文研
　　究所碩士，2003 年

林聆慈：《東坡詩詞月意象研究》國立政治大學中國文學研究所碩士
　　論文，2003 年

林淑英：《東坡詞「風意象」研究》國立彰化師範大學國文學系碩士
　　論文，2004 年

林碧霞：《陳映真小說中意象的研究》中國文化大學中國文學研究所
　　碩士論文，2004 年

林鶴音：《稼軒詞中人物意象之研究》國立成功大學中國文學系碩士
　　論文，2005 年

林育儀：《駱賓王詩歌研究-以意象・用典・情志為主》國立中正大
　　學中國文學所碩士論文，2005 年

林巧崴:《楊守愚古典詩意象研究》國立彰化師範大學國文學系碩士
　　論文,2006 年

林宜慧:《以李白詩為素材的國中寫作教學實踐》國立臺灣師範大學
　　國文學系在職進修專班碩士論文,2010 年

周玉琴:《詩經天文地理意象研究》國立中山大學中國文學研究所碩
　　士論文,1995 年

洪華穗:《《花間集》主題內容與感覺意象之研究》國立政治大學中
　　國文學系碩士論文,1997 年

洪啟智:《論李白遊仙詩的文化心理與主題內容》國立中央大學中國
　　文學系碩士在職專班論文,2005 年

侯鳳如:《晏殊《珠玉詞》花鳥意象研究》國立臺灣師範大學國文學
　　系在職進修碩士論文,2005 年

徐圓貞:《李白詩作之旅遊心理析論——以揚州系列的傳記論述為
　　例》南華大學旅遊事業管理研究所碩士論文,2001 年

唐明敏:《李白及其詩之版本》國立政治大學中國文學系研究所碩士
　　論文,1974 年

孫鐵吾:《李白詩歌中植物意象研究》國立師範大學國文學系碩士論
　　文,1997 年

莊美芳:《李太白詩探源》東吳大學中國文學研究所碩士論文,1986 年

張榮基:《李白樂府詩之研究》東吳大學中國文學研究所碩士論文,
　　1986 年

張白虹:《柳永樂章集意象析論》國立高雄師範大學國文學系碩士論
　　文,1996 年

張雅慧:《唐詩中「楊柳」意象之研究》東吳大學中國文學系碩士論
　　文,2000 年

張雯華:《東坡詞色彩意象析論》國立臺灣師範大學國文系在職進修

碩士論文，2002 年

張淑惠：《《詩經》動植物意象的隱喻認知詮釋》東海大學中國文學系碩士論文，2004 年

張俐盈：《體道與審美——李白詩歌中的生命體驗與藝術精神》國立成功大學中國文學系碩士論文，2006 年

張鈴杰：《李白遊仙詩研究》國立臺灣師範大學國文學系在職進修專班碩士論文，2010 年

許家珝：《李白詩「風」意象之研究》國立彰化師範大學國文學系碩士論文，2009 年

陳麗娜：《李白詠物詩研究》東吳大學中國文學研究所碩士論文，1986 年

陳怡仲：《中國古代小說中的劍及其文化意象研究》中國文化大學中國文學研究所碩士論文，1994 年

陳坤儀：《全宋詞雨詞意象研究》中國文化大學中國文學研究所碩士，1995 年

陳靜俐：《詩經草木意象》國立師範大學國文學系碩士論文，1997 年

陳秋吟：《屈賦意象研究》國立中山大學中國文學系研究所碩士論文，1996 年

陳敏祥：《李白山水詩研究》國立高雄師範大學/國文學系碩士論文，2000 年。

陳思穎：《從詠懷詩意象探索阮籍的生命情調》國立高雄師範大學國文學系碩士論文，2000 年

陳怡秀：《李白五古詩中仙道語言析論》國立彰化師範大學國文研究所碩士論文，2001 年 6 月

陳懷心：《李白飲酒詩研究》國立中山大學中國語文學系研究所碩士論文，2002 年

陳慈敏：《《詩經》與「水」相關意象之研究》逢甲大學中國文學所
　　碩士論文，2002 年

陳佳君：《辭章意象形成論》國立臺灣師範大學國文研究所博士論
　　文，2003 年

陳敬介：《李白詩研究》東吳大學中國文學系博士論文，2005 年

陳美坊：《東坡詞天文意象研究》國立中正大學中國文學所碩士論
　　文，2005 年

陳萱蔓：《陶淵明與李白飲酒詩之比較》國立臺灣師範大學國文學系
　　在職進修專班碩士論文，2010 年

陳依鈴：《李白政治抒情詩研究》國立新竹教育大學語文學系碩士論
　　文，2010 年

許世旭：《李杜比較研究》國立臺灣師範大學國文學系碩士論文，
　　1962 年

許又方：《虹霓的原始意象在中國文學中的表現及意義》國立政治大
　　學中國文學系研究所博士論文，1996 年

詹雅筑：《《千江有水千江月》中的水、月意象研究》國立臺灣師範
　　大學國文學系碩士論文，2005 年

黃大松：《晚唐詩歌中黃昏意象研究》國立政治大學中國文學系碩士
　　論文，1998 年

黃喬玲：《唐詩鶴意象研究》國立政治大學中國文學研究所碩士論
　　文，2002 年

黃惠暖：《東坡詞草木意象研究》國立臺灣師範大學國文系在職進修
　　碩士論文，2002 年

黃麗容：《李白樂府詩色彩之研究》中國文化大學中國文學研究所博
　　士論文，2003 年

黃琛雅：《東坡詞月意象探析》國立臺灣師範大學國文系在職進修碩

士論文，2003 年

黃文琪：《《詩經》自然意象之美學觀》國立臺灣師範大學國文研究
　　所碩士論文，2003 年

程汝宣：《李清照詞篇章意象析論》國立臺灣師範大學國文學系在職
　　進修碩士論文，2005 年

游麗芳：《陳千武詩之意象研究》國立高雄師範大學國文教學碩士論
　　文，2005 年

彭壽綺：《唐詩中「雲」意象之承襲與延展——以初、盛唐為主》國
　　立中興大學中國文學系碩士論文，1998 年

葉連鵬：《臺灣當代海洋文學之研究》國立中央大學中國文學研究所
　　博士論文，2005 年

葉勵儀：《李杜詩歌之歷史人物形象探討》東海大學中國文學系碩士
　　論文，1998 年

溫菊英：《李白詩歌水意象之研究》玄奘大學中國語文研究所在職專
　　班碩士論文，2009 年

楊文雀：《李白詩中神話運用之研究——以仙道神話為主體》輔仁大
　　學中國文學研究所碩士論文，1990 年

楊雪嬰：《李賀詩風格之構成與表現》國立高雄師範大學國文研究所
　　碩士論文，1990 年

楊靜宜：《李白詩歌感時傷逝情懷研究》國立中正大學中國文學系碩
　　士論文，1998 年

楊雅貴：《蘇軾記體文辭章意象研究》國立臺灣師範大學國文學系碩
　　士論文，2005 年

楊家銘：《李白婦女詩研究》玄奘大學中國語文學系在職專班碩士論
　　文，2010 年

鄧絜馨：《《六一詞》花鳥意象研究》國立臺灣師範大學國文學系在

職進修碩士論文，2006 年

廖悅琳：《語言‧意象‧詩美學——簡政珍現代詩研究》國立彰化師
　　範大學國文學系碩士論文，2004 年

廖敏惠：《李商隱、杜牧詩中夢的意象之研究》東海大學中國文學系
　　碩士論文，2006 年

歐麗娟：《杜甫詩之意象研究》國立臺灣大學中國文學研究所碩士論
　　文，1990 年

劉肖溪：《王維李白與杜甫之比較研究》國立臺灣大學中國文學系研
　　究所碩士論文，1973 年

蔡碧芳：《南朝詩歌中柳意象研究》國立彰化師範大學國文學系在職
　　進修專班碩士論文，2002 年

蔡雅芬：《詩經鳥獸蟲魚意象研究》靜宜大學中國文學研究所碩士論
　　文，2004 年

鄭淳云：《人與自然的對話——陶詩自然意象研究》國立臺灣師範大
　　學國文學系碩士論文，2005 年

戴麗娟：《宋詞燕意象研究》國立高雄師範大學國文教學碩士論文，
　　2004 年

盧姿吟：《李白樂府修辭研究》國立臺灣師範大學國文系在職進修碩
　　士論文，2003 年

賴昭君：《李白樂府詩研究》靜宜大學中國文學研究所碩士論文，
　　2001 年

顏鸝慧：《李白安史之亂期間詩作研究》國立政治大學中國文學研究
　　所碩士論文，1993 年

謝奇懿：《五代詞中山的意象研究》國立師範大學國文學系碩士論
　　文，1997 年

蘇娟巧：《賴和漢詩意象研究》國立彰化師範大學國文學系在職進修

專班碩士論文，2002 年

蘇芳民：《夢窗憶姬情詞意象研究》國立臺灣師範大學國文學系碩士
　　論文，2005 年

2、大陸地區

于曉蛟：《李白李賀樂府詩比較研究》中國海洋大學中國古代文學碩
　　士論文，2008 年

王煒：《論李白的浪漫主義人格及其特色》陝西師範大學中國古代文
　　學碩士論文，2000 年

王凱：《「悲」與「樂」的辯證統一：從一個角度比較李白和莎士比
　　亞》西北大學英語語文學碩士論文，2001 年

王競：《試論李白詩歌的修辭藝術特色》安徽大學中國古代文學碩士
　　論文，2007 年

王鎮寶：《李白詩歌與上清派關係考論》福建師範大學中國古典文獻
　　學碩士，2007 年

王騰飛：《李白詩歌用典研究》暨南大學中國古代文學碩士論文，
　　2010 年

尹增剛：《論唐代思鄉詩的文化精神與藝術創造》首都師範大學碩士
　　論文，2006 年

吉文斌：《李白古題樂府曲辭研究》華東師範大學中國古代文學碩士
　　論文，2005 年

吉文斌：《李白樂辭述考》華東師範大學中國古代文學博士論文，
　　2008 年

李翰：《論李白個體中心意識》廣西師範大學中國古典文學碩士論
　　文，2002 年

李佳：《論歐陽修對李白詩歌的繼承》吉林大學中國古代文學碩士論

文，2007 年

何誼萍：《李白《上云樂》中基督教成分試探》上海師範大學比較文
　　學與世界文學碩士論文，2006 年

何歲莉：《李白游覽詩研究》陝西師範大學中國古代文學碩士論文，
　　2008 年

尚光一：《唐詩中的海洋意象與唐人的海洋意識》中國海洋大學碩士
　　論文，2009 年

武氏海河(VU THI HAI HA)：《唐代婦女的畫卷——淺論李白的婦女
　　詩》北京語言文化大學碩士論文，2000 年

胡虹婭：《蹈夢區　燭心境——李白李賀夢幻詩解析》北京師範大學
　　中國古代文學碩士論文，2001 年

胡振龍：《李白詩古注本研究》南京師範大學中國古代文學碩士論
　　文，2003 年

唐靜：《李白詩歌英譯研究》四川大學外國語言學及應用語言學碩士
　　論文，2006 年

唐功敏：《李白詩歌里的偏正式復合詞》四川師範大學漢語言文字學
　　碩士論文，2006 年

展永福：《論李白的詩歌創作與道教》青島大學中國古代文學碩士論
　　文，2008 年

梁旭艷：《李白古樂府創作四題》寧夏大學中國古代文學碩士論文，
　　2004 年

張振：《李白晚期研究》北京師範大學中國古代文學碩士論文，2002 年

張敏：《李白詩歌修辭藝術二題》西南師範大學中國古代文學碩士論
　　文，2003 年

張怡：《李白送別詩的藝術特色研究》西南大學中國古代文學碩士論
　　文，2008 年

黃英：《李白詩歌中並列式復合詞研究》四川大學漢語言文字學博士
　　論文，2004 年

游佳琳：《李白長安漫游研究》上海師範大學中國古代文學碩士論
　　文，2006 年

楊理論：《李杜詩歌女性題材研究》西南師範大學中國古代文學碩士
　　論文，2001 年

楊麗華：《李白組詩研究》首都師範大學中國古代文學碩士論文，2009
　　年

趙長慧：《《女神》與李白詩歌的抒情藝術》華中師範大學/中國現當
　　代文學碩士論文，2007 年

趙東明：《論李白詩歌的神話精神》東北師範大學中國古代文學碩士
　　論文，2007 年

潘慧瓊：《論李白五絕的創作風貌及成就》廣西師範大學中國古代文
　　學碩士論文，2002 年

劉金紅：《李白酒詩研究》首都師範大學中國古代文學碩士論文，
　　2008 年

鞏宏昱：《李白山水詩研究》山西師範大學中國古代文學碩士論文，
　　2009 年

韓建永：《李白詩歌的用典》西北師範大學中國古代文學碩士論文，
　　2006 年

二　單篇論文

（一）臺灣地區

方瑜先生：〈抉擇、自由、創造——試論蘇東坡的陶淵明〉《臺大中文

學報》第 12 卷，2000 年 5 月

卡羅林‧斯伯吉恩 Caroline Spurgeon 著，鍾玲譯：〈先秦文學中楊柳
　　意象的象徵意義〉《古典文學》第七集上冊，臺北：學生書局，
　　1985 年 8 月初版

朱學恕：〈論海洋文學〉《開拓海洋新境界》，高雄：大海洋文藝雜誌
　　社，1987 年 10 月

李文鈺：〈《山海經》的海與海神神話研究〉《政大中文學報》第 7 期
　　2007 年 6 月

吳禮權：〈論誇張的次範疇分類〉《修辭學習》，1996 年第 6 期

周天令：〈李白與酒〉《嘉義農專學報 42》，1995 年 8 月

林明德：〈李白詩歌的酒意象〉《唐代文學論叢》，嘉義：中正大學中
　　國文學系，1998 年 6 月

林淑貞：〈李白遊仙詩中的生命反差與人間性格〉《彰化師大國文學
　　誌》第十三期，2006 年 12 月

柯志宏：〈荒煙涼雨助人悲：談詩人如何利用外在景物表現離別的氣
　　氛〉《傳習》11 期，1993 年 6 月

施逢雨：〈唐代道教徒式隱士的崛起：論李白隱逸求仙活動的政治社
　　會背景〉《清華學報》，1984 年 12 月

段莉芬：〈試論海洋文學作家廖鴻基的寫作風格〉《臺灣自然生態文
　　學論文集》，臺北：文津出版社有限公司，2002 年 1 月

孫楷第：〈唐宗室與李白〉《經世日報‧讀書周刊》，1946 年 10 月 30 日

高莉芬：〈水的聖域：兩晉江海賦的原型與象徵〉《政大中文學報》
　　第四期 2004 年 6 月

徐志平：〈「人類異化」故事從先秦神話到唐代傳奇之間的流轉〉《臺
　　大中文學報》第 6 期 1994 年 6 月

夏春祥：〈文本分析與傳播研究〉《新聞學研究》第 54 集，臺北：政

治大學，1997 年

唐亦璋：〈神仙思想與遊仙詩研究〉《淡江學報(文學部)》第 14 期，
　　1976 年 4 月

陳心心、何美寶：〈唐以前海賦的研究：以 Eliade 的宗教理論為基礎
　　的分析〉《中外文學》第 15 卷第 8 期，1987 年 1 月

陳慶元：〈李白入永王幕府之心態研究〉《東海中文學報》第 13 期，
　　2001 年 7 月

陳師滿銘〈從意象看辭章之內涵〉《國文天地》19 卷第五期，2003
　　年 10 月

陳師滿銘：〈意象與辭章〉《修辭論叢》第六輯，臺北：洪葉文化事
　　業有限公司，2004 年 11 月第六屆中國修辭學國際學術研討會

楊政源：〈尋找「海洋文學」──試析「海洋文學」的內涵〉《臺灣
　　文學評論》，2005 年 4 月

廖美雲：〈李白用世思想與寫實詩歌探究〉《台中商專學報》22，1990
　　年 6 月

盧明瑜：〈陶淵明〈讀山海經十三首〉神話運用及文學內蘊之探討〉
　　《中國文學研究》第 8 期，1994 年 5 月

鍾吉雄：〈為什麼我不敢告訴你我是誰──談李白之身世之謎〉《臺
　　灣時報》，1984 年 10 月 28 日)，八版

羅宗濤：〈從漢到唐詩歌中海的詞彙之考察〉《中山人文學報》第九
　　期，1999 年

譚丕模：〈李白詩歌中的現實主義的精神〉《文史哲》，1954 年 12 期

（二）大陸地區

王立：〈中西方旅游觀芻議──以海意象傳說及相關母題談起〉《十

堰大學學報(社科版)》，1995 年第 1 期

王立、劉衛英：〈雁意象與民族傳統文化心理〉《衡陽師專學報》1992
　　年第 2 期

王立：〈海意象與中西方民族文化精神略論〉《大連理工大學學報(社
　　會科學版)》第 21 卷第 4 期，2000 年 12 月

王文才：〈李白家世探徵〉《四川師範學報》第 4 期，1979 年

王慶雲：〈中國古代海洋文學歷史發展的軌迹〉《青島海洋大學學報
　　(社會科學版)》，1999 年第 4 期

王運熙：〈李白詩歌的兩種思想傾向和後人評價〉《文學遺產》，1997
　　年第 1 期

王德春：〈日、月意象與李白其人其詩〉《巢湖學院學報(人文社會科
　　學版)》2002 年第 4 卷 2 刷

牛春生、朱子由：〈李白詩歌的理想美與豪放美〉《寧夏大學學報》，
　　1994 年 3 期

方牧：〈《山海經》與海洋文化〉《浙江海洋學院學報(人文科學版)》，
　　2003 年

白靜：〈超越世俗的高遠——李白個性在其詩歌中的顯現〉《哈爾濱技
　　術學院學報》，2008 年第 1 期

史玉鳳、趙新生：〈《山海經》的海洋小說「母題原型」及其海洋文
　　化特質〉《淮海工學院學報(社會科學版)》，2010 年 1 月

史炳輝：〈秦始皇與神仙思想〉《咸陽師範學院學報》第 16 卷第 5 期，
　　2001 年 10 月

石琛：〈月色映青蓮——淺析李白詩中月〉《滄州師範專科學校學報》
　　第 21 卷第 1 期，2005 年 3 月

朱箴元：〈舉杯消愁愁更愁——品李白詩中的酒〉《福建金融管理幹部
　　學院學報 67》，2002 年 2 月

何念龍：〈試論李白的自我形象在詩中的表現──李白詩歌的浪漫主
　　義創作特徵之一〉《武漢大學學報(人文科學版)》，1982 年 5 期

李浩：〈李白詩文中的鳥類意象〉《文學遺產》，1994 年第 3 期

李永平：〈盛唐李白遊仙詩〉《西安石油學院學報(社科版)》第十卷第
　　二期，2001 年 5 月

李劍亮：〈中國古典詩賦中的海意象〉《浙江海洋學院學報》，1999
　　年 9 月

李軍：〈論李白詩歌的月亮意象及意蘊〉《江蘇廣播電視大學學報》
　　第 14 卷第 4 期，2003 年 8 月

阮憶、梅新林：〈海洋母題與中國文學〉《浙江師範大學學報(社會科
　　學版)》，1989 年第 2 期

宋心昌：〈李白詩歌現實主義精神之我見〉《河北師範大學學報(哲學
　　社會科學版)》，1987 年 2 期

林繼中：〈李白歌詩的悲劇精神〉《古典文學知識》，1995 年 2 期

尚光一：〈論唐詩中的海洋意象〉《重慶科技學院學報(社會科學版)》，
　　2009 年第 11 期

胡國瑞：〈再論李白詩歌的現實意義〉《武漢大學學報(哲學社會科學
　　版)》，1980 年 2 期

徐英：〈李白「仙性」新論〉《華南師範大學學報(社會科學版)》，1992
　　年第 4 期

章繼光：〈論李白詩歌創作的悲劇性〉《湘潭大學社會科學學報》，1984
　　年 1 期

章滄授：〈覽海仙游感悟人生──班彪〈覽海賦〉賞析〉《古典文學知
　　識》，2003 年第 1 期

高寒：〈出世與入世的動態失衡──論李白人生悲劇的思想根源〉《消
　　費導刊》，2009 年 2 月

高瑞雪:〈奮起匡社稷　鐵筆掃群奸──略論李白詩中反權貴精神的愛
　　國內容〉《西南民族大學學報(人文社科版)》，1985 年 1 期

高瑞雪〈再論偉大詩人李白的愛國主義思想〉《西南民族學院學報(哲
　　學社會科學版)》，1994 年 6 期

袁愛國:〈「求仙」與「求官」──論李白的游泰山詩〉《山東社會科
　　學》，1991 年 3 期

馬凌雲:〈唐前江海賦〉《柳州師專學報》，2006 年 3 月

許總:〈論李白自我中心意識及其詩境表現特徵〉《安徽大學學報(哲
　　學社會科學版)》，1995 年 4 期

康震:〈論李白政治文化人格的內在矛盾〉《人文雜誌》第 3 期，2000 年

張維昭:〈李白游仙詩與悲劇意識〉寧波大學學報(教育科學版)，1996
　　年 5 期

張光富:〈警策心長　憂國情深──李白《蜀道難》主題新議〉《九
　　江師專學報》，1996 年 2 期

劉志璞:〈功名夢幻滅　浩歌辭魏闕──〈夢遊天姥吟留別〉指歸揭
　　秘〉《大中語文名篇賞析》，1996 年第 4 期

張迤邐:〈失意悲憤是李白詩歌的主旋律〉《遼寧教育學院學報》，2000
　　年 3 期

張如安、錢張帆:〈中國古代海洋文學導論〉《寧波服裝職業技術學
　　院學報》，2002 年 12 月

張迤邐:〈失意悲憤是李白詩歌的主旋律〉《遼寧教育學院學報》
　　17:3，2005 年 5 月

張小虎:〈論漢魏六朝海賦〉《中國古代文學研究》，2009 年 2 月

賀昌羣:〈唐代文化之東漸與日本文明之開發〉《文史雜誌》第 1 卷
　　第 12 期，重慶:文史雜誌社，1941 年 12 月 15 日出版

黃瑛:〈中國古代文學中雁意象的文化內蘊〉《雲南師範大學學報》，

2004 年 1 月

葛景春：〈李白與唐代酒文化〉《河北大學學報》第三期，1994 年

楊海波：〈詩人李白對戰爭的態度〉《天津師大學報(社會科學版)》，
1994 年 2 期

楊曉靄：〈論李白游仙詩的道教旨趣〉《湖南大學學報》，1996 年第
10 卷第 2 期

楊中舉：〈從自然主義到象徵主義和生態主義—美國海洋文學述略〉
《譯林雜誌》第六期，2004 年 10 月 26 日

楊光照：〈論海洋對中國哲學的影響〉《湖北社會科學》，2009 年第
12 期

楊燦：〈且就洞庭賒月色，將船買酒白雲邊—解讀詩人李白的月亮情
結〉《中南林業科技大學學報(社會科學版)》第 3 卷第 3 期，2009
年 5 月

詹鍈：〈李白詩中的愛國情操〉《中國文化研究》，1996 年 1 期

詹石窗：〈道教神仙信仰及其生命意識透析〉《湖北大學學報(哲學社
會科學版)》第 31 卷第 5 期，2004 年 9 月

趙德潤：〈蜀道莽蒼 國步艱難——析李白《蜀道難》寓意〉《信陽師
範學院學報(哲學社會科學版)》，1986 年 3 期

趙君堯：〈漢魏六朝海洋文學芻議〉《職大學報》，2006 年第 3 期

趙君堯：〈海洋文學研究綜述〉《職大學報》，2007 年第 1 期

趙君堯：〈先秦海洋文學時代特徵探微〉《職大學報》，2008 年第 2 期

趙君堯：〈論隋唐海洋文學〉《廣東海洋大學學報》第 29 卷第 5 期，
2009 年 10 月

蔡振念：〈李白求仙學道的心路歷程〉：《文與哲》第 9 期，2006 年
12 月

劉明金：〈浮天無涯 風生水起—中國古代文學家筆下的海洋文化〉

《海洋開發與管理》，2007 年第 5 期

劉峰、蕭國棟：〈李白飲酒詩與酒神精神〉《佳木斯大學社會科學學報》，2000 年第 3 期

鄭曉：〈從「水」「月」意象中看李白的主體創造心態〉《寧波職業技術學院學報》，2003 年 4 月

盧燕平：〈略論李白詩以意驅象的特點及其文化心理成因〉《天府新論》，1998 年 5 期

盧煒：〈水和海──中西詩學的意象比較〉《齊齊哈爾大學學報(哲學社會科學版)》，2002 年第 2 期

薛天緯：〈社稷蒼生 常系心懷──李白詩歌中的傳統現實主義內容綜述〉《新疆師範大學學報(哲學社會科學版)》，1983 年 2 期

薛天緯：〈生命與生活之歌──解讀《道教徒的詩人李白及其痛苦》〉《中國李白研究(2006 年-2007 年集)》，合肥：黃山書社，2007 年 8 月第 1 版

薛富興：〈魏晉自然審美概觀〉《西北師大學報(社會科學版)》，2005 年第 3 期

羅宗強：〈李白的神仙道教信仰〉《中國李白研究會》一九九一年國際討論會論文

譚家健：〈漢魏六朝時期的海賦〉《聊城師範學院學報(哲學社會科學版)》，2000 年第 2 期

顧永華：〈「居安思危，防險戒逸」的詩箴──李白《蜀道難》主題新解〉《晉陽學刊》，1994 年 4 期

國家圖書館出版品預行編目(CIP)資料

李白詩歌海意象 / 陳宣諭著. -- 初版. -- 臺北市：萬卷樓, 2011.10
面；　公分

ISBN 978-957-739-727-0（平裝）

1.(唐)李白　2.唐詩　3.詩評

851.4415　　　　　　　　　　　　　　100019552

李白詩歌海意象

ISBN　978-957-739-727-0

2011 年 11 月初版 平裝　　　　　　　　　定價：新台幣 600 元

著　　者　陳宣諭	出　版　者　萬卷樓圖書股份有限公司
發 行 人　陳滿銘	編輯部地址　106 臺北市羅斯福路二段 41
總 編 輯　陳滿銘	號 9 樓之 4
副總編輯　張晏瑞	電話　02-23216565
封面設計　斐類設計工作室	傳真　02-23218698
	電郵　wanjuan@seed.net.tw
	發行所地址　106 臺北市羅斯福路二段 41
	號 6 樓之 3
	電話　02-23216565
	傳真　02-23944113
	印　刷　者　百通科技股份有限公司

版權所有‧翻印必究　　　　　　新聞局出版事業登記證局版臺業字第 5655 號

如有缺頁、破損、倒裝請　　　　網路書店　www.wanjuan.com.tw
寄回更換　　　　　　　　　　劃撥帳號　15624015